时习文库

# 文心雕龙

〔南朝〕刘勰 著
陆侃如 牟世金 译注

齊魯書社
·济南·

**图书在版编目（CIP）数据**

文心雕龙 / (南朝) 刘勰著；陆侃如，牟世金译注. 济南：齐鲁书社，2025. 5. -- ISBN 978-7-5333-5159-5

Ⅰ. I206.2

中国国家版本馆CIP数据核字第2025CD0748号

出 品 人：王　路
项目统筹：张　丽
责任编辑：刘海军
装帧设计：亓旭欣

**文心雕龙**
WENXIN DIAOLONG
〔南朝〕刘勰 著　陆侃如　牟世金　译注

| | |
|---|---|
| **主管单位** | 山东出版传媒股份有限公司 |
| **出版发行** | 齊魯書社 |
| **社　　址** | 济南市市中区舜耕路517号 |
| **邮　　编** | 250003 |
| **网　　址** | www.qlss.cn |
| **电子邮箱** | qilupress@126.com |
| **营销中心** | （0531）82098521　82098519　82098517 |
| **印　　刷** | 山东临沂新华印刷物流集团有限责任公司 |
| **开　　本** | 710mm × 1000mm　1/16 |
| **印　　张** | 41.5 |
| **插　　页** | 2 |
| **字　　数** | 603千 |
| **版　　次** | 2025年5月第1版 |
| **印　　次** | 2025年5月第1次印刷 |
| **标准书号** | ISBN 978-7-5333-5159-5 |
| **定　　价** | 125.00元 |

# 《时习文库》
# 专家委员会

# 《时习文库》
# 出版委员会

# 出版说明

文化乃国本所系，国运所依；文化兴盛则国家昌盛，民族强大。在源远流长的中华文化长河中，经典古籍宛如熠熠星辰，承载着先辈们的智慧、思想与情感，是中华民族精神内核的深厚积淀。

2017 年以来，中共中央办公厅、国务院办公厅相继出台《关于实施中华优秀传统文化传承发展工程的意见》及《关于推进新时代古籍工作的意见》等重要文件，有力推动了大众对中华优秀传统文化的关注与重视，古籍事业亦借此良好契机，迎来了前所未有的跨越发展，步入了一个崭新的黄金时代。齐鲁书社作为文化传承的重要阵地，始终秉持对中华优秀传统文化的敬畏之心，肩负守正创新之使命，积建社四十余年之精华，汇国内学界群贤之伟力，隆重推出中华经典名著普及丛书——《时习文库》。

“学而时习之，不亦说乎?”文库之名，正是源自《论语》的这句经典语录。“时习”不仅是对知识的反复学习与实践，更是一种对中华优秀传统文化持续探索、深入理解的态度。文库共分为文化类和文学类两大辑，囊括了经史子集、诗词歌赋、戏曲小说等诸多经典，旨在为读者搭建一座通往中国古代文化瑰宝的坚实桥梁。文库的编纂宗旨在于，引导读者在阅读经典著作的过程中，将学习与思考深度融合，不断从古人的智慧海洋中汲取营养，从而得到心灵的润泽与智慧的启迪。通过对经史子集、诗词歌赋、戏曲小说等多元内容的系统整理与精良审校，让中华古籍真正成为可亲、可读、可传的“活的文化”。

为了确保文库的品质，我们除升级广受好评的原有经典版本作为开发基础外，亦精选其他优质底本，以确保版本选择的卓越性；文库会聚文史学界权威，如高亨、陆侃如、王仲荦、来新夏等学界大家，群贤毕至，各方咸集；文库延聘名家成立专家委员会，严格把控丛书质量，确保学术水准；文库针对不同层次读者，精心设计文化类与文学类品种：前者左原文右译文下注释，后者文中加简注评析，实用性强；文库采用纸面布脊精装，正文小四号字，双色印刷，装帧精美，版面舒朗，典雅大方，方便易读。

在习近平文化思想指导下，《时习文库》的出版是对中华优秀传统文化“两创”“两个结合”的一次重要尝试。我们希望通过这套文库，让更多的人了解和喜爱中国古代典籍，让中华优秀传统文化在新时代焕发出新的生机与活力。同时，我们也期待广大读者在阅读文库的过程中，能够与古圣先贤进行跨越时空的对话，汲取智慧，启迪心灵，不断提升自我的文化素养和精神境界。让我们一起在经典的海洋中遨游，感受中华文化的博大精深，共同书写中华优秀传统文化传承与发展的新篇章。

齐鲁书社

2025 年 3 月

# 原版说明

一、一九六二年我从陆侃如先生学《文心雕龙》，曾共同译注《文心雕龙》二十五篇，由山东人民出版社出版《文心雕龙选译》上下册。这次齐鲁书社所出全书译注，是以《文心雕龙选译》为基础，其余二十五篇由我补全。原二十五篇除体例的改变外，部分译注也略有修改。引论和题解统一重写。

二、本书除少数人名外，一律用简化字和规范字；注释求详，文字从简，引文以有助于理解原著为主，部分与旧注不同或为其他注家未曾引用过的资料，也酌予引证；译文用直译方式，但以能表达其旨意为准；引论除按原书体系探讨其基本内容外，结合介绍《文心雕龙》研究中存在的重大分歧，并提出自己的看法。

三、本书译注和修改过程中，曾得蒋维崧先生大力支持，协助解决许多疑难；初稿完成后，并承细审全书，纠正了不少错误。特此说明，并表谢忱。

牟世金

一九八〇年九月十六日

# 目 录

CONTENTS

# 引　论

出现在公元 5、6 世纪之交的《文心雕龙》，不仅在中国文学史上有其重要的地位，在世界文艺理论史上，也是一部值得我们引为自豪的杰作。早在公元 9 世纪初，《文心雕龙》的部分内容便流传海外。[①]1731 年，日本出版了冈白驹校正的《文心雕龙》句读本[②]，这是国外出版的第一个《文心雕龙》版本。19 世纪以后，国外不仅出版过多种《文心雕龙》的原本和译本，供研究《文心雕龙》的“通检”和“索引”也不断出现了。[③]这说明《文心雕龙》在理论上的成就及其历史贡献，正越来越多地为世界各国文学研究者所注目。

国内研究《文心雕龙》的论著，近年来更如雨后春笋，大量出现，在研究、译注、考证等各个方面，不断取得显著的新成就。特别是在今天，《文心雕龙》已不再是少数专家研究的对象，而成了为数众多的读者所需要的读物。广大古典文学爱好者不满足于第二手的、众说纷纭的评介，而要求研读原著，这是大好事。但由于《文心雕龙》涉及的问题相当繁富，用典较多，更以骈文谈理论，这就给今天的读者造成一定的障碍。这本译注虽是企图为扫除文字上的障碍而略尽微力，但译注者的理解，未必尽符刘勰原意，所以，主要还是供读者参考译注去研究原文。这篇引论，是仅就笔者浅见，对读者将遇到的一些主要问题，提出自己的看法。

## 一、产生《文心雕龙》的历史条件

《文心雕龙》在南朝齐梁之际出现，当然不是偶然的，而有其必然的历史因素。

整个魏晋南北朝时期，是我国古代史上一个大分裂、大动乱又是大融合的时期。阶级矛盾、民族矛盾和统治阶级内部矛盾在此期间错综交织，十分尖锐。这种情况虽然和《文心雕龙》的产生没有直接联系，但《文心雕龙》出现于齐梁时期，又和这个特定的历史条件分割不开。

文学理论是创作经验教训的总结。而这个时期，文学创作上可资总结的经验教训极为丰富，这和汉末以来动乱分裂的局面有着较为密切的关系。正如刘勰在《时序》篇所说，本期文学历史的第一页，建安文学的出现，就"良由世积乱离，风衰俗怨，并志深而笔长，故梗概而多气也"。历史的狂潮不仅把文人们卷到"世积乱离"的现实生活中去，使之多少接触到一些时代的气息，反映了一些"风衰俗怨"，而且在现实的教育和启迪下，抛开了汉儒死守章句的老路，从而逐步认识到文学艺术的独立意义。刘勰的崇儒思想是浓厚的，但他不仅看到汉末以来"通人恶烦，羞学章句"（《论说》）的现象，还总结了文学发展史上一大教训：

> 然中兴之后，群才稍改前辙，华实所附，斟酌经辞，盖历政讲聚，故渐靡儒风者也。（《时序》）

这是说：自光武中兴以后，东汉时期的作家们所走的道路和过去不同了，无论文辞和内容，都要以儒家经典为依据，使此期创作靡于儒风。虽然讲得很委婉，但东汉浓厚的经学风气对一切文章写作的严重影响是明显的。因此，刘勰不能不承认这样的事实："其余风遗文，盖蔑如也。"东汉时期之所以没有留下什么有价值的文学作品，主要就是由于死守章句，作者提笔为文，就要"斟酌经辞"。经过汉末大乱，文人们开始有所觉醒了，甚至像曹植那样身为王侯的作者，也大胆地写道："滔荡固大节，时俗多所拘。君子通大道，无愿为世儒。"④这是文人作者思想的一次大解放。正因为有这个思想大解放，才出现了"彬彬之盛，大备于时"的建安文学。这时，除曹氏父子和著名的"建安七子"外，还涌现出"盖将百计"⑤的大批文人。建安时期（196—220）的文学创作，"甫乃以情纬文，以文被质"⑥，才出现了历史上所谓"文学的自觉时代"⑦。

从建安到晋宋，诗文创作之盛，有增无已。宋文帝时，便于儒学、玄学、史学三馆之外，另立文学馆；宋明帝设总明观，也分儒、道、文、史、阴阳五部。这是从封建统治机构上正式承认"文学"独立于儒学之外的开始。文学创作的发展，到了南朝，更由于历代帝王的爱好和提倡⑧，于是出现了钟嵘所说的情况："今之士俗，斯风炽矣。才能胜衣，甫就小学，必甘心而驰骛焉。"⑨初识文字的童少，就拼命做起诗来，因而这时世族文人中出现"家家有制，人人有集"的盛况，是不足为奇的。

文学创作上这种现象的出现，是产生文学评论的直接原因。当时的人对这种必要性已经看到一些了。如萧绎所说：

> 诸子兴于战国，文集盛于二汉，至家家有制，人人有集。其美者足以叙情志，敦风俗，其弊者只以烦简牍，疲后生。往者既积，来者未已，翘足志学，白首不遍；或昔之所重今反轻，今之所重，古之所贱。嗟我后生博达之

士，有能品藻异同，删整芜秽，使卷无瑕玷，览无遗功，可谓学矣。⑩

这是从品评作品、指导阅读的要求提出的。在诗文创作大量问世之后，这个问题的提出是有其必然性的。文集越来越多，一个人从小到老，一辈子也读不完；而这些作品又良莠不齐，芜秽丛生，所以需要评论家加以铨衡，而去芜存精。不过，对文学作品的评论，当时不是没有，而是和文学创作一样：过甚过滥。有作品出现，必然就会有人予以品评，随着“家家有制，人人有集”的出现，“家有诋诃，人相掎摭”⑪的情形也应运而生了。钟嵘曾讲到当时文学批评的混乱情况：

观王公搢绅之士，每博论之余，何尝不以诗为口实；随其嗜欲，商榷不同。淄渑并泛，朱紫相夺，喧议竞起，准的无依。⑫

文学评论在当时是不乏其人的，不过多是达官贵人在“博论之余”的信口雌黄。他们各随所好，没有任何准则。这当然不单单是个批评标准问题，还必须从理论上解决一系列文学艺术的基本原理，文学批评才能有所依据。所以，为了澄清当时文学批评的混乱，指导正确的文学批评，也迫切需要文学理论的建立。

而文学理论更重要的任务，还在于总结经验以指导创作。如刘勰在《情采》篇所讲“立文之本源”，《体性》篇所讲“文之司南”，以及《总术》篇所讲“执术驭篇”等，《文心雕龙》中论述这种写作原理或方法的甚多，这部著作所企图解决的主要问题正在于此。在这个问题上，就有着更为复杂的时代关系了。建安以后，文学创作的盛炽，与文学摆脱儒学的束缚而独立发展有很大关系。但自汉末儒学衰微以来，代之而起的是魏晋玄学。从正始年间（240—249）开始，就“聃周（老庄）当路，与尼父争涂矣”（《论说》）。东晋以后，佛学渐盛，除更加助长了玄风的泛滥，佛教思想对此期的文学创作也有着重要的影响：

> 正始中，王弼、何晏好庄老玄胜之谈，而世遂贵焉。至过江，佛理尤胜，故郭璞五言，始会合道家之言而韵之。（许）询及太原孙绰，转相祖尚，又加以三世（佛教谓过去、现在、未来为“三世”）之辞，而诗、骚之体尽矣。⑬

“诗、骚之体尽矣”，和钟嵘所说“建安风力尽矣”所指略同。老庄佛道思想弥漫魏晋诗坛，前后达二百年之久，到南朝宋初，虽然“老庄告退而山水方滋”（《明诗》），其实山水诗的产生和流行，和佛老思想也是分不开的。山水诗，实际上是玄言诗的继续和发展。这是建安以后文学创作情况的一个方面。

从西晋太康时期（280—289）开始，文学创作出现的另一情况，是过分追求文辞藻饰的形式主义趋向明显地出现了。这种风气到南朝而又有恶性发展，即刘勰在《明诗》篇所说：“俪采百字之偶，争价一句之奇。”特别是齐梁以后，更由唯美主义发展而为庸俗的色情文学，写下了文学史上极不光彩的一页。

怎样对待这种文学发展趋势，就是《文心雕龙》所面临的历史任务，也就是产生《文心雕龙》的具体原因。文学艺术突破儒家思想的牢笼而独立，刚刚进入它自己的发展历史上一个新的里程，为什么很快就走上了歧途呢？老庄玄学固然给此期文学发展带来极坏的影响，但玄学也好，佛学也好，文学创作中的形式主义倾向也好，都来自一个总的根源，就是魏晋以来世族制度造成的严重的阶级矛盾和统治阶级的内部矛盾。儒学的衰微，除了它本身的原因外，也是和汉末以来的社会现实有关的。魏晋以后的思想领域，儒学失去控制力量，固然给玄风独扇和佛教大行以乘虚而入的机会，但主要还是腐朽的世族制度造成了极为黑暗恐怖的政治局面，大量文人惨遭杀害，从而为老庄佛道思想的繁殖提供了肥沃的土壤。统治阶级既企图借以麻醉人民群众，一般士大夫文人也从中寻求精神寄托而远世避害。另一方面，垄断一切的世族地主又为自己的享乐所需，把持文坛，附庸风雅。但他们除了追逐文辞采饰，就只好无病呻吟，为文造情。刘宋以降，所谓"家家有制，人人有集"，主要就是这样一些东西。太康以后文学创作必然走向形式主义，这是一个决定性的因素。

以上就是产生《文心雕龙》的历史背景，也是《文心雕龙》之所以出现于齐梁时期的种种原因。从建安开始，文学艺术进入独立发展的新时期以后，文学理论上要探讨、要解决的新问题本来是很多的，加上魏晋以来这样一个特定的历史环境，文学艺术的发展不能不经历一段曲折而复杂的道路。这样，文学理论上迫切需要研究和解决的问题就更多了。从曹丕的《典论·论文》以后，魏晋南北朝时期有关文论的著作特多，正是这个原因；而《文心雕龙》的产生，也正是在这个基础上的集大成者。

综上所述可见，《文心雕龙》是既总结前人创作经验，更针对当时创作倾向，也汇总了历代文学理论成就的一部重要著作。首先了解这些情况，对于理解刘勰在这部书中提出些什么问题，怎样解决这些问题，以及他主张什么和反对什么，是很有必要的。

## 二、刘勰的生平和思想

### （一）

刘勰，字彦和，祖籍是东莞莒（今山东莒县）人，寄居京口（今江苏镇江），大约生于宋明帝泰始元年（465）。祖父刘灵真，事迹不见记载，可能没有出仕或地位较低。父刘尚，曾做过越骑校尉（低级军职），死得很早，所以《梁书·刘勰传》说："勰早孤，笃志好学，家贫不婚娶。"⑭

齐武帝永明间（483—493），佛教徒僧祐到江南讲佛学，刘勰就跟随僧祐住在定林寺，协助僧祐整理佛经，历十余年之久。

据《序志》篇所说，刘勰"齿在逾立，则尝夜梦执丹漆之礼器，随仲尼而南行……于是搦笔和墨，乃始论文"。可见他是过了三十岁，即在定林寺的后期开始写《文心雕龙》的。大约经过五六年的时间，于501年左右完成。由于刘勰的社会地位较低，这部书脱稿后没有引起时人的注意。刘勰却"自重其文"，颇有信心，想取定于当时文坛上负有盛望的沈约。沈约的地位很高，刘勰没有正式见他的资格，便装作货郎在沈约车前挡驾。沈约看后，认为"深得文理"，并放在书案前经常翻阅。从此，刘勰及其书才逐渐为人所知。

刘勰三十八九岁开始做官，其后经历，《梁书·刘勰传》有如下记载：

> 天监初，起家奉朝请。中军临川王宏引兼记室。迁车骑仓曹参军。出为太末令，政有清绩。除仁威南康王记

室，兼东宫通事舍人。时七庙飨荐，已用蔬果，而二郊农社，犹有牺牲。勰乃表言二郊宜与七庙同改。诏付尚书议，依勰所陈。迁步兵校尉，兼舍人如故。……有敕与慧震沙门于定林寺撰经。证功毕，遂启求出家，先燔鬓发以自誓。敕许之。乃于寺变服，改名慧地，未期而卒。

由于这段记载很简略，其具体时间很难确定。经范文澜、杨明照诸家考订，眉目渐清，但有的具体年代，特别是刘勰的卒年，还存在较大分歧。现据有关材料粗列如下：

天监二年（503），三十九岁，起家奉朝请。[15]

天监三年，任临川王萧宏记室，掌文书。[16]

天监四年，任车骑仓曹参军，管理仓廪。[17]

天监六年，任太末（今浙江省龙游县）令。[18]

天监十年，任仁威将军萧绩记室。[19]

天监十三年，任昭明太子萧统东宫通事舍人，管章奏。[20]

天监十七年，上表建议二郊农社改用蔬果。[21]是年奉命与慧震共同在定林寺整理佛经。[22]

天监十八年，迁步兵校尉，管理东宫警卫工作[23]，继续兼任通事舍人。

普通元年（520），刘勰在定林寺出家，不到一年就死了。终年五十六岁左右。[24]

从刘勰的以上经历来看，他在入梁以后，已算是相当幸运的了。梁武帝萧衍在登基之前，曾上表反对“甲族以二十登仕，后门以过立（三十）试吏”，认为这种不合理的制度“尤宜刊革”，而主张“唯才是务”。[25]北齐颜之推有云：“举世怨梁武帝父子爱小人而疏士大夫，此亦眼不能见其睫耳。”[26]这是对的。但萧衍为了巩固自己的统治和缓和一点士庶之间的矛盾，确也任用了朱异等少数出身寒微的人。刘勰能担任东宫通事舍人等职，也就是萧衍父子对他的殊遇了。不过，门阀森严的世族制度，在刘勰身上不能不打上很深的烙印。他不仅是“过立试吏”，且是年近四十才“起家奉朝请”。“体大而思精”的《文心雕龙》，即便是作者乔装小贩，得到沈约的称许，却仍是“未为时流所称”的。[27]这与他的出身寒门有关。就刘勰的政治抱负来看，所谓“摛文必在纬军国，负重必在任栋梁；穷则独善以垂文，达则奉时以骋绩”（《程器》）。刘勰的一生，政治上根本谈不到奉时骋绩，而成为军国的栋梁。最后出家为僧，虽有他的信仰，却只能说是“独善其身”的穷途。

## （二）

刘勰在当时所处的社会地位，对他写《文心雕龙》一书，是不可能没有影响的。《史传》篇说：“勋荣之家，虽庸夫而尽饰；迍败之士，虽令德而常嗤。”就在一定程度上反映了当时的士庶矛盾。既非世家大族而又家道中落的刘勰，不正是一个“迍败之士”？刘勰从“家贫不婚娶”，到书成之后干求沈约，等等，在当时是难免于“虽令德而常嗤”的。南朝世族，“视寒素之子，轻若仆隶，易如草芥”[28]；出身庶族的人，即使功高位隆，尚难免遭轻视，何况刘勰？所以，他虽是“自重其文”，但也看到这样的现实：“将相以位隆特达，文士以职卑多诮：此江河所以腾涌，涓流所以寸折者也。”（《程器》）涓涓细流和汹涌奔腾的大江大河是不能相比的，它的途程不能不受到种种障碍而千回百折。因此，刘勰不可能对自己抱太大的希望。但他一方面对现实有所不满，一方面又存一定的幻想：这就是反映在《文心雕龙》中作者对现实的基本态度；也就是说，刘勰是以这种态度来写《文心雕龙》，来阐发他对文学评论的观点和主张的。

必须明确的是，刘勰虽然处在地主阶级的下层，对现实的态度存在一定的矛盾，但《文心雕龙》是坚定不移地站在地主阶级的立场来立论的。当时处于水深火热之中的广大人民群众，在刘勰的思想上，不可能有什么地位。《文心雕龙》中，不仅没有反映人民疾苦的主张，甚至汉魏六朝乐府民歌在创作上的成就，劳动人民“饥者歌其食，劳者歌其事”[29]的基本创作经验，都为刘勰所视而不见。他所反复强调的，是“披肝胆以献主”（《论说》），“大明治道”（《议对》），“兴治齐身”（《谐隐》），等等；对文学创作总的要求则是“经纬区宇，弥纶彝宪，发挥事业，彪炳辞义”（《原道》），就是要使文学创作在治理封建国家的各项事业中发挥作用。这就是刘勰阐述种种文学理论的思想基础。

刘勰从这种思想出发来论文，自然要给他的整个理论带来严重的局限。但《文心雕龙》并没有写成一部反动的文论，它除了在文学理论上正确地总结了许多创作经验外，对当时的封建社会来说，在思想意义上，仍不失为一部有益的、较为进步的文学理论。这是因为刘勰和当时占统治地位的世族地主的思想意识，存在着一定的矛盾，他对现实社会有不满的一面、要求改革的一面。刘勰的全部文学主张，是从有利于整个封建政教出发，而不是为腐朽的世族制度服务。刘勰虽不可能提出揭露、批判当时黑暗、腐败的世族政治的主张，但对“世极迍邅，而辞意夷泰”（《时序》）的作品是反对的。这两句是对东晋诗坛的批判。偏安江左的东晋王朝，内忧外患，困难重重，士大夫阶层却“不以物务自婴”[30]；诗歌创作则平平淡淡，对严重的时局无动于衷。刘勰对这种诗作的不满，说明他认为诗人是应该关心现实、反映现实的。晋宋以来，垄断文坛的世族文人，完全从享乐主义出发，驰骛于形式主义、唯美主义的诗作，这是刘勰所大力反对的。

如果以刘勰和稍晚于他的庾肩吾略加比照，颇能说明一些问题。庾肩吾也曾做过东宫通事舍人，他和其子庾信以及徐摛、徐陵父子在东宫的业绩，就是写《咏美人》《咏美人看画应令》[31]之类的宫体诗。刘勰终其一生，就止于通事舍人；庾肩吾则飞黄腾达而为度支尚书，最后，“历江州刺史，领义阳太守，封武康县侯”[32]。这个区别的秘密，就在于“新野庾氏”的庾家不同于一般的地主门第。[33]刘勰既为世族所不容，而他也不容于腐化堕落的世族文学。他主张文学创作要“经纬区宇”“大明治道”“顺美匡恶”（《明诗》）、“抑止昏暴”（《谐隐》），而反对“无贵风轨，莫益劝戒”（《诠赋》）、“无所匡正”“无益时用”（《谐隐》）的作品，更一再极力攻击“繁采寡情”“采滥辞诡”（《情采》）之作，这是从封建地主阶级的整体利益着眼，因而和少数世族地主的情趣相抵牾。刘勰的文学思想在当时还有一定的进步意义，即在于此。

正因刘勰的文学思想还有这样一个方面，所以，他对人民群众的创作虽然重视不够，却并不一概反对，并多少有所注意，甚至作了某些肯定。《乐府》篇讲到“匹夫庶妇，讴吟土风”的作品，也可“志感丝篁，气变金石”。《谐隐》篇对春秋时期宋国筑城民工尖锐地嘲讽华元的作品，也作了鲜明的肯定。甚至“廛路浅言，有实无华”的民间谚语，也认为“岂可忽哉”（《书记》）。刘勰对民间文学的肯定，当然有一定的限度，总体来说，就是要有利于封建治道。不符合这一总原则的作品，即便是帝王的御笔，刘勰也要加以指责。《谐隐》篇就说魏文帝的《笑书》“无益时用”；高贵乡公的作品“虽有小巧，用乖远大”。《时序》篇说：“幽、厉昏而《板》《荡》怒，平王微而《黍离》哀。”对《诗经》中《板》《荡》等诗不满于昏君的愤怒之情，也是肯定的。这类诗讲的虽是比较古老的事，却未必毫无现实意义。《明诗》篇说："太康败德，五子咸怨；顺美匡恶，其来久矣。"这里的用意就很明显了。刘勰这样写，显然是当作一种古代诗歌的优良传统来总结、提倡的。在诗歌创作中表达对君王的怨怒不满，刘勰当然不可能正面提出，对刘宋以后的帝王，他只能一一大加颂扬。但我们要看到的是，他把矛头指向古代的某些昏君，并不是偶尔一次，这就不能没有他的用意。如《谐隐》篇一开始就引用《诗经·大雅·桑柔》的诗说：

> 芮良夫之诗云："自有肺肠，俾民卒狂。"夫心险如山，口壅若川；怨怒之情不一，欢谑之言无方。

"肺肠"指统治者的坏心肠，它逼得百姓发狂。因此统治者要堵塞老百姓的怨怒之言。千千万万老百姓的口是无法堵住的，他们的怨怒之情必然要通过各种各样的方式表达出来。有的是"嗤戏形貌，内怨为俳"，有的则"谲辞饰说，抑止昏暴"。如果说根据这些说法还难以判断刘勰的用意，我们可结合刘勰在论"立文之本源"这个根本问题中的正面主张来看。《情采》篇把文学创作分为正反两种类型，一是"为情而造文"，一是"为文而造情"。其主要区别就在：

> 盖《风》《雅》之兴，志思蓄愤，而吟咏情性，以讽其上：此为情而造文也；诸子之徒，心非郁陶，苟驰夸饰，鬻声钓世：此为文而造情也。

为情而造文的道路之所以正确，就因为作者有了满腔怒愤之情，而用文学创作来表达其情以讽统治者。相反，为文而造情者，是作者内心并无郁陶的忧愤，只是为了写作而矫揉造作。值得注意的是，刘勰赋予“情”的含义。在整个《情采》篇中，“情”是作为专门术语，用以概括和形式相对的内容的，这里却把“情”的含义具体化为“蓄愤”和“郁陶”，其用意就颇为深微了。要为表达作者的怨怒之情“以讽其上”而造文，并以此作为“立文之本源”，这正是刘勰思想中可贵的一面。这种思想显然不是孤立出现于《文心雕龙》之中的，如上所述，它既和刘勰的整个思想有联系，又是从古代优秀作品中提炼、总结出来的。刘勰从这种思想出发，论作家，则肯定“逮楚国讽怨，则《离骚》为刺”（《明诗》）；论写作方法，则强调“畜（蓄）愤以斥言”“环譬以托讽”（《比兴》）。在六朝动乱分裂和世族地主的黑暗统治之下，几家欢乐几家愁是不待细说的，刘勰强调“畜愤斥言”“志思蓄愤”等，正是时代阴影的折射，具有一定的现实意义。

## （三）

刘勰自幼深受佛教洗礼，出仕以后，佛教已被正式宣布为国教[34]，也没有中止其佛教活动，最后燔发自誓，决心出家。但他的《文心雕龙》，又以尊孔宗经为主旨，口口声声以儒家经典为依据。这是不是一个矛盾？怎样理解这个矛盾，是了解刘勰思想所必须明确的又一重要问题。

在刘勰的思想中，在《文心雕龙》一书中，怎样处理儒与佛的关系，这是个有待研究的客观存在的问题。过去的论者，或以为《文心雕龙》与佛教思想无关，或以为刘勰的思想前后有别，前期以儒家为主，《文心雕龙》完全是在儒家思想指导下写成的。这都与事实难符。近年来有人开始正视这个问题，并提出“刘勰的指导思想是以佛统儒，佛儒合一”[35]的创见；这种看法虽还有待讨论，但首先值得肯定的是这种正视问题、敢于提出问题的精神。回避是解决不了任何问题的，只有正视它，并加以研究，才能逐步求得解决。

刘勰前后期思想有所不同，这是事实。但不仅他后来毅然事佛，是前期思想的发展，且《梁书》本传说："勰为文长于佛理，京师寺塔及名僧碑志，必请勰制文。"这是前期已然的事了。如超辩于"齐永明十年（492）终于山寺""沙门僧祐为造碑墓所，东莞刘勰制文"[36]；僧柔卒于延兴元年（494），也是"东莞刘勰制文"[37]。这都是刘勰动笔写《文心雕龙》之前的事。既然写《文心雕龙》之前，已"为文长于佛理"，到写《文心雕龙》的时候，他的佛教思想不可能绝然中止；问题只在于刘勰怎样处理他满脑子已有的佛教思想。

传为汉末牟融的《理惑论》，其中有这样一段问答：

> 问曰："子云佛经如江海，其文如锦绣，何不以佛经答吾问，而复引《诗》《书》合异为同乎？"牟子曰："渴者不必须江海而饮，饥者不必待敖仓而饱，道为智者设，辩为达者通，书为晓者传，事为见者明。吾以子知其意，故引其事。若说佛经之语，谈无为之要，譬对盲者说五色，为聋者奏五音也。……是以《诗》《书》理子耳。"[38]

用"诗云子曰"一套儒家的话头来宣讲佛家教义，是汉魏期间普遍存在的事。牟子为了对方易于理解而用《诗》《书》之语，至少可以说明，对一个佛教徒来说，他口称孔孟之语，却未必是宣扬孔孟之道。这样，范文澜的说法就没有很大的说服力了。他认为：

> 刘勰自二十三四岁起，即寓居在僧寺钻研佛学，最后出家为僧，是个虔诚的佛教信徒，但在《文心雕龙》（三十三四岁时写）里，严格保持儒学的立场，拒绝佛教思想混

进来，就是文字上也避免用佛书中语（全书只有《论说篇》偶用“般若”“圆通”二词，是佛书中语），可以看出刘勰著书态度的严肃。[39]

第一，从《理惑论》的例子来看，用儒书语或佛书语并不能说明根本问题。第二，既是“虔诚的佛教信徒”，又要严格拒绝佛教思想以至佛书词语，这就使矛盾更为加深了。一个虔诚的佛教信徒，何以竟对佛家词语都要如此严加拒绝呢？第三，偶用“般若”“圆通”，这不是个一般的用语问题。仅就“般若”二字来看，刘勰是把一个关键性的词用在关键的地方来了。他是这样说的：

夷甫、裴頠，交辨于有无之域；并独步当时，流声后代。然滞有者，全系于形用；贵无者，专守于寂寥，徒锐偏解，莫诣正理。动极神源，其般若之绝境乎！（《论说》）

“贵无”和“崇有”是魏晋时期一场激烈的大辩论，它涉及万事万物的“有”或“无”、人生在世应“有为”或“无为”等重要问题。刘勰对这场争论表面上是各打五十大板，认为都不是“正理”，然后从佛家的思想武库中搬出“般若之绝境”，认为这才是最正确的观点。所以，他是在这个关键性的问题上用到“般若”一词的。

“般若”学是盛行于魏晋的一个佛家学派。所谓“六家七宗”，“般若”派的支派也是很多的，但有一个基本观点，就是一切皆空，一切皆无。如《大明度经·本无品》中不仅说“一切皆本无，亦复无本无”，甚至“如来亦尔，是为真本无”。[40]主张“本无”，但“本无”也是没有的，以致佛家的老祖宗如来佛也是没有的。用这种彻底的“本无”观来对待具体事物，就是既不“有”，也不“无”。如和《大明度经》同经异译的《道行般若经》讲“心”的有无说：“心不有，亦不无。”“亦不有有心，亦不无无心。”[41]本书《论说》篇的注中曾引晋代僧肇《般若无知论》中“实而不有，虚而不实”“非有非无，非实非虚”等话，也是一个意思。刘勰既反对“崇有”，也反对“贵无”，其实就是“非有非无”论，正是地道的佛教思想、彻底的唯心主义。

“般若”一词，一般译为“智慧”。阐释《大品般若经》的《大智度论》说“般若者，秦言智慧。一切诸智慧中，最为第一，无上无比无等，更无胜者”[42]。既强调为至高无上的“智慧”，就不是一般世俗之人所有的智慧，而是专指佛徒领会佛义的独特“智慧”。所谓“佛”，原是“浮屠”“浮陀”等译音演化而来的，意译为“觉者”或“智者”，所以《理惑论》说：“佛之言觉也。”[43]一般佛徒常名曰“觉”“慧”“智”“悟”等，就是这个意思。由此可见，“般若”一词，对整个佛家思想是有代表性的。刘勰认为“有无”问题，归根到底是一个“般若之绝境”，就是要人们去领悟那种“非有非无、非实非虚”的佛教最高境界。

这就足以说明，刘勰在《文心雕龙》的写作过程中，他的佛教思想并未中止，也无意于“严格保持儒学的立场，拒绝佛教思想混进来”。既然在这种重大问题上，他可旗帜鲜明地运用佛家的基本思想，其他问题又何惧之有，而要严格拒绝呢？《文心雕龙》中佛家词语不多，主要是它讨论的内容决定的。刘勰写此书既不是为了宣传佛教，也不是参加当时哲学上的争论，而主要是总结文学创作经验，进行文学评论。因此，虽然在必要时并不回避佛教思想的“混入”，却也没有必要把佛教思想强加进去，甚至要“以佛统儒”。

但刘勰毕竟是以“征圣”“宗经”为指导思想来写《文心雕龙》的，全书也处处以儒家经典为评论作品的依据。这和刘勰作为一个虔诚的佛教徒是不是有矛盾呢？这要从以下三个方面来探究：

第一，刘勰的《文心雕龙》是论“文”，无论文学创作或文学理论，和儒家经典的关系都比较密切，而承认这一事实并不等于放弃或背离佛家教义。北宋的孤山智圆是一个突出的例子，他“于讲佛教外，好读周、孔、杨、孟书，往往学为古文以宗其道”[44]；甚至称儒道为“吾道”：“老、庄、杨、墨弃仁义，废礼乐，非吾仲尼祖述尧舜、宪章文武之道也。故为文入于老、庄者谓之杂，宗于周、孔者谓之纯。”[45]他这样维护儒道之纯，只对“为文”而言，所以并不意味着他放弃了佛道的立场。智圆是宋代佛教天台宗“山家山外”之争的主要角色之一，这场和四明智礼的争论相持七年之久，谁也说不服谁，最后不得不“各开户牖”而分裂为“山家”“山外”两派。[46]智圆这种固执己见的态度，很能说明他在文学观点上尊儒，绝不是佛教的立场有了改变。

第二，刘勰确是强调“征圣”“宗经”，但“征圣”“宗经”的具体内容是什么呢？清代李家端曾说：

> 刘彦和著《文心雕龙》，可谓殚心淬虑，实能道出文人甘苦疾徐之故；谓有益于词章则可，谓有益于经训则未能也。乃自述所梦，以为曾执丹漆礼器于孔子随行。此服虔、郑康成辈之所思，于彦和无与也。况其熟精梵夹，与如来、释迦随行则可，何为其梦我孔子哉？[47]

照李家端看来，刘勰这个佛教徒梦与孔子随行的资格也没有，因为他所精熟的是佛理，《文心雕龙》也无益于经训。全书如此，《征圣》《宗经》两篇，也是有益于词章而无益于经训。这两篇主要是：宣扬儒家圣人的文章“衔华佩实”“旨远辞文”，论证在写作上向儒家经典学习的必要，强调要“禀经以制式，酌雅以富言”，认为“文能宗经”就有“情深而不诡”等好处。总之，是主张向儒家经典学习写作，并未阐发六经的经义，也未提出如何用作品以宣扬儒家观点学说的主张。这样的“征圣”“宗经”观点，当然就和佛家教义不存在什么矛盾。

第三，更主要的还在于，当时即使是真心诚意崇拜孔圣，对于一个虔诚的佛徒也不成其为矛盾。

儒与佛无疑是大异其旨的，但在刘勰所处的特定历史条件下，人们可以把它们统一起来。当时虽也有人认为“泾渭孔释，清浊大悬”[48]，但相当普遍地存在着儒佛二教殊途同归的思想。这种思想的形成，一方面是由于佛入东土之后，不能不遇到土生土长的儒道思想的强大阻力，必须借助于根基雄厚的儒家思想及其词语，以利传播，由此更附会或编造出种种奇谈怪论。有的说孔子自己讲过，他不是圣人，而“西方之人，有圣者焉”[49]，这个西方圣者就是佛祖；有的更说孔子就是佛门弟子，名曰“儒童菩萨”[50]。这就真所谓“以佛统儒”，儒佛一家了。另一方面是，魏晋时期以老庄思想和儒家思想凑合而成的玄学，唯心的因素更加发展了，和佛学就有了某些相通相近之处；而此期的玄学和佛学，正是在相辅相成的过程中发展起来的。这样，由魏晋而南朝，就逐步形成了儒佛不二的普遍思潮；其间虽也有夷夏之论、本末之争，但本同末异的观念遍及晋、宋、齐、梁的僧俗儒道以至帝王大臣。现略举要例如下：

晋廷尉孙绰：“周孔即佛，佛即周孔，盖外内之名耳。……周孔救极弊，佛教明其本耳，共为首尾，其致不殊。”[51]

晋僧慧远：“常以为道法之与名教，如来之与尧、孔（《高僧传》作‘周、孔’），发致虽殊，潜相影响；出处诚异，终期则同。”[52]

宋康乐公谢灵运：“昔向子期以儒、道为一，应吉甫谓孔、老可齐。”[53]

宋光禄大夫颜延之：“天之赋道，非差戎华；人之禀灵，岂限外内。”[54]

齐竟陵王萧子良：“真俗之教，其致一耳。”[55]

齐太子詹事孔稚珪：“推之于至理，理至则归一；置之于极宗，宗极不容二。”[56]

梁武帝萧衍：“穷源无二圣，测善非三英。”[57]

梁隐侯沈约：“内圣外圣，义均理一。”[58]

这样的论调，千篇一律，举不胜举。这种思潮不只是影响到刘勰，刘勰自己也正是这一大合唱的重要成员之一。他在《灭惑论》中说：“至道宗极，理归乎一；妙法真境，本固无二。……故孔、释教殊而道契。”[59]这种说法，和上引诸说是完全一致的。《灭惑论》的写作时间，目前学术界还有不同意见。[60]虽然写于《文心雕龙》成书之后的可能性更大，但从晋宋以来普遍存在的思潮来看，儒佛二道“本固无二”的思想，在《文心雕龙》成书之前之后，对刘勰这个虔诚的佛徒来说，都是存在的。因此，早已皈依佛门的刘勰，完全可以崇奉周孔，也可公然用“征圣”“宗经”的旗号来写《文心雕龙》，而不会导致有什么矛盾。因此，刘勰既可大讲其“征圣”“宗经”，必要时也可毫不含糊地运用佛家思想。认清这点，对我们理解刘勰的整个文学思想，是很有必要的。

## （四）

在儒佛相融并渗透到整个思想领域的六朝时期，虽有像范缜等少数人奋起抗争，但唯心主义的宗教思想处于绝对优势，这是当时的客观事实。刘勰的《文心雕龙》不可能出污泥而不染，这是毫无疑问的。但《文心雕龙》的可贵，是在它建立了以唯物思想为主的文学理论体系。

《文心雕龙》不是哲学著作，它也就不探讨物质的第一性、精神的第二性之类的哲学范畴。因此，我们要判断《文心雕龙》倾向于唯心或唯物，不应从只言片语中去找它对哲学问题的回答，而要从它所论述的文学问题上，考察它对文学创作、文学理论的一些基本观点。

佛教思想自然完全是唯心的。刘勰虽然继承了具有朴素的唯物思想的儒家古文学派的观点，儒家古文学派也绝非彻底的唯物论者。所以，在《文心雕龙》中，唯心主义的杂质是随处可见的。不仅上述“般若之绝境”是唯心的，他多次讲到“河图”“洛书”之类的原始传说，用专篇论述了祭祀鬼神的文体“祝盟”“封禅”等，吹捧儒家圣人是“妙极生知，睿哲惟宰”（《征圣》），以及儒家经典是“恒久之至道，不刊之鸿教”（《宗经》）等，都杂有浓厚的唯心主义思想。

值得注意的是《正纬》篇，其中如“神道阐幽，天命微显”“有命自天，乃称符谶”“昊天休命，事以瑞圣”等，唯心主义的成分更多，但仍未可遽定《正纬》篇完全是唯心的。不应忽略《正纬》篇的主旨，正是反对东汉神鬼化、宗教迷信化的谶纬之书。本篇既论证了纬书之伪，又痛斥方士诡术“或说阴阳，或序灾异”，用“鸟鸣似语，虫叶成字”等来骗人，是“乖道谬典，亦已甚矣”。全书多次提到“河图”“洛书”，本篇讲得更多，并对这种现象作了自己的解释：“昔康王河图，陈于东序，故知前世符命，历代宝传。仲尼所撰，序录而已。”这个解释很能说明刘勰对这种古代传说的态度。前代把“河图”“洛书”之类当作国宝一代一代传下来，孔子讲了这些，刘勰认为不过是“序录而已”。这就解脱了孔子，也表明了刘勰自己的理解。《文心雕龙》虽多次讲到“龙图”“龟书”，既未正面论述，更未宣扬或肯定其灵威，除了也不过是“序录而已”外，唯一的解释就是：“谁其尸之，亦神理而已。”（《原道》）以刘勰及其时代的科学知识，是难以正确地解释这种现象的。古书已多有记载，刘勰无法否定它，但否定了这是上天的安排，认为是自然而然产生的现象。

所以，《正纬》篇的唯心主义杂质虽然更多，正可通过此篇以通观全书。只要不惑于表面词句，而细察其具体用意，不纠缠于枝节问题，而研究全篇主旨，我们不难看到，《文心雕龙》全书的主导面是唯物的，而不是唯心的。

刘勰并不是无神论者，这是可以肯定的。但如果由此而笼统地推论其全部文学理论是唯心的，而不问其对具体问题作何具体论述，那是得不出符合实际的结论的。以《祝盟》篇来看，讲的虽是祝告天地、盟誓鬼神之文，却未论证天地鬼神的灵验。所谓“天地定位，祀遍群神”，也只是客观的“序录而已”。既论历代祝盟之文，自然会联系到历代祝盟之事，而不是刘勰在提倡、主张“祀遍群神”。刘勰没有宣扬神，也没有否定神，这固然是他的局限。问题在于怎样对待祝盟这个具体问题，他一再强调的却是“崇替在人，咒何预焉”。盛衰决定于人，咒祝是不起作用的；“信不由衷，盟无益也”，信誓之辞不出自人的真心实意，对天盟誓也毫无益处；“忠信可以，无恃神焉”，他劝告人们不要依靠神，而要相信自己，这就十分可贵了。不仅如此，本篇还肯定了有“利民之志”和统治者“以万方罪己”的祀文，而批判“秘祝移过”，把罪过推给臣下和老百姓的恶劣做法。曹植有一篇《诰咎文》，其序有云：“五行致灾，先史咸以为应政而作。天地之气，自有变动，未必政治之所兴致也。”[61]其为反对汉儒天人感应之说是很明显的。而刘勰在对汉魏时期的祝文全加批判之后，却赞扬说：“唯陈思（即曹植）《诰咎》，裁以正义矣。”这岂非刘勰的卓见！

上举《正纬》《祝盟》两篇，在《文心雕龙》五十篇中，不仅不是最优秀的，反而是涉及鬼神迷信较多、唯心思想较重的两篇。于此可见，只要略加具体分析，唯心的成分在《文心雕龙》中并不是主要的。

《文心雕龙》是一部文学理论著作，以上分析可以提供参考，但要判断文学评论家的刘勰的思想，主要还应根据《文心雕龙》中表述的文学观点。不过，从文学观来看，也有不同的看法，有人认为“文原于道”是根本问题，有人认为“人文之元，肇自太极”是关键问题，等等，都各有一定的理由。找根本，抓关键，这是完全必要的，但所谓根本或关键，应指决定其整个文学观的因素，应该是支配全局性的东西，而不是局部的个别观点，更不是把刘勰自己并无意探讨的问题硬套上去。

刘勰的全部文学理论，不出“情”“物”二字及其相互关系。评论作家作品，要看其“序志述时”（《通变》）如何；讲艺术构思，要问思（“情”）从何来；论艺术风格，要讲“性”之所生；论比兴，以“至切为贵”；讲夸张，就反对“夸过其理”而“名实两乖”；抒情则“情以物迁”，状物则“功在密附”（《物色》）；等等。一个文学理论家，怎样回答“情”与“物”的关系，就是要说明：文学艺术是作者头脑的主观产物，还是客观现实通过作者思想感情所作的反映；作者的情志是来自客观的“物”还是主观的“心”；文学艺术能不能、应不应真实地反映客观事物。这才是决定全局而能判断一个文学理论家属唯心或唯物的根本问题。

刘勰对文学与现实的关系的认识，当然也有他的局限。比如过分夸大封建帝王的作用，认识不到阶级斗争、生产斗争对文学家和文学创作的重要意义。再就是过分强调征圣、宗经，说儒家经书是“文章奥府”“文能宗经”，有六大好处等，都是对作家更直接、更深入地去接触现实、认识现实的忽视。但这些不足之处，仍未足以改变其基本上是唯物的文学观。

古代哲学家，有的认为世界起源于“气”，如《原道》篇所说：“人文之元，肇自太极。”“太极”就是混沌未开时的“气”。[62]有的认为世界起源于“水”，认为水是“万物之本源也，诸生之宗室也”。[63]这当然是对物质起源所作的并不科学的解释，但我们不能不承认两说都是朴素的唯物观点。所以，刘勰虽认识不到物质世界的本质，却明确讲到文学创作受制约于客观的“物”。《物色》篇说：

> 春秋代序，阴阳惨舒，物色之动，心亦摇焉。……献岁发春，悦豫之情畅；滔滔孟夏，郁陶之心凝；天高气清，阴沉之志远；霰雪无垠，矜肃之虑深：岁有其物，物有其容；情以物迁，辞以情发。

这里不仅讲到物色有强大的感人力量，而且具体说明了作者不同的情，来自不同季节的不同物色。物是情的决定因素。作者的思想感情既然是由物引起并随物的变化而变化的，则文学创作就是抒发这种来自客观的物的感情。这是从自然景物和作者的情的关系来讲的。《时序》篇则从时代社会对文学的影响来讲情与物的关系。社会现象更为复杂，刘勰也就不同历史时期的特点，分别说明不同的社会现象对文学创作所起的不同作用。如对商周以前的文学创作情况，则以统治者的德政与昏庸而产生不同的作品说明："歌谣文理，与世推移，风动于上，而波震于下者。"论建安时期的文学创作就说："良由世积乱离，风衰俗怨，并志深而笔长，故梗概而多气也。"东晋的文学创作，则由于玄风的影响，"诗必柱下之旨归，赋乃漆园之义疏"。总结这些情况，说明"文变染乎世情，兴废系乎时序"。王政的得失、社会的动乱以及学术思想，对文学创作的发展变化，都有密切的关系。刘勰对这方面的认识虽然未能抓住社会现实中最本质的东西，但不仅上述事实基本正确，对于说明情与物的关系也是有力的。总体来看，以上两个方面说明，刘勰认识到文学创作不是主观臆造，作者抒写的情志，不是无本之木，无源之水，而是来自外物，受制约于外物，这就应该说是唯物的观点。前面已经说过，这种观点在《文心雕龙》中并不是局部的、个别的，除《时序》《物色》两篇作了集中的论述外，其他如《明诗》《诠赋》《神思》《比兴》等都有这方面的论述，都和这种观点有密切的关系。在分论各个问题时还要讲到，这里就不加细说了。

以上讲"情以物兴"。表达在作品中的"情"既然来自客观的"物"，自然通过"情"就可看到客观的"物"。也就是说，作品可以反映客观事物。所以，刘勰在《诠赋》称这方面为"物以情观"。刘勰对这方面虽没有专篇论述，散见于各有关篇章的也不少，并有较为清楚的认识。如肯定《楚辞》的"论山水，则循声而得貌；言节候，则披文而见时"（《辨骚》）；说晋宋时期的作品能"巧言切状，如印之印泥……故能瞻言而见貌，即字而知时也"（《物色》）；甚至可以通过写得"精之至"的作品"觇风于盛衰""鉴微乎兴废"（《乐府》）。从文艺作品中反映出或看出一个国家的士气、盛衰，可能这种具体说法有所夸大，但也不是完全不可能的。因为反映到作品中的"物"，并不是纯客观地摹物状形，而要通过作者主观的“情”。而这种“情”又和当时的社会风貌，上自王政得失，下至风衰俗怨，有一定联系。但这必须要写得“精之至”的作品才能反映出来，不真实的、虚情假意的作品是不可能的。因此，刘勰极力反对“世极迍邅，而辞意夷泰”之作（《时序》），批判“志深轩冕，而泛咏皋壤；心缠几务，而虚述人外”（《情采》）之制。所以，他一方面主张“为情者要约而写真”，要存其“真宰”（《情采》），表达真实的思想感情；一方面注意到要“象其物宜”（《诠赋》），“体物为妙，功在密附”，从而写出“情貌无遗”（《物色》）的作品。要能做到这点，就必须“触物圆览”，对所写事物作全面的观察了解。刘勰对这方面的论述也很多，仅以《物色》篇来看，就一再讲到，“流连万象之际，沉吟视听之区”“窥情风景之上，钻貌草木之中”“若乃山林皋壤，实文思之奥府”“屈平所以能洞监风骚之情者，抑亦江山之助乎”，等等。这已从物色对文学创作总的作用，怎样深入细致地观察景物，到创作构思中情和物的交织情形等不同角度，说明了物色在文学创作中的重要作用。正如本篇“赞”辞所说：只有“目既往还”，才会“心亦吐纳”。没有对客观事物的接触，主观空虚的“心”是吐不出什么东西来的。

从文学创作来自现实和反映现实这两个方面来看，刘勰的认识虽然还存在这样那样的不足之处，但他的文学思想的主导面应该说是唯物的。有的同志对这些根本问题视而不见，却抓住某些只言片语，大做文章，虽有精解宏论，也不过是明足以察秋毫之末，而不见舆薪，是无补于说明实际问题的。

## （五）

认为刘勰的思想以唯心为主，或是彻底的唯心主义者的同志，主要根据是《原道》篇，这就有必要讲讲《原道》的问题。

最近有一篇论《文心雕龙》的“唯心主义本质”的文章[64]，认为刘勰的思想是“反动”的、“极端唯心”的，刘勰所说的“道”，“也就是统治阶级压迫人民、剥削人民的‘天经地义’之‘道’了”。不过，除了一大堆高帽子，并未说明其“唯心主义”的“本质”究在何处。也有一些理由，但和是否“唯心”多不相干。如说《文心雕龙》除前后各五篇外，“前二十篇是分论文章体裁，后二十篇是分论写作技巧（所以他把本书称作《文心雕龙》）。就凭这一点来说，他这种偏重形式的文章理论，也是不可能摆脱唯心主义的谬见的”。分论文体和写作技巧，与唯心主义有何必然联系？即使“偏重形式”，又从何能判断他“不可能摆脱唯心主义”？这样的论证还有，不必多举。关于“道”，论者认为：“由于他主张文章必须‘宗经’，‘经’原于‘自然之道’，因而他必然要提出‘因文以明道’也就是后来所谓‘文以载道’的反动主张。”且不说“自然之道”和“文以载道”有没有什么关系，奇怪的是这种论证方法：论者明明引出刘勰的原话是“圣因文而明道”，却一变而为“因文以明道”，再变而为“文以载道”，中间还跳过了首先提出“文者以明道”的柳宗元[65]，他却是公认的唯物论者。问题在于：“圣因文而明道”不能改为“文以明道”。[66]原话的句意是“圣因文—而明道”，并不是“圣因—文以明道”。至于宋代理学家提出的“文以载道”可能是“反动”的，但和刘勰所说“圣因文而明道”的原意就相去远矣。

有的同志认为“原道”的“道”是“佛道”或“佛性”。[67]既是“佛道”或“佛性”，自然就是彻头彻尾的唯心主义了。不过论者除引证《灭惑论》等佛教著作外，却未能从《文心雕龙》本身找到什么直接的论证。佛教的话头，《原道》中直言不讳的话确是一句没有。于是论者断定《原道》篇用的是“罩眼法”，是“哑谜”，是“烟幕”等。这样，我们就没有详究这些“烟幕”“哑谜”的具体内容的必要了。因为根据前面所讲，宣扬佛法在齐梁时期绝非非法活动，毫无躲躲闪闪、大施其“罩眼法”的必要。佛徒宣唱佛法，最重要的是使人明了易懂，他们千方百计讲譬喻、编故事，讲求宣讲者的“声、辨、才、博”[68]，以求“令人乐闻”。刘勰也公开讲过“般若之绝境”，他既要讲“佛道”或“佛性”，何必搞一通“哑谜”，而“使人莫名其妙”呢？

“原道”的“道”和佛道的“道”，是有一定关系的（这里不能详论），但不等同，简单化地强画等号，只会弄得自己“莫名其妙”。

看来，用“原道”的“道”来说明刘勰的思想纯属唯心主义，目前还没有足以服众的充分理由。至于刘勰的这个“道”是什么“道”，也还众说纷纭，儒道、佛道、儒佛统一之道、道家之道等说，都各有一定理由，尚无定论。“道”这个概念在我国古代确是比较复杂的，不仅各家有各家的“道”，《文心雕龙》中讲的“道”就多种多样，如“天道”“王道”“常道”“儒道”“神道”“至道”等。因此，要判断《原道》的“道”是什么意思，是唯心或唯物，就必须从《原道》篇来看它的具体命意。《原道》中的“道”是什么“道”，刘勰已开宗明义，讲得很清楚了：

> 文之为德也，大矣；与天地并生者，何哉？夫玄黄色杂，方圆体分，日月叠璧，以垂丽天之象；山川焕绮，以铺理地之形。此盖道之文也。

这个“道”，是和“天地并生”的“道之文”，和儒道、佛道，都没有直接的联系。刘勰认为，从开天辟地之后，就有天地、日月、山川等，天地就有玄黄之色，日月则如璧玉重叠，山川就像鲜丽的锦绣。它们都有“文”，刘勰就称这种“文”为“道之文”。刘勰即使不作更进一步的具体解释，以上的话已清楚地说明，“道之文”是指天地万物都有其自然形成的文采，也就是所谓“自然美”。进一步，刘勰把这种现象扩及人类。人为万物之灵，就因为人有思想（“心”）。刘勰认为万物都自然有“文”，“有心之器，其无文欤!”而语言是表达人的思想感情的，刘勰对这点有明确的认识（“心既托声于言，言亦寄形于字”）；语言的表达就会显示出文采，这也是自然而必然的，所以他说：“心生而言立，言立而文明，自然之道也。”明确了“自然之道”的基本命意，对“道”字如何解释就是次要的了，道路、道理、法则、规律，都无不可。可以称之为“规律”，主要还不是根据训诂上可通，而是刘勰的命意。他把以上现象再“傍及万品”来考察，即推论一切动物、植物，莫不有“文”，而这种“文”的出现都是：“夫岂外饰，盖自然耳。”天地万物都有文采，这种文采不是外加上去的，是“物”的属性。于是，刘勰总结这种普遍现象说：

故形立则章成矣，声发则文生矣。

这就上升为规律了：有其物，就必有其形；有其形，就必有其文。这种必然性，刘勰称之为“道”；这种“文”，就称之为“道之文”。这就说明，《原道》篇中概括这种必然性的“道”，是指万物自然有文的法则或规律。

“道”这个概念虽然比较复杂和抽象，但从以上分析来看，刘勰赋予它的意义还是相当明确的。其所以产生种种分歧，比较常见的原因有二：一是有的同志研究古人，有一种查三代的爱好。诚然，为了追根探源，对某些问题查清其来龙去脉是必要的。但用于《原道》的研究，往往是从词句的运用上查其出于何典，由是据以推断其源于何家；所谓“儒家之道”“佛家之道”“道家之道”云云，多由此而来。对刘勰来说，这显然不是一种可靠的办法，因他不仅好用古书，诸子百家都有，且好创新义，特别是“自然之道”的观点，完全是刘勰的独创，借用古书古语虽多，要说明的问题却与古人无关。再一种情况是脱离“原道”的论旨，往往议论虽精，火力虽猛，却是空炮。早在 1957 年，就有人提出《原道》篇所论“文学源泉”的问题。[69]其后讨论刘勰世界观的不少文章，都论及《原道》篇对“文学起源”问题的唯心主义观点。如果文学的源泉问题、起源问题真是《原道》篇的论旨，那是刘勰自己写得文不对题了。可是，细检原文，全篇三段，第一段讲“自然之道”，第二段讲人类文化的发展，第三段讲“自然之道”和儒家圣人的关系，并未走题。全篇主旨是要说明天地万物自然有文的规律，而不是讲文学的起源和源泉。当然，第二段从“人文之元”讲到周、孔之文，是涉及人类文化的起源问题了；对有文字以前的传说时期，刘勰用“河图”“洛书”之类来解释“人文之元”的情况，无疑是不正确的。但有两个具体问题不能不研究：第一要看刘勰对这类古代传说是怎样理解的，他用这些企图说明什么问题。刘勰的回答是：“谁其尸之，亦神理而已。”有的同志对“神理”二字很有兴趣，比之黑格尔的“绝对观念”，这岂不是欲抑实扬，把刘勰估计得太高了？五六世纪的刘勰，怎可能有十八九世纪伟大哲学家黑格尔的“绝对观念”？刘勰的这个“神理”，也就是他的所谓“道”，这个看法基本上是一致的。本篇讲“天文”“人文”的两段，都是旨在阐明“自然之道”这个普遍规律，两个部分的命意是一致的。十分明显，

“谁其尸之，亦神理而已”，和上段说的“夫岂外饰，盖自然耳”，正是一个意思。就是说，“河图”“洛书”的出现，从“文”的意义来看，并不是什么人为的东西，而是一种自然出现的现象。就刘勰的这种理解和用意来看，就很难说他是唯心主义了。

二是用“神理”来解释那些并不存在的古代传说，无论刘勰是疑信参半还是完全相信实有其事，总是对上古“人文”的一种错误推测，这是他难以避免的局限。问题在于，这种错误认识（以“河图”“洛书”等为人文之始）在《文心雕龙》全书中占什么位置。事实是，它不仅毫无影响于刘勰的整个理论体系，即使在《原道》篇中，也是无关宏旨的。因此，我们固应看到他有此局限，但要据以判断刘勰总的思想是唯心主义的，就没有多大力量。

认为《原道》篇论述了“文学源泉”问题，那就离题更远。这种看法可能与纪昀的评语“文原于道”之说有关。由“文原于道”再理解为“文源于道”，这样，“道”就成为文学的源泉了。无论把“道”解作何家的“道”，都只能是观念而不会是物质；以某种观念为文学的源泉，自然就是唯心主义了。但《原道》既未讲文学的源泉问题，“原道”也不是“文源于道”。

仅就“原”字说，是可以释为“源泉”的。但“原泉”的原意和今天所说生活的“源泉”还不是一回事。孟子：“原泉混混，不舍昼夜。”[70]班固：“源泉灌注，陂波交属。”[71]《孟子》朱注：“原泉，有原之水也。”由此可见，从字面上说“原道”是“文源于道”，也是不通的。当然，“文源于道”也绝非刘勰以“原道”命篇的本意。

早于刘勰六百年的《淮南子》，也有一篇《原道》冠于全书之首。高诱注：“原，本也。本道根真，包裹天地，以历万物，故曰‘原道’。”刘勰的《原道》，是否也取“本于道”的意思？他自己讲得很明确："盖《文心》之作也，本乎道。"（《序志》）《原道》的内容也正是论证天地万物都本于"自然之道"而有其文。特别是其中讲到：从伏牺到孔子，"莫不原道心以敷章"，概括了一切"人文"无不是本着"道"的基本精神来进行著作。"原道"二字在这里的具体运用，说明"原道"与文学的源泉是"道"之意，了不相关。因此，要据以论断刘勰的唯心主义就势必落空。

《原道》是刘勰全部文学理论的一篇总论，因此，它的内容应该是指导全书的一个总观点。纪昀有所谓"标自然以为宗"之评，刘勰确是把"自然之道"作为其全部文学评论的主要依据。他重文采的理论根据是"自然之道"；他反对过分的采饰，理论根据也是"自然之道"。这在《文心雕龙》中是很明显的。只举一例：《丽辞》篇说："造化赋形，支体必双，神理为用，事不孤立。夫心生文辞，运裁百虑，高下相须，自然成对。"刘勰认为文学作品应该用对偶，根据就是自然事物的成双成对，本身就是自然形成的；客观事物如此，描写客观事物的作品也应如此。如果完全拒绝用对偶，就如"夔之一足，趻（踸）踔而行"，反而是不正常的。显然，这是"自然之道"观点的具体运用。但是，对偶的运用，要"奇偶适变，不劳经营"。如果过分雕琢，偶句成堆，以至于"俪采百字之偶，争价一句之奇"（《明诗》），那又是刘勰所反对的了。这种反对也是根据"自然之道"，因为过分的雕琢繁饰，同样违背"自然之道"的精神。"原道"是全书的指导思想，即在于此。

判断刘勰的文学观点是唯心或唯物，前面已经说过，主要应从刘勰对文与时、情与物的态度来考察。《原道》篇虽然主旨不在探讨文与物的关系，但从其有关论述中，也可间接看出它是唯心或唯物的。不过，既不应把刘勰自己无意在本篇讨论的问题强加于他，也不应在无关主旨的枝节问题上，抓住只言片语不放。从“自然之道”这个根本问题来看，“原道”的观点基本上是唯物的。因为刘勰明明肯定要有其物，才有其形；要有其形，才有其文，才有其自然的美。在这个命题中，美是物的属性，因此物是文的先决条件。刘勰认为文“与天地并生”，“人文之元，肇自太极”，如果理解为“文学”的“起源”，岂不荒谬？混沌初开之际，怎能有“文学”或“文”的“起源”？但刘勰并非意在“起源”，而是说即使最早、最原始的宇宙，有天地就有天地的“文”，有“太极”就有“太极”之美。总之，是“形立则章成”，是“自然之道”。这些认识的确不科学，但归根结蒂，文是源于物，而非源于心。这样，就应该说，“原道”的观点基本上是唯物的。但也必须指出，刘勰的唯物思想是不自觉的，他并没有意识到唯物观的意义，而有意识地在《文心雕龙》中坚持唯物的观点。因此，在他的文学评论中，唯心的杂质是不可避免的。

我们肯定刘勰的唯物思想是不自觉的，但也不能认为《文心雕龙》中占主导面的唯物观点是一种偶然现象。从刘勰的身世及其整个思想的具体情况来看，他的文学思想本身就是历史的产物。如上所述，刘勰对当时世族地主控制之下文学状况的不满，他写《文心雕龙》时还存在的积极入世态度，在儒佛道同的思潮中，他虽然笃信佛学，却并未年满具戒[72]，直到晚年才正式出家。这些对构成刘勰的文学思想都有一定的作用。从《文心雕龙》本身来看，刘勰能针对现实、从总结文学创作实际经验出发来评论文学，这对他写成以唯物观点为主的《文心雕龙》，有着重要作用。刘勰的寒门思想，无论儒典或佛经，都还没有使他僵化到不尊重事实的程度，而《文心雕龙》的一个重要特点，正在于它的理论是从古代大量实际创作的成败经验中总结出来的。如《祝盟》中说：“臧洪歃辞，气截云蜺；刘琨铁誓，精贯霏霜，而无补于晋汉，反为仇雠。”在讨伐董卓的初期，臧洪和袁绍等曾共同歃血为誓；在挽救东晋王朝的危亡中，刘琨和段匹磾也曾共立效忠晋室的誓词。但历史的事实是，他们不仅没有遵守当初激昂慷慨、气贯长虹的盟誓，勠力王室，反而是臧洪被袁绍所杀，刘琨为段匹磾所害。刘勰所谓“盟无益也”“无恃神焉”等，就是从这种历史事实中总结出来的。他论情物关系的“情以物迁”等重要观点，则是从诗歌创作的“感物吟志”（《明诗》）、辞赋创作的“情以物兴”“物以情观”（《诠赋》）等实际创作经验中提炼出来的。忠于现实的作家，是可以接近唯物主义的；忠于实际创作经验的评论家，同样有可能接近唯物主义。如果不是孤立地、绝对地看待这点，而联系其全部思想来看，这也是一条历史经验。

## 三、《文心雕龙》的总论及其理论体系

《文心雕龙》全书五十篇，按照《序志》所提示，可分为三大部分：一是《原道》至《辨骚》五篇为“文之枢纽”；二是《明诗》至《书记》二十篇为“论文叙笔”；三是《神思》至《程器》二十四篇为“割情析采”。这只是刘勰对全书主要轮廓的说明，其具体安排还有以下情况：第一、二部分之交的《辨骚》，既有列入“枢纽”的必要，又与《明诗》以下“论文叙笔”各篇有相同的性质。“论文叙笔”的二十篇（加《辨骚》为二十一篇），一般称为“文体论”，其中又分“文”与“笔”两个部分：由《辨骚》到《哀吊》的九篇属“论文”，由《史传》至《书记》的十篇为“叙笔”，间于这两类之中的《杂文》和《谐隐》两篇，则兼属“文”“笔”两类。“割情析采”的二十四篇，又可分为创作论和批评论

两个部分：《神思》至《总术》的十九篇是创作论，《才略》《知音》《程器》三篇为批评论。创作论与批评论之间的《时序》《物色》两篇，也兼有创作论和批评论的性质。最后一篇《序志》是全书序言。根据《文心雕龙》的这种结构体系，下面拟从“文之枢纽”、“论文叙笔”、创作论、批评论四个方面分别介绍。

首先讲“文之枢纽”，重点探讨《文心雕龙》全书的总论及其理论体系。

## （一）

“枢纽”不等于总论，这是首先要明确的。关于《辨骚》篇属上属下的长期争论，主要就是混淆了“枢纽”和总论的性质。所谓总论，应该是贯穿全书的基本论点，或者是建立其全部理论体系的指导思想。从这个理解来看，不仅《辨骚》，《正纬》也同样不具备总论的性质。所谓“枢纽”，也是关系全书的关键问题，不首先解决，就将影响和不利于下面的论述。如《正纬》，因为儒家经典在东汉时期被纬书搅混了，不首先“正纬”，就会影响到在全书中贯彻“宗经”的基本观点。所以，“正纬”不过是为“宗经”扫清道路，并未提出什么总论性的论点。《辨骚》论骚体，实为“论文叙笔”之首。刘勰之所以把《辨骚》篇列为“文之枢纽”，有两个重要原因：第一，“论文叙笔”共二十一篇，在全书中所占分量是很大的；而全书的理论结构，又是在这二十一篇的基础上，来总结文学理论上的种种问题。也就是说，刘勰是首先分别探讨各种文体的实际创作经验，再由此提炼出一些理论问题来。因此，整个“论文叙笔”部分，都是为后半部打基础。这样，可以说“论文叙笔”的二十一篇，都具有论文之“枢纽”的性质。但不可能把二十一篇全部列入“文之枢纽”中去。把“论文叙笔”的第一篇《辨骚》

列入“文之枢纽”，也正表明刘勰对整个“论文叙笔”部分的重视。第二，《楚辞》是儒家经典之后出现最早的作品，即所谓“轩翥诗人之后，奋飞辞家之前”；并且《楚辞》又是“取熔经意，亦自铸伟辞”，在文学发展史上有承上启下的作用。也就是说，《楚辞》在儒家经典与后世文学作品之间，具有“枢纽”的作用。

由此可见，《正纬》和《辨骚》虽列入“文之枢纽”，但并不是《文心雕龙》的总论。属于总论的，只有《原道》《征圣》《宗经》三篇。其中，《征圣》和《宗经》实际上是一个意思，就是要向儒家圣人的著作学习。因此，刘勰的总论，只提出两个最基本的主张：“原道”“宗经”。

“原道”的基本观点，上面已经谈到了。这里要进一步研究的是：刘勰提出“自然之道”的意图和“征圣”“宗经”的关系如何。《原道》的最后一段已讲到这个问题：

> 爰自风姓，暨于孔氏，玄圣创典，素王述训；莫不原道心以敷章，研神理而设教。……故知：道沿圣以垂文，圣因文以明道；旁通而无滞，日用而不匮。《易》曰：“鼓天下之动者，存乎辞。”辞之所以能鼓天下者，乃道之文也。

在《原道》的讨论中，曾有人提出：“刘勰的《原道》，完全着眼在文上。”[73]这个意见是不错的，论者看到了刘勰写《原道》篇的真正意图。如前所述，“自然之道”作为刘勰论文的一个基本观点，是指万事万物必有其自然之美的规律，这是刘勰论证一切作品应有一定文采的理论根据。他不仅认为文采“与天地并生”，甚至断言：“圣贤书辞，总称‘文章’，非采而何！”（《情采》）可见，文章应该有文采，在刘勰看来是天经地义的。刘勰论文而首标“原道第一”，其用意就在于此。他虽然崇拜儒家圣人，却认为圣人也必须本于“自然之道”，才能发挥其应有的作用，所以说，从伏牺到孔子，“莫不原道心以敷章，研神理而设教”。这里的“神理”亦即“道心”，就是“自然之道”，圣人只有本于“自然之道”，研究“自然之道”，才能写成文章，完成教化作用。圣人的著作之所以能鼓动天下，刘勰认为，就因为他们的著作“乃道之文也”。这就表明，必须要有符合“自然之道”的文采，其著作才能产生巨大的艺术力量；而圣人的作用，只在于能掌握“自然之道”，能很好地发挥“自然之道”的作用，所以说：“道沿圣以垂文，圣因文而明道。”这就是“自然之道”和圣人的关系。

对“道”和“圣”的关系，上述理解是“自然之道”和儒家圣人（主要指周、孔）的关系。最近出现一种新的理解是：“道（佛道）沿圣（孔子）以垂文（儒家之经），圣（孔子）因文（儒家之经）而明道（佛道）。”[74]“道”不等于“佛道”，前已略及。这种“道圣”关系的新说，主要基于对“玄圣创典，素王述训”的如下新解：

> “玄圣”（佛）创《佛经》之典，孔子述“玄圣”所创之佛典为儒家之六经，故孔子之所述为“训”。

此说的关键在于对“玄圣”的解释，论者“肯定”是“指佛言而无疑”，实则大有可疑。其说主要根据有三：一是宗炳的《答何衡阳书》、孙绰的《游天台山赋》中说的“玄圣”是指“佛”；二是《庄子》、《后汉书》、班固、何承天等虽用到“玄圣”，但“注家皆不得其确解”；三是刘勰之前的宗炳、孙绰，刘勰之后唐初的法琳，均以“玄圣”专指佛，处于其间的刘勰也是佛徒，不能不也是指佛。[75]这些理由是很难成其为理由的。宗、孙之文，“玄圣”指“佛”是不错的，却无法证明刘勰所说的“玄圣”也指“佛”。道理很简单，“玄圣”二字与“佛”也好与“儒”也好，都没有必然联系，各家都可用以指自家的远古之圣。仅以刘勰一家来看：《史传》篇的“法孔题经，则文非玄圣”，不是佛而是孔；甚至同一篇《原道》，“光采玄圣，炳耀仁孝”，岂能说使“仁孝”焕发光彩的“玄圣”是“佛”？上二例只能指孔，而“玄圣创典”的“玄圣”却并非指孔，但也不指“佛”（详下）。同一人同一篇的“玄圣”尚各有所指，怎能据宗、孙的“玄圣”判定刘勰的“玄圣”必同指一物？前面说过，佛入东土之后，为了宣传效果，往往借用儒、道的一些概念和词汇，怎能把宗、孙等借用道家与儒家早已运用的“玄圣”一词来反证儒道的概念源于佛家呢？

《庄子·天道》和班固《典引》都用过“玄圣”，论者却以为“注家皆不得其确解”。纵使不得确解，也不能证明“玄圣”即“佛”，何况并非未得确解。成玄英注《庄子》的“玄圣、素王”为“老君、尼父是也”，“玄圣”指“老君”，“素王”指“尼父”，这怎是“泛指”、怎么不确呢？至于班固《典引》等文中的“玄圣”二字，说“均是泛指‘老君、尼父者也’”，那就不知何据了。李善注《典引》：“玄圣，孔子也。”[76]李贤注《后汉书》中所录《典引》：“玄圣，谓孔丘也。《春秋演孔图》曰：孔子母徵在，梦感黑帝而生，故曰玄圣。”[77]这都是很明确的。

第三条理由就无待细辨了，论者自己所列《上白鸠颂》的作者何承天、《后汉书》的作者范晔，都是孙绰之后、与宗炳同时、略早于刘勰的人，范晔在《王充（等）传》中论说的“玄圣御世”，是无法解为不“御世”的“佛”的；何承天则是宋初著名的反佛者，岂能颂佛为“玄圣”？“能不能说偏偏处于中间的刘勰”不用

“玄圣”指“佛”，也就很清楚了。

“玄圣创典”一句的“玄圣”所指何圣，要从刘勰的具体用意来定。他的原话本来讲得很明确：

爰自风姓，暨于孔氏，玄圣创典，素王述训。

如把这几句中的“玄圣”解为“佛”，上二句又作何解释呢？要是不割断上二句，则只能理解为“玄圣”指“风姓”，“素王”指“孔氏”，这就能顺理成章，勿劳旁搜博征。要求旁证，也应于《原道》本篇求之：

幽赞神明，《易》象惟先。庖牺画其始，仲尼翼其终。

这四句不正是上四句最好的注脚吗？“风姓”即伏牺。相传伏牺画八卦，演而为《易》，孔子作《十翼》以解释，这就是“翼其终”了；“述训”正指孔子的“翼其终”，“创典”则是伏牺的“画其始”了。所以，“玄圣创典”不是佛主创典，而是伏牺创典。如此，孔子要“述训”的，也就不是什么“《佛经》之典”，“圣”与“道”的关系，就不是儒家之圣和佛家之道的关系了。

## （二）

至于“原道”和“宗经”两种基本观点的关系，还需首先弄清“征圣”“宗经”的观点之后才能说明。

《征圣》主要讲征验圣人之文，值得后人学习，即所谓“征之周、孔，则文有师矣”。《宗经》则强调儒家经典的伟大，是“文章奥府”“群言之祖”，因此，建言修辞，必须宗经。其中许多对儒家著作的吹捧，大都是言过其实的，什么“经也者，恒久之至道，不刊之鸿教”，完全是唯心的、形而上学的观点；认为儒经书是“衔华而佩实”的典范等，除《诗经》中的部分优秀作品外，大多数儒经都是不堪其誉的。

但我们也不能不注意到，刘勰为什么要强调“征圣”“宗经”，他的用意何在？《通变》中说：“矫讹翻浅，还宗经诰。”这个用意，《宗经》中也明确讲到：“建言修辞，鲜克宗经；是以楚艳汉侈，流弊不还。正末归本，不其懿欤！”刘勰就是针对楚汉以后日益艳侈的文风，而大喊大叫“征圣”“宗经”，企图以此达于“正末归本”的目的。从这一方面来看，“征圣”“宗经”的观点虽有它的局限，但也是无可厚非的。

刘勰从文学要有益于封建治道的思想出发，企图使文学作品对端正君臣之道，并在整个军国大事中发挥作用，在当时就必然要反对“离本弥甚”的浮华文风，而强调“正末归本”。“离本”的原因是“去圣久远”，文学创作“鲜克宗经”，则“归本”的途径，他认为就是“征圣”“宗经”。对于挽救当时“讹滥”的创作倾向，刘勰从当时的思想武库中所能找到的唯一可用的武器，也就只有儒家经典了。佛道思想在齐梁时期无论怎样盛行，它既没有提出文学创作方面的什么理论主张，也没有儒家思想那种“根底槃深，枝叶峻茂”的雄厚基础，而最根本的原因，还在只有儒家思想才过问世俗，才取积极入世的态度，也只有儒家经典才更有利于为封建治道服务。正如前引孙绰所说：“周孔救极弊，佛教明其本耳。”范泰和谢灵运也有这种说法：“六经典文，本在济俗为治耳；必求性灵真奥，岂得不以佛经为指南耶！”[78]佛经是用“普度众生”、解救人类灵魂之类为“指南”来骗人的，至于“济俗为治”，处理世俗政教，怎样统治人民，一般佛徒就无意过问，而认为理所当然是儒家的事了。这也说明，《征圣》《宗经》中虽然极力吹捧儒经，对于笃信佛学的刘勰并不矛盾。

更值得注意的，是《征圣》《宗经》的具体内容。刘勰论文，当然不仅仅是打儒家的旗号，他写《文心雕龙》时积极入世的态度，也决定了他确是以浓厚的儒家思想来评论文学的。但刘勰毕竟是一个文论家，而不是传道士；《文心雕龙》也毕竟是一部文学评论，而不是“敷赞圣旨”的五经论。所以，即使在《文心雕龙》中最集中、最着力推崇儒家圣人及其著作的《征圣》《宗经》中，也并没有鼓吹孔孟之道的具体主张。在《文心雕龙》全书中，刘勰对忠孝仁义之类也有一些由衷的肯定和宣扬。如《程器》篇肯定“屈贾之忠贞”“黄香之淳孝”；《指瑕》篇说“左思《七讽》，说孝而不从，反道若斯，余不足观矣”；《诸子》篇评商鞅、韩非的著作“弃仁废孝，轘药之祸，非虚至也”；等等。这说明，儒道思想在刘勰的文学评论中，是占有重要地位的，这种思想使他形成一定的偏见，严重地影响了他的文学观点。但这个方面并不是《文心雕龙》的主要任务，刘勰既不是在一切问题上都从维护儒家观点出发，也没有把文学作品视为孔孟之道的工具而主张“文以载道”。

举一个具体例子来看。战国初墨家学说盛行的时候，“杨朱、墨翟之言盈天下”，以致到了“杨、墨之道不息，孔子之道不著”[79]的严重程度，孔、墨两家发生了一场尖锐、激烈的斗争。这场与孔、墨两家存亡攸关的重要斗争，刘勰是不会不知道的。他对这场斗争的态度如何呢？《奏启》篇曾有所议论：

墨翟非儒，目以豕彘；孟轲讥墨，比诸禽兽。……是以世人为文，竞于诋诃，吹毛取瑕，次骨为戾，复似善骂，多失折衷。若能辟礼门以悬规，标义路以植矩，然后逾垣者折肱，捷径者灭趾，何必躁言丑句，诟病为切哉！

对于“世人为文”以善骂为能的现象，刘勰是极为反感的。他主张“辟礼门”“标义路”，定规矩，对有违“礼门”“义路”的文章，就要砍他的手，断他的足！这就俨然是一副凶相毕露的卫道者的面孔了。“礼门”“义路”出自《孟子》[80]，礼、义之教，也正是儒家的主要教义，这似乎很能说明刘勰对儒家的态度了。但从他所举“躁言丑句”的具体例子，联系当年儒墨之战的具体背景来看，刘勰的用意就值得研究了。那种“复似善骂”的最典型的例子，就是孔门“亚圣”孟轲和墨翟的破口大骂。墨翟骂儒家是猪，孟轲骂墨翟是禽兽。刘勰呢？认为这些都是“吹毛取瑕”，都是“躁言丑句”，一概加以批判。他不仅没有在这场关系儒家命运的大战中站在儒家立场指责墨家，也不仅是认为两家都不该大骂，且用《孟子》的话来批评孟子。很难认为这是刘勰立论的疏忽，误以《孟子》批判了孟子；更难说这是刘勰对孟子的有意嘲讽。刘勰的这段论述，只能证明他是从论文出发，不是从宗派出发；他反对的是“为文”中的破口大骂，关心的是文之利弊，而不是儒家宗派。

《征圣》《宗经》两篇所论，和上述刘勰对儒家的态度是一致的。这两篇对儒家著作虽然作竭力的吹捧，也全都是从写作的角度着眼的。刘勰所强调的，主要是儒家圣人的著作值得学习。如说圣人之文“或简言以达旨，或博文以该情，或明理以立体，或隐义以藏用”，或“辞约而旨丰，事近而喻远”等，都是讲圣人的文章在写作上有各种各样的好处，堪为后人学习的典范。这一思想讲得最集中的，是《宗经》篇提出的“六义”：

故文能宗经，体有六义：一则情深而不诡，二则风清而不杂，三则事信而不诞，四则义直而不回，五则体约而不芜，六则文丽而不淫。

这就是刘勰所论学习儒家经典的全部价值，也是他主张“征圣”“宗经”的全部目的。学习儒家经典来写作，他认为就有情深、风清、事信、义直、体约、文丽六大好处，这就是他要归的“本”。“六义”的提出，其针对性也很明确，就是当时文学创作中出现的：诡、杂、诞、回（邪）、芜、淫，这就是刘勰要正的“末”。所以，刘勰“征圣”“宗经”的主张，主要就是企图纠正当时文学创作中形式主义的倾向，使之“正末归本”。

（三）

明确了“征圣”“宗经”的基本观点，我们就可进而探讨它与“原道”的观点有何关系了。“原道”注重自然文采而反对过分的雕饰，主要属于形式方面，《原道》中对内容方面还没有提出什么主张，这就不能构成全面的文学观点。要挽救当时“饰羽尚画，文绣鞶帨”（《序志》）的创作趋向，只以“原道”的主张，也是无能为力的。“征圣”“宗经”主要是针对当时“将遂讹滥”的文风，为了“正末归本”而提出的，重点是强调“情深”“风清”“事信”等内容方面，而反对“诡、杂、诞、回、芜、淫”等弊病。对一般文章的写作，以“征圣”“宗经”为指导思想是可以的。作为文学创作的指导思想来看，只强调内容的纯正、反对形式的淫丽，对文学艺术的特点没有正面的主张，对必不可少的文采没有一定的理论根据，则《文心雕龙》就将循着“征圣”“宗经”的观点写成一部“五经通论”，而不可能成为一部文学理论。这就是刘勰论文要首标“原道”，而又强调“征圣”“宗经”的原因，也是他的总论只有这两个基本观点的说明。“原道”和“宗经”的结合，就构成《文心雕龙》完整的基本观点。

“原道”和“宗经”实际上是从内容和形式两个方面提出的统一而不可分割的基本文学观点。虽然“道心惟微”，自然之道是十分深微奥妙的，但“圣谟卓绝”，因此，可以“因文而明道”。而儒家经典之所以值得后人学习，刘勰认为主要就是它体现了自然之道。这样说，显然是为其论文找理论根据。儒家的周孔之文，未必是自然之道的体现者；儒家的经典，也未必有刘勰所说的那些典范意义，这都是很明显的。我们要看到的是，除了在当时突出强调“征圣”“宗经”有一定的必要性外，刘勰这样讲，如果不是仅仅借助儒家的旗号，至少是反映了他自己的某些观点；或者是被刘勰所美化了的儒家经典，在他看来真是如此；或者是他以为在当时要提出较有力量的、全面的文学观点，必须强调这两个方面。我们要注意的，主要是后一种意义，也就是以“原道”和“宗经”相结合所表达的刘勰对文学艺术的基本主张。因为他在实际上是这样做的，并以此贯彻于《文心雕龙》全书。我们从这里就可清楚地看到：刘勰首先树立本于自然之道而能“衔华而佩实”的儒家经典这个标，不过是为他自己的文学观点服务。“衔华而佩实”，是刘勰在《原道》《征圣》《宗经》三篇总论中提出的核心观点，所以他说：“然则志足而言文，情信而辞巧，乃含章之玉牒，秉文之金科矣。”要有充实的内容和巧丽的形式相结合，这就是文学创作的金科玉律，也就是刘勰评论文学的最高准则。

这一基本观点，是贯彻于《文心雕龙》全书的。在“论文叙笔”部分，论骚体中提出“酌奇而不失其贞，玩华而不坠其实”（《辨骚》）；评诗歌，则强调“舒文载实”（《明诗》）；论辞赋，就主张“文虽新而有质，色虽糅而有本”（《诠赋》）；对“情采芳芬”（《颂赞》）、“华实相胜”（《章表》）、“志高而文伟”（《书记》）、“揽华而食实”（《诸子》）的作品，予以肯定和提倡；对“或文丽而义暌，或理粹而辞驳”（《杂文》）、“有实无华”（《书记》）、“华不足而实有余”（《封禅》）的作品则给予批评。

至于创作论和批评论部分，刘勰用“割情析采”四字来概括其总的内容，更说明他是有意着眼于华和实、情和采两个方面的配合来建立其文学理论体系的。创作论部分，如结合“体”和“性”（《体性》）、“风”和“骨”（《风骨》）、“情”和“采”（《情采》）、“熔”和“裁”（《熔裁》）等进行论述，这些篇题都是从内容和形式两个方面来命名的。刘勰认为：“立文之道，惟字与义。”（《指瑕》）又说：“万趣会文，不离情辞。”（《熔裁》）“情”与“义”指内容方面，“字”与“辞”指形式方面，作品不外由这两个方面组成，创作的具体任务，也就是如何“舒华布实”，怎样安排好内容和形式的问题。所以，刘勰在《情采》篇把正确处理内容和形式的关系，称为“立文之本源”。创作论中虽然讲修辞技巧的较多，也都是围绕着如何运用种种表现手段服务于内容来论述的。如讲对偶，要求“必使理圆事密”（《丽辞》）；论比喻，主张“以切至为贵”（《比兴》）；论夸张，要求“辞虽已甚，其义无害”（《夸饰》）等。

文学创作是作者有了某种情志然后通过文辞形式表达出来；文学批评与此相反，是通过形式进而考察作品中所表达的思想内容。刘勰就根据这一原理建立了他的文学批评论：“缀文者情动而辞发，观文者披文以入情。”（《知音》）因此，他认为文学批评的基本途径，就是“沿波讨源”，即从作品所用的体裁、文辞等形式方面，进而考察作品的内容，以及这些形式能否很好地表达内容。这和刘勰论创作的基本观点完全一致，仍然是从内容和形式的统一这个基本点出发，要求作品既有充实的内容，又有完美的表现形式。因此，刘勰的作家论，也是肯定在创作上“文质相称”“华实相扶”（《才略》）的才能，而不满于“有文无质”（《程器》）、“理不胜辞”（《才略》）的作者。

以上情形，不仅说明“原道”和“宗经”相结合的基本观点是贯穿于《文心雕龙》全书的；同时也说明，“衔华而佩实”是刘勰全部理论体系的主干。《文心雕龙》全书，就是以“衔华而佩实”为总论，又以此观点用于“论文叙笔”，更以“割情析采”为纲来建立其创作论和批评论。这就是《文心雕龙》理论体系的概貌，也是其理论体系的基本特点。

## 四、论文叙笔

### ——对前人创作经验的总结

《文心雕龙》中从《辨骚》到《书记》的二十一篇是“论文叙笔”。这二十一篇分别论述了骚、诗、乐府、赋、颂、赞、祝、盟、铭、箴、诔、碑、哀、吊、杂文、谐、隐、史、传、诸子、论、说、诏、策、檄、移、封禅、章、表、奏、启、议、对、书、记等三十五种文体。刘勰对每种文体都讲了它的发展概况及其特点，所以，通常称这二十一篇为文体论。但这二十一篇，并不仅仅是论述文体，更主要的还是分别总结晋宋以前各种文体的写作经验。如前所述，刘勰之所以能建立以唯物观点为主的文学理论体系，其重要原因之一，就是他能从实际出发；他之所以能提出一些有益的文学理论，也主要是由于这二十一篇相当全面地总结了历代各种文体的写作经验。刘勰以“割情析采”为主线的整个理论体系的建立，虽然从儒家经典中找到了根据，但其基本思想未必完全来自儒家经典。刘勰的文学观点，主要是从古代大量优秀的作品中总结、提炼出来的；根据这些经验，他才创立了“原道”“宗经”相结合的基本文学观。实际上，这个过程是从古代创作的实践经验出发，把经验上升为理论，概括为刘勰所理解的基本观点，然后据以检验历代作家作品，进而建立起“割情析采”的一整套理论体系。因此，《文心雕龙》的精华部分，虽然比较集中地体现在创作论和批评论中，但“论文叙笔”的二十一篇，是刘勰全部文学理论的基石。要全面研究《文心雕龙》，了解其理论成就由何而来，对“论文叙笔”部分，就不能不予以足够的重视。

刘勰论及三十余种文体，其中还包括一些细目，当时已出现的各种文体，基本上是包罗无遗了。魏晋以来，由于诗文创作日趋繁富，关于文体的辨析，愈来愈引人注目。刘勰之前，这方面的论著已出现得很多了。如曹丕的《典论·论文》，初步提出了“奏议”“书论”“铭诔”“诗赋”等四科八体；陆机的《文赋》又略加扩充为诗、赋、碑、诔、铭、箴、颂、论、奏、说等十体；此外，挚虞的《文章流别论》、李充的《翰林论》等，也对文体做过一些探讨。到《文心雕龙》则总其大成，除当时已出现小说的雏形未单独列为一体外，其他各种文体，刘勰都作了一定的论述，从而为我国古代的文体论打下了良好的基础。

刘勰所论文体，其中如章、表、奏、议等，有不少是与文学无关的。这固然反映了刘勰对文学与非文学的界线还不十分明确，但从全书的内容来看，这并不影响《文心雕龙》是一部文学理论的基本性质。作为一部历史的产物来看，不仅对晋宋以前的古代文体作一全面总结，有它一定的历史意义；也不仅全面总结各种文体的写作要领，对转变当时整个文风有一定的意义；即使对纯文学的诗文创作，也不是毫不相干的。如《章表》中对章表体的写作，要求“繁约得正，华实相胜”，这对任何文章的写作，都是适用的。《檄移》中要求檄文能“使百尺之冲，摧折于咫书；万雉之诚，颠坠于一檄”，这样的巨大效果，就更是文学作品所应有的。《诔碑》中对诔文的写作提出：“论其人也，暧乎若可觌；道其哀也，凄焉如可伤。”如以此用于文学创作中的人物描写，就很有可取之处。又如《诏策》中要求诏策文的写作：“授官选贤，则义炳重离之辉；优文封策，则气含风雨之润；敕戒恒诰，则笔吐星汉之华；治戎燮伐，则声有洊雷之威；眚灾肆赦，则文有春露之滋；明罚敕法，则辞有秋霜之烈。”如此等等。这种根据不同对象和不同目的而取不同写法的精神，和“因情立体，即体成势”（《定势》）的文学原理是一致的；把不同性质的文学作品，写得或有“星汉之华”，或有“秋霜之烈”等，也是可取的。我国古代某些文体，如史传、檄移、碑诔以及章表、书信等，并没有文学或非文学的绝对界线，《史记》《汉书》中的列传，不少具有文学作品的特点，孔稚珪的《北山移文》、丘迟的《与陈伯之书》等，都具有鲜明的文学特点。因此，刘勰以楚辞、诗、赋、乐府等为主，同时对古代各种文体的写作经验进行全面的总结，这种做法对《文心雕龙》在文学理论上取得的成就是不无益处的。

刘勰称这部分为“论文叙笔”，是把三十五种文体分为“文”和“笔”两大类，而分别列论。所谓“文”，指重在抒情言志，讲求音韵文采的作品，如楚辞、诗、赋、乐府等；“笔”主要指政治学术性的，不重音韵文采的作品，如史传、诸子百家之文等。在晋宋时期出现的“文”“笔”之分，是我国古代文学发展过程中的一件大事。从秦汉以前的文史哲不分，经魏晋以来文学创作的大发展，对文体的辨析愈来愈精，人们对文学作品和非文学作品的区别逐步明确起来，“文”“笔”之辨就是这一认识发展中的一个重要里程碑。

刘勰在《总术》篇说：“今之常言，有文有笔，以为无韵者笔也，有韵者文也。”以有韵或无韵为区别“文”与“笔”的主要标志，这还是一种初步的认识，不仅有韵无韵并不是文学和非文学的根本区别，且这种分法还有其明显的弊病。属于“文”类的文体中，如颂、赞、祝、盟之类，虽然有韵，却并不都是文学作品；属于“笔”类的文体中，如《史记》《汉书》中的部分传记，却是具有重要地位的文学作品。因此，刘勰一方面采取当时的一般说法，按有韵文和无韵文来区别“文”“笔”；一方面并不重“文”而弃“笔”，而是“论文叙笔”，对两大类全面加以总结。这也说明，刘勰对当时已有各种文体全面加以探讨，并不是毫无道理的。他明明采用“文”“笔”之分来“论文叙笔”，自然是认识到这种区分有一定好处，也自然是接受了“文”“笔”两大类的性质有所不同的新认识。这就说明，他仍然要“文笔”两类全面论析，并非对文学和非文学毫无认识，而是为了全面总结古代各种文体，并从中提炼出有益于文学创作的理论，而为他的“割情析采”部分打好基础。

“论文叙笔”的具体内容，《序志》篇讲到四个方面：一是“原始以表末”，就是叙述各种体裁的起源和演变；二是“释名以章义”，就是解释各种体裁的名称，并说明其意义；三是“选文以定篇”，就是从各种文体中选出各个时期具有代表性的作品加以评论；四是“敷理以举统”，就是总结各种体裁的写作法则及其特点。下面就以《明诗》篇为主，联系其他部分篇章，来具体说明刘勰是怎样通过这四个方面来总结前人的创作经验的。

### （一）“原始以表末”

《吕氏春秋·古乐篇》有这样的记载：“昔葛天氏之乐，三人操牛尾，投足以歌八阕：一曰《载民》，二曰《玄鸟》，三曰《遂草木》，四曰《奋五谷》，五曰《敬天常》，六曰《达帝功》，七曰《依帝德》，八曰《总禽兽之极》。”《吕氏春秋》成书于战国末年，这种记载很难说完全可靠，但从其所记始民操牛尾载歌载舞的情况，以及八首歌词大都与原始的生产斗争有关来看，虽然不是葛天氏时的产品，但至少是反映了人类进入农业生产初期的歌舞情况。刘勰对最早的诗歌，就追溯到“葛天氏乐辞”。文学起源于劳动。《吕氏春秋》所载“葛天氏之乐”，也反映了原始歌舞和生产劳动的密切关系。但这是刘勰并未认识到的。《明诗》篇只简单讲到：“昔葛天（氏）乐辞（云），《玄鸟》在曲。”而对于诗歌的起源，仍本于他的“自然之道”的观点说：“人禀七情，应物斯感；感物吟志，莫非自然。”有思想感情的人，感于物而咏其情志。用这种观点说明一般诗歌的产生是可以的，但用来说明诗的起源，就没有力量了。

对于文学的起源及上古传说时期的诗歌创作情况，这是刘勰所无力作出正确解释的。不仅对“葛天氏之乐”，对其后的黄帝、唐、虞、夏、商、周的诗歌创作，他都只能根据一些不可靠的记载，作极其简略的叙述。汉以后的诗歌创作情况，《明诗》中开始作了较为具体的论述，重点是探讨五言诗的产生及其发展的概况。刘勰从《沧浪歌》《邪径谣》等古代歌谣，讲到比较成熟的五言诗《古诗十九首》，再论述其后各个时期五言诗创作的变化情况：由建安时期“五言腾踊”“慷慨以任气”的创作风气，一变而为正始时期的“诗杂仙心”，再变而为西晋时期的“稍入轻绮”，三变而为东晋诗坛的“溺乎玄风”，四变而为宋初的“庄老告退，而山水方滋”，出现了“俪采百字之偶，争价一句之奇”的诗风。这些情况，基本上概括了这几百年诗歌发展的概貌。

对其他文体，刘勰都按其不同情况，分别论述了各种文体的源流演变。如《辨骚》篇论骚体，从屈原的《离骚》开始，一直讲到宋玉、贾谊、枚乘、司马相如、王褒、扬雄等人的创作情况。《诠赋》篇论赋体，则追溯其源于“六义”中的“赋”。“赋、比、兴”的“赋”，主要是诗的一种表现方法，和作为文体之一的“赋”还不是一回事；但以铺陈直叙为主的赋体，在表现方法上和赋、比、兴的“赋”是有一定联系的。班固认为：“赋者，古诗之流也。”[81]刘勰认为辞赋源于“六义”之一的“赋”，也指赋是诗的发展变化，所以又说：“然赋也者，受命于诗人，拓宇于《楚辞》也。”到荀子的《赋篇》，宋玉的《讽赋》《钓赋》等，才正式有了“赋”的名称，成为一种独立的文体。接着又论述了汉以后大赋和小赋的演变情况，一直讲到晋代郭璞、袁宏等人的作品。

刘勰对各种文体的源始，除大都根据一些不可靠的史料外，还认为总出于儒家的“五经”：“论、说、辞、序，则《易》统其首；诏、策、章、奏，则《书》发其源；赋、颂、歌、赞，则《诗》立其本；铭、诔、箴、祝，则《礼》总其端；纪、传、铭、檄，则《春秋》为根。”（《宗经》）这种说法，自然很勉强，但也不是毫无道理。我国古代尚存最早几部文献，都被儒家奉之为经，并为汉以后的学者所普遍重视。各种文体的产生虽各有其具体的情况，但或多或少受到五经的一些影响也是事实。对于各种文体的起源和演变，刘勰缺乏审核史料的能力，不可信的论述确是不少，但由于他总是掌握了当时所能见到的丰富资料，勾画了各种文体发展演变的大概轮廓，这对我们在此基础上进一步研究古代文体，也提供了一些线索，有一定的参考价值。

### （二）“释名以章义”

《明诗》篇对“诗”的解释，首先引《尚书·尧典》中“诗言志”的说法，又引《毛诗序》“在心为志，发言为诗”的话加以印证，然后给“诗”下了这样的定义：“诗者持也，持人情性。”这说明刘勰是“情”“志”并重的。“情”和“志”有一定联系，但在先秦时期是有明显的区别的。“诗言志”的“志”，主要指表达人的正当的志向或抱负。“情”则指较为广泛的思想感情。所以，“诗言志”的实际运用，在先秦时期是比较广泛的，不限于作诗，还常指“说诗”。从创作上来看，“志”比“情”的含义就狭窄得多。从汉代开始，就逐渐由“情”“志”并称，到单讲“诗言情”。《毛诗序》就是这一过渡的标志。它既说“诗者，志之所之也”，又讲到“情动于中而形于言”“吟咏情性，以风其上”等。到刘歆，就开始单讲“诗以言情”了。[82]魏晋以后，如陆机《文赋》强调“诗缘情而绮靡”等，讲“言情”的就更多了。这就正如和刘勰同时的裴子野所说，当时的诗歌创作：“罔不摈落六艺，吟咏情性。”[83]这说明一个重要问题：强调吟咏情性，是和儒学在魏晋以后走向衰微有关的，是和魏晋以后的诗人们抛开六艺而大胆“言情”有联系的。这就是刘勰“情”“志”并重的背景。

除《明诗》篇所讲，诗歌创作是“人禀七情，应物斯感，感物吟志”外，《情采》篇既强调“为情而造文”，又主张“述志为本”；《附会》篇更主张“必以情志为神明”。这都说明刘勰是“情”“志”并重的。不过，刘勰所说的“情”和“志”并不是两回事，他这种说法，可以用孔颖达疏《左传》的话来解释：“在己为情，情动为志，情志一也，所从言之异耳。”[84]这就是说：当作者“睹物兴情”而要表达其“情”时，必须对“情”有一定的要求，而不能“任情失正”；要“情欲信”“情深而不诡”，或“义必明雅”；等等。刘勰在《明诗》篇说他训“诗”为“持”，正合孔子“思无邪”的意思，这就说明：“情”和“志”通过“持”这个要求而得到统一；能“持人情性”之“情”，就合于诗的要求，就和“诗言志”的“志”一致。刘勰对“诗”的以上解释，反映了他对诗歌创作的要求，就是能“顺美匡恶”，对封建政教起到积极有益的作用。这样，他兼取“诗言志”和“吟咏情性”二说，既吸收了汉魏以来对诗歌认识的新发展，容许诗歌创作的内容有广阔的天地，又有避免魏以后诗歌创作中虚情假意、诡滥失正的倾向的意图。《情采》篇说，要“志思蓄愤，而吟咏情性，以讽其上”的创作，才是“为情而造文”，才符合“述志为本”的基本要求。这种“情”和“志”，就完全是一致的了。由此可见，刘勰对“诗”所作“情志”并重的解释，虽有一定的保守因素，但在当时还是有它一定的历史意义的。

对其他文体，刘勰也是这样根据传统观点和他自己的理解，分别作了不同的解释。如：

> 乐府者，声依永，律和声也。（《乐府》）
>
> 赋者，铺也，铺采摛文，体物写志也。（《诠赋》）
>
> 颂者，容也，所以美盛德而述形容也。（《颂赞》）
>
> 史者，使也，执笔左右，使之记也。（《史传》）

这些例子说明，“释名以章义”，主要是用训诂的方法，解释各种文体名称的意义。其中不少解释是比较牵强的，有的不免陈腐（如对“颂”的解释）。作为文体的定义来看，就还很不周密和准确。不过，他不仅仅能用很简单的文字来概括各种文体的主要特征，在刘勰之前，还没有人对各种文体名称做过全面的解释工作，刘勰能提出一些初步的解释，还是有其可取之处的。后世论文体者，如明代吴讷的《文章辨体序说》、徐师曾的《文体明辨序说》，直到晚清林纾的《春觉斋论文》，对文体名称的解释，很多都是根据或引用刘勰的解释。

## （三）“选文以定篇”

这部分是和“原始以表末”结合起来讲的。两部分所用材料基本相同，但“原始以表末”侧重在探讨文体的发展演变；“选文以定篇”则主要是对各个时期的代表作品进行评论。《明诗》中论及作家作品甚多：汉代有韦孟、枚乘、李陵、班婕妤、傅毅、张衡等人，建安及三国时期有王粲、徐幹、应玚、刘桢、曹丕、曹植、何晏、嵇康、阮籍、应璩等人，晋代有张协、潘岳、左思、陆机、袁宏、孙绰、郭璞等人，最后讲到宋代山水诗的创作情况。这里存在的问题是：有些人的作品靠不住，如传为枚乘、李陵、班婕妤等人的五言诗，是后人伪托的；有些应该论及的重要作家，如曹操、蔡琰、陶渊明等漏掉了；有的评价不当，如说汉代古诗（指《古诗十九首》）是“五言之冠冕”；用“怜风月，狎池苑，述恩荣，叙酣宴”等来称道建安诗歌也不够确切。但本篇仅用八百多字的短小篇幅，把先秦以来千多年的诗歌创作情况，画出一个鸟瞰式的轮廓，大力肯定了建安风力，而批判了何晏等人的“浮浅”、西晋诗人的“轻绮”和东晋“崇盛亡机之谈”的玄言诗，这些都是对的。

此外，如《诠赋》论辞赋的发展情况，除概论大赋和小赋的不同特点外，还列举两汉十家的代表作品并作了具体评论。如评司马相如的《上林赋》是“繁类以成艳”；贾谊的《鹏鸟赋》是“致辨于情理”；王褒的《洞箫赋》“穷变于声貌”；班固的《两都赋》“明绚以雅赡”等。最后又讲到魏晋各主要作家如王粲、徐幹、陆机等人在赋的创作上取得的不同成就。

《明诗》和《诠赋》两篇，是刘勰“选文以定篇”的两种基本方式：《明诗》以论作家为主，《诠赋》以评作品为主。更多的是作家与作品相结合，通过一定的评论，从而反映出各种文体的创作在历代所取得的成就。这部分既可以当作分体的文学史来看，也是刘勰作家作品论的一个重要组成部分。其中论及不少作品早已失传，有的作家仅仅因为刘勰在这部分有所论述，我们今天对他才能略有所知。因此，这部分还具有一定的保存史料的作用。

必须看到的是，刘勰对各体作家作品的评论，不当之处是很多的。如认为《楚辞》中有关神话的描写，是“诡异之辞”“谲怪之谈”等（《辨骚》）；说崔瑗的《七厉（苏）》“归以儒道，虽文非拔群，而意实卓尔矣”（《杂文》），都表现了刘勰的儒家偏见。又如对乐府的论述，忽略汉魏民间乐府在这种文体发展过程中的重要性，这就使刘勰对文体的演变，也难作正确的论述。

### （四）“敷理以举统”

这是刘勰“论文叙笔”的重要组成部分。刘勰对这个方面，是企图从历代各种体裁的创作情况中，总结出各种文体写作上的特点，探讨前人的写作经验。因此，这部分不仅是为刘勰的全部理论打基础，它本身也表达了刘勰对文学创作的许多理论见解。《明诗》篇说：

> 故铺观列代，而情变之数可监；撮举同异，而纲领之要可明矣。若夫四言正体，则雅润为本；五言流调，则清丽居宗；华实异用，惟才所安。故平子得其雅，叔夜含其润，茂先拟其清，景阳振其丽。兼善则子建、仲宣，偏美则太冲、公干。然诗有恒裁，思无定位；随性适分，鲜能通圆。

刘勰对四言诗所总结的基本特点就是“雅润”二字，五言诗的基本特点就是“清丽”二字。这也反映了刘勰对诗的基本观点：主张四言诗要写得“雅润”，五言诗要写得“清丽”。再从他对张衡、嵇康、张华、张协四人各具一种特点的说法来看，刘勰是把诗歌的特色归纳为雅、润、清、丽四种。他对诗歌的这四种特色的总结，在理论上是没有什么积极意义的；但值得注意的是，刘勰这段总结，并不止于对诗歌特色的简单归类。上面已提到，《明诗》是以评论作家为主，不同的作家在诗歌创作上自然是各有所长的，如说“嵇志清峻，阮旨遥深”，也就各有其不同的风格特色。张衡的典雅、嵇康的润泽等，所谓“华实异用，唯才所安”；“随性适分，鲜能通圆”，正是指不同作家有不同的“才”“性”，因而有不同的风格特色。这就为创作论中论风格与性格关系的《体性》篇打下了基础。

此外，如《诠赋》篇对历代辞赋的写作，又从另一方面总结了文学理论上的一个重要问题：

> 原夫登高之旨，盖睹物兴情。情以物兴，故义必明雅；物以情观，故词必巧丽。丽词雅义，符采相胜，如组织之品朱紫，画绘之著玄黄。文虽新而有质，色虽糅而有本：此立赋之大体也。

这就从物与情的关系，进而接触到文学创作中如何正确处理内容和形式的问题。刘勰认为，辞赋家的情感既然是由外物引起的，因此，赋中正确地反映了外物的内容，就应该是明显而雅正的；事物既然是通过作者的情感而体现出来的，那么表达的文辞就应该是巧妙而华丽的。这里不仅总结了物决定情、情来自物的关系，还要求通过巧丽的词来抒情状物，使物、情、词三者密切结合，像有纹理的美玉一样，形成一个整体。这种认识，就为刘勰在创作论中论情物关系的《物色》篇、论内容和形式关系的《情采》篇打下了很好的基础。

又如《辨骚》篇总结《楚辞》的写作经验，提出了“酌奇而不失其贞，玩华而不坠其实”的著名论点，成为具有普遍意义的创作原则，也体现了刘勰主张华实相胜的中心思想。

在多数篇章中，刘勰只总结了适用于某一文体的具体要求。如《颂赞》篇论颂体的写作，要写得像辞赋一样铺张，但不能过于“华侈”；又要像铭文一样“敬慎”，却又与规劝之文有所不同。这类意见就意义不大了。有的论述，还表现了刘勰浓厚的尊儒思想。如《史传》篇主张“立义选言，宜依经以树则；劝戒与夺，必附圣以居宗”等。

以上四个方面说明，刘勰的“论文叙笔”，并不仅仅是对文体的研究，更主要还是从各种文体的历代创作情况中，总结前人的创作经验，为他的整个文学理论的建立打好基础。

## 五、创作论

刘勰的创作论，内容相当丰富。它涉及文学理论上许多重要的问题，如艺术构思、风格与个性、继承与革新、内容和形式的关系、文学与现实的关系，以及种种艺术方法、修辞技巧等。刘勰对这些问题都各立专篇，作了专题论述。因为这些问题是在大量考察前人创作经验的基础上总结出来的，所以无论是文学理论或艺术技巧，都提出了一些有价值的东西。这部分为《文心雕龙》的研究者所普遍重视，就是很自然的了。

研究刘勰的创作论，有几个问题要提出来：首先是创作论的范围问题。有人认为后二十五篇除《时序》《知音》《程器》《序志》外，余二十一篇都是创作论[85]；有的则认为只有《程器》《神思》《养气》《物色》《情采》《熔裁》《附会》《总术》等八篇属创作论[86]。此外，还有十五、十六、十八篇属创作论等不同说法。创作论的范围，也就是我们这里要研究的对象，对象不明，研究就无从下手。其次，与此有关的是创作论的性质问题。有的认为《文心雕龙》讲的是“文章理论”“文章形式”“文章的艺术要求”等[87]，因此，谈不上什么文学创作论。有的则不仅认为刘勰的“创作论是侧重于文学理论方面的”，而且要“选出那些至今尚有现实意义的有关艺术规律和艺术方法方面的问题来加以剖析”[88]。这又涉及第三个问题：研究《文心雕龙》创作论的方法。这个部分内容繁复，所论问题，意义大小不一，一般论著当然不会全部论析。问题只在论述哪些篇章，突出哪些问题，按照什么次第，说明什么体系等。当然，随研究者的角度不同，目的各异，其论析是应该有所侧重的。但如我们自己过去的做法，把《时序》《物色》等篇所论文学与现实的关系，《情采》等篇所论内容和形式的关系，放在整个创作论和批评论之前突出起来。[89]这显然是按今天对文学理论的理解来列论的，它并不符合刘勰自己写这几篇的原意，也很容易给今天的读者造成误解，而不能了解刘勰创作论的原貌和实际成就。

刘勰创作论的对象、性质及其研究方法上存在的这些问题，都是有待继续深入研究的。这里只是考虑到以上问题，试图按照自己对这些问题的初步理解，来探讨刘勰的创作论。

刘勰在《序志》篇曾讲到他对后二十五篇的安排：

> 至于割情析采，笼圈条贯：摛神、性，图风、势，苞会、通，阅声、字；崇替于《时序》，褒贬于《才略》，

怊怅于《知音》，耿介于《程器》；长怀《序志》，以驭群篇。下篇以下，毛目显矣。

这段话是说：“进行内容和形式的分析，概括出理论的体系：陈述了《神思》和《体性》的问题，说明了《风骨》和《定势》的要求，又包括从《通变》到《附会》的内容，其中还考察了《声律》《练字》等问题；又以《时序》评论各个时代作品的盛衰，以《才略》指出历代作家才华的高下，以《知音》说明正确的文学批评之不易，以《程器》提出作家品德的重要；最后在《序志》中说明写《文心雕龙》的旨趣。”这段话显然是用三种不同的方式，讲了三种不同的内容：“阅声、字”以上属创作论，“崇替于《时序》”以下四个并列句讲的是批评论，“长怀《序志》”又是用另一种方式说另一种内容。具体说，就是从《神思》到《总术》的十九篇是创作论，《时序》到《程器》的五篇属批评论，但介于两类之间的《时序》《物色》两篇，兼有创作论和批评论的内容，这是全书通例，已如前述。据此，创作论的范围明确了。文章和文学的界线，《文心雕龙》中不很明确，这是事实；但其中明明大量论及诗、赋、乐府等，说它完全是“文章理论”，这就不符合事实了。虽然创作论中的部分内容和一般的文章写作区别不大，但仅从刘勰用“割情析采”来概括其创作论，可见他是以论文学创作为主的。怀疑刘勰创作论的性质的人是不多的，但只承认其中探讨某些创作理论的内容是创作论，而割裂开“苞会、通，阅声、字”的大量内容，那就未必是刘勰创作论的原貌。因此，为了了解刘勰创作论的原貌，就要认清他自己对这个问题是怎样论述的。下面就基本上按照他自己在《序志》篇的提示，以图介绍刘勰自己的创作论。

## （一）割情析采

第三部分已经说明，文质兼备，内容和形式的统一，是贯穿《文心雕龙》全部理论体系的一条主线，刘勰以此为文学创作的金科玉律。他的创作论，既然也主要是“割情析采”，这里就有必要首先考察一下，刘勰对“情”和“采”、“文”和“质”问题的基本观点。

什么是“情”和“采”呢？《文心雕龙》全书用到“情”字的有三十多篇，共一百四十多句。作为专门术语，“情”字基本上指作品中所表达的思想感情，有时引申指作品的内容。“情”字的普通意义，常指人的情感或事物的真实情况。全书中用到“采”字的有三十多篇，共一百多句。作为专门术语，“采”字基本上指作品的文采、辞藻，有时引申指作品的艺术形式。“采”字的普通意义，常指事物的花纹、装饰，有时也指光芒、光辉。创作论中的《情采》篇，比较集中地从理论上论述了“情”和“采”的关系，表达了刘勰“割情析采”的基本思想。其中，所用“情”“质”“理”等概念，都属于作品的内容问题；所用“采”“文”“辞”等概念，则属于作品的形式问题。无论是对文学创作还是文学批评的理论探讨，不外就是研究应有什么样的内容和形式，以及二者的关系，所以刘勰总称其创作论和批评论为“割情析采”。

刘勰既反对“务华弃实”，也不满于“有实无华”，而一再强调文学创作要有充实的内容和美好的形式，并以“衔华佩实”“文质相称”为纲来建立整个理论体系，其理论根据就是《情采》说的：

> 夫水性虚而沦漪结，木体实而花萼振：文附质也。虎豹无文，则鞟同犬羊；犀兕有皮，而色资丹漆：质待

文也。

这段话说明两个重要问题：一方面，“文”和“质”的关系是相互依存，不可分割的。水的波纹必须要有水才能出现，木的花萼必须依附于木才能产生。这就是“文附质”的道理。如果虎豹没有花斑的皮毛，那就和犬羊的皮革相近，难以表现出其特点来；犀兕的皮革虽然坚韧，还必须涂上一层丹漆，才能美观适用。这就是“质待文”的道理。另一方面，这段话还说明，事物的表现形式，是由内容的特质所决定的。只有“水性虚”的特质，才能产生“沦漪”的形式；只有“木体实”的特点，才能产生“花萼”的形式。犬羊是不会出现虎豹的皮毛的；只有坚韧的犀兕之皮，才有必要涂以丹漆。特定的内容决定了与之相应的形式，这正符合“形立则章成，声发则文生”的“自然之道”的观点，也为刘勰主张文学创作应以内容为主提供了理论根据。

所以，刘勰虽然认为“文附质”“质待文”，情和采、文和质不能偏废，对二者却并非等量齐观。他说：“夫铅黛所以饰容，而盼倩生于淑姿；文采所以饰言，而辩丽本于情性。”形式决定于内容，涂脂抹粉虽也可以装饰一下容貌，但如果一个人生得本来很丑，那就任何装饰也不能使他变得美丽起来。文学创作正是这样，文采虽然可以美化一下言辞，但如果内容不好，正如本篇所批判的，那种“志深轩冕，而泛咏皋壤；心缠几务，而虚述人外”的作品，完全是说假话，本来心怀高官厚禄，却说他志在山水人外。这样的作品无论用什么美妙的文饰，仍不能成其为好作品。因此，刘勰一再强调“述志为本”“要约而写真”，主张“为情而造文”，反对“为文而造情”。那么，应该怎样正确处理情和采的关系呢？他提出：

故情者，文之经；辞者，理之纬。经正而后纬成，理定而后辞畅：此立文之本源也。

“经”和“纬”的比喻说明：只有“情”不能构成文学作品，只有“辞”或“采”也不能构成文学作品，必须“情”“辞”“采”的结合，经纬相织，才能形成情采芬芳的作品。但必须首先有“经”，才能织以“纬”；必须首先确立思想内容，然后根据内容配以相应的文辞采饰。刘勰认为这是文学创作的基本原理，当然是正确的。

刘勰的这种认识，虽还比较简单和肤浅，但在一千五百年前，能初步认识到内容和形式相互依存的关系，以及内容决定形式的基本原理，还是很值得珍视的。他讲的“情”和“采”、“文”与“质”，不能没有其阶级和历史的局限，但如本篇所主张的“情”，是指“志思蓄愤，而吟咏情性，以讽其上”的“情”；反对的“情”，则指“心非郁陶，苟驰夸饰，鬻声钓世”的“情”。在六朝时期能提出这样的主张，至少比当时文坛上普遍存在的吟风弄月之情，特别是比之宫体诗作者们的色情之“情”，要可贵得多。更值得注意的是，刘勰以“经正而后纬成”“理正而后摛藻”的思想为指导，来建立其创作论，来论述种种创作技巧，来要求“为情而造文”，就有可能提出一些有价值的创作理论；而其论创作技巧的篇章虽然较多，也就不会是形式主义的创作论了。

### （二）创作论的总纲

刘勰把艺术构思问题视为“驭文之首术，谋篇之大端”，因而把《神思》列为创作论的第一篇，这确是他“深得文理”的说明。文学创作过程，是在积累学识、观察和研究生活的基础上，从艺术构思开始的，这显然是刘勰论创作要首先探讨这个问题的原因之一。但其更为重要的意义还在于：《神思》篇从创作原理上确立了刘勰创作论的整个体系，揭示了他的创作论所要研究的全部内容。因此，《神思》就可成为我们研究刘勰整个创作论体系的一把钥匙。

有人认为："《神思》篇是《文心雕龙》创作论的总纲，几乎统摄了创作论以下诸篇的各重要论点。"[90]这是很有见地的，《神思》的确是刘勰整个创作论的总纲。不过，既然是总纲，就不能仅仅是统摄创作论的"重要论点"；因为从"论点"上来找《神思》和其他各篇的联系，有些"重要论点"是很难联系得上的。如《风骨》《通变》《情采》等篇，其中重要论点甚多，就很难找出和《神思》篇的具体论点有何联系。《体性》篇的"摹体以定习，因性以练才"二句，即使和《神思》篇的"情数诡杂，体变迁贸"有联系，也显然既不是实质性的联系，也不是这两篇最重要的论点。如果仅仅是统摄其部分重要论点，就未必是总纲了。所谓"总纲"，必须统领全部创作论的内容，囊括从《神思》到《物色》的整个创作论体系。刘勰的创作论，全部内容都是按《神思》中提出的纲领来论述的。他在具体论述中，虽然有所侧重，但《神思》以下二十一篇的主旨，并没有超出其总纲的范围。

这个总纲就是：

> 故思理为妙，神与物游。神居胸臆，而志气统其关键；物沿耳目，而辞令管其枢机。枢机方通，则物无隐貌；关键将塞，则神有遁心。……是以意授于思，言授于意；密则无际，疏则千里。

这段话涉及文学创作的全过程，并提出了文学艺术物、情、言三要素的三种基本关系：一是物与情的关系。“神与物游……而志气统其关键”，这就是通常所谓心物相接、情景交融的问题，亦即黄侃所释，“此言内心与外境相接也”[91]。艺术构思之所以是文学创作的一个根本问题，是因为从根本上来说，它所要处理的是心与物、情与景的关系。任何文学创作，说到底，不外是个如何使客观的物和主观的情相结合的问题，也只有物与情相结合，才能产生文学艺术。但情与物相结合之后，还必须通过语言文字表达出来，才能成为文学作品。二是言与物的关系。“物沿耳目，而辞令管其枢机。枢机方通，则物无隐貌”。就是说，必须辞令运用得当，才能把客观事物表现出来。三是言与情的关系。文学语言的功能，不外序志述时，抒情状物；文学作品虽然必须情物结合而成，但在实际创作中，往往是有所侧重的。因此，怎样用语言文字把作者的思想感情表达得“密则无际”，也是文学创作的重要问题之一。

物、情、言三者的关系，除《神思》篇讲得比较集中外，刘勰在其他地方也常有论述。如《诠赋》中的“物以情观，故词必巧丽”、《物色》篇的“情以物迁，辞以情发”等，这说明刘勰在《神思》篇集中探讨了这三种关系，并非出之偶然。他的全部创作论，主要就是研究这三种关系；而文学创作理论所要研究的基本问题，也就只有这三种关系了。下面我们就来考察一下刘勰创作论的具体内容。

《神思》主要是讲“物以貌求，心以理应”的心物交融问题。使情和物在艺术创作中密切结合，只是创作过程的结果。情物相融的实现，还有很多复杂问题要研究。就是说，物与情的关系所要研究的，并不只是艺术构思中的物情相融。《物色》中说：“目既往还，心亦吐纳。”这也是物情关系所要研究的一个重要问题。作者必须接触和观察客观事物，才能心与之会，情与之融；《神思》中强调“博观”，正是这个原因。《物色》中所讲“物色之动，心亦摇焉”“情以物迁”等，即客观的物对主观的情的制约作用，这又是物情关系所要研究的另一重要问题。

《神思》以下，从《体性》到《熔裁》的六篇，主要是研究如何处理情与言的关系了：《体性》是从“情动而言行”“因内而符外”的道理来论个性和风格的关系；《风骨》是从“怊怅述情，必始乎风；沉吟铺辞，莫先于骨”两个方面对创作提出情和辞的统一要求；《通变》则主张“凭情以会通，负气以适变”；《定势》是讲“因情立体，即体成势”的创作规律；《情采》更是论“情者文之经，辞者理之纬”的相互关系；《熔裁》是要求做到“情周而不繁，辞运而不滥”。以上各篇，都是围绕着情和言的关系，从不同角度进行的论述。

从《声律》到《总术》的十二篇，虽然主要是讲写作技巧上的一些问题，但都不出如何用种种表现手段来抒情写物的范围。也就是说，它研究的不外是言与物和言与情两种关系。如《比兴》篇所讲“‘比’则畜愤以斥言，‘兴’则环譬以记（托）讽”等，属于情与言的关系；“诗人比兴，触物圆览；物虽胡越，合则肝胆”，则属于物与言的关系。这种艺术方法，“或喻于声，或方于貌，或拟于心，或譬于事”，都是可以的，但都不出述志写物两个方面。

除《比兴》篇外，《夸饰》中说“自天地以降，豫入声貌，文辞所被，夸饰恒存”“形器易写，壮辞可得喻其真”等，也以研究言与物的关系为主。但较多的篇章所研究的，仍以言与情的关系为主。如《章句》以“宅情曰章”，《练字》说“心既托声于言，言亦寄形于字”，可见从字句到篇章，都是用来表达作者思想感情的。研究怎样练字和安排章句以表达思想感情，自然就是研究言与情的关系了。不过，文学作品既由情物相结合而成，情和物在作品中也往往是密不可分的。因此，刘勰对修辞技巧的论述，有的也不能截然分开是言与物或言与情的关系。如《丽辞》要求“必使理圆事密，联璧其章”；《隐秀》要求“文外之重旨”“篇中之独拔”等，这只能说是研究如何用表现形式为内容服务，仍不出言与物、情关系的范围。

刘勰在他的创作论中集中研究言和物的关系的，是《时序》《物色》两篇。这一重要问题虽然只有两篇来论述，但一些基本问题都涉及了。一是“岁有其物，物有其容；情以物迁，辞以情发”，虽然“辞以情发”，但情决定于物，则物的变化也必然影响到辞；“歌谣文理，与世推移”“文变染乎世情，兴废系乎时序”，讲的就是这种物与言的关系。二是怎样以言写物，这是《物色》篇研究的主要内容，如“以少总多”“文贵形似”“体物为妙，功在密附”等。三是“山林皋壤，实文思之奥府”，客观现实是文学的源泉，因此，写作中要“流连万象之际，沉吟视听之区”，就是要对所写之物作深入细致的观察。四是“能瞻言而见貌，印（即）字而知时”，言以写物，就应能反映物，可以通过言来认识物。以上几个方面，都是属于言与物的关系所要研究的重要问题。

物、情、言的相互关系，在实际创作中是错综复杂的，并不仅限于上述三种基本关系。这不是本文要研究的问题。以上简析只在说明，《神思》篇提出的情与物、言与情和言与物三种关系，是刘勰创作论的总纲。以上事实足以说明，这个总纲是贯串了他的创作论的全部内容的。

刘勰的这个纲领说明两个重要问题：一是他的创作论是比较全面的，并且抓住了创作理论上的一些根本问题；二是这个纲领既显示了创作论的理论体系，也符合全书总的理论体系。前已说明，贯穿其全书理论体系的主线是“衔华而佩实”；创作论不仅以情与言的关系为重点，且情与言和物与言两种关系所研究的主要目的，都在于如何把作品写得“衔华而佩实”。

## （三）摛神、性——艺术构思和艺术风格

“神”指《神思》，论艺术构思；“性”指《体性》，论艺术风格。刘勰把这两篇合为一组，是因为两个问题有一定的内在联系。

1. 艺术构思

“神思”一词，在刘勰之后，继用者甚多：略晚于刘勰的史学家萧子显[92]、唐代诗人王昌龄[93]、宋代画家韩拙[94]、明代文学家谢榛[95]，直到清代的马荣祖[96]、袁枚[97]，近代文豪鲁迅[98]，都曾在他们的诗论、文论、画论中，用“神思”一词来讲艺术构思。但这个词并不是刘勰的首创，晋宋之际的画家宗炳（375—443）在他的《画山水序》中已讲到：“峰岫峣嶷，云林森眇；圣贤映于绝代，万趣融其神思。”[99]宗炳所论，正是在画家“身所盘桓，目所绸缪”的过程中，“应目会心”的构思活动。刘勰借画论的词汇用于文论是完全可能的。至于《神思》以心物交融为中心的艺术构思论，又显然是继承和发展了陆机的《文赋》而来的，不过刘勰比陆机讲得更集中，更深入，也更系统。

刘勰在本篇全面提出了作家进行艺术构思的基本修养：

> 积学以储宝，酌理以富才，研阅以穷照，驯致以怿（绎）辞。

要积累丰富的学识，培养辨明事理的才能，研究已往的生活经验以求得对事物的彻底理解，并训练自己的情致，使之能恰当地运用文辞。这四个方面对培养作家艺术构思的能力，都是必要的。从

“研阅以穷照”来看，刘勰的要求是很高的。对作者已往的生活阅历，不能凭点滴经验而不假思索地运用，既要对这些阅历加以研究，又要能做到“穷照”。特别是为了把作者头脑中思考到的东西“密则无际”地表达出来，而要求训练用语言表达思想的能力，说明刘勰对语言和思想的密切关系，有了相当深刻的认识，因而才提出在构思过程中，“物沿耳目，而辞令管其枢机”，也才能在《神思》篇提出言与情和言与物的关系。

要怎样才能“穷照”或“绎辞”呢？刘勰在对汉魏期间司马相如、扬雄等十多个作家的构思情况进行分析之后提出：有的是“心总要术，敏在虑前”，故能“应机立断”；有的则“情饶歧路，鉴在虑后”，所以要“研虑方定”。根据这些经验，刘勰作了如下总结：

> 难易虽殊，并资博练。若学浅而空迟，才疏而徒速，以斯成器，未之前闻。是以临篇缀虑，必有二患：理郁者苦贫，辞溺者伤乱。然则博见为馈贫之粮，贯一为拯乱之药；博而能一，亦有助乎心力矣。

这段话正阐明了上述四项修养功夫的基本要领，就是：学深、才富、博见、贯一。必须“博见”，才可能“穷照”；只有“贯一”，才能“绎辞”。值得注意的是这四项的关系。刘勰认为，任何作者，如果“学浅”“才疏”，在创作构思时，必有“苦贫”“伤乱”二患。解救二患的办法，一是要见多识广，一是要集中思路，突出重点。才学不足造成的二患，既然可用“博见”和“贯一”来拯救，可见对一个作家的艺术构思来说，“博”与“一”二项更为直接和重要。“才”和“学”对一个作家的平素修养来说是必要的，但作者的才力学识主要应建立在“博见”的基础上；而“贯一”则指出了艺术构思的基本途径。所以，“博而能一”就是艺术构思的基本要领。

在学深、才富、广闻博见的基础上进行艺术构思，就有可能“思接千载”或“视通万里”了。刘勰把构思的特点概括为“神与物游”四字。他具体描述这种构思情况说：

> 夫神思方运，万涂竞萌；规矩虚位，刻镂无形。登山则情满于山，观海则意溢于海；我才之多少，将与风云而并驱矣。

这就是“神与物游”的具体说明。作家想到登山，便满脑出现山的形象；想到观海，心里便涌现出海的景色。无论作者才华的大小，他的思路都将随着他想象的景物而任意驰骋。这样的构思活动，和写一般文章的构思是显然不同的。它不仅是紧紧结合着物的形象来想象思考的形象思维，而且是“规矩虚位，刻镂无形”的凭虚构象。这就是说，艺术构思是凭作者平时“博观”所得的基础，通过想象，把没有实体的无影无形的意念，给以生动具体的形态，并把它精雕细刻出来。所以，这完全是一种艺术的创造。刘勰对艺术构思的论述，基本上说明了这种特点。

刘勰论艺术构思的主要不足之处，是没有正面论述作者熟谙社会生活的必要，因而他虽也强调了“博观”，却显得空泛无力。本篇所举想象构思的事例，也全是风云之色、山海之状，虽能说明艺术构思的特点，却不免有引人脱离社会现实的弊病。

2. 艺术风格

《神思》篇末讲道：“情数诡杂，体变迁贸。”这个“体”，就指风格。由于作者的思想感情非常复杂，因而风格上的变化也是多种多样的。所以，刘勰认为艺术构思中许多细微曲折的地方，是“言所不追”的。但作家的艺术风格虽然变化无穷，其基本情况还是可以探讨的。

在艺术构思过程中，“志气统其关键”，而作者的志气，又和他长期以来的学、习、才、气等素养有关。艺术风格是怎样形成的呢?《体性》篇一开始就写道：

> 夫情动而言形，理发而文见；盖沿隐以至显，因内而符外者也。然才有庸俊，气有刚柔，学有浅深，习有雅郑；并情性所铄，陶染所凝，是以笔区云谲、文苑波诡者矣。

这说明：一个作家艺术风格的形成，是由他长期的才、气、学、习所凝结而成的。艺术构思在一定程度上决定着艺术风格，就是因为二者都和一个文学艺术家的才、气、学、习有密切的关系。

艺术家的志气在艺术构思中起着关键作用，对艺术风格的形成也同样起着关键性的作用。所以，“摛神、性”这两个相关的问题，刘勰合为一组来论述。

《体性》篇的中心论点，是作者的个性决定着他的风格。由于作者的气质不同，个性各异，因而风格也就表现为多种多样。刘勰根据这样的认识，十分肯定地说：“辞理庸俊，莫能翻其才；风趣刚柔，宁或改其气；事义浅深，未闻乖其学；体式雅郑，鲜有反其习：各师成心，其异如面。”正如马克思所引布封的话：“风格就是人。”[100]作者的才、气、学、习不同，思想感情因人而异，其“各师成心”的作品，自然就“其异如面”，风格即人了。从本篇一开始就提出“情动而言形，理发而文见，盖沿隐以至显，因内而符外”的原理来看，这就是情与言的关系所要研究的一个重要侧面：情决定言，情各不同，由言所体现出来的风格特色也就千变万化。

艺术风格的多样化虽是因人而异，但也可以归纳为几种基本类型。所以刘勰说：“若总其归途，则数穷八体。”他所归总的八种风格及其特点是：

一曰典雅：特点是向儒家经典学习，和儒家走相同的道路。

二曰远奥：特点是比较含蓄而有法度，大多本于道家哲理。

三曰精约：特点是字句简练而分析精细。

四曰显附：特点是辞句质直，意义明畅，符合事理而令人满意。

五曰繁缛：特点是比喻多，文采富，善于铺陈，写得光华四溢。

六曰壮丽：特点是议论高超，文采不凡。

七曰新奇：特点是厌旧趋新，追求诡奇怪异。

八曰轻靡：特点是辞藻浮华，趋向庸俗。

刘勰对这八种风格特点的解释，显然是不完全恰当的，如“典雅”和“远奥”，未必一定要和儒、道二家有联系的，才是“典雅”或“远奥”。但从当时的具体创作情况来看，这“八体”还有一定的概括性。值得注意的是，刘勰虽然说“文辞根叶，苑囿其中”，认为这“八体”已概括了各种基本的风格特点，却并不认为一切作家的艺术风格必属“八体”之一。他也注意到“八体屡迁”，其间具体的变化是很复杂的。因此，他对汉晋间十多个作家风格的分析，就是根据各家具体的性格特点作具体分析，而不是简单化地把他们硬套入“八体”之中。如说“贾生俊发，故文洁而体清；长卿傲诞，故理侈而辞溢”等。这些都说明，刘勰论风格，一直抓住了这样一个要领“体性”。无论他以此命篇或篇中的具体论述，都没有离开作家的个性来谈风格。也只有从不同的个性出发，才能认识到和个性密切联系着的独特风格的实质。

刘勰论风格的主要局限，是对风格的形成，只泛论了才、气、学、习的作用，而认识不到决定作者才、气、学、习的社会根源和作者具体的身世遭遇。但他毕竟注意到作者后天的学识、习性对形成其艺术风格的重要作用，因而强调“学慎始习”“功在初化”，比之他以前的有关论述，还是前进了一大步。如曹丕所谓“文以气为主，气之轻浊有体，不可力强而致……虽在父兄，不能以移子弟”[101]，这就把作者的气质特点视为天生，根本无法改变。刘勰也认为作家的才、气有定，却注意到性格的“陶染所凝”，强调风格的“功以学成”，因而要求初学者“摹体以定习，因性以练才”。此外，陆机也曾讲到个性与风格的关系：“夸目者尚奢，惬心者贵当，言穷者无隘，论达者唯旷。”[102]这种论述显然还很简朴。刘勰可能受到陆机这几句的启发，却有了较大的发展。

### （四）图风、势——对作品总的要求和具体要求

“风”指《风骨》，“势”指《定势》。《风骨》篇是论述对一切作品的总的要求；《定势》篇是论述对具体作品的具体要求。

1. 风骨问题

《风骨》是在《体性》所论各种不同风格的基础上，对各种作品的内容和形式提出总的要求。正因《风骨》是继论艺术风格的《体性》之后所作的论述，有人认为：“《体性》篇只是一般地论述了文章有多样化的风格。《风骨》篇则是在多样化的风格当中，选取不同的风格因素，综合成一种更高的具有刚性美的风格。”[103]这种说法是很有见地的。刘勰的“风骨”论，的确不是孤立地提出来

的，而是在研究各种风格的基础上，对自己认为理想的作品提出的总的要求。但“风骨”并不等于风格。如果以“风骨”为风格的一种，改“数穷八体”为“数穷九体”，显然不能成立；如以“风骨”为一种综合性的总的“风格”，这个“风格”就失去风格的意义，不成其为风格了。只有艺术家独具的某种特色，才能谓之风格。既是综合的、总的，就不是独具的特色；既是独具特色，就不是综合的、总的。最主要还在于，刘勰自己是否把“风骨”当作一种综合性的风格来论述的。这只要看“风骨乏采”或“采乏风骨”的说法，问题就很清楚了。《体性》中说：“远奥者，馥采典文。”“繁缛者，博喻酿采。”“壮丽者……卓烁异采。”可见“采”的有无浓淡，本身就是风格的有机组成部分，岂能说“风格乏采”或“采乏风格”？

“风格即人”的名言是不可忽视的。离开具体的人而谈风格，就势必把文章的体势、文体的特点等都和由作者艺术个性决定的风格特色混为一谈。不少论者就把《风骨》《定势》等列为刘勰的“风格论”，甚至说文体论中“敷理以举统”一项，也是讲“各种体裁的风格特点”。[104]这样，一个作家甚至同一作家的同一作品，就可能有多种“风格”同时存在了：它既有由作者个性所决定的风格，又有文章体势的风格和文章体裁的风格，还可能有总的“风骨”这种风格。如果个性决定的作家风格是“新奇”，体势要求的风格却是“典雅”，而体裁的风格又必须“壮丽”。这样的文章，又如何下笔，如何结局呢？

这只能说明，离开具体的人，把风格的概念任意扩大，把风骨论、定势论、文体论等都说成是风格论，显然是有问题的。至于集体意义的风格，如某一时代有某一时代的风格，某一流派有某一流派的风格等，仍是没有离开具体的人的因素而存在的。如刘勰论建安文风说:“观其时文,雅好慷慨;良由世积乱离,风衰俗怨;并志深而笔长,故梗概而多气也。”(《时序》)建安文人之所以有“梗概多气”的共同风格,是当时文人有“世积乱离”的共同遭遇,是他们都“志深而笔长”造成的。所以,离开时代、阶级、民族等具体环境之下的具体的人,这样的艺术风格是不存在的。如果说某一具体作家有“风清骨峻”的风格,当然可以,也完全可能;要说“风清骨峻”是一切作家应有的总的风格,就不可以,也不可能了。刘勰既然明知风格的多样化是“其异如面”的,他怎会自相矛盾地提出一个人人应有的总的风格呢?所以,“风骨”并不是“风格”,也不是对风格的总要求,而是一切文学创作的总要求:“典雅”的风格应该“风清骨峻”,“精约”“壮丽”等风格,也应该“风清骨峻”;诗、赋要求“风清骨峻”,史、传也要求“风清骨峻”;有的作家(如潘勖)只有“骨髓峻”,有的作家(如司马相如)只有“风力遒”,刘勰则要求既能“风清”,又能“骨峻”。

“风骨”二字的含义,学术界争论尤多,迄无定论。黄侃认为:“风即文意,骨即文辞。”[105]这个说法曾引起许多不同的争论。与此正相反的意见是:“‘风’就是文章的形式;‘骨’就是文章的内容;而且‘骨’是决定‘风’的,也就是内容决定形式的。”[106]有人认为“风骨”实际上是一个问题,“既是形式也是内容”“在心为气志,发言就形成‘风骨’”[107]。还有人认为“风”喻“情思”,“骨”喻“事义”。[108]认为“风骨”即“风格”的就更多。[109]其他不同说法还多,但和上举诸说大同小异,不必尽举。正如刘勰论骚所说:“将核其论,必征言焉。”欲得确解,唯一的办法是考察刘勰自己是怎样讲的,看他自己对“风骨”二字的命意何在:

是以怊怅述情，必始乎风；沉吟铺辞，莫先于骨。

辞之待骨，如体之树骸；情之含风，犹形之包气。

结言端直，则文骨成焉；意气骏爽，则文风生焉。

练于骨者，析辞必精；深乎风者，述情必显。

若瘠义肥辞，繁杂失统，则无骨之征也；思不环周，索莫乏气，则无风之验也。

这些句子不是按某种主观意图挑选出来的，而是《风骨》篇中“风”“骨”并论的全部文句。要解释“风骨”二字，既不能离开这些文句，也必须符合这些文句。第一句说述情首先要注意风教，用辞首要注意骨力；第二句用比喻说文辞须有骨力，犹如人体须有骨架，内容要有教化作用，就像人必须有气质；第三句讲怎样才有“风骨”：文辞整饰而准确便有骨力，意气高昂就能产生明显的教化作用；第四、五两句是用反证来说明：有“骨”辞必精，有“风”情必显；无“骨”辞必乱，无“风”气必乏。所有这些，“骨”都指文辞方面，都是对文辞的要求；“风”都指内容方面，都是对内容的要求。因此，其全部内容，并未超出“风即文意，骨即文辞”的范围。不过更确切点，应该说“风”是对文意方面的要求，“骨”是对文辞方面的要求。这样看来，问题本来是很明确的，其所以出现种种纷纭复杂的解说而长期聚讼不已，主要在于本篇除“风骨”二字外，刘勰又提出一个“采”字。在“风骨”和“采”的关系上，“采”自然属于形式方面，篇中又有“风骨乏采”“采乏风骨”之说，这就很容易使人认为“风骨”是指与“采”相对的内容，并把“风骨”视为一物；但又有某些和原文难以吻合的地方，于是或求证于其他篇章，或探源于刘勰以前的“风骨”之义，就其说弥多，其难弥甚了。

“风骨”一辞，源于汉魏以来的人物品评。如《晋安帝纪》称王羲之“风骨清举”[110]，晋末桓玄谓刘裕“风骨不恒，盖人杰也”[111]等，但这指人物的风神骨相。南齐谢赫评曹不兴画龙：“观其风骨，名岂虚成。”[112]这个“风骨”，主要指形象描绘的生动传神。参考这些，自然可以了解“风骨”一词的渊源，但刘勰是用以指对文学创作的最高要求，已赋予它新的含义。因此，要据以解决上述难题，还是无能为力的。

从《文心雕龙》本身的理论体系来看，如前所述，它以“割情析采”、质文并茂为纲，而《风骨》篇正是要求质文并茂的一篇基本论文。循着这个体系，刘勰论风、骨、采三者关系的原意，就不难探得了。《情采》有云：“文采所以饰言，而辩丽本于情性。”又说：“情者文之经，辞者理之纬。”最后的“赞”中还讲到：“言以文远，诚哉斯验。”《情采》和《风骨》，一讲内容和形式的关系，一讲对内容和形式的要求，两篇所论，自然有密切的联系而可互为参考。上引《情采》三例，一是说明了情、言、文三者的关系，一是交代了刘勰论情、言、文三者关系之所本。儒家对这个问题有其传统观点：“言以足志，文以足言。不言，谁知其志？言之无文，行而不远。”[113]刘勰在《征圣》篇奉“志足而言文”为文学创作的最高原则；上引“言以文远”之说，则不仅表明刘勰确是把这一儒家观点奉为圭臬，还说明风、骨、采的关系，正由儒家对待志、言、文的观点而来。风、骨、采的关系，正是志、言、文的关系，这是很明显的。其中的关键就在言和文的区别和联系。

主张“征圣”“宗经”以立文的刘勰，对“言”与“文”的界线是分得很清楚的。“文采所以饰言”，可说就是“文以足言”的翻译。它说明“言”和“文”虽然都属于表现形式的范围，但并不是一回事。“言”是基本的东西，“文”只是为“言”服务的。

刘勰认为文学创作首先在于处理好情和辞的关系，使之经纬相成，然后“可以驭文采”。明乎此，《风骨》中的风、骨、采的关系也就清楚了。在“风骨”问题上多年来存在的分歧意见，主要就是把风、骨、采三者的关系搅乱了，或者把“骨采”视为一体，或者把“风骨”视为一物，虽也各各言之有理，但总留有难以通释《风骨》全文的矛盾。以“风”为内容方面的要求，“骨”为言辞方面的要求，“采”为文饰方面的要求，至少是既符合刘勰的总的理论体系，也能通释《风骨》全文。

应该看到的是：按儒家“志言文”的公式来论内容和形式的关系，这也是刘勰在对文学艺术特征的认识上的局限。儒家在这个问题上的观点是：“志”和“言”是主体，“文”只是一种修饰“言”的附加成分，而不是当作整个艺术形式的有机组成部分。这就因儒家所论本非文学艺术，对非文艺性的论著来说，主要是要求“辞达而已矣”[114]，所以对“文”是放在次要地位的，与文学作品的言必文、文言一致大不相同。刘勰还未能完全认清文学艺术的特质，是与他受儒家“文以足言”的影响有关的。不过刘勰也没有完全拘守儒家的老框框，他对文采还是比较重视的，全书强调文采的论述甚多，《风骨》中所讲：“若风骨乏采，则鸷集翰林；采乏风骨，则雉窜文囿。唯藻耀而高翔，固文笔之鸣凤也。”这虽然没有超越儒家“志、言、文”的公式，却把“文”“采”突出到他所理想的最好作品不可没有的重要地位。由此可见，刘勰对文学创作总的要求，仍是充实的内容和完美的艺术形式的统一。具体说，就是既要对封建政教有积极的作用，又要文辞端整、篇体光华。

《风骨》篇主要是对作品的内容和文辞提出总的要求，怎样才能写成“风清骨峻，篇体光华”的作品，这自然涉及创作论所要探讨的一系列问题，《风骨》篇本身是不能备论的。但《风骨》的最后一段，提示了以下各篇将论述怎样使作品“风清骨峻”的轮廓，关系最直接的，就是《通变》和《定势》两篇：

> 若夫熔铸经典之范，翔集子史之术；洞晓情变，曲昭文体；然后能孚甲新意，雕画奇辞。昭体，故意新而不乱；晓变，故辞奇而不黩。

“昭体”，指要明白《定势》篇所论文章体势的问题；“晓变”，指要懂得《通变》篇所论继承和革新的问题。就是说，要把作品写得“风清骨峻，篇体光华”，除向儒家经典和诸子百家的著作学习外，还要研究“通变”和“定势”等问题；不然，“跨略旧规，驰骛新作”，是必然会遭到失败的。

2. 文章体势

列于《风骨》之后的，就是《通变》和《定势》两篇。这两个问题不能同时讲，只得话分两头。一方面，《通变》可以与《附会》合为一组来讲；一方面，《风骨》是对作品提出总的要求，《定势》是论不同的文体要求有不同的体势，所以把“图风、势”作为一组来论述。这里就先讲《定势》篇。

《定势》中的“势”指什么，也存在一些不同意见。有人认为指“法度”[115]，有人认为指“姿态”或“体态”[116]，有人认为指“标准”[117]，近年来不少论者都认为“势”即“风格”[118]。“定势”是不是“定风格”？从《定势》所论和上述对“风格”这个概念的理解，是不难明确的。《定势》篇首先就阐明了“势”字的含义：

> 夫情致异区，文变殊术，莫不因情立体，即体成势也。势者，乘利而为制也。如机发矢直，涧曲湍回，自然

之趣也。圆者规体，其势也自转；方者矩形，其势也自安：文章体势，如斯而已。

这是说：文章的变化虽然很多，但都是根据内容来确定体裁，随文体的要求就形成“势”。“势”，是随其便利而造成的。如箭射出必然是直的，曲折的山涧流水必然是弯曲的；圆的便转动，方的就安稳：文章的体势，正是如此。这里最关键的一句，是“即体成势”，也就是下面再次讲到的“循体而成势”。因为“势”决定于文体，是随着文体的要求而形成的，所以刘勰又称之为“体势”。显然，这个“体势”是指随文体的要求而形成的特点。刘勰以“矢直”“湍回”等比喻，正说明它是由“机发”“涧曲”所决定的特点。

刘勰根据上述道理，把文章体势归纳为以下几个类型：

章、表、奏、议，则准的乎典雅；赋、颂、歌、诗，则羽仪乎清丽；符、檄、书、移，则楷式于明断；史、论、序、注，则师范于核要；箴、铭、碑，诔，则体制于弘深；连珠、七辞，则从事于巧艳。

刘勰虽然反对“爱典而恶华”，主张对各种文体的特点要“兼解以俱通”，本篇主旨却是强调体势有定，不能随意逾越。他在列举以上各体的基本特点之后，接着说：“此循体而成势，随变而立功者也。虽复契会相参，节文互杂，譬五色之锦，各以本采为地矣。”根据具体情况有所变化是应该的，但如五彩锦绣，必须有一定的颜色为基础。也就是说，各种体势的基本特点是不能跨越的，否则就会“失体成怪”。这种观点虽然表现了一定的保守性，但刘勰是针对“近代辞人，率好诡巧”“厌黩旧式，故穿凿取新”而发；在写作中对各种体势既“兼解以俱通”，又注意到“总一之势”，还是很有必要的。

现在再回头来看，“势”是否“风格”，也就容易辨别了。“体势”既是由文体决定的特点，显然和作者的性格是没有必然联系的。在实际写作中，无论作者用什么文体，自然都会有作者个人的因素渗透到作品中去。但刘勰所论是专指“即体成势”的“势”，这个“势”并不把作者个人的因素计算在内，因而也就很难说“势”是“风格”了。研究问题当然不应从定义出发，但任何概念如果没有一个稳定的特定含义，那就会给实际问题造成混乱。如果刘勰所讲：“体势”的“势”也是风格，就会出现这样的问题：第一，刘勰所论体势的“典雅”“清丽”之类，固然貌似风格，但和《体性》篇所讲“典雅”“远奥”等相较，就发生了明显的矛盾。同是“典雅”，一由“熔式经诰，方轨儒门”而成，一由章、表、奏、议所定。第二，“明断”“核要”等文体的要求，就很难说是什么艺术风格。第三，如以“赋、颂、歌、诗，则羽仪乎清丽”中的“清丽”为风格，可是，具体的作者既可能把这些文体写得“典雅”或“壮丽”，也可能写得“繁缛”或“轻靡”。这就说明，以“定势”的“势”为风格，不仅是个概念问题，也是个实际问题，它在刘勰的风格论中就难以通用。

### （五）苞会、通——从《通变》到《附会》

“会”指《附会》，“通”指《通变》，“苞会、通”，就是从《通变》到《附会》的有关内容。

这里有必要说明一下刘勰对这个部分内容的安排情况。

篇章次第的排列，是由理论体系上要先讲什么后讲什么来决定的。但各篇所论问题，不可能全是单线发展，其间必然会有一些复杂的错综关系。《序志》所讲各篇先后，和《文心雕龙》的实际排列次序不完全一致，就是这个原因。所以，《文心雕龙》的理论体系，必须把这两个方面结合起来研究。刘勰虽把《定势》和《风骨》合为一组来讲，却又把《通变》列在《定势》之前。前已说明，《通变》和《定势》两篇，都可紧接在《风骨》之后，为什么不把《定势》列在《通变》之前，使“图风、势，苞会、通”的说法一致呢？这又因为在具体论述中必须首先说明“通变”的必要，才便于说明体势有定之理。如《通变》所论：“诗、赋、书、记，名理相因，此有常之体也。”“名理有常，体必资于故实。”这就是刘勰认为文学创作中要“通”（应继承）的一面；“势”之有定，就以此论为基础。要先讲“通变”，后论“定势”，这是一个主要原因。

“苞会、通”的说法和《文心雕龙》的篇次不一致，也是同样的原因，它并不意味着《附会》是在《通变》之前，或由此而怀疑今本《文心雕龙》的篇次有误。接《定势》之后的是《情采》和《熔裁》。《定势》中说：“夫情固先辞，势实须泽。”“因利骋节，情采自凝。”可见体势既定，就有进一步研究“情”和“采”的关系的必要。明确了“情”和“采”的关系，就接着论述对“情”的“熔”和“采”的“裁”了。《熔裁》篇提出了著名的“三准”论，主要讲安排内容的准则。刘勰说：“三准既定，次讨字句。”又说：“然后舒华布实，献替节文。”所以，在《熔裁》之后，就继以从《声律》到《练字》的七篇，专论各种修辞技巧问题。这就是《序志》篇说的“阅声、字”。其后，有《隐秀》论“文外之重旨”和“篇中之独拔”，即文学创作中的含蓄和秀句问题；《指瑕》论写作中应注意避免的毛病；《养气》论“卫气”之方，即如何保持旺盛的创作精神；《附会》论“附辞会义”问题。这几篇的内容和“阅声、字”之前所论文学创作的一些基本理论问题，显然性质不同，所以附论于“阅声、字”诸篇之后，可说是刘勰创作论的余论。

以上就是“苞会、通”一句所概括的基本内容。其中除《定势》《情采》两篇已提前介绍，“阅声、字”方面容后另述外，这里只对《通变》《熔裁》《附会》中的部分问题，略予探讨。

1. 继承与革新

《通变》是《文心雕龙》的重要论题之一。所谓“通变”，也就是本篇“参伍因革”、《明诗》篇“体有因革”的“因革”之意，和今天所说的继承与革新大体相近，但有很大的局限性。

刘勰认识到：“文律运周，日新其业。变则其（一作‘可’）久，通则不乏。”这是对的。写作方法不断发展变化着，只有善于革新才能持久，善于继承才不贫乏。又说：掌握了“通变之术”，就可“骋无穷之路，饮不竭之源”。对照上引二句可见，能“骋无穷之路”，就是“变则其久”；能“饮不竭之源”，就是“通则不乏”。从“通”与“变”的关系上看，从文学创作必须既有所继承又有所革新的基本原理上看，刘勰对这个问题是有所认识的。文学创作没有发展变新，当然只能回骤于庭间，不可能骋“万里之逸步”。另一方面，如果不学习古来大量优秀作品，只凭新创，自然要困于贫乏。刘勰强调继承前人有如“饮不竭之源”，虽是夸张的说法，也确有一定的道理。至于能够“通”“变”并重，不失之于偏颇，更是刘勰论文的精到处。问题在于：他主张“通”的“不竭之源”是什么，要“变”的具体内容是什么。其基本观点就是：

夫设文之体有常，变文之数无方。何以明其然耶？凡诗、赋、书、记，名理相因，此有常之体也；文辞气力，通变则久，此无方之数也。名理有常，体必资于故实；通变无方，数必酌于新声。

刘勰认为诗、赋、书、记等各种文体的名称及其基本写作原理，是固定不变的，因此要继承前人；至于文、辞、气、力等表现方法方面的问题，变化无穷，就必须有新的发展。由此可见，他不仅认为要继承和革新的，主要是一些形式技巧问题，且形式技巧的范围，他的理解也是很有限的。“诗、赋、书、记”固然是举例而言，但它最多只能概括一切文体的写作特点。把要继承的面限定得如此狭窄，显然和他所说的“不竭之源”是不相称的。至于应当革新和发展的，即使“文辞气力”四字能概括一切写作技巧，刘勰的认识还是远远不够的。

“通变”主要讲形式技巧的继承和革新，这自然是刘勰的局限。有待研究的是，一向强调“为情而造文”“述志为本”，并明确主张以“情志为神明”“辞采为肌肤”（《附会》）的刘勰，是不是在论“通变”问题中糊涂一时呢？细究全文，和内容有关的意见也有，如肯定商周以前的作品：“序志述时，其揆一也。”这正是从内容上来总结、来肯定的。但是，刘勰没有从“通变”的理论上，正面提出继承和发扬“序志述时”这一优良传统的主张，只提出了“矫讹翻浅，还宗经诰”的具体办法。这虽也是意在向儒家经典的质朴文风学习，但不可能仅仅是个形式问题了。

从刘勰对继承和革新的上述意见来看，他又并无轻忽思想内容之意，这就有必要仔细研究“通变”这一论题的主旨是什么了。只有搞清这个问题，才能理解刘勰论“通变”的真义及其价值之所在。

本篇总的意图是很明显的，它和《风骨》《定势》《情采》等篇一样，主要是针对“竞今疏古，风味气衰”的晋宋文坛，而欲以“通变之数”来“矫讹翻浅”；所谓“补偏救弊”[119]，纪、黄诸家，论之已详。从什么角度、用什么理论来解决这个问题呢？泛论继承与革新的一般道理，对解决这个具体问题就意义不大。因此，刘勰只不过是从“通变”这个大题目中，找出一种具体的药方，就是“文则”：

> 是以九代咏歌，志合文则：黄歌“断竹”，质之至也；唐歌《在昔》，则广于黄世；虞歌《卿云》，则文于唐时；夏歌《雕墙》，缛于虞代；商周篇什，丽于夏年。至于序志述时，其揆一也。暨楚之骚文，矩式周人；汉之赋颂，影写楚世；魏之策制，顾慕汉风；晋之辞章，瞻望魏采。榷而论之，则黄唐淳而质，虞夏质而辨，商周丽而雅，楚汉侈而艳，魏晋浅而绮，宋初讹而新。从质及讹，弥近弥澹。何则？竞今疏古，风味气衰也。

刘勰从唐虞到晋宋九代的诗歌（不完全是诗歌）发展概况总结出来的“文则”是什么呢？第一，从唐虞到商周，是由质朴发展到雅丽。这个发展趋势，刘勰是肯定的。这说明他认为诗歌创作由质而丽，是正常的发展规律，合于“文则”。第二，商周以后继续发展的趋势，仍是华丽的程度一代一代逐渐递增，以致发展到宋初的“讹而新”。既然说“九代咏歌”都合于“文则”，这一总的趋势也当然在内。但至少从“魏晋浅而绮”以后，刘勰明明是不满的，为什么也说“志合文则”呢？这才是刘勰企图说明的正题。这个“文则”就是：在华丽成分越来越重的总发展过程中，“竞今疏古”，就必然要“风味气衰”。刘勰所总结的这个“九代咏歌”发展过程，正是用精细的逻辑推理来说明这个“文则”。商周以前一代一代的“变”，楚汉以后则是一代一代的“通”。但因有一个“从质及讹”的总趋势，因此，楚学周是可以的；汉学楚，问题还不大；到魏学汉、晋学魏……这样下去，就必然“文体解散”，不可收拾了。这就突出了学古宗经的必要。刘勰提出“通变”的主张，其具体用意，即在于此。在继承和革新的理论上，刘勰是讲得比较肤浅的。这条“文则”，虽也着眼于表面现象，却有一定的现实意义。刘勰对九代诗歌，评价最高的是商周时期。所谓“丽而雅”的诗歌，自然是指《诗经》，要求齐梁诗人继承《诗经》的传统，来“凭情以会通，负气以适变”，当然也是有益的主张。

在阐明九代“文则”之后，刘勰所举枚乘、司马相如等五家的例子，其用意何在，向来是个难题。这五家描写海天日月景象的句子，“循环相因”：有的说“虹洞苍天”，有的说“天地虹洞”；有的说“日出东沼，月生西陂”，有的说“大明出东，月生西陂”；等等。刘勰在举出这些例句之后说：“此并广寓极状，而五家如一。诸如此类，莫不相循。”“参伍因革，通变之数也。”照“诸如此类”是“通变之数”来看，似乎是示人以法，却又十分可疑。黄侃《札记》和范文澜注，虽都指出“非教人屋下架屋，模拟取笑也”[120]，但只说了不是什么，而未说明是什么。这就不免引起后来的种种不同解说。刘勰明明说这五家是“循环相因”“五家如一”，有人却释为“推陈出新，有所变化”，或“有推陈出新的味道”等。[121]有人则以为这些描写“变化不大”，“并没有把创造的因素显示出来”，刘勰的说法“实质上是抹煞了创造性”。[122]这仍是把刘勰所举五家例句视为示人以“通变之术”来论述的，不过有的替他圆成，有的表示不满而已。

在明确上述本篇主旨之后，根据刘勰所总结的九代“文则”，这个问题就易于理解了。刘勰举枚乘等人的五例，是用以说明“竞今疏古”的恶果，从而证明其“文则”的正确，反证“还宗经诰”的必要。所以，刘勰举这五例，是对“竞今疏古”的批判，根本不存在是否示人以法的问题。在讲这五例之前，刘勰已先予指出：“夫夸张声貌，则汉初已极，自兹厥后，循环相因。虽轩翥出辙，而终入笼内。”这分明是对汉初以来“夸张声貌”的批判，所举五例正是批判的对象；再联系上文反对“近附而远疏”的用意，问题就更清楚了。明乎此，我们就可断定后面所说“诸如此类，莫不相循”，也是对“五家如一”的批判。最后一段才是讲“通变之术”的，所以，“参伍因革，通变之数也”，应该是最后一段的领句。刘永济并此二段为一段，认为：“末段即论变今法古之术。中分二节：初举例以证变今之不能离法古，次论通变之术。”[123]这个意见是对的。

2. 熔意裁辞

《熔裁》篇主要是论述内容的熔炼和文辞的剪裁问题。刘勰自己对“熔”“裁”二字的解释是：“规范本体谓之熔，剪截浮词谓之裁。”“本体”就是文章的内容，要求经过熔炼，使之“纲领昭畅”，条理分明；“浮词”指不必要的文辞，经过剪截，使之“芜秽不生”，文辞清晰。

熔意裁辞的必要性，刘勰在本篇一开始就提出：“情理设位，文采行乎其中。刚柔以立本，变通以趋时。立本有体，意或偏长；趋时无方，辞或繁杂。蹊要所司，职在熔裁。”在内容的部署、文采的运用上，由于作者气质有刚柔的不同，辞采的变化随时不一，这样，内容的安排就难免出现偏颇，文采的运用往往会过于繁杂。因此，熔意裁辞就必然是整个创作过程中的有机组成部分。《风骨》中说：“若瘠义肥辞，繁杂失统，则无骨之征也；思不环周，索莫乏气，则无风之验也。”熔意裁辞，正是为了使作品“情周而不繁，辞运而不滥”，所以，也是为创作出“风清骨峻”的作品所不可少的一个重要方面。

本篇分论“熔”和“裁”两个方面。对于“裁”，虽然刘勰要求甚严，但标准明确：“句有可削，足见其疏；字不得减，乃知其密。”就是说，裁辞以做到没有一个可有可无的字、句为准则。但同时要注意，裁词必须从表达内容出发，并不是大刀阔斧，不顾是否影响内容，“裁”得越多越好。还要求“字去而意留”，如果“字删而意阙，则短乏而非核”。这种要求是并不苛刻的，严肃的作者，就应该这样要求自己。

至于熔意方面，问题就比较复杂一点。刘勰对熔意提出了著名的“三准”论：

> 凡思绪初发，辞采苦杂，心非权衡，势必轻重。是以草创鸿笔，先标三准：履端于始，则设情以位体；举正于中，则酌事以取类；归余于终，则撮辞以举要。然后舒华布实，献替节文。

所谓“三准”，首先是根据内容来确立作品的主干[124]；其次是选取跟表达内容有关的材料；最后是用适当的语言来突出要点。对“三准”的含义，各家的解说虽也存在一些分歧，但关键在于“三准”的性质是什么。认清了“三准”的性质，其含义就容易辨识了。对“三准”的性质，有的认为：“指从作者内心形成作品的全部过程中所必然有的三个步骤。这三个步骤都各有其适当的、一定的准则。”[125]有的认为：“三个步骤应当都是准备时的工作而不是创作时的要点。”[126]有的认为指“创作过程的三个步骤”[127]；有的认为指

"炼意的三项步骤"[128]；等等。这些不同的看法，都各有一定的理由。

这里有两个问题要研究：第一，上举诸家都说"三准"是三个"步骤"，是不是"步骤"？第二，是三个什么步骤？刘勰既说"履端于始""举正于中""归余于终"，当然就存在一个"步骤"问题。但为什么他又称之为"三准"呢？从"思绪初发，辞采苦杂，心非权衡，势必轻重"的说法来看，"三准"应该是为确定对杂乱的思绪进行取舍而提出的三个准则。"三准"的具体内容正是准则："设情"以能确立主干为准；"酌事"以和内容关系密切为准；"撮辞"以能突出要点为准。由此可见，按刘勰的本意，"三准"主要是熔意的三个准则。刘勰对这三点，当然不是等量齐观，一视同仁，而有主次之分，先后之别。在熔意的过程中，要首先确立所写内容的主干，然后再据以"酌事"和"撮辞"。这样看来，"步骤"的含义也是有的，但既不是主要的，更难说是整个创作过程的三个"步骤"，而主要是熔意的三条准则。其实，从《熔裁》全篇来看，主要是论述如何熔炼文意与裁酌文辞，不可能在这个论题中来探讨文学创作的过程、步骤问题。本篇"赞"中"权衡损益，斟酌浓淡"二句，基本上概括了全篇的主旨。无论熔意或裁辞，具体方法是无从论述的，只能确立一个总的原则；不仅熔意裁辞是如此，即使"三准"的先后有序，它本身也是个"准"的问题。如不首先"设情以位体"，而从"酌事以取类"开始，也就是违反了"三准"。

3. 附辞会意

《附会》在《文心雕龙》中的位置，是全部创作论的倒数第二篇。在前面论述各种写作方法和艺术技巧的基础上，本篇具有一定的汇总意义，就是把前述情志、事义、辞采、宫商等，作一总的安排处理，以"弥纶一篇，使杂而不越"。但所谓"附会之术"，也是写作方法要研究的内容之一，所以，本篇还不是全部创作论的总结，因而列在《总术》篇之前。

刘勰为什么要把“苞会、通”作为一组来讲呢？前面已经提到，《通变》篇主要是论述“通”和“变”的必要，对于“通变之术”，只篇末讲到一个提纲，具体内容要在其后的有关篇章中来分别论述。所以，其中讲“通变之术”的，只有“规略文统，宜宏大体，先博览以精阅，总纲纪而摄契”等极为概括的提示。而《附会》篇正是汇总《通变》以下有关论述之后，提出“总文理”“总纲纪”等“规略文统”的“附会之术”。这说明，在整个创作论的体系中，“苞会、通”也是“首尾相援”而自成体系的。

“附会”近于所谓篇章结构问题。刘勰自己的解释是：

> 何谓附会？谓总文理，统首尾，定与夺，合涯际，弥纶一篇，使杂而不越者也。

总体来说，“附会”就是要使作品的各个部分组成一个严密的整体。但这也是一项复杂而细致的工作。刘勰的要求，是要综合全文的条理，统一文章的首尾；要决定哪些该写，哪些不该写；要把各个部分融为一体，使内容虽繁多而有条不紊；等等。刘勰认为，必须全面注意处理好这些问题，是因为：

> 夫文变多方，意见浮杂；约则义孤，博则辞叛；率故多尤，需为事贼。且才分不同，思绪各异；或制首以通尾，或尺接以寸附；然通制者盖寡，接附者甚众。若统绪失宗，辞味必乱；义脉不流，则偏枯文体。

刘勰认为，作品的变化甚多，作家的心意和见解也比较复杂；如果讲得太少就显得单薄，讲得太多又容易杂乱；写得草率，毛病必多；过于小心，迟疑不决，会反而害事。加之各个作者的才华不同、思路各异等，就难免要产生杂乱无章、不能全面表达出主要内容的结果。因此，刘勰在分别论述了各种创作原理和艺术技巧之后，还有必要专门讨论“附会”问题。

具体的“附会之术”，刘勰首先讲到要“正体制”。他说：

> 夫才量学文，宜正体制：必以情志为神明，事义为骨髓，辞采为肌肤，宫商为声气；然后品藻玄黄，摛振金玉，献可替否，以裁厥中。

“情志”“事义”“辞采”“宫商”等，《附会》之前都已分别作了论述，这里是“总纲纪”，即从一篇文章总体来看，应给以适当的主次地位。因此，刘勰以人为喻来说明：“情志”（作品的思想内容）犹如人的精神，是决定人体的主要因素，应该是作品的主体。“事义”（表达作品内容的材料）像人体的骨骼，在作品中有树立整个骨架的作用。“辞采”（文辞采饰）则像人的肌肤。“宫商”（声调音节）就好似人的声气。肌肤和声气的作用虽不如精神和骨骼重要，但也是人体所不可没有的。这就是它们在一篇作品中应占的主次地位。首先明确这种地位，刘勰认为是“缀思之恒数”，即进行构思创作的基本法则。这个问题确定之后，则无论内容和形式，该强该弱，应增应减，就有所依据了。

其次是“总纲领”。他说：“凡大体文章，类多枝派；整派者依源，理枝者循干。”就是要抓住主干，按照文章的基本线索，使各种有关“技派”围绕着中心思想来叙述，共同为中心思想服务。

所以刘勰强调："附辞会义，务总纲领；驱万涂于同归，贞百虑于一致。"只有这样，才能做到"首尾周密，表里一体"。

最后是要从整体着眼，"弃偏善之巧，学具美之绩"，不要像慎于毫发而失于整个面貌的画家那样，宁可"诎寸以信尺，枉尺以直寻"，这也就是不惜丢掉芝麻而要抓住西瓜的意思。

### （六）阅声、字——从《声律》到《练字》

这部分包括《声律》《章句》《丽辞》《比兴》《夸饰》《事类》《练字》七篇，主要是论述修辞技巧的一些问题。这里只对以下几个问题略予介绍。

1. 声律问题

关于作品的声律问题，沈约认为"自骚人以来，此秘未睹"[129]。这是就严格地按平、上、去、入四声制韵说的。其实，南齐永明年间（483—493）出现的"四声八病"说，有一个漫长的发展过程。从《诗经》《楚辞》到汉魏时期的不少作品，都有其自然的音节美。这当然不是一种偶然现象，而是说明汉魏以前的作者，对此早就有所注意了；只是到陆机的《文赋》、范晔的《狱中与诸甥侄书》等，才正式讨论到这个问题。永明间，沈约、王融等人，在前人讲究宫商音韵的基础上，加之魏晋以来声韵学的发展和翻译佛经的影响，发现了四声，这对齐梁以后诗歌的发展是有其重要影响的，在中国文学史上，也应该说是一件大事。但由于沈约等人讲究过细，要求过严，提出"平头""上尾"等八种忌病，就反而成为诗歌创作的一种束缚，因而很快就引起一些人的反对。

刘勰的《声律》篇，虽未明确讲"四声八病"，但与沈约等人论声律的精神也基本相通。不过，刘勰没有提出什么严格的戒律，而以自然音律为其立论的出发点。他认为："音律所始，本于人声。”“器写人声，声非学（效）器。”人的声音有高低抑扬的不同，本来是自然形成的；声律既然根据人声产生，也应该是自然的。所以他说：“吐纳律吕，唇吻而已。”

刘勰讲到声律上的“内听”和“外听”，是陆机以来的声律论者所未曾注意到的问题。“外听”指音乐方面的声律，“内听”指诗歌方面的声律。他认为“响在彼弦”的“外听”，是“弦以手定”，是否合律，要加以调整并不困难；“声萌我心”的“内听”，其节奏只能凭作者的审音能力来判断，由于“声与心纷”，这就比较复杂而难以捉摸。认识到这种情况，而要求作者加强这方面的修养，在“声律”这个新的问题出现之后，对于文学创作来说，是有必要的。此外，刘勰从声律联系到诗的“滋味”，要求写得“玲玲如振玉”“累累如贯珠”。这对加强作品的艺术力量是有一定作用的。

2. 比兴问题

“比兴”是我国古代诗歌重要的传统表现方法之一，汉魏以来，对比兴方法的有关论述甚多，但对它进行专题论述，刘勰的《比兴》还是第一篇。《礼记·学记》中曾讲到：“不学博依，不能安诗。”孔颖达疏：“博，广也；依，谓依倚也，谓依附譬喻也。若欲学诗，先依倚广博譬喻。若不学广博譬喻，则不能安善其诗，以诗譬喻故也。”[130]因为诗多用譬喻，不学广泛地运用譬喻的方法，就不可能作好诗。这说明我国古代诗歌艺术普遍存在的一个特点。比兴方法，正是汉人在这一基础上所作的初步总结。古代诗歌创作的这种基本特点，在汉以后是长期存在的，但历代文学艺术家对比兴方法的认识和要求，随着创作经验的日益丰富而逐渐有所变化。最初的理解，只是一种简单的比喻或兴起，基本上是一种表现技巧。到唐宋以后，就出现了较为显著的变化，它不再是一种单纯的艺术技巧，而是对思想内容有一定要求的艺术方法。[131]这个变化过程是长期交错进行的，而刘勰的《比兴》篇，就开始出现了这一变化的明显迹象。

刘勰对“比兴”的解释是：

> “比”者，附也；“兴”者，起也。附理者，切类以指事；起情者，依微以拟议。起情，故“兴”体以立；附理，故“比”例以生。“比”则畜（蓄）愤以斥言，“兴”则环譬以记（托）讽。

“附理”“起情”，基本上还是继承汉人的观点。《辨骚》中论屈赋所说：“虬龙以喻君子，云蜺以譬谗邪，比兴之义也。”也完全是取譬喻之义。但刘勰由“附理”“起情”进而强调：“‘比’则畜（蓄）愤以斥言，‘兴’则环譬以记（托）讽”，方法和思想就有其明显的联系了。这种联系虽还没有后来陈子昂、白居易等讲的那样明确和牢固，但作为这一重大发展的开始，是值得注意的。刘勰对汉以后“日用乎比，月忘乎兴”的情况非常不满，认为是“习小而弃大”，这也是值得注意的。在“比兴”的发展史上，唐宋以后更重视“兴”，刘勰也是最早的。刘勰为什么认为比“小”而兴“大”呢？他说：“炎汉虽盛，而辞人夸毗；《诗》刺道丧，故兴义销亡。”就因为不满于汉代辞赋家们卑躬屈节，丢掉了《诗经》用诗歌创作来讽刺统治者的传统，因而“兴义销亡”。这仍是从思想内容出发的。陈子昂批评“齐梁间诗，采丽竞繁，而兴寄都绝”[132]，其用意和刘勰正同。

由于汉以来诗赋创作中“比体云构”，《比兴》篇对“比”的论述还是更多、更具体。不仅举例详析了“比”的“或喻于声，或方于貌，或拟于心，或譬于事”等运用方法，也承认“扬、班之伦，曹、刘以下”的大量作者在“图状山川，影写云物”方面大用其“比”，取得了“惊听回视”的艺术效果，并提出了“比类虽繁，以切至为贵”的主张。汉以后忽视“兴”的倾向，应予批判，但对“比”的运用中所取得的成就，也给以肯定。这当然是一种实事求是的正确态度。

对比兴方法的运用，刘勰讲到三点值得注意的意见：一是“触物圆览”。这是前提，是基础，必须对所比所兴之物有直接的感触，并进行全面观察研究，才有可能对它有深刻的认识和了解，才能恰当地用之于比兴。二是“物虽胡越，合则肝胆”。无论是以甲比喻乙或以甲兴起乙，都要求二者虽如南越北胡，相距遥远，但所比所兴之事，必须像肝和胆一样密合。这就必须抓住事物的特点，找出其内在的联系。因此，最后的要求就是“拟容取心，断辞必敢”。比拟的是事物的外貌，但用比兴的目的，并不在于状貌山川，写气图形，而是要以小喻大，即本篇所说：“称名也小，取类也大。”这是指借具体的形象或事理来表达丰富的感情，说明深远的意旨。因此，必须取其“心”，即能抓住所拟事物的精神实质和某种特征。这些看法在文学创作中具有一定的普遍意义，也涉及文学艺术的某些表现特征，因而受到近年来论者的重视，这是完全应该的。不过，离开“比兴”之旨而作不合原意的引申，是无助于说明刘勰的实际成就的。

3. 夸饰问题

刘勰所论种种修辞技巧，如“章句”“练字”等，虽可通用于一般的文章写作，但对文学创作也是适用的。从“比兴”“夸饰”“声律”“丽辞”等具有文学特征的问题来看，虽然这些也可用于一般文章，但刘勰在具体论述中，主要还是按文学创作的要求来对待的。如《夸饰》中说："夸饰在用，文岂循检？"运用夸张手法，刘勰认为就不能遵循一般的法度。又说："自天地以降，豫入声貌，文辞所被，夸饰恒存。"有史以来，凡用文辞来形容声音状貌，都有夸饰。这样讲，显然是从文学创作的角度来要求的。特别是他认为夸张的艺术效果可以做到："发蕴而飞滞，披瞽而骇聋。"能够使盲人睁开眼睛，聋子受到震惊。这种用夸张的方法来论夸张的意见，更能说明刘勰是把夸饰当作一种文学艺术的手段来论述，来要求的。

夸张手法的必要，主要是从更有力地表达内容出发的。刘勰认为："神道难摹，精言不能追其极；形器易写，壮辞可得喻其真。""壮辞"指有力的文辞，也就是夸张的描写。具体事物虽然相对容易描写，但用夸张手法就能更准确、更真实地表现它。这两句是互文足义；某些微妙的道理，是用精确的语言也不能表达的，但"壮辞可得喻其真"；虽然"形器易写"，却"精言不能追其极"。用夸张的方法，就可"喻其真""追其极"了。刘勰举《诗经》《尚书》中一些夸张的具体用例说明："虽《诗》《书》雅言，风格训世，事必宜广，文宜过焉。"（这里的"风格"二字，和《议对》篇的"亦各有美，风格存焉"，都指风教、法则。）即使儒家经典，为了起到更大的教育作用，也要运用夸张手法。这也说明，夸张的运用，主要是表达内容的需要。因此，夸张的运用必须得当：

> 然饰穷其要，则心声锋起；夸过其理，则名实两乖。若能酌《诗》《书》之旷旨，剪扬、马之甚泰，使夸而有节，饰而不诬，亦可谓之懿也。

夸张运用得当，就能有力地表达思想；夸张过分，就会使文辞和实际脱节。所以，刘勰认为理想的做法，是参考学习《诗经》《尚书》的深广用意，避免扬雄、司马相如的过分夸张；使夸张能更好地表达内容，而不损害内容。能如此，刘勰就鼓励作者以倒海倾山的勇气，去探珠取宝："倒海探珠，倾昆取琰！"

这些意见都基本上是可取的，刘勰反对司马相如、扬雄等人辞赋中"诡滥愈甚"的夸张也是正确的。不过，刘勰对汉赋在"气貌山海，体势宫殿"方面的夸饰尚予以肯定，却反对有关海若、宓妃等神话方面的夸张描写，这就是他拘守儒家思想而不理解古代神话的文学意义的局限。

4. 练字问题

怎样用字，是文学创作最基本的问题。《章句》篇已讲到用字的重要：

> 夫人之立言，因字而生句，积句而成章，积章而成篇。篇之彪炳，章无疵也；章之明靡，句无玷也；句之清英，字不妄也。

篇章是由字句组成的，字的基础打不好，整个篇章也不可能写好。所以，刘勰对用字问题，也特立专篇论述。用字的目的是表达思想。刘勰对这点是比较明确的，所以说："心既托声于言，言亦寄形于字。"因此，他一方面主张"依义弃奇"，一方面强调作者用字，"不可不察"读者是否能懂："今一字诡异，则群句震惊；三人弗识，则将成字妖矣。后世所同晓者，虽难斯易；时所共废，虽易斯难。"难与易并不是绝对的，关键在于当时的多数读者是否"同晓"。这主要是从作品的效果提出的，古字僻字用得太多，必然要影响到作品的效果。

刘勰对用字提出四条具体主张：第一，“避诡异”，就是避免用怪异的字。如曹摅在诗中用“訩呶”二字，刘勰就认为“大疵美篇”。第二，“省联边”，就是不要大量堆砌偏旁相同的字。这是汉赋中常见的毛病：写山，就把山字旁的字罗列上去；写水，就把水字旁的字排成长串。刘勰嘲讽这样用字，就成编辑《字林》了。第三，“权重出”，即要慎重考虑重复出现的字。特别是在一首字数不多的诗中，重复的字太多是不好的；但如果“两字俱要”，非用不可，刘勰主张宁犯勿忌。第四，“调单复”，指字形的繁简要作适当调配。前三条还略有可取，后一条则无论古今，都是没有什么意义的。

## （七）《总术》——创作论的总结

《总术》篇是创作论的总结，刘勰自己已讲得很明确：

> 况文体多术，共相弥纶；一物携贰，莫不解体。所以列在一篇，备总情变；譬三十之辐，共成一毂。虽未足观，亦鄙夫之见也。

《神思》以下各篇，都是一题一论。但各种写作原理和方法是互有牵连的，因此，刘勰要集中在本篇讲一下创作方法的重要以及各种方法的汇总问题，使之像车轮的全部辐条集中于车毂一样。这显然是对创作论的总结之意。明确了这点，可进而证明前面所说刘勰创作论的范围，是从《神思》开始，到《总术》结束。

本篇总结了些什么问题呢？

首先，是强调掌握写作方法的重要。刘勰以下棋为喻，说“执术驭篇，似善弈之穷数”。如果“弃术任心”，随心所欲地乱写，就像赌博的人碰运气一样，即使能获得某种成功，终归是写不出好文章的。他认为这种人在创作中，“虽前驱有功，而后援难继；少既无以相接，多亦不知所删；乃多少之并惑，何妍蚩之能制乎!”不懂写作方法的人，对该多该少都不知如何处理，又怎能掌握写好写坏呢？所以，他强调“才之能通，必资晓术”。

其次，是说明全面掌握各种基本写作原理的必要。刘勰认为“思无定契”，作者的思路虽然没有固定的规则，但“理有恒存”“术有恒数”，文学创作的基本原理、方法是有定的。因此，必须“圆鉴区域，大判条例”，只有全面研究各种文体，通晓各种基本的原理和方法，才能“控引情源，制胜文苑”。而创作领域的问题是多种多样的，这就必须从根本问题着手：“务先大体，鉴必穷源。”

再次，要“乘一总万，举要治繁”。“一”和“要”就是指根本性的东西，抓住根本，是为了“总万”“治繁”，也就可以做到“总万”“治繁”了。这就是所谓“总术”。因为“文体多术，共相弥纶；一物携贰，莫不解体”。各个方面如果有一点配合不好，就会使全文受到影响。这就是掌握“乘一总万”之术的必要性。

最后，刘勰认为能掌握好写作的技巧，就可写出这样的作品：“义味腾跃而生，辞气丛杂而至。视之则锦绘，听之则丝簧，味之则甘腴，佩之则芬芳：断章之功，于斯盛矣。”这显然是刘勰理想中最完美的作品，也是他对文学创作提出的最高要求：内容充实，辞采丰富，视之有色，听之有声，食之有味，佩之有香。这个要求很足以说明，刘勰对各种写作方法和技巧的论述，主要是文学创作论，而不是“文章论”。但刘勰在《总术》篇提出这样的理想或要求，其具体用意还在“执术驭篇”上，是对运用各种艺术技巧提出的总要求，也只有很好地综合运用各种艺术技巧，才能创作出这种“衔华而佩实”的文学作品。

本篇在论“研术”之前，还讲了一个“文笔”问题。论“执术驭篇”的《总术》，为什么要先讲“文笔”问题呢？黄侃的看法是对的：“自篇首至‘知言之选’句，乃言文体众多。自此以下，则明文体虽多，皆宜研术，即以证‘圆鉴区域，大判条例’之不可轻。”但又说：“彦和他篇，虽分文笔，而此篇则明斥其分别之谬。故曰：‘文以足言，理兼《诗》《书》，别目两名，自近代耳。’”[133]其后，郭绍虞、罗根泽等也认为刘勰此篇是反对“文笔”之分。[134]如果此篇真是“明斥其分别之谬”，刘勰又明明采用了“文笔”之分，这是不是他自相矛盾呢？从全书组织之严密、立论之精细来看，这样大的疏忽是不可能存在的。

《文心雕龙》从《辨骚》至《书记》的二十一篇，明明分为“文”“笔”两大类，《序志》篇又特意说明他对这二十一篇是“论文叙笔”；其他不少篇中也常常“文笔”并提。如《风骨》：“唯藻耀而高翔，固文笔之鸣凤也。”《章句》：“斯固情趣之指归，文笔之同致也。”甚至对文体特点的论析、对作家作品的评论，也常由“文笔”的区别着眼。如《奏启》：“夫奏之为笔，固以明允笃诚为本，辨析疏通为首。”《声律》：“属笔易巧。”“缀文难精。”《才略》：“孔融气盛于为笔，祢衡思锐于为文。”这些都充分说明，刘勰并不是“文笔”之分的反对者，而是见诸实际行动的支持者、推广者。既斥其谬，却又如此大量运用，这是不大可能的。

黄侃所举：“文以足言，理兼《诗》《书》，别目两名，自近代耳。”这几句并无反对“文笔”之分的意思，最多只能说明：刘勰认为儒家经典兼有“文”“言”，不应分儒经为“文”与“言”。刘勰尊“五经”为一切“文”“笔”的总源头，自然不存在“文”“笔”之分的问题，这和晋宋以后“别目两名”并不矛盾。“文以足言”四句以下的话，就全是驳颜延之的“文”“笔”“言”三分法了。颜延之认为："笔之为体，言之文也；经典则言而非笔，传记则笔而非言。"刘勰所反对的只是这种说法。郭绍虞认为"经典则言而非笔"的说法才是"根本分歧的地方"，这是对的。刘勰认为经典是典奥不刊的，不能用"言""笔"来辨其优劣。但这和是否反对"文""笔"之分无关。这就说明，《总术》所论和全书的"论文叙笔"等并不矛盾。

## 六、批评论

按《序志》的说法，从《时序》到《程器》的五篇属批评论。不过，其中《时序》《物色》两篇，兼有创作论和批评论两方面的内容。《时序》从历代政治面貌、社会风气等方面来评论作家作品及其发展情况；《物色》从自然景物、四序变迁方面来评论《诗经》、《楚辞》、汉赋及"近代以来"的创作情况。两篇比较起来，《时序》侧重于文学批评，《物色》侧重于文学创作。其基本论点已在前面介绍刘勰的思想中讲到了。有人怀疑《物色》篇的位置不应在《时序》之后，而应移在《总术》之前，属创作论。但这只是一种怀疑，还没有找到任何史料根据。在没有可靠证据之前，仍以尊重原著为是。从现在的《文心雕龙》体系来看，在《时序》之后紧接《物色》是未尝不可的。《原道》中即分论"天文"和"人文"两个方面，《时序》《物色》两篇正是分论社会观象和自然现象两个方面，可见《物色》在《时序》之后，正符合刘勰的原意。

《才略》和《程器》是作家论。《才略》从创作才能方面评论作家，《程器》从品德修养方面评论作家。《文心雕龙》对作家作品的评论，既集中，又分散。如作家才华和品德，是各以专篇评论一个问题，就才、德来说，是集中的；就作家来说，又是分散的。对作品的评论，则是分散在各种文体的论述中。对某一种文体来说，如诗歌创作，又是将历代诗作集中到《明诗》一篇来评论。

刘勰的作家论虽然是分散的，但把各个方面的论述综合起来，是可以了解到各个作家的全面情况的。以陆机为例来看：从《才略》中，知道他“才欲窥深，辞务索广，故思能入巧，而不制繁”的创作才力；从《程器》中，知道他在品德上有“倾仄于贾、郭”的污点。“贾”是贾谧，“郭”是郭彰，都是贾后的亲信。这和史载陆机“好游权门，与贾谧亲善，以进取获讥”[135]基本一致。再看刘勰对陆机的作品的评论。评其诗，“采缛于正始，力柔于建安”（《明诗》）；评其乐府，“有佳篇”（《乐府》）；评其赋，“底绩于流制”（《诠赋》），指他的《文赋》有其不同于一般辞赋的成就；论其颂，“陆机积篇，惟《功臣》最显；其褒贬杂居，固末代之讹体也，”（《颂赞》）。《功臣》指其《汉高祖功臣颂》，刘勰认为此篇在陆机的作品中虽比较突出，但也是“末代之讹体”了；论其吊辞，“陆机之《吊魏武》，序巧而文繁”（《哀吊》）；评其《连珠》，“唯士衡运思，理新文敏，而裁章置句，广于旧篇”（《杂文》），这和刘勰对陆机创作才能的总评论都是一致的。又如评其移文，“陆机之《移百官》，言约而事显，武移之要者也”（《檄移》）；评其论文，“陆机《辨亡》，效《过秦》而不及，然亦其美矣”（《论说》）；评其笺表，“情周而巧，笺之为善者也”（《书记》）。《文赋》是陆机的一篇重要作品，在文学批评史上有较大的影响，刘勰除在《诠赋》中作一般文学作品论及其成就外，还在《论说》《声律》《总术》《序志》等篇，从不同角度评论了《文赋》。此外，《体性》还论及陆机作品的艺术风格，“士衡矜重，故情繁而辞隐”；《熔裁》中还论及“士衡才优，而缀辞尤繁”；《声律》《事类》等篇还论述了陆机在声律、用典上的一些问题。

从陆机一例，我们可看到刘勰作家论的大致情况。它虽然比较分散，但把各种有关评论总起来看，是相当全面的。从以上所举，可见陆机各体作品的得失，他的艺术风格、构思特点和才华品德等，刘勰都有一定的评论。其中，不仅有肯定、有批判，而且能放在一定历史条件下，从他的作品在各种文体的发展过程中所占的历史地位来给以评价。这种分散论述的方式，缺点也是很明显的：主要是不能具体联系作者的生活和思想来分析其作品，也很难表示一个作家的主要成就何在。

刘勰有关文学批评的理论，主要集中在《知音》篇。

“知音”的意思，本指懂得音乐。《吕氏春秋·本味》中说，伯牙弹琴的时候，当他想到巍巍的泰山，钟子期就从他的琴声中听出伯牙“志在泰山”；当伯牙想到滔滔的流水，钟子期就从琴声中听出伯牙“志在流水”。后人就称钟子期为“知音”。《知音》的篇名就是借此来比喻文学批评者善于辨别文学作品；同时也表示，真要如“知音”者那样做好文学评论是不很容易的，所以本篇第一句就是：“知音其难哉！”

文学批评难在何处呢？刘勰从两个方面作了论述：一是“音实难知”，一是“知实难逢”。首先讲“知实难逢”：刘勰举出秦汉以来文学批评中的大量实例，说明自古以来，真正知音的批评者不可多得。有的是“贵古贱今”，认为今人的作品总不如古人好；有的是“崇己抑人”，贬低别人而抬高自己；有的则“信伪迷真”，轻信虚伪而不明真相。这种不从实际出发的批评，当然算不上“知音”。但这样的事实大量存在，所以刘勰十分慨叹：“逢其知音，千载其一乎！”

据《后汉书·扬雄传赞》，扬雄写《太玄经》时，刘歆曾对他说："空自苦！今学者有禄利，然尚不能明《易》，又如《玄》何？吾恐后人用覆酱瓿也。"刘勰借用这个故事，深为感慨地说："酱瓿之议，岂多叹哉！"就是说，在当时的文学批评风气之下，刘歆担心扬雄的著作可能被人用来盖酱坛子，这种慨叹并不是多余的。这个"酱瓿之议"，说明一个重要问题。当时扬雄虽严肃认真地写他的《太玄经》，却无人能赏识，所以刘歆认为是"空自苦"，意思是劝他不要写下去了，写出来也不过给人盖酱坛子。可见没有正确的批评风气，没有"知音"，是会影响到文学创作的。这就说明了建立正确的文学批评的必要。

其次，刘勰再讲"音实难知"，即正确的文学批评是很不容易做到的。"音"之所以"难知"，刘勰分析了主观和客观两方面的原因。客观原因是"文情难鉴"。他说：

> 夫麟凤与麏雉悬绝，珠玉与砾石超殊，白日垂其照，青眸写其形。然鲁臣以麟为麏，楚人以雉为凤，魏氏以夜光为怪石，宋客以燕砾为宝珠。形器易征，谬乃若是，文情难鉴，谁曰易分？

麒麟和獐子、凤凰和山鸡的差别是很悬殊的，珠玉和石块的不同也是很明显的，但是竟有人把麒麟当獐子，把山鸡当凤凰；魏国人又把美玉当怪石，宋国人则把石块看作宝珠。形体显著的东西还难免如此认错，抽象的文情就更难鉴识了。

主观的原因是"知多偏好，人莫圆该"。刘勰说：

> 夫篇章杂沓，质文交加；知多偏好，人莫圆该。慷慨者逆声而击节，酝藉者见密而高蹈，浮慧者观绮而跃心，

爱奇者闻诡而惊听。会己则嗟讽，异我则沮弃；各执一隅之解，欲拟万端之变。所谓东向而望，不见西墙也。

文学作品的内容和形式，本来是很复杂的。批评者既各有自己的偏爱，又不可能具备全面鉴别作品的能力。因此，往往就是对合于自己口味的便赞同，不合的就抛弃；那就正如一个人面向东望，必然看不见西墙。有这样一些主观原因存在，就更难对文学作品作出正确的评论。

这里虽是讲文学批评在主客观两方面不易做好的原因，却也说明了文学批评有自己的特点：一方面是文学作品本身有其复杂性和比较抽象，一方面是批评者见识有限而又各有所好，很难对有着“万端之变”的文学作品作出恰当的评价。要想做好文学批评，就必须认识到这种特点，才能进而找出解决的办法。

正确的文学批评，确是困难重重的。但刘勰讲这些，并不是要说正确的文学批评无法做到。《知音》篇首先提出“音实难知，知实难逢”，主要是为了探讨如做好文学批评。刘勰的批评理论就正是根据上述问题和特点建立起来的。

怎样解决“文情难鉴”的问题，是刘勰文学批评论的核心。他认为：

夫缀文者情动而辞发，观文者披文以入情；沿波讨源，虽幽必显。

这就是正确的文学批评完全可以做到的基本原理。知音固难，但从文学批评的这种原理来看，并不是做不到的。这就因为：文学创作是由于作者有了某种情感而用文辞表达出来，文学批评不过是把文学创作的途径倒过来，即用“沿波讨源”的方法，根据作品的文辞进而探寻其思想内容，这样就可以把作品中虽然幽深不明的东西看清楚了。根据“披文以入情”的道理，刘勰再进一层说：“夫志在山水，琴表其情，况形之笔端，理将焉匿。”从琴声中表达出来的“志在山水”之情，那是无形无影的，知音者尚可识别，何况形之笔端、写成文字的作品呢？《神思》中说：“意授于思，言授于意。”语言文字是表达思想的符号，有了用文字写成的作品，作者的思想感情怎能隐藏得住？

所以，从理论上看，虽然“文情难鉴”，但不是文情不能鉴，而是“文情可鉴”。具体鉴察“文情”的办法，就是“先标六观”：

> 是以将阅文情，先标六观：一观位体，二观置辞，三观通变，四观奇正，五观事义，六观宫商。斯术既形，则优劣见矣。

这“六观”通常被理解为刘勰进行文学批评的六条标准，这是有待重新考虑的。第一，从它的前言后语看，并非批评标准。“将阅文情，先标六观”，明明是讲“披文以入情”的具体方法；是说要考察作品的内容，先提出这六个方面，以便从这六个方面具体着手，以入其情。最后又明明说“斯术既形”，“术”并非标准，而是方法，亦即“披文入情”或“沿波讨源”的方法。用此方法，则作品的优劣可见；而不是用此标准，“则优劣见矣”。第二，“六观”本身并非标准。所谓“标准”，必须有某种程度的规定性。刘勰这“六观”，只是说从体裁的安排、辞句的运用、继承与革新、表达的奇正、典故的运用、音节的处理等六个方面入手，进而研究这六个方面所表达的内容。“六观”本身并没有作何要求与规定，也就说不上是什么标准了。第三，“六观”基本上都是表现形式方面的问题，当作标准来看，显然与他一贯文质并重特别是“述志为本”的主张不符。从“将阅文情，先标六观”的原意来看，正和他的基本思想一致。刘勰在《序志》中批评魏晋以来的文学批评“并未能振叶以寻根，观澜而索源”。“六观”的提出，正是“沿波讨源”“振叶寻根”的具体办法。

针对“知多偏好，人莫圆该”的主观原因，刘勰提出了加强批评者的修养的主张：

> 凡操千曲而后晓声，观千剑而后识器；故圆照之象，务先博观。阅乔岳以形培塿，酌沧波以喻畎浍。无私于轻重，不偏于憎爱；然后能平理若衡，照辞如镜矣。

有了演奏各种乐曲的实践经验的人，才懂得音乐；观看过多数刀剑的人，才懂得武器。因此，刘勰认为掌握全面评论作品的方法，是必须进行广泛的观察。因为看过大山的人就更了解小山，研究过沧海的人就更懂得小沟。这样，只要排除掉个人的偏见，就可以对作品作出公平而准确的评价了。所以，加强批评者的修养，提高其鉴赏能力，这是做好文学批评的根本条件。一个文学批评者，在见多识广、提高鉴别能力之后，可能会开阔其视野，突破其原来的狭小天地，因而减少或改变一些偏见。但自古以来真正做到“平理若衡，照辞如镜”的评论家，确也是“千载其一乎”。在阶级社会中，绝对公平的评论家是没有的，即使是刘勰自己的评论，也往往对“熔式经诰，方轨儒门者”有明显的偏爱。

《知音》主要论“圆照之象”，谈批评方法。如果作为一篇独立的批评论来要求，是应该讲文学批评的原则和标准的，但《知音》是《文心雕龙》的一篇，全书总论的基本观点就是《知音》论文学批评的指导思想。而“原道”和“宗经”就是刘勰文学批评的标准了。从全书对作家作品的批评实践来看，刘勰基本上是用是否符合“自然之道”、是否违反“征圣”及“宗经”之旨这两个尺度来衡量作家作品的。不仅如此，《知音》篇讨论的中心就是如何解决“文情难鉴”的问题。“缀文者情动而辞发，观文者披文以入情”这个基本论点，正是沿着“割情析采”这个全书理论体系的总纲而提出的。所以，对《知音》的研究，不能脱离刘勰的整个理论体系，不能孤立地从《知音》篇中要求他解决文学批评理论的全部问题。

## 结　语

三万七千多字的《文心雕龙》，基本上概括了从先秦到晋宋千余年间的文学面貌，评论了两百多个作家，总结了三十五种文体，相当全面地探讨了文学创作、文学批评的一些基本原理和艺术方法，并建立了体大虑周的理论体系。在我国古代文学理论史上，《文心雕龙》是有其重要贡献的。文学创作上的许多重要问题，如艺术构思、艺术风格、继承和革新、内容和形式的关系、文学和现实的关系等，刘勰在总结前人点滴意见的基础上，第一次提出了比较系统的专题论述。刘勰的观点、理论，当然有其不可避免的局限，不少问题是他的认识水平所不可能作出正确解释的，特别是儒家思想的束缚，使他对作家作品的评论、对某些文学理论的阐发，受到相当严重的影响。这一方面是我们所不应忽视的。但总体来看，《文心雕龙》的成就是主要的。有人认为：“其体大思精，在古代文学批评著作中是空前绝后的。”[136]这个评价是并不为过的。在两千多年的封建社会中，在文学理论的某些方面或个别论点，高于刘勰的自然很多，但在整个理论体系上，全面或主要方面超过《文心雕龙》的论著，是没有的。这就有它值得我们注意的重要价值。

关于《文心雕龙》的研究，近二三十年来虽然还存在这样那样的一些问题，但总是在逐步取得越来越大的成就的发展之中。当然，从这部巨著的重要意义来看，从《文心雕龙》中存在的不少问题还未能得解决，以至于某些重大问题（如《文心雕龙》的理论体系等）尚未开展认真的研究来看，我们的工作还是做得不够的。

好在近年来注意《文心雕龙》的同志愈来愈多，本书把它全部译注出来，不敢抱解决任何问题的奢望，若能为更多的读者研究原著提供一点参考，也就是译注者的大幸了。这篇引论在介绍有关问题中，力图把一些有分歧的重大问题介绍给读者；余岂好辩，谈到这些问题，不能不表示一点自己的看法，目的还是为读者阅读原著时提供一点参考。一己之见，最多只能算“分歧”之一。引论和译注，谬误一定不少，恳请读者、专家赐正。

一九八〇年九月

## 注释

❶《文镜秘府论》中曾多次引用《文心雕龙》，此书是日僧遍照金刚于806年回国后不久写成的。

❷见铃木虎雄《文心雕龙校勘记》。

❸如巴黎大学汉学研究所编《文心雕龙新书通检》，日本九州大学冈村繁教授编《文心雕龙索引》等。

❹《曹子建诗注·赠丁翼》，黄节注：“《论衡》曰：‘说经者为世儒。’”

❺❾⓬钟嵘《诗品序》。

❻沈约《宋书·谢灵运传论》。

❼鲁迅《魏晋风度及文章与药及酒之关系》。

❽见刘师培《中国中古文学史》，1962 年版，第 71、77 页。

❿萧绎《金楼子·立言》。

⓫刘知几《史通·自序》。

⓭《世说新语·文学》注引檀道鸾《续晋阳秋》。

⓮据王元化考证："刘勰并不是出身于代表大地主阶级的士族，而是出身于家道中落的贫寒庶族。"（《文心雕龙创作论》，第 5 页）

⓯《资治通鉴》卷一四七：天监七年，"诏吏部尚书徐勉定百官九品为十八班，以班多者为贵"。奉朝请是第二班。

⓰《梁书·临川王宏传》："天监元年，封临川郡王。……三年，加侍中，进号中军将军。四年，高祖诏北伐。"刘勰于天监三年萧宏进号中军将军后，做他的记室。

⓱《南史·陈伯之传》："天监四年，诏太尉临川王宏率众军北讨，宏命记室丘迟私与伯之书。"可见萧宏于天监四年北伐时，他的记室已换丘迟。刘勰于此年改任车骑仓曹参军。

⓲《梁书·夏侯祥传》及万斯同《梁将相大臣表》（《历代史表》卷三五）都说，任车骑将军的夏侯祥于天监六年征为侍中、右光禄大夫。刘勰为其部属，可能因夏侯祥调职而于此年改任太末令。

⓳《梁书·南康王绩传》："南康简王绩……（天监）十年，迁使持节都督南徐州诸军事、南徐州刺史，进号仁威将军。"刘勰于此年改任萧绩的记室。

⓴《南史·庾仲容传》：庾仲容为昭明太子萧统舍人，因"除安成王中记室"而去职。萧统有《饯庾仲容》诗送别。《南史·安成王秀传》说，萧秀于天监元年"封安成郡王……十三年为郢州刺史，加都督"。可知庾仲容于天监十三年离东宫，刘勰大约在此年或稍后任东宫通事舍人。

㉑《南史·武帝纪》说，天监十六年，"冬十月，宗庙荐羞，始用蔬果"。则刘勰上表建议二郊农社"宜与七庙同改"，当在天监十六年十月之后不久。

㉒刘勰出仕之前，曾和僧祐一起在定林寺整理佛经十多年，出仕后的十多

年，僧祐陆续搜集到部分经卷尚待整理。僧祐卒于天监十五年（见《高僧传·僧祐传》），因此，刘勰在本年奉命再入定林寺整理僧祐所集最后一批佛经。

㉓《梁书·刘勰传》列“迁步兵校尉”于刘勰上表之后，可能是上表后不久迁任此职。

㉔有关刘勰卒年问题，目前还存在一些不同看法。范文澜推算在普通元、二年（520、521），见《文心雕龙注》第731页。杨明照《梁书·刘勰传笺注》一说为普通二年至四年（521—523），见《文心雕龙校注》1958年版第10页；近说为大同四、五年（538、539），见《中华文史论丛》1979年第一辑第187页。李庆甲《刘勰卒年考》定为大通四年（532），见《文学评论丛刊》第一辑第184—194页。杨、李二家主要以南宋《兴隆佛教编年》、《佛祖统纪》等所载为据。这些新发现的线索是有价值的。尚存疑问是，若刘勰卒于大同四、五年，则他任步兵校尉之后的一二十年，史无记载；而《梁书》和《南史》于其任步兵校尉之前的十多年，既详载其官职活动，何独后二十年一无可载？

㉕《梁书·武帝纪上》。

㉖《颜氏家训·涉务》。

㉗《梁书·刘勰传》。

㉘《寒素论》，《文苑英华》卷七六〇。

㉙《公羊传·宣公十五年》何休注。

㉚《晋书·裴颜传》。

㉛见《庾度支集》。

㉜《南史·庾肩吾传》。

㉝刘师培以“新野庾氏”为世族。见《中国中古文学史》，第88页。

㉞梁武帝《敕舍道事佛》：“道有九十六种，唯佛一道，是于正道，其余九十五种，皆是外道。”（《全梁文》卷四）

㉟67 74马宏山《论〈文心雕龙〉的纲》，《中国社会科学》1980年第四期。其“佛儒合一”说有一定道理，“以佛统儒”论颇待斟酌。说详下。

㊱《高僧传》卷一四。

㊲《高僧传》卷九。

㊳㊸《弘明集》卷一。

㊴《中国通史简编》（修订本），第二编，第 422 页。

㊵㊶《大正藏》卷八。

㊷《智度论》卷四三。

㊹《闲居编·自序》。

㊺《送庶几序》，《闲居编》卷二九。

㊻《释门正统》卷五《庆昭传》："智者大师撰《金光明经玄义》，有广、略二本行世。晤恩撰《发挥记》解释略本，谓广本为后人擅增，以四失评之。弟子奉先源清、灵光洪敏，共构难词，辅成师说。法智（即智礼）乃撰《扶宗释难》，力救广本，而庆昭与孤山智圆，既预清门，亦撰《辨讹》，驳《释难》之非，救《发挥》之得。如是反覆，各至于五，绵历七年。……自兹二家观法不同，各开户牖，枝派永异，山家遂号清、昭之学为山外宗。"

㊼《停云阁诗话》卷一。

㊽道安《二教论·儒道升降论》，《广弘明集》卷八。

㊾《列子·仲尼篇》。

㊿道安《二教论》引《清净法行经》："佛遣三弟子，震旦（指中国）教化。儒童菩萨，彼称孔丘；光净菩萨，彼称颜渊；摩诃迦叶，彼称老子。"（《广弘明集》卷八）

51《喻道论》，《弘明集》卷三。

52《沙门不敬王者论》，《弘明集》卷五。

53《答法勖问》，《广弘明集》卷一八。

54《庭诰》，《弘明集》卷一三。

55《与孔中丞书》，《弘明集》卷一一。

56《答萧司徒书》，《弘明集》卷一一。

57《会三教》："少时学周孔，弱冠穷六经。……中复观道书，有名与无名。……晚年开释卷，犹日映众星。……穷源无二圣，测善非三英。"（见丁福保辑《全梁诗》卷一）

58《均圣论》，《全梁文》卷二九。

㊾《弘明集》卷八。

㊿杨明照《刘勰〈灭惑论〉撰年考》认为写于《文心雕龙》成书之前（见《古代文学理论研究丛刊》第一辑），王元化《〈灭惑论〉与刘勰的前后期思想变化》认为写于《文心雕龙》成书之后（见《文心雕龙创作论》）。

61《全三国文》卷一九。

62《周易·系辞上》："易有太极，是生两仪。"孔疏："太极，谓天地未分之前，元气混而为一，即是太初、太一也。"

63《管子·水地》。

64 87杨柳桥《〈文心雕龙〉文章理论的唯心主义本质》，《文史哲》1980年第一期。

65《答韦中立论师道书》，《柳河东集》卷三四。

66涵芬楼影印本《太平御览》卷五八一，此句作"圣因文以明道"。但从论者所引原文（"圣因文而明道"）来看，并非所据版本的不同，而是理解的不同。即使据《御览》，也是"圣因文——以明道"，不是"圣因——文以明道"。

68见慧皎《唱导论》："夫唱导所贵，其事四焉，谓声、辩、才、博。非声则无以惊众，非辩则无以适时，非才则言无可采，非博则语无依据。至若响韵钟鼓，则四众惊心，声之为用也；辞吐俊发，适会无差，辩之为用也；绮制雕华，文藻横逸，才之为用也；商榷经论，采撮书史，博之为用也。"（《高僧传》卷一五）

69刘绶松《"文心雕龙"初探》，《文学研究》一九五七年第二期。

70《孟子·离娄下》。

71《西都赋》，《文选》卷一。

72佛教徒年满二十，正式受戒，叫作"年满具戒"。

73周振甫《〈文心雕龙〉的〈原道〉》，《文学遗产》第四四五期。

75马宏山的原话是："虽然，'玄圣'一词在《庄子·天道篇》《后汉书·王充传论》以及班固《典引》、何承天《上白鸠颂》等文中曾出现，但均是泛指'老君、尼父者也'，注家皆不得其确解。只有孙绰、宗炳和法琳等人之所谓'玄圣'，专为指佛而言，具体明确，毫不含糊。可见在刘勰之前和之后，佛教信徒都称佛为‘玄圣’，则是无可置疑的。能不能说偏偏处于中间的刘勰，而他也是一个虔诚的佛教信徒，在使用这个已有特定意义的词语时，可以凭空生发出另外的意义来，或仍然沿袭‘泛指’呢？看来这是不可能的。”

⑯《文选》卷四八。

⑰《后汉书·班固传》。

⑱《高僧传》卷七，《慧严传》引。

⑲《孟子·滕文公下》。

⑳《孟子·万章下》：“夫义，路也；礼，门也。”

㉑《两都赋序》，《文选》卷一。

㉒《七略》，《初学记》卷二一。

㉓《雕虫论》，《全梁文》卷五三。

㉔《左传·昭公二十五年》疏。

㉕罗根泽《中国文学批评史》，第一册，第225页。

㉖詹锳《刘勰与〈文心雕龙〉》，第22页。

㉘㉚王元化《文心雕龙创作论》，第68、191页。

㉙见《文心雕龙选译·前言》。

㉛《文心雕龙札记》，文化学社版，第14页。

㉜《南齐书·文学传论》：“属文之道，事出神思，感召无象，变化不穷。”

㉝《唐音癸签》卷二：“放安神思，心偶照境，率然而生，曰生思。”

㉞《山水纯全集·论观画别识》：“盖有不测之神思，难名之妙意，寓于其间矣。”

㉟《四溟诗话》卷四：“或造句弗就，勿令疲其神思。”

㊱《文颂·神思》，见《诗品集释》，第94页。

㊲《随园诗话》卷六：“偶作一诗，觉神思滞塞，亦欲于故纸堆中求之。”

㊳《集外集拾遗·破恶声论》：“夫神话之作，本于古民，睹天物之奇觚，则逞神思而施以人化……”。

㊴张彦远《历代名画记》卷六。

⑩⓪《评普鲁士最近的书报检查令》，马克思、恩格斯《论艺术》第四册，第

254页。

101《典论·论文》。

102《文赋》。

103詹锳《刘勰与〈文心雕龙〉》，第60页。

104穆克宏《刘勰的风格论刍议》，《福建师大学报》1980年第一期。

105《文心雕龙札记》，文化学社版，第29页。

106舒直《略谈刘勰的“风骨”论》，《文学遗产》第二七四期。

107王达津《试说刘勰论风骨》，《文学遗产》第二七八期。

108刘永济《文心雕龙校释》，第107页。

109罗根泽《中国文学批评史》第一册，第234页；李树尔《论风骨》，《文学遗产增刊》第十一辑，第35页。

110《世说新语·赏誉》注引。

111《宋书·武帝纪》。

112《古画品录》，《丛书集成》本，第3页。

113《左传·襄公二十五年》载为孔子语，自然为刘勰所宗奉。

114《论语·卫灵公》。

115《文心雕龙札记》，文化学社版，第47页。

116刘永济《文心雕龙校释》，第113页。

117范文澜《文心雕龙注》，第534页。

118如詹锳《刘勰与〈文心雕龙〉》列《定势》为“风格学”；王元化《文心雕龙创作论》析《定势》说：刘勰“认为体裁有体裁的一定风格”；穆克宏《刘勰的风格论刍议》说：势“即文体风格”。

119黄侃《文心雕龙札记》，文化学社版，第35页。

120见范文澜《文心雕龙注》，第527页。

121振甫《通变》，《新闻业务》1962年第二期，第47页。

122詹锳《刘勰与〈文心雕龙〉》，第68页。

123刘永济《文心雕龙校释》，第110页。

124过去我们曾把“设情以位体”误解为“根据内容来确立体裁”。确立体裁就不属熔意，今从刘永济说改。

⑫⑤刘永济《释刘勰的“三准”论》，《文学研究》1957年第二期。

⑫⑥熊寄缃《刘勰是怎样谈创作过程的?》，《文学遗产》第三九三期。

⑫⑦王元化《文心雕龙创作论》，第185页。

⑫⑧詹锳《刘勰与〈文心雕龙〉》，第50页。

⑫⑨《宋书·谢灵运传论》。

⑬⑩《十三经注疏》，世界书局影印阮刻本，第1522页。

⑬①详见拙著《诗学之正源，法度之准则》，《古代文学理论研究丛刊》第一辑。

⑬②《修竹篇序》，见《陈子昂集》，中华书局排印本，第15页。

⑬③《文心雕龙札记》，文化学社版，第233、245—246页。

⑬④郭绍虞《中国古代文学理论批评史》，第96—99页；罗根泽《中国文学批评史》第一册，第219页。

⑬⑤《晋书·陆机传》。

⑬⑥游国恩、萧涤非等主编《中国文学史》，1979年版第一册，第314页。

# 译注

## 一、原道

**解 题**

《原道》是《文心雕龙》的第一篇。本篇主要论述刘勰对文学的基本观点：文原于道。“原”是本，“道”是“自然之道”；“原道”，就是文本于“自然之道”。所谓“自然之道”，刘勰是用以指宇宙间万事万物的自然规律。他认为，日月山川、龙凤虎豹、云霞草木，从物到人，都是有其物必有其形，有其形则有其自然形成之美。这种自然美，刘勰叫作“道之文”。从这种观点出发，刘勰主张文学作品应有动人的文彩，强调艺术技巧；但又反对当时过分雕琢的形式主义创作倾向，因为这样的作品违反了“自然之道”。这就是刘勰论文要首标“原道”的主要原因。

全篇分三个部分。第一部分论“自然之道”。刘勰从天地万物都有文彩，说到人必然有“文”；所有万物的文彩，都不是人为的、外加的，而是客观事物自然形成的。

第二部分从人类之“文”的起源，讲到孔子的集人类文化之大成。人类文化起源于劳动，刘勰不可能认识到这点，而采用古代种种不可信的传说，这是他的局限，对孔子的作用也评价太高。

第三部分论“自然之道”和“圣”的关系。刘勰认为，古代圣人是根据“自然之道”的基本精神来写文章，“自然之道”是通过古代圣人的文章得到阐明的。只有这样的文章，才能起到鼓动天下的巨大作用。

【原 文】

文之为德也[1]，大矣；与天地并生者，何哉？夫玄黄色杂[2]，方圆体分[3]，日月迭璧[4]，以垂丽天之象[5]；山川焕绮[6]，以铺理地之形[7]。此盖道之文也[8]。仰观吐曜[9]，俯察含章[10]；高卑定位[11]，故两仪既生矣[12]。惟人叁之，性灵所钟[13]，是谓三才[14]。为五行之秀[15]，实天地之心[16]。心生而言立，言立而文明，自然之道也。傍及万品，动植皆文。龙凤以藻绘呈瑞[17]，虎豹以炳蔚凝姿[18]。云霞雕色，有逾画工之妙[19]；草木贲华[20]，无待锦匠之奇[21]。夫岂外饰，盖自然耳。至于林籁结响[22]，调如竽瑟[23]；泉石激韵，和若球锽[24]。故形立则章成矣，声发则文生矣[25]。夫以无识之物，郁然有彩[26]；有心之器，其无文欤[27]？

【译 文】

文的意义是很重大的。它和天地一起开始，为什么这样说呢？从宇宙混沌到天地分判，出现了两块圆玉似的日月，显示出天上光辉灿烂的景象；同时，一片锦绣似的山河，也展示了大地条理分明的地形。这些都是自然规律产生的文采。天上看到光辉的景象，地上看到绚丽的风光；天地确定了高和低的位置，构成了宇宙间的两种主体。后来出现钟聚着聪明才智的人类，就和天地并称为“三才”。人是宇宙间一切事物中最特出的，是天地的核心。人都具有思想感情，从而产生出语言来；有了语言，就会有文章：这是自然的道理。人以外其他事物，无论是动物或植物，也都有文采。龙和凤以美丽的鳞羽，表现出吉祥的征兆；虎和豹以动人的皮毛，而构成壮丽的雄姿。云霞的彩色，比画师的点染还美妙；草木的花朵，也并不依靠匠人来加工。这些都不是外加的装饰，而是它们本身自然形成的。还有林木的孔窍因风而发出声响，好像竽瑟和鸣；泉流石上激起的音韵，好像磬钟齐奏。所以，只要有形体就会有文采，有声音就会有节奏。这些没有意识的东西，都有浓郁的文采；那么富有智慧的人，怎能没有文章呢？

## 注释

❶文：《文心雕龙》全书中单独用“文”字共337处（据巴黎大学北京汉学研究所《文心雕龙新书通检》）。一般来说，刘勰用这个字来指文学或文章，但有时也用来指广义的文化、学术；有时指作品的修辞、藻饰；有时则指一切事物的花纹、彩色。我们将根据其不同的用意作不同的译注。第一句中的“文”字是泛指，包含一切广义、狭义在内。德：这里指文所独有的特点、意义。❷玄黄：指天地。玄：黑赤色，天的颜色。黄：地的颜色。色杂：指天地未分时的情形。 ❸方圆：古代曾有人认为天是圆的，地是方的，这里指天地。❹璧：圆形的玉。 ❺垂：传布。这里是表现的意思。丽：附着，指日月附着在天上。 ❻焕：有光彩。绮（qǐ）：一种有花纹的丝织品。 ❼铺：陈列。理：整理得有条有理。 ❽道之文：即“自然之道之文”。“道”就是下文说的“自然之道”，指万物自然具有的规律。“道之文”就是自然规律形成的文。 ❾吐曜（yào）：发出光彩。指天上的景象。曜：光明照耀。 ❿含章：蕴藏着美。指地上的风光。章：文采。 ⓫卑：低。 ⓬两仪：天地。古人认为天和地是构成宇宙的两种基本物体。 ⓭性灵：指人的智慧。钟：聚积。 ⓮三才：《周易·系辞下》中称天道、地道、人道为三才，后用以泛指天、地、人。 ⓯五行：水、火、木、金、土，古代认为这是构成物质的五种基本元素。 ⓰天地之心：《礼记·礼运》中说，人是“天地之心”，意指处于天地之间的人，犹如人体中的心，是起主宰作用的重要机构。 ⓱藻绘：美丽的外貌。藻：文采。绘：彩画。 ⓲炳蔚（wèi）：指光彩动人的形式。炳，光亮。蔚，繁盛。凝：聚集，凝结。 ⓳逾（yú）：超过。 ⓴贲（bì）：装饰。华：即“花”。 ㉑锦匠：织锦的工匠。奇：指美化、加工。 ㉒籁（lài）：孔窍所发的声音。 ㉓竽（yú）：笙一类的簧乐器，有三十六簧。瑟（sè）：类似琴的一种弦乐器，有五十弦或二十五弦。 ㉔球：玉磬。锽（huáng）：钟声。 ㉕文：这里指“声”的“文”，即节奏音韵之美。 ㉖郁然：草木茂盛。这里形容文采之盛。 ㉗欤（yú）：句末助词，表示疑问或惊叹。

【原文】

人文之元[①]，肇自太极[②]。幽赞神明[③]，《易》象惟先[④]。庖牺画其始[⑤]，仲尼翼其终[⑥]；而《乾》《坤》两位[⑦]，独制《文言》[⑧]。言之文也，天地之心哉。[⑨]！若乃河图孕乎八卦[⑩]，洛书韫乎九畴[⑪]；玉版金镂之实[⑫]，丹文绿牒之华[⑬]；谁其尸之[⑭]？亦神理而已[⑮]。自鸟迹代绳[⑯]，文字始炳[⑰]；炎、皞遗事[⑱]，纪在《三坟》[⑲]；而年世渺邈[⑳]，声采靡追[㉑]。唐、虞文章，则焕乎始盛[㉒]。元首载歌[㉓]，既发吟咏之志；益、稷陈谟[㉔]，亦垂敷奏之风[㉕]。夏后氏兴[㉖]，业峻鸿绩[㉗]；九序惟歌[㉘]，勋德弥缛[㉙]。逮及商、周，文胜其质[㉚]；《雅》《颂》所被[㉛]，英华日新[㉜]。文王患忧[㉝]，《繇辞》炳曜[㉞]；符采复隐[㉟]，精义坚深。重以公旦多材[㊱]，振其徽烈[㊲]，剬

【译文】

人类文化的开端，始于宇宙起源的时候。深刻地阐明这个微妙的道理，最早是《易经》中的卦象。伏牺首先画了八卦，孔子最后写了《十翼》；而对《乾》《坤》两卦，孔子特地写了《文言》。可见言论必须有文采，这是宇宙的基本精神！至于黄河有龙献图，从而产生出八卦；洛水有龟献书，从而酝酿出“九畴”；还有玉版上刻了金字，绿简上写着红字等有实有华的东西出现，这些是谁主持的呢？也不过是自然之理罢了。自从用鸟迹般的古字代替了结绳记事的办法，文字的作用便发挥起来。神农、伏牺的事迹，记载在《三坟》里边；但是由于年代久远，那些文章就无法追究了。唐尧、虞舜的时候，作品越来越多。大舜作歌，已是抒写自己的情志了；伯益和后稷的建议，也下开章奏的风气。夏朝兴起，事业宏伟，各种工作都上了轨道，受到歌颂，功德也更加巨大。到了商代和周代，文章逐渐发展；由于《诗经》的影响所及，好作品逐日增新。周文王被殷帝拘留的时候，写成了《易经》的《卦爻（yáo）辞》；它如玉石的花纹，含蓄而丰富；精确的内容，坚实而深刻。后来周公多才多艺，继续文王的事业，他自己写诗，并辑

《诗》缉《颂》[38]，斧藻群言[39]。至夫子继圣，独秀前哲[40]；熔钧《六经》[41]，必金声而玉振[42]；雕琢情性，组织辞令[43]；木铎起而千里应[44]，席珍流而万世响[45]；写天地之辉光，晓生民之耳目矣。

录《周颂》，对各种作品进行修改润色。到了孔子，继承过去的圣人，却又超过了他们。他整理《六经》，正如在音乐上集各种乐器声音之大成似的。他提炼自己的思想感情，写成美妙的文字；他的教化可以远及千里之外，他的道德学问可以流传到万代之后。他写下天地间的光辉事物，启发了世人的聪明才智。

## 注释

❶元：始。 ❷肇（zhào）：开始。太极：《周易·系辞上》用以指天地混沌的时候。 ❸幽：深。赞：明，陈说。神明：指精微神妙的事物。 ❹《易》象：《易经》的卦象，即说明每卦吉凶的文句。 ❺庖牺：即伏牺，传说中的三皇之一。《周易·系辞下》中说庖牺氏“始作八卦”。 ❻仲尼：孔子的字。翼：相传孔子为了阐明《易经》的道理，曾写了《彖（tuàn）辞》上下、《象辞》上下、《系辞》上下、《文言》、《说卦》、《序卦》和《杂卦》，共十篇，称为《十翼》。 ❼《乾（qián）》《坤》：《易经》中的两卦。 ❽《文言》：是对《乾》《坤》二卦的解释。刘勰认为是对《乾》《坤》二卦的文饰。 ❾天地之心：这和上面说的“天地之心”不同，是取《易经·复卦》中“复其见天地之心乎”的意思。“心”是本性，指天地有文，是其本来就有的特点。 ❿河图：相传伏牺时黄河中有龙献出图来。 ⓫洛书：相传洛水中有龟献出书来。韫（yùn）：藏在里边。九畴（chóu）：九类，指治理天下的各类大法。相传天曾赐给夏禹大法九畴（见《尚书·洪范》）。 ⓬玉版：王嘉《拾遗记》说，尧在水边得到玉版，上有天地图形。镂（lòu）：雕刻。 ⓭丹文绿牒（dié）：《尚书中候·握河纪》中说，黄帝时黄河出图，洛水出书，是“赤文绿字”。牒：竹简。 ⓮尸：做主的意思。 ⓯神理：自然之理。这个词除本篇用过 3 次外，《正纬》

《明诗》《情采》《丽辞》诸篇也曾用过。总起来看，这个词的用意和刘勰主张的“自然之道”有关。刘勰认为自然之道比较深奥，只有圣人才能掌握，所以称之为神理。 ⑯鸟迹代绳：相传太古时候，大家结绳而治；后来仓颉（jié）看见鸟兽足迹，得到启发，因而创造文字（见《周易·系辞下》，许慎《说文解字序》）。 ⑰炳：明。这里指文字的作用日益显著。 ⑱炎：炎帝神农。皞（hào）：太皞伏牺。 ⑲《三坟》：传为伏牺、神农、黄帝三皇时的书。坟：大道。 ⑳渺邈（miǎo）：久远。 ㉑声采：文章的音节文采，这里就指文章本身。靡：没有，不能。 ㉒焕：光彩，这里形容文章的兴盛。 ㉓元首：指舜。歌：传为舜作的歌，见《尚书·益稷》。 ㉔益、稷（jì）：舜的二臣，伯益和后稷。谟（mó）：计谋，谋议。 ㉕敷奏：指臣下对君主提出建议。 ㉖夏后：禹即天子位，国号夏后。 ㉗业、绩：均指事功。峻：高。鸿：大。 ㉘九序：指治理天下的各种工作都有了秩序。 ㉙勋：功。缛（rù）：繁盛。 ㉚文胜其质：指商周时期的作品比以前有所发展。文：文采丰富。质：简单朴素。 ㉛被：及，这里指影响所及。 ㉜英华：即精华。 ㉝文王：周文王。患忧：周文王为西伯时，曾被殷纣王囚于羑（yǒu）里（今河南省汤阴县）。 ㉞《繇（zhòu）辞》：指《易经》中的《卦辞》和《爻辞》，相传是周文王被囚于羑里时所作。炳曜：发出光彩，形容《繇辞》的写成。 ㉟符采：玉的横纹。这里借指作品的文采。复隐：指含蓄地表达丰富的内容。张戒《岁寒堂诗话》卷上引《文心雕龙·隐秀》佚文：“情在词外曰隐。”复：重复，指内容的深刻丰富。《隐秀》篇说：“隐以复意为工。” ㊱公旦：周公名旦。 ㊲振：振兴，发扬。徽：美。烈：功业。 ㊳剬（zhì）：即“制”，有创作的意思。缉（jí）：即“辑”。 ㊴斧藻：斧削藻饰，意为修改加工。 ㊵前哲：前代贤人。 ㊶熔钧：指对古书的整理。熔：铸器的模子。钧：造瓦的转轮。《六经》：《诗》《书》《礼》《乐》《易》《春秋》六种儒家经典。 ㊷金声玉振：《孟子·万章下》说：“孔子之谓集大成。集大成也者，金声而玉振之也。”金声：钟的声音。玉振：指磬声振扬。这是以音乐上集钟磬声音的大成，来比喻孔子能集一切圣贤的大成。 ㊸辞令：动听的语言。 ㊹木铎（duó）：古代施政教时用的器具，这里借指孔子所施的教化。铎：大铃。 ㊺席珍：《礼记·儒行》载孔子的话“儒有席上之珍以待聘”，意为儒者从容席上，有珍贵的道德学问来供别人请教。席：坐具。这里指施教者的讲席。

【原 文】

爰自风姓[①]，暨于孔氏[②]，玄圣创典[③]，素王述训[④]；莫不原道心以敷章[⑤]，研神理而设教。取象乎河洛[⑥]，问数乎蓍龟[⑦]，观天文以极变[⑧]，察人文以成化[⑨]；然后能经纬区宇[⑩]，弥纶彝宪[⑪]，发挥事业，彪炳辞义[⑫]。故知：道沿圣以垂文，圣因文而明道；旁通而无滞[⑬]，日用而不匮[⑭]。《易》曰：“鼓天下之动者，存乎辞。”[⑮]辞之所以能鼓天下者，乃道之文也。

【译 文】

从伏牺到孔子，前者开创，后者加以发挥，都是根据自然之道的基本精神来进行著作，钻研精深的道理来从事教育。他们效法河图和洛书，用蓍草和龟甲来占卜，观察天文以穷究各种变化，学习过去著作来完成教化；然后才能治理国家，制定出恒久的根本大法，发展各种事业，使文辞义理发挥巨大的作用。由此可知：自然之道依靠圣人来表达在文章里边，圣人通过文章来阐明自然之道；到处都行得通而没有阻碍，天天可以运用而不觉得贫乏。《周易·系辞》里说：“能够鼓动天下的，主要在于文辞。”文辞之所以能够鼓动天下，就因为它是符合自然之道的缘故。

注 释

❶爰（yuán）：语首助词。风姓：伏牺的姓。 ❷暨（jì）：及。 ❸玄圣：远古的圣人，这里是指伏牺。典：常法，基本法则；指传为伏牺所作的八卦。 ❹素王：孔子。古代称有帝王之道而无帝王之位的人为素王。 ❺道心：指自然之道的基本精神。“道心”二字全书用到三次，意全同。 ❻取象：取法。 ❼问数：占卜的意思。数：命运。蓍（shī）龟：占卜用的蓍草和龟甲。刘勰既

然感到自然之道是深奥的，又把人文追溯到八卦，所以对占卜就不能不给以一定的位置，这正是他思想上的局限。 ❽极：追究到底。 ❾人文：指上文所述各种古籍。化：教化。 ❿经纬：经线和纬线纵横交织。这里指治理。区宇：疆域，这里指国家。 ⓫弥纶：补合经纶。这里有综合组织，整理阐明的意思。彝（yí）：永久的、经常的。宪：法度。 ⓬彪炳：光彩鲜明的意思。彪：虎纹。⓭滞（zhì）：停留，不流通。 ⓮匮（kuì）：缺乏。 ⓯"鼓天下"句：见《周易·系辞上》。辞：指《卦爻辞》，刘勰借指一般的文辞。

【原 文】

赞曰[①]：道心惟微[②]，神理设教。光采玄圣[③]，炳耀仁孝[④]。龙图献体，龟书呈貌[⑤]；天文斯观[⑥]，民胥以效[⑦]。

【译 文】

总之，自然之道的基本精神是精妙的，应根据这种精妙的道理来从事教育。古代圣人使这些道理发出光芒，也使伦理道德获得了宣扬。这是由于最早有了黄河里的龙献出了图，洛水里的龟献出了书。因此，在观察天文的同时，也该学习人文来完成教育。

## 注 释

❶赞：辅助说明。《文心雕龙》各篇最后都有几句"赞"，用以辅助说明（亦即总括）全篇大意。 ❷微：精妙。 ❸光采：指自然之道的光彩。玄圣：指阐明自然之道的古代圣贤，主要是孔子。 ❹仁孝：泛指古代圣贤提出的伦理道德。 ❺体、貌：指河图、洛书。 ❻斯：语助词。 ❼胥（xū）：全，都。效：有模仿、学习的意思。

# 二、征圣

## 解题

《征圣》是《文心雕龙》的第二篇。“征圣”就是以儒家圣人从事著作的态度为征验，说明儒家圣人的著作值得学习。

全篇分三个部分。第一部分论圣人著作可征验的内容。刘勰举出三个方面：一是政治教化，二是事迹功业，三是个人修养。根据圣人重文的这三个方面，他认为“志足而言文，情信而辞巧”是写作的金科玉律。刘勰对儒家圣人著作的这种总结，一是强调文学为封建政教服务的必要，一是为反对六朝空骋其华的形式主义文风制造理论根据。

第二部分论圣人著作可征验的写作特点。刘勰认为，由于圣人能掌握自然之道，所以，对文章的繁、略、隐、显，能根据不同的具体情况而作适当处理。因此，他说这方面“征之周、孔，则文有师矣”。

第三部分由“征圣”过渡到“宗经”，强调在华实并重上“征圣立言”。刘勰认为“衔华佩实”是圣人著作的突出优点，这也是他论文的一条基本原则。

刘勰的文学评论，一切以儒家圣人为依据，这给他的文学观点带来很大局限。但从本篇的具体论述可以看出，刘勰善于吸取儒家著作中的某些论点，根据自己的体会和当时文坛上的实际情况，加以总结和发挥，因而构成了有一定历史意义的理论体系。

【原文】

夫作者曰“圣”①，

【译文】

所谓“圣”，就是能够独立创造的人；所

述者曰“明”[2]。陶铸性情[3]，功在上哲[4]。“夫子文章[5]，可得而闻[6]”；则圣人之情[7]，见乎文辞矣。先王圣化，布在方册[8]；夫子风采[9]，溢于格言[10]。是以远称唐世，则焕乎为盛[11]；近褒周代，则郁哉可从[12]。此政化贵文之征也。郑伯入陈[13]，以文辞为功[14]；宋置折俎[15]，以多文举礼[16]。此事迹贵文之征也。褒美子产[17]，则云：“言以足志，文以足言。”[18]泛论君子，则云：“情欲信，辞欲巧。”[19]此修身贵文之征也。然则志足而言文，情信而辞巧，乃含章之玉牒[20]，秉文之金科矣[21]。

谓“明”，就是能够继承阐发圣人学说的人。用述作来培养人的性情，古代圣贤在这方面有很大的成就。孔子的学生说：“孔子的著作是可以看得到的。”就是说，在这些著作里，是表达了孔子的某些意见或主张的。古代圣王的教训，在古书上记载着；孔子的言行，都充分表现在他的教导人的言论里。所以，对较远的，孔子称赞过唐尧之世，说那时的文化兴盛焕发；对较近的，他赞美过周代，说那时的文化丰富多彩，值得效法。这些都是政治教化方面以文为贵的例证。春秋时郑国攻入陈国，在对待晋国的责问中，郑国子产因为善于辞令而立下功劳。宋国曾用最隆重的宴会招待宾客，由于谈话富有文采，孔子特使弟子记录下来。这些都是事业方面以文为贵的例证。孔子赞扬子产，说他不仅能用语言来很好地表达自己的思想，而且还能用文采把语言修饰得很漂亮。孔子谈到一般有才德的人时，就说情感应该真实，文辞应该巧妙。这些都是个人修养方面以文为贵的例证。由此可见，思想要充实而语言要有文采，情感要真诚而文辞要巧妙：这就是写作的基本法则。

## 注释

❶作者：创始者。 ❷述者：继承者。这两句本于《礼记·乐记》中所说：“作者之谓圣，述者之谓明。” ❸陶：制造瓦器。铸：熔炼金属。这里用陶铸比喻对人的教育培养。 ❹上哲：指古代圣贤。 ❺夫子：孔子。这是孔子的学

生对他的称呼。 ❻“夫子文章”二句：这是孔子的学生子贡说的。见《论语·公冶长》。 ❼情：感情。这里引申指意见或主张。 ❽方：木板。册：编起来的竹片。这里泛指书籍。 ❾风采：风度神采。这里引申指言论行为。 ❿溢：满。格言：可以示人以法则的话。格：法则。 ⓫焕乎：《论语·泰伯》载孔子赞美唐尧的话说：“大哉尧之为君也……焕乎其有文章。”焕：有光彩。 ⓬郁哉：《论语·八佾（yì）》载孔子称颂周代的话说：“郁郁乎文哉！吾从周。”郁：文采丰盛。 ⓭郑伯：郑简公。入陈：公元前548年郑国军队攻入陈国。 ⓮文辞为功：当晋国质问郑国为什么攻打陈国时，郑国大夫子产说明了攻陈的理由。文辞：指子产所作正确有理的回答。 ⓯折俎（zǔ）：把煮熟的牛羊等切开放在俎上。这是一种招待贵宾的隆重礼节。俎：盛肉的器具。 ⓰多文举礼：在宋平公招待赵文子的宴会上，宾主谈话都富有文采，孔子特使学生记下这次宴会的礼仪。举：记录。 ⓱子产：郑国执政者公孙侨，字子产。 ⓲“言以足志”二句：见《左传·襄公二十五年》。足：成。 ⓳“情欲信”二句：见《礼记·表记》。 ⓴含章：是说蕴藏着文采，引申指写作。玉牒（dié）：重要文件。“玉牒”和下句“金科”意同，亦即金科玉律的意思。 ㉑秉文：指写作。秉：操持。科：条文。

【原 文】

夫鉴周日月①，妙极机神②；文成规矩③，思合符契④。或简言以达旨，或博文以该情⑤；或明理以立体⑥，或隐义以藏用⑦。故《春秋》一字以褒贬，“丧服”举

【译 文】

圣人能够全面考察自然万物，并深入到其中精深奥妙的地方去，这样才能写成堪称楷模的文章，其表达的思想也才能与客观事物相吻合。圣人的著作有时用较少的语言来表达其主要思想，有时用较多的文辞来详尽地抒发情意，有时用明白的道理来建立文章的主体，有时用含蓄的思想而不直接显示文章的作用。如《春秋》就常用极少的文字来赞扬或批评，《礼记》里常用轻的丧服来概括重的丧服：这就是用较少的语言来表达

轻以包重[8]：此简言以达旨也。《邠诗》联章以积句[9]，《儒行》缛说以繁辞[10]：此博文以该情也。书契断决以象《夬》[11]，文章昭晰以象《离》[12]：此明理以立体也。"四象"精义以曲隐[13]，"五例"微辞以婉晦[14]：此隐义以藏用也。故知繁略殊形，隐显异术[15]；抑引随时[16]，变通会适[17]。征之周、孔[18]，则文有师矣。

主要思想的例子。又如《诗经·豳风·七月》是用许多章句联结成篇的，《礼记·儒行》也常用复杂的叙述和丰富的辞句：这就是用较多的文辞来详尽地抒发情意的例子。此外，有的文章讲得像《夬》卦所说的那样决断干脆，有的文章写得像《离》卦所说的那样清楚透彻：这就是用明白的道理来建立文章主体的例子。还有《周易》中的四种卦象，道理精深，意义曲折；《春秋》所运用的五种记事条例，也常是文辞微妙，意义宛转：这就是用含蓄的思想而不直接显示文章作用的例子。根据上述可知：各种文章在表现手法上，有详与略、隐与显的区别；所以写文章时，或压缩、或加详，要随不同的时机而定；写作上的千变万化，要适应不同的具体情况。所有这些，如果以周公、孔子的文章做标准，那么在写作上就算找到老师了。

## 注释

❶鉴：察看。周：全。日月：借以概括整个自然界。 ❷极：追究到底。机神：微妙精深。 ❸规矩（jǔ）：法则。规：画圆形用的器具。矩：画方形用的器具。 ❹符契：完全符合。符：古代作为凭信用的东西，以两者相合为凭。契：约券。 ❺该：兼备。 ❻体：主体，指文章的主要部分。 ❼藏用：隐藏其作用，即不明显地表示文章的作用。 ❽丧服：居丧之服。古代丧礼，根据与死者关系不同而着轻重不同的丧服。举轻包重：《礼记》中的《曾子问》和《檀弓》两篇，都讲到以轻的丧服概括重的丧服的用法。 ❾《邠（bīn）诗》：指《诗经·豳风》中的《七月》篇，全诗由八章组成，每章十一句，是《诗经》中较长的一首诗。邠：同豳。 ❿《儒行》：指《礼记》中的《儒行》篇。

缛（rù）：繁盛。《儒行》中把儒者分为16种来论述。⑪书契：文字，引申指著作。《夬》（guài）：《周易》六十四卦之一，“夬”表示决断。⑫昭晣（xī）：清楚。《离》：《周易》六十四卦之一，“离”表示像火光一样明亮。⑬四象：《周易》中的卦象，有实象、假象、义象、用象四种，叫作四象。见孔颖达《周易正义》卷七。⑭五例：《春秋》记事的五种条例：一曰“微而显”，二曰“志而晦”，三曰“婉而成章”，四曰“尽而不汙（yū）”，五曰“惩恶而劝善”（见杜预《春秋左氏传序》）。晦：不明显。⑮术：方法，这里指表现手法。⑯抑：压止，这里是精减字句的意思。引：延长，这里是加详的意思。⑰会适：应为适会。适：适应。会：时机。⑱征：征验。周、孔：周公、孔子。

【原文】

是以子政论文①，必征于圣②；稚圭劝学③，必宗于经④。《易》称：“辨物正言⑤，断辞则备⑥。”《书》云：“辞尚体要⑦，弗惟好异。”故知：正言所以立辩⑧，体要所以成辞；辞成无好异之尤⑨，辩立有断辞之义⑩。虽精义曲隐⑪，无伤其正言；微辞婉晦⑫，不害其体要。体要与微辞偕通⑬，正言共精义并用⑭；圣人之文章，亦可见也。颜阖以

【译文】

所以刘向谈论文章，一定要以圣人作标准来检验；匡衡上书劝学，一定要以经书为根据。《周易·系辞》说：“辨明事物并给以恰当的说明，有了明确的辞句就可以充分表达了。”《尚书·毕命》说：“文辞应该抓住要点，不应该一味追求奇异。”由此可见，必须有恰当的说明才能表达出文章的论点，必须抓住要点才能安排好文章的辞采。倘能这样安排文辞，就能避免单纯追求奇异的毛病；这样建立起来的论点，也就能得到辞句明确的益处了。那么虽然内容精深曲折，但不会影响到它说明的恰当；虽然文辞微妙宛转，但不会妨害它能抓住要点。文章要抓住要点和辞句写得微妙并无矛盾；说明的恰当和内容的精深也可同时并存。这些情形，在圣人的文章里都可以见到。颜阖说：“孔子

为[15]："仲尼饰羽而画[16]，徒事华辞[17]。"虽欲訾圣[18]，弗可得已[19]。然则圣文之雅丽，固衔华而佩实者也[20]。天道难闻[21]，犹或钻仰[22]；文章可见，胡宁勿思[23]？若征圣立言，则文其庶矣[24]。

好比在已有自然文采的羽毛上再加装饰似的，只追求华丽的辞藻。"虽然颜阖想借此来指责圣人，但事实上是做不到的；因为圣人的文章是既雅正又华丽，本来就是兼有动人的文采和充实的内容的。自然之道原本是不易弄懂的，尚且有人去钻研它；文章是显而易见的东西，为什么不好好加以思考呢？如果能根据圣人的著作来进行写作，那么写成的文章就接近于成功了。

## 注释

❶子政：刘向字子政，西汉末年学者。所作论文今不存。 ❷以上两句唐写本作"是以论文，必征于圣"。 ❸稚圭（guī）：匡衡字稚圭，西汉末年学者。他曾向汉成帝建议重视学习经书。 ❹以上两句一作"窥圣必宗于经"。宗：主。 ❺辨物：辨明一切事物。 ❻断辞：明确的辞句。断：决断。备：具备，这里有充实的意思。 ❼体：体现。 ❽辩：指"辨物"而得的论点。 ❾尤：过失。 ❿义：宜，适当。 ⓫精义曲隐：如上文所讲《周易》的"四象"。 ⓬微辞婉晦：即上文所讲《春秋》的"五例"。 ⓭偕通：二者之间有相通之处。偕：共同。 ⓮并用：同时运用。 ⓯颜阖（hé）：战国鲁人。他的话见于《庄子·列御寇》。 ⓰仲尼：孔子的字。 ⓱这两句《庄子》中的原话是："仲尼方且饰羽而画，从事华辞。" ⓲訾（zǐ）：说别人坏话。 ⓳已：语词。 ⓴衔：含在口中。佩：系在身上。此二字在这里都引申为"具有"之意。 ㉑天道：即《原道》篇说的"自然之道"，指客观事物的规律。 ㉒钻：深入研究。仰：仰而求之。 ㉓胡宁：何以，为什么。 ㉔庶：近。

【原 文】

赞曰：妙极生知[①]，睿哲惟宰[②]。精理为文，秀气成采[③]。鉴悬日月[④]，辞富山海。百龄影徂[⑤]，千载心在。

【译 文】

总之，只有圣人能懂得精妙的道理，因为他们具有特出的聪明才智。他们把精妙的道理写成文章，以自己灵秀的气质构成文采。他们的见解有如日月之明，他们的辞藻就像高山大海那样丰富。古代圣人虽成过去，但他们的精神却永垂不朽。

## 注 释

❶妙：指精妙的道理。极：追究到底。生知：生而知之的人，即圣人。❷睿（ruì）：智慧，明达。宰：主宰，引申为掌握、具有。 ❸气：这个字在《文心雕龙》中用的较多（共79次），解释也多有分歧。从全书运用情形看，除明确指才气、气势、辞气和气候等意思外，多数用以指作者所特有的气质，或作者的气质体现在创作中而成为某些篇章的特点。这里是指圣人的气质。❹鉴：察看，这里指观察事物而形成的主张或意见。 ❺百龄：百岁，指圣人的一生。影徂（cú）：形体已成过去。徂：往。

# 三、宗经

**解题**

《宗经》是《文心雕龙》的第三篇。它和上一篇《征圣》有密切的联系；因为圣人的思想是通过经典表现出来的，所以学习经典就是学习圣人的必要的途径。“征圣”和“宗经”是刘勰进行文学评论的基本观点。

全篇分三个部分。第一部分概述经书的基本情况，特别强调其巨大的教育意义。第二部分介绍五种经书的主要写作特点及其成就。第三部分说明必须宗经的原因：从经书和后代作品的关系来看，刘勰认为各种文体都从经书开始；文能宗经，就有六种好处，否则就会出现楚汉以后过分追求形式的流弊。

刘勰对儒家经典推崇备至，认为经书的内容是永恒不变的真理，显然是错误的；认为各种文体都源于经书；只要向经书学习，写文章就有六大优点，这些说法也是不完全正确的。但他强调儒家经典的教育作用，把经书的写作特点归结为“辞约而旨丰，事近而喻远”，以及以内容为主的“六义”说，对于当时趋于华靡的文坛风气，是有一定的现实意义的。

【原文】

三极彝训[①]，其书言“经”。“经”也者，恒久之至道，不刊之鸿教也[②]。故象天地[③]，效鬼神[④]，参物序[⑤]，制人纪；洞性灵之奥

【译文】

说明天、地、人的经常的道理的，这种书叫作“经”。所谓“经”，就是永恒的道理，不可改易的伟大教训。经书取法于天地，征验于鬼神，深究事物的秩序，从而制订出人类的纲纪；它们深入到人的灵魂深处，并掌握了文章最根本的东西。三

区[6]，极文章之骨髓者也[7]。皇世《三坟》[8]，帝代《五典》[9]，重以《八索》，申以《九丘》[10]；岁历绵暧[11]，条流纷糅[12]。自夫子删述[13]，而大宝咸耀[14]。于是《易》张《十翼》[15]，《书》标“七观”[16]，《诗》列“四始”[17]，《礼》正“五经”[18]，《春秋》“五例”[19]。义既极乎性情[20]，辞亦匠于文理[21]；故能开学养正，昭明有融[22]。然而道心惟微[23]，圣谟卓绝[24]，墙宇重峻[25]，而吐纳自深[26]。譬万钧之洪钟[27]，无铮铮之细响矣[28]。

皇时产生了《三坟》，五帝时出现了《五典》，又加上《八索》《九丘》等古书；它们经过长期的流传而不清楚了，后来的著作越来越错综复杂。自从经过孔子对古书的整理，它们的精华都放射出光芒。于是，《易》的意义有《十翼》来发挥，《书》中指出了“七观”，《诗》里分列出四部分作品，《礼》明确了五种主要的礼仪，《春秋》中提出五种记事条例。所有这些，在义理上既有陶冶性情的作用，在文辞上也可称为写作的典范；因此能够启发学习，培养正道，这些作用永远历历分明。但是自然之道的基本精神十分微妙，由于圣人的见解非常高深，加之他们的道德学问也很高超，因此他们的著作就能深刻地体现自然之道。这就像千万斤重的大钟，绝不会发出细小的声音来。

## 注释

❶三极：就是三才，指天、地、人。彝（yí）训：经常的道理。彝：经常的。❷刊：削去。不刊：就是不可磨灭。❸象：取法。❹效：效验。❺参：参入，干预。序：秩序，引申指规律。❻洞：通达。奥区：深秘而不易窥见的地方。❼极：追究到底，引申为彻底掌握。骨髓：指文章的主要成分，和只用一个“骨”字而与“风”字并列的含意有所不同。❽皇：指三皇。三皇的解释很多，较普通的说法是指伏牺、女娲（wā）、神农。见司马贞《三皇本纪》（附《史记》后）。《三坟》：古书名，传为三皇之书。坟：大道。❾帝：五帝。五帝的说法也很多，较普通的说法是指黄帝、颛顼（zhuānxū）、帝喾（kù）、唐

尧、虞舜。见《史记·五帝本纪》。《五典》：传为五帝的书。典：常道。⑩重、申：都有加的意思。《八索》：相传为关于八卦的书。索：探索。《九丘》：相传为关于九州的书。丘：积聚。⑪绵：长远。暧：不明。⑫纷：众多。糅：复杂。⑬删述：删改整理。⑭大宝：比喻最有价值的东西。⑮张：发挥。《十翼》：指《彖（tuàn）辞》上下、《象辞》上下、《系辞》上下、《文言》、《说卦》、《序卦》、《杂卦》，相传为孔子解释《周易》而作。⑯标：显出。七观：《尚书大传》载孔子的说法，认为从《尚书》的某些篇章中可以观义、观仁、观诫、观度、观事、观治、观美。⑰列：分布、陈列。四始：《毛诗序》中说《诗经》中的《国风》《小雅》《大雅》和《颂》四个部分，叫作"四始"。⑱五经：指吉礼（祭祀等）、凶礼（丧吊等）、宾礼（朝觐〔jìn〕等）、军礼（阅车徒、正封疆等）和嘉礼（婚、冠等）五种主要的礼仪。见《礼记·祭统》郑玄注。⑲五例：《春秋》的五种记事条例：一曰"微而显"，二曰"志而晦"，三曰"婉而成章"，四曰"尽而不汙（迂）"，五曰"惩恶而劝善"（杜预《春秋左氏传序》）。⑳极：一作"埏"（shān），"埏"是和泥做瓦，这里比喻文章的教育作用。㉑匠：技巧或能掌握技巧的人。这里指善于掌握文理。文理：写文章的道理。㉒有：语词。融：长。㉓道心：自然之道的基本精神。㉔谟（mó）：谋议。㉕墙宇：孔子的学生子贡曾说："夫子之墙数仞。"（《论语·子张》）古八尺为一仞，"数仞"是形容孔子的墙很高。这里用"墙宇"喻指圣人的道德学问。峻：高。㉖吐纳：言论。这里指著作。㉗钧：古三十斤为一钧。洪：大。㉘铮铮（zhēng）：金属的声音。

【原 文】

夫《易》惟谈天①，入神致用②，故《系》称③：旨远、辞文、言中、事隐④。韦编三

【译 文】

《易经》是专门研究自然的道理的，讲得精深微妙，可以在实际中运用；所以《系辞》中说：《易经》的意旨深远，辞句有文采，说的话符合实际，讲的事理却比较难懂。孔子读这部书时，三次翻断了系竹简的皮绳，可见这

绝[5]，固哲人之骊渊也[6]。《书》实记言，而训诂茫昧[7]；通乎“尔雅”[8]，则文意晓然。故子夏叹《书》[9]：“昭昭若日月之明[10]，离离如星辰之行[11]。”言昭灼也[12]。《诗》主言志，诂训同《书》；摛《风》裁“兴”[13]，藻辞谲喻[14]；温柔在诵[15]，故最附深衷矣[16]。《礼》以立体[17]，据事剬范[18]；章条纤曲[19]，执而后显；采掇生言[20]，莫非宝也。《春秋》辨理，一字见义；“五石”“六鹢”[21]，以详略成文[22]，“雉门”“两观”[23]，以先后显旨；其婉章志晦[24]，谅以邃矣[25]。《尚书》则览文如诡[26]，而寻理即畅；《春秋》则观辞立晓，而访义方隐。此圣人之殊致[27]，表里之异体者也[28]。至根柢槃深[29]，枝

部书是圣人深奥哲理的宝库。《尚书》主要是记言的，只是文字不易理解；但如懂得古代语言，它的意义也就很明白了。所以子夏赞叹《尚书》说：“它像日月那样明亮，像星辰那样清晰。”这无非是说，《尚书》记得很清楚明白。《诗经》主要是抒发作者思想情感的，它的文字和《尚书》一样不易理解；里边有《风》《雅》等不同类型的诗篇，又有“比”“兴”等不同的表现方法，文辞华美，比喻曲折；讽诵起来，可以体会到它温柔敦厚的特点，所以它最能切合读者的心情。《礼记》可以树立体制，它根据各种事务来制订法度，其中的条款非常详细周密；执行起来，有明显的效果；任意从中取出一词一句，没有不十分可贵的。《春秋》这部书在辨明道理上，一个字就能显示出赞美或批评来。例如关于“石头从天上落到宋国的有五块”、“六只鹢鸟退着飞过宋国都城”等记载，是以文字的详尽来显示写作的技巧；又如关于“雉门和两观发生火灾”的记载，是以排列先后的不同来表示主次的意思。其中有些记载，用婉转曲折、含蓄隐蔽的方法写成，那的确是相当深刻的。总起来看，《尚书》的文字看起来似乎古奥一些，只要寻找出所讲的道理，还是易于领会的；《春秋》的文字很容易明白，但要探索它的含义，却又深奥难懂。由此可见，圣人的文章丰富多彩，文辞和内容各有特色。经书和树木一样，根深蒂固，枝大叶茂；文辞简练而意义丰富，所举

叶峻茂[30]，辞约而旨丰，事近而喻远。是以往者虽旧，余味日新；后进追取而非晚，前修文用而未先[31]。可谓泰山遍雨，河润千里者也。

事例很平凡而所暗示者却很远大。所以，过去的经书历时虽已久远，但它们遗留下来的意义却永远新颖。后世的人向它们学习，一点不嫌太晚；前代学者用了很久，也并不嫌过早。经书的伟大作用，可以说像泰山上的云彩能使普天之下都下到雨，像黄河的大水可以使周围千里都得到灌溉。

## 注释

❶天：天道，就是自然的道理。 ❷神：精妙。 ❸《系》：指《周易·系辞》。下面所说的原文是："其旨远，其辞文，其言曲而中，其事肆而隐。"（见《系辞》下） ❹中（zhòng）：恰当。隐：深奥。 ❺韦：熟皮。古代未发明纸以前的书，是写在一条一条的竹简上，用绳编联起来。韦就指这种皮绳。绝：断。 ❻哲人：有智慧的人，这里指圣人。骊（lí）：骊龙。渊：深水。《庄子·列御寇》中说，藏在深渊中的骊龙，其颔（hàn）下有珍贵的珠。这里用来比喻《周易》中深藏着精妙的道理。 ❼训诂：对古书文字的解释。 ❽尔雅：指古代语言。尔：近。雅：正。 ❾子夏：孔子的学生。他的话见于《尚书大传》。 ❿昭昭：明白。 ⓫离离：清楚。这两句话的原文是："昭昭如日月之代明，离离若参辰之错行。" ⓬灼（zhuó）：明亮。 ⓭摛（chī）：发布。这里指《风》《雅》等诗篇的写作。裁：制。这里指"比""兴"等手法的运用。 ⓮藻：文采。谲（jué）：变化不测。 ⓯温柔：即温柔敦厚。儒家强解这是《诗经》中一切作品的特点。 ⓰附：接近。 ⓱《礼》：指《仪礼》。体：体统、体制。 ⓲剬（zhì）：即制。 ⓳纤（xiān）：细。 ⓴掇（duō）：取。生：唐写本作"片"。译文据"片"字。 ㉑五石、六鹢（yì 意）：《春秋·僖公十六年》载："陨（yǔn）石于宋五。""六鹢退飞过宋都。"鹢：鸟名。 ㉒略：一作"备"。译文据"备"字。 ㉓雉（zhì）门、两观：《春秋·定公二年》载："雉门及两观灾。"雉门：鲁宫的南门。两观：宫门外左右二台上的楼。"灾"指火灾。失

火的主要是两观，但两观附属于雉门，所以先说雉门。㉔婉章：即上文所说“《春秋》五例”中的“婉而成章”。“志晦”：即“五例”中的“志而晦”。（见本篇第一段注⑲） ㉕谅：确实。邃（suì）：深远。 ㉖诡（guǐ）：反常、奇异。 ㉗圣人：唐写本作“圣文”。译文按“圣文”。殊致：种种不同的情致。 ㉘表：外表，指文辞。里：内容。 ㉙柢（dǐ）：也是根。槃（pán）：一作“盘”，与“蟠”通，是弯曲的意思。 ㉚峻：高。 ㉛文：唐写本作“久”。译文据“久”字。这句的意思是说，经书内容丰富，用之不尽，取之不竭。

## 【原 文】

故论、说、辞、序①，则《易》统其首②；诏、策、章、奏③，则《书》发其源；赋、颂、歌、赞④，则《诗》立其本；铭、诔、箴、祝⑤，则《礼》总其端；纪、传、铭、檄⑥，则《春秋》为根。并穷高以树表⑦，极远以启疆⑧；所以百家腾跃⑨，终入环内者也⑩。若禀经以制式⑪，酌雅以富言⑫，是仰山而铸铜⑬，煮海而为盐也。故文能宗经，体有六义⑭：一则情深而不诡⑮，二则风清而

## 【译 文】

所以论、说、辞、序等体裁，都从《周易》开始；诏、策、章、奏等体裁，都发源于《尚书》；赋、颂、歌、赞等体裁，都以《诗经》为本源；铭、诔、箴、祝等体裁，都从《礼经》开端；纪、传、盟、檄等体裁，都以《春秋》为根本。这些经书都为后世树立了最好的榜样，替文章的发展开辟了极为广阔的领域。因此，在创作上任凭诸子百家怎样驰骋活跃，归根到底总是超不出经书的范围。如果能根据经书来制定文章的格式，学习经书中的词汇来丰富语言，这就如靠近矿山来炼铜，煎熬海水来制盐。所以如果能够学习圣人经典来写文章，这种文章就能基本上具备六种特点：第一是感情深挚而不欺诈，第二是教训纯正而不杂乱，第三是所写事物真实而不虚妄，第四是意义正确而不歪曲，第五是风格简练而不繁杂，第六是文辞华丽而不过分。扬雄用玉必雕琢然后才

不杂[16]，三则事信而不诞[17]，四则义直而不回[18]，五则体约而不芜[19]，六则文丽而不淫[20]。扬子比雕玉以作器[21]，谓五经之含文也。夫文以行立[22]，行以文传；四教所先[23]，符采相济[24]。励德树声[25]，莫不师圣；而建言修辞，鲜克宗经。是以楚艳汉侈[26]，流弊不还；正末归本[27]，不其懿欤[28]！

能成器作比喻，说明五经里面也必须有文采。人的德行决定着文章的好坏，而德行又是通过文辞表现出来的。孔子用“文、行、忠、信”四项来教育学生，而把“文”放在首要地位；正如美玉必须有精致的花纹一样，“文”是和其他三项相配合的。后世的人在勉励德行、建树功名上，都知道要向圣人学习；只有在文章的写作上，很少学习圣人的经典。因此，楚国宋玉等人的作品就比较艳丽，汉代更出现了许多过分铺排的辞赋。这种偏向越发展越严重。纠正这种错误，使之回到经书的正路上来，不就好了吗？

## 注释

❶论、说、辞、序：四种文体。《文心雕龙》所论各种文体，无“辞”、“序”两种。 ❷统：总起来。 ❸诏、策、章、奏：这四种都是政治性文件，前二者是上对下的，后两种是下对上的。 ❹颂：歌颂功德的韵文。赞：颂的变体。史书中的“赞”，有褒有贬。 ❺铭：刻在器物上记功或自警的作品。诔(lěi)：哀悼死者的作品。箴（zhēn)：对人进行告诫规劝的作品。祝：祷告神明的作品。 ❻铭：上面已讲到这种文体，这里应为“盟”。“盟”是会盟的誓辞。檄（xí)：征召或声讨的文书。 ❼表：标。 ❽启疆：开拓疆土，这里指扩大文章的范围。 ❾腾跃：比喻文坛上的活动。腾：跃起。 ❿环：范围。 ⓫禀经：接受经书的榜样。禀：接受。 ⓬酌：取。雅：指经书中雅正的语言。 ⓭仰：唐写本作“即”，译文据“即”字。 ⓮体：主体，这里指文章的基本方面。义：意义，好处，这里指文章的特色。 ⓯诡：这里指虚假。 ⓰风：风化，指作品的教育意义。 ⓱诞（dàn)：虚妄，荒诞。 ⓲直：唐写本作

"贞"，译文据"贞"字。回：奸邪。 ⑲体：风格。约：简练。芜：繁杂。⑳淫：过度。 ㉑扬子：扬雄，西汉末年的作家。他的话见于《法言·寡见篇》。㉒文：文辞。行：德行。 ㉓四教：《论语·述而》中说："子以四教：文、行、忠、信。" ㉔符采：玉的横纹。济：帮助。这里以玉与纹的关系比喻"行、忠、信"与"文"的关系。 ㉕声：名声。 ㉖楚：指《楚辞》。在《文心雕龙》全书中对屈原的评价是很高的，而对宋玉则时有指责（如《诠赋》篇中说："宋发巧谈，实始淫丽。"《夸饰》篇中说："自宋玉、景差，夸饰始盛。"等等），所以这里批评的不会是《楚辞》全部，主要是宋玉等人的作品。 ㉗末：指后代作家在写作上的错误。 ㉘懿（yì）：美。欤：句末助词。

【原 文】

赞曰：三极彝道，训深稽古[1]。致化归一，分教斯五[2]。性灵熔匠[3]，文章奥府[4]。渊哉铄乎[5]！群言之祖。

【译 文】

总之，经书上阐述了天、地、人最经常的道理；要从这里吸取教训，便应深深地钻研经书。它们本着一个总的教育目的，具体进行教育则分为五经。它们不仅有培养人的精神的作用，而且是文章的巨大宝库。经书是这样的精深和美好呵！真是一切文章的鼻祖。

注 释

❶稽：查究。 ❷斯：则，就。五：指五经。 ❸性灵：指人的精神。熔：融化金属，这里比喻陶冶性情。 ❹府：储藏之所，府库。 ❺渊：深。铄（shuò）：美。

# 四、正纬

## 解题

《正纬》是《文心雕龙》的第四篇。“纬”是一种假托经义以宣扬符瑞的迷信著作。本篇主要论证兴于西汉末而盛于东汉的纬书与经书无关。儒家思想经汉儒用阴阳五行加以神化之后，到东汉末年便威信扫地了。刘勰为了“征圣”“宗经”，特写这篇，说明纬书是伪造的。

本篇分四个部分。第一部分说明古代圣人讲河图、洛书是取法自然之道。第二部分列举四条理由证明后世托名孔子的纬书是假的。第三部分讲汉儒伪托孔子编造种种谶纬的恶果是搅乱了经书，“乖道谬典”，因此遭到桓谭等人的驳斥。第四部分讲纬书“无益经典而有助文章”。

本篇和文学关系不大，但在学术思想上，刘勰在桓谭等人之后对谶纬的荒谬作一系统的总结，是有一定历史意义的。从这里可以看出，对儒家思想的神化，刘勰是反对的，但凡是儒家经典中讲过的东西，如河图、洛书等唯心主义的传说，他不仅不敢反对，而且相信。这是他盲目征圣、宗经思想带来的局限。

【原文】

夫神道阐幽[①]，天命微显[②]。马龙出而大《易》兴[③]，神龟见而《洪范》耀[④]。故《系辞》称：“河出图，洛出书，圣人则

【译文】

根据自然之道可以阐明深奥的事理，使不明显的自然法则明显起来。马龙献出河图就产生了《易经》，神龟献出洛书就产生了《洪范》。《周易·系辞》中所说：“黄河出图，洛水出书，圣人效法它。”讲

之。”[5]斯之谓也[6]。但世夐文隐[7]，好生矫诞[8]，真虽存矣，伪亦凭焉[9]。

的就是这个道理。但历时久远，有关记载很不清楚，容易产生不实的假托；因此，真的虽然存在，假的也据此而出现了。

### 注释

❶神道：自然之道。阐：明。幽：不明。 ❷天命：自然的法则。微：幽深。 ❸马龙：相传黄河出图，由形似马的龙负出。《易》兴：相传伏牺据河图制成八卦，周文王为八卦作卦爻（yáo）辞而成《易》（见《周易正义序》）。 ❹神龟：相传大禹时洛水有龟献出书来。见：通“现”，出现。《洪范》：《尚书·洪范》中说：天赐给禹以洪范九类。洪范：大法。耀：发出光彩。 ❺这几句见于《周易·系辞上》。则：效法。 ❻斯：此。 ❼宣夐（xiòng）：久远。 ❽矫诞（dàn）：假托。矫：诈。诞：虚妄，荒诞。 ❾凭：依据。

### 【原 文】

夫六经彪炳[1]，而纬候稠迭[2]；《孝》《论》昭晰[3]，而《钩》《谶》葳蕤[4]。按经验纬，其伪有四：盖纬之成经，其犹织综[5]，丝麻不杂[6]，布帛乃成；今经正纬奇，倍擿千里[7]，其伪一矣。经显，圣训也[8]；纬隐，神教也[9]。圣训宜广，神

### 【译 文】

儒家六经光彩鲜明，而纬书却十分烦琐；《孝经》《论语》等已讲得很明晰了，而解说《孝经》《论语》的谶纬却讲得十分杂乱。根据经书来检验纬书，有四点证明纬书是伪托的：用纬书来配经书，正和织布一样，必须丝或麻的经线纬线分别配合，才能织成布或帛。现在经书是正常的，纬书却很奇特，二者相背千里。这是证明纬书为伪托的第一点。经书明显，那是因为用世事来进行教育；纬书不明显，那是因为用神妙的现象来说明。那么，前者的文字篇幅必然要多些，后者的

教宜约，而今纬多于经，神理更繁，其伪二矣。有命自天，乃称符谶[⑩]，而八十一篇[⑪]，皆托于孔子[⑫]，则是尧造绿图[⑬]，昌制丹书[⑭]，其伪三矣。商周以前，图箓频见[⑮]，春秋之末，群经方备，先纬后经，体乖织综[⑯]，其伪四矣。伪既倍摘[⑰]，则义异自明。经足训矣[⑱]，纬何豫焉[⑲]！

文字篇幅应该少些。但现在却是纬书多于经书，神妙的道理讲得更为繁多。这是证明纬书为伪托的第二点。要有上天所降的旨意，才能说是“符谶”，可是有人说八十一篇谶纬，全是孔子所作，但纬书中又说唐尧时出现了绿图，周文王时出现了丹书。这是证明纬书为伪托的第三点。在商周以前，符命占验已大量出现了；但经书是在春秋末年才齐全的。如果是先有纬书而后有经书，这就违背了经纬相织的正常规律。这是证明纬书为伪托的第四点。伪托的纬书既然违背经书，则经书与纬书的意义不同就很明显了。经书已满可成为后世的准则了，何须纬书参与呢！

## 注释

❶六经：《诗》《书》《礼》《乐》《易》《春秋》为儒家六经。彪炳：光彩鲜明。彪：虎文。炳：光明。 ❷纬候：宣扬占卜瑞应方面的书。纬，有六经纬及《孝经纬》等。候，占验。稠迭：重复，这里指纬书的繁多。 ❸《孝》：指《孝经》。《论》：指《论语》。昭晰：清楚明白。 ❹《钩》：指关于《孝经》的纬书《钩命诀》等九种。《谶》（chèn）：指有关《论语》的谶书《比考谶》等八种。“谶”是验的意思，言未来凶吉的征验。葳蕤（wēiruí）：草木茂盛的样子。这里指谶纬的众多纷乱。 ❺综：织机上带着经线上下开合的装置，这里指织机。 ❻丝麻：指丝麻的经线和纬线。 ❼倍摘：违背。倍：同背。摘：当作“适”，抵牾。 ❽圣：唐写本作“世”，译文按“世”字。“世训”是以世事进行教育。《周礼·大司徒》：“以世事教能。”郑玄注：“世事，谓士农工商之事。” ❾神教：以微妙神秘之理来说明。 ❿符谶：祥瑞的征验。符：瑞。⓫八十一篇：指河图九篇、洛书六篇、七经纬三十六篇，还有“自黄帝至周文

王所受本文"三十篇，共八十一篇。（见《隋书·经籍志》） ⑫皆托孔子：《隋书·经籍志》中说："说者……并云孔子所作。"这只是毫无根据的传说。⑬尧造绿图：《尚书中候·握河纪》（纬书之一）中说：有龙马衔出"赤文绿地"的河图献给尧帝。绿图：指赤文绿底的河图。 ⑭昌制丹书：《尚书中候·我应》（纬书之一）中说：有"赤雀衔丹书"献给周文王。昌：周文王姓姬名昌。⑮图箓（lù）：讲符命占验的东西。 ⑯乖：违背。织综：这里指经纬相成之理。经线和纬线相织，应该是先有经线，再织以纬线，即刘勰所说"经正而后纬成"（《情采》）。 ⑰倍摘：与上面说的"倍擿（适）"同。 ⑱训：典法，准则。⑲豫：同"预"，参与。

## 【原 文】

原夫图箓之见[①]，乃昊天休命[②]，事以瑞圣[③]，义非配经。故河不出图，夫子有叹[④]，如或可造[⑤]，无劳喟然[⑥]。昔康王河图[⑦]，陈于东序[⑧]，故知前世符命[⑨]，历代宝传[⑩]，仲尼所撰[⑪]，序录而已[⑫]。于是伎数之士[⑬]，附以诡术：或说阴阳[⑭]，或序灾异[⑮]；若鸟鸣似语[⑯]，虫叶成字[⑰]，篇条滋蔓[⑱]，必假孔氏。通儒讨核[⑲]，谓起哀、平[⑳]。东序秘宝，朱紫乱矣[㉑]！至于

## 【译 文】

河图、洛书的出现，是由于上天有美好的旨意，用以预兆圣贤，而不是为了配合经书。所以，孔子在世时没有再出现河图，他就有所叹惋；如果祥瑞可以随意编造，那就用不着叹气了。从前，周康王曾经把河图等陈列在东厢，可见前人对上天所降瑞应，曾当作珍宝而历代相传。孔子的编撰，不过对这些古来相传的事加以叙录而已。于是，那些方技术士，便用诡诈的方法来牵强附和：有的讲历象占卜，有的预言灾难变异；还有鸟的叫声好像人语，虫子吃树叶形成文字，等等，各种各样谶纬之说的发展蔓延，都一定要假托孔子。经过汉代学者研究核实，认为纬书的伪托是从西汉哀帝、平帝时才开始的。河图、洛书本是古代帝王珍藏的秘宝，从此被伪

光武之世[22]，笃信斯术[23]，风化所靡[24]，学者比肩[25]。沛献集纬以通经[26]，曹褒撰谶以定礼[27]，乖道谬典[28]，亦已甚矣。是以桓谭疾其虚伪[29]，尹敏戏其深瑕[30]，张衡发其僻谬[31]，荀悦明其诡诞[32]。四贤博练[33]，论之精矣。

造的纬书搅乱了。到东汉光武帝时，更加深信谶纬，学习的人，争先恐后，产生了很坏的影响：刘辅混杂一些纬书上的说法来论述经书，曹褒挑选一些谶书中的意见来制定礼制，这种离经叛道的做法，已发展到相当严重了。所以，桓谭痛恨谶纬的虚伪，尹敏嘲笑谶纬的不实，张衡揭发谶纬的谬误，荀悦辨明谶纬是假托。这四位先贤的学识都广博精通，他们的论证已很精确了。

## 注释

❶图箓：唐写本作“绿图”，从下文看应为“绿图”。这里泛指河图、洛书。❷昊（hào）天：泛指天。休命：美善的命令。❸瑞：祥瑞，好预兆。❹夫子：孔子。叹：指《论语·子罕》所载孔子的感叹：“凤鸟不至，河不出图，吾已矣夫！”❺造：指伪造纬书。❻喟（kuì）：叹息。❼康王：周成王的儿子，名钊。❽东序：厅堂的东厢。《尚书·顾命》中说：周康王把河图等陈放在东厢。❾符命：古代认为帝王受命前出现的某种现象是天降端应，所以叫符命。❿历代宝传：《尚书·顾命》中说：河图等物“皆历代传宝之”。⓫仲尼：孔子的字。撰：编撰。⓬序录：即叙录，这里指对“前世符命”的记叙。⓭伎数之士：古称医、卜、占候等人为方技或术数之士。伎：同“技”。数：术。汉代桓谭在上疏中曾讲道：“今诸巧慧小才伎数之人，增益图书，矫称谶记。”（《后汉书·桓谭传》）⓮阴阳：古代思想家用以概括自然万物两种对立的基本物质属性。汉儒中一部分人利用来从事历象、占卜、星相等的研究或宣扬。⓯序：叙，说。⓰鸟鸣似语：《左传·襄公三十年》载，有鸟鸣“嘻嘻”；又说这年宋国发生大灾。⓱虫叶成字：《汉书·五行志》载昭帝时上林苑中有虫食柳树叶，形成“公孙病已立”几个字。“公”指汉昭帝。“孙”指汉

宣帝，宣帝原名“病已”。⑱篇条：指名目繁多的纬书。⑲通儒：《后汉书·杜林传》：“博洽多闻，时称通儒。”指学识渊博而能融会贯通的学者。讨核：探讨核实。⑳谓起：唐写本“谓”字后有“伪”字。哀、平：西汉末年的哀帝（前6—1）、平帝（1—5）。张衡在上疏中曾说：“图谶成于哀、平之际。”（见《后汉书·张衡传》）㉑朱紫：正色与杂色混淆。这里比喻经书被纬书搅乱。朱：正色。古代以青、黄、赤、白、黑为正色，“朱”是其中赤色。紫：属杂色。㉒光武：东汉第一个帝王光武帝（25—57）。㉓笃：深。斯术：指谶纬之术。㉔风化：这里指影响。靡：即披靡，指影响之大。㉕比肩：并肩。指趋尚谶纬的人很多。㉖沛献：光武帝二子刘辅，封沛王，死后加号“献”，故称沛献王。《后汉书·沛献王辅传》说他“善说《京氏易》《孝经》《论语传》及图谶，作《五经论》，时号之曰《沛王通论》”。㉗曹褒：字叔通，东汉人。汉章帝召他定礼制，他杂用五经和谶书中的说法，写了冠婚吉凶制度一百五十篇。撰：唐写本作“选”。译文按“选”字。㉘道：指圣人之道。典：指儒家经典。㉙桓谭：字君山，东汉学者，著有《新论》。他是当时谶纬迷信的积极反对者。光武帝曾斥其反对谶纬是“非圣无法”，并拟用此罪名杀掉他（见《后汉书·桓谭传》）。疾：憎恶。㉚尹敏：字初季，东汉学者。戏：光武帝命尹敏校正图谶，他说“谶书非圣人所作”。光武帝强令他校正，他便在谶书中的缺漏处补上“君无口，为汉辅”六字。“君无口”是“尹”，意为“尹敏是汉代的辅佐者”（见《后汉书·儒林传·尹敏传》）。深瑕：唐写本作“浮假”，意为虚浮不实。译文按“浮假”二字。㉛张衡：字平子，东汉科学家、文学家，诗文有《张河间集》。发：揭发。张衡曾上书论证谶纬的虚妄（见《后汉书·张衡传》）。僻：邪。谬：错误。㉜荀悦：字仲豫，东汉学者，著有《申鉴》《汉纪》。他在《申鉴·俗嫌篇》中谈到纬书是伪托的。诞：唐写本作“托”，译文按“托”字。㉝博：学识广博。练：熟练精通。

【原 文】

若乃牺、农、轩、皞之源①，山渎钟律之要②，白鱼赤乌之符③，黄金紫玉之瑞④，事丰奇伟，辞富膏腴⑤，无益经典而有助文章。是以后来辞人，采摭英华⑥。平子恐其迷学⑦，奏令禁绝；仲豫惜其杂真⑧，未许煨燔⑨。前代配经，故详论焉。

【译 文】

至于伏牺、神农、轩辕、少皞等最早的传说，山水和音乐灵应的会合，白鱼跳到周武王的船上，周武王的屋上火变为赤色的乌鸟，以及深山出现黄银和紫玉等祥瑞，这些内容广泛，事迹奇特，而又辞采丰富，它们对经书虽然没有什么好处，对文章的写作却有一定帮助。所以后来作者常常采用其中一些精彩的描写。张衡担心纬书迷惑人们的学习，曾奏请汉帝下令禁绝；荀悦则为其中掺杂一些真的而惋惜，所以他不同意完全烧毁。因为前人用纬书来配合经书，所以有必要详加论述。

注 释

❶牺：伏牺。相传他始画八卦。农：神农。相传他演八卦为六十四卦。轩：轩辕。黄帝名轩辕。《尚书中候·握河纪》中说："河龙出图，洛龟书威（灵），赤文绿字，以授轩辕。"皞（hào）：少皞，传为黄帝之子，名挚。《左传·昭公十七年》："我祖少皞挚之立也，凤鸟适至。"源：源头，指以上传说。❷渎（dú）：大川，这里泛指水。古代认为山水有灵。钟律：音乐。汉代五行家有《钟律灾应》等书，认为某种音乐的出现，也预兆着一定的灾异。要：会。❸白鱼赤乌：《史记·周本纪》中说：周武王渡河时，有"白鱼跃入王舟中"。又说：有火在武王的屋顶上变为赤色的乌鸟。❹黄金紫玉："金"，唐写本作"银"。纬书《礼·斗威仪》中说："君乘金而王，其政象平，黄银见（出现），紫玉见于深山。"黄银：银的一种：紫玉：玉的一种。❺膏腴：指辞彩丰富。❻摭（zhí）；拾取，收集。英华：精华，指纬书中"有助文章"的部分。❼平子：即张衡。❽仲豫：即荀悦。❾煨燔（wēifán）：焚烧。

【原 文】

赞曰：荣河温洛，是孕图纬[1]。神宝藏用[2]，理隐文贵[3]。世历二汉[4]，朱紫腾沸[5]。芟夷谲诡[6]，糅其雕蔚[7]。

【译 文】

总之，光荣的黄河，温暖的洛水，孕育了河图、洛书。这种神圣的珍宝包藏着巨大的用途，它的内容深刻而文辞可贵。可是经过两汉，由于大量的纬书出现而搅乱了经书。在文学创作上，剔除其中的虚假诡诈部分，还可吸取一些有用的辞采。

## 注 释

❶图纬：这里指河图、洛书。❷藏：包藏。❸理隐：道理深刻。❹二汉：西汉、东汉，又称前汉、后汉。❺腾沸：即沸腾，为押韵而倒置。这里是指到了汉代，纬书繁多起来。❻芟（shān）夷：除草，这里指剔除纬书中的糟粕。谲（jué）诡：诡诈，虚假。❼糅（róu）：唐写本作“采”，译文按“采”字。雕蔚：有文采的，这里指纬书中有文学意义的。

# 五、辨骚

## 解题

《辨骚》是《文心雕龙》的第五篇。从这篇起，到第二十五篇《书记》的二十一篇，是全书的第二部分。这部分主要是就文学作品的不同体裁，分别进行分析和评论。各篇大体上有四个内容：一是指出每种文体的定义和写作特点，二是叙述各种文体的发展概况，三是对各种文体的主要作品进行评论，四是总结这种文体的写作特点。所以，这部分总的来说，虽可以称为文体论，但也涉及许多创作和批评的意见。

本篇主要论“骚”，但不限于屈原的《离骚》，也评论了《楚辞》中的大部分作品。所谓“辨”，首先是过去评论家对《楚辞》有不同评价，应该辨其是非；更重要的是《楚辞》的主要作品《离骚》是否符合儒家经典，需要辨其异同；再就是《楚辞》中屈、宋以后的作品，成就不一，需要辨其高下。这也就是本篇的主要内容。

全篇共三个部分。第一部分引证汉代刘安、王逸等各家对《离骚》的评论，认为其称赞和指责都不尽合实际。第二部分提出自己对《楚辞》的意见。刘勰比较了《楚辞》和儒家经书的异同，从而肯定了《楚辞》的巨大成就。第三部分讲《楚辞》对后代作者的不同影响，进而总结出骚体写作的基本原则。

《辨骚》是在汉人评论《离骚》的基础上，对《楚辞》所作较为全面的总结。刘勰的评论，因受到“宗经”思想的束缚，并不完全正确。但总的来看，他给《楚辞》以《诗经》之下、汉赋之上的历史地位，这是正确的。特别是他提出了《楚辞》浪漫主义表现方法的特点，认为这方面虽然在内容上有“异于经典”的地方，但它是“自铸伟辞”，有一定的创造性和可取之处。根据《楚辞》的特点及其影响，刘勰最后提出“酌奇而不失其贞，玩华而不坠其实”的创作原则，要求在作品中做到奇与正、华与实的统一，这是他的卓见。

【原 文】

自《风》《雅》寝声[①]，莫或抽绪[②]；奇文郁起[③]，其《离骚》哉！固已轩翥诗人之后[④]，奋飞辞家之前[⑤]；岂去圣之未远[⑥]，而楚人之多才乎？昔汉武爱《骚》[⑦]，而淮南作《传》[⑧]，以为："《国风》好色而不淫[⑨]，《小雅》怨诽而不乱[⑩]，若《离骚》者，可谓兼之；蝉蜕秽浊之中[⑪]，浮游尘埃之外，皭然涅而不缁[⑫]，虽与日月争光可也。"[⑬]。班固以为[⑭]：露才扬己，忿怼沉江[⑮]；羿、浇、二姚[⑯]，与《左氏》不合[⑰]；昆仑、悬圃[⑱]，非经义所载。然其文辞丽雅，为词赋之宗[⑲]，虽非明哲，可谓妙才。王逸以为[⑳]：诗人提耳[㉑]，屈原婉顺[㉒]。《离骚》之文，依经立义；驷虬、乘翳[㉓]，则时乘六龙[㉔]；昆仑、流沙[㉕]，则《禹贡》敷土[㉖]；名儒辞赋[㉗]，莫不拟其仪表[㉘]；所谓

【译 文】

自从《国风》《小雅》《大雅》以后，不大有人继续写《诗经》那样的诗了。后来涌现出一些奇特的妙文，那就是《离骚》一类的作品了。这是兴起在《诗经》作者之后，活跃在辞赋家之前，大概由于离圣人还不远，而楚国人又大都富有才华的原因吧？从前汉武帝喜爱《离骚》等篇，让淮南王刘安作《离骚传》。刘安认为：《国风》言情并不过分，《小雅》讽刺也很得体，而《离骚》等篇正好兼有二者的长处。屈原能像蝉脱壳那样摆脱污浊的环境，能够逍遥于尘俗以外，其清白是染也染不黑的，简直可以和太阳、月亮比光明了。但是班固认为：屈原喜欢夸耀自己的才学，怀着怨恨而投水自杀；他在作品中讲到后羿、过浇、二姚的故事，与《左传》中的有关记载不符合；讲到昆仑和悬圃，又是儒家经书所不曾记载的。不过他的文辞很华丽、雅正，是辞赋的创始者。所以，屈原虽然算不上贤明的人，但可以说是个了不起的人才。后来，王逸却以为：《诗经》的作者说什么曾提着耳朵警告，屈原就比这和缓得多。《离骚》里边常有根据经书来写的，例如说驾龙乘凤，是根据《易经》中关于乘龙的比喻；说昆仑和流沙，是根据《禹贡》中关于

"金相玉质[29]，百世无匹"者也[30]。及汉宣嗟叹[31]，以为皆合经术[32]；扬雄讽味[33]，亦言体同《诗·雅》[34]。四家举以方经[35]，而孟坚谓不合传[36]。褒贬任声[37]，抑扬过实[38]，可谓鉴而弗精[39]，玩而未核者也[40]。

土地的记载。所以，后代著名学者们所写的辞赋，都以他为榜样；的确是和金玉一样值得珍贵，历史上没有可以和他并称的。此外，如汉宣帝称赞《楚辞》，以为都合于儒家学说；扬雄读了，也说和《诗经》相近。刘安等四人都拿《楚辞》比经书，只有班固说与经书不合。这些称赞或指责都着眼于表面，常常不符合实际，那就是鉴别不精当，玩味而没有查考。

## 注释

❶《风》《雅》寝（qǐn）声：指从《诗经》出现（前6世纪）以后。寝：止息。 ❷抽绪：指继续写作。抽：延引。绪：余绪。 ❸郁：繁盛。这里指新起作品之多。 ❹轩翥（zhù）：飞举的样子。这里形容作家积极从事创作活动。❺奋飞：和上句"轩翥"意近。辞家：辞赋作家。 ❻圣：指孔子。未远：自孔子的死（前479）到屈原的生（前343—前339年间），不过一个多世纪。 ❼汉武：西汉武帝。 ❽淮南：刘安。他是汉帝宗室，袭封淮南王。刘安所写有关《离骚》的作品，这里称为《传》；刘勰在《神思》篇又说是《赋》。过去本来有不同的说法（如《汉纪·孝武纪》和高诱《淮南鸿烈解叙》都说作《离骚赋》），刘勰对它们似乎同样采用。这篇《传》或《赋》早已失传。 ❾色：指女色。淫：过度，无节制。 ❿诽（fěi）：讥讽。乱：指失了秩序。 ⓫蜕（tuì）：脱皮。 ⓬皭（jiào）：洁白。涅（niè）：染黑。缁（zī）：黑色。⓭"《国风》好色"以下七句：据班固《离骚序》，这段话是刘安《离骚传序》中的话。 ⓮班固：字孟坚，东汉初年文学家，《汉书》的作者。他的话见其《离骚序》。 ⓯怼（duì）：怨恨。 ⓰羿（yì）：后羿，传说是夏代有穷国的君长，以善射著名。曾废夏帝太康，取得夏的政权。后为其臣寒浞（zhuó）所杀。浇：寒浞的儿子（寒浞杀羿，夺其妻，生浇）。浇封地叫过，又称过浇。他曾灭

夏帝相，后被相的儿子少康所灭。二姚：夏代有虞国君的两个女儿。过浇灭相后，相的儿子少康逃到有虞国，虞君把两个女儿嫁给少康。“姚”是其姓。
⑰《左氏》：指《左传》，又称《左氏春秋》，作者是左丘明。不合：屈原在《离骚》中所写羿的过分游猎、浇的逞强纵欲（参见本篇第二段注⑤），以及少康、二姚（“及少康之未家兮，留有虞之二姚”）的事，和《左传·襄公四年》所载羿、浇的事迹，《哀公元年》所载二姚的事迹，基本一致，只详略不同，角度稍异。班固说《离骚》中写这些“未得其正”，是过苛的责备。 ⑱昆仑：《离骚》和《天问》中都曾讲到昆仑山。悬圃：即昆仑山巅。 ⑲宗：祖，指开创者。 ⑳王逸：字叔师，东汉学者，著《楚辞章句》，下面的话见于其序。
㉑提耳：《诗经·大雅·抑》中曾说：“言提其耳。”《抑》相传为卫武公讽刺周平王，同时也勉励自己的诗，里边强调教训，所以说要提耳朵，免得忘掉。言：语词。 ㉒婉顺：即顺从。婉：顺。《楚辞章句序》中说：“屈原之辞，优游婉顺，宁以其君不智之故，欲提携其耳乎？” ㉓驷（sì）虬（qiú）乘翳（yì）：《离骚》中曾说：“驷玉虬以乘翳兮”（郭沫若《屈原赋今译》译此句为：“我要以凤皇为车而以玉虬为马。”）驷：四匹马拉的车，这里作动词用，和下面“乘”字意同。虬：龙的一种。翳：即鷖（yī），凤的一种。 ㉔时乘六龙：《周易·乾卦彖（tuàn）辞》中有“时乘六龙”的话。乾卦的六爻（yáo）都用龙来象征，或潜或飞，依时升降。王逸认为《离骚》中的“驷玉虬”就是根据《周易》中的“乘六龙”写的。 ㉕流沙：《离骚》中曾说：“忽吾行此流沙兮。”流沙指西方的沙漠。 ㉖《禹贡》：《尚书》中的《禹贡》篇。敷：分布治理。《禹贡》中讲到昆仑和流沙。 ㉗儒：这里泛指一般学者，不限于儒家。
㉘仪表：法则。 ㉙相：也是“质”的意思。 ㉚匹：相等。《楚辞章句序》中说：“屈原之辞，诚博远矣。自终没以来，名儒博达之士，著造辞赋，莫不拟则其仪表，祖式其模范，取其要妙，窃其华藻，所谓金相玉质，百世无匹，名垂罔极，永不刊灭者矣。” ㉛汉宣：西汉宣帝。《汉书·王褒传》中说宣帝喜爱《楚辞》，并说：“辞赋大者与古诗同义。”这里“大者”指屈原的作品；“古诗”指《诗经》。嗟叹：称赞。 ㉜经术：即经学。经；指儒家经典。 ㉝扬雄：字子云，西汉末年作家，著有《太玄》《法言》《方言》等。王逸《楚辞·天问后

序》中说，扬雄曾解说过《楚辞》。今已失传。 ㉞体：主体。 ㉟方：比。 ㊱孟坚：即班固。传：经的注解，这里也指经。 ㊲声：名声，引申指事物的外表，和下句的“实”相反。 ㊳抑：贬抑，指责。扬：褒扬，称赞。 ㊴鉴：照，鉴别。 ㊵玩：玩味领会。核：查考，核实。

【原文】

将核其论，必征言焉。故其陈尧、舜之耿介①，称汤、武之祗敬②：典诰之体也③。讥桀、纣之猖披④，伤羿、浇之颠陨⑤：规讽之旨也⑥。虬龙以喻君子⑦，云蜺以譬谗邪⑧：比兴之义也⑨。每一顾而掩涕⑩，叹君门之九重⑪：忠怨之辞也⑫。观兹四事，同于《风》《雅》者也⑬。至于托云龙⑭，说迂怪⑮，丰隆求宓妃⑯，鸩鸟媒娀女⑰：诡异之辞也⑱。康回倾地⑲，夷羿彃日⑳，木夫九首㉑，土伯三目㉒：谲怪之谈也㉓。依彭咸之遗则㉔，从子胥以自适㉕：狷狭之志也㉖。士女杂坐，乱而不分㉗，指以

【译文】

要考查这些评论的是非，必须核对一下《楚辞》本身。像《离骚》里边陈述唐尧和虞舜的光明伟大，赞美夏禹和商汤的敬戒，那就近于《尚书》中的典诰的内容。《离骚》里边又讽刺夏桀和商纣的狂妄偏邪，痛心于后羿和过浇的灭亡，那是劝戒讽刺的意思。《涉江》里拿虬和龙来比喻好人，《离骚》里拿云和虹来比喻坏人，那是《诗经》里的“比”和“兴”的表现方法。《哀郢》里说回顾祖国便忍不住流泪，《九辩》里慨叹楚王在深宫里，难于接近，那是忠君爱国的言辞。察看这四点，是《楚辞》和经书相同的。此外，在《离骚》里假托什么龙和云旗，讲些怪诞的事，请云神去求洛神，请鸩鸟到有娀氏去保媒，那是离奇的说法。在《天问》里说什么共工触倒了地柱，后羿射掉了九个太阳；在《招魂》里说，一个拔树木的人有九个头，地神有三只眼睛，那是神怪的传说。《离骚》中说要学习殷代贤大夫彭咸的榜样，《悲回风》中也说要跟着伍

为乐；娱酒不废，沉湎日夜[28]，举以为欢：荒淫之意也。摘此四事，异乎经典者也。故论其典诰则如彼[29]，语其夸诞则如此。固知《楚辞》者，体慢于三代[30]，而风雅于战国[31]；乃《雅》《颂》之博徒[32]，而词赋之英杰也[33]。观其骨鲠所树[34]，肌肤所附[35]，虽取熔经意，亦自铸伟辞。故《骚经》《九章》[36]，朗丽以哀志；《九歌》《九辩》[37]，绮靡以伤情[38]；《远游》《天问》[39]，瑰诡而惠巧[40]；《招魂》《招隐》[41]，耀艳而深华；《卜居》标放言之致[42]，《渔父》寄独往之才[43]。故能气往轹古[44]，辞来切今[45]，惊采绝艳，难与并能矣。

子胥来顺适自己的心意，那是急躁而狭隘的心胸。《招魂》里还把男女杂坐调笑当作乐事，把日夜狂饮不止算是欢娱，那是荒淫的意思。以上所举四点，是和经书不同的。总之，讲《楚辞》中和经书相同的有这样一些内容，说它夸张虚诞的描写也有这样一些地方。由此可知它基本上是学习古人的著作，但里边包含的内容已杂有战国时的东西了。拿《楚辞》和《诗经》相比，是要差一些；但和后代辞赋相比，那就好得多了。从各篇中的基本内容和附加上去的辞藻来看，虽然也采取了经书中一些内容，但在文辞上却是自己独创的。因此，《离骚》和《九章》是明朗、华丽而能哀感地自抒意志；《九歌》和《九辩》则辞句美妙而表情动人；《远游》和《天问》的内容奇伟而文辞机巧；《招魂》和《大招》的外观华艳而又有内在的美；《卜居》显示出旷达的旨趣；《渔父》寄托着不同流合污的才情。所以，《楚辞》的气概能超越古人，而辞藻又横绝后世。这种惊人的文采和高度的艺术，是很难有人比得上了。

## 注释

❶尧舜之耿（gěng）介：《离骚》中说："彼尧舜之耿介兮，既遵道而得路。"（郭沫若《屈原赋今译》译这两句为："想唐尧和虞舜真是伟大光明，他们已经是得着了正当轨道。"）耿：光明。介：大。 ❷汤武之祗（zhī）敬：汤

武，唐写本作“禹汤”，译文据“禹汤”。《离骚》中说：“汤、禹俨而祗敬兮。”（《屈原赋今译》译此句为：“商汤和夏禹都谨严而又敬戒。”）祗：同敬。❸典：指《尚书》中的《尧典》等篇。诰：指《尚书》中的《汤诰》等篇。体：主体。❹桀纣之猖披：《离骚》中说：“何桀纣之猖披兮，夫唯捷径以窘步。”（《屈原赋今译》译这两句为：“而夏桀和殷纣怎那样地胡涂，总爱贪走着捷径而屡自跌跤。”）猖：狂妄。披：借做“诐”（bì），邪僻的意思。❺羿、浇之颠陨（yǔn）：《离骚》中说：“羿淫游以佚（yì）畋（tián）兮，又好射夫封狐；固乱流其鲜终兮，浞又贪夫厥家；浇身被服强圉（yǔ）兮，纵欲而不忍；日康娱而自忘兮，厥首用夫颠陨。”（《屈原赋今译》译这几句为：“有穷氏的后羿淫于游观而好田猎，他所欢喜的是在山野外射杀封狐。本来是淫乱之徒该当得没有结果，他的相臣寒浞更占取了他的妻孥。寒浞的儿子过浇又肆行霸道，放纵着自己的情欲不能忍耐，他每日里欢乐得忘乎其形，终究又失掉了自己的脑袋。”）颠陨：坠落。❻规：劝正。❼虬龙：《九章·涉江》中说：“驾青虬兮骖（cān）白螭（chī）。”（《屈原赋今译》译此句为：“驾着两条有角的青龙，配上两条无角的白龙。”）王逸注：“虬、螭，神兽，宜于驾乘，以喻贤人清白，宜可信任也。”骖：驾在车前两侧的马。❽云蜺（ní）：《离骚》中说：“飘风屯其相离兮，帅云霓（ní）而来御。”（《屈原赋今译》译这两句为：“飘风聚集着都在恐后争先，率领着云和霓来表示欢迎。”）王逸注：“云霓，恶气，以喻佞（nìng）人。”霓：即蜺，是虹。谗邪：即佞人，花言巧语说人坏话的不正派的人。❾比兴：《诗经》中的两种表现方法。比是以甲比喻乙，兴是以甲引起乙。参看本书《比兴》篇。❿一顾而掩涕：《九章·哀郢（yǐng）》中说：“望长楸（qiū）而太息兮，涕淫淫其若霰（xiàn）；过夏首而西浮兮，顾龙门而不见。”（《屈原赋今译》译这几句为：“望着高大的梓树不禁长叹，眼泪淋漓如冰雪一般，船过夏口而心依恋着西边，回顾龙门已经不能看见。”）⓫君门之九重：宋玉在《九辩》中说：“岂不郁陶而思君兮，君之门以九重。”郁陶：忧思的样子。九重：九层的门，讽刺君门深闭难入。⓬忠怨：是说因忠于君的抱负不能施展而有所怨恨。⓭《风》《雅》：指《诗经》，但也兼指一切经书，正如下文“论其典诰则如彼”的“典诰”二字不专指《尚书》一样，所以译为

"经书"。 ⑭托云龙：《离骚》中说："驾八龙之婉婉兮，载云旗之委蛇（yí）。"（《屈原赋今译》译这两句为："各驾着八头的骏马跷跷（qiāo）如龙，载着有云彩的旗帜随风委移。"） ⑮迂：不切事理。 ⑯丰隆求宓（fú）妃：《离骚》中说："吾令丰隆乘云兮，求宓妃之所在。"（《屈原赋今译》译这两句为："云师的丰隆，我叫他驾着云彩，为我去找寻宓妃的住址所在。"）丰隆：有云神、雷神二说。宓妃：传为洛水的神。 ⑰鸩（zhèn）鸟媒娀（sōng）女：《离骚》中说："望瑶台之偃蹇（jiǎn）兮，见有娀之佚女；吾令鸩为媒兮，鸩告余以不好。"（《屈原赋今译》译这几句为："我望见了有娀氏的佳人简狄，她居住在那巍峨的一座瑶台。我吩咐鸩鸟，叫她去替我做媒，鸩鸟告诉我说，她去可不对。"）鸩：羽毛有毒的鸟。娀：古国名，在今山西省，也叫"有娀"。 ⑱诡（guǐ）：反常。 ⑲康回倾地：《天问》中说："康回凭怒，地何故以东南倾？"（《屈原赋今译》译这两句为："共工怒触不周山，大地为什么倾陷了东南？"）康回，共工的名字。关于他的传说，也见于《淮南子·天文训》等。 ⑳夷羿彃（bì）日：《天问》中说："羿焉彃日？乌焉解羽？"（《屈原赋今译》译这两句为："后羿在哪儿射了太阳？何处落下了金乌羽毛？"）夷：羿的姓。彃：射。这个神话传说也见于《淮南子·本经训》。 ㉑木夫九首：《招魂》（王逸认为是宋玉所作，一说为屈原所作，尚无定论。）中说："一夫九首，拔木九千些。"（《屈原赋今译》译这两句为："有人一个身子九个头，一天要拔九千根木头。"） ㉒土伯三目：《招魂》中又说："土伯九约，其首觺（yí）觺些；叁目虎首，其身若牛些。"（《屈原赋今译》译这几句为："地神九位，手拿着绳索，头像老虎身像牛，三只眼睛两只角。"）土伯：是土地的神。约：曲折。觺觺：角尖锐的样子。 ㉓谲（jué）：变化不测。 ㉔彭咸之遗则：《离骚》中说："愿依彭咸之遗则。"（《屈原赋今译》译这句为："而我所愿效法的是殷代的彭咸。"）彭咸：相传为殷商时的贤大夫，因谏君不听而投水自杀。遗则：留下来的榜样，指投水自杀。 ㉕子胥（xū）以自适：《九章·悲回风》中说："从子胥而自适。"（《屈原赋今译》译为："去追随那吴国的子胥。"）子胥：伍子胥，春秋时楚国人，帮助吴王夫差打败越国，越王勾践请和，伍子胥反对，被迫而死，夫差投其尸于江。自适：顺适自己的心意。 ㉖狷（juàn）：急躁。

㉗“士女杂坐”二句：《招魂》中说：“士女杂坐，乱而不分些。”（《屈原赋今译》译这两句为：“男女杂坐，相依在怀抱。”） ㉘“娱酒不废”二句：《招魂》中说：“娱酒不废，沉日夜些。”（《屈原赋今译》译这两句为：“喝酒，喝得酒坛空，日以继夜昏蒙蒙。”）不废，不停止。湎（miǎn）：沉迷的意思。㉙典诰：“同于典诰”的意思。“典诰”虽属《尚书》，这里也兼指其他经书，和上文“同于风雅”的“风雅”二字不专指《诗经》一样。 ㉚体：主体。慢：唐写本作“宪”，“宪”是效法的意思。译文据“宪”字。三代：指夏、商、周三代的著作，主要是儒家经典。 ㉛风：指作品给予读者的启发和影响，所以主要是指内容方面。雅：唐写本作“杂”，译文据“杂”字。 ㉜《雅》《颂》之博徒：意指《楚辞》比《诗经》差一些。博徒：赌徒，这里指贱者。 ㉝词赋之英杰：意为《楚辞》比其他作品为高。词赋：指汉以后的作品。 ㉞骨鲠（gěng）：这二字和本书其他地方所用“骨髓”的意义差不多，常用来指作品中的主要成分，和“风骨”的“骨”字不同。参看《风骨》篇的注释。 ㉟肌肤：指作品中的次要成分。 ㊱《骚经》：即《离骚》。从前人因为尊重《离骚》，所以称之为“经”。 ㊲《九歌》：是楚国民间祭歌，可能经过屈原的加工。㊳绮（qǐ）靡：唐写本作“靡妙”，译文据“靡妙”。靡：美。 ㊴《远游》：旧传为屈原所作，近人多疑为汉代的作品。 ㊵瑰（guī）：奇伟。惠：即“慧”，有机智的意思。 ㊶《招隐》：唐写本作“大招”。《招隐》是汉代淮南小山的作品，《大招》旧传为屈原或景差所作。景差是与宋玉同时的楚国作家。 ㊷《卜居》：旧传为屈原所作。标：显出。放：旷放。 ㊸《渔父》：也传为屈原所作。独往：独自隐居，不顾世人之意。 ㊹气：这个词的含意比较广泛，这里和下句“辞”字对举，主要指内容方面所体现的气势、气概。轹（lì）：践踏，这里有超过的意思。 ㊺切：割断。切今：和“空前绝后”的“绝后”二字意义相近。

【原 文】

自《九怀》以下①，遽蹑其迹②；而屈、宋逸

【译 文】

从王褒《九怀》以后，许多作品都学习《楚辞》，但屈原和宋玉的好榜样总是赶不

步[3]，莫之能追。故其叙情怨，则郁伊而易感[4]；述离居[5]，则怆快而难怀[6]；论山水，则循声而得貌[7]；言节候，则披文而见时[8]。是以枚、贾追风以入丽[9]，马、扬沿波而得奇[10]；其衣被词人[11]，非一代也。故才高者菀其鸿裁[12]，中巧者猎其艳辞[13]，吟讽者衔其山川[14]，童蒙者拾其香草[15]。若能凭轼以倚《雅》《颂》[16]，悬辔以驭楚篇[17]，酌奇而不失其真[18]，玩华而不坠其实[19]；则顾盼可以驱辞力[20]，欬唾可以穷文致[21]，亦不复乞灵于长卿[22]，假宠于子渊矣[23]。

上。屈、宋所抒写的怨抑的情感，使读者为之痛苦而深深地感动；他们叙述的离情别绪，也使读者感到悲哀而难以忍受。他们谈到山水的时候，人们可以从文章音节悬想到岩壑的形貌；他们讲到四季气节的地方，人们可以从文章辞采看到时光的变迁。以后枚乘、贾谊追随他们的遗风，使作品写得华丽绚烂；司马相如、扬雄循着他们的余波，因而作品具有奇伟动人的优点。可见屈、宋对后人的启发，并不限于某一个时期而已。后来写作才能较高的人，就从中吸取重大的思想内容；具有小聪明的人，就学到些美丽的文辞；一般阅读的人，喜欢其中关于山水的描写；比较幼稚的人，只留连于美人芳草的比喻。如果我们在写作的时候，一方面依靠着《诗经》，一方面又掌握着《楚辞》；吸取奇伟的东西而能保持正常，玩味华艳的事物而不违背实际，那么刹那间就可以发挥文辞的作用，不费什么力就能够穷究文章的情趣，也就无须乎向司马相如和王褒借光叨（tāo）教了。

## 注释

❶《九怀》以下：《九怀》是西汉作家王褒的作品。根据《楚辞释文》的次序，《九怀》以下是指东方朔的《七谏》、刘向的《九叹》、庄忌的《哀时命》、贾谊的《惜誓》等篇，大都是西汉人模仿《楚辞》而作。 ❷遽（jù）蹑（niè）：急追。追《楚辞》的“迹”，即向《楚辞》学习。 ❸逸步：快步，指

《楚辞》的好榜样。❹郁伊：心情不舒畅。❺离居：这里指屈原被流放而离开国都。❻怆快（chuàngyàng）：失意的样子。难怀：难以为怀，就是受不了的意思。❼声：指作品的声调音节。❽披：翻阅。❾枚：枚乘，字叔，西汉初年辞赋家。贾：贾谊，也是西汉初年辞赋家，曾做长沙王太傅和梁王太傅，世称贾长沙或贾太傅。❿马：司马相如，字长卿，西汉辞赋家。扬：扬雄。沿：遵循，循屈、宋的余波，即学习屈、宋。⓫衣被：加惠于人，这里是给人以影响的意思。⓬菀（wǎn）：借作"捥"（wǎn），取的意思。鸿裁：大义。⓭中巧：心巧。既说心巧者只着眼于文辞方面，可见只是小巧而已。猎：采取。⓮吟讽：指吟咏诵读。衔：含在口中，这里是指经常诵读。⓯蒙：暗昧无知。香草：《离骚》等篇中常常用美人和香草来象征理想中的人和品德。⓰凭轼：驾车奔走，这里指在文坛上驰骋。轼：车前横木。⓱辔（pèi）：马缰绳。驭（yù）：驾驭，控制。⓲真：唐写本作"贞"。"贞"是正的意思，指事物的正常的、正规的、正当的样子。《文心雕龙》中常以"奇"和"正"对举，"奇"是在事物的正常的样子之外，又通过作者的想象而增加些动人的成分。刘勰主张"奇"和"正"必须相结合。⓳华：和上句的"奇"的意义相近。在《文心雕龙》中，"华"常和"实"对举，指在事物实际存在的样子以外通过作者的想象而增加到作品里去的一些美丽的东西。刘勰也主张"华"和"实"相结合。⓴顾盼：指极短的时间。驱：驱遣，指挥。㉑欬（kài）唾（tuò）：和上句"顾盼"的意义差不多，指不很费力的事。欬：即咳。致：情趣。㉒乞灵：请教。长卿：司马相如的字。㉓假：借。子渊：王褒的字。

【原 文】

赞曰：不有屈原，岂见《离骚》？惊才风逸①，壮志烟高。山川无极，情理实劳②。金相玉

【译 文】

总之，假如没有屈原，哪能出现《离骚》这样的杰作呢？他惊人的才华像飘风那样奔放，他宏大的志愿像云烟那样高远。山高水长，渺无终极，伟大作家的思想情感也同样的无边无际；因而为文学创作树立了很好的

式③，艳溢锱毫④。 | 榜样，字字句句都光彩艳丽。

## 注释

❶逸：奔驰。 ❷劳：借为“辽”字，有广阔遥远的意思。 ❸式：模式，指屈原的作品树立了很好的榜样。 ❹锱（zī）毫：极微小的单位，这里指文章的每个细节。锱：古代重量单位，四锱等于一两。

# 六、明诗

## 解题

《明诗》是《文心雕龙》的第六篇。本篇主要讲四言诗和五言诗的发展历史及其写作特点。楚辞、乐府、歌谣等其他形式的诗歌，《文心雕龙》中另以专篇论述。

全篇分三个部分。第一部分讲诗的含义及其教育作用（第一段）。第二部分讲先秦到晋宋的诗歌发展情况，分四个阶段：一、追溯诗的起源和先秦诗歌概况（第二段）；二、讲汉代诗歌的发展及五言诗的起源（第三段）；三、讲建安和三国时期的诗歌创作情况（第四段）；四、讲晋宋以来诗歌创作的新变化（第五段）。第三部分总结上述诗歌发展情况，提出四言诗和五言诗的基本特色和历代诗人的不同成就，附论诗歌的其他样式（第六段）。

《明诗》是刘勰文体论方面的重要篇章之一。刘勰对四言诗和五言诗所总结的“雅润”“清丽”四字，比曹丕讲诗的特点是“丽”（《典论·论文》），陆机讲诗的特点是“绮靡”（《文赋》），有所发展。除了表现形式的特点，刘勰还强调诗歌“持人情性”和“顺美匡恶”的教育作用，而不满于晋宋以后诗歌创作中形式主义的发展倾向；认识到诗的产生是诗人受到外物的感染而抒发情志；对作家作品的评价，能结合当时的历史条件等，这是较为可取的。刘勰对《诗经》是很尊重的，本篇对《诗经》的内容和形式虽然都谈到了，但局限于前人旧说，没有提出什么新的见解，这说明刘勰对《诗经》在文学史上的重要意义，是认识不够的。

【原 文】

大舜云："诗言志，歌永言。"[1] 圣谟所析[2]，义已明矣。是以"在心为志，发言为诗"[3]；舒文载实[4]，其在兹乎？诗者，持也[5]，持人情性。三百之蔽，义归"无邪"[6]；持之为训[7]，有符焉尔[8]。

【译 文】

虞舜曾说过："诗是思想情感的表达，歌则是引申发挥这种思想情感。"有了圣人在经典上所分析的，诗歌的含义已经明确了。所以，"在作者内心时是情志，用语言表达出来就是诗"。诗歌创作要通过文辞来表达情志，道理就在这里。"诗"的含义是扶持，诗就是用来扶持人的情性的。孔子说过：《诗经》三百篇的内容，用一句话来概括，就是"没有不正当的思想"。现在用扶持情性来解释诗歌，和孔子说的道理是符合的。

## 注释

❶"诗言志"二句：这话见于《尚书·尧典》。永言：引申发扬诗中所表达的情志。永：延长的意思。 ❷谟（mó）：谋议。《尚书》中有的篇章称为"典"，有的称为"谟"。 ❸"在心为志"二句：这话见于《毛诗序》。 ❹文：指文辞。实：指情志。 ❺持：扶。这里引申为培养教育的意思。 ❻"三百之蔽"二句：《论语·为政》中说："子曰：《诗》三百，一言以蔽之，曰，思无邪。"蔽：当，引申为概括。无邪：即"思无邪"。这是《诗经·鲁颂·駉（jiōng）》中的一句。孔子用这话来概括全部《诗经》的内容是不合实际的。 ❼训：训诂，即解释。 ❽焉尔：即于是。"是"指孔子的话。

【原 文】

人禀七情[1]，应物斯感；感物吟志，莫非自

【译 文】

人具有各种各样的情感，受了外物的刺激，便产生一定的感应。心有所感，而发为

然。昔葛天氏乐辞云[2]，《玄鸟》在曲[3]；黄帝《云门》[4]，理不空绮[5]。至尧有《大唐》之歌[6]，舜造《南风》之诗[7]；观其二文，辞达而已。及大禹成功，九序惟歌[8]；太康败德[9]，五子咸怨[10]；顺美匡恶[11]，其来久矣。自商暨周[12]，《雅》《颂》圆备[13]；四始彪炳[14]，六义环深[15]。子夏监"绚素"之章[16]，子贡悟"琢磨"之句[17]；故商、赐二子[18]，可与言诗。自王泽殄竭[19]，风人辍采[20]。春秋观志[21]，讽诵旧章[22]；酬酢以为宾荣[23]，吐纳而成身文[24]。逮楚国讽怨[25]，则《离骚》为刺[26]。秦皇灭典[27]，亦造《仙诗》[28]。

吟咏，这是很自然的。从前葛天氏的时候，将《玄鸟歌》谱入歌曲；黄帝时的《云门舞》，按理是不会只配上管弦而无歌词的。到唐尧有《大唐歌》，虞舜有《南风诗》。这两首歌辞，仅仅能做到达意的程度。后来夏禹治水成功，各项工作都上了轨道，受到了歌颂。夏帝太康道德败坏，他的兄弟五人便作《五子之歌》来表示自己的怨恨。由此可见，用诗歌来歌颂功德和讽刺过失，是很早以来就有的做法了。从商朝到周朝，风、雅、颂各体都已齐全完备；《诗经》的"四始"既极其光辉灿烂，而"六义"也周密精深。孔子的学生子夏能理解到"素以为绚兮"等诗句的深意，子贡领会到《诗经》中"如琢如磨"等诗句的道理，所以孔子认为他们有了谈论《诗经》的资格。后来周王朝的德泽衰竭，采诗官停止采诗；但春秋时许多士大夫，却常常在外交场所中，朗诵某些诗章来表达自己的观感愿望。这种相互应酬的礼节，可以对宾客表示敬意，也可以显出自己能说会道的才华。到了楚国，就有讽刺楚王的《离骚》产生。秦始皇大量焚书，但也叫他的博士们做了《仙真人诗》。

## 注释

❶禀：接受，引申为赋性。七情：指喜、怒、哀、惧、爱、恶、欲七种感情。 ❷葛天氏乐辞云："氏""云"二字是衍字，应删去。葛天：即葛天氏，

传说中的古代帝王。❸《玄鸟》：《吕氏春秋·古乐篇》中说，葛天氏的时候，曾有人唱八首歌，《玄鸟》是其中第二首。“玄鸟”是燕子。❹黄帝《云门》：《周礼·春官·大司乐》中讲到，周代曾用《云门舞》来教贵族子弟。汉代郑玄注，说《云门舞》是黄帝时的舞乐。❺理不空绮（qǐ）：“绮”应作“弦”。“不空弦”是说《云门》既已配上乐器，就必有乐词。这是刘勰为探究古代诗歌的原始状况而作的推断。❻《大唐》：相传为对唐尧禅让的颂歌，载《尚书大传》。❼《南风》：相传是虞舜做的诗，载《孔子家语·辩乐解》。❽九序：指治理天下的各种工作都有秩序。❾太康：是夏禹的孙子，因荒淫而失国。❿五子：太康之弟。有两说：一说为太康弟五观，一说为太康的五个兄弟。刘勰说“五子咸怨”，是取后说。《尚书》中有《五子之歌》，共五首，是后人伪作。⓫匡：纠正，即规劝讽刺的意思。⓬暨（jì）：及，到。⓭《雅》《颂》：这里没有提到《风》，是为了四字成句的缘故，应该也包括《风》。圆：全。⓮四始：指《国风》《小雅》《大雅》《颂》。彪炳：光彩。⓯六义：指风、雅、颂三种诗体和赋、比、兴三种做诗方法。环：围绕，引申为周密。⓰子夏：孔子的弟子。监：察看，明白。绚（xuàn）素：《论语·八佾（yì）》中说子夏从“素以为绚兮”这句诗中，理解到必须先有忠信的本质，然后才学礼仪。“素以为绚兮”的意思是说绘画先有粉底，然后加彩饰。素：白色。绚：彩色。这句诗是《诗经》中没有的逸诗。⓱子贡：孔子弟子。琢磨：《论语·学而》中说，子贡从“如琢如磨”等诗句中，领会到孔子勉励他不要自满的意思。琢、磨是说治玉石的人精益求精。“如琢如磨”是《诗经·卫风·淇（qí）澳（ào）》中的一句。⓲商：子夏姓卜名商。赐：子贡姓端木名赐。⓳殄（tiǎn）：尽。⓴风人：采诗的人。传说周代统治者曾派人采集民间歌谣。辍（chuò）：停止。㉑观：示。㉒讽：诵读。㉓酬：主人劝酒。酢（zuò）：客人回敬。荣：荣宠。㉔吐纳：指诵诗。身文：本身的文采，这里指口才。㉕逮（dài）：到，及。㉖《离骚》：这里是以《离骚》作为《楚辞》的代表。㉗典：五帝的书，这里泛指古代的书。㉘《仙诗》：据《史记·秦始皇本纪》，始皇曾使博士作《仙真人诗》，诗今不传。《汉书·艺文志》中说，名家有黄公疵，是作《仙真人诗》的博士之一。

【原 文】

汉初四言，韦孟首唱[1]；匡谏之义[2]，继轨周人[3]。孝武爱文，《柏梁》列韵[4]。严、马之徒[5]，属辞无方[6]。至成帝品录[7]，三百余篇[8]；朝章国采[9]，亦云周备。而辞人遗翰[10]，莫见五言；所以李陵、班婕好[11]，见疑于后代也。按《召南·行露》[12]，始肇半章[13]；孺子《沧浪》[14]，亦有全曲[15]；《暇豫》优歌[16]，远见春秋；《邪径》童谣[17]，近在成世[18]。阅时取证[19]，则五言久矣。又《古诗》佳丽[20]，或称枚叔[21]；其《孤竹》一篇[22]，则傅毅之词[23]。比采而推，两汉之作乎？观其结体散文[24]，直而不野；婉转附物[25]，怊怅切情[26]：实五言之冠冕也[27]。至于张衡《怨篇》[28]，清典可味；《仙诗缓歌》[29]，雅有新声[30]。

【译 文】

汉朝初年的四言诗，首先有韦孟的作品；它的规讽意义，是继承了周代的作家。汉武帝爱好文学，便出现《柏梁诗》。当时有严忌、司马相如等人，他们写诗没有一定的程式。成帝时对当时所有的诗歌进行了一番评论整理，共得三百多首；那时朝野的作品，该算是相当齐全丰富的了。但在这些作家所遗留下来的作品中，却没有见到五言诗；因此，李陵的《与苏武诗》和班婕好的《怨诗》，就不免为后人所怀疑。不过在《诗经》中，《召南·行露》就开始有半章的五言；到《孟子·离娄》所载的《沧浪歌》，就全是五言的了。此外，较远的如春秋时晋国优施所唱的《暇豫歌》，较近的如汉成帝时的《邪径谣》，都是五言的。根据上述历代发展的情况，足证五言诗很早就有了。还有《古诗十九首》，写得很漂亮，但作者不易确定，有人说一部分是枚乘作的；而《冉冉孤生竹》一首，又说是傅毅所作。就这些诗的辞采的特色来推测，可能是两汉的作品吧？从行文风格上看，朴质而不粗野，能婉转如意地真实描写客观景物，也能哀感动人地深切表达作者的内心，实在可算是两汉五言诗的代表作品。至于张衡的《怨诗》，也还清新典雅，耐人寻味。《仙诗缓歌》，则颇有新的特点。

## 注释

❶韦孟：西汉初年诗人。作品有《讽谏诗》和《在邹诗》，都是四言诗，载《全汉诗》卷二。 ❷匡谏之义：韦孟的两首四言诗，主要是匡劝楚王戊的。 ❸轨：法则。 ❹柏梁：是汉武帝所筑台名。《古文苑》卷八载《柏梁诗》，据说是武帝和群臣联句作成，每人一句，句句押韵。 ❺严：严忌，本姓庄，又叫庄忌；马：司马相如，都是西汉中年的作家。严忌有《哀时命》一篇，司马相如相传有《琴歌》二首，都是骚体诗。《哀时命》也收入《楚辞》。 ❻属辞：即写作。属：连缀。方：常。 ❼品：评论。录：辑集。 ❽三百余篇：据《汉书·艺文志·诗赋略》，当时歌诗有28家，314篇。 ❾朝：朝廷。章、采：都指作品。"国"与"朝"对称，所以"国采"指全国范围内的诗歌。 ❿遗翰：遗留下来的作品。翰：笔，这里指作品。 ⓫李陵：字少卿，是汉武帝时的名将，《文选》卷二九载他的《与苏武诗》三首。 ⓬《召南》：《诗经》十五国风之一，其中的《行露》，每章六句，四句是五言的。 ⓭肇（zhào）：开端。 ⓮孺子：儿童。《沧浪》：即《沧浪歌》，《孟子·离娄》中说孔子曾听到儿童唱此歌。 ⓯全曲：《沧浪歌》全诗四句，除"兮"字外，都是五言。 ⓰《暇豫歌》：载《国语·晋语》，共四句，有三句是五言，一句四言。优：倡优，古代奏乐或演戏供人玩乐的人。这里指晋国优人，名施。相传《暇豫歌》是优施所作。 ⓱《邪径谣》：见《汉书·五行志》，共六句，全是五言。 ⓲成世：指汉成帝时期（前32—前7）。 ⓳阅：经历。 ⓴《古诗》：指《古诗十九首》，载《文选》卷二九。 ㉑枚叔：枚乘，字叔，西汉初年作家。《玉台新咏》把《古诗十九首》中的《西北有高楼》等九首列为枚乘的作品，但未必可信。 ㉒《孤竹》：即《古诗十九首》中的《冉冉孤生竹》。《乐府诗集》卷七四列此诗为无名氏杂曲。 ㉓傅毅：字武仲，东汉初年作家。除《冉冉孤生竹》一首传为他的作品外，还有一首《迪志诗》，是四言诗。 ㉔体：风格。散：分布。散文：即抒写。 ㉕附：接近，这里有描述逼真的意思。 ㉖怊怅（chāochàng）：悲恨。切：切合。 ㉗冠冕（miǎn）：帽子，这里引申为首屈一指的意思。 ㉘张衡：东汉中年文学家、科学家。《怨篇》：指他的《怨诗》，四

言八句。㉙《仙诗缓歌》：可能指乐府杂曲的《前缓声歌》。㉚雅：常常。新声：新的音节，引申为风格上的特点。

【原 文】

暨建安之初[1]，五言腾踊。文帝、陈思[2]，纵辔以骋节[3]；王、徐、应、刘[4]，望路而争驱。并怜风月[5]，狎池苑[6]，述恩荣[7]，叙酣宴[8]；慷慨以任气[9]，磊落以使才[10]。造怀指事，不求纤密之巧；驱辞逐貌[11]，唯取昭晰之能。此其所同也。乃正始明道[12]，诗杂仙心[13]；何晏之徒[14]，率多浮浅[15]。唯嵇志清峻[16]，阮旨遥深[17]，故能标焉[18]。若乃应璩《百一》[19]，独立不惧；辞谲义贞[20]，亦魏之遗直也[21]。

【译 文】

到了建安初年，五言诗的创作空前活跃。曹丕、曹植在文坛上大显身手；王粲、徐幹、应玚、刘桢等人，也争先恐后地驱驰于文坛。他们都爱好风月美景，遨游于清池幽苑，在诗歌中叙述恩宠荣耀的遭遇，描绘着宴集畅饮的盛况；激昂慷慨地抒发他们的志气，光明磊落地施展他们的才情。他们在述怀叙事上，绝不追求细密的技巧；在遣辞写景上，只以清楚明白为贵。这些都是建安诗人所共有的特色。到正始年间，道家思想流行，于是诗歌里边也夹杂这种思想进来。像何晏等人，作品大都比较浅薄。只有嵇康的诗尚能表现出清高严肃的情志，阮籍的诗还有一些深远的意旨；因此，他们的成就就比同时诗人为高。至如应璩的《百一诗》，也能毅然独立，文辞曲折而含义正直，这是建安时的正直的遗风。

## 注 释

❶建安：汉献帝年号（196—220）。因为这时已由曹操执政，社会现实也和汉代情况有了很大变化，所以习惯上常常和三国合成一个历史时期。❷文帝：

魏文帝曹丕（pī），字子桓，曹操之子。有《魏文帝集》。陈思：曹植，字子建，曹丕的弟弟。封陈王，死后加号“思”，所以称陈思王。有《曹子建集》。❸辔（pèi）：马缰绳。节：一定的度数。这里用纵马奔驰来比喻在文坛上放手大干。❹王：王粲，字仲宣。徐：徐幹，字伟长。应：应玚（chàng），字德琏。刘：刘桢，字公幹。他们都在“建安七子”中，是当时著名作家。❺怜：爱。❻狎（xiá）：亲近。❼恩荣：指曹操父子对当时文士的优待。❽酣（hān）：恣意饮酒。❾任气：让志气获得充分抒发。任：听凭。❿磊落：胸怀坦白。⓫逐：追求。貌：形状。⓬正始：魏王曹芳的年号（240—248）。⓭仙心：指老庄思想。⓮何晏：字平叔，三国中年学者，是最早写玄言诗的人。⓯率：大抵的意思。⓰嵇：嵇康，字叔夜，三国魏末作家。他的作品，鲁迅辑有《嵇康集》。峻：高而严。⓱阮：阮籍，字嗣宗。三国魏末与嵇康齐名的作家，有《阮步兵集》。嵇、阮都是正始间“竹林七贤”之一。⓲标：显著。⓳应璩（qú）：字休琏，应玚的弟弟，三国魏末作者。百一：百虑有一失的意思。《百一诗》所写都是劝诫统治者的话。⓴谲（jué）：变化奇异。贞：正
㉑魏：指正始以前，建安前后的诗歌创作。遗直：遗留下来的正直风气。

【原 文】

晋世群才，稍入轻绮[①]。张、潘、左、陆[②]，比肩诗衢[③]。采缛于正始[④]，力柔于建安[⑤]；或析文以为妙[⑥]，或流靡以自妍[⑦]：此其大略也。江左篇制[⑧]，溺乎玄风[⑨]；嗤笑徇务之志[⑩]，崇盛亡机之谈[⑪]。袁、孙已下[⑫]，

【译 文】

晋代的诗人们，创作开始走上了浮浅绮丽的道路。张载、张协、张亢、潘岳、潘尼、左思、陆机、陆云等，在诗坛上并驾齐驱。他们诗歌的文采，比正始时期更加繁多，但内容的感染力却比建安时期软弱。他们或者以讲究字句为能事，或者偏重靡丽的笔调来自逞其美：这就是西晋诗坛的大概情况。到了东晋的时候，诗歌创作便淹没在玄学的风气之中；这些玄言诗人讥笑人家过于关心时务，而推崇那种忘却世情的空谈。所以自袁

虽各有雕采，而辞趣一揆[13]，莫与争雄[14]。所以景纯《仙篇》[15]，挺拔而为俊矣[16]。宋初文咏，体有因革[17]；庄、老告退，而山水方滋[18]。俪采百字之偶[19]，争价一句之奇；情必极貌以写物[20]，辞必穷力而追新[21]。此近世之所竞也。

宏、孙绰以后的诗人，虽然作品各有不同的文采雕饰，但内容上却一致倾向于玄谈，再没有别的诗可以和玄言诗争雄。因此，郭璞的《游仙诗》，在当时就算是杰出的佳作了。南朝宋初的诗歌，对于前代的诗风有所继承，也有所改革；庄周和老子的思想在诗歌中渐渐减少，描绘山水的作品却日益兴盛。于是诗人们努力在全篇的对偶中显示文采，在每一句的新奇上竞逞才华；内容方面要求逼真地描绘出景物的形貌，文辞方面要求尽可能地做到新异。这就是近来诗人们所追求的。

## 注释

❶轻绮：指诗歌风格不够厚重，不够朴素。 ❷张：指张载、张协、张亢兄弟三人。潘：指潘岳、潘尼叔侄二人。左：指左思。陆：指陆机、陆云兄弟二人。这些都是西晋太康（280—289）前后的作家，当时的人称为“三张、二陆、两潘、一左”（见钟嵘《诗品序》）。有人主张以张华代张亢，那是不对的；因为张华和他们不是一家人，当时人也从来没有谁拿张华和他们并称“三张”（参看《晋书·张亢传》）。 ❸诗衢（qú）：指诗坛。衢：四通八达的大路。❹缛（rù）：繁盛。 ❺力：指作品在读者身上所起的影响和作用。 ❻析（xī）：即析，分析或钻研，这里指字句的雕琢。 ❼靡：美，这里指小巧的、过分的美。 ❽江左：长江最下游地区。这里指偏安江南的东晋。 ❾玄风：玄学的风气。主要指谈论老子、庄周学说的风气（当时流行所谓“三玄”，即《老子》《庄子》《周易》杂糅的思想，基本上是唯心主义的）。 ❿嗤（chī）：讥笑。徇（xùn）：以身从物，也就是特别关心的意思。务：指人间的事务。 ⓫亡：唐写本作“忘”，译文据“忘”字。机：巧诈，这里指人与人之间的钩心斗角。⓬袁、孙：袁宏、孙绰。都是东晋初年的玄言诗人。 ⓭趣：趋向。揆（kuí）：

道理，这里指玄学。 ⑭与：指“与玄言诗”。 ⑮景纯：郭璞的字，他是东西晋之间的学者兼诗人。《仙篇》：指他的《游仙诗》十四首，载《郭弘农集》。⑯挺拔：特出。 ⑰体：风格。因：沿袭，继承。革：革新。 ⑱滋：增多。⑲俪（lì）：对偶。百字：五言诗二十句为一百字，这里指诗的全篇。 ⑳情：指作品的内容。物：指自然景物。 ㉑穷力：竭力。

【原 文】

故铺观列代①，而情变之数可监②；撮举同异③，而纲领之要可明矣④。若夫四言正体，则雅润为本；五言流调⑤，则清丽居宗⑥。华实异用⑦，惟才所安⑧。故平子得其雅⑨，叔夜含其润⑩，茂先凝其清⑪，景阳振其丽⑫。兼善则子建、仲宣⑬，偏美则太冲、公幹⑭。然诗有恒裁⑮，思无定位；随性适分⑯，鲜能通圆⑰。若妙识所难，其易也将至；忽之为易，其难也方来。至于三六杂言⑱，则出自篇什⑲，离合之发⑳，则明于图谶㉑；回

【译 文】

因此，总观历代的诗歌，其发展变化的情况是可以明白的。归纳一下它们相同和相异的特色，就可以看出诗歌创作的要点了。譬如四言诗的正规体制，主要是雅正而润泽；五言诗的常见格调，则以清新华丽为主。对于这些不同特点的掌握，那就随作者的才华而定。如张衡得到四言诗的雅正的一面，嵇康具有润泽的一面；张华学到五言诗的清新的一面，张协发挥了华丽的一面。各种特点都兼备的是曹植和王粲，只偏长于某一方面的是左思和刘桢。但是作品的体裁是有一定的，而人的思想却各不相同；作者只能随着个性的偏好来进行创作，所以很少能兼长各体。如果作者深知创作中的难处，那么实际写作起来还可能比较容易；如果轻率地认为写诗很简单，那么他反而会碰到不少的困难。除了上述四言、五言诗外，还有三言、六言、杂言诗，它们都起源于《诗经》。至于“离合诗”的产生，是从汉代的图谶文字开始的；“回文诗”的兴起，则是宋代贺

文所兴[22]，则道原为始[23]；联句共韵[24]，则柏梁余制。巨细或殊，情理同致；总归诗囿[25]，故不繁云。

道庆开的头；而几人合写的“联句诗”，那是继承《柏梁诗》来的。这种种作品，虽然大小各异，主次有别，但写作的情况和道理是一样的；它们都属于诗的范围，因此不必逐一详论。

## 注释

❶铺：陈列。 ❷监：唐写本作“鉴”，察看，这里指看得清楚。 ❸撮（cuō）：聚集而取的意思。 ❹纲领：这里指各种诗歌的写作要领。 ❺流：流行的，常见的。调：声调。 ❻宗：主。 ❼华实：这里指风格上的华丽和朴实。用：运用。 ❽安：定。 ❾平子：张衡的字（参看本篇第三段注㉘）。 ❿叔夜：嵇康的字（参看本篇第四段注⑯）。含：包含，即具有的意思。 ⓫茂先：张华的字。他是西晋初年的作家。凝：唐写本作“拟”，译文据“拟”字。“拟”是模仿、学习的意思。 ⓬景阳：张协的字。 ⓭兼善：指上面所说雅、润、清、丽等特点都具备。 ⓮太冲：左思的字。公幹：刘桢的字。 ⓯裁：制，这里指作品的体裁。 ⓰分：本分，这里指作者的个性特点。 ⓱鲜：少。通圆：唐写本作“圆通”，是佛教术语。圆是性体周遍；通为妙用无碍。这里指做诗的全面才能。 ⓲杂言：每句字数多少不固定的杂言诗。 ⓳篇什：指《诗经》。《诗经》中的《雅》和《颂》，每十篇称为“什”。 ⓴离合：指离合诗，这是一种按字的形体结构，用拆字法组成的诗歌。如《古文苑》卷八载汉末孔融《离合作郡姓名字诗》，全诗二十二句，由字形的离合组成“鲁国孔融文举”六个字。 ㉑明：唐写本作“萌”，起源的意思。译文据“萌”字。图谶（chèn）：汉代迷信预言灾异的文字（详见《正纬》篇）。图谶也多用拆字法组成。 ㉒回文：指回文诗，是一种可以颠倒念的诗。如南朝齐代王融《春游》第一句“枝分柳塞北”，也可念作“北塞柳分枝”。 ㉓道原：可能是人名，所指不详。明代梅庆生《文心雕龙音注》以为“原”字是“庆”字之误，“道庆”指南朝宋代的贺道庆。上引王融《春游》，《艺文类聚》（唐代欧阳询等编撰）

以为是贺道庆的诗。贺道庆之前已有回文诗出现，如东晋时苏蕙的《璇玑图诗》等。《文心雕龙》中未讲到过苏蕙及其作品，可能刘勰当时还不知道。㉔共韵：几人合写诗，押共同的韵。㉕诗囿（yòu）：指诗坛。囿：园林。

【原文】

赞曰：民生而志，咏歌所含[①]。兴发皇世[②]，风流《二南》[③]。神理共契[④]，政序相参[⑤]。英华弥缛[⑥]，万代永耽[⑦]。

【译文】

总之，人生来都有情志，诗歌就是表达这种情志的。诗歌产生在上古时期，一直发展到《诗经》就更加成熟。它应该和自然之道一致，并和政治秩序相结合。这样，优秀的诗歌便会越来越繁荣，为后世万代永远喜爱。

注释

❶含：包含。诗歌所包含的也就是它所表达的。❷皇世：太平盛世，指上古时期。皇：美盛。❸风流：流风余韵，这里指诗歌的传统。《二南》：指《诗经》中的《周南》《召南》，这里用以代表全部《诗经》。❹神理：精妙的道理。从《文心雕龙》全书来看，特别从《原道》篇来看，这个道理就是“自然之道”。“自然之道”是万物自然具有的规律，所以其中并无迷信鬼神的味道。契：约券，引申为符合。❺序：秩序。参：掺入，在这里有结合的意思。❻英华：精华。弥：更加。❼耽（dān）：喜爱。

# 七、乐府

## 解题

《乐府》是《文心雕龙》的第七篇。“乐府”本来是西汉封建政府中的一个机构，“府”是官府，“乐府”就是管理音乐的官府。后来渐渐有人把这机构里所保管的歌曲也称为“乐府”，于是这两字就从一个官府的名称变成一种诗歌体裁的名称了。这种体裁的范围渐渐扩大，不仅包含汉代乐府机构里所创制和保管的作品，也包含后代作家学习这些作品而产生的新的诗歌。“乐府”和一般诗歌的区别本来在于它是配合音乐的，但后代所谓乐府诗却也包含不少与音乐无关的作品。刘勰在本篇中所讨论的，主要是合乐的诗歌，但也涉及少数不合乐的作品。

全篇内容分三个部分。第一部分讲乐府的起源和乐府的教育作用。第二部分讲汉、魏、晋时期乐府诗的发展历史。第三部分阐述音乐和诗歌的关系，并说明自己为什么在《明诗》篇之外另写一篇《乐府》的原因。

古代乐府诗不仅起源于民间，且乐府诗的优良传统，也主要体现在乐府民歌中，后来少数文人作家能写出一些较好的乐府诗，正与他们向优秀的乐府民歌学习有关。但刘勰本篇论述的却主要是文人的庙堂乐章，这是其严重局限。不过第一段曾说到老百姓的歌谣可以表达舆论，最后总结时也说过乐府来自民间歌谣；如果再和后面的《谐隐》篇联系起来看，刘勰对民间创作虽然重视不够，但和封建社会其他评论家比起来，他对民歌还是能够有初步的认识的。

【原文】

乐府者，“声依永，律和声”也[1]。钧天九奏[2]，既其上帝；葛天八阕[3]，爰乃皇时[4]。自《咸》《英》以降[5]，亦无得而论矣。至于涂山歌于“候人”[6]，始为南音；有娀谣乎“飞燕”[7]，始为北声；夏甲叹于东阳[8]，东音以发；殷整思于西河[9]，西音以兴。音声推移，亦不一概矣[10]。匹夫庶妇[11]，讴吟土风[12]；诗官采言[13]，乐盲被律[14]，志感丝篁[15]，气变金石[16]。是以师旷觇风于盛衰[17]，季札鉴微于兴废[18]，精之至也。夫乐本心术[19]，故响浃肌髓[20]；先王慎焉[21]，务塞淫滥[22]。敷训胄子[23]，必歌九德[24]；故能情感七始[25]，化动八风[26]。

【译文】

所谓“乐府”，是用宫、商、角、徵（zhǐ）、羽的音调，来引申发挥诗意，又用黄钟、大吕等十二律来和五音配合。不但传说天上常奏《万舞》，而且上古葛天氏的时候也曾有过八首乐歌。此外如黄帝时的《咸池》、帝喾时的《五英》，等等，现在都无从考究了。以后夏禹时涂山女唱“候人兮猗”，是南方乐歌的开始。有娀氏二女唱“燕燕往飞”，是北方乐歌的开始。夏代孔甲在东阳作《破斧》歌，是东方乐歌的开始。商代整甲在西河想念故居而作歌，是西方乐歌的开始。历代音律声调的演变，是很复杂的。一般老百姓唱本地的歌谣，采诗官借以搜集舆论，乐师则给这些歌辞制谱，使人们的情志、气质通过各种乐器表达出来。因此，晋国的乐师师旷能从南方歌声里看出楚国士气的盛衰，吴国的公子季札也能从《诗经》的乐调里看出周王朝与各诸侯国的兴亡，这确是很精妙的。音乐本来是用以表达人的心情的，所以它可以透入到人的灵魂深处。先代帝王对此非常注意，一定要防止一切邪乱和失当的音乐；教育贵族子弟时，一定要选择有关政治功德的乐曲。因此，乐曲中所表达的情感，能感动天、地、人和春秋四时；其教育作用，可以远达四面八方。

## 注释

❶声依永，律和声：这是《尚书·舜典》中的话，原文紧接在《明诗》所引“诗言志，歌永言”之后。声：指宫、商等五种音调。永：即“歌永言”的“永”，是引申发挥的意思。律：乐律，即黄钟、太簇（còu）、姑洗（xiǎn）、蕤（ruí）宾、夷则、无射（yè）、林钟、南吕、应钟、大吕、夹钟、中吕等十二律。 ❷钧天九奏：《史记·赵世家》中说，赵简子（即赵鞅）做梦到了上帝住处，听到“九奏《万舞》”。钧天：天的中央。九奏：多次演奏。《万舞》：乐名。 ❸葛天：传说中的上古帝王。八阕（què）：八首。《吕氏春秋·古乐》中说：“昔葛天氏之乐，三人操牛尾，投足以歌八阕：一曰《载民》，二曰《玄鸟》，三曰《遂草木》，四曰《奋五谷》，五曰《敬天常》，六曰《达帝功》，七曰《依帝德》，八曰《总禽兽之极》。”阕：是乐曲告一段落。也称一首歌为一阕。 ❹爰（yuán）：语首助词。皇时：指上古时期。 ❺《咸》《英》：两种乐名，即《咸池》《五英》。《汉书·礼乐志》中说：“昔黄帝作《咸池》……帝喾（kù）作《五英》。”此外，也有人说《咸池》是唐尧的乐曲，说帝喾的乐曲叫《六英》。 ❻候人：《吕氏春秋·音初》中说，夏禹巡视南方，涂山氏女等候他的过程中，唱了《候人歌》：“候人兮猗（yī）！” ❼飞燕：《音初》篇说，有娀（sōng）氏二女爱抚燕子，燕子北飞不返，二女就唱了“燕燕往飞”这首歌。❽夏甲：夏后氏的孔甲。《音初》篇说，孔甲在东阳认一老百姓的孩子做自己的儿子，不料这孩子的脚为斧所伤，只能做守门者，他因而叹惜作了《破斧》歌。东阳：地名，在今山东省费县西南。 ❾殷整：殷代帝王河亶（dǎn）甲，名整，又叫整甲。《音初》篇说，整甲迁居西河，仍怀念故居，所以作歌。《竹书纪年》说河亶甲元年从嚣（áo）迁都至相。这和《音初》篇中所说可能是一回事。嚣：今河南荥（xíng）阳。相：今河南安阳。 ❿不一概：即不一样。概：状况。 ⓫匹夫：普通的男子。庶妇：一般的妇女。 ⓬讴（ōu）：歌唱。土风：指以《诗经·国风》为代表的地方歌谣。 ⓭诗官：即采诗官。相传周代曾派采诗官在春天或秋天到各地采集歌谣，借以了解民间情况（见《汉书·食货志》）。 ⓮乐盲：指乐师。古代乐师大都由眼睛有毛病的人担任。被律：和

乐律相配合。被：加。律：乐律。 ⑮丝：指琴瑟一类弦乐器。篁（huáng）：竹。这里指箫笛一类管乐器。 ⑯气：作者的气质。变：使乐器的声音随人的思想感情而变，即表达出作者的思想感情。金：指钟。石：指磬（qìng）。 ⑰师旷：春秋时晋国乐师，字子野。《左传·襄公十八年》载，晋国为估计战事的胜败，曾让师旷奏北方和南方的乐曲，结果南方的调子不和谐，因而预言南方的楚军不利。觇（zhān）：看。 ⑱季札：春秋时吴王寿梦之子。《左传·襄公二十九年》说季札到鲁国听奏《诗经》，他从《风》《雅》《颂》各篇的不同乐调中，听出周王朝与各诸侯国的不同命运。 ⑲心术：运用心思的方法。这里指思想感情的表达。 ⑳浃（jiā）：深入透彻的意思 ㉑焉：于是。"是"指音乐。 ㉒塞：堵塞、防止。淫：过分、无节制。滥：不恰当、不切实。 ㉓敷：实施。胄（zhòu）子：卿大夫的子弟。 ㉔九德：即"九功之德"。九功是有关国计民生的九种大事。这里泛指各种政治措施。 ㉕七始：指天、地、人和春、夏、秋、冬。 ㉖化：教化。八风：八方的风俗。

【原 文】

自雅声浸微[1]，溺声腾沸[2]。秦燔《乐经》[3]，汉初绍复[4]。制氏纪其铿锵[5]，叔孙定其容与[6]。于是《武德》兴乎高祖[7]，《四时》广于孝文[8]；虽摹《韶》、《夏》[9]，而颇袭秦旧[10]，中和之响[11]，阒其不还[12]。暨武帝崇礼[13]，始立乐府[14]；总赵、代之音[15]，撮齐、楚之气[16]，延年以曼声协律[17]，朱、马以骚

【译 文】

自从雅正的音乐渐渐衰落以后，淫邪的音乐便渐渐兴起了。秦始皇时烧了《乐经》，西汉初年想恢复古乐。由乐师制氏记下音节，叔孙通定下礼容和法度。汉高祖时做《武德舞》，汉文帝时做《四时舞》，虽说是学习古代的《韶乐》和《大夏》，却也继承了秦代的旧乐，所以，中正和平的乐调便难于再见了。到武帝重视礼乐，建立乐府这个机构，综合北方的音节，采取南方的腔调，还有李延年以美妙的嗓音来配合乐律，朱买臣和司马相如用《楚辞》的体裁来写歌辞。像《安世

体制歌[18]。《桂华》杂曲[19]，丽而不经[20]；《赤雁》群篇[21]，靡而非典[22]。河间荐雅而罕御[23]，故汲黯致讥于《天马》也[24]。至宣帝雅颂[25]，诗效《鹿鸣》[26]。迩及元、成[27]，稍广淫乐。正音乖俗[28]，其难也如此。暨后郊庙[29]，惟杂雅章[30]；辞虽典文，而律非夔、旷[31]。至于魏之三祖[32]，气爽才丽[33]；宰割辞调[34]，音靡节平[35]。观其"北上"众引[36]，"秋风"列篇[37]，或述酣宴[38]，或伤羁戍[39]；志不出于淫荡[40]，辞不离于哀思，虽三调之正声[41]，实《韶》《夏》之郑曲也[42]。逮于晋世[43]，则傅玄晓音[44]，创定雅歌，以咏祖宗；张华新篇[45]，亦充庭《万》[46]。然杜夔调律[47]，音奏舒雅；荀勖改悬[48]，声节哀急；故阮咸讥其离声[49]，后人验其铜尺[50]。和乐精妙，固表里而相资矣[51]。

房中歌·桂华》等乐章，文辞华丽而违反常规；《郊祀歌·赤雁》等作品，语言虽美而不合法度。河间献王刘德曾推荐古乐，但武帝很少采用，所以汲黯对武帝的《天马歌》表示不满。宣帝时所作的乐章，常常模仿《诗经》中的《鹿鸣》。到元帝、成帝时，渐渐推广淫邪的音乐。因为雅正的音乐不能适应一般人的爱好，所以难于发展。后汉的郊庙祭祀，由东平王刘苍写了新的歌辞；辞句虽文雅，但音节上却与古乐不同。到三国时魏的曹操、曹丕、曹睿，他们的气质高朗，才华美妙，用古题乐府写时事，音节也美妙而和平。但读了曹操的《苦寒行》、曹丕的《燕歌行》等作品，觉得里边无论叙述宴饮或哀叹出征，内容都不免过分放纵，句句离不开悲哀的情绪；虽然直接继承汉代乐府诗，可是比之《韶乐》《大夏》等古乐却差得远了。到了晋代，傅玄通晓音乐，写了许多雅正的乐歌，来歌颂晋代的祖先；张华也写了一些新的篇章，作为宫廷的《万舞》。但杜夔所调整的音律，节奏舒缓而雅正；而晋初荀勖所改制的乐器，音节却比较感伤而急促。所以阮咸曾批评他定得不协调，后来有人考查了古代的铜尺，才知道荀勖改得不对。可见和谐的乐曲之所以能达到精妙的地步，是要各方面相配合的。

## 注释

❶浸：渐渐。 ❷溺（nì）：沉迷，流荡不返。 ❸燔（fán）：焚烧。《乐经》：相传是《六经》之一。有人认为根本没有这部书（见邵懿辰《礼经通论》）；也有人认为秦始皇时并未烧掉它（见范文澜《文心雕龙注·乐府》注⑫）。 ❹绍：继承。 ❺制氏：汉初乐师。铿锵（kēngqiāng）：响亮而和谐的乐器声，这里指音节。 ❻叔孙：汉初儒生，姓叔孙，名通。容与：唐写本作“容典”。容：礼容。典，法度。 ❼《武德》：舞名。 ❽《四时》：舞名。《汉书·礼乐志》说：“《武德舞》者，高祖四年作……《四时舞》者，孝文所作。” ❾《韶》《夏》：均乐名。《韶》传为虞舜时的《韶乐》；《夏》传为夏禹时的《大夏》。 ❿袭：继续。 ⓫中和：恰到好处的和谐境地。 ⓬阒（qù）：没有声音。 ⓭暨（jì）：及，到。 ⓮乐府：管理音乐的官署。这个机构其实在汉武帝以前已经存在，不过到武帝才扩大了它，并给它搜集民歌的新任务。 ⓯赵、代：指今河北、山西一带地区。 ⓰撮（cuō）：聚集而取。齐、楚：指今山东、安徽、湖北一带地区。气：这里指音节腔调。 ⓱延年：李延年，善歌，是汉武帝时乐府这个机构的长官，叫作协律都尉。曼：美。 ⓲朱：朱买臣，以精通《楚辞》著称。《汉书·艺文志》说他有赋三篇，所作歌曲今不传。马：司马相如，相传武帝时的《郊祀歌》中有一部分是他的作品。 ⓳《桂华》：汉高祖姬唐山夫人所作《安世房中歌》中的第十首（范文澜注为“第十二章”。据王先谦《汉书补注》，是第十章）。 ⓴不经：不正常的意思。过去有些学者认为《安世房中歌》没有什么不正常，这正可看出刘勰对贵族乐章的不满。 ㉑《赤雁》：是《郊祀歌》中第十八首，即《象载瑜》，因其中有“赤雁集”一句，故称《赤雁》。《郊祀歌》是汉武帝时的祭歌（《郊祀歌》和《安世房中歌》均载《汉书·礼乐志》）。 ㉒靡：美。典：法度。这句也有刘勰贬低贵族乐章的意思。 ㉓河间：指刘德，汉景帝三子，立为河间王，死后加号“献”，所以世称河间献王。《汉书·礼乐志》中说，他曾献古乐给汉武帝。罕：少，不经常。御：用。 ㉔汲黯（àn）：字长儒，西汉初人。《天马》：《天马歌》。《史记·乐书》中说，汉武帝得神马，作《天马歌》，列入《郊祀歌》；汲黯认为这对祖

先、对百姓都没有什么意义。 ㉕雅颂：唐写本作“雅诗”，译文据“雅诗”。㉖诗效：唐写本作“颇效”，译文据“颇效”。《鹿鸣》：《诗经·小雅》中的一篇。《汉书·王褒传》说：“褒作《中和》《乐职》《宣布》诗，选好事者，令依《鹿鸣》之声，习而歌之。” ㉗迩（ěr）：近。元、成：汉宣帝之后的元帝、成帝。 ㉘乖：不合。 ㉙暨后郊庙：“后”字下面唐写本有“汉”字。译文据“后汉”。郊庙：祭祀祖庙，捐祭祖庙用的乐歌。 ㉚杂：唐写本作“新”，译文据“新”字。新：新作品，指东平王刘苍的《武德舞歌》。后汉之乐，开始是沿用前汉旧乐，刘苍的《舞歌》是新作。 ㉛律：音律，和上句的“辞”字分别指乐章的两个方面。夔（kuí）：舜的乐官。旷：即师旷。这里是举此两人泛指古乐。 ㉜三祖：曹操追尊为太祖，曹丕（pī）为高祖，曹叡（ruì）为烈祖，合称“三祖”。 ㉝气：指作者的气质。 ㉞宰割：分裂。辞调：指汉乐府。分裂汉乐府的辞调，是说曹操等人用汉乐府旧调写与古题无关的新内容，即所谓以古题乐府写时事。 ㉟节：指音节。 ㊱北上：指曹操的《苦寒行》，其首句是“北上太行山”。引：乐曲。 ㊲秋风：指曹丕的《燕歌行》，其首句是“秋风萧瑟天气凉”。 ㊳酣（hān）：痛饮。 ㊴羁（jī）戍：指士兵出征守边不归。羁，拘留。戍，驻守边疆。 ㊵淫：过分。荡：放逸。 ㊶三调：指汉乐府中的《平调曲》《清调曲》《瑟调曲》。 ㊷《韶》《夏》之郑曲：意为三曹的作品如果和虞舜、夏禹时的古乐比起来，其地位近于过去的“郑声”。郑曲：郑国的音乐。孔子曾说“郑声淫”（《论语·卫灵公》）。后儒多以为郑声是不正派的音乐。㊸逮（dài）：到，及。 ㊹傅玄：字休奕（yì），魏晋之间的诗人，精音乐，曾作宫廷乐章70多首。 ㊺张华：字茂先，西晋初年诗人，曾作宫廷乐章20多首。 ㊻《万》：即《万舞》（参看本篇第一段注②），这里作为贵族乐章的代表。 ㊼杜夔：字公良，汉末音乐家，为曹操所赏识，让他从事于恢复古乐的工作。 ㊽荀勖（xù）：字公曾，魏末晋初的音乐家。《晋书·律历志》中说，他考证出杜夔所用的尺比古尺长四分多，就改用古尺来调整乐器。改悬：改制乐器。悬：乐器的架，这里就指乐器。 ㊾阮咸：字仲容，魏末“竹林七贤”之一，精音乐。《晋书·律历志》说，阮咸认为荀勖改尺以后所定的乐，音调高而悲，是亡国之音。 ㊿验其铜尺：验证古尺。有几种不同说法：《晋书·律历志》说当时有人在地下发掘出周代古尺，和荀勖考证的正好符合；《世说新语·术解》及注引《晋诸公赞》都说，在荀勖之后又发现的“周玉尺”和“古铜尺”比荀尺略长。从刘勰上句说的“然杜夔调律，音奏舒雅”，即用《晋诸公赞》中“杜夔所造……音律舒雅”来看，他是取荀尺不符古尺的说法。 ㊿表里：是事物的两个方面，这里指乐府的诗句和声律。

【原 文】

故知诗为乐心，声为乐体；乐体在声，瞽师务调其器[①]；乐心在诗，君子宜正其文[②]。“好乐无荒”[③]，晋风所以称远[④]；“伊其相谑”[⑤]，郑国所以云亡[⑥]。故知季札观辞，不直听声而已。若夫艳歌婉娈[⑦]，怨志诀绝[⑧]，淫辞在曲，正响焉生[⑨]！然俗听飞驰，职竞新异[⑩]。雅咏温恭，必欠伸鱼睨[⑪]，奇辞切至，则拊髀雀跃[⑫]。诗声俱郑[⑬]，自此阶矣[⑭]。凡乐辞曰诗，诗声曰歌；声来被辞[⑮]，辞繁难节[⑯]。故陈思称李延年闲于增损古辞[⑰]，多者则宜减之，明贵约

【译 文】

由此可知，诗句是乐府的核心，声律是乐府的形体。乐府的形体既然在于声律，那么乐师必须调整好乐器；乐府的核心既然在于诗句，那么士大夫应该写出好的歌辞来。《唐风》中说：“喜爱娱乐，不要过度。”季札称之为有远见。《郑风》中说：“男男女女互相调笑。”季札认为这是亡国的预兆。由此可见季札听《诗经》的演奏，并不仅仅是注意它的声调。至于后来乐府诗中，写缠绵的恩爱或者是决裂的怨恨；把这些不适当的作品制成谱，怎能产生良好的音乐呢？但是一般流行的，主要倾向于新奇的乐章。雅正的乐府诗是温和严肃的，人们听了都厌烦得打呵欠、瞪眼睛；对奇特的乐府诗就感到十分亲切，人们听了就喜欢得拍着大腿跳起来。诗句和声调都走到邪路上去，从此越来越厉害了。乐府的辞句就是诗，诗句配上声律就变成歌。声律配合辞句时，如果辞句过于繁杂，便难于节制。所以曹植说，左延年善于增减

也[18]。观高祖之咏“大风”[19]，孝武之叹“来迟”[20]；歌童被声，莫敢不协[21]。子建、士衡[22]，咸有佳篇，并无诏伶人[23]，故事谢丝管[24]。俗称乖调[25]，盖未思也[26]。至于斩伎《鼓吹》[27]，汉世《铙》《挽》[28]，虽戎丧殊事[29]，而并总入乐府。缪袭所致[30]，亦有可算焉[31]。昔子政品文[32]，诗与歌别[33]；故略具乐篇[34]，以标区界。

原作，太多了便删去一些。这说明歌辞应该注意精炼。试看汉高祖的《大风歌》，以及汉武帝的《李夫人歌》，辞句并不多，而歌唱者很容易配合音节。后来曹植、陆机等人，都写过较好的诗，但并没有令乐师制谱，所以不能演奏。一般人认为他们的诗不合声律，其实这是没有经过仔细考虑的挑剔。此外，还有传说黄帝令岐伯制《鼓吹曲》，到汉代又出现《铙歌》和《挽歌》等等；虽然内容有军事和丧事的区别，但都算是乐府的一种。还有缪袭的作品，也值得我们注意。从前刘向整理文章，把“诗”和“歌”分开，所以我现在另写这篇《乐府》，以表示其间的区别。

## 注释

❶瞽（gǔ）师：乐师。瞽：瞎。（参看本篇第一段注⑭） ❷君子：理想的人，这里指封建士大夫。 ❸好乐无荒：这是《诗经·唐风·蟋蟀》中的一句。荒：废乱。 ❹晋风：即《唐风》。“唐”是古唐国，在山西晋阳（今山西太原），周成王时改为晋国。称远：《左传·襄公二十九年》载，吴公子季札到鲁国观乐，听到演奏《唐风》时说：“思深哉！其有陶唐氏之遗民乎？不然，何忧之远也。” ❺伊其相谑（xuè）：这是《诗经·郑风·溱（zhēn）洧（wěi）》中的一句。伊：乃。谑：调笑，嘲笑。 ❻郑国云亡：《左传·襄公二十九年》载，季札到鲁国观乐，听到演奏《郑风》时说，郑国“其先亡乎”。云：语辞。 ❼婉娈（luán）：亲爱的样子。 ❽泆（yì）：唐写本作“诀”。译文据“诀”字。诀：割断联系。 ❾焉：疑问词，有“何”的意思。 ❿职：主。 ⓫欠伸：打呵欠，伸懒腰。鱼睨（nì）：像鱼眼那么死瞪着看。睨：斜看。 ⓬髀

(bì)：股。⑬郑：即郑声，指不好的音乐。⑭阶：指事物逐步形成的过程。⑮声来被辞：即根据辞来谱上声。⑯节：止，引申为管辖、控制的意思。⑰陈思：曹植。他封陈王，死后加号“思”，所以称他陈思王。李：唐写本作“左”。李延年是汉武帝时的乐师，左延年是建安时的乐师，这里应为左延年。闲：熟习。曹植的话出处未见，可能今已失传。⑱约：文辞简洁。⑲高祖：汉高祖刘邦。大风：刘邦所作《大风歌》的首二字。《大风歌》全诗只有3句，23字（见《史记·高祖本纪》）。⑳孝武：汉武帝刘彻。来迟：刘彻所作《李夫人歌》的最后二字。《李夫人歌》共3句，15字（见《汉书·外戚传》）。㉑协：指声律的协调。㉒子建：曹植的字。士衡：陆机的字。㉓诏：命令。伶（líng）人：奏乐演戏的人，这里指制乐谱的人。㉔谢：离开。丝管：指乐器。㉕调：声调，这里指乐律。㉖盖：因为。㉗斩：当作“轩”，即轩辕，是黄帝的名号。伎：应为“岐（qí）”，即岐伯，传为黄帝时主管医药的臣。《鼓吹》：即《鼓吹曲》，古代军乐。《宋书·乐志》中说，《鼓吹曲》为岐伯所作。㉘《铙》：即《铙歌》，是汉代的《鼓吹曲》，今存十八曲（见丁福保《全汉诗》卷一）。《挽》：即《挽歌》，指《薤（xiè）露》和《蒿（hāo）里》两首（见《全汉诗》卷四）。㉙戎：军事。㉚缪（miào）袭：三国魏作家，曾作《魏鼓吹曲》十二首及《挽歌》一首（见《全三国诗》卷三）。致：达到。㉛可算：值得称数。㉜子政：西汉后期学者刘向的字。品：品味、评量，这里引申为研究、整理的意思。㉝诗与歌别：在刘向、刘歆（xīn）的《七略》和班固的《汉书·艺文志》里，诗属《六艺略》，歌属《诗赋略》。㉞具：唐写本作“序”，译文据“序”字。序：叙述。

**【原　文】**

赞曰：八音摛文①，树辞为体②。讴吟坰野③，金石云陛④。韶响难追⑤，郑

**【译　文】**

总之，各种乐器产生种种动听的音乐，而好的歌词却是其中的主干。首先在乡村里产生了歌谣，宫廷中谱制成种种乐章。卓越的古乐很难继承，不正当的音乐却容

声易启[⑥]。岂惟观乐？于焉识礼[⑦]。

易开展。从这里不仅看到了音乐的演变，更可看出礼法的盛衰。

## 注释

❶八音：指金（如钟）、石（如磬）、土（如埙）、革（如鼓）、丝（如琴）、木（如柷）、匏（如笙）、竹（如篪）八种乐器。埙（xūn）是土制的，有六孔。柷（zhù）是木制的，方形，有柄。匏（páo）是葫芦的一种。笙以匏为座。篪（chí）形如笛，有八孔。摛（chī 吃）：发布。文：文采，这里指音乐的悦耳动听。 ❷体：主体。 ❸坰（jiōng）：郊野。 ❹金、石：八音中的两种，这里泛指音乐。陛（bì）：宫殿的高阶。 ❺韶：用舜乐来代表古代优良的音乐。❻郑：用郑声来代表不好的音乐。 ❼焉：此，这里指音乐。

# 八、诠赋

## 解题

《诠（quán）赋》是《文心雕龙》的第八篇。在汉魏六朝时期，“赋”是文学创作的主要形式之一，所以刘勰把《诠赋》列为文体论的第四篇来论述。

“诠”是解释，“诠赋”是对赋这种文体有关创作情况的阐释论述。全篇分四个部分。第一部分讲“赋”的含义及其起源。这是过去评论家争论颇多的一个问题。刘勰着重说明赋和《诗经》《楚辞》之间的密切关系。第二部分主要讲汉赋的创作情况，说明大赋和小赋的不同特点。第三部分评论先秦、两汉和魏晋时期十八家有代表性的作家作品。第四部分总结赋的创作原则。

刘勰在本篇提出了“睹物兴情”“情以物观”的基本创作原理，主张雅正的内容和华丽的文辞相配合，而反对没有教育意义的作品。这些意见有一定的普遍意义。汉赋的形式主义倾向是明显的。刘勰虽然批判了“无贵风轨，莫益劝戒”的不良倾向，但在他所论及的代表作品中，许多肯定是不当的。刘勰把赋分为大赋、小赋两类，并初步总结了它们的不同特点；这种划分一直沿用到现在。但刘勰对大赋的缺点和小赋的优点，都还认识不够。

## 【原文】

《诗》有六义[1]，其二曰“赋”[2]。“赋”者，铺也，

## 【译文】

在《诗经》的“六义”中，第二项就是“赋”。所谓“赋”，是铺陈的意思；

铺采摛文[3]，体物写志也。昔邵公称[4]："公卿献诗[5]，师箴赋[6]。"《传》云[7]："登高能赋，可为大夫。"[8]《诗序》则同义[9]，"传"说则异体[10]；总其归涂[11]，实相枝干[12]。刘向云[13]"明不歌而颂"[14]，班固称[15]"古诗之流也"[16]。至如郑庄之赋"大隧"[17]，士蔿之赋"狐裘"[18]；结言摅韵[19]，词自己作[20]，虽合赋体[21]，明而未融[22]。及灵均唱《骚》[23]，始广声貌[24]。然"赋"也者，受命于诗人[25]，拓宇于《楚辞》也[26]。于是荀况《礼》《智》[27]，宋玉《风》《钓》[28]；爰锡名号[29]，与"诗"画境；六义附庸[30]，蔚成大国[31]。遂客主以首引[32]，极声貌以穷文[33]。斯盖别"诗"之原始，命"赋"之厥初也[34]。

铺陈文采，为的是描绘事物，抒写情志。从前周代召公说过："各级官吏们献诗，主管教化的人进箴，眼睛有毛病的人诵诗。"《毛传》说："登到高处能赋诗的人可以做大夫。"由此可见，《诗序》把赋和比、兴同列为《诗经》的表现手法，而其他书籍则把它和诗分开成为不同的类型。不过总起来看，相互间的关系是很密切的。刘向说"赋不能歌唱，只能朗诵"，班固说"赋是《诗经》的一个支派"。像郑庄公赋"大隧之中"，晋国士蔿赋"狐裘龙茸"，篇幅很短，却都是自己作的；这种作品虽然接近后代所说的"赋"，可是还没有成熟。后来屈原创作《离骚》，才开始发展了赋的样式。所以，赋是起源于《诗经》，而发展于《楚辞》。接着就有荀况的《礼》《智》等篇，以及宋玉的《风》《钓》等赋，才正式给这种作品以"赋"的名称，它就和诗分家了。"赋"本来是"六义"的一部分，现在却居然壮大而独立起来。于是，作者常常从两人对话引起，极力描写事物的声音状貌而追求文采。这是赋和诗分家而独自命名的开始。

## 注释

❶六义：风、雅、颂和赋、比、兴（见《毛诗序》）。 ❷其二：《毛诗序》

中六义的排列次序是风、赋、比、兴、雅、颂，赋是第二。 ❸摛（chī）：发布。 ❹邵公：即召公，姓姬名奭（shì），周初封于召（今陕西岐山县西南），故称召公。他的话见于《国语·周语上》。 ❺公卿献诗：《周语》原文是“公卿至于列士献诗”。公卿：指王朝高级官吏。列士：指一般官吏。 ❻师箴（zhēn）赋：一作“师箴瞍（sǒu）赋”。据《国语·周语上》原文，是“师箴瞍赋”。译文据“瞍赋”。师：少师，是主管教化的官。箴：对人进行教训的话或作品。瞍：眼睛没有眼珠的人，不能做别的事，专管朗诵。 ❼《传》：指《毛诗故训传》，简称《毛传》。“传”是对经义的阐明。 ❽“登高能赋”二句：此话见于《诗经·鄘（yōng）风·定之方中》的《毛传》。原文除讲到“升高能赋”外，还讲到要能作铭、誓、诔（lěi）等作品，才“可以为大夫”。 ❾同义：同为六义之一的意思。 ❿传：这里指《国语》和《毛传》。异体：指不同于《诗经》而为另一文体。 ⓫归涂：指总的道路。 ⓬枝干：这里是以树枝和树干的关系来比喻赋和别的文体的关系。 ⓭刘向：字子政，西汉末年的学者。 ⓮颂：即诵。这话出于刘向《七略》（今佚），《汉书·艺文志》中曾引用此话。 ⓯班固：字孟坚，汉代史学家、文学家。 ⓰古诗之流也：这话见于班固《两都赋序》。古诗：即《诗经》。流：支流。 ⓱郑庄：春秋时郑国庄公。大隧（suì）：《左传·隐公元年》载，庄公与其母不和时，曾说不到黄泉，再不见面。后来后悔此话，便掘地道和他母亲见面。庄公见到他母亲时，曾赋这样两句：“大隧之中，其乐也融融。”隧：地道。 ⓲士蒍（wěi）：春秋时晋国大夫。狐裘：《左传·僖公五年》载，晋国政令不统一，士蒍感叹而作：“狐裘尨茸（mángróng），一国三公，吾谁适（dí）从！”尨茸：杂乱的样子。 ⓳短（duǎn）：即短。 ⓴词自己作：当时赋诗，常常是朗诵别人的作品，借别人的话来表达自己的意思，所以这里要强调来自己作。 ㉑合：符合。实际上只是接近，主要指这些作品都是自己作的可朗诵的作品，和后来的赋还有一定距离。 ㉒明而未融：是说日初有光，尚未普照，借以比喻赋的发展尚未成熟。融：朗，大明。 ㉓灵均：屈原的字。 ㉔声貌：声音形貌。引申指事物的外表，这里指赋的样式。 ㉕诗人：指《诗经》的作者。 ㉖拓：扩充。 ㉗荀况：战国时赵国思想家，又称荀卿，著有《荀子》，其中《赋篇》分《礼》《知》《云》《蚕》

《箴》五个部分。 ㉘《风》《钓》：《文选》卷一三、一九载宋玉的《风赋》等四篇，《古文苑》卷二载宋玉的《钓赋》等6篇。近代学者认为其中大部分是后人伪托的。 ㉙爰（yuán）：于是。锡：赐予。 ㉚六艺：这里用以代指《诗经》。附庸：封建诸侯的附属国，这里比喻“赋”原来的地位。 ㉛蔚（wèi）：繁盛，这里指赋体的兴盛。 ㉜客主：指汉赋中常用主客两人对话的格式。 ㉝极：极力描写。声貌：指一切事物的声色状貌。穷：追究到底。 ㉞命：命名。厥（jué）初：其初，这里是起源的意思。

【原 文】

秦世不文，颇有《杂赋》①。汉初词人，顺流而作②。陆贾扣其端③，贾谊振其绪④，枚、马同其风⑤，王、扬骋其势⑥。皋、朔已下⑦，品物毕图⑧。繁积于宣时⑨，校阅于成世⑩，进御之赋千有余首⑪。讨其源流，信兴楚而盛汉矣⑫。夫京殿苑猎⑬，述行序志⑭，并体国经野⑮，义尚光大。既履端于倡序⑯，亦归余于总乱⑰。序以建言，首引情本⑱；乱以理篇，迭致文契⑲。按《那》之卒章⑳，闵马称“乱”㉑；故知殷人辑《颂》，

【译 文】

秦代文学不发达，但也有一些《杂赋》。汉代初年，不少作家继前代而起。陆贾开了端，贾谊予以发展，枚乘和司马相如继承这个风气，王褒和扬雄扩大这个趋势。枚皋、东方朔以后，作者便把一切事物都写在赋里。汉宣帝时作品便已很多，成帝时曾加以整理，献到宫廷里来的赋有一千多首。探讨赋的起源和演变，可以看出它的确是兴起于楚国而繁盛于汉代。有些赋描绘京城和宫殿，叙述苑囿和狩猎，或者记载远行，抒写自己的抱负和家世。这些都是关系到国家的大事，意义是比较广大的。这种赋，篇首常常有序言，末尾还有“乱辞”做结束。设置序言，用以首先说出全篇的主要意义；“乱辞”总结全篇，可以进一步发挥文章的气势。从前《诗经》中《那》诗的末章，闵马父称之为“乱”；

楚人理赋。斯并鸿裁之寰域[22]，雅文之枢辖也[23]。至于草区禽族[24]，庶品杂类[25]，则触兴致情[26]，因变取会[27]。拟诸形容，则言务纤密[28]；象其物宜[29]，则理贵侧附[30]。斯又小制之区畛[31]，奇巧之机要也[32]。

可见殷人编集《商颂》和楚人写作辞赋，都有这个名称。这些都属于大赋的领域，是写得典雅的主要特点。此外，还有些赋描写草木禽兽以及各种事物，它们触动作者的兴致而引起创作的情感，在事物的变化中情和物相结合。要形容各种事物，语言便应细致周密；要刻画它们，从旁说明较为合适。这些都属于小赋的范围，是写得奇巧的主要特点。

## 注释

❶《杂赋》：据《汉书·艺文志》，秦代有《杂赋》9篇。 ❷作：兴起。 ❸陆贾：秦汉之间的作家。据《汉书·艺文志》，他有赋3篇，今不存。扣：打开。 ❹贾谊：西汉初年的作家。《汉书·艺文志》说他有赋7篇，今存《鹏（fú）鸟赋》等4篇，见《全汉文》卷一五、一六。振：发扬。绪：端绪。 ❺枚：枚乘。马：司马相如，都是西汉中年的作家。《汉书·艺文志》说枚乘有赋9篇，今存《梁王菟（tù）园赋》和《柳赋》（有人疑为伪作），见《全汉文》卷二〇。司马相如有赋29篇，今存《子虚赋》等6篇，见《全汉文》卷二一、二二。 ❻王：王褒；扬：扬雄。都是西汉末年的作家。《汉书·艺文志》说王褒有赋16篇，今存《洞箫赋》，载《文选》卷一七。扬雄有赋12篇，今存《甘泉赋》等8篇，见《全汉文》卷五一、五二。 ❼皋（gāo）：枚皋；朔：东方朔。都是西汉中年的作家。《汉书·艺文志》说枚皋有赋120篇，今不存；东方朔的赋今不存。 ❽毕：完全。图：描绘。 ❾宣：汉宣帝。 ❿成：汉成帝。 ⓫进御：献于皇帝。千有余首：班固《两都赋序》："故孝成之世，论而录之，盖奏御者千有余篇。" ⓬信：的确。 ⓭京殿：描写京城和宫殿的赋，如班固的《两都赋》、王延寿的《鲁灵光殿赋》等。苑猎：描写苑囿和狩猎的赋，如司马相如的《上林赋》、扬雄的《羽猎赋》等。 ⓮述行：写远行的赋，

如班彪的《北征赋》、班昭的《东征赋》等。序志：抒写自己志向的赋，如班固的《幽通赋》、张衡的《思玄赋》等，这类作品常常带有自传的性质。⑮体国经野：这是《周礼·天官冢宰》中的话，意思是说进行全国范围的重要规划。体：划分。国：城中。经：丈量。野：郊外。⑯履端：开始写作。履：践，实行。⑰总乱：全篇的结语。乱：乐曲的最后一章。⑱情本：指内容的主要部分。⑲迭致文契：唐写本作“写送文势”，译文据这四字。写送：使之充足的意思。⑳《那》：《诗经·商颂》中的一篇。㉑闵（mǐn）马：即闵马父，又称闵子马，春秋时鲁国大夫。他的话见于《国语·鲁语下》。㉒鸿裁：指大赋。大赋是篇幅比较长，内容比较广泛的赋。裁：体制。寰（huán）域：领域，范围。㉓枢辖（xiá）：关键，也就是要点。㉔区、族：都是类的意思。㉕庶品：指各种各样的东西。庶：众。㉖兴：兴致。致：引起。㉗会：合，指情与物的会合。㉘纤（xiān）：细小。㉙象：和上文“形容”的意义相近。物宜：物理的意思。㉚侧附：指不直接描写，而从侧面说明。㉛小制：指小赋。小赋是篇幅比较短，内容比较狭窄的赋。区畛（zhěn）：即上面所说“寰域”的意思。畛：分界。㉜机要：和上文“枢辖”意义相近，也指主要之处。

【原 文】

观夫荀结隐语①，事数自环②；宋发巧谈③，实始淫丽；枚乘《兔园》，举要以会新④；相如《上林》，繁类以成艳；贾谊《鹏鸟》，致辨于情理；子渊《洞箫》⑤，穷变于声貌⑥；孟坚《两都》⑦，明绚以雅赡⑧；张衡《二京》⑨，迅发以宏富⑩；子

【译 文】

试看荀卿的《赋篇》，大都用谜语的方式，叙述事物常常自问自答；宋玉的赋发出巧妙的言谈，确是过分华丽的开始；枚乘的《梁王菟园赋》，描写扼要而又结合新意；司马相如的《上林赋》，内容繁多，文辞艳丽；贾谊的《鹏鸟赋》，善于阐明情理；王褒的《洞箫赋》，能把箫的状貌和声音都形容尽致；班固的《两都赋》，写得辞句明畅绚烂而内容雅正充实；张衡的《二京赋》，笔力刚健而

云《甘泉》[11]，构深玮之风[12]；延寿《灵光》[13]，含飞动之势：凡此十家，并辞赋之英杰也。及仲宣靡密[14]，发端必遒[15]；伟长博通[16]，时逢壮采；太冲、安仁，[17]，策勋于鸿规[18]；士衡、子安[19]，底绩于流制[20]；景纯绮巧[21]，缛理有余[22]；彦伯梗概[23]，情韵不匮[24]：亦魏晋之赋首也[25]。

含义丰富；扬雄的《甘泉赋》，包含深刻而美好的教训；王延寿的《鲁灵光殿赋》，具有飞扬生动的气势。以上十家都是辞赋中的杰出作家。此外，如王粲细密，他的赋发端有力；徐幹博学，他的赋中富丽的文采处处可见；左思和潘岳在大赋上都有成就；陆机和成公绥的赋另有其不同的成就；郭璞写的赋，华丽巧妙，道理丰富；袁宏写的赋，慷慨激昂，韵味无穷。这几家是魏晋时期辞赋家的代表。

## 注释

❶荀：即荀况。结：联系的意思。隐语：谜语，古称讔（yǐn）语。《荀子·赋篇》五部分都类似谜语。 ❷自环：自相问答。《赋篇》各部分都是先作问语，后作答语。 ❸宋：宋玉。他的赋今存《风赋》等篇，里边常常记他和楚王的谈话。 ❹会：合。 ❺子渊：王褒的字。 ❻声貌：指箫的声与貌。 ❼孟坚：班固的字。《两都》：《东都赋》和《西部赋》的合称，载《文选》卷一。 ❽绚（xuàn）：灿烂，是就辞句说。赡：富足，是就内容说。 ❾张衡：东汉中年的作家和自然科学家。《二京》：《西京赋》和《东京赋》的合称，载《文选》卷二、三。 ❿迅发：唐写本作“迅拔”，译文据“拔”字。“迅拔”是刚健有力的意思。 ⓫子云：扬雄的字。《甘泉》：《甘泉赋》，载《文选》卷七。 ⓬玮（wěi）：美好。风：指作品的教育作用。 ⓭延寿：王延寿，东汉中年作家。《灵光》：《鲁灵光殿赋》，载《文选》卷一一。 ⓮仲宣：王粲的字。王粲是汉末“建安七子”之一，他的赋今存《登楼赋》等10多篇，见《全后汉文》卷九〇。 ⓯遒（qiú）：强劲有力。 ⓰伟长：徐幹的字。他也是“建安七子”之一，所作赋今存《齐都赋》等数篇，大都残缺不全，见《全后汉文》卷

九三。 ⑰太冲：左思的字；安仁：潘岳的字。都是西晋作家。 ⑱策勋：立功，指在赋的创作上作出成绩。鸿规：与上文“鸿裁”意义相近，都指大赋。左思的《三都赋》，潘岳的《西征赋》《藉田赋》等都是大赋（均见《文选》）。 ⑲士衡：陆机的字；子安：成公绥（suí）的字。都是西晋作家。 ⑳底绩：和上文“策勋”的意义相近。流制：文学艺术的不同部门，指陆机的《文赋》和成公绥的《啸赋》之类（均见《文选》）。 ㉑景纯：郭璞的字，他是东西晋之间的作家，今存《江赋》等篇，见《全晋文》卷一二〇。绮（qǐ）：有花纹的丝织品，引申为华丽的意思。 ㉒缛（rù）：繁盛，指“理”的繁盛。“缛理”和上句“绮巧”对举，所以“缛理”是讲内容方面。 ㉓彦伯：袁宏的字，他是东晋中年作家，所作赋有《东征赋》等，今不全，见《全晋文》卷五七。梗概：即慷慨。本书《时序》篇说“故梗概而多气也”，与此意同。 ㉔情韵：情调韵味。匮（kuì）：缺乏。 ㉕首：指最优秀的。

【原 文】

原夫登高之旨，盖睹物兴情①。情以物兴，故义必明雅②；物以情观，故词必巧丽。丽词雅义，符采相胜③；如组织之品朱紫④，画绘之著玄黄⑤；文虽新而有质⑥，色虽糅而有本⑦：此立赋之大体也⑧。然逐末之俦⑨，蔑弃其本⑩；虽读千赋⑪，愈惑体要⑫。遂使繁华损枝，膏腴害

【译 文】

原来所谓“登高能赋”的意思，就是因为看到外界事物就引起内心的情感。情感既由外界事物引起，那么作品内容应该明显雅正；事物既然通过作者情感来体现，那么文辞应该巧妙华丽。华丽的文辞和雅正的内容相结合，就像美玉的花纹一样配合得恰当；好比丝、麻织品要讲究红色或赤色，绘画要加上黑色或黄色似的，文采固然要求新颖，但必须有充实的内容；色调虽应丰富多彩，但必须有一定的底色。这就是写赋的基本要点。不过，有些只注意微末小节的人，不重视根本，他们即使学习了一千篇赋，反更迷惑而抓不住主要的东西。结果就像太多的花朵

骨[13]；无贵风轨[14]，莫益劝戒。此扬子所以追悔于雕虫[15]，贻诮于雾縠者也[16]。

妨碍了枝干，过于肥胖损害了骨骼一样，写出赋来，既没有教育作用，对于劝诫也毫无益处。所以扬雄后悔写这种雕虫小技的作品，因为这和织薄纱一样，不免要惹人责怪的。

## 注释

❶兴：引起。 ❷义：作品里边所表达的意义，也就是作品的内容。 ❸符采：玉的横纹。相胜：相称。 ❹组织：指用丝或麻织成的东西。品：品味，评量。 ❺著：附加。玄：黑赤色。 ❻质：指纺织所用的丝麻或绘画所用的纸帛，借以喻指赋的内容。 ❼糅（róu）：错综复杂。本：和上句“质”字义同。❽体：主体。 ❾逐：追求。俦（chóu）：伴侣，同辈。 ❿蔑弃：轻视，丢掉。⓫读千赋：《西京杂记》卷二载扬雄的话：“读千首赋，乃能为之。” ⓬体：体现。 ⓭膏腴（yú）：肥肉。这里比喻过分臃肿的文辞采饰。 ⓮风：指教育意义。轨：法则。 ⓯扬子：即扬雄。雕虫：雕刻鸟虫书，比喻小技。鸟虫书是古代篆字的一种，有鸟虫形的笔画，故称鸟虫书。扬雄在《法言·吾子》中说：“或问：吾子少而好赋？曰：然，童子雕虫篆刻。俄而曰：壮夫不为也。” ⓰贻（yí）：遗留。诮（qiào）：讥讽，责怪。雾縠（hú）：薄纱。扬雄在《法言·吾子》里还说，写没有意义的赋，就像女工织薄纱一样，只浪费工夫，而没有实际用处。

【原 文】

赞曰：赋自《诗》出，分歧异派[1]。写物图貌，蔚似雕画[2]。枏滞必扬[3]，言庸无隘[4]。

【译 文】

总之，赋是由《诗经》演变出来的，后来又分成大赋和小赋。它描绘事物的形貌，美得好比雕刻绘画似的；它能够把不明白的描写清楚，写平凡的事物也不使人感到太鄙陋。有教

| | |
|---|---|
| 风归丽则⑤，辞剪美稗⑥。 | 化作用的赋，必须写得华丽而有法度，并剪裁去那些华而不实的文辞。 |

## 注释

❶异派：指本篇第二段所论大赋、小赋。 ❷蔚：丰盛，这里指文采的丰盛。❸析（xī）：即析。这里指细致的描写。滞：凝滞不通畅。扬：使之通畅明白。❹庸：平凡。隘（ài）：仄陋。 ❺风：教化。即本篇第四段所讲赋的“风轨”“劝戒”作用。丽则：扬雄在《法言·吾子》中提出，赋有两种：一是“诗人”（《诗经》的作者，也包括能继承《诗经》优良传统的作者）写的赋，它们是“丽以则”的，就是文辞华丽，但合于法则的；一种是“辞人”（辞赋的作者，泛指那些违背了《诗经》的传统而走上不正确的创作道路的作者）写的赋，它们是“丽以淫”的，就是过分华丽而不合于法则的。 ❻美稗（bài）：指那种浮华而不必要的甚或有害的辞句。稗：似黍而味稍苦的植物，俗称稗子。

# 九、颂赞

## 解题

《颂赞》是《文心雕龙》的第九篇。“颂”“赞”是两种文体。本篇以后，常用两种相近的文体合在一篇论述。“颂”和“诵”区别不大，本篇中的“诵”字，唐写本《文心雕龙》便作“颂”。“颂”和赋也很相似，汉代常以赋颂连用。

本篇共四个部分。第一部分讲“颂”的含义、起源及其发展变化情况。第二部分讲“颂”的写作基本特点。第三部分讲“赞”的含义、起源及其发展变化情况。第四部分讲“赞”的写作基本特点。

颂和赞都是歌功颂德的作品，刘勰在本篇中所肯定的一些颂、赞，大都是没有什么价值的。对这两种文体的论述，刘勰过分拘守其本意，因而对待汉魏以后发展演变了的作品，就流露出较为保守的观点。但对这两种区别甚微的文体和汉人已混用不分的赋颂，本篇作了较为明确的界说；对颂的写作，反对过分华丽，主张从大处着眼来确立内容，具体的细节描写则应根据内容而定，这些意见，尚有可取之处。

【原文】

“四始”之至[①]，颂居其极。颂者，容也[②]，所以美盛德而述形容也。昔帝喾之世[③]，咸墨为颂[④]，以歌《九韶》[⑤]。自

【译文】

风、小雅、大雅、颂，是诗理的极致，颂是这“四始”的最后一项。“颂”的意思就是形容状貌，就是通过形容状貌来赞美盛德。从前帝喾的时候，咸黑曾作颂扬功德的《九招》等。从《诗经·商颂》以后，“颂”

《商》已下[6]，文理允备[7]。夫化偃一国谓之风[8]，风正四方谓之雅[9]，容告神明谓之颂[10]。风雅序人[11]，事兼变正[12]；颂主告神，义必纯美[13]。鲁国以公旦次编[14]，商人以前王追录[15]，斯乃宗庙之正歌[16]，非宴飨之常咏也[17]。《时迈》一篇[18]，周公所制[19]；哲人之颂[20]，规式存焉[21]。夫民各有心，勿壅惟口[22]。晋舆之称"原田"[23]，鲁民之刺"裘韠"[24]，直言不咏，短辞以讽，邱明、子高[25]，并谍为诵[26]。斯则野诵之变体，浸被乎人事矣[27]。及三闾《橘颂》[28]，情采芬芳，比类寓意，又覃及细物矣[29]。至于秦政刻文[30]，爰颂其德[31]；汉之惠、景[32]，亦有述容[33]：沿世并作，相继于时矣。若夫子云之表充国[34]，孟坚之序戴侯[35]，武仲之美显宗[36]，史岑之述熹后[37]，或

的写作方法就完备了。教化影响到一个诸侯国的作品叫作"风"，能影响到全国风俗的作品叫作"雅"，通过形容状貌来禀告神明的作品叫作"颂"。"风"和"雅"是写人事，所以有"正风""正雅"和"变风""变雅"；"颂"是用来禀告神明的，所以内容必须纯正美善。鲁国因颂扬周公之功而编成《鲁颂》，宋国因祭祀祖先而辑录《商颂》。这都是用于宗庙的雅正乐歌，不是一般宴会场上的歌咏。《周颂》中的《时迈》一篇，是周公亲自写作的；这篇贤人写成的颂，为颂的写作留下了典范。每个老百姓都有自己的思想，表达其思想的口是堵塞不住的。春秋时晋国民众用"原田每每"来赞美晋军；鲁国人用"麛裘而韠"来讽刺孔子，这都是直接说出，不用歌咏，以简短的话来进行讽刺。左丘明和孔顺，都把这种话当做"诵"来记载。这是有了变化的不正规的颂；颂本来是用以告神的，这种变化已渐渐用于人事了。到了屈原的《橘颂》，内容和文采都很美好，它用相似的东西来寄托情意，又把"颂"的内容推广到细小的事物了。至秦始皇时的石刻，乃是称颂秦始皇的功德。即使汉代的惠帝和景帝时期，也有描述形容的颂产生。所以，颂的写作是一代一代地相继不断了。如扬雄表彰赵充国的《赵充国颂》，班固歌颂窦融的《安丰戴侯颂》，傅毅赞美汉明帝的《显宗颂》，史岑

拟《清庙》[38]，或范《駉》《那》[39]，虽浅深不同[40]，详略各异，其褒德显容，典章一也[41]。至于班、傅之《北征》《西巡》[42]，变为序引[43]，岂不褒过而谬体哉[44]！马融之《广成》《上林》[45]，雅而似赋[46]，何弄文而失质乎[47]！又崔瑗《文学》[48]，蔡邕《樊渠》[49]，并致美于序，而简约乎篇[50]。挚虞品藻[51]，颇为精核[52]，至云“杂以风雅”[53]，而不变旨趣[54]，徒张虚论，有似黄白之伪说矣[55]。及魏、晋辨颂[56]，鲜有出辙[57]。陈思所缀[58]，以《皇子》为标[59]；陆机积篇[60]，惟《功臣》最显[61]：其褒贬杂居，固末代之讹体也[62]。

称述邓后的《和熹邓后颂》，有的学习《周颂》，有的模仿《鲁颂》或《商颂》。这些作品虽然深浅不同，详略各异，但它们赞美功德、显扬形容，其基本法则是一致的。至于班固所写《车骑将军窦北征颂》，傅毅所写《西征颂》，就把颂写成长篇的散文，岂不是因过分的褒奖而违反了“颂”的正常体制！马融的《广成颂》和《上林颂》，有“雅”的用意却写得很像赋，为什么如此玩弄文词而远离“颂”的特点呢！还有崔瑗的《南阳文学颂》，蔡邕的《京兆樊惠渠颂》，都是把序文写得很好，而精简了“颂”本身的篇幅。挚虞在《文章流别论》中对颂的评论，基本上是精确的，但其中说在颂的作品中“杂有一些风、雅的内容”，而不弄清其根本意义，这不过是徒然声张一些不合实际的议论，和古代对于铸剑可黄铜白锡相杂的谬论差不多。到了魏晋时期的杂颂，一般没有超越正常的写作规则。曹植的作品，以《皇太子生颂》为代表；陆机的作品，只有《汉高祖功臣颂》较突出。不过，他们的作品中褒扬和贬抑混杂在一起，那是魏晋时期颂体已有所变化的作品了。

## 注释

❶四始：风、小雅、大雅、颂。之至：《毛诗序》说“四始”是“诗之至也”。孔颖达疏：“诗之至者，诗理至极，尽于此也。” ❷容：即下句说的“形

容”，形容状貌。❸帝喾（kù）：传说中的上古帝王。❹咸墨：唐写本作“咸黑”。据《吕氏春秋·古乐》，帝喾曾命咸黑作歌。❺《九韶》：唐写本作《九招》，乐名。《吕氏春秋·古乐》中说《九招》是帝喾时的乐歌；《史记·五帝纪》中说是夏禹时的乐歌。❻《商》：《太平御览》卷五八八引作《商颂》，指《诗经》中的《商颂》。❼文理：指写“颂”的理。允：的确。❽化：教化。偃（yǎn）：倒下，引申为受到影响。❾风正四方谓之雅：这句本于《毛诗序》中所说“形四方之风谓之雅”。风正四方：意为“正四方之风”。风：指风俗。四方：天下。❿容告神明谓之颂：这句也是《毛诗序》中所说“颂者，美盛德之形容，以其成功告于神明者也”的简化。容告神明：唐写本作“雅容告神”，近人多从其说，那是将上句“风正四方”的“风”字误解为“风、雅、颂”的“风”所致。⓫序人：写人事。序：叙。⓬变正：指《诗经》有“正风”“正雅”和“变风”“变雅”。据郑玄《诗谱序》，自周懿（yì）王至陈灵公时期的作品为变风、变雅，周懿王以前的作品为正风、正雅。变风、变雅大部分是反映周政衰乱的作品。⓭纯：纯正（《颂》无正、变之分）。⓮以：因。公旦：即周公，周武王之弟，名旦。周公封于鲁（今山东曲阜），因周公有功于周朝，周成王特许鲁国可用天子的礼乐祭祀周公，所以产生了《鲁颂》。⓯商人：指殷商的后代。前王追录：《商颂》今存5篇，内容全是祭祀前代帝王的。春秋时，宋国（殷商之后）的正考父曾到周王朝校正《商颂》12篇，以祀其先王（见郑玄《鲁颂谱》）。⓰宗庙：祖庙。正歌：纯正、严肃的颂歌。⓱宴飨（xiǎng）：唐写本作“飨宴”，用酒食招待客人。这里指酒席宴会。⓲《时迈》：《诗经·周颂》中的一篇。⓳周公所制：据《国语·周语上》，《时迈》是周公所作。⓴哲人：贤智的人，这里指周公。㉑规式：规模法式。规：法度。㉒壅（yōng）：堵塞。《国语·周语上》载周初召公说：防止人说话就像防堵河流一样，用壅塞的办法是不行的。㉓舆（yú）：众。原田：《左传·僖公二十八年》载，晋文公和楚军交战前，听到众人歌诵：“原田每每（莓莓，草盛貌），舍其旧而新是谋。”大意是说晋军美盛，可立新功。㉔刺裘（qiú）鞞（bì）：《吕氏春秋·乐成》中说，孔子始用于鲁国，有人作诵讽刺他说：“麛（mí）裘而鞞，投之无戾（lì）。鞞而麛裘，投之无邮。”意思是孔子对鲁国没有功劳，还穿着鹿皮的朝服，抛弃他是毫无罪过的。麛：鹿。韠：即韡，蔽膝，古代施于礼服的前饰，这里指朝服。《孔丛子·陈士义》“韠”作“芾”（fú），意同。戾、邮：都指罪过。邮，即尤。 ㉕邱明：左丘明，春秋时鲁国太史，《左传》的作者。子高：孔穿的字。传为孔子八世孙孔鲋（fù）所作《孔丛子》中的《陈士义》篇载，子顺曾讲到过“裘韠”那段“诵”。刘勰把子顺误作子高。据《史记·孔子世家》，孔穿是孔子六世孙；子顺是孔穿之子，即孔顺，字子慎。 ㉖谍（dié）：通“牒”，简牒，这里指记录。 ㉗浸（jìn）：逐渐。 ㉘三闾（lǘ）：指屈原，他在楚怀王时为三闾大夫，管理昭、屈、景三姓贵族。《橘颂》：屈原早期作品，是《九章》之一。 ㉙覃（tán）：推，延及。细物：指《橘颂》中赞美的橘子。 ㉚秦政：指秦始皇，他姓嬴（yíng）名政。刻文：指歌颂秦始皇的石刻。《史记·秦始皇本纪》载《泰山刻石》等六篇，《古文苑》卷一载《峄（yì）山刻石》一篇，全是李斯所作。 ㉛爰（yuán）：乃，于是。 ㉜惠：汉惠帝刘盈。公元前194—前188年在位。景：汉景帝刘启。公元前156—前141年在位。 ㉝亦有述容：惠帝和景帝都在位时间不长，景帝又崇尚黄老，不爱文学，但仍有人作颂。《汉书·艺文志》说李思有《孝景皇帝颂》15篇。 ㉞子云：扬雄的字。充国：赵充国，西汉初人，因有武功，元帝时曾画其像于未央宫。成帝时，命扬雄就所画像作《赵充国颂》（颂文见《汉书·赵充国传》）。 ㉟孟坚：班固的字。戴侯：东汉初窦融，他以武功封安丰侯，死后加号戴，故称戴侯。班固曾作《安丰戴侯颂》（见《艺文类聚》卷五六引挚虞《文章流别论》），颂今不存。 ㊱武仲：东汉作家傅毅的字。美显宗：《后汉书·傅毅传》说傅毅曾作《显宗颂》10篇，赞美汉明帝。《显宗颂》今存残文4句。 ㊲史岑（cén）：字孝山，东汉人。挚虞《文章流别论》中讲到“史岑为《出师颂》《和熹邓后颂》”。《出师颂》载于《文选》，《和熹邓后颂》今不存。 ㊳《清庙》：《诗经·周颂》的第一篇。这里用以代指《周颂》。《后汉书·傅毅传》说：傅毅“依《清庙》作《显宗颂》”。 ㊴《駉（jiōng）》：《诗经·鲁颂》的第一篇。这里用以代指《鲁颂》。《那（nuó）》：《诗经·商颂》的第一篇，这里用以代指《商颂》。《文章流别论》中说，史岑的《和熹邓后颂》“与《鲁颂》体意相类”。 ㊵浅深：即“深浅”。 ㊶典章：

法则。 ㊷班：班固。傅：傅毅。《北征》：指班固的《车骑将军窦北征颂》，载《古文苑》卷一二。《西巡》：当指傅毅的《西征颂》，今存残文四句。 ㊸序引：指长篇的散文。序：同叙。引：延长。班固《北征颂》长达560余字。 ㊹体：文体，这里指“颂”这种文体。 ㊺马融：字季长，东汉学者。他的《广成颂》载《后汉书·马融传》；《上林颂》今不存。 ㊻雅：是“风、雅、颂”的雅，这里指有“雅”的用意、内容。《广成颂》的内容，主要是反对国家兴文废武而主张文武并重，是全国范围的事，故属“雅”。 ㊼何：何其，何至于。弄文：玩弄文词。质，指“颂”这种文体的基本特点。挚虞《文章流别论》说：“马融《广成》《上林》之属，纯为今赋之体，而谓之颂，失之远矣。” ㊽崔瑗(yuàn)：字子玉，东汉作家。《文学》：指崔瑗的《南阳文学颂》（见《艺文类聚》卷三八）。 ㊾蔡邕（yōng）：字伯喈（jiē），汉末学者。《樊渠》：指蔡邕的《京兆樊惠渠颂》，今存，见《蔡中郎集》。 ㊿“并致美于序”二句：上面提到崔、蔡二人的颂，都有较长的序文。篇：指“颂”本身的篇幅。 51挚虞：西晋学者。品藻（zǎo）：评论，指挚虞《文章流别论》中有关颂的评论（见严可均辑《全晋文》卷七七）。 52精核：精确。 53杂以风雅：《文章流别论》中说：“傅毅《显宗颂》，文与《周颂》相似，而杂以风雅之意。” 54变：唐写本作“辨”，译文据“辨”字。旨趣：宗旨意义，这里指基本意义。 55黄白：黄铜白锡。《吕氏春秋·别类》中说，有人以为白锡使剑坚，黄铜使剑韧，黄白相杂，就成既坚又韧的良剑。反对的人却认为，白锡使剑不韧，黄铜使剑不坚，黄白相杂怎能成为良剑？ 56辨：唐写本作“杂”，译文据“杂”字。 57出辙：越出车轮所碾的痕迹。这里指超出颂的正常写法。 58陈思：即曹植，他封陈王，死后加号“思”，世称陈思王。缀（zhuì）：组合文词，即写作。 59《皇子》：指曹植的《皇太子生颂》。标：木末，树的上端。这里指创作成就较高。 60陆机：字士衡，西晋作家。 61《功臣》：指陆机的《汉高祖功臣颂》，载《文选》卷四七。 62末代：末世，衰乱之世。《文心雕龙》全书中两次用“末代”（另一处见《书记》篇），都指汉代之后的魏晋时期。讹（é）：错误。

【原文】

原夫颂惟典雅①，辞必清铄②，敷写似赋③，而不入华侈之区④；敬慎如铭⑤，而异乎规戒之域；揄扬以发藻⑥，汪洋以树义⑦，唯纤曲巧致⑧，与情而变⑨，其大体所底⑩，如斯而已。

【译文】

“颂”的写作，本来是要求内容典雅，文辞明丽，描写虽然近似赋，但不流于过分华靡的境地；严肃庄重有如“铭”，但又和“铭”的规劝警戒意义不同。颂是本着颂扬的基本要求来敷陈文采，从广大的意义上来确立内容，至于细致巧妙的描写，那就随作品的内容而变化。颂的写作，大概情况就是这样了。

注释

❶典雅：文有根柢而不鄙俗。 ❷清：明洁。铄（shuò）：光彩。 ❸敷：散布，陈述。 ❹华侈（chǐ）：过分华丽。侈：太多。 ❺铭：以警戒为主的一种文体。本书第十一篇《铭箴》对这种文体有专门论述。 ❻揄扬：引举称赞。藻：文辞。 ❼汪洋：广阔。这里是着眼于广阔事物的意思。 ❽纤（xiān）曲：细微。致：到。 ❾与：随着。 ❿大体：指颂的主要情况。底：唐写本作“宏”，《通变》篇有“宜宏大体”的说法。宏：发扬。

【原文】

赞者，明也，助也①。昔虞舜之祀，乐正重赞②，盖唱发之辞也③。及益赞于禹④，伊陟赞于巫咸⑤，并飏言以明事⑥，

【译文】

“赞”的意思就是说明，就是辅助。相传从前虞舜时的祭祀，很重视乐官的赞辞，那就是歌唱之前要作说明的辞句。至于益帮助禹的话，伊陟向巫咸所作的说明，都是用突出的话来说明事理，加强语气来帮助言辞。

嗟叹以助辞也[7]。故汉置鸿胪[8]，以唱拜为赞，即古之遗语也[9]。至相如属笔[10]，始赞荆轲[11]。及迁《史》固《书》[12]，托赞褒贬[13]；约文以总录[14]，颂体以论辞，又纪传后评[15]，亦同其名[16]。而仲洽《流别》[17]，谬称为“述”[18]，失之远矣。及景纯注《雅》[19]，动植必赞[20]，义兼美恶，亦犹颂之变耳。

所以，汉代设置鸿胪官，他在各种典礼上呼喊礼拜的话就是“赞”：这些都是古代留传下来口头上讲的“赞”。到司马相如进行写作，才在《荆轲论》中对荆轲进行了赞美。后来司马迁的《史记》和班固的《汉书》，便借赞辞来进行褒扬或批评：那是用简要的文辞加以总结，用颂的体裁而加以议论；《史记》和《汉书》的最后，又各有一篇《太史公自序》和《叙传》作一总评，它和“赞”的名称是相同的。可是挚虞的《文章流别论》，却把这种“赞”误称为“述”，那就差得很远了。后来郭璞注《尔雅》，在《尔雅图赞》中，无论是动物植物都写了“赞”，内容兼有褒扬和贬抑。这和上面所说魏晋以后的颂一样，也是赞体发生变化之后的作品。

## 注释

❶助：这里是辅助说明的意思。 ❷乐正：古代乐官。 ❸唱发之辞：指“赞”是歌唱之前所作有关说明。《尚书大传》卷一中说，虞舜禅位给夏禹时，先由“乐正进赞”，然后唱《卿云》歌。 ❹益赞于禹：《尚书·大禹谟》中说：“益赞于禹曰：‘惟德动天，无远弗届；满招损，谦受益，时乃天道。’”意思是：益为帮助禹征讨苗人说，只有修德能感动上天，那是没有远而不至的；自满招来损害，谦虚受到益处，这是天的常道。益：舜的臣子。赞：这里是助的意思。 ❺伊陟（zhì）赞于巫咸：《尚书序》中说：“伊陟赞于巫咸，作《咸乂（yì）》四篇”。这是因伊陟见到桑、榖并生，认为是不祥之兆，便告诉巫咸。伊陟、巫咸：相传都是殷帝大戊的臣子。赞：这里是告诉、说明的意思。 ❻飏（yáng）言：指鲜明突出的言辞。《尚书·益稷》注：“大言而疾曰飏。” ❼嗟

叹：《礼记·乐记》中说："长言之不足，故嗟叹之。"《毛诗序》中说："言之不足故嗟叹之，嗟叹之不足故永歌之。"两种说法虽有不同。但都说明古代的"嗟叹"是一种富有感情色彩的表达方式。 ❽鸿胪（lú）：官名，掌朝贺庆吊的司仪者。 ❾遗语：指以上所举为古代留传下来口头上讲的赞语。 ❿相如：司马相如。属笔：指写作。 ⓫赞荆轲：《汉书·艺文志》中说，司马相如等人有《荆轲论》5篇，今不存。《荆轲论》中可能有称赞荆轲的话。 ⓬迁《史》：司马迁的《史记》。固《书》：班固的《汉书》。 ⓭托赞褒贬：《史记》各篇之后，大都有"太史公曰"；《汉书》各篇之后，大都有"赞曰"。其中有褒扬，也有批评，和过去的"赞"只是赞扬不同。 ⓮总：总结。录：记录。 ⓯纪传后评：指《史记》最后一篇《太史公自序》和《汉书》最后一篇《叙传》，都是用来说明全书各篇写作之意。 ⓰亦同其名：和"赞"的名称相同。 ⓱仲洽：挚虞的字。《流别》：挚虞有《文章流别集》30卷，今存《文章流别论》是其中分论文体的一部分。 ⓲谬称为"述"：挚虞称"述"的原文已佚。唐代颜师古在《汉书·叙传》的注中说，挚虞曾称《汉书·叙传》中的赞词为"汉书述"。 ⓳景纯：晋代作家郭璞的字。《雅》：指《尔雅》。 ⓴动植必赞：郭璞《尔雅序》中说，他注《尔雅》，还"别为音图，用祛（qū）未寤"。所以另成《尔雅图赞》二卷。此书隋代已亡。严可均《全晋文》卷一二一辑得十之一二，鸟兽鱼虫，树木花果，都各有赞词。

【原 文】

然本其为义，事生奖叹，所以古来篇体，促而不广①，必结言于四字之句，盘桓乎数韵之辞②；约举以尽情，昭灼以送文③，此其体也。发源虽远，而致用盖寡，大

【译 文】

从赞的本义来看，它产生于对事物的赞美感叹，所以从古以来，赞的篇幅都短促不长；都是用四言句子，大约在一二十句左右，简单扼要地讲完内容，清楚明白地写成文辞：这就是它的写作要点。赞的产生虽然很早，但在实际中运用不多，从它的大致趋向看，是"颂"

抵所归，其颂家之细条乎[4]！

的一个支派。

### 注释

❶促：短。广：长。 ❷盘桓：环绕。数韵：指篇幅不长。韵文一般两句一韵，数韵则在二十句之内。 ❸昭灼：明显。送：指写下去。 ❹细条：支派。

【原 文】

赞曰：容体底颂[1]，勋业垂赞[2]。镂采摛文[3]，声理有烂[4]。年积愈远[5]，音徽如旦[6]。降及品物，炫辞作玩[7]。

【译 文】

总之，形容美德写成颂，赞扬功业写成赞；描绘形容和组成声韵，使文辞清晰而鲜明。这样的颂或赞，虽然年代久远，它的美好却像清晨那样新鲜。后世用颂赞来品评平常事物，往往就是炫耀辞采来做游戏了。

### 注释

❶容体：唐写本作“容德”，指形容德泽。译文据“容德”。底：到达，完成。 ❷垂：留传，这里指写成。 ❸镂（lòu）采摛（chī）文：唐写本作“镂影摛声”。译文据“镂影摛声”。镂影：描绘形象。镂，雕刻。影，像。摛，发布，这里指描写。 ❹声理：唐写本作“文理”，译文据“文理”，指文章有条理。有：语词无意。烂：鲜明。 ❺年积：唐写本作“年迹”，译文据“年迹”，年代的意思。 ❻音徽：即徽音，指美好的德音，这里泛指古来优秀的颂、赞作品。徽，美善。旦，早上，引申为新。 ❼炫（xuàn）：夸耀。

# 一〇、祝盟

## 解题

《祝盟》是《文心雕龙》的第十篇。本篇以论述祝文为主，同时讲了与祝文相近的盟文。祝和盟都是古代“祝告于神明”的文体。盟文在历史上出现较晚，也没有多少文学意义。祝词在上古人民和自然斗争中就经常用到，后世流传下来的祝词，有的是在没有文字以前便产生了。在有了文字以后，又多以长于文辞的人担任“祝史”，正如鲁迅所说：“连属文字，亦谓之文。而其兴盛，盖亦由巫史乎。”祝词的写作，又注意“练句协音，以便记诵”（《汉文学史纲要·自文字至文章》）。所以，祝词对文学的产生和发展，是有密切关系的。

本篇分祝和盟两大部分。第一段讲祝词的产生及其发展情况，第二段讲祝词的写作特点，第三段讲盟文的产生及其流弊，第四段讲盟文的写作特点。

刘勰在本篇所论，并不否定鬼神的存在，这是他落后于当时先进思想家的地方。但有两点值得注意：一、他讲祝词的产生，是“兆民”在生产活动中出于对风雨诸神的敬仰，而要有所报答或祈求，这反映了上古人民和自然斗争的淳朴思想。刘勰强调“利民之志”而反对移过于民，不满于向鬼神献媚取宠，或利用鬼神以自欺欺人。二、刘勰总结史实，从而认识到兴废在人，鬼神是靠不住的，所以明确提出“忠信可矣，无恃神焉”，要后人警诫。

【原 文】

天地定位，祀遍群神。六宗既禋[1]，三望咸秩[2]，甘雨和风[3]，是生黍稷[4]，兆民所仰，美报兴焉。牺盛惟馨[5]，本于明德；祝史陈信[6]，资乎文辞。昔伊耆始蜡[7]，以祭八神[8]。其辞云：“土反其宅[9]，水归其壑，昆虫毋作，草木归其泽。”[10]则上皇祝文[11]，爰在兹矣[12]。舜之祠田云[13]：“荷此长耜[14]，耕彼南亩，四海俱有。”[15]利民之志，颇形于言矣。至于商履[16]，圣敬日跻[17]，玄牡告天[18]，以万方罪己[19]，即郊禋之词也[20]；素车祷旱[21]，以六事责躬[22]，则雩禜之文也[23]。及周之大祝[24]，掌六祝之辞[25]，是以“庶物咸生”[26]，陈于天地之郊；“旁作穆穆”[27]，唱于迎日之拜；“夙兴夜处”[28]，言于祔庙之祝[29]；“多福无疆”[30]，布

【译 文】

开天辟地以来，各种神灵都受到祭祀。天地诸神既受尊祀，名山大川都按一定次序致祭；于是风调雨顺，各种谷物生长起来。由于亿万民众的仰赖，便对神灵作美好的报答。但供献馨香的祭品，要以光明的道德为根本；祝史陈说诚信，就必须以文辞为凭借。相传古代的神农氏，开始在岁末祭祀有关农事的八种神灵。他的祭辞说：“泥土返回自己的位置吧，水也归还到山壑间去，危害庄稼的昆虫不要兴起，草木归生于薮泽中去（不要生长在良田）！”这就是上古皇帝的祝文了。虞舜在春天的祭田辞中说：“扛着长耜，在南亩农田上努力耕作，四海之人都有穿有吃。”为民谋利的思想，已表现在言辞中了。到了商汤，德行一天一天高起来。他用黑色的牛来祭告上天，把四面八方之人的罪过，都归在自己一人身上。这就是他的祭天之词。商汤还曾驾着毫无装饰的车马，去祷求免于旱灾，列举六种过失来责备自己。这就是他求雨的祝文。到周代的太祝，掌管“顺祝”“年祝”等六种祝辞，用“万物齐生”等话来祭天祭地；用“光明普照”等话来拜迎日出；用“早起晚睡”等话，祝告于祖孙合庙的祭祀；用“多福无疆”等话，写进祭祖献食的祷辞；此外，即使是出师打仗时的祭天祭地，也没有不用祝文的。

于少牢之馈[31]；宜社类祃[32]，莫不有文。所以寅虔于神祇[33]，严恭于宗庙也。春秋已下，黩祀谄祭[34]，祝币史辞[35]，靡神不至。至于张老成室[36]，致善于歌哭之祷[37]；蒯聩临战[38]，获佑于筋骨之请[39]；虽造次颠沛[40]，必于祝矣。若夫《楚辞·招魂》[41]，可谓祝辞之组缅纲也[42]。汉之群祀，肃其旨礼[43]，既总硕儒之仪[44]，亦参方士之术[45]。所以秘祝移过[46]，异于成汤之心[47]；侲子驱疫[48]，同乎越巫之祝[49]；礼失之渐也[50]。至如黄帝有祝邪之文[51]，东方朔有骂鬼之书[52]，于是后之谴咒[53]，务于善骂。唯陈思《诰咎》[54]，裁以正义矣[55]。若乃《礼》之祭祀[56]，事止告飨[57]；而中代祭文[58]，兼赞言行，祭而兼赞，盖引神而作也[59]。又汉代山陵[60]，哀策流文[61]，周丧盛姬[62]，"内史执策"[63]。

这些都是为了对神灵表示虔诚，对祖先表示恭敬。春秋以后，亵渎讨好神灵的祭祀多起来，以致祭礼祝文，无神不至。如晋国大夫张老庆贺赵武建成新房子，有祝他长久安居于此的祷词。卫公子蒯聩身临战场，还作了请求祖先保佑勿伤筋骨的祈祷。可见即使在十分仓促和困难的情况下，也是要用祝祷的。至于《楚辞·招魂》，可说是祝辞最早讲究文采的作品。到汉代的各种祭祀，对所有的礼仪都很重视。汉代帝王一方面搜集儒家的议论，一方面又采纳方士的办法。于是内官秘祝，遇有灾变，就祝祷把降罪转移到臣下或百姓身上，和商汤王把万方罪过归于自己的用意完全不同。又如汉代用侲子击鼓驱疫，简直就和越巫骗人的说法相同。春秋以来的祝祀已经变质了。相传黄帝有对白泽兽的"祝邪之文"，东方朔写过"骂鬼之书"，于是后来的谴责咒文，就极力追求善于责骂。只有曹植的《诰咎文》，才是正确的谴责咒文。又如《仪礼》中所讲祭祀死者的祝辞，其内容只是告请死者来享受祭品；到汉魏时的祭文，就同时还要赞美死者生前的言行。祭文中兼用赞辞，是从祭文的意义引申出来的。此外，汉代的帝王陵墓，还有关于迁移帝王灵柩的哀策文流传下来；周穆王的妃子盛姬死后，有"内史主持策命"的记载。"策"原只是写明送葬之物，为了表达哀伤之情才写成文的。所以，哀策的内容然则策本书赠[64]，因哀而为文也。是以义同于诔[65]，而文实告神，诔首而哀末，颂体而祝仪，太史所作之赞，因周之祝文也[66]。

和诔有相同之处，而这种哀文主要是禀告神灵的。它从赞扬死者的事迹开始，最后表达对死者的哀悼；内容上用近于“颂”的文体，却以“祝”文的形式来表达。所以，汉代太祝所读的哀策，其实就是周代祝文的发展。

## 注释

❶六宗：六种受祭祀的神。六宗的说法很多，据《尚书·舜典》“禋于六宗”注，指四时、寒暑、日、月、星、水旱六种。宗：尊，指尊祀之神。禋（yīn）：祀天。 ❷三望：祭山川。《公羊传·僖公三十一年》：“三望者何？望，祭也。然则曷祭？祭山川河海。”这里借指祭地上诸神。咸秩：《尚书·洛诰》：“祀于新邑，咸秩无文。”指都按次序祭祀了。秩：次序。 ❸甘雨：有利于五谷生长的雨水。 ❹黍稷（shǔjì）：黄米一类农作物，这里泛指五谷。 ❺牺盛（chéng）：祭品。牺：指用于祭祀的牛羊。盛：指放在祭器中的谷类。馨（xīn）：香气。《尚书》伪《君陈》：“黍稷非馨，明德惟馨。”伪孔传：“所谓芬芳，非黍稷之气，乃明德之馨。” ❻祝史：负责祭祀祝辞的官名。 ❼伊耆（qí）：古帝名，一说为神农，一说为尧。蜡（zhà）：年终的祭祀。 ❽八神：《礼记·郊特牲》郑玄注为：先啬、司啬、农、邮表畷（zhuò）、猫虎、坊、水庸、昆虫。《史记·封禅书》和《汉书·郊祀志》都说秦祀八神为：天主、地主、兵主、阴主、阳主、月主、日主、四时主。 ❾反：返回。宅：住所，指土的本来位置。 ❿泽：薮泽，积聚之处。这个祝辞载《礼记·郊特牲》。 ⓫上皇：指伊耆氏。 ⓬爰（yuán）：于是。 ⓭祠：春天的祭祀。 ⓮耜（sì）：一种翻土的农具。 ⓯四海俱有：唐写本“四海”二字上有“与”字。《困学纪闻》卷一〇引《尸子》，这句原作“与四海俱有其利”。 ⓰履：商代第一个君主商汤的名。 ⓱圣敬：德高行慎。跻（jī）：上升。 ⓲玄牡（mǔ）：黑色公牛。 ⓳万方罪己：《论语·尧曰》中记商汤用玄牡祭天说：“朕躬有罪，无以

万方；万方有罪，罪在朕躬。” ⑳郊禋：也是祭天的意思。 ㉑素车祷旱：相传商汤曾素车白马，祷求救旱。素车：白色无漆饰的车。 ㉒六事责躬：《荀子·大略》载商汤的祷辞，其中用六件事责备自己：政不节、使民疾、宫室荣、妇谒（yè夜）盛（指内宠的干求太多）、苞苴（bāojū）行（指贿赂公行）、谗夫兴。 ㉓雩禜（yúyǒng）：两种祭祀名。雩，求雨。禜，祷晴。这里主要指求雨除旱。 ㉔大（tài）祝：殷周时期管理祭祀祝辞的官名。 ㉕六祝：六种祈祷。据《周礼·春官·大祝》，这六种是：顺祝、年祝、吉祝、化祝、瑞祝、策祝。 ㉖庶物咸生：《大戴礼记·公冠篇》中所载《祭天辞》《祭地辞》，有“庶物群生”等话，这里用以代指《祭天辞》《祭地辞》。庶物：即万物。 ㉗旁作穆穆：《大戴礼记·公冠篇》中所载《迎日辞》，有“明光于上下，勤施于四方，旁作穆穆”等话，这里用以代指《迎日辞》。旁：溥，广大。穆穆：美好。 ㉘夙兴夜处：“处”一作“寐”。这句是《仪礼·士虞礼》中所载祔（fù）辞中的话。祔：祭名。 ㉙祔庙：祭于后死者合于先祖之庙。 ㉚多福无疆：这是《仪礼·少牢馈食礼》中所载祭祖祷辞的一句。 ㉛少牢：羊豕二牲。诸侯的卿大夫祭祖用少牢。馈（kuì）：祭祀用的熟食。 ㉜宜社类祃（mà）：出师的两种祭祀。宜社祭地，类祃祭天。 ㉝寅虔：诚敬。神祇（qí）：泛指天地诸神。 ㉞黩（dú）：亵慢，滥用。谄（chǎn）：奉承献媚。 ㉟祝币：一作“祀币”。币即币帛，古称送人以玉帛等礼品为币帛。这里指祭品。史辞：祝史所献之辞。 ㊱张老成室：指张老祝贺新建成的宫室。张老：晋国大夫。 ㊲致善：唐写本作“致美”。歌哭之祷：《礼记·檀弓下》载晋国赵武“成室”，张老的贺词中有“歌于斯，哭于斯，聚国族于斯”等句。意为新建成的宫室，可作祭礼或丧礼会聚宾客之地。赵武接着讲了两句祈求免祸的祷词。张老的颂和赵武的祷，被称为“善颂善祷”。 ㊳蒯聩（kuǎikuì）：春秋时卫灵公之子。临战：蒯聩逃亡晋国时，随晋国赵鞅与郑国军队作战。 ㊴筋骨之请：《左传·哀公二年》载蒯聩临战时曾祷请祖先佑护晋师“无绝筋，无折骨，无伤面，以集（成就）大事”。 ㊵造次：仓促。颠沛：困顿。 ㊶《招魂》：《楚辞》中的一篇，王逸认为是“宋玉怜哀屈原”而作（见《楚辞章句叙》）。 ㊷组缅（xǐ）：指文饰之始。组：冠缨；缅：束发的织物。都是文饰于冠的丝织物。 ㊸肃：敬重，严肃。旨礼：唐写本作“百礼”，指各种祭品。译文据“百礼”。 ㊹硕儒之仪：硕：大。仪：唐写本作“义”，义通议。译文据“义”字。《史记·封禅书》说汉武帝曾与“诸生议封禅”。 ㊺参方士之术：《史记·封禅书》说：“天子既闻公孙卿及方士之言……颇采儒术以文之”。方士：从事求仙、占卜等活动的方术之士。㊻秘祝：皇宫禁内祝官。移过：把罪过推给下属或百姓。 ㊼成汤：即商履。成汤是以万方之罪归于自己，和汉代帝王“移过于下”不同。 ㊽侲（zhèn）子：童男童女。驱疫：《后汉书·礼仪志中》载汉代曾以十一二岁的幼童击鼓驱疫。㊾越巫之祝：祝一作“说”，译文据“说”字。《史记·封禅书》载一个叫“勇之”的越巫说：敬鬼能使人长寿，“其祠皆见鬼，数有效”。 ㊿礼：一作“体”，指祝祀的大体。译文据“体”字。渐：开始。 51祝邪之文：传为黄帝所作，今不存。据《云笈七签》卷一〇〇《轩辕本纪》所载，“祝邪之文”是黄帝对一种通万物之情而能说话的白泽兽的祝文。 52东方朔：西汉文人，字曼倩。骂鬼之书：东汉王延寿在《梦赋》的序中，说他幼年“尝夜寝，见鬼物与臣战，遂得东方朔与臣作骂鬼之书”（见《古文苑》卷六）。 53谴（qiǎn）：责备。咒：祝告。 54陈思：陈思王曹植。《诰咎》：曹植曾感于大风为害，而借“天帝之命”作《诰咎文》（见《全三国文》卷一九）。咎（jiù）：罪过，灾祸。诰：一作“诘”，诘咎即问罪。《诰咎文》中有对风神、雨神“害苗”“伤条”等罪行的诘问。 55裁：同“才”。正义：正确的意义。《诰咎文》的序中说：“天地之气，自有变动，未必政治之所兴致也。”文中经过对风雨之神的责问，最后使得风调雨顺，“年登岁丰，民无馁饥”。所以说这才是“正义”的祝文。56《礼》：指《仪礼》，也称《礼经》。祭祀：唐写本作“祭祝”，指祭死者的祝辞。译文据“祭祝”。 57告飨（xiǎng）：报请享受。飨：同享。 58中代：本书《颂赞》篇称晋代为“末代”，可见这里是以“中代”指汉魏时期。 59引神：一作“引伸”。而：一作“之”。译文据“引伸之……”。 60山陵：帝王的坟墓。 61哀策：亦作“哀册”，文体之一。据《文体明辨序说·册》，这是迁移帝王及太子、诸王、大臣灵柩时用的一种文体。 62周：指周穆王。盛姬：周穆王的妃子。 63内史执策：《穆天子传》卷六：周穆王“西至于重璧之台，盛姬告病□（郭璞注：‘疑说盛姬死也。’），天子哀之。……于是殇（未成年而死）祀而哭，内史执策”。内史：主管爵禄废置的官。策：策命，这里指赠死者之文。 ⑭书赠：唐写本作“书赗”。赗（fèng）：送给死者之物。 ⑮诔（lěi）：以列举死者德行为主的哀祭文。 ⑯“太史”二句：唐写本作“太祝所读，固祝之文者也”。译文据此。《后汉书·礼仪志下》讲帝王丧礼中曾说：“太祝令跪读谥策。”太祝：官名，主管祝辞祈祷，汉代设太祝令。谥（shì）策：据死者生前德行加以封号之文，亦作“谥册”。这种文体也是因哀为文，义同于诔。

【原 文】

凡群言发华，而降神务实，修辞立诚[1]，在于无愧。祈祷之式[2]，必诚以敬；祭奠之楷[3]，宜恭且哀；此其大较也[4]。班固之祀濛山[5]，祈祷之诚敬也；潘岳之《祭庾妇》[6]，奠祭之恭哀也。举汇而求[7]，昭然可鉴矣[8]。

【译 文】

各种文章都表现出一定的文采，用于降神的祝文则要求朴实。祝辞的写作必须真诚，要于内心无所惭愧。祈祷文的格式，须诚恳而恭敬；祭奠文的格式，应恭敬而哀伤。这就是写祝祷文的大致要求。如班固的《涿邪山祝文》，就是诚敬的祈祷文；潘岳的《为诸妇祭庾新妇文》，就是恭哀的奠祭文。列举这些同类作品加以研究，其特点是显而易见的。

注 释

❶修辞立诚：《周易·文言》中说：“修辞立其诚。”原指修理文教以立诚信，这里借指写祝辞的真诚。 ❷式：指祈祷文的格式。 ❸祭奠之楷：祭奠文的法式。 ❹大较：大略，大概。 ❺濛山：唐写本作“涿山”。班固有《涿邪山祝文》，今存四句，见《全后汉文》卷二六。涿山在今蒙古人民共和国西部。译文据“涿山”。 ❻潘岳：西晋文人。《祭庾妇》：指潘岳的《为诸妇祭庾新妇文》。文残不全，见《全晋文》卷九三。 ❼汇：类聚。 ❽昭：明。鉴：察看。

【原 文】

盟者，明也。骍毛白马[1]，珠盘玉敦[2]，陈辞乎方明之下[3]，祝告于神明者也[4]。在昔三王[5]，诅盟不及[6]，时有要誓[7]，结言而退。周衰屡盟[8]，以及要契[9]，始之以曹沫[10]，终之以毛遂[11]。及秦昭盟夷[12]，设黄龙之诅[13]；汉祖建侯[14]，定山河之誓[15]。然义存则克终，道废则渝始[16]；崇替在人[17]，咒何预焉[18]。若夫臧洪歃辞[19]，气截云蜺[20]；刘琨铁誓[21]，精贯霏霜[22]；而无补于晋汉，反为仇雠[23]。故知信不由衷，盟无益也。

【译 文】

“盟”的意思就是“明”。用赤色的牛、白色的马，盛放在珠玉为饰的祭器中，祝告于神像前的文辞，就是“盟”。早在夏、商、周三代时的帝王，没有盟誓，有时须要约誓，用一定语言约定就分开。到周代衰弱之后，就经常进行盟誓了；其流弊所致，竟出现要挟、强制的手段。开始是鲁国曹沫迫使齐桓公订盟，后来有赵国毛遂要挟楚王订盟。到秦昭襄王和南夷所订盟约，用珍异的“黄龙”表示绝不侵犯夷人；汉高祖分封诸王侯的誓辞，用山河不变之意来寄望诸侯保持长久。但任何盟誓，只有坚持道义才能贯彻到底，道义不存，就会改变原来的盟誓。可见国家的盛衰，事在人为，盟祝之辞有何相干？如汉末臧洪在讨伐董卓时的《酸枣盟辞》，真是气断长虹；晋代刘琨的《与段匹磾盟文》，也写得意志坚贞。但他们的誓辞，不仅未能挽救汉、晋的灭亡，当初订盟的双方后来反而成为仇敌。由此可见，信誓之辞如不出自真心诚意，订了盟也是毫无用处的。

## 注 释

❶骍（xīng）毛：唐写本作“骍旄”。相传周平王东迁时，曾作“骍旄之盟”（见《左传·襄公十年》）。骍旄（máo）：赤色的牛。白马：《汉书·王陵传》载王陵说，汉高祖刘邦曾杀“白马而盟”。 ❷珠盘、玉敦（duì）：盟誓用以盛血、食的器具，以珠玉为饰。 ❸方明：用六面六色方木以象征上下四方的神

明，这里泛指神像。《仪礼·觐礼》：“诸侯觐于天子，为宫方三百步，四门，坛十有二寻，深四尺，加方明于其上。”郑玄注：“方明者，上下四方神明之象也。”　❹神明：神灵，天地诸神的总称。　❺三王：指夏、商、周三代帝王。❻诅（zǔ）盟：誓约。　❼要（yāo）：约。　❽周衰：指东周时期。　❾以及要契：唐写本作“弊及要劫”。译文据“弊及要劫”。弊：运用盟誓的流弊。要（yāo）劫：要挟，强制，指下面所讲曹沫、毛遂的行为。　❿曹沫：春秋时鲁国人。《史记·刺客列传》载曹沫领兵与齐国打仗，三战三败，在鲁国应许献地求和的盟会上，“曹沫执匕首劫齐桓公”，迫使齐桓公答应退还齐国已占领的鲁国土地。　⓫毛遂：战国时赵国平原君赵胜的门客。公元前258年，秦兵围困赵都邯郸，平原君带毛遂等20人去楚国求救。因长期谈判未决，毛遂便按剑而上，要挟楚王说：“今十步之内，王不得恃楚国之众也，王之命县（悬）于遂手。”迫使楚王订立合纵之盟，出兵救赵（见《史记·平原君列传》）。　⓬秦昭：战国时秦国的昭襄王。盟夷：和夷人订立盟约。夷：古代对我国边疆民族的称呼。这里指巴郡阆（làng）中（今四川阆中）一带夷人。　⓭黄龙之诅：《后汉书·南蛮列传》载秦昭襄王与夷人所订盟文是：“秦犯夷，输黄龙一双；夷犯秦，输清酒一钟。”黄龙：指难得之物，用以表示秦人绝不侵犯夷人。　⓮汉祖：汉高祖刘邦。建：封。　⓯山河之誓：汉高祖刘邦的《封爵誓》中说：“使河如带，泰山若厉。”（载《史记·高祖功臣侯者年表》）厉：同“砺”，磨刀石。意思是希望所封爵位能长期保持，如黄河不会小得像一条带，泰山不会小得像磨刀石。　⓰渝始：指违背最初的盟誓。　⓱崇替：兴废。　⓲预：参与。　⓳臧洪：东汉人，字子源。歃（shà）辞：指臧洪的《酸枣盟辞》（题目据《全后汉文》）。歃：即歃血，古代盟誓时以鸡狗或牛马之血含于口，以示信用。汉末董卓乱起，一些州郡首领在酸枣（今河南省延津县北）会盟，臧洪首先登坛，作了慷慨激昂的盟誓。　⓴截：断。蜺（ní）：同“霓”，这里泛指虹霓。　㉑刘琨：晋人，字越石。铁誓：坚定的盟誓。刘琨有《与段匹磾（dī）盟文》（载《全晋文》卷一〇八），与段匹　相盟，共同效忠垂危的西晋王朝。　㉒精：精诚。霏（fēi）霜：雪霜，这里喻坚贞之意。　㉓反为仇雠（chóu）：臧洪后被同时起来讨伐董卓的袁绍所杀，刘琨后被段匹磾所杀。雠：同“仇”。

【原 文】

夫盟之大体，必序危机，奖忠孝，共存亡，戮心力[1]，祈幽灵以取鉴[2]，指九天以为正[3]，感激以立诚[4]，切至以敷辞[5]，此其所同也。然非辞之难，处辞为难[6]。后之君子，宜在殷鉴[7]，忠信可矣，无恃神焉[8]！

【译 文】

“盟”这种文体的主要特点，是必须叙述有关危急情况，奖励忠孝的品德，约定同生共死，要求合力同心，请求神灵来监视，指上天来作证，以激动之情来确立诚意，并用恳切的意思来写成盟辞，这就是它的共同点。但“盟”这种文体，不在文辞难写，而难在用实际行动来对待所写之辞。对于后来的盟誓者，这是值得引以为鉴的；讲求忠信就行了，不要依靠神灵！

注 释

❶戮（lù）心力：合力同心。戮：同勠，并力，合力。 ❷幽灵：鬼神。 ❸九天：九方之天，这里泛指天。正：证。《离骚》：“指九天以为正兮。” ❹感激：有所感动而奋发的心情。 ❺敷辞：指写作盟辞。敷：陈，散布。 ❻处辞：指用实际行动来对待盟誓之辞。 ❼宜在：唐写本作“宜存”。译文据“宜存”。殷鉴：借鉴，原意是殷人以夏之灭亡为戒。 ❽恃（shì）：依靠。

【原 文】

赞曰：毖祀钦明[1]，祝史惟谈[2]。立诚在肃，修辞必甘[3]。季代弥饰[4]，绚言朱蓝[5]。神之来格[6]，所贵无惭。

【译 文】

总之，慎重的祭祀基于祭祀者自己的道德，祝史的职责主要是写祝辞。道德的实诚在于严肃，祝盟的文辞必须写得美善。晋代以后更重文饰，祝盟就写得华丽多彩。要是真的能感召神灵，应以诚信无愧为贵。

## 注释

❶毖（bì）：谨慎。钦明：《尚书·尧典》中说，尧有“钦、明、文、思”四种道德，所以能安其所当安者。据孔颖达疏，钦是“心意恒敬”，明是“智慧甚明”。这里借以泛指祝盟者应有的道德。 ❷谈：说，指祝辞。这里用“谈”字是为了和“甘”“蓝”“惭”等字押韵。 ❸甘：美。 ❹季代：末代，和本书《时序》篇中“季世”同，指晋代以后。弥（mí）：更加。 ❺绚（xuàn）：文采，华丽。 ❻格：来，至。

# 一一、铭箴

**解题**

《铭箴》是《文心雕龙》的第十一篇。铭、箴是我国古代两种较早的韵文。本篇讲到的一些具体作品，如黄帝、夏禹、成汤等人的铭，夏、商两代的箴，虽为后人伪托，但从大量史料和文物来看，刘勰“盛于三代”之说，基本上是符合史实的；至少在商、周两代，这方面的作品是大量产生了。汉魏以后，除碑文渐盛而“以石代金”外，这两种文体都如刘勰所说“罕施后代”了。所以，本篇正反映了铭、箴二体在我国古代从产生、盛行到渐衰这一过程的基本面貌。

全篇分三个部分。第一部分讲“铭”的意义和发展情况；第二部分讲“箴”的意义和发展情况；第三部分讲铭、箴二体的同异及其基本写作特点。

古代这方面优秀的作品是不多的，本篇对有关作家作品的评论，也是批评多而肯定少。但无论批评或肯定，都有一些很不恰当。如对张载的《剑阁铭》，崔骃、胡广的《百官箴》，都评价太高；对李尤、王朗作品的批判，却是从狭隘的封建观念出发，批得并不正确。但刘勰对铭、箴二体总的要求，是内容要有警戒过失的实际作用，文辞必须简明确切；而对那种荒诞不实的神怪之说，则发出了“可怪”“可笑”的尖锐批判。在南朝形式主义文风盛行之下，这是有一定现实意义的。

**【原文】**

昔帝轩刻舆、几以

**【译文】**

相传从前轩辕黄帝在车厢、案桌等物上

弼违[1]，大禹勒筍簴而招谏[2]；成汤盘盂[3]，著“日新”之规[4]；武王《户》《席》[5]，题必戒之训[6]；周公“慎言”于《金人》[7]；仲尼“革容”于欹器[8]；则先圣鉴戒[9]，其来久矣。故铭者，名也，观器必也正名[10]，审用贵乎盛德。盖臧武仲之论铭也[11]，曰：“天子令德[12]，诸侯计功，大夫称伐”[13]。夏铸九牧之金鼎[14]，周勒肃慎之楛矢[15]，“令德”之事也[16]；吕望铭功于昆吾[17]，仲山镂绩于庸器[18]，“计功”之义也；魏颗纪勋于景钟[19]，孔悝表勤于卫鼎[20]，“称伐”之类也。若乃飞廉有石椁之锡[21]，灵公有蒿里之谥[22]；铭发幽石[23]，吁可怪矣[24]！赵灵勒迹于番吾[25]，秦昭刻博于华山[26]；夸诞示后[27]，吁可笑也！详观众例，铭义

雕刻铭文，用以帮助自己警惕过错；夏禹曾在乐器架上雕刻铭文，表示希望听取他人的意见；商汤王的《盘铭》，提出“一天要比一天新”的规劝；周武王的《户铭》《席四端铭》等，写了必须警戒的教训；周公在《金人铭》中，强调“语言要谨慎”；孔子在鲁桓公庙中，见到欹器而激动得变了脸色。可见先代圣贤，长期以来就注重鉴戒了。铭，就是名称，观察器物必须了解它的名称。正定名称而明确其作用，是为了重视言行谨慎这种美德。鲁国的臧武仲论铭曾说：“写铭文，对天子应以颂扬其美德为主，对诸侯应以肯定其功绩为主，对大夫则只能称赞其征伐的劳苦。”如夏代帝王有德，九州的首领便送上金属，铸成金鼎；周代帝王为了传示其美德于后代，便在肃慎国送来的箭上雕刻铭文。这就是关于颂扬美德的例子。吕望辅助周武王的功绩，曾用金属铸成铭文；仲山甫辅佐周宣王的功绩，也曾刻在周代的记功器上。这就是关于肯定功绩的例子。晋国魏颗的战功，曾刻在晋国的景公钟上；卫国孔悝祖先勤于国事的功劳，曾记在孔悝的《鼎铭》中。这就是只称征伐之劳的例子。至如说飞廉得到天赐的石椁，卫灵公得到黄泉之下的谥号：铭文竟出现在地下的石椁上，这就太奇怪了！又说赵武灵王曾派人在番吾山上刻他的大脚印，秦昭王叫人在华山上刻了个大棋局：都是用虚夸不实的铭刻来传示后人，这就很可

见矣。至于始皇勒岳[28]，政暴而文泽，亦有疏通之美焉[29]。若班固《燕然》之勒[30]，张昶《华阴》之碣[31]，序亦盛矣[32]。蔡邕铭思[33]，独冠古今。桥公之《钺》[34]，吐纳典谟[35]；朱穆之《鼎》[36]，全成碑文[37]，溺所长也[38]。至如敬通杂器[39]，准矱戒铭[40]，而事非其物，繁略违中。崔骃品物[41]，赞多戒少；李尤积篇[42]，义俭辞碎[43]。蓍龟神物[44]，而居博弈之中[45]；衡斛嘉量[46]，而在臼杵之末[47]：曾名品之未暇，何事理之能闲哉[48]！魏文九宝[49]，器利辞钝[50]。唯张载《剑阁》[51]，其才清采。迅足骎骎[52]，后发前至；勒铭岷、汉[53]，得其宜矣。

笑了！仔细看看以上正反两面的例子，铭文的意义就很清楚了。到秦始皇时，有《泰山》《琅玡台》等山岳的刻石，虽然秦代政治残暴，这些刻石的文辞却较为润泽，也还有其畅达之美。到了汉代，如班固的《封燕然山铭》，张昶的《西岳华山堂阙碑铭》，其序文也写得很长了。蔡邕的铭文，更是独冠古今。如歌颂桥玄的《黄钺铭》，模仿《尚书》；歌颂朱穆的《鼎铭》，就完全写成碑文了；这是蔡邕惯于写碑文的原因。至于冯衍所写刀、杖、车等杂器的铭文，虽取法周武王，却写得事不称物，详略不当。此外，崔骃品量器物的铭文，赞颂多而警戒少；李尤写的大量铭文，内容单薄，文辞琐碎。他把蓍龟之类神物的铭文，和戏玩的《围棋铭》搀杂在一起；把写衡量器的《权衡铭》，放在关于杵臼的铭文之后。李尤在品量器物名称上，还没有来得及做好，怎能熟知事物的道理呢！曹丕写了九种宝物的《剑铭》，所讲的刀剑是锐利的，文辞却很平钝。只有张载的《剑阁铭》，写得清明而有辞采。他的铭文有如快马疾驰，后来居上；晋武帝下令把《剑阁铭》刻在岷山、汉水之间，那是得到适当的处置了。

## 注释

❶帝轩：指黄帝，传说中的古代帝王。舆：车厢。几：案。相传黄帝在舆、

几上刻有铭文。《路史·疏仡（yì）纪》所载黄帝《巾几之铭》，显然是后人伪托。弼（bì）违：纠正过失。弼：辅正。 ❷大禹：即夏禹，夏王朝的第一个帝王。勒：刻。笱簴（sǔnjù）：即簨簴，钟磬的架子，横木叫笱，旁柱叫簴。《鬻（yù）子》所载夏禹在簨簴上刻的铭文，也是后人伪托的。谏：规劝的意见。 ❸成汤：商王朝的第一个帝王。盘盂：食器。这里指传为汤的《盘铭》。 ❹日新：《礼记·大学》载汤的《盘铭》是："苟日新，日日新，又日新。"这个铭文也是后人伪托的。规：劝正。 ❺武王：周武王，周王朝的第一个帝王。《户》《席》：指《户铭》《席四端铭》，均载《大戴礼记·武王践阼》，也是后人伪托。 ❻必戒之训：指周武王铭文中所讲必须警戒的教训，如《席四端铭》中的"安乐必敬""无行可悔"等。 ❼周公：周武王之弟，名旦，周初重要功臣。《金人》：《说苑·敬慎篇》说孔子曾在周朝太庙陛前看到金人（铜像），背上刻有铭文，即《金人铭》。全文以多言为戒，第一句是"我古之慎言人也"。此铭传为黄帝六铭之一，自然是伪托；刘勰认为是周公所作，可能由于此铜像是周初铸成；铭文中的"安乐必戒，无行所悔"等句子，和传为周武王所作铭文中的"安乐必敬""无行可悔"相似。 ❽仲尼：孔子字仲尼。革容：脸色因激动而变化。《淮南子·道应训》中说，孔子在鲁桓公庙见到欹（qī）器而"革容"。欹器：古代贵族宗庙中的器具，空的时候是倾斜的，盛水适中就正立，盛水过多就倾覆。孔子见欹器的故事，最先见于《荀子·宥坐》，其中有鲁桓公庙守庙者向孔子解释的话："此盖为宥坐之器。"宥同右，宥坐即置于座右。纪昀谓"欹器不言有铭，此句未详"。其实，欹器本身就是放在座侧以为警戒之物。汉以后的《座右铭》正取此意。 ❾先圣：指上述黄帝，夏禹、商汤、周武王、周公、孔子等。 ❿"观器"二句：唐写本作："亲器必名焉，正名审用，贵乎慎德。""亲器"误，仍应为"观器"。译文据"观器必名焉，正名审用，贵乎慎德"。正名：孔子针对春秋末年的政局，提出"必也正名"（《论语·子路》）的主张，原指正定人与人之间关系的名分。这里借指正定器物的名称。审：明。慎德：谨慎之德。 ⓫臧武仲：春秋时鲁国的大夫。他论铭的话，见《左传·襄公十九年》。原话是："夫铭，天子令德，诸侯言时计功，大夫称伐。" ⓬令德：美德。这里指铭其美德。 ⓭称伐：指铭其征伐之劳。 ⓮九牧：九州之长。金鼎：《左传·宣公三年》中说，夏王曾使九州之长献金属铸鼎。这里也未提到鼎铭，只说鼎上铸了百物之形。 ⑮肃慎：古国名，约在今黑龙江省东南部。楛（hù）矢：箭。楛：木名，茎可做箭杆。《国语·鲁语》说，周武王时，肃慎国进献楛矢，为了垂示后代，曾在箭上刻了铭文。 ⑯令德之事：《左传·宣公三年》说，由于“夏之方有德”，所以九州牧献金铸鼎；《国语·鲁语下》说，周武王“欲昭其令德之致远”，才在箭上刻铭。所以说二例都是有关“令德之事”。 ⑰吕望：本姓姜，名尚，周初重要功臣。昆吾：传为古代产铁山名，也是善冶铁的工匠名。蔡邕《铭论》中讲到，吕望作周太师，“其功铭于昆吾之冶”。铭文今不存。 ⑱仲山：指仲山甫，周宣王时的卿士。镂（lòu）：雕刻。绩：功。庸器：记功的铜器。《后汉书·窦宪传》载有仲山甫的鼎铭。 ⑲魏颗：春秋时晋国将领。《国语·晋语七》载晋悼公说，魏颗因打败秦军，曾刻其功劳于景公钟上。景钟：即景公钟。这个铭文今不传。 ⑳孔悝（kuī）：春秋时卫国大夫。《礼记·祭统》载孔悝的《鼎铭》，赞美其祖先的功绩。勤：劳苦。《鼎铭》中有“其勤公家，夙夜不解（懈）”等话。 ㉑飞廉：有的史书作“蜚廉”。商纣王的臣下，秦国的祖先。《史记·秦本纪》载周灭纣后，飞廉在霍山筑坛祭纣王时，得到一个刻有铭文的石椁，铭文说此椁是天赐给飞廉的。椁：棺材的套棺。锡：赏赐。 ㉒灵公：指春秋时卫灵公。《庄子·则阳》中说：卫灵公死后，在掘土埋葬时，发现地下一口刻有铭文的石椁，铭文说：灵公将夺得这个葬地。蒿（hāo）里：在泰山下，相传是人死后聚集的地方。谥（shì）：帝王死后加以封号。“灵公”是谥号，石椁上的铭文，已有“灵公”这个谥号。㉓幽石：指埋藏在地下的石椁。 ㉔吁（xū）：表示怀疑的惊叹声。可怪：飞廉与卫灵公两个传说都荒唐无稽，刘勰并不相信。 ㉕赵灵：指战国时赵武灵王，自号主父。番（pán）吾：在今河北省平山县南。《韩非子·外储说左上》说，赵武灵王曾派人在番吾山上刻一个宽三尺、长五尺的大脚印，并刻上“主父常（尝）游于此”几个字。 ㉖秦昭：指战国时秦昭王。博：古代一种棋局游戏。华山：在今陕西东部。《韩非子·外储说左上》又说，秦昭王曾叫人到华山上用松柏之心做了个大型局戏，并刻上“昭王常（尝）与天神博于此”几个字。㉗诞：虚妄不实。 ㉘始皇：即秦始皇。岳：指泰山等山岳。《史记·秦始皇本纪》中载有《泰山刻石》《琅玡台刻石》等，都是李斯写以歌颂秦始皇的。
㉙疏通：指文辞畅达。 ㉚班固：字孟坚，东汉初年史学家、文学家。《燕（yān）然》：指班固的《封燕然山铭》。这篇铭是歌颂窦宪北征的功绩。载《文选》卷五六及《后汉书·窦宪传》。燕然山：在今蒙古人民共和国。 ㉛张昶（chǎng）：字文舒，汉末作家。《华阴》：指张昶（一作张旭）的《西岳华山堂阙碑铭》。华山在华阴（今陕西省华阴市）之南，所以用华阴指华山。碣（jié）：圆顶形的石碑。 ㉜序亦盛：班固的《封燕然山铭》，和张昶的《西岳华山堂阙碑铭》，都有很长的序文。 ㉝蔡邕（yōng）：字伯喈（jiē），汉末著名学者、文学家，以长于碑铭称著。 ㉞桥公：名玄，字公祖，汉末大官僚。《钺》：蔡邕有《黄钺铭》，歌颂桥玄为度辽将军时的安边之功。铭存，见《全后汉文》卷七四。钺（yuè）：兵器，似斧。 ㉟吐纳：指模仿。典谟：指《尚书》，因其中有《尧典》《皋陶（gāoyáo）谟》等篇。 ㊱朱穆：字公叔，东汉中年文人。蔡邕的《鼎铭》是歌颂朱穆的。铭存，载《全后汉文》卷七四。 ㊲全成碑文：《鼎铭》叙朱穆的家世及其一生经历，和碑体已完全一样了。 ㊳溺（nì）所长：蔡邕特长于写碑文（参看本书《诔碑》篇），《全后汉文》辑其碑文 40 余篇。溺：沉迷，溺爱，指蔡邕惯于写碑文。 ㊴敬通：冯衍字敬通，东汉初年作家。杂器：指他的《刀阳铭》《刀阴铭》《杖铭》《车铭》等，见《全后汉文》卷二〇。 ㊵矱（yuē）：法度，这里作动词用。戒铭：唐写本作“武铭”，指传为周武王的《席四端铭》《杖铭》等。译文据“武铭”。 ㊶崔骃（yīn）：字亭伯，东汉中年作家。品：评量。崔骃有《樽铭》《刀剑铭》《扇铭》等，见《全后汉文》卷四四。 ㊷李尤：字伯仁，东汉中年作家。《全后汉文》卷五〇辑其尚存铭文，有《河铭》《洛铭》等 84 篇。 ㊸义俭：内容很少，意义不大。 ㊹蓍（shī）龟：占卜用的蓍草和龟甲。这里指李尤有关蓍龟的铭文。今不存。 ㊺博弈（yì）：围棋。这里指李尤的《围棋铭》，今存。 ㊻衡斛（hú）：衡量之器。这里指李尤的《权衡铭》，今存。斛：十斗。嘉量：器量名。《周礼·考工记》所载量铭中说：“嘉量既成，以观（示）四国；永启厥后，兹器维则。”刘勰在这里以“嘉量”和“神物”并用，指好的量器。 ㊼臼（jiù）杵（chǔ）：唐写本作“杵臼”，舂米用的器具。这里指李尤有关杵臼的铭文，今不存。 ㊽闲：即娴，

熟练。 ㊾魏文：魏文帝曹丕，字子桓，三国时作家。九宝：曹丕《典论·剑铭》中讲到九种宝器：三把剑、三把刀，两把匕首和一把露陌刀。这里是用“九宝”指《剑铭》。铭存不完。 ㊿辞钝：文辞一般化。钝：质鲁。 (51)张载：字孟阳，西晋作家。剑阁：在今四川北部大小剑山之间。这里指张载的《剑阁铭》。铭文载《文选》卷五六、《晋书·张载传》。 (52)骎骎（qīn）：马跑得快的样子。这里借喻张载的文才。张载是很平庸的作家，刘勰的评价有些过分。(53)勒铭：唐写本作“诏铭”，译文据“诏铭”。岷、汉：岷山和汉水，今四川、陕西之间的地区。《晋书·张载传》中讲到，张载的《剑阁铭》，“武帝遣使镌（刻）之于剑阁山”。

【原 文】

箴者[①]，所以攻疾防患，喻针石也[②]。斯文之兴，盛于三代。夏、商二箴[③]，余句颇存。及周之辛甲百官箴一篇[④]，体义备焉[⑤]。迄至春秋，微而未绝。故魏绛讽君子后羿[⑥]，楚子训民于“在勤”[⑦]。战代以来[⑧]，弃德务功，铭辞代兴，箴文委绝[⑨]。至扬雄稽古[⑩]，始范《虞箴》[⑪]，作卿尹、州牧二十五篇[⑫]。及崔、胡补缀[⑬]，总称《百官》，指事配位，鞶鉴可

【译 文】

箴，就是针刺，用以批评过错，防止祸患，好比治病的石针。这种文体兴起后，盛行于夏、商、周三代。《夏箴》和《商箴》，还留下几个残余句子。周代的辛甲，要求各种官吏都写箴辞，用以针刺天子的过失。其中只有《虞人之箴》一篇，箴体的格式和内容都比较完备。到春秋时期，这种文体逐渐少起来，但还未衰绝。所以晋国魏绛曾用《虞人之箴》中讲的后羿，来讽谏晋君；楚庄王曾用“民生在勤”等话，来箴戒国人。战国以后，抛弃道德，专求有功；因此，铭辞代之而兴，箴文就基本上绝迹了。到了汉代，扬雄考古，才模仿《虞人之箴》，写了卿尹、州牧等各种官吏的箴文共25篇。后来崔骃、胡广等又加以补写，总称为《百官箴》。按照不同的

征[14]，信所谓追清风于前古[15]，攀辛甲于后代者也。至于潘勖《符节》[16]，要而失浅；温峤《傅臣》[17]，博而患繁；王济《国子》[18]，引广事杂[19]；潘尼《乘舆》[20]，义正体芜[21]：凡斯继作，鲜有克衷[22]。至于王朗《杂箴》[23]，乃置巾、履[24]，得其戒慎，而失其所施[25]。观其约文举要，宪章戒铭[26]，而水火井灶[27]，繁辞不已，志有偏也。

官位，提出应该箴诫的事项，充分发挥鉴戒的作用，这就可说是学习古人的清风，继承辛甲的作法了。汉末潘勖的《符节箴》，比较简要，却失于肤浅；东晋温峤的《侍臣箴》，内容广博，却过于繁杂；西晋王济的《国子箴》，虽然旁征博引，内容却很贫乏；潘尼的《乘舆箴》，内容正确，但又写得过于芜杂：所有这些相继出现的作品，很少写得恰到好处。至于魏国王朗的《杂箴》，把头巾、鞋子也写了进去，虽也有了戒慎的意义，但在箴中写这种东西是不恰当的。《杂箴》的文词简明扼要，是学周武王的箴写的；但它写一些水火井灶之类，就显得拉杂不已了，这是立意不正造成的。

## 注释

❶箴（zhēn）者：唐写本作“箴者，针也”。译文据唐写本。箴：劝告。针：针刺治病。 ❷针石：即石针，古代用石针治病。 ❸夏商二箴：《周书·文传解》引到《夏箴》数句，《吕氏春秋·应同》引到《商箴》数句。但这些未必是夏商时的作品。 ❹“及周之辛甲”句：唐写本作：“周之辛甲，百官箴阙，唯《虞箴》一篇。”译文据此。辛甲：原来是商臣，后做周文王的大史。百官箴阙：据《左传·襄公四年》，辛甲曾“命百官官箴王阙”。阙：过失。《虞箴》：指《虞人之箴》，见《左传·襄公四年》。 ❺体义：指箴这种文体的基本格式和内容。 ❻魏绛：春秋时晋国人。《左传·襄公四年》说，魏绛曾引《虞人之箴》谏晋君。后羿（yì）：传为夏代有穷国的君主，善于射箭。《虞人之箴》中曾讲到后羿因射猎而忘国事，所以魏绛用来劝告晋君不要荒于田猎。 ❼楚子：指楚庄王。在勤：《左传·宣公十二年》载栾（luán）武子说，楚庄王经常教育

国人，曾箴之曰：“民生在勤，勤则不匮。” ⑧战代：战国时代。 ⑨委：唐写本作“萎”，译文据“萎”字。萎：衰。 ⑩扬雄：字子云，西汉末年文学家。稽：查考。 ⑪范：模范，这里作动词用，指学习，模仿。 ⑫卿尹州牧：均官名，这里指扬雄所作《冀州箴》《司空箴》《宗正卿箴》等20多篇各种官吏的箴文。载《全汉文》卷五四。 ⑬崔：指东汉文人崔骃、崔瑗父子。胡：胡广，字伯始，东汉大官僚。他们继扬雄补写各种官吏的箴文，共48篇，叫作《百官箴》。《全后汉文》辑得崔骃7篇（卷四四）、崔瑗9篇（卷四五）、胡广3篇（卷五六）。 ⑭鞶（pán）：官服的大带。鉴：镜，指装饰在鞶带上的镜。据《左传·庄公二十一年》“王以后（皇后）之鞶鉴予之”句注，鞶鉴原是“古之遗服”或“妇人之物”，可见刘勰所说“鞶鉴”不是实指其物，而主要是取“鉴”的鉴戒之意。征：验证。 ⑮信所谓：唐写本作“可谓”，无“信”字。译文据“可谓”二字。 ⑯潘勖（xù）：字元茂，汉末作家。他的《符节箴》已亡。 ⑰温峤（qiáo）：字太真，东晋初文人。傅臣：唐写本作“侍臣”。译文据“侍臣”，指温峤的《侍臣箴》（见《艺文类聚》卷一六）。 ⑱王济：字武子，西晋文人。他的《国子箴》已亡。 ⑲引广事杂：唐写本作“引多而事寡”，译文据此。 ⑳潘尼：字正叔，西晋文人。他的《乘舆箴》载《晋书·潘尼传》。 ㉑义正：《乘舆箴》虽从封建统治者长治久安的愿望出发，但其中讲到“天下非一人之天下，乃天下之天下”、“故人主所患，莫甚于不知其过，而所美莫美于好闻其过”等，刘勰评以“义正”，在当时是有可取之处的。 ㉒衷：中，恰到好处。 ㉓王朗：字景兴，三国时魏国文人。他的《杂箴》只残存数句，见《艺文类聚》卷八〇。 ㉔巾：指头巾。履：鞋。 ㉕失其所施：刘勰在本篇第三部分说：“箴诵于官，铭题于器。”古代箴词多用于箴戒帝王，王朗在《杂箴》中讲到巾、履之类，所以刘勰认为用非其所。 ㉖宪章：法度。这里用作动词，指学习。戒铭：唐写本作“武铭”，指周武王的铭文。译文据“武铭”。 ㉗水火井灶：今存王朗《杂箴》中说：要使冬天像夏天那样温暖，没有火灶怎么行？要使夏天像冬天那样凉快，没有井水怎么行？

【原文】

夫箴诵于官，铭题于器，名目虽异[1]，而警戒实同。箴全御过，故文资确切；铭兼褒赞，故体贵弘润[2]。其取事也必核以辨[3]，其摛文也必简而深[4]，此其大要也。然矢言之道盖阙[5]，庸器之制久沦[6]，所以箴铭异用[7]，罕施于代[8]。惟秉文君子[9]，宜酌其远大焉[10]。

【译文】

箴是官吏对帝王讽诵，铭是用来品题器物，它们的名称和用途虽然不同，但引起警戒的作用是一致的。箴主要用来抵御过失，所以文词必须准确切实；铭则兼有褒扬赞美的作用，因此，其篇体以弘大润泽为贵。总的来说，铭和箴所讲的事，都必须确实而清楚明白；所用的文词，都必须简要而深远。这就是铭箴二体在写作上的基本要求。但由于说直话的风气逐渐消失，记功的制度也长期不存在，所以这两种文体都不多用，也就很少施行于后代了。今后的作者，应注意取其弘润、深远的特点。

注释

❶名目：唐写本作“名用”。译文据“名用”。 ❷弘润：即《文赋》所说：“铭博约而温润。” ❸核：核实，符合事实。辨：明，清楚。 ❹摛（chī）：发布。 ❺矢：正直。阙：缺少。 ❻沦：沉没。 ❼异用：一作“寡用”。译文据“寡用”。 ❽罕：稀少。于代：唐写本作“后代”。译文据“后代”。 ❾秉文：写作。秉：操，持。 ❿酌：择善而取。远大：指上面说的弘润、深远。本书《定势》篇说：“箴铭碑诔，则体制于弘深。”

【原文】

赞曰：铭实表器[1]，箴惟德轨。有佩于言[2]，无鉴

【译文】

总之，铭主要是彰明器物，箴主要是轨范道德。应该牢记警戒的语言，而不要

于水[3]。秉兹贞厉[4]，敬言乎履[5]。义典则弘[6]，文约为美。

徒取铭箴的形式。要用这种贞正的勉励，来警戒人的实际行为。内容合于常道就能弘大，文辞则以简要为美好。

## 注释

❶表器：唐写本作“器表”。表：明，这里作动词用。 ❷佩：结于衣带的装饰物。这里指铭记于心，佩服不忘。 ❸无鉴于水：《国语·吴语》：伍子胥谏吴王说：“王其盍（何不）亦鉴于人，无鉴于水。”韦昭注：“鉴，镜也。以人为镜，见成败；以水为镜，见形而已。”刘勰所说“无鉴于水”，就是用这个意思。 ❹贞：正。厉：劝勉。 ❺敬言乎履：唐写本作“敬乎立履”。履：行为，实践。 ❻典：常道，这里指合于常道。

# 一二、诔碑

**解题**

《诔碑》是《文心雕龙》第十二篇。碑和铭有密切关系。上篇《铭箴》对铭体的论述并不全面，就因为有的铭文也是碑文。因此，这两篇应该联系起来看。

本篇分论诔和论碑两大部分，共四段：第一段讲诔的意义及其发展情况，侧重于讲体制源流，形式技巧的发展和作家作品在这方面的得失。诔主要是为哀悼死者而称述其功德，本篇除讲述这种类型外，还讲到以追述祖先功德为主的颂诗，和以叙述哀情为主的诔。但颂诗并不是诔，这个界限，刘勰没有讲清楚。第二段讲诔的写作特点，要求生动地再现死者的形象，文辞有感人的艺术力量。第三段讲碑的意义及其发展情况。碑的原始意义有两种：一是记功和祭天地，一是拴祭祀牲畜的石柱，后来才发展为以记叙功德为主的碑文。未死的人有功，也可刻石记功，这种刻石也叫碑，刘勰已列入铭体，所以本篇主要讲为死者所写的碑。第四段讲写作碑文的基本要求，同时讲到碑和铭、诔的关系。

一般碑诔文和文学艺术的关系不大。但正如刘勰所说“资乎史才”、“其序则传”等，它和传记文学有一定联系。按刘勰的要求，要使所写的人能如见其面，其辞能令人闻之而悲，并靠优秀的碑诔文，使人能永传后世，这就涉及人物描写的一些艺术要求，其中有些意见还是可取的。

【原文】

周世盛德，有铭诔之

【译文】

周代帝王的德泽盛大，所以有铭诔产

文[①]。大夫之材[②]，临丧能诔。诔者，累也；累其德行，旌之不朽也[③]。夏、商已前，其详靡闻[④]。周虽有诔，未被于士[⑤]；又"贱不诔贵[⑥]，幼不诔长"，在万乘则称天以诔之[⑦]。读诔定谥[⑧]，其节文大矣[⑨]。自鲁庄战乘丘[⑩]，始及于士。逮尼父卒[⑪]，哀公作诔[⑫]。观其"慭遗"之切[⑬]，"呜呼"之叹[⑭]，虽非睿作[⑮]，古式存焉[⑯]。至柳妻之诔惠子[⑰]，则辞哀而韵长矣。暨乎汉世[⑱]，承流而作：扬雄之诔元后[⑲]，文实烦秽；"沙麓"撮其要[⑳]，而挚疑成篇[㉑]，安有累德述尊，而阔略四句乎[㉒]！杜笃之诔[㉓]，有誉前代。《吴诔》虽工[㉔]，而他篇颇疏[㉕]，岂以见称光武而改盼千金哉[㉖]！傅毅所制[㉗]，文体伦序[㉘]；孝山、崔瑗[㉙]，辨絜相参[㉚]。观其序事如传，辞靡律

生。古人说过：能胜任大夫的人才，遇有丧事必须能写出诔文来。所谓"诔"，就是积累；就是列举死者的德行，加以表彰而使之永垂不朽。夏、商两代以前，没有关于诔的传闻。周代虽然有诔，也不盛行，因为在当时诔还不能用于普通官吏，并且低贱的人不能为高贵的人作诔，幼辈也不可给长辈作诔；所以帝王死后，只能说由上天来诔他。宣读诔文，定立谥号，那时在礼仪上是有一套严格规定的。自从春秋时鲁庄公战败于乘丘而错怪驾车的人，诔才开始用到下级官吏。孔子死后，鲁哀公给他作了诔文。从其中所讲"上天不愿留下这位老人"和"呜呼哀哉"的悲叹来看，虽然不算很高明的作品，但古代诔文的基本格式已经具备。到鲁国柳下惠的妻子作《柳下惠诔》，就是文辞悲哀而篇幅较长的作品了。到了汉代，继承前人来写作：如扬雄的《元后诔》，文辞本来是相当繁杂的；《汉书·元后传》中只摘要提到"沙麓之灵"四句，晋代挚虞却怀疑是《元后诔》的全文，岂有累述尊贵者的德行，只写寥寥四句呢？东汉杜笃的诔文，在前代颇负声誉。他的《吴汉诔》虽然不错，其他诔文却比较粗疏；怎能因《吴汉诔》一篇受到光武帝的称赞，就使他全部作品变得贵重起来？傅毅所写的诔，文辞体制，颇有伦次；苏顺、崔瑗二人的作品，也还写得明白而简要。看他们的诔文，叙事如史传，文

调[31]，固诔之才也。潘岳构意[32]，专师孝山，巧于序悲，易入新切；所以隔代相望，能徽厥声者也[33]。至如崔骃《诔赵》[34]，刘陶《诔黄》[35]，并得宪章[36]，工在简要。陈思叨名而体实繁缓[37]；《文皇》诔末[38]，旨言自陈[39]，其乖甚矣[40]。若夫殷臣诔汤[41]，追褒《玄鸟》之祚[42]；周史歌文[43]，上阐后稷之烈[44]。诔述祖宗，盖诗人之则也。至于序述哀情，则触类而长。傅毅之诔北海[45]，云："白日幽光，雰雾杳冥"[46]；始序致感[47]，遂为后式，景而效者[48]，弥取于工矣[49]。

辞细致，音律协调，的确是具有写诔之才。晋代潘岳，在构思上专学苏顺，善于叙述悲伤之情，能很容易地写得新颖而亲切。所以，和汉代的苏顺比较起来，潘岳就能获得更为美好的声誉。至如东汉崔骃的《诔赵》文，刘陶的《诔黄》文，都掌握了写诔的方法，好在简明扼要。三国时的曹植，虽然享有盛名，其实，他的诔文文繁而势缓；在《文帝诔》的最后，用一百多字来表白自己，这就很不符合诔的写作规则了。此外，如殷代人对商汤王的诔，是在《玄鸟》诗中追颂其祖先的洪福；周代史官对周文王的歌颂，是在《生民》等诗中追述后稷的功业。累述祖宗之德，这是诗人的表达方法。至于叙述哀伤之情，那就要根据有关的事物加以发挥。如傅毅的《北海王诔》，其中讲到北海王死后，"白日的光辉为之暗淡，暴雨下得天昏地暗"。《北海王诔》又开始在序中写了令人感伤之情，这就成了诔文的榜样；后来的摹仿者，就从而写得更好了。

## 注释

❶诔（lěi）：哀悼死者的一种文体，主要是列举死者的德行。 ❷"大夫之材"二句：郑玄注《诗经·鄘（yōng）风·定之方中》说："丧祭能诔……则可以为大夫。"刘勰就是用这个意思。 ❸旌：表扬。 ❹详：唐写本作"词"，译文据"词"字。靡：无，没有。 ❺被：加，及。士：身份低于卿、大夫而高于庶民的人。 ❻贱不诔贵，幼不诔长：这两句是《礼记·曾子问》中的话。

这种严格的等级观念，春秋战国以后，便逐渐废弃了。 ⑦万乘：有兵车万乘，指帝王。 ⑧谥（shì）：封建社会对帝王大臣死后加以封号。 ⑨节文：这里指礼的仪式。 ⑩鲁庄：指春秋时的鲁庄公。乘（shèng）丘：鲁国地名，在今山东省滋阳县西北。《礼记·檀弓上》载：鲁庄公在乘丘和宋国人打仗，因马惊翻车，鲁庄公从车上跌下，便责怪两个驾车的人。驾车者只得承认自己“无勇”，便奋力赴敌而死。后来才发现翻车的原因是马中箭受惊造成，鲁庄公因错怪御者，便对他们作诔加谥。 ⑪逮（dài）：及。尼父：指孔子。 ⑫哀公：指鲁哀公，和孔子同时的鲁国国君。 ⑬憖（yìn）遗：鲁哀公为孔子所作诔文中讲到：上天“不憖遗一老”（见《左传·哀公十七年》），意思是上天不肯留下这位老人。憖：宁愿。切：唐写本作“辞”，译文据“辞”字。 ⑭呜呼：鲁哀公的诔文中有“呜呼哀哉”，表示哀叹之辞。 ⑮睿（ruì 瑞）：聪明。 ⑯古式：鲁哀公所作《孔子诔》，是古代留传下来最早的一篇诔文，所以称为“古式”。 ⑰柳：指柳下惠，春秋时鲁国人，即展禽，名获，居柳下，谥曰惠。传为柳下惠妻所作《柳下惠诔》，见《列女传》卷二。 ⑱暨（jì）：及。 ⑲扬雄：字子云，西汉末年文学家。元后：西汉元帝后王政君。扬雄的《元后诔》见《艺文类聚》卷一五、《全汉文》卷五四。 ⑳沙麓：沙山脚下，指元后生长的地方，在今河北省大名县。撮（cuō）：取出一小部分。扬雄的《元后诔》原文很长，《汉书·元后传》只摘录了“沙麓之灵”等四句。 ㉑挚：指挚虞，字仲洽，西晋文学评论家。这里所说他对《元后诔》的论述，可能是他的《文章流别论》的逸文。 ㉒阔略：简略。 ㉓杜笃：字季雅，东汉文人。《后汉书·杜笃传》说，他由于给吴汉的诔文写得比他人好，受到光武帝的称赞。 ㉔吴：指吴汉，字子颜，东汉初年著名武将。杜笃的《吴汉诔》尚存不全，见《艺文类聚》卷七四。 ㉕疏：粗疏。 ㉖光武：东汉光武帝刘秀。眄：唐写本作“眄”（miǎn），斜视，这里引申为看待、对待之意。 ㉗傅毅：字武仲，东汉作家。他作的诔，今存《明帝诔》《北海王诔》两篇，载《全后汉文》卷四三。 ㉘伦序：即伦次，指文有次第。 ㉙孝山：苏顺字孝山，东汉文人。《全后汉文》辑其《和帝诔》等3篇（卷四九）。崔瑗：字子玉，东汉文人。《全后汉文》辑其《和帝诔》等3篇（卷四五）。 ㉚辨絜：唐写本作“辨洁”。译文据“辨洁”，明约的意思。㉛靡：细。律调（tiáo）：音律调和。㉜潘岳：字安仁，西晋文学家。《全晋文》辑其《世祖武皇帝诔》等10余篇（卷九二）。构意：唐写本作“构思”。㉝徽：唐写本作“徽”。译文据“徽”字。徽是美善。厥：其。声：名。㉞崔骃（yīn）：字亭伯，东汉文人。诔赵：他给姓赵者所作诔文，今不存。㉟刘陶：字子奇，东汉文人。诔黄：他给姓黄者所作的诔文，今不存。㊱宪章：法度。㊲陈思：指曹植，封陈王，谥号“思”，三国作家。叨（tāo）名：得名。有不应得而得的意思。体：指文风。缓：舒缓。㊳《文皇》：指曹植为魏文帝曹丕所写的《文帝诔》。诔存，见《三国志·魏志·文帝纪》注。㊴旨言：唐写本作“百言”。译文据“百言”，指《文帝诔》最后的百余言。㊵乖：不合：刘勰太拘泥于古代固定格式，他对曹植的这个批评并不恰当。《文帝诔》的主要缺点，在于作者哀悼的话言不由衷。㊶诔：唐写本作“咏”，译文据“咏”字。汤：商汤王。㊷玄鸟：燕子。这里指《诗经·商颂》中的《玄鸟》篇。这是一首歌颂商王祖先的诗。相传简狄吞燕卵而生契（xiè），汤王是契的后代。祚（zuò）：福命。㊸史：掌典礼的史官。文：指周文王。《诗经·大雅》中有《生民》等篇，是歌颂周王祖先的。《生民》《玄鸟》等，原是颂体，列入诔比较勉强，但刘勰只是作为累列祖先之德的一种例子提出的。㊹后稷（jì）：传为周代帝王的始祖。㊺北海：指光武帝之侄刘兴，封北海王。傅毅的《北海王诔》，见《古文苑》卷二〇，文不全。㊻雰雾：傅毅《北海王诔》的原文作“淮雨”；本书《练字》篇也讲到“傅毅制诔，已用淮雨”。淮雨：暴雨。译文据“淮雨”。杳冥：幽暗。㊼始序致感：《北海王诔》的序中说，刘兴死后，其所辖境内，四民都“感伤”得“若伤厥（其）亲”。㊽景：唐写本作“影”，意同，指摹仿。㊾弥：更加。

## 【原文】

详夫诔之为制①，盖选言录行，传体而颂文，荣始而哀终②。论其人

## 【译文】

仔细研究诔这种文体的写作方法，大致是选录死者的言论，记叙死者的德行；以记传的体制而用颂的文辞；开始是称赞死者的

也，暧乎若可觌[3]；道其哀也[4]，凄焉如可伤。此其旨也[5]。

功德，最后表达哀伤的情意。讲到这个人，就要使人隐隐约约看得见；叙述悲哀，就要使其凄怆之情令人感到伤痛。这就是写诔文的基本要求。

## 注释

❶制：法度。 ❷荣：指死者在生时的功德。 ❸暧（ài）：不很明显。觌（dí）：看见， ❹道：唐写本作“述”。译文据“述”字。 ❺旨：要旨。

【原文】

碑者，埤也[1]。上古帝皇[2]，纪号封禅[3]，树石埤岳，故曰碑也[4]。周穆纪迹于弇山之石[5]，亦古碑之意也[6]。又宗庙有碑，树之两楹[7]，事止丽牲[8]，未勒勋绩[9]。而庸器渐缺[10]，故后代用碑，以石代金，同乎不朽，自庙徂坟[11]，犹封墓也[12]。自后汉以来，碑碣云起[13]。才锋所断[14]，莫高蔡邕[15]。观《杨赐》之碑[16]，骨鲠《训》《典》[17]，《陈》《郭》二文[18]，词无择言[19]；

【译文】

所谓“碑”，就是附助。古代帝王受命，就封禅于泰山，刻石记功，所以叫碑。相传周穆王曾在弇山上刻石记其行迹，这就是“碑”的意思了。还有宗庙阶前的碑，树立两根石柱在庙堂中庭，只是作为系牲畜之用，并不在上面铭刻功绩。后来，记功的庸器逐渐少用，所以，后代就常用石碑记功；用石碑代替铜器，同样可以保持长久。这和聚土而成坟墓一样，宗庙的碑和坟墓的碑都可长期保存。从东汉以后，方形和圆顶形的石碑大量出现了。汉代写碑文最有才力的，莫过于蔡邕。如他的《太尉杨赐碑》，学习《尚书》而写得端正有力；他的《陈寔碑》《郭泰碑》两篇，都无愧于所称扬的人；此外，《汝南周勰碑》《太傅胡广碑》等周、乎众碑[20]，莫非清允[21]。其叙事也该而要[22]，其缀采也雅而泽[23]。清词转而不穷[24]，巧义出而卓立。察其为才，自然而至。孔融所创[25]，有慕伯喈。《张》《陈》两文[26]，辨给足采[27]，亦其亚也[28]。及孙绰为文[29]，志在碑诔，《温》《王》《郤》《庾》[30]，辞多枝杂，《桓彝》一篇[31]，最为辨裁[32]。

篇，无不写得清晰允当。蔡邕的碑文，在叙事上全面而扼要；词采上雅正而润泽；文词清晰而又变化无穷，新义巧出而又超然卓立。考察他写碑文的才能，是自然而来的。孔融写碑文，就有学习蔡邕的地方。他的《卫尉张俭碑铭》和《陈碑》两文，言辞巧捷，文采丰富，可算是仅次于蔡邕的作品了。到晋代孙绰，有志于碑诔的写作，他的《温峤碑》《丞相王导碑》《太宰郗监碑》和《太尉庾亮碑》等，辞多枝蔓，杂乱无章；只有《桓彝碑》一篇，最为简洁。

## 注释

❶埤（pí）：此字和下句“埤”字，唐写本均作“裨”（bì）。译文据“裨”字。裨：补助。刘勰多用音近的字来解释文体的含义，很难全部找到合适的字；以“裨”释“碑”，就很勉强。 ❷帝皇：唐写本作“帝王”。 ❸纪号：记功绩。《汉书·武帝纪》注引孟康的话：“王者功成治定……刻石纪号。”又引应劭说：“刻石纪绩也。”号：告。古代帝王表功明德、以告臣下的意思。封禅：古代帝王受命后祭天祭地的典礼。 ❹故曰碑：上古刻石，并不称“碑”，秦始皇诸刻石也未称“碑”。汉以后才称刻石为碑。 ❺周穆：指西周穆王。弇（yǎn）山：即崦嵫（yānzī）山，在今甘肃省。古代神话传为日没之处。《穆天子传》中说，周穆王曾在这里刻碑记功。 ❻“亦古碑”句：明人徐师曾《文体明辨序说·碑文》中引到这段话，无“亦古碑之意也”句，下有：“秦始刻铭于峄（yì）山之巅，此碑之所从始也。”诸家校刊本都未提到这两句，特录以备考。案：明代《文心雕龙》刻本较多，徐师曾引文，必有所据；秦世刻石，是碑文发展的重要阶段，刘勰论碑文发展，不可能略过不提。因此，虽多数刊本都无

此二句，却未可忽视。峄山：指李斯的《绎山刻石》，见《全秦文》卷一。
❼楹（yíng）：堂前直柱。 ❽丽牲：系祭祀用的牲畜。丽：附着。 ❾勒：刻。
❿庸器：铭功的铜器，主要用于周秦之前。 ⓫徂（cú）：往，到。 ⓬封墓：聚土以为坟墓。《礼记·檀弓上》："古也墓而不坟。"殷商时坟、墓有别，坟是封土隆起的，墓是平的。这里的"封墓"指上句说的"坟"，用以喻石碑同样可保持长久。 ⓭碑碣（jié）：通指石碑。方形叫碑，圆顶形叫碣。 ⓮断：绝，止。 ⓯蔡邕（yōng）：字伯喈（jiē），汉末著名学者，文学家。蔡邕所作碑文很多，《全后汉文》卷七五至七九，共辑其完、缺碑文40余篇。 ⓰《杨赐》：指蔡邕的《太尉杨赐碑》。杨赐：字伯献，汉末人。 ⓱骨鲠（gěng）：这个词《文心雕龙》中前后用到5次（《辨骚》《檄移》《奏启》《风骨》），各处用意虽略有侧重点不同，其基本意义是指文章的骨力端直。此处就是用这个基本意义。《训》《典》：指《尚书》，因其中有《尧典》《伊训》等篇。 ⓲《陈》：陈是陈寔（shí），字仲弓，汉末名士。这里指蔡邕所作《陈寔碑》。《郭》：郭是郭泰，字林宗，汉末名士。这里指蔡邕所作《郭泰碑》。 ⓳择：通"殬（dù）"，败坏的意思。 ⓴周：周指周勰，字巨胜，汉末人。这里指蔡邕的《汝南周勰碑》。乎：唐写本作"胡"，胡是胡广，字伯始，汉末人。这里指蔡邕的《太傅胡广碑》。 ㉑允：得当。 ㉒该：兼备。 ㉓缀（zhuì）：连结。
㉔转：移，指变化。 ㉕孔融：字文举，汉末作家。 ㉖《张》：张是张俭，字元节，汉末名士。这里指孔融的《卫尉张俭碑铭》，文存不全，见《全后汉文》卷八三。《陈》：此文已亡。 ㉗辨给：辨通辩，指便捷巧慧，善于言辞（据郝懿行《尔雅义疏·释训》）。 ㉘亚：次。 ㉙孙绰（chuò）：字兴公，东晋文人。《全晋文》辑其全、残碑文共7篇。 ㉚《温》：指孙绰的《温峤碑》，今不存。《王》：指《丞相王导碑》。《郤（xì）》：唐写本作"郗"（chī），指《太宰郗监碑》。《庾》：指《太尉庾亮碑》。三篇都已不全。据《晋书·孙绰传》载，温、王、郗、庾诸人死后，都"必须绰为碑文，然后刊石焉"。 ㉛《桓彝（yí）》：孙绰的《桓彝碑》，今不存。桓彝：字茂伦，东晋前期官僚。 ㉜辨：辨清。裁：剪裁。

【原文】

夫属碑之体[1]，资乎史才[2]。其序则传，其文则铭；标序盛德[3]，必见清风之华；昭纪鸿懿[4]，必见峻伟之烈[5]；此碑之制也。夫碑实铭器，铭实碑文，因器立名，事光于诔[6]。是以勒石赞勋者，入铭之域；树碑述已者[7]，同诔之区焉[8]。

【译文】

关于碑文写作的主要点，是要具有史家的才能；它的序文近于传体，碑文近于铭体；突出叙述死者的盛德，必须显示其美好的清风；明白记叙死者巨大的优点，必须表现其宏伟的功绩：这就是碑文的基本写作法则。碑是铭刻器物，碑文也就是铭；是根据石碑这个器物来确立“碑”的名称，碑的产生自然先于铭诔。所以，用石刻来赞颂功勋的就属于铭，树石立碑来讲述死者的事就属于诔。

注释

❶属：连缀，引申指写作。 ❷资：凭借。 ❸标：显出。序：叙述。 ❹照：明白。懿（yì）：美好。 ❺峻：高。烈：功业。 ❻光：唐写本作“先”。译文据“先”字。 ❼已：唐写本作“亡”。译文据“亡”字。 ❽区：区域，类。

【原文】

赞曰：写实追虚[1]，碑诔以立。铭德慕行[2]，文采允集。观风似面[3]，听辞如泣。石墨镌华[4]，颓影岂忒[5]。

【译文】

总之，描写过去的事迹，再现死者的容仪，碑诔为此而建立。铭刻美德，记叙言行，文采的运用应当适宜。写其清风，要能如亲见其面；听其文辞，要能如悲声哭泣。碑诔的美好文辞，使流风余韵，永无止息。

## 注释

❶写实：唐写本作“写远”。译文据“写远”。追：追叙，引申为再现。虚：指仪容。《尔雅·释训》：“其虚其徐，威仪容止也。”又《释诂》：虚，“闲也”。闲、徐意近。 ❷慕行：唐写本作“纂行”。纂：编写。 ❸风：指上文所说的“清风”。 ❹石：指碑。墨：指诔。镌（juān）：刻。华：指写得好的碑诔文。❺颓影：对后世的影响。颓：向下。忒（tè）：唐写本作“戢”。戢（jí）：收敛，停止。

# 一三、哀吊

## 解题

《哀吊》是《文心雕龙》的第十三篇。哀和吊是两种相近的文体，后来也总称为哀吊体。

本篇分哀和吊两大部分，共四段：第一段讲“哀”的意义、哀文的运用范围以及其发展情况。其中讲到两种类型：一是对夭殇小孩的哀悼，这是“哀”的本义；一种是对不幸暴亡者的哀悼。这方面的作品保存下来的不多，刘勰所论及的一些哀辞，也大都亡逸不存。第二段讲哀辞的主要写作特点，强调“情主于伤痛”，反对“虽丽不哀”。第三段讲“吊”的意义及其发展情况。也讲到两种类型：一是对遭水火之灾或有关“国灾民亡”重大事件的吊慰；一是对前人的不幸遭遇进行追慰。前一种是口头上的慰问，后一种多是写成书面的吊文。“吊”这种文体主要指后一种。第四段讲吊文的主要写作特点，强调要对前人作具体分析，再予以赞扬或批评，从而起到发扬封建道德和防止过失的作用。

刘勰论文，重视因情立文，反对华而不实。哀、吊这两种文体，都以表达悲哀之情为主，因此，更为排斥华丽，要求以真切的哀伤之情，写出“文来引泣”“读者叹息”的感人之作。

【原文】

赋宪之谥[①]：“短折曰哀。”[②]哀者，依也；悲实依心，故曰哀也。以辞遣

【译文】

《逸周书·谥法》中说：“年纪很小死了的就叫哀。”哀就是依，哀伤之情必须依靠心，所以叫作哀。哀辞的写作，主要是

哀[3]，盖不泪之悼[4]，故不在黄发[5]，必施夭昏[6]。昔三良殉秦[7]，百夫莫赎[8]，事均夭横[9]，《黄鸟》赋哀[10]，抑亦《诗》人之哀辞乎[11]！暨汉武封禅[12]，而霍子侯暴亡[13]，帝伤而作诗[14]，亦哀辞之类矣。及后汉汝阳王亡[15]，崔瑗哀辞[16]，始变前式[17]。然履突鬼门[18]，怪而不辞[19]；驾龙乘云，仙而不哀；又卒章五言，颇似歌谣，亦仿佛乎汉武也[20]。至于苏慎、张升[21]，并述哀文[22]，虽发其情华，而未极心实[23]。建安哀辞[24]，惟伟长差善[25]，《行女》一篇[26]，时有恻怛[27]。及潘岳继作[28]，实踵其美[29]。观其虑善辞变[30]，情洞悲苦[31]，叙事如传[32]；结言摹《诗》，促节四言[33]，鲜有缓句；故能义直而文婉[34]，体旧而趣新，《金鹿》《泽兰》[35]，莫之或继也[36]。

对幼年死者的哀悼，因此，和年老的人无关，而必须用于短命死去的小孩。从前子车氏的三个好儿子为秦穆公殉葬；他们的死，用一百个人也换不回来。这种情形和人的夭折相同，《黄鸟》诗中表达了对他们的悲哀，这也许可算《诗经》中的哀辞了吧。到汉武帝去泰山祭天地，跟从去的霍嬗突然死亡，汉武帝哀伤霍嬗而写的诗，也是属于哀辞一类的作品了。及至东汉汝南王刘畅死后，崔瑗为刘畅所写哀辞，才改变过去只为夭折者写哀辞的格式。但其中写到死者冲进鬼门，怪异而不通；又说死者乘云驾龙，入于仙境而不悲哀；最后一段用五言句子，好像歌谣的形式，也略近于汉武帝为霍嬗写的哀辞。至于东汉的苏顺、张升，都作过哀文，虽然写得有感情、有文采，却未能充分表达其真情实感。建安年间的哀辞，只有徐幹写得较好，他的《行女哀辞》一篇，还有一些哀痛的感情。到晋代潘岳继续写作的哀辞，真是集中了哀辞写作的优点。他的想象丰富，文辞多变，感情深厚而悲痛，叙事如写传记，用词则摹仿《诗经》；那种音节紧促的四言句子，很少松散无力的描写：所以能写得意义正直，文辞婉丽，沿着旧的体式，却表现了新的情趣。特别是潘岳的《金鹿哀辞》和《为任子咸妻作孤女泽兰哀辞》两篇，再也没有人能写得这样好了。

## 注释

❶赋宪之谥（shì）：宋人王应麟《困学纪闻》卷二引到《逸周书·谥法》中的一段话，注其中“赋宪”二字说：“《文心雕龙》云‘赋宪之谥’出于此。”这里就是用“赋宪之谥”指《逸周书·谥法》。赋宪：布法。谥：封建帝王大臣死后加以封号。 ❷短折曰哀：这是《逸周书·谥法解》中的话，原文是：“蚤（早）孤短折曰哀，恭仁短折曰哀。”据孔晁注，人“未知事”或“功未施”而死，就叫哀。折：夭折，年幼而死。 ❸遣：发。这里指表达。 ❹不泪：唐写本作“下流”。本书《指瑕》篇说：“礼文极尊，而施之下流。”这个“下流”指“弱子”，与“下流之悼”的“下流”同义，都是指年幼的人。 ❺黄发：老人。 ❻昏：孔颖达释《左传·昭公十九年》中的“夭昏”二字说：昏是“未三月而死也”。 ❼三良：三个好人，指春秋时秦国子车氏的三个儿子：奄息、仲行（háng）、鍼（qián）虎。《左传·文公六年》说，秦穆公死后，把这三个人一起埋葬。殉（xùn）：古代统治者死后，强迫活人陪同埋葬。秦：即秦穆公，《史记·秦本纪》中说，他死后有 170 多人殉葬。 ❽夫：男人。赎：换回。《诗经·黄鸟》中说：“如可赎兮，人百其身。” ❾夭横：唐写本作“夭枉”，也是夭折的意思。枉：曲。 ❿《黄鸟》：《诗经·秦风》中的一篇，是为哀悼子车氏三子而作的。赋：陈述。 ⓫《诗》人：指《诗经·黄鸟》的作者。⓬暨（jì）：及，至。汉武：西汉武帝刘彻。封禅：封建帝王祭天祭地的典礼。⓭霍子侯：名嬗（shàn），西汉著名将军霍去病的儿子。《汉书·霍去病传》载，汉武帝命霍嬗随同到泰山举行封禅典礼，归途中暴死。 ⓮伤而作诗：汉武帝作悼霍嬗的诗，不存，也未见有“作诗”的记载。按：《史记·封禅书》、桓谭《新论·谴非》、《风俗通义》卷二、《资治通鉴·武帝纪》也载此事，都未提及汉武帝作诗。《全汉文》卷四辑汉武帝《与奉车子侯家诏》中有“道士皆言子侯仙去，不足悲”数语。 ⓯汝阳王：查东汉和帝、安帝、顺帝时期都没有汝阳王。东汉明帝第二子刘畅曾封汝南王，这里或指刘畅。汉置汝南郡，汝阳是其郡属县。 ⓰崔瑗（77—142）：字子玉，东汉文人。哀辞：可能指哀悼刘畅的作品，今不存。刘畅死于东汉和帝十年底（98），当时崔瑗约 21 岁。 ⓱前式：

指为夭折者写哀辞。后来的哀辞，不完全限于幼年。 ⑱履：践，走。突：冲入。 ⑲不辞：不成其为辞，不通。 ⑳仿佛汉武：指和汉武帝所作霍嬗哀辞相似，如“仙而不哀”等说法。 ㉑苏慎：唐写本作“苏顺”。译文据“苏顺”。苏顺字孝山，东汉文人。张升：字彦真，东汉文人。 ㉒哀文：苏顺、张升的哀文均不传。 ㉓心实：即情实，指真情实感。 ㉔建安：汉献帝刘协年号，196—220 年。 ㉕伟长：徐幹字伟长，汉末作家。差：比较。 ㉖《行女》：指徐幹的《行女哀辞》，不存。 ㉗恻怛（dá）：哀痛。 ㉘潘岳：字安仁，西晋文学家。 ㉙踵：唐写本作“钟”。译文据“钟”字，聚集的意思。 ㉚善：唐写本作“赡”。译文据“赡”字，富足的意思。 ㉛洞：深。苦：痛。 ㉜传（zhuàn）：传记。 ㉝节：指音节。 ㉞婉：美。 ㉟《金鹿》：指潘岳的《金鹿哀辞》。《泽兰》：指潘岳的《为任子咸妻作孤女泽兰哀辞》。均存，见《全晋文》卷九三。 ㊱莫之或继：无人能继续写出这样的作品。这个评价太高。

【原 文】

原夫哀辞大体①，情主于痛伤，而辞穷夫爱惜②。幼未成德，故誉止于察惠③，弱不胜务，故悼加乎肤色④。隐心而结文则事惬⑤，观文而属心则体奢⑥。奢体为辞，则虽丽不哀；必使情往会悲，文来引泣⑦，乃其贵耳。

【译 文】

关于哀辞写作的主要点，是感情要哀痛，文辞要尽量表达出对死者的爱惜。由于死者年幼，他的品德还未形成，所以主要是赞美他的聪慧；因为死者幼弱，还未担任过国家大事，所以只能对他的容貌加以悼念。作者把悲痛的心情写成哀辞，就能令人满意；为了华美的文辞而去联结心思，就会写得浮夸不实。用浮夸不实的文风写成哀辞，那就虽然华丽，却不悲哀；必须使作者的思想感情融会在悲哀之中，写出的哀辞能引起他人哭泣，这种作品才是可贵的。

## 注释

❶大体：主体。指写作上的主要点。 ❷穷：极尽。 ❸察惠：聪明。惠：同慧。 ❹肤色：一作“容色”，意思略同，指容貌。 ❺隐：痛苦。惬（qiè）：满意。这句和本书《情采》篇中说的“为情而造文”意同。 ❻属：和上句“结”字的意思相近，联结。奢：夸张，不实。这句和《情采》篇说的“为文而造情”意同。 ❼引泣：指哀悼文的感人作用。

## 【原文】

吊者，至也。《诗》云①“神之弔矣”②，言神至也。君子令终定谥③，事极理哀，故宾之慰主，以“至到”为言也④。压溺乖道⑤，所以不吊矣。又宋水、郑火⑥，行人奉辞⑦，国灾民亡，故同吊也⑧。及晋筑虒台⑨，齐袭燕城⑩，史赵、苏秦⑪，翻贺为吊⑫；虐民搆敌⑬，亦亡之道。凡斯之例，吊之所设也⑭：或骄贵而殒身⑮，或狷忿以乖道⑯，或有志而无时⑰，或美才而兼累⑱，追而慰之，并名为吊。自贾

## 【译文】

所谓吊，就是到。《诗经》中说“神之弔矣”，就是说神的到来。正常死亡的人定谥治丧，是极为悲哀的事，所以，宾客对治丧主人的慰问，他们的到来，就是“吊”的意思了。《礼记》中说，被物压死、被水淹死等，因为不是正常死亡，所以不必哀吊。春秋时宋国发生水灾，郑国发生火灾后，各国派使臣前往致辞慰问；这是国家遇上灾难，人民遭到死亡，所以，这种慰问和哀吊相同。还有一种情形：如春秋时晋国建成虒祁宫，齐国袭击燕国，史赵和苏秦认为这样的事不应祝贺，而应哀吊。因为建筑虒祁宫残害人民，攻打燕国结下仇敌，这都是亡国之道。大凡这样一些情形，就要运用吊辞：或者是过于骄贵而丧命，或者是褊急忿恨而违背常道，或者是有大志而生不逢时，或者是有美好的才能又连带着一定的缺损。追念这些而加以慰

谊浮湘[19]，发愤《吊屈》[20]，体同而事核[21]，辞清而理哀，盖首出之作也[22]。及相如之《吊二世》[23]，全为赋体；桓谭以为其言恻怆[24]，读者叹息。及平章要切[25]，断而能悲也[26]。扬雄吊屈[27]，思积功寡[28]，意深文略[29]，故辞韵沉腿[30]。班彪、蔡邕[31]，并敏于致语[32]，然影附贾氏[33]，难为并驱耳。胡、阮之《吊夷齐》[34]，褒而无闻[35]；仲宣所制[36]，讥呵实工[37]。然则胡、阮嘉其清，王子伤其隘[38]，各志也[39]。祢衡之《吊平子》[40]，缛丽而轻清[41]；陆机之《吊魏武》[42]，序巧而文繁。降斯以下，未有可称者矣。

问的作品，都叫作吊。自从汉初贾谊渡湘江，感发愤激而写了《吊屈原文》，体制周密，事实准确，文辞清晰，内容悲哀，这要算是最早出现的哀吊作品了。到司马相如所写《哀秦二世赋》，完全是赋的体裁。桓谭认为它写得伤痛，能使读者为之叹息；赋的最后写得扼要而确切，读完后能使人为之哀伤。扬雄为哀吊屈原而写的《反离骚》，思考得很多，但成就不大；其立意重在反诘《离骚》，所以文辞音韵不很流畅。又如班彪的《悼离骚》，蔡邕的《吊屈原文》，也善于提出责问；但他们追随贾谊的《吊屈原文》，是很难与之并驾齐驱的。此外，如胡广的《吊夷齐文》，阮瑀的《吊伯夷文》，只有赞扬没有批评；王粲的《吊夷齐文》，对伯夷、叔齐的批评写得较好。但胡广、阮瑀是嘉奖伯夷、叔齐的清高，王粲则是不满其狭隘，这是由于他们的观点各不相同。汉末祢衡的《吊张衡文》，辞采繁盛而忽于明洁。晋代陆机的《吊魏武帝文》，序写得不错，吊词却过于繁杂。从此以后，就没有值得称道的作品了。

## 注释

❶《诗》：指《诗经·小雅》中的《天保》。 ❷弔（dì）：即“递”，是“到”的意思，这个字和哀吊的“吊”不是一回事，刘勰这里是勉强混用。❸令终：善终，正常死亡。定谥：古代“读诔定谥”，有一套复杂的仪式，这里

是以“定谥”泛指办理丧事。 ❹以“至到”为言：刘勰把哀吊的“吊”解作“到”，所以这里就指宾客的“至到”是“吊”。 ❺压、溺乖道：《礼记·檀弓上》中说，有三种情形死的人，不必去吊哀：一是“畏”，被人强加罪名攻击，自己不作辩解而死的；二是“压”，自己到危险的地方去，被崩塌之物压死的；三是“溺”，在游泳时淹死的。刘勰只讲了“压、溺”两种，但三种都包括在内。乖道：不合常道。以封建礼教看，这三种情形都不是善终。 ❻宋水：《左传·庄公十一年》载，宋国发生水灾，鲁国曾派人去吊慰。郑火：《左传·昭公十八年》载，郑国发生火灾，只有许国没有去吊慰。 ❼行人：外交使节。奉辞：指给以慰问。 ❽同吊：指各诸侯国使节对水灾火灾的慰问之辞，和哀吊的意义相同。 ❾虒（sī）台：即虒祁宫，春秋时晋国宫名，故址在今山西省曲沃县。《左传·昭公八年》载，晋平公筑“虒祁之宫”，鲁国派叔弓、郑国派游吉去祝贺。 ❿齐袭燕城：《战国策·燕策一》载，齐宣王趁燕国有丧事时，进攻燕国，占领十城。袭：攻其不备。 ⓫史赵：春秋晋国太史。《左传·昭公八年》载，郑国游吉（即子太叔）到晋国祝贺虒祁宫建成时，史赵对子太叔说：“甚哉，其相蒙也，可吊也，而又贺之。”苏秦：字季子，战国时纵横家。《战国策·燕策一》说齐国袭取燕国十城后，苏秦对齐宣王“再拜而贺，因仰而吊”。⓬翻贺为吊：把祝贺变为哀吊。 ⓭虐民：指晋国筑虒祁宫，残害人民。搆（gòu）敌：指齐国攻打燕国，结成仇敌。搆：同“构”，造，结。 ⓮设：施，用。 ⓯骄贵而殒（yǔn）身：指秦二世胡亥之类。司马相如的《哀秦二世赋》中曾说胡亥“持身不谨”等。殒：死。 ⓰狷（juàn）忿以乖道：指屈原之类。狷忿：急躁忿恨。扬雄《反离骚》中讲到屈原的作品放肆、思想狭窄。刘勰在《辨骚》篇也说屈原有“狷狭之志”。 ⓱有志而无时：指张衡之类。祢衡在《吊张衡文》中说：“伊尹（商臣）值汤（商汤王），吕望（周臣）遇旦（周公），嗟矣君生，而独值汉。”这是叹张衡的生不逢时。 ⓲美才而兼累：指曹操之类。陆机《吊魏武帝文》中说：“岂不以资高明之质，而不免卑浊之累。”累：牵连致损。 ⓳贾谊：西汉初年作家，曾做长沙王太傅，所以世称贾长沙或贾太傅。浮：指渡水。湘：湖南湘江。 ⓴《吊屈》：指贾谊的《吊屈原文》，载《文选》卷六〇。 ㉑同：唐写本作“周”，译文据“周”字。核：核实。

㉒首出：最早出现的吊文。徐师曾《文体明辨序说·吊文》说："若贾谊之《吊屈原》，则吊之祖也。"上面所讲春秋战国时的吊慰，只是口头上的慰问。㉓相如：姓司马，字长卿，西汉辞赋家。《吊二世》：指司马相如的《哀秦二世赋》，文存，载《史记·司马相如传》。㉔桓谭：字君山，东汉初年学者。恻怆：悲伤。桓谭论《哀秦二世赋》的话，可能是《新论》中的佚文。㉕平章：唐写本作"卒章"。译文据"卒章"，指《哀秦二世赋》最后所写"亡国失势"的原因一段。㉖断：止，指读完。㉗扬雄：字子云，西汉末年学者、文学家。《汉书·扬雄传》说他为"吊屈原"而作《反离骚》。㉘功寡：功绩小。㉙文略：唐写本作"反骚"。译文据"反骚"。《汉书·扬雄传》说，扬雄所作《反离骚》，"往往摭（拾取）《离骚》之文而反之"。㉚沉：湿病。腿（zhuì）：脚肿。这里指文辞不流畅。㉛班彪：字叔皮，东汉初年史学家、文学家。有《悼离骚》，尚存八句，见《艺文类聚》卷五八。蔡邕（yōng）：汉末学者、作家，有《吊屈原文》，文存不全，见《艺文类聚》卷四〇。㉜语：唐写本作"诘"。译文据"诘"字，指责问。㉝影附：依附，如影之附形，这里指追随。㉞胡：胡广，字伯始，东汉大官僚。阮：阮瑀（yǔ），字元瑜，汉末作家。《吊夷齐》：指胡广的《吊夷齐文》、阮瑀的《吊伯夷文》，均残，见《艺文类聚》卷三七。夷齐：伯夷、叔齐，殷末贵族，殷亡后，不食周粟而死。㉟褒：称颂。闻：唐写本作"间"。译文据"间"字。《论语·先进》："人不间于其父母昆弟之言。"邢昺疏："间，谓非毁间厕。"㊱仲宣：王粲字仲宣，汉末文学家，有《吊夷齐文》，尚存不全，载《艺文类聚》卷三七。㊲讥呵（hē）：批评。㊳隘（ài）：狭隘。王粲在《吊夷齐文》中批评他们："知养老之可归，忘除暴之为念。"王粲的批评，仍从封建观念出发。㊴各志也：唐写本作"各其志也"。译文据此。㊵祢（mí）衡：字正平，汉末作家。《吊平子》：指祢衡的《吊张衡文》，文存不全，见《太平御览》卷五九六。张衡：字平子，东汉科学家、文学家。㊶缛（rù）：繁盛。轻：轻视。㊷陆机：字士衡，西晋文学家。《吊魏武》：指陆机的《吊魏武帝文》，今存，载《文选》卷六〇。魏武：指魏武帝曹操。

【原 文】

夫吊虽古义，而华辞末造①；华过韵缓，则化而为赋。固宜正义以绳理②，昭德而塞违③，割析褒贬④，哀而有正，则无夺伦矣⑤。

【译 文】

哀吊的意义虽然古老，后来却出现华丽的文辞；华丽过分，音韵不紧凑，就演变成为赋体了。哀吊文本应用以伸张正义，纠正事理，彰明美德而防止错误；所以要有所分析地加以褒扬或贬斥，能够正确地表达哀情，那就不致破坏哀吊文的正当意义了。

## 注释

❶未造：当是“末造”之误。末造：后期。 ❷绳：纠正。 ❸昭：明白。塞：防止。违：过失。 ❹割：唐写本作“剖”，译文据“剖”字。剖析：分析。 ❺伦：这里指哀吊文的正常道理。

【原 文】

赞曰：辞定所表①，在彼弱弄②。苗而不秀③，自古斯恸④。虽有通才，迷方告控⑤。千载可伤，寓言以送⑥。

【译 文】

总之，吊辞所哀伤的，在于幼弱的儿童。幼苗不能成长，自古以来都为之悲痛。虽有写作的全才，如果迷失以辞遣哀的方向，就很难正确运用。这种千古可悲的感情，只有用吊辞来遣送。

## 注释

❶辞定所表：唐写本作“辞之所哀”，译文据唐写本。 ❷弱弄：指幼年。弄：戏弄。 ❸秀：庄稼抽穗开花。 ❹斯：语词。恸（tòng）：极其悲痛。 ❺方：方向。告：唐写本作“失”，译文据“失”字。控：控制。 ❻寓：寄寓，这里指表达。

# 一四、杂文

## 解题

《杂文》是《文心雕龙》的第十四篇，主要论述汉晋之间出现的几种杂体作品。《文心雕龙》全书有21篇论文体，《杂文》不列于文体论之末，而在其中，是因为《杂文》中“文”（韵文）“笔”（散文）兼有。第十五篇《谐隐》也是如此。《杂文》篇以上所论各体都属于“文”类，《谐隐》篇以下所论各体都属于“笔”类。

全篇分五段：第一段概述《对问》《七发》《连珠》三种类型作品的产生及其基本意义。第二段论述《对问》这种形式的作家作品及其写作特点。第三段论述《七发》这种形式的作家作品及其写作特点。第四段论述《连珠》这种形式的作家作品及其写作特点。第五段讲上述三种以外的种种杂文名目，说明这些将分别在有关文体中论述。

刘勰认为这些杂文是“文章之枝派”，不属于文章的正体；写这种东西是文人从事写作之余的一种游戏。这种看法显然是不正确的。当然，这和古代作者大多不是用严肃的态度来写这方面的作品有关。但正因古人写这类作品时，受传统观念的约束较少，比较随便，因而用来“发愤以表志”或“戒膏粱之子”等，更能起到正统文体所不能起的作用。尤其在艺术上，其丰富大胆的想象虚构、小巧而鲜明的形象描绘，都独具其特点。刘勰虽局限于儒家正统观念，对这些认识不够，但本篇也多少总结了一些“虽小而明润”等特点。

【原 文】

智术之子[1]，博雅之人，藻溢于辞[2]，辞盈乎气[3]。苑囿文情[4]，故日新殊致[5]。宋玉含才[6]，颇亦负俗[7]，始造《对问》[8]，以申其志[9]；放怀寥廓[10]，气实使之[11]。及枚乘摛艳[12]，首制《七发》[13]，腴辞云搆[14]，夸丽风骇[15]。盖七窍所发[16]，发乎嗜欲，始邪末正[17]，所以戒膏粱之子也[18]。扬雄覃思文阔[19]，业深综述[20]；碎文琐语，肇为《连珠》[21]，其辞虽小而明润矣。凡此三者，文章之枝派，暇豫之末造也[22]。

【译 文】

聪明才智、博学高雅的人，他们的言辞富有文采，他们的气质充满着才华，所以在写作上赋采抒情，能不断取得各种不同的新成就。楚国宋玉才高，颇为一般人所不理解，他首先写作了《对楚王问》，用以表白他的高志；舒展其胸怀于辽阔的太空，正是凭着气质来支配文辞。到汉初枚乘进行艳丽的描写，开始创作了《七发》，丰富的文采如彩云结成，华丽的描写像和风四起。人的眼耳口鼻所引起的，是各种各样的嗜欲；《七发》开始讲不正当的嗜欲，最后讲正当的愿望，是为了用以告诫贵族子弟。曾经在天禄阁进行深入思考的扬雄，擅长深刻的著述；他用一些短小零碎的文辞，最早写了《连珠》，这种作品虽较短小，却具有明快润泽的特点。以上三种文体，是文章的支流，闲暇时用以为娱乐的次要作品。

## 注 释

❶术：艺，才能。 ❷藻：文采。 ❸辞：唐写本作“辩”。指善于言辞。气：气质。 ❹苑囿（yòu）：聚养花木禽兽的园林，这里作动词用，指掌握、驾驭。 ❺殊致：指达于不同的成就。 ❻宋玉：战国时楚国作家。 ❼负俗：才高者为世俗所讥。 ❽《对问》：指宋玉的《对楚王问》，载《文选》卷四五。《对楚王问》中说，楚襄王问宋玉：“何士民众庶不誉之甚也?”本文就是回答这个问题。 ❾申：陈述。 ❿寥廓：空阔。宋玉在《对楚王问》中把自己比作凤

凰等，可上击九千里而翱翔太空。 ⑪之：唐写本作“文”，译文据“文”字。 ⑫枚乘：字叔，西汉作家。摛（chī）：发布。 ⑬《七发》：用问答的形式讲七件事。枚乘以后，傅玄、曹植、陆机等摹仿这种形式的很多，形成汉魏以来常用的一种文体。《七发》载《文选》卷三四。 ⑭腴（yú）：肥美，这里指美好的文采。云搆：形容作品的大量出现。搆：同构。 ⑮夸：华。风骇：如风之四起。陆机《皇太子宴玄圃宣猷堂有令赋诗》：“协风傍骇”，李善注引《广雅》：“骇，起也。”“协风傍骇”即和风四起。 ⑯七窍：七孔，指人的二眼、双耳、两个鼻孔和口。刘勰把“七发”和“七窍所发”联系在一起，是一种含混的说法，《七发》和“七窍”无关。 ⑰始邪末正：邪，指《七发》的前几段所讲音乐的动听，酒食的甘美等；正，指最后所讲“论天下之精微，理万物之是非”的“要言妙道”。 ⑱膏粱之子：贵族子弟。膏粱：肥肉美谷，喻指珍贵食物的享受者。 ⑲扬雄：字子云，西汉末年文学家。覃（tán）：深。文阔：唐写本作“文阁”。文阁指汉代藏典籍的天禄阁，扬雄曾在天禄阁校书。 ⑳业：职，引申为擅长。综述：著述，指扬雄写《太玄》《法言》。 ㉑肇（zhào）：始。《连珠》：扬雄所作《连珠》，今不全，《全汉文》卷五三辑得数条。连珠是连贯如珠的意思，这种文体多用比喻来表达意旨。 ㉒暇豫：闲乐。这里有以写作来消遣的错误看法。末造：后期，这里是比喻文体的末流。

【原文】

自《对问》以后，东方朔效而广之①，名为《客难》②；托古慰志③，疏而有辨④。扬雄《解嘲》⑤，杂以谐谑⑥，回环自释⑦，颇亦为工。班固《宾戏》⑧，含懿采之华⑨；崔骃《达旨》⑩，吐

【译文】

从宋玉写了《对问》以后，西汉东方朔仿效写作并加以扩大，写成了叫作《答客难》的作品；借托古人来安慰自己的情志，虽然写得粗疏，对自己的思想却有较好的辨析。扬雄所写《解嘲》，其中夹杂一些诙谐嘻笑的话，为自己反复辩解，写得也还不错。东汉班固的《答宾戏》，具有美好的文采；崔骃的《达

典言之裁[11]；张衡《应间》[12]，密而兼雅；崔实《客讥》[13]，整而微质[14]；蔡邕《释诲》[15]，体奥而文炳[16]；景纯《客傲》[17]，情见而采蔚[18]；虽迭相祖述[19]，然属篇之高者也[20]。至于陈思《客问》[21]，辞高而理疏；庾敳《客咨》[22]，意荣而文悴[23]。斯类甚众，无所取裁矣[24]。原兹文之设[25]，乃发愤以表志。身挫凭乎道胜[26]，时屯寄于情泰[27]，莫不渊岳其心[28]，麟凤其采[29]，此立本之大要也[30]。

旨》，表达了符合常道的体制；张衡的《应间》，写得严密而雅正；崔寔的《答讥》，写得较为齐整却略微质朴；蔡邕的《释诲》，内容深刻而文辞明亮；东晋郭璞的《客傲》，情志鲜明而文采丰富：以上各家虽是相互摹仿，但都是这方面写得较好的作者。此外如曹植的《辩问》，文辞不错而内容疏略；庾敳的《客咨》，内容较强而文辞太弱。像这样的作品还很多，已没有什么可取的成就了。本来这种文体的创立，是为了抒发内心的烦闷，从而表达作者的情志。无论是在作者不顺利时借以表现其高尚的道德，或是在困难时寄寓其泰然的心情，都要有高深的思想、奇特的文采，这就是这种文体的主要写作特点。

## 注释

❶东方朔：字曼倩，西汉作家。 ❷《客难》：指东方朔的《答客难》，载《汉书·东方朔传》、《文选》卷四五。 ❸慰志：《汉书·东方朔传》说，东方朔因为位卑，久不被重用，便“设客难己，用位卑以自慰谕”，写了这篇《答客难》。 ❹疏：粗略。辨：辨析。 ❺《解嘲》：也是问答体。文中自设有人嘲笑扬雄忙于写《太玄经》而官位不高，因而对此进行解答。文存，载《汉书·扬雄传》、《文选》卷四五。 ❻谐谑（xiéxuè）：诙谐，嘲笑。 ❼回环：围绕，反复。 ❽班固：字孟坚，东汉史学家、文学家。《宾戏》：指班固的《答宾戏》。宾：假设的宾客。文存，载《汉书·叙传上》、《文选》卷四五。 ❾懿（yì）：美好。 ❿崔骃（yīn）：字亭伯，东汉作家。《达旨》：也是问答体，载

《后汉书·崔骃传》。 ⑪典：常道。裁：体制。 ⑫张衡：字平子，东汉科学家、文学家。他的《应间》载《后汉书·张衡传》。间（jiàn），缝隙，这里指挑毛病的人。 ⑬崔实：应为“崔寔”，字子贞，崔骃的孙子，东汉作家。《客讥》：崔寔有《答讥》，见《艺文类聚》卷二五。 ⑭整：整饬（chì），齐整。 ⑮蔡邕（yōng）：字伯喈（jiē），汉末学者、作家。他的《释诲》载《后汉书·蔡邕传》。 ⑯炳：明。 ⑰景纯：唐写本作“郭璞”。郭璞字景纯，东晋初年学者、作家。他的《客傲》载《晋书·郭璞传》。 ⑱见（xiàn）：同“现”，显露。蔚：繁盛。 ⑲迭：轮流。祖述：效法，继承。 ⑳属：连缀。 ㉑陈思：指曹植，字子建，他获封陈王，谥号叫思，三国时著名文学家。《客问》：可能指曹植的《辩问》、《全三国文》卷一六辑其残文四句。 ㉒庾敳（ái）：字子嵩，西晋文人。他的《客咨》今不存。 ㉓荣：盛。悴：衰弱。 ㉔取裁：唐写本作“取才”，译文据“取才”。《论语·公冶长》：“无所取材。”“材”通“才”。 ㉕原：唐写本作“原夫”。 ㉖挫：挫折。凭：依托，和下句“寄”字意略同，都指表达于文辞。 ㉗屯：困难。泰：安适。 ㉘渊：深水。岳：高山。 ㉙麟凤：以麒麟、凤凰喻世上稀有的珍贵之物。这里指罕见的文采。 ㉚立本：唐写本作“立体”，译文据“立体”。体：文体。

## 【原 文】

自《七发》以下，作者继踵[①]。观枚氏首唱，信独拔而伟丽矣。及傅毅《七激》[②]，会清要之工；崔骃《七依》[③]，入博雅之巧；张衡《七辨》[④]，结采绵靡[⑤]；崔瑗《七厉》[⑥]，植义纯正；陈思《七启》[⑦]，取美于宏

## 【译 文】

从枚乘写了《七发》以后，这种文体的作者继续不断。枚乘首先写的《七发》，看来真是超群出众、十分壮丽了。到东汉，傅毅的《七激》，会聚了明白而简要的优点；崔骃的《七依》，写成广博而雅正的妙文；张衡的《七辩》，文采柔和而细致；崔瑗的《七苏》，立义纯正；曹植的《七启》，在宏伟壮丽上取胜；王粲的《七释》，致力于对事理的辨析。从

壮；仲宣《七释》[8]，致辨于事理。自桓麟《七说》以下[9]，左思《七讽》以上[10]，枝附影从，十有余家[11]。或文丽而义暌[12]，或理粹而辞驳[13]。观其大抵所归[14]，莫不高谈宫馆，壮语畋猎[15]，穷瑰奇之服馔[16]，极蛊媚之声色[17]；甘意摇骨体[18]，艳词动魂识[19]；虽始之以淫侈[20]，而终之以居正，然讽一劝百[21]，势不自反。子云所谓先“骋郑卫之声[22]，曲终而奏雅”者也[23]。唯《七厉》叙贤，归以儒道[24]，虽文非拔群，而意实卓尔矣。

汉末桓麟写《七说》以后，到西晋左思的《七讽》之前，其间摹仿学习写过这种文体的，还有十多家。他们的作品，有的文辞华丽而内容不正确，有的内容精粹，却又文辞杂乱。从这种文体的大概趋向来看，不外是高谈宫室的壮丽，大写田猎的盛况，尽量描绘衣服饮食的珍奇，极力形容音乐美女的动人；美好的用意感人至深，艳丽的文辞惊心动魄；虽然以夸张的描写开始，以谏正的用意结束，但正面的讽谏太少而反面的劝诱过多，这种趋势已不能返回。正如扬雄所说：这是首先“大肆宣扬郑国和卫国的淫乐，曲子末了才缀以典正的雅乐”。只有崔瑗的《七苏》，叙述贤明而归结于儒家之道，虽然文辞不很突出，但意义是卓越的。

## 注释

❶踵（zhǒng）：跟随。　❷傅毅：字武仲，东汉初年作家。他的《七激》见《艺文类聚》卷五七。　❸《七依》：崔骃《七依》的残文载《全后汉文》卷四四。　❹《七辨》：指张衡的《七辨》，残文载《全后汉文》卷五五。　❺绵靡：柔和细致。　❻崔瑗（yuàn）：字子玉，崔骃的儿子，东汉文人。《七厉》：《后汉书·崔瑗传》说崔瑗有《七苏》，可能《七厉》是《七苏》之误。《七苏》只存残文二句，见《全后汉文》卷四五。　❼《七启》：曹植的《七启》，载《文选》卷三四。　❽仲宣：王粲字仲宣，汉末文学家。他的《七释》，《全后汉文》卷九一辑得残文十余条。　❾桓麟：字元凤，汉末文人。他的《七说》，《全后

汉文》卷二七辑得残文数条。 ⑩左思：字太冲，西晋文学家。《七讽》：《全晋文》卷七四辑得左思《七略》残文二句。《文心雕龙·指瑕》中也提到左思的《七讽》，可能《七略》是《七讽》之误。 ⑪十有余家：从桓麟到左思之间，除刘勰已举出的傅毅、崔骃等六家外，还有桓彬、刘广世、崔琦、李尤、徐幹等，都有“七”体。 ⑫睽（kuí）：违背。 ⑬驳：杂乱。 ⑭大抵：大概。⑮畋（tián）：打猎。 ⑯瑰：奇伟。馔（zhuàn）：饮食。 ⑰蛊（gǔ）：媚，惑。 ⑱骨体：唐写本作“骨髓”，译文据“骨髓”。摇骨髓：骨髓受到动摇，说明感人之深。 ⑲魂识：即魂魄，指人的精神。 ⑳淫侈：指过分的夸张渲染。 ㉑讽一劝百：这是扬雄论赋的说法，原文是“劝百风一”，见《汉书·司马相如传赞》。意指汉赋讽谏少而劝诱多。 ㉒郑卫之声：儒家的传统观点，认为郑、卫两国的音乐是不正当的。这里泛指不正之乐。 ㉓曲终奏雅：原指汉赋的最后，有几句讽谏的话，这里借指“七”这种文体也是如此，即前面所说“始邪末正”。扬雄这两句话也见于《汉书·司马相如传赞》。 ㉔“归以儒道”三句：这里显示了刘勰评论作家作品的一个重要错误观点，即文章虽写得一般化，只要符合儒家思想，就给以突出的地位。

【原 文】

自《连珠》以下，拟者间出[①]。杜笃、贾逵之曹[②]，刘珍、潘勖之辈[③]，欲穿明珠，多贯鱼目[④]。可谓寿陵匍匐[⑤]，非复邯郸之步[⑥]；里丑捧心[⑦]，不关西施之颦矣。唯士衡运思[⑧]，理新文敏，而裁章置句[⑨]，广于旧篇。岂慕

【译 文】

从扬雄写了《连珠》以后，摹拟这种作品的也偶有出现。如东汉的杜笃、贾逵之辈，刘珍、潘勖之流，虽然想穿明“珠”，却往往是连贯的鱼眼睛；这就正如去邯郸学走路的寿陵人，他爬着回去，当然不是邯郸人的走法；学西施心痛时皱眉的丑女，她捧着心装做心痛的样子，也和西施皱眉头的美态毫不相干了。只有陆机所写《演连珠》，道理新颖，文辞敏捷；但在篇章字句的处理上，却比过去的篇幅扩大得多。这岂不是羡

| | |
|---|---|
| 朱仲四寸之珰乎[10]！夫文小易周[11]，思闲可赡[12]。足使义明而词净，事圆而音泽[13]，磊磊自转[14]，可称"珠"耳。 | 慕仙人朱仲的四寸大珠！这种文体比较短小，易于写得紧凑，经过深思熟虑，就能写得内容丰富。必须把意义表达明显而又文词简净，事理完备而又音韵和谐，像许多圆石转动不已，这就可以叫作"珠"了。 |

## 注释

❶间出：偶然出现。 ❷杜笃：字季雅，东汉文人。他写的《连珠》，只存两句残文，见《全后汉文》卷二八。贾逵（kuí）：字景伯，东汉学者。他的《连珠》，只存两句残文，见《全后汉文》卷三一。曹：辈。 ❸刘珍：字秋孙，东汉文人。他的《连珠》今不存。潘勖（xù）：字元茂，汉末文人。他有《拟连珠》，今不全，见《艺文类聚》卷五七。 ❹鱼目：鱼眼似珠。《参同契》中有"鱼目岂为珠"的说法。后来形成"鱼目混珠"这个成语。 ❺寿陵：古代燕国地名。这里指寿陵的一个少年人。相传邯郸（hándān）人善行走。《庄子·秋水》中说：寿陵一个少年到邯郸去学当地人走路的方式，不仅没有学会邯郸人的走法，反而把自己原来走路的方法忘掉了，结果只好"匍匐而归"。匍匐（púfú）：爬行。 ❻邯郸：战国时赵国都城，在今河北省邯郸市。 ❼"里丑捧心"二句：《庄子·天运》中说，西施因心痛病而皱眉，更增其美。邻家丑女学西施心痛而捧心，别人看来却觉得她更丑了。里：邻里。西施：春秋时越国美女。颦（pín）：皱眉头。西施只皱眉而未捧心，所以说丑女的捧心与西施无关。这里借指后人学习《连珠》出现的弊病，与最初写《连珠》的作者无关。 ❽士衡：陆机字士衡，西晋文学家。他有《演连珠》50首，载《文选》卷五五。运思：指运思写作。 ❾裁：制，作。 ❿朱仲：传说中的仙人。《列仙传》中说，朱仲常在会稽卖珠，鲁元公主用七百金向他买珠，朱仲献上一颗直径四寸的大珠，没有要金就走了。这里借以说明陆机的《演连珠》篇幅特别大。珰（dāng）：穿耳为饰的珠。 ⓫周：密，指文辞紧凑。 ⓬闲：熟。赡（shàn）：丰富。 ⓭泽：丰润。 ⓮磊磊（lěi）：指圆转的样子。

【原文】

详夫汉来杂文，名号多品[①]。或典、诰、誓、问[②]，或览、略、篇、章[③]，或曲、操、弄、引[④]，或吟、讽、谣、咏[⑤]，总括其名，并归杂文之区。甄别其义[⑥]，各入讨论之域[⑦]；类聚有贯[⑧]，故不曲述[⑨]。

【译文】

仔细考察从汉代以来的杂文，名称类别甚多。有的叫典、诰、誓、问，有的叫览、略、篇、章，有的叫曲、操、弄、引，有的叫吟、讽、谣、咏等等，总括这些名目，都属于杂文一类。审查其不同的意义，可以分别归入有关文体中去讨论；因为要对各种有联系的文体分类集中论述，所以这里不作详论。

## 注释

❶品：类。 ❷典：常，指合于常道。如《尚书》中有《尧典》《舜典》。汉代班固有《典引》，载《文选》卷四八。诰：教训。《尚书》中有《汤浩》《仲虺（huǐ）之诰》等。东汉冯衍有《德诰》，《全后汉文》卷二〇辑其残文四句；张衡有《东巡诰》，见《艺文类聚》卷三九。誓：约束军旅的话。《尚书》中有《甘誓》《汤誓》等。汉代郅（zhì）恽有《誓众》，见《后汉书·郅恽传》；蔡邕有《艰誓》，今不存。问：指策问，是帝王向臣下询问的一种文体，如汉武帝的《策贤良制》（载《汉书·董仲舒传》）等。 ❸览：《吕氏春秋》中有《有始览》《孝行览》等八篇，称为“八览”，司马迁《报任少卿书》中简称《吕氏春秋》为“吕览”。略：西汉《淮南子》中有《要略》，刘歆有《七略》，《全汉文》卷四一辑得部分残文。篇：西汉司马相如有《凡将篇》，《全汉文》卷二二辑得部分残文；扬雄有《训纂篇》，《玉函山房辑佚书》有辑本。章：《楚辞》中有《九章》，汉代史游有《急就章》，此书亦名《急就篇》，据《四库全书总目提要》卷四一考证，其原名应为《急就章》。 ❹曲：如汉乐府中的《鼓吹曲》《横吹曲》等。操：表达情操的歌曲。如项羽的《垓下歌》亦名《力拔山操》，刘安有《八公操》等。弄：小曲，如梁代萧衍、沈约等人的《江南弄》

等。引：歌曲的导引。汉乐府中的《箜篌引》，晋代石崇的《思归引》等。❺吟：如陆机的《泰山吟》《梁甫吟》等。讽：如汉代韦孟的《讽谏诗》等。谣：不合乐的歌。如汉乐府《杂歌谣辞》中的《谣辞》等。咏：如汉代班固的《咏史》，三国时曹植的《五游咏》、阮籍的《咏怀》等。 ❻甄（zhēn）：鉴别，审查。 ❼各入讨论之域：指以上列举各种文体名目，可归入本书所论及的有关文体中去，如曲、操、弄、引、吟、讽、谣、咏等，大都属于《乐府》《明诗》两篇讨论范围。 ❽贯：通，联系。 ❾曲：详尽。

【原 文】

赞曰：伟矣前修①，学坚多饱②，负文余力③，飞靡弄巧④。枝辞攒映⑤，嘒若参昴⑥。慕颦之心⑦，于焉只搅⑧。

【译 文】

总之，前代优秀作者真是伟大，学识雄厚，才能高超。他们以从事写作的余力，舞文弄墨，写得优美奇巧。各种杂文相互辉映，像小小的群星照耀。可是后来摹仿者的作品，就只有令人心烦意扰！

## 注 释

❶前修：前贤。 ❷多：唐写本作“才”，译文据“才”字。 ❸负：担任，这里指从事写作。 ❹靡：美，指文辞的美好。 ❺枝辞：非主要的文辞，指本篇所论各种杂文。攒（cuán）：聚集。 ❻嘒（huì）：微小。参（shēn）昴（mǎo）：二星名，都属二十八宿之一。这里泛指星。 ❼之心：唐写本作“之徒”，译文据“之徒”。 ❽于焉：唐写本作“心焉”，译文据“心焉”。搅（jiǎo）：乱。《诗经·小雅·何人斯》中有“只搅我心”句，刘勰即用其意。

# 一五、谐隐

## 解题

《谐隐》是《文心雕龙》的第十五篇。谐辞隐语主要来自民间，古代文人常常认为是不能登大雅之堂的作品，因而很少论述；本篇是古代文论中不易多得的材料。

全篇分三部分。第一部分讲谐隐的意义和作用。刘勰认为谐辞隐语不可废弃，主要在于这种作品能表达老百姓的“怨怒之情”，对统治者有一定箴戒作用。第二部分讲“谐”的意义和评论有关作家作品，肯定“意在微讽”和能“抑止昏暴”的作用，批判那些“无益时用”，只能供人玩乐的作家作品。第三部分讲“隐”及其发展而为“谜”的意义和评论这方面的作家作品，同样是强调“兴治济身”的意义，而反对“无益规补”的文字游戏。

刘勰能专篇论述这种在封建社会长期不被文人重视的谐辞隐语，这是值得注意的。他不可能完全超越传统的文学观念，也认为谐隐的“本体不雅”，在各种文体中的地位，和“九流”之外的“小说”差不多。但他认为这类作品如果运用得当，对于抑止某些昏暴的统治者，“颇益讽诫”；甚至可以在“兴治济身”中发挥一定的作用。更值得注意的，是他在本篇相当尖锐地批评了东方朔、枚皋、曹丕、潘岳等文人的无聊作品，而明确地肯定了古代一些讽刺性很强的民间作品；并初步总结了我国古代讽刺文学的某些特点。认为这种作品是“内怨为俳”，即内心有了某种怨怒之情而用嘲讽的形式来表现；由于“怨怒之情不一”，在表现的方式方法上也是多种多样的。

【原 文】

芮良夫之诗云[1]："自有肺肠，俾民卒狂。"[2]夫心险如山，口壅若川[3]；怨怒之情不一，欢谑之言无方[4]。昔华元弃甲[5]，城者发"睅目"之讴[6]；臧纥丧师[7]，国人造"侏儒"之歌[8]。并嗤戏形貌[9]，内怨为俳也[10]。又"蚕蟹"鄙谚[11]，"狸首"淫哇[12]，苟可箴戒[13]，载于《礼》典[14]。故知谐辞讔言[15]，亦无弃矣。

【译 文】

相传为芮良夫的《桑柔》诗里说："昏君自有歹心肠，逼得百姓要发狂。"国君的心比高山还险恶，而人民群众的嘴却像江河那么难于堵塞；群众怨恨的心情各不相同，他们嘲笑讽刺的话也是各种各样的。从前宋国华元为郑国所败，筑城的人就作"睅其目"的歌来嘲笑他；鲁国臧纥为邾国所败，鲁国人就作"侏儒侏儒"的歌来讽刺他。这些都是从两人的外貌来嘲讽，是由于内心有了怨恨而通过戏谑的方式表达出来。此外，如成地的人用"蚕则绩而蟹有匡"的谣谚，来批评不给哥哥穿孝的弟弟；孔子的朋友原壤在母丧中唱出"狸首之斑然"这种不严肃的歌谣。这些例子都是因为有教育别人的作用，所以就记载在《礼记》里面。由此可见，"谐"和"讔"是不应该被忽视的。

## 注 释

❶芮（ruì）良夫：周厉王时的大夫。诗：指《诗经·大雅》中的《桑柔》。❷俾（bǐ）：使。卒：终。　❸壅（yōng）：堵塞。　❹谑（xuè）：嘲笑。无方：不拘一格。方：正常。　❺华（huà）元：春秋时宋国官吏。《左传·宣公二年》载，他曾带兵和郑国打仗，兵败被俘，逃回后做监督筑城的官吏。甲：战衣。❻城者：筑城的百姓。睅（hàn）目：华元来监督筑城时，百姓编一首讽刺他的歌谣，第一句是"睅其目"，形容他监工的眼睛睁得很大。全诗大意是：华元虽然瞪着大眼睛，挺着大肚皮，神气十足地来监工，但却是丢盔弃甲后逃回的可耻之徒。讴（ōu）：歌。　❼臧纥（zānghé）：春秋时鲁国大夫。丧师：吃败仗。

《左传·襄公四年》载，邾（zhū）国攻打鄫（zēng）国时，臧纥带着鲁国军队去援救鄫国，却为邾国所败。 ❽“侏（zhū）儒”之歌：鲁国人嘲讽臧纥的歌谣，最后两句是：“侏儒侏儒，使我败于邾！”侏儒：身材矮小的人。臧纥身材本来不魁梧，这里也比喻他才能的短小。 ❾嗤（chī）：讥笑。 ❿俳（pái）：嘲戏。 ⓫“蚕蟹”鄙谚：《礼记·檀弓》中说，鲁国成地有人死了哥哥，不愿穿孝，后来听说孔子的学生来当地做官，才勉强穿孝。成地人便作歌讽刺他，第一句是“蚕则绩而蟹有匡”。绩是缉麻，这里指吐丝。匡即筐，这里指蟹壳。全句意思是养蚕要筐，蟹壳好像筐，却与蚕筐无关。用以比喻弟弟虽穿孝，却不是为了哥哥。鄙：朴野。 ⓬狸（lí）首：《礼记·檀弓》中说，原壤的母亲死了，孔子来帮他办丧事时，原壤唱起歌来，第一句是“狸首之斑然”。狸：野猫。斑：杂色。这里指棺木的花纹像野猫头的文采。哇（wā）：象声词，哭声。 ⓭箴（zhēn）：对人进行教训。 ⓮《礼》典：指儒家经典《礼记》。 ⓯谐（xié）：戏笑的话。讔（yǐn）：隐语。

【原 文】

“谐”之言“皆”也[①]；辞浅会俗[②]，皆悦笑也。昔齐威酣乐[③]，而淳于说甘酒[④]；楚襄宴集[⑤]，而宋玉赋《好色》[⑥]：意在微讽[⑦]，有足观者[⑧]。及优旃之讽漆城[⑨]，优孟之谏葬马[⑩]，并谲辞饰说[⑪]，抑止昏暴。是以子长编史[⑫]，列传《滑稽》[⑬]；以其辞虽倾回[⑭]，意归义正也[⑮]。但本体不雅，其流易

【译 文】

“谐”的意义和“皆”相近，是一种语言浅显，适合于一般人听了会发笑的作品。战国时齐威王过度地饮酒作乐，淳于髡就用喝酒的坏处来说服他；楚襄王常常召集宴会，宋玉就写《登徒子好色赋》来讽刺他。这些都是存心婉讽对方，颇有可取之处。还有秦代优旃谏阻二世在城墙上涂漆，楚国优孟谏阻庄王厚葬他的爱马：这些都是用曲曲折折加以修饰的话，来阻止昏君暴主的倒行逆施。所以司马迁写《史记》，就编入《滑稽列传》；因为他们的话虽然不太正常，

弊。于是东方、枚皋[16]，餔糟啜醨[17]，无所匡正[18]，而诋嫚亵弄[19]。故其自称[20]："为赋乃亦俳也，见视如倡。"[21]亦有悔矣。至魏文因俳说以著《笑书》[22]，薛综凭宴会而发嘲调[23]；虽抃推席[24]，而无益时用矣。然而懿文之士[25]，未免枉辔[26]。潘岳《丑妇》之属[27]，束皙《卖饼》之类[28]；尤而效之[29]，盖以百数。魏晋滑稽，盛相驱扇[30]。遂乃应玚之鼻[31]，方于盗削卵[32]；张华之形[33]，比乎握舂杵[34]。曾是莠言[35]，有亏德音[36]。岂非溺者之妄笑[37]，胥靡之狂歌欤[38]！

但用意还是很好的。不过这类事情本身不是正面直说，所以其末流很容易出毛病。如汉代东方朔、枚皋等人，不过在朝廷里混饭吃，并不能纠正统治者的错误，仅仅是说些俏皮话，给人开开心而已。所以他们自己也说："写赋只能嘲弄，结果被当作倡优看待。"可见他们也有点后悔了。后来曹丕搜集谐谈，编成《笑书》。吴国薛综善于在筵席上说笑话，虽能娱乐在座的人，不过对当时政事并无好处。可是后来的文人，却常常绕道到这种写作中来。如潘岳的《丑妇》、束皙的《卖饼》等等，明知故犯地来学写这种作品的，不下百余人。到魏晋时期，讲滑稽话的风气很盛行；于是有人嘲笑应玚的鼻子好像被削的蛋，有人嘲笑张华的外貌好像舂槌等，都是些无聊的话，有损于谐辞的意义。这不等于落水的人还在笑，犯罪的人还唱歌吗？

## 注释

❶皆：刘勰用"皆"字来解释"谐"，一方面利用字形和字音相近，一方面也因为谐谈具有普遍性，而"皆"字也有共同、普遍的意义。 ❷会：合，在这里有适应的意思。 ❸齐威：指战国时齐威王。酣（hān）：恣意饮酒。 ❹淳于：战国时齐国的淳于髡（kūn）。《史记·滑稽列传》载，淳于髡以自己喝酒为例，得出"酒极则乱"的结论，来劝诫齐威王。 ❺楚襄：指战国时的楚顷襄王。 ❻宋玉：战国时楚国作家。《好色》：指宋玉的《登徒子好色赋》。这

篇赋以守德、守礼来勉励襄王。赋载《文选》卷十九。❼微：微妙。❽足观：可观，值得一观。❾优旃（zhān）：秦代乐人。《史记·滑稽列传》说，优旃“善为笑言，然合于大道”。讽漆城：秦二世打算漆城，优旃说，很好，虽然百姓将为此愁费，但很好看。只是有一个困难，找不到那样大的房子罩住城墙，以便阴干。二世听后取消了漆城的打算。❿优孟：春秋时楚国乐人，善于谈笑讽谏。谏葬马：《史记·滑稽列传》载，楚庄王所爱的马死了，打算用大夫的礼仪来葬马，群臣谏不能止，优孟则故意说用大夫礼太薄，应该以国君礼仪来葬它。使楚庄王感到自己的打算不太合理。⓫谲（jué）：诡诈，虚假。⓬子长：司马迁字子长，汉代著名史学家、文学家。⓭《滑（gǔ）稽》：指《史记》中的《滑稽列传》，其中所写的，大都是地位低微而能借笑谈来讽谏君主的人。滑稽：酒器，酒从壶出，流吐不断，比喻人的能说会道，滔滔不绝。⓮倾回：不正。⓯义：宜。⓰东方：指东方朔；他与枚皋（gāo）都是西汉中年的辞赋家，善诙谐。⓱铺（bū）糟啜（chuò）醨（lí）：《楚辞·渔父》中有这样的话：“众人皆醉，何不铺其糟而啜其醨?”意思是劝屈原不必过于清高，别人都醉生梦死，自己也不妨随波逐流。铺：食。啜：饮。醨：薄酒。刘勰在这里是用以指东方朔、枚皋在写作上是随波逐流。⓲匡：纠正。⓳诋（dǐ）：诽谤。嫚（màn）：轻视，侮辱。亵（xiè）：轻慢，不庄重。⓴自称：指枚皋所说“为赋乃俳，见视如倡”（见《汉书·枚皋传》）。㉑见：被。倡：也叫倡优，以谐戏的话供人玩乐的乐人。㉒魏文：魏文帝曹丕（pī）。《笑书》：今不传，只有志怪小说《列异传》相传是他编的。㉓薛综：三国时吴国的学者。他很机智，能在酒席上临机应变，用笑谈的方法来驳倒对方。㉔抃（biàn）：娱乐。推：当作“帷”，“帷席”即筵席。㉕懿（yì）：美好。㉖枉辔（pèi）：即枉驾，屈就的意思。枉：屈。辔：马嚼子、马缰绳。㉗潘岳：字安仁，西晋作家。他的《丑妇》今不传。㉘束皙（xī）：字广微，西晋作家。《卖饼》：可能指束皙的《饼赋》，见《全晋文》卷八七。㉙尤而效之：学着做坏事。尤：归咎。㉚驱扇：有扇动风气的意思。㉛应玚（chàng）：字德琏（liǎn），三国时魏国作家。㉜方：比。㉝张华：字茂先，西晋初年作家。㉞舂（chōng）杵（chǔ）：在臼中舂捣用的木棒。《世说新语·排调》：秦子羽说，张华等六人“头如巾齏（jī）杵”，即头上著巾，形如捣齏的杵（杵底平而宽）。齏：舂碎的姜、蒜等。　㉟曾：乃，是。莠（yǒu）：恶。　㊱亏：减损。德音：有德者之言，这里指好的作品。　㊲溺（nì）者之妄笑：《左传·哀公二十年》记吴王的话，说落水的人手足无措，反而笑起来。溺：淹没。　㊳胥（xū）靡：罪人。《吕氏春秋·大乐》中说：“溺者非不笑也，罪人非不歌也。”因为是强笑强歌，所以“其乐不乐”。

## 【原文】

“讔”者，“隐”也；遁辞以隐意①，谲譬以指事也。昔还社求拯于楚师②，喻“眢井”而称“麦麹”③；叔仪乞粮于鲁人④，歌“佩玉”而呼“庚癸”⑤；伍举刺荆王以“大鸟”⑥；齐客讥薛公以“海鱼”⑦；庄姬托辞于“龙尾”⑧；臧文谬书于“羊裘”⑨。隐语之用，被于纪传⑩；大者兴治济身⑪，其次弼违晓惑⑫。盖意生于权谲⑬，而事出于机急⑭；与夫谐辞，可相表里者也⑮。汉世《隐书》⑯，十有八篇，歆、固编文⑰，录之歌末⑱。昔楚庄、齐威⑲，性好隐语。

## 【译文】

“讔”的意义就是隐藏，用隐约的言辞来暗藏某种意义，用曲折的譬喻来暗指某件事物。从前萧国还无社向楚国大夫求救，用“废井”和“麦麹”做隐喻；吴国申叔仪向鲁军借粮，用“佩玉”为歌辞，以“庚癸”为呼号；楚国伍举用三年不飞不鸣的“大鸟”做比喻，来讽刺楚庄王；齐国有人讲海同鱼的关系，来讽谏薛公；楚国的庄姬用无尾的龙，来启发襄王注意后嗣；鲁国臧文仲假托“羊裘”等话，来暗示准备应付齐国的进攻。这些讔语的作用，都记载在史书里面；大的可以振兴政治，并且有助于自身的显达；其次也可纠正某些错误，让迷惑的人明白过来。它们的用意虽然产生于权变狡诡，但常常是出于某种机要迫切的事情。讔语和谐辞，是可以相辅相成、互为表里的。汉代的《隐书》有十八篇，刘歆和班固编目录的时候，把它至东方曼倩[20]，尤巧辞述；但谬辞诋戏[21]，无益规补[22]。自魏代以来，颇非俳优[23]；而君子嘲隐，化为谜语。“谜”也者，回互其辞[24]，使昏迷也。或体目文字[25]，或图象品物[26]；纤巧以弄思[27]，浅察以衒辞[28]；义欲婉而正，辞欲隐而显[29]。荀卿《蚕赋》[30]，已兆其体[31]。至魏文，陈思[32]，约而密之；高贵乡公[33]，博举品物，虽有小巧，用乖远大[34]。夫观古之为隐，理周要务[35]；岂为童稚之戏谑，搏髀而抃笑哉[36]？然文辞之有谐讔，譬九流之有小说[37]。盖稗官所采[38]，以广视听[39]。若效而不已，则髡、袒而入室[40]，旃、孟之石交乎[41]！

们附在赋的后面。从前楚庄王和齐威王都喜爱讔语。东方朔在这方面更是擅长；不过他常常用怪话来开玩笑，对于匡正过失毫无补益。从魏代以后，倡优不为人所喜爱，所以士大夫们就把讔语变为谜语。所谓“谜”，就是用改头换面的辞句来迷糊对方。有的是离文拆字，有的是刻画事物的形状；常常是用小聪明来卖弄才思，凭肤浅的见解来夸耀文辞。其实在内容方面应婉转而正确，在文辞方面应该含蓄而恰切。从前荀卿的《赋篇》已开了端，到曹丕、曹植弟兄俩，便写得更为精练而周密；曹髦广泛地描绘事物，虽然有点小巧，可是并没有大的用处。试看古代的讔语，其中的道理都与重要事务有关，哪能像儿童的游戏，只是拍腿称快呢？文章中的谐辞讔语，就像各种学派中的小说一派。这种作品由低级官吏收集起来，可以使人扩大眼界，多知道些事理；如果不断学习这些，就可成为淳于髡等人的高徒、优旃等人的知友了。

## 注释

❶遁：隐避的意思。 ❷还（xuán）社：即还无社，春秋时萧国大夫。《左传·宣公十二年》载，楚人伐萧，还无社认识楚国大夫申叔展，请叔展援救。拯（zhěng）：救助。 ❸眢（yuān）井：枯井。麦麹（qū）：制酒的东西，可

以避湿。申叔展问还无社有没有麦麹，意思是叫他躲在泥水中；还无社回答说：打算躲在废井里。 ❹叔仪：即申叔仪，春秋时吴国大夫。《左传·哀公十三年》载，申叔仪曾向鲁国大夫公孙有山借粮。 ❺佩玉：指申叔仪为借粮而唱的歌，第一句是“佩玉蕊兮”。蕊（ruǐ）：佩玉下垂的样子。申叔仪所唱歌辞，大意是说自己缺衣少食。庚：代表粮食；癸（guǐ）：代表水。 ❻伍举：春秋时楚国大夫。荆王：指楚庄王。大鸟：《史记·楚世家》载，楚庄王即位后，三年不问国政，只管享乐。伍举问他：“有一种鸟，三年不飞不鸣，那是什么？”庄王听懂了，就回答说：“这种鸟将要一飞冲天，一鸣惊人。” ❼薛公：战国时齐国田婴，号靖郭君。《战国策·齐策》中说：齐封靖郭君于薛（今山东滕州东南），他就只想保住薛，而把齐国忘了。有人告诉田婴，说他和齐国的关系，就像大鱼依靠海水一样，必须先有齐国然后才能保住他的封地。 ❽庄姬（jī）：指战国时楚国的庄侄。《列女传》中说，庄侄担心楚襄王没有太子，就拿大鱼失水、龙无尾做比喻，来引起楚襄王的注意。 ❾臧文：姓臧孙，名辰，谥号叫文仲，春秋时鲁国大夫。《列女传》中说，臧文仲出使齐国，被拘。他知道齐将伐鲁，就暗用谜语通知鲁国人，其中以“食（sì）猎犬，组羊裘”暗示备战。 ❿被：加。纪传：指上面讲到的《左传》《战国策》《史记》《列女传》等书。⓫济身：有益于自己，这里也包括个人政治抱负的施展。 ⓬弼（bì）：改正。违：过失。晓：启发、教导。惑：迷乱。 ⓭权：变通。 ⓮机：机密。 ⓯表里：事物的两个方面，这里比喻二者关系的密切。 ⓰《隐书》：《汉书·艺文志》中所列杂赋类，有《隐书》十八篇。 ⓱歆（xīn）：指《七略》的编著者之一刘歆。固：《汉书》的编著者班固。《汉书·艺文志》就是以《七略》为依据的。 ⓲歌：当作“赋”，《汉书·艺文志》把《隐书》列在《杂赋》后边。⓳楚庄：楚庄王。齐威：齐威王。 ⓴曼倩：东方朔的字。 ㉑谬辞：迷糊人的文辞。 ㉒规：劝正。 ㉓非：不赞成。 ㉔回互：转变，替换。 ㉕体目文字：对文字的离拆，即《明诗》篇所讲“离合诗”之类作品。 ㉖图象：形容，描绘。 ㉗纤：细小。 ㉘衒（xuàn）：夸耀。 ㉙隐而显：“隐”与“显”好像意义相反，其实是相反而相成的，好的谜语既不能使人一望便知，也不能叫人永远猜不着。 ㉚荀卿：名况，战国时赵国人。“荀卿”是对他的尊称。《蚕赋》：指《荀子·赋篇》中的一部分。《赋篇》有《礼》《知》《云》《蚕》《箴》五个部分；刘勰虽只举其一，其他四部分的写法也是差不多的。 ㉛兆：先见的迹象。 ㉜魏文：曹丕。陈思：曹植。他们兄弟所作谜语均不传。 ㉝高贵乡公：即曹髦（máo），曹丕之孙，他的谜语亦不传。 ㉞乖：不合。 ㉟周：合。 ㊱搏：拍打。髀（bì）：大腿。 ㊲九流：《汉书·艺文志》把先秦学说分为十派，其中九派都被重视，称为“九流”。第十派是“小说”，不在“九流”之内。小说：琐细之言。《汉书·艺文志》说：“小说家者流，盖出于稗官，街谈巷语、道听涂说者之所造也。” ㊳稗（bài）官：小官。 ㊴广：扩大。 ㊵髡：淳于髡。袒（tǎn）：此字有误，当是本篇论及谐隐作者之一。有人疑为“朔”字，指东方朔。但从全篇所论来看，刘勰对东方朔没有好评，与此处文意不符。这里上下两句讲到的淳于髡等四人，可能就是第二段开始提出的淳于髡、宋玉、优旃、优孟四人。 ㊶旃：指优旃。孟：指优孟。石交：金石之交，即知心朋友。

【原 文】

赞曰：古之嘲隐，振危释惫①。虽有丝麻，无弃菅蒯②。会义适时③，颇益讽诫；空戏滑稽，德音大坏④。

【译 文】

总之，古代的谐辞讔语，可以挽救危机，解除困难。即使有了丝和麻，也不应抛弃野草。谐隐合于大义而又用在恰当的时机，那是很有讽谏作用的。如果仅仅是游戏滑稽，那就是很不好的谐隐了。

## 注 释

❶振：救。释：除去。惫（bèi）：困乏。 ❷菅（jiān）蒯（kuǎi）：两种草，菅可以做刷帚，蒯可以做席子或绳子；与丝麻可做衣服相比，菅蒯就显得不重要了。这里用以比喻谐隐，虽不很重要，但仍有用处。 ❸会：合。 ❹德音：和第二段所说“德音”意同，指谐讔。

# 一六、史传

## 解题

《史传》是《文心雕龙》的第十六篇。从本篇到第二十五篇《书记》的十篇，所论文体，都属“笔”类，是对各体散文的论述。

全篇由两大部分组成。前三段为第一部分，论述晋宋以前的史书。第一段讲史传的含义，和从初设史官到春秋战国时期史书的编写情况，突出地肯定了《春秋》一字褒贬的巨大意义，以及《左传》在创体、传经上的作用。第二段评述两汉的史书，对《史记》和《汉书》的得失做了重点评论，对给女后立纪的做法表示激烈反对。这说明刘勰的封建正统观念是相当浓厚的。他认为应给只有两岁的“孺子”刘婴等立本纪，而反对为实际掌管国政八年之久的吕后等立本纪，这种思想，显然比司马迁、班固等落后得多。第三段讲魏、晋以来的史书，评价最高的是《三国志》。

后两段为第二部分，总结编写史书的理论。第一段讲总的任务和要求，强调征圣宗经，提出在汇总和相互配合上的两大难点。第二段批判了写远和写近中的两种不良倾向，最后总结出编写史书的四条大纲。

刘勰对历史著作的基本主张是“务信弃奇”。他一再强调“实录无隐”“按实而书”“贵信史”等，对不可靠的东西，他认为宁可从略甚至暂缺不写，也不应穿凿附会，追求奇异；他特别反对的是不从实际出发，而吹捧权贵，贬抑失意之士，这是有积极意义的。但由于刘勰过分拘守征圣宗经的观点，不仅反对为女后立纪，还提出“尊贤隐讳”的主张，这就和他自己一再强调的“实录无隐”等相矛盾了。

从史学的角度看，本篇对晋宋以前的史书做了比较系统的总结，这对古代历史散文，特别是在古代史学理论上是有一定贡献的；但其重要不足之处，是未能着重从文学的角度来总结古代历史散文和传记文学的特点。

【原 文】

开辟草昧[①]，岁纪绵邈[②]，居今识古，其载籍乎！轩辕之世[③]，史有仓颉[④]，主文之职，其来久矣。《曲礼》曰[⑤]："史载笔。"[⑥]左右[⑦]。史者，使也[⑧]，执笔左右，使之记也。古者，左史记事者，右史记言者[⑨]。言经则《尚书》，事经则《春秋》。唐虞流于典、谟[⑩]，商夏被于诰、誓[⑪]。自周命维新[⑫]，姬公定法[⑬]；紬三正以班历[⑭]，贯四时以联事[⑮]。诸侯建邦，各有国史，"彰善瘅恶，树之风声"[⑯]。自平王微弱[⑰]，政不及雅[⑱]，宪章散紊[⑲]，彝伦攸敩[⑳]。昔者夫子闵王道之缺[㉑]，伤斯文之坠[㉒]，静居以叹凤[㉓]，临衢而泣麟[㉔]，于是就太师以正《雅》《颂》[㉕]，因鲁史以修《春秋》[㉖]，举得失以表黜

【译 文】

从开天辟地以来，年代已很长远，生在现在而能了解古代的事情，就得依靠历史书籍了。相传轩辕黄帝的时候，就有仓颉担任史官，主管文史方面的工作，从此以来，时间已很久了。《礼记》中的《曲礼》里面说："国家的史官随时准备着记事的笔墨。"所谓"史"，就是令使，就是使史官在帝王周围执笔记录。在古代，左史专管记事，右史专管记言。记言的经典有《尚书》，记事的经典有《春秋》。唐虞时期的历史记载在《尚书》的《尧典》《皋陶谟》等篇中，夏商时期的历史记载在《汤诰》《甘誓》等篇中。周代的国运从文王时开始转新，周公制定了记载历史的法则；从此，推算历法来编排年月，按照四时来记载事件。诸侯建立了邦国，也各有自己的国史；表彰善事，批评过错，树立起良好的风气。从周平王东迁，周代开始衰弱，政治不如西周的太平盛世，法纪散乱，道德败坏。那时孔子忧念帝王的正道被废弃，哀伤西周礼乐的衰落，闲居鲁国时曾慨叹凤凰没有飞来，到五父衢哭泣麒麟的出现不在太平时期。于是在和鲁国乐官讨论了音乐之后，校正了《雅》《颂》的乐曲；根据鲁国的史书编写了《春秋》。他在《春秋》中列举人物的得失以表明称扬或贬斥，

陟[27]，征存亡以标劝戒[28]；褒见一字[29]，贵逾轩冕[30]；贬在片言，诛深斧钺[31]。然睿旨存亡幽隐[32]，经文婉约[33]；丘明同时[34]，实得微言[35]，乃原始要终[36]，创为传体[37]。传者，转也。转受经旨，以授于后，实圣文之羽翮[38]，记籍之冠冕也。及至从横之世[39]，史职犹存。秦并七王[40]，而战国有策[41]，盖录而弗叙[42]，故即简而为名也[43]。

验证国家的兴亡以显示规劝和警戒。有谁受到《春秋》中一个字的赞扬，比高官厚禄的价值还珍贵；遭到片言只语的批评，比斧钺砍杀的分量还沉重。但其精深的意旨不很明显，《春秋》的本文又很简约；只有和孔子同时的左丘明，领会到它的精微言辞，便系统地阐明其始末写成《左传》，创造了为经作传的体例。所谓“传”，就是转达，转达出经典的意旨，用以传授给后人。这是圣人著作的辅助读物，也是最早的历史专著了。到了战国时期，修史的官职仍然存在。秦始皇统一七国，此期间有许多策划谋略；因为只是对这些加以记录而未作系统编次，所以就用简策的“策”，名为《战国策》。

## 注释

❶草：粗，创。昧：不明。 ❷绵：长远。邈（miǎo）：久远。 ❸轩辕：指黄帝，传说中的古代帝王。 ❹史：史官。仓颉（jié）：传为黄帝时的左史，文字的创始者。 ❺《曲礼》：儒家经典《礼记》中的一篇。 ❻史载笔：孔颖达疏：“‘史’谓国史，书录王事者。王若举动，史必书之。王若行往，则史载书具而从之也。”笔：这里泛指记事的用具。 ❼左右：有的版本没有这两个字。可能是衍（yǎn）文，不译。 ❽使：令。《白虎通·记过彻膳之义》中说：“所以谓之史何？明王者使为之也。” ❾左史记事者，右史记言者：有的本子无二“者”字。左、右史的不同，古代有两种说法：《汉书·艺文志》说：“左史记言，右史记事。”《礼记·玉藻》说：“动则左史书之，言则右史书之。”《太平御览》卷六〇三录刘勰此文，则作“左史记言，右史书事”。译文据《太

平御览》。 ⑩典、谟：指《尚书》中的《尧典》《皋陶（gāoyáo）谟》等。 ⑪诰、誓：指《尚书》中的《甘誓》《汤诰》等。 ⑫周命维新：《诗经·大雅·文王》中说："周虽旧邦，其命维新。"维新：乃新。指从周文王时，开始变新。 ⑬姬（jī）公：指周公，名旦，周武王的弟弟。法：指史书记事之法。西晋杜预在《春秋左氏传序》中说：《春秋》的体例是"周公之垂法"。 ⑭紬（chōu）：抽引。这里是以紬绎比喻对历数的运算。三正：指夏、商、周三代的历法。正：正月。班：分、列。 ⑮联事：指记载史事。联：系。上两句即杜预《左传序》中所说："因其历数，附其行事。" ⑯彰善瘅（dàn）恶，树之风声：这两句是借用《尚书·毕命》中的原话。瘅：憎恨。 ⑰平王：周平王，周幽王之子。周代自平王起进入东周，周朝开始走上衰落时期。 ⑱雅：《诗经》中有《大雅》《小雅》。这里是以《雅》诗中反映太平盛世的作品来指西周兴盛时期。东周以后走向衰微，所以说"政不及雅"。 ⑲宪章：法度。紊（wěn）：乱。 ⑳彝（yí）：永久的，经常的。攸（yōu）：语词。斁（dù）：败坏。 ㉑夫子：孔子。闵（mǐn）：忧。 ㉒伤斯文：《论语·子罕》中说，孔子曾叹息："天之将丧斯文也。"斯：此。文：指礼乐等西周文化。 ㉓静居：闲居，指孔子周游各国后，晚年闲居鲁国。叹凤：《论语·子罕》中说：孔子叹息"凤鸟不至，……吾已矣夫！"传说凤凰出现，表示天下太平。孔子看不见凤凰出现，所以叹息自己也完了。 ㉔衢：大路。这里指五父衢，在今山东曲阜东南。《孔丛子·记问》中讲到鲁人"樵于野而获兽焉，众莫之识，以为不祥，弃之五父之衢"。孔子听说后，前往认出是麒麟，便哭泣说："麟出而死，吾道穷矣！" ㉕太师：乐官的首领。《论语·八佾（yì）》中有孔子和鲁国太师论乐的记载。《雅》《颂》：指雅乐和颂乐的乐曲。《论语·子罕》中说，孔子从卫国回到鲁国后，校正了雅、颂乐曲。 ㉖《春秋》：我国最早的一部编年史。《孟子·滕文公下》中说："世衰道微……孔子惧，作《春秋》。"东汉赵岐在《孟子章句》中注这段话说，孔子是"因鲁史记"以作《春秋》，即根据鲁国的史书写成《春秋》。 ㉗黜陟（chùzhì）：人才的进退升降。 ㉘征：验证。标：表明。 ㉙褒（bāo）：称赞。 ㉚逾：超过。轩冕（miǎn）：指高级官位。轩：有帷幕的车。冕：礼帽。 ㉛钺（yuè）：似斧的兵器。 ㉜睿（ruì）：深明。存亡：有的版本无此二字，从句意看，当是衍文。㉝婉约：简练。婉：约。㉞丘明：左丘明，与孔子同时的人，相传是《左传》的作者，但唐宋以来很多人有怀疑。㉟微言：精微之言。㊱原始要（yāo）终：这是借用《周易·系辞》中的话，指全面探究事物的始末。原：追溯。要：约会，这里有联系的意思。㊲传体：解释经书的意义叫“传”，记述人物生平事迹的历史著作也叫“传”。《左传》的“传”属前者，史传的“传”属后者，刘勰这里是混而为一了。㊳羽翮（hé）：翅翼，喻指辅佐。翮：羽毛的茎。㊴从（zòng）横之世：指战国时期。当时苏秦主张东方六国（齐、楚、燕、韩、赵、魏）联合起来抗秦，叫作“合纵”；张仪主张六国和秦国和解，叫作“连横”。从：同纵。㊵并：合，统一。七王：即七国。㊶战国有策：刘向《战国策序》说，因其内容主要是战国时游说（shuì）之士所献策谋，所以称为《战国策》。㊷叙：编次。㊸简：竹简，也称策或简策。《春秋左氏传序》疏：“蔡邕《独断》曰：‘策者，简也。’……单执一札，谓之为简，连编诸简，乃名为策。”

【原 文】

汉灭嬴、项①，武功积年；陆贾稽古②，作《楚汉春秋》。爰及太史谈③，世惟执简④；子长继志⑤，甄序帝绩⑥。比尧称“典”⑦，则位杂中贤；法孔题“经”⑧，则文非元圣⑨。故取式《吕览》⑩，通号曰“纪”。纪纲之号⑪，亦宏称也。故“本纪”以述皇王⑫，“列传”

【译 文】

汉高祖消灭嬴秦和项羽，经过了多年的战争；汉初陆贾考察这些史迹，写成《楚汉春秋》。到了西汉的史官司马谈，他家世世代代都担任编修史书的职务。司马迁继承父志，对历代帝王事迹做了认真研究而进行叙述。想比之《尧典》而称为“典”，其中所写的又不全是圣主贤君；想要学孔子而题名为“经”，文笔上又不能和《春秋》笔法相比。因此采取《吕氏春秋》的方式，都叫作“纪”。从“纪纲”的意义来命名，也是一种宏大的称谓了。所以，用“本纪”来叙述帝王，用“世家”来记述诸侯，用以总侯伯[13]，“八书”以铺政体[14]，“十表”以谱年爵[15]；虽殊古式，而得事序焉。尔其实录无隐之旨，博雅弘辩之才，爱奇反经之尤[16]，条例踳落之失[17]，叔皮论之详矣[18]。及班固述《汉》[19]，因循前业[20]，观司马迁之辞，思实过半[21]。其“十志”该富[22]，“赞”“序”弘丽[23]，儒雅彬彬[24]，信有遗味。至于宗经矩圣之典[25]，端绪丰赡之功[26]，遗亲攘美之罪[27]，征贿鬻笔之愆[28]，公理辨之究矣[29]。观乎左氏缀事[30]，附经间出[31]，于文为约，而氏族难明[32]。及史迁各传，人始区详而易览，述者宗焉[33]。及孝惠委机[34]，吕后摄政[35]，班、史立纪[36]，违经失实[37]，何则？庖牺以来[38]，未闻女帝者也。汉运所值[39]，难为后法。“牝鸡无晨”[40]，武王首誓[41]；妇无与国[42]，

“列传”来记叙各种重要人物，用“八书”陈述政治体制，用“十表”记录各种大事的年月和爵位；这些方式虽然和古史不同，却把众多的事件处理得很有条理。《史记》按实记录无所隐讳的优点，渊博典雅而高谈阔论的才能，爱好奇特而违反经典的错误，以及在体例安排上的不当等，班彪已作过详细的评论了。到班固编写《汉书》，继承了前代史家的事业，特别是从司马迁的《史记》中，得益更多。《汉书》的“十志”相当丰富，赞辞序言写得弘丽，的确是文质彬彬，意味深厚。至于学习儒家圣人和经书的典雅，条理清楚、内容丰富的功绩，抛开班彪之名而窃取其成就的罪过，接受贿赂而编写历史的错误等，仲长统已讲得很详细了。从《左传》的记事上看，它依附《春秋》，偶尔记叙到一些史实，在文字上比较简约，对某些历史人物就很难作具体记载。《史记》中的各个列传，才分别对历史人物做了详细记载，从而便于观览，这是后继者所取法的。至于汉惠帝死后，吕后代理执政，《史记》《汉书》中便都为吕后立本纪，这是违反常理而有失史实的。为什么这样说呢？自从伏牺皇帝以来，就未听说过有女人做皇帝。汉代的这种遭遇，难以成为后代的法式。“母鸡不晨鸣”，这是周武王的誓词中早就讲过的；不允许妇女参与国事，齐桓公也这样写在盟文中。从前宣太后扰乱秦

齐桓著盟[43]。宣后乱秦[44]，吕氏危汉，岂唯政事难假[45]，亦名号宜慎矣。张衡司史[46]，而惑同迁、固[47]，元帝王后[48]，欲为立纪，谬亦甚矣。寻子弘虽伪[49]，要当孝惠之嗣[50]；孺子诚微[51]，实继平帝之体。二子可纪，何有于二后哉[52]！至于后汉纪传，发源东观[53]。袁、张所制[54]，偏驳不伦[55]。薛、谢之作[56]，疏谬少信。若司马彪之详实[57]，华峤之准当[58]，则其冠也。

国，吕后使汉王朝发生危险；岂止国家大事难以假代，并且要慎重对待名号的问题。张衡在从事历史工作时，也和司马迁、班固同样糊涂，竟主张为汉元帝皇后写本纪，也是够荒谬的了。按理说，惠帝的儿子刘弘虽然是假冒皇后之子，但总是惠帝的后嗣；孺子刘婴虽然年幼，但他才正是汉平帝的继位者，刘弘、刘婴两人应立本纪，哪有给吕后、元帝后立本纪之理呢？东汉的史书，开始于《东观汉记》。后来袁山松的《后汉书》、张莹的《后汉南纪》，都写得偏颇杂乱，违反伦常。薛莹的《后汉纪》、谢承的《后汉书》，都写得粗疏谬误，很不可信。像司马彪的《续汉书》，详细而真实；华峤的《后汉书》，准确而恰当，就可算是东汉史中写得最好的了。

## 注释

❶嬴（yíng）：秦王的姓。项：项羽。 ❷陆贾：西汉初年文人。他的《楚汉春秋》今不存。稽：查考。 ❸爰（yuán）：于是。太史谈：指司马谈，汉武帝时的太史令（史官）。他是司马迁的父亲。 ❹执简：指担任史官职务。 ❺子长：司马迁的字，西汉著名史学家、文学家。 ❻甄（zhēn）：审查。绩：功业。 ❼典：指《尚书》中的《尧典》。 ❽孔：孔子。经：指《春秋》。《史记·太史公自序》中说，壶遂曾把《史记》比作《春秋》。 ❾元圣：即玄圣，指孔子。 ❿《吕览》：即《吕氏春秋》。其中有十二纪、八览、六论。刘勰认为《史记》中的本纪是模仿《吕氏春秋》中的纪。《史记·大宛（yuān）传》讲到《禹本纪》，有人认为《禹本纪》才是司马迁所本。但从《大宛传》中引到《禹本纪》

的内容，以及司马迁所说“至《禹本纪》《山海经》所有怪物，余不敢言之也”来看，刘勰的说法较为可信。 ⑪纪纲：法纪政纲。《史记·五帝本纪》索隐：“纪者，记也。……而帝王书称纪者，言为后代纲纪也。” ⑫本纪：《史记》中有十二本纪，记述帝王事迹，如《五帝本纪》《夏本纪》等。 ⑬列传：《史记》中有七十列传，记述政治、军事、文化各方面重要人物的生平事迹，如《屈原列传》《李将军列传》等。总侯伯：这应指记述诸侯王事迹的“世家”而言，《史记》中有三十世家，如《赵世家》《楚元王世家》等。这里的“列传以总侯伯”，与《史记》不符，可能是文字上有脱漏。 ⑭八书：《史记》中有《礼书》《乐书》等八书。铺：陈列。 ⑮十表：《史记》中有《三代世表》《十二诸侯年表》等十表。谱：叙录。 ⑯反经：违反儒家经典。尤：过失。 ⑰踳（chuǎn）：据《说文》，同“舛”，错乱。 ⑱叔皮：班彪的字，东汉初年历史家、作家。《后汉书·班彪传》载有他的《史记论》。刘勰以上所评《史记》优劣的话，大多见于《史记论》，但有的并未讲到。所以，主要应看作刘勰自己对《史记》的观点。 ⑲班固：字孟坚，东汉著名史学家、文学家。《汉》：指《汉书》。 ⑳因循前业：班固《汉书》沿用了《史记》和班彪《史记后传》的部分体例和史料。因循：沿袭，依照。 ㉑思实过半：指得益甚多。《周易·系辞下》中说：“知者观其彖（tuàn）辞，则思过半矣。”孔颖达疏：“言聪明知达之士，观此卦下彖辞，则能思虑有益，以过半矣。” ㉒十志：《汉书》中有《律历志》《礼乐志》等十志。该：兼，备。 ㉓赞：《汉书》纪、传的末尾常有一段“赞曰”，说明作者对该篇所述人物事件的意见。序：《汉书》表、志的前面常有一段类似序文的说明。 ㉔彬彬（bīn）：文质兼备的样子。 ㉕矩（jǔ）：画方形的器具，这里引申为模仿、学习。 ㉖端绪：指条理。赡（shàn）：富足。 ㉗遗亲攘美：《汉书》中有些是班固的父亲班彪写的，可是班固都算为自己的作品。遗：抛弃。攘：窃取。傅玄的《傅子》中说：“班固《汉书》，因父得成。遂没不言彪，殊异司马迁也。”（《全晋文》卷五〇） ㉘征贿鬻（yù）笔：指班固写《汉书》，有接受贿赂的错误。征：求。鬻：卖。愆（qiān）：过失。《史通·曲笔》中也有“班固受金而始书”的传说。 ㉙公理：仲长统的字，汉末著名学者。以上意见，可能是他在《昌言》中讲的。《昌言》今不全，

《全后汉文》卷八八、八九辑得部分残文。究：穷尽。 ㉚左氏：指左丘明的《左传》。缀（zhuì）：连结。 ㉛间出：偶然出现。 ㉜氏族：指重要历史人物。 ㉝述：循，继。宗：尊重。 ㉞孝惠：指西汉惠帝刘盈。委机：抛弃国家大事。 ㉟吕后：指汉高祖刘邦的皇后吕雉（zhì）。摄（shè）政：代理执政。汉惠帝死后，吕后临朝听政，在位八年。 ㊱班：指班固的《汉书》。史：指司马迁的《史记》。立纪：《汉书》中有《高后纪》，《史记》中有《吕后本纪》。 ㊲违经：违背正常。 ㊳庖（páo）牺：即伏牺，传为神农氏之前的古代帝王。 ㊴值：逢，遇。 ㊵牝（pìn）鸡：母鸡。无晨：不晨鸣。这是喻指妇女不能掌管国家大事。 ㊶武王：周武王。誓：指《尚书·牧誓》所载周武王的誓辞，“牝鸡无晨”就是这个誓辞中的话。 ㊷与（yù）：参与。 ㊸齐桓：指齐桓公。《穀梁传·僖公九年》载齐桓公和诸侯订盟，其中讲到“毋使妇人与国事”。 ㊹宣后：宣太后，秦昭王的母亲。秦武王死后，昭王年幼，宣太后自治事，任魏冉（宣太后的异父弟）为政，威震秦国。宣太后理政期间，用魏冉、白起等，对秦国的强大起过一定作用。刘勰所谓“乱秦”，完全从封建正统观念出发。 ㊺假：指代摄政事。 ㊻张衡：字平子，东汉科学家、文学家。司史：《后汉书·张衡传》说张衡曾“专事东观”，进行《东观汉记》的补缀工作。 ㊼迁、固：司马迁、班固。 ㊽元帝王后：汉元帝之后王政君，汉平帝九岁即帝位，她曾临朝听政。《后汉书·张衡传》中说，张衡上书主张“宜为元后本纪”。 ㊾寻：探讨。子弘：汉惠帝子刘弘，吕后临朝期间，曾立为帝。伪：指不是惠帝张后所生。《史记·吕后本纪》中说：“宣平侯女为孝惠皇后，时无子，详（佯）为有身，取美人子名之，杀其母，立所名子为太子。” ㊿要：总。嗣：后代。 51孺子：指刘婴，汉宣帝的玄孙，平帝死后立为皇太子，号“孺子”。微：当时刘婴只有两岁。 52二后：指汉高祖吕后和汉元帝王后。刘勰认为吕后摄政时，代表汉王朝的是刘弘；元帝王后临朝时，继承皇权的是孺子刘婴，只能为刘弘、刘婴立本纪，而不应给吕后、王后立本纪。 53东观：东汉王朝藏书和编修史书的地方。刘珍、李尤等人的《东观汉记》就在东观编成，载光武帝以后的东汉历史。 54袁：指袁山松，东晋文人，著有《后汉书》。张：指张莹（yíng），东晋文人，著有《后汉南纪》。两书今均残缺不全。 55驳：杂乱。

伦：常理。 56薛：指薛莹，字道言，三国时吴国文人，曾著《后汉纪》。谢：指谢承，字伟平，也是吴国文人，曾著《后汉书》，两书今均不全。 57司马彪：字绍统，西晋文人，曾著《续汉书》，今不全。其中“志”的部分，附于范晔（yè）《后汉书》之中。 58华峤（qiáo）：字叔骏，西晋文人，曾著《后汉书》，今不全。

【原文】

及魏代三雄[①]，记传互出[②]。《阳秋》《魏略》之属[③]，《江表》《吴录》之类[④]，或激抗难征[⑤]，或疏阔寡要[⑥]。唯陈寿《三志》[⑦]，文质辨洽[⑧]，荀、张比之于迁、固[⑨]，非妄誉也。至于晋代之书，繁乎著作[⑩]，陆机肇始而未备[⑪]，王韶续末而不终[⑫]，干宝述《纪》[⑬]，以审正得序[⑭]；孙盛《阳秋》[⑮]，以约举为能。按《春秋》经传，举例发凡[⑯]。自《史》《汉》以下，莫有准的[⑰]。至邓璨《晋纪》[⑱]，始立条例[⑲]；又摆落汉、魏，宪章殷、周[⑳]，虽湘川曲学[㉑]，亦有心典、

【译文】

到了三国时期，记载三国史迹的著作不断出现。如孙盛的《魏氏春秋》、鱼豢的《魏略》、虞溥的《江表传》、张勃的《吴录》之类，有的过于激切，与众不同，却难以令人信服；有的粗枝大叶，不着边际，很少抓住要点。只有陈寿的《三国志》，文词和内容都清晰和润；晋代的荀勖和张华，把《三国志》比之《史记》《汉书》，是并不过誉的。到了晋代，史书的编写属于著作郎。陆机的《晋纪》，写晋初的历史但不完备；王韶之的《晋纪》，写晋末的历史但没有写到东晋结束。干宝的《晋纪》，推究得当而有次序；孙盛的《晋阳秋》，以简明扼要为特长。考察《春秋》的经文和传文，都有一定的编写条例。从《史记》《汉书》以后，就没有凡例为编写的依据了。到东晋邓粲编写《晋纪》，又开始拟订条例。他抛开汉魏的史书，而取法殷、周，可见即使僻居湘江的边远学者，也注意到学习古代的典、谟。

| | |
|---|---|
| 谟。及安国立例[22]，乃邓氏之规焉[23]。 | 到孙盛编史，也立条例，就是取法邓粲了。 |

## 注释

❶三雄：指魏、蜀、吴三国。 ❷互出：相继出现。 ❸《阳秋》：指东晋孙盛的《魏氏春秋》。《魏略》：魏国鱼豢（huàn）著。两书均不存，《三国志》等书的注中引到这两书的部分资料。 ❹《江表》：西晋虞溥的《江表传》。《吴录》：西晋张勃著。两书均不存，《三国志》等书的注中保存部分残文。 ❺激：激切。抗：对抗，指不同于时俗的观点。《晋书·孙盛传》中说："殷浩擅名一时，与抗论者，惟盛而已。"征：证验。 ❻疏阔：粗疏，不精密。 ❼陈寿：字承祚（zuò），西晋史学家。《三志》：陈寿的《三国志》。 ❽洽（qià）：和润。 ❾荀：指荀勖（xù），字公曾，西晋文人。张：指张华，字茂先，西晋文学家。《华阳国志·后贤志》中说："《三国志》……中书监荀勖、令张华深爱之，以班固、史迁，不足方也。" ❿繫：应作"系"，译文据"系"字。系：统属，这里指隶属。著作：官职名，晋代设置著作郎，专任史书编撰。 ⓫陆机：字士衡，西晋文学家。曾著《晋纪》，今不存。肇（zhào）：开始。指撰写西晋初的历史。 ⓬王韶：王韶之，字休泰，南朝宋代文人，曾著《晋纪》，今不存。续末：指撰写东晋末年历史。但只写到义熙九年，下距晋亡还有七年，所以说"不终"。 ⓭干宝：字令升，东晋历史家、小说家，曾著《晋纪》，今不全。 ⓮审：推求。序：次序。 ⓯《阳秋》：指《晋阳秋》，今不存。 ⓰举例发凡：指编写史书原则所订的体例。《春秋》有五例，《左传》有五十凡例。 ⓱准的：标准，指凡例所作规定。 ⓲邓璨：应为邓粲，东晋文人。他的《晋纪》今不存。 ⓳始立条例：据《史通·序例》，干宝的《晋纪》已"远述丘明，重立凡例"，邓粲、孙盛都是在干宝之后才立凡例的。 ⓴宪章：取法，学习。 ㉑湘川：湖南湘水。这里指邓粲，他是长沙人。曲：指曲折偏僻之地。 ㉒安国：孙盛字安国。 ㉓规：法度，指孙盛写史书是取法邓粲。

【原 文】

原夫载籍之作也，必贯乎百氏[①]，被之千载[②]，表征盛衰，殷鉴兴废[③]；使一代之制[④]，共日月而长存，王霸之迹[⑤]，并天地而久大。是以在汉之初，史职为盛，郡国文计[⑥]，先集太史之府，欲其详悉于体国[⑦]，必阅石室，启金匮[⑧]，抽裂帛[⑨]，检残竹[⑩]，欲其博练于稽古也[⑪]。是立义选言，宜依经以树则；劝戒与夺[⑫]，必附圣以居宗[⑬]；然后诠评昭整[⑭]，苛滥不作矣[⑮]。然纪传为式，编年缀事，文非泛论，按实而书。岁远则同异难密[⑯]，事积则起讫易疏[⑰]，斯固总会之为难也。或有同归一事，而数人分功[⑱]，两记则失于复重，偏举则病于不周，此又铨配之未易也[⑲]。故张衡摘史、班之舛滥[⑳]，

【译 文】

编写史书的根本问题，是必须总贯诸子百家，传之千秋万世，表明历代盛衰的证验，作为后世兴亡的借鉴；使一个朝代的典章制度，和日月一样共同长存；王霸之业的事迹，和天地一样长久光大。因此，在汉朝初年，史官的职务较为隆重。各州郡和诸侯国的文件账目，首先要集中到编写史书的太史府，以求史官能详细了解全国的重大规划；还必须阅读国家珍藏的文件史料，搜检一切残旧的帛书竹简，以求史官能广泛而熟练地考察古代史迹。因此，在确立意义和选用言辞上，应以经典为准则；在进行规劝、警戒的取舍上，必须以圣人为根据，然后才能对史实阐释评价得明白而正确，这样就不至于产生烦琐不实的记载了。但史书的基本格式，就是按年代顺序编纂有关事件，文字上不能进行空泛的议论，而是按照实际记叙。不过年代太远的事是否写得符合，就很难准确；要写的事太多，对每件事的始末就容易忽略：这的确是作综合记叙所存在的困难。有的同属一事，但和几人有关，如果在两人的本传里都写，就造成重复的毛病；如果只记在一人头上，则又出现不周全的缺点：这又是在铨衡轻重、相互配合上存在的困难。所以，东汉张衡指出的《史记》《汉书》中的不少错误，晋代傅玄批评的《东观

| 原文 | 译文 |
| --- | --- |
| 傅玄讥《后汉》之尤烦[21]，皆此类也。 | 汉记》的过失和烦琐，都是由于上述困难造成的。 |

## 注释

❶百氏：指诸子百家。《汉书·叙传下》说《汉书》是“纬六经，缀道纲；总百氏，赞篇章”。 ❷被：及。 ❸殷鉴：殷人灭夏，殷之子孙以夏亡为借鉴。 ❹制：这里泛指典章、文物、制度。 ❺霸：诸侯国之强大称雄者，如齐桓公、晋文公等春秋五霸。 ❻郡国：汉初兼用郡县制和分封制，诸侯国和郡县并存。这里指全国各地政权机构。文计：文件、账目等。 ❼体国：指全国的重要规划。体：分。 ❽石室、金匮（guì）：汉代收藏国家重要图书文件的地方。 ❾帛：丝织物，这里指帛书。 ❿竹：竹简。 ⓫练：熟悉。 ⓬与夺：取舍。 ⓭宗：本。 ⓮昭：明白。整：齐、正。 ⓯苛：烦，细。滥：不实。 ⓰密：近，切合。 ⓱讫（qì）：完结。 ⓲功：同工，指事。 ⓳铨（quán）：衡量。 ⓴摘：选取。《后汉书·张衡传》说，张衡上疏，指出司马迁、班固史书中的10多处错误。舛（chuǎn）：差错。滥：不恰当。 ㉑傅玄：字休奕（yì），西晋文学家。《后汉》：指《东观汉记》。据《晋书·傅玄传》，傅玄在《傅子》中曾对“三史”进行评论。“三史”指《史记》《汉书》《东观汉记》。《隋书·经籍志》说《东观汉记》所记是从光武帝到灵帝的事。

| 【原文】 | 【译文】 |
| --- | --- |
| 若夫追述远代，代远多伪。公羊高云[1]“传闻异辞”[2]，荀况称[3]“录远略近”[4]。盖文疑则阙[5]，贵信史也。然俗皆爱奇， | 如果追述很久以前的历史，年代愈远，不可靠的就愈多。战国时的公羊高曾说：“传闻的东西往往各异其辞。”荀况则说：“远的从略，近的从详。”凡是有疑问的地方宁可暂缺不写，这是由于史书以真实可信为贵。可是一般人都有点好奇，不顾“按实而 |

莫顾实理。传闻而欲伟其事，录远而欲详其迹；于是弃同即异，穿凿傍说[⑥]，旧史所无，我书则传，此讹滥之本源[⑦]，而述远之巨蠹也[⑧]。至于记编同时，时同多诡[⑨]；虽定、哀微辞[⑩]，而世情利害。勋荣之家，虽庸夫而尽饰[⑪]；迍败之士[⑫]，虽令德而常嗤[⑬]。理欲吹霜煦露[⑭]，寒暑笔端[⑮]，此又同时之枉[⑯]，可为叹息者也！故述远则诬矫如彼[⑰]，记近则回邪如此[⑱]，析理居正，唯素臣乎[⑲]！若乃尊贤隐讳，固尼父之圣旨[⑳]，盖纤瑕不能玷瑾瑜也[㉑]；奸慝惩戒[㉒]，实良史之直笔，农夫见莠[㉓]，其必锄也。若斯之科[㉔]，亦万代一准焉。至于寻繁领杂之术[㉕]，务信弃奇之要，明白头讫之序，品酌事例之条[㉖]，晓其大纲[㉗]，则众理可贯。然史之为任，乃弥纶一

书”的原则。听到点传闻就想大写特写，对遥远的事情却想做详细描写；于是抛开共同一致的而追求奇异的，牵强附会，生拉硬扯；过去的史书上从未记载的东西，竟写在自己的书中，这就是史书错乱不实的根源，是追述远代历史的大害。至于编写当代的历史，却正因同时而往往是虚假的。虽然孔子在《春秋》中，对和他同时的鲁定公、鲁哀公的不当之处，也有委婉的讽刺，但一般的世态人情，就很难超脱当时的利害。对功勋荣显的贵族，即使是平庸无能的人，也要全加粉饰；对遭受困顿不幸的人，虽然有美好的品德也常常加以嗤笑。任意褒贬，形之笔端，这又是歪曲同时史实而令人叹息的事情。所以，记述远的是那样虚假，记载近的也如此歪曲，能够把事理剖析明白而记叙得当的，就只有左丘明了吧！至于对尊长或圣贤有所隐讳，固然是孔子的圣意；因为细微的缺点不能影响整个品德高尚的人，而对坏人坏事进行批评警戒，那正是优秀史家应有的直笔；这就正如农夫见到野草，必然要把它锄掉。这种精神，也是万代必遵的共同准则。至于从繁杂的事件中，抽出纲要来统领全史的方法；力求真实可信，排除奇闻异说的要领；明白交代起头结尾的顺序；斟酌品评人事的原则；能够掌握这个大纲，编写史书的各种道理就都可贯通了。但史家的使命，负担着综述一代史实，要对全国负责的

代[28]，负海内之责，而赢是非之尤[29]，秉笔荷担[30]，莫此之劳。迁、固通矣，而历诋后世[31]；若任情失正，文其殆哉[32]！

重任，不能不常常受到各种各样的指责。一切写作任务，没有比这更费力的。司马迁和班固已是精通史学了，他们的史书尚且屡遭后人诋毁，如果随意乱写，记述不当，这就很危险了！

## 注释

❶公羊高：战国时齐国人，传为《公羊传》的作者。 ❷传闻异辞：这是《公羊传·隐公元年》中的话。 ❸荀况：战国时著名思想家。 ❹录远略近：据《荀子·非相》的原文："传者久则论略，近则论详。"这四字应为"录近略远"。 ❺阙：缺。 ❻穿凿：牵强附会。 ❼讹（é）：错误。 ❽蠹（dù）：蛀虫。 ❾诡（guǐ）：欺诈。 ❿定、哀微辞：《公羊传·定公元年》中曾说："定、哀多微辞。"定、哀：鲁定公、鲁哀公，和孔子同时的鲁国国君。孔子写《春秋》，对他们有"微辞"，指对其过失不明言，而用隐讳委婉的话来说。 ⓫庸夫：平庸的人。 ⓬迍（zhūn）：困难。 ⓭令德：美德。嗤（chī）：讥笑。 ⓮理欲：这两个字是衍文。吹霜煦（xǔ）露：指随意褒贬。霜：寒。煦：吹。露：温润。"吹霜"指对"迍败之士"的贬抑，"煦露"喻对"勋荣之家"的吹捧。 ⓯寒：即上句的"吹霜"。暑：即上句的"煦露"。 ⓰枉：曲。 ⓱矫：假造。 ⓲回邪：邪曲不正。 ⓳素臣：指左丘明。杜预《春秋左氏传序》中有"仲尼素王，丘明素臣"之说。有人认为"素臣"当作"素心"，从下句说"尼父之圣旨"看，刘勰正是以"素臣""素王"并举。 ⓴尼父：孔子字仲尼，故尊称尼父。《公羊传·闵公元年》说："《春秋》为尊者讳，为亲者讳，为贤者讳。"这是用史书为统治阶级服务的理论根据。 ㉑纤瑕（xiānxiá）：小毛病。瑕：玉的斑点。玷（diàn）：玉的瑕点，这里作动词用。瑾瑜（jǐnyú）：美玉。 ㉒慝（tè）：奸邪。 ㉓莠（yǒu）：恶草。 ㉔科：类。 ㉕寻：抽绎，整理。 ㉖品酌：评量斟酌。条：条例，编写史书所订叙事论人的原则。 ㉗大纲：指上面所说"术""要""序""条"四个方面。 ㉘弥纶：综合组织，整理阐明。

㉙羸：当作“赢”（yíng），多得。尤：责备。 ㉚秉：操，持。荷：担，负。㉛诋（dǐ）：诽谤。 ㉜殆（dài）：危险。

【原 文】

赞曰：史肇轩黄①，体备周孔。世历斯编，善恶偕总②。腾褒裁贬③，万古魂动。辞宗丘明，直归南、董④。

【译 文】

史官开始于轩辕黄帝，史书完备于周公孔子。对世代经历的事编成历史，无论好人坏人都总括其中。史书上传以褒扬，断以贬辞，长期使人惊心动魄。文辞方面应学习左丘明，记事方面要像南史氏和董狐那样正直秉公。

注释

❶史肇轩黄：即本篇开始说的：“轩辕之世，史有仓颉。” ❷偕（xié）：共同。 ❸腾：传播。裁：判断。 ❹南：指春秋时齐国的南史氏。《左传·襄公二十五年》载，齐国大夫崔杼杀了国君，谁记载其事，崔杼就杀掉谁。南史氏听说已杀两个史官，他仍冒死要直记其事。董：指春秋时晋国史官董狐。《左传·宣公二年》载，晋灵公要杀赵盾，赵盾逃跑后，赵穿杀了灵公。董狐却记以“赵盾弑（shì）其君”。赵盾问董狐，董狐回答说：“子为正卿，亡不越竟（未出国境），反不讨贼，非子而谁？”

# 一七、诸子

## 解题

《诸子》是《文心雕龙》的第十七篇。诸子散文不仅是我国古代散文的一个重要组成部分，对后来历代散文的发展，也有其长远的影响。本篇以先秦诸子为重点，兼及汉魏以后的发展变化情况，对诸子散文的特点做了初步总结。

全篇分三个部分。第一部分叙述子书的性质、起源以及子书和经书的区别。第二部分主要评论先秦诸子内容方面各不相同的特点，而归总为两大类：一是纯粹的，一是驳杂的。这两类的区分，主要以是否符合儒家经典为准则。这里，征圣宗经的观点使刘勰对古代某些优秀的神话或寓言作了不正确的评论。第三部分从写作特点上论述了诸子百家的主要成就，指出汉以后的子书渐不如前。

本篇曾讲到，汉代统治者因诸子书中杂有异端思想而害怕其流传，但刘勰马上提出，诸子之书“亦学家之壮观也”。从本篇着重对各家不同风格特点的论述来看，刘勰对诸子百家在文学史上的价值是有所认识的。《诸子》中某些富有浪漫主义特色的神话、寓言，为刘勰所不理解，这是他宗经思想造成的局限。但刘勰并不反对浪漫主义的表现方法。诸子百家中浪漫主义色彩最突出的，莫过于《庄子》和《列子》，刘勰对其总的评论则是：《庄子》“述道以翱翔”，《列子》“气伟而采奇”。这既是肯定性的评述，也正抓住了它们的风格特点。

【原 文】

《诸子》者，入道见志之书[1]。太上立德，其次立言[2]。百姓之群居，苦纷杂而莫显[3]；君子之处世[4]，疾名德之不章[5]。唯英才特达[6]，则炳曜垂文[7]，腾其姓氏[8]，悬诸日月焉。昔风后、力牧、伊尹[9]，咸其流也[10]。篇述者，盖上古遗语[11]，而战伐所记者也[12]。至鬻熊知道[13]，而文王咨询[14]；余文遗事，录为《鬻子》[15]。子自肇始[16]，莫先于兹。及伯阳识礼[17]，而仲尼访问[18]；爰序《道德》[19]，以冠百氏[20]。然则鬻惟文友[21]，李实孔师[22]；圣贤并世[23]，而经子异流矣[24]。

【译 文】

《诸子》这种著作，是阐述理论、表达主张的书籍。古人所谓“不朽”，第一是树立品德，其次是著书立说。一般人民群居生活，苦于周围事物纷纭杂乱而不明白其中的道理；而士大夫立身处世，又担心自己的声名和德行不能流传广远。所以只有才华突出的人，方能光辉地遗留下自己的著作，传布开自己的姓名，像太阳、月亮般为人人所共见。从前黄帝时的风后、力牧和商朝的伊尹等人的书，都属于这一类。不过这些作品，大概是古代相传的话语，到战国时才记录下来的。后来楚国的祖先鬻熊通晓哲理，周文王曾向他请教；他留下的文辞和事迹，编为《鬻子》。在子书著作中，这是最早的开始者。到了老子，因为懂得古礼，孔子曾向他请教；于是写成《道德经》，成为诸子中较早的书。但是，鬻熊仅仅是文王的朋友，老子却是孔子的老师；两位圣人和两位贤人同时，而所写的书或成为经，或成为子，俨然是两类不同的著作了。

注 释

❶入道：深入到理论里面去。 ❷立德、立言：《左传·襄公二十四年》载鲁国大夫叔孙豹的话：“太上有立德，其次有立功，其次有立言。虽久不废，此之谓不朽。”太上：最上。 ❸显：明白。 ❹君子：理想的人，这里主要指封

建士大夫。 ❺疾：憎恶。章：明，显。 ❻特达：超出一般人之上。 ❼炳曜(yào)：昭著。 ❽腾：跃起，这里指声名的传布。 ❾风后、力牧：相传为黄帝的二臣。《汉书·艺文志》列有《风后》13篇，属兵阴阳家。又有《力牧》22篇，属道家。伊尹：商汤的臣。《汉书·艺文志》列有《伊尹》51篇，属道家；又有《伊尹说》27篇，属小说家。 ❿咸：全部。以上诸书均后人伪托。 ⓫盖：疑词，表示大概的意思。 ⓬战伐：当作“战代”，即战国时期。 ⓭鬻(yù)熊：楚国的祖先，相传是季连的苗裔（yì），熊绎（yì）的曾祖。 ⓮咨(zī)：询问。《汉书·艺文志》中说鬻熊“为周师”。 ⓯《鬻子》：《汉书·艺文志》列有《鬻子》22篇，属道家；又有《鬻子说》19篇，属小说家。 ⓰肇(zhào)：开始。 ⓱伯阳：相传为老子的字。 ⓲仲尼：孔子的字。《礼记·曾子问》中说，孔子曾问礼于老子。 ⓳爰（yuán）：于是。《道德》：指《道德经》。 ⓴百氏：指诸子百家。 ㉑文：指周文王。 ㉒李：指老子，姓李。 ㉓圣：指周文王和孔子。贤：贤人，指鬻熊和老子。 ㉔经子：刘勰这里是称圣人的著作为“经”、贤人的著作为“子”。

【原 文】

逮及七国力政①，俊乂蜂起②。孟轲膺儒以磬折③，庄周述道以翱翔④，墨翟执俭确之教⑤，尹文课名实之符⑥，野老治国于地利⑦，驺子养政于天文⑧，申、商刀锯以制理⑨，鬼谷唇吻以策勋⑩，尸佼兼总于杂术⑪，青史曲缀以街谈⑫。承流而枝附者⑬，不

【译 文】

到战国的时候，在互相用武力征伐中，出现了许多杰出的人才。孟轲信奉儒家的学说，谦恭地和王侯们周旋；庄周阐述道家的理论，任意驰骋；墨翟采用俭朴节约的学说；尹文研究名义和实际是否相合；野老讲究从地利的角度治理国家；邹衍谈论阴阳五行来配合政治；申不害和商鞅用刑罚来安定秩序；鬼谷靠着口才来立功；尸佼综合各家学说；青史详记民间的谈论。以后继承他们的流波而如枝之附干者，不知道有多少。这些人大都能够通过雄辩来

可胜算[14]；并飞辩以驰术[15]，餍禄而余荣矣[16]。暨于暴秦烈火[17]，势炎昆冈[18]；而烟燎之毒[19]，不及《诸子》。逮汉成留思[20]，子政雠校[21]；于是《七略》芬菲[22]，九流鳞萃[23]；杀青所编[24]，百有八十余家矣[25]。迄至魏晋，作者间出[26]；谰言兼存[27]，琐语必录；类聚而求，亦充箱照轸矣[28]。然繁辞虽积，而本体易总；述道言治，枝条五经[29]，其纯粹者入矩[30]，踳驳者出规[31]。《礼记·月令》，取乎《吕氏》之《纪》[32]；《三年问》丧[33]，写乎《荀子》之书[34]：此纯粹之类也。若乃汤之问棘[35]，云蚊睫有雷霆之声[36]；惠施对梁王[37]，云蜗角有伏尸之战[38]；《列子》有移山、跨海之谈[39]，《淮南》有倾天、折地之说[40]：此踳驳之类也。是以世疾诸混同虚诞[41]。按《归藏》

传布自己的学说，并且饱享了厚禄高官。到残暴的秦始皇焚烧书籍，几有一网打尽之势，可是《诸子》并未受到其害。后来汉成帝重视古书，命令刘向整理校勘，于是写成《七略》，记载各种有价值的书籍，九种学派的杰作都被搜集；到书目编成时，共有一百八十多家了。魏晋以后，有时仍然有人写作子书，其中夹杂一些不可信的言论，也记录了一些琐言碎语；如果把这些依类收集起来，也得要装满几大车了。但是著作虽然堆积得很多，其主要的情况还是容易掌握的。无论它们阐述道理或议论政事，都是从经书发展下来的；其中内容纯正的，便符合于经书的规则；内容杂乱的，便违背经书的法度。《礼记》中的《月令》，是采用《吕氏春秋》的《十二纪》；而《礼记·三年问》的内容，也写进了《荀子》中的《礼论》。这些都是内容纯正的例子。至于商汤问夏革，夏革说黄帝能听到蚊子的眼毛上有小虫发出像打雷一样的声音；惠施推荐戴晋人对梁惠王说，在蜗牛角上曾发生过一场战死数万的大仗；《列子·汤问》中有愚公移山和龙伯国巨人跨海的奇谈；《淮南子·天文训》中有共工碰得天倾地斜的怪说：这些都是内容杂乱的例子，所以一般人都不喜欢《诸子》的啰唆而荒唐。不过商代的《归藏经》里面，也大谈奇怪的事，如说后羿射日、嫦娥奔之经[42]，大明迂怪，乃称羿弊十日[43]，嫦娥奔月[44]。殷汤如兹，况诸子乎！至如《商》《韩》[45]，“六虱”“五蠹”[46]，弃孝废仁[47]；轘药之祸[48]，非虚至也。公孙之白马、孤犊[49]，辞巧理拙；魏牟比之鸮鸟[50]，非妄贬也。昔东平求《诸子》《史记》[51]，而汉朝不与；盖以《史记》多兵谋，而《诸子》杂诡术也[52]。然洽闻之士[53]，宜撮纲要[54]，览华而食实[55]，弃邪而采正。极睇参差[56]，亦学家之壮观也。

月之类；商汤时的书尚且如此，何况诸子百家呢！此外，如《商君书》中说有六种害国的虱子，《韩非子》中说有五种害国的蛀虫，这就是反对仁义道德；后来商鞅被车裂，韩非被毒死，那不是没有原因的。还有公孙龙的“白马不是马”、“孤犊没有娘”之类诡辩，话虽说得巧妙，但道理却很笨拙；魏公子牟把公孙龙比作井底之蛙，并不是随便指责他。从前东平王刘宇向汉成帝要求《诸子》和《史记》，成帝不肯给，就因为《史记》里常常讲到军事上的谋略，而《诸子》中又往往杂有怪异的东西。但是，对于博学的人来说，就应该抓住其主要的，要撷（xié）取它们的花朵，而咀嚼其果实；抛开错误的部分，而采取正确的意见。细看这些不同的学派，确也是学术界的大观。

## 注释

❶逮（dài）：及，到。力政：即力征，以武力征伐。《汉书·游侠传序》：“陵夷至于战国，合从连衡，力政争强。”颜师古注：“力政者，弃背礼义，专任威力也。”王先谦补注：“政，读曰征。” ❷乂（yì）：才德过人。蜂起：大量出现。 ❸孟轲（kē）：即孟子，战国时鲁国思想家。膺（yīng）：胸，这里引申为藏在胸中。磬（qìng）折：屈身如磬状，这里形容孟子的恭守儒礼。 ❹庄周：即庄子，战国时楚国思想家。《汉书·艺文志》列有《庄子》52篇，属道家。翱（áo）翔：本指鸟飞，这里指《庄子》一书在论述上自由奔放的特点。 ❺墨翟（dí）：即墨子，战国时鲁国思想家。《汉书·艺文志》列有《墨子》71

篇，属墨家。确：枯槁，这里有节俭的意思。 ❻尹文：战国时齐国学者。《汉书·艺文志》列有《尹文子》一篇，属名家。课：查核。 ❼野老：战国时的隐者，著书言农家事。《汉书·艺文志》列有《野老》17篇，属农家。 ❽驺（zōu）子：即邹衍，战国时齐国学者，喜谈天说地及阴阳五行等问题。《汉书·艺文志》列有《邹子》49篇，属阴阳家。 ❾申：指申不害，战国时韩昭侯的相。商：指商鞅（yāng），战国时秦孝公的相。《汉书·艺文志》列《申子》6篇、《商君》29篇，都属法家。刀锯：刑具。理：有条理、有秩序。 ❿鬼谷：鬼谷子，因隐居于鬼谷而得名，相传为苏秦、张仪的老师。《隋书·经籍志》载《鬼谷子》三篇，属纵横家。唇吻：嘴唇，指口才。策：记录。 ⓫尸佼（jiǎo）：相传为商鞅的老师。《汉书·艺文志》载《尸子》20篇，属杂家。 ⓬青史：相传是晋国史官董狐的后裔。《汉书·艺文志》载《青史子》57篇，属小说家。曲缀：详细记录。 ⓭枝附：说以上子书像枝叶依附于根干似的继续在前代著作之后。枝：比喻后来的子书。 ⓮胜：尽。 ⓯术：道术，也就是各家的学说。 ⓰餍（yàn）：足够。 ⓱暨（jì）：及。烈火：指焚书的大火。 ⓲势炎昆冈：这是借用《尚书·胤（yìn）征》中的“火炎昆冈，玉石俱焚”之意，意为火势太大，昆仑山的石头和玉一起遭殃，无一例外。 ⓳燎：延烧。 ⓴汉成：汉成帝。留思：留心，留意。 ㉑子政：西汉学者刘向的字。雠（chóu）：校勘文字异同得失。 ㉒《七略》：由西汉刘向创编，他的儿子刘歆（xīn）所完成的一部书目。芬菲：香气，这里指美好的作品。 ㉓九流：指儒家、道家、阴阳家、法家、名家、墨家、纵横家、杂家和农家。鳞萃：像鱼鳞那么密集。萃：聚集。 ㉔杀青：用火炙竹简，使出汗，便于写字；这里引申为编写完成。 ㉕百有八十余家：《汉书·艺文志》列儒家五十三、道家三十七、阴阳家二十一、法家十、名家七、墨家六、纵横家十二、杂家二十、农家九、小说家十五，共一百九十家。（原文作：“凡诸子百八十九家，四千三百二十四篇。”） ㉖间出：偶然出现。 ㉗谰（lán）言：没有根据的话。 ㉘箱：车箱。轸（zhěn）：车后横木。 ㉙枝条：指诸子。刘勰以经书为根本，诸子附属于经书，正如枝条附属于根干。 ㉚矩（jǔ）：画方形的器具，这里引申为法则。 ㉛踳（chuǎn）驳：杂乱。 ㉜《吕氏》：指《吕氏春秋》，中有按四季十二月写的《纪》，其首段和《礼记·月令》相同。 ㉝《三年问》:《礼记》中的一篇。 ㉞写乎《荀子》:《荀子·礼论》中关于三年之丧的部分和《礼记·三年问》相同。 ㉟棘(jí):亦称夏革,传为商汤时的贤人。《庄子·逍遥游》作“汤之问棘”;《列子·汤问》作夏革。棘、革通。 ㊱蚊睫(jié)有雷霆之声:《列子·汤问》中说,有一种小虫叫作焦螟,住在蚊子的眼睫毛上,蚊子并不能感觉到,耳朵最灵的师旷也听不到一点声音;但黄帝修道以后,就能看到,并能听到这种小虫发出的“雷霆之声”。 ㊲惠施:战国时梁国的相。梁王:战国时的魏惠王,因后来迁都大梁(今河南开封),故称梁惠王。 ㊳伏尸之战:《庄子·则阳》中说,惠施向魏惠王推荐戴晋人(传为魏国贤者),戴晋人向魏惠王说:蜗牛左角上有触氏国,右角上有蛮氏国,两国相战,历时半月,被打死的有好几万。 ㊴《列子》:传为战国时列御寇撰。今本可能是魏晋间人所伪托。《汉书·艺文志》列为道家。《列子·汤问》中说,愚公和子孙决心把太行山和王屋山搬到渤海里去,后来感动了天帝,便帮助他们把山搬走。又说,渤海东面“不知几亿万里”远的地方,有五座大山,而龙伯国的巨人,只消几步就跨到了。毛泽东的《愚公移山》,就是据前一个寓言写成的。 ㊵《淮南》:指《淮南子》,西汉淮南王刘安和他的门客集体编成。《汉书·艺文志》列杂家。倾天、折地:《淮南子·天文训》中说,共工和颛顼(zhuānxū)争帝位,怒触不周山,使天倾地陷。 ㊶疾诸:下脱一“子”字,应为“疾诸子”。混同:当作“鸿洞”,相连的样子,这里指文辞繁多。诞(dàn):怪异不实。 ㊷《归藏》:传为《易》的一种:夏代的叫《连山》,商代的叫《归藏》,周代的叫《周易》。 ㊸羿(yì):传为古代善射者。《归藏经》中讲到,羿射下十个太阳。 ㊹嫦(cháng)娥:传为羿妻。《归藏经》中说,羿从西王母那里求得不死之药,嫦娥偷吃后,飞入月中,成为月精。《归藏》原是后人伪托,但伪托的《归藏经》也早已失传了。《全上古三代文》卷十五辑得部分残文,上面讲到的两种,原文尚存。 ㊺《商》:指战国时商鞅的《商君书》。《韩》:指战国时韩非的《韩非子》。《汉书·艺文志》列法家。 ㊻六虱(shī):六种害虫。《商君书·靳(jìn)令》:“六虱:曰礼乐,曰诗书,曰修善,曰孝弟,曰诚信,曰贞廉,曰仁义,曰非兵,曰羞战。国有十二者,上无使农战,必贫至削。”有人认为这里讲的不是六种，因此，应指《去强》中的："虱官者六：曰岁，曰食，曰玩，曰好，曰志，曰行。"但这六种与刘勰所说"弃孝废仁"无关。按刘勰原意，当指《靳令》中的六虱。高亨《商君书注译》认为《靳令》原文应作："六虱：曰礼、乐；曰诗、书；曰修善、孝弟；曰诚信、贞廉；曰仁、义；曰非兵、羞战。""今本衍三个'曰'字。共有六项，所以称为六虱，每项又包括两小项，所以下文称'十二者'。"五蠹（dù）：五种蛀虫。《韩非子·五蠹》中说，学者（儒生）、言谈者（纵横家）、患御者（害怕服役的）、带剑者（游侠刺客）和工商之民是五种害国的蛀虫。 ㊼弃孝废仁：《五蠹》中也批判儒家借仁义来欺骗人主。㊽轘（huàn）：用车分裂人体的酷刑。商鞅被秦惠王用这种刑罚处死。药：指李斯把毒药交给韩非，迫他自杀。 ㊾公孙：指公孙龙，战国时赵国诡辩家，著《公孙龙子》，《汉书·艺文志》列其为名家。《列子·仲尼》载公孙龙的诡辩，说"白马非马，孤犊未尝有母"。犊（dú）：小牛。 ㊿魏牟：魏国的公子牟。鸮（xiāo）鸟：恶声之鸟。《庄子·秋水》中说，公孙龙告诉公子牟，他"穷众口之辩，吾自以为至达已"。公子牟却讥讽公孙龙不过是井底之蛙，所见极小。译文据《庄子》。 (51)东平：汉宣帝四子刘宇，封东平王。据《汉书·宣元六王传》，东平王向汉成帝上疏求《史记》《诸子》，成帝问大将军王凤，王凤认为《诸子》反经术、非圣人，《史记》中多权谋，主张不给。 (52)诡（guǐ）术：指和儒家学说相违背的话。 (53)洽闻：见闻广博。洽：周遍。 (54)撮（cuō）：聚集而取。 (55)览：即揽，取。 (56)睇（dì）：看。参差：指各派学说的不同。

【原文】

研夫孟、荀所述[1]，理懿而辞雅[2]；管、晏属篇[3]，事核而言练[4]；列御寇之书[5]，气伟而采奇[6]；邹子之说[7]，心奢而辞壮[8]；墨翟、

【译文】

考察诸子中孟轲、荀况的论述，理论完美而辞句雅正；管仲、晏婴的著作，事实可信而语言简练；列御寇的书，文气宏伟而辞采奇丽；邹衍的议论，构思夸张而辞句有力；墨翟和他的学生随巢的著作，意思明显而语句朴质；尸佼和

随巢[9]，意显而语质；尸佼、尉缭[10]，术通而文钝；鹖冠绵绵[11]，亟发深言[12]；鬼谷眇眇[13]，每环奥义[14]；情辨以泽[15]，文子擅其能[16]；辞约而精[17]，尹文得其要；慎到析密理之巧[18]，韩非著博喻之富[19]；吕氏鉴远而体周[20]；淮南泛采而文丽[21]。斯则得百氏之华采[22]，而辞气文之大略也[23]。若夫陆贾《典语》[24]、贾谊《新书》[25]、扬雄《法言》[26]、刘向《说苑》[27]、王符《潜夫》[28]、崔寔《政论》[29]、仲长《昌言》[30]、杜夷《幽求》[31]，咸叙经典[32]，或明政术；虽标“论”名，归乎诸子。何者？博明万事为子，适辨一理为论[33]。彼皆蔓延杂说[34]，故入诸子之流。夫自六国以前，去圣未远；故能越世高谈[35]，自开户牖[36]。两汉以后，体势漫弱[37]；虽明乎坦途[38]，而类多依采[39]。此远近之渐变也[40]。嗟夫！身与时舛[41]，志共道申；标

尉缭的书，学说通达而文辞笨拙；《鹖冠子》议论深长，所以常发深刻的言论；《鬼谷子》说理玄远，常阐述奥妙的意见；感情明显而丰富，是《文子》所独具的优点；辞句简练而精当，《尹文子》掌握到这种要点；《慎子》巧于分析精密的道理；《韩非子》中的譬喻广博而丰富；《吕氏春秋》见识远大而风格周密；《淮南子》多方面吸取材料而文辞华丽。这些可说已经包括了诸子百家的精华，也就是他们作品的主要特点。此外还有陆贾的《新语》、贾谊的《新书》、扬雄的《法言》、刘向的《说苑》、王符的《潜夫论》、崔寔的《政论》、仲长统的《昌言》、杜夷的《幽求子》，等等。它们有的阐述儒家经典，有的说明政治方略；虽然常用“论”字作书名，但事实上属于诸子。为什么呢？因为广泛阐明各种事物的叫作“子”，只辨别一种道理的叫作“论”；它们既然牵涉到各方面的问题，所以应该属于诸子的范围了。在战国以前，上距古代圣人还不算太远，因而能够超越一代地高谈阔论，自成一家。到两汉以后，文风散漫衰落；作者虽然熟悉儒家学说，但常常依傍前人，采用旧说。这就是古代和近世子书的不同。唉！诸子百家本身常常和当时人合不来，而自己的志趣却靠着理论而获得陈述。

心于万古之上㊷，而送怀于千载之下。金石靡矣㊸，声其销乎㊹！

他们的心怀一方面联系到远古以前，一方面又交付给千载之后。金石会毁灭，难道声名也会消逝吗？

## 注释

❶孟：孟轲。荀：荀况。 ❷懿（yì）：美。 ❸管：管仲，春秋时齐国政治家。晏：晏婴，春秋时齐国大夫。《汉书·艺文志》载《管子》86篇，属道家；又载《晏子》8篇，属儒家。 ❹核：查考，这里指经得起查考的、符合于实际的。 ❺列御寇之书：指《列子》。参看本篇第二段注㊴。 ❻气：文气，是作者的气质在作品中的体现。 ❼邹子：即上文的邹衍。 ❽心：指作者的内心思考。 ❾随巢：墨子的弟子。《汉书·艺文志》载《随巢子》6篇，属墨家。 ❿尉缭（liáo）：战国时尉氏人。《汉书·艺文志》载《尉缭子》29篇，属杂家。 ⓫鹖（hé）冠：周代楚人，姓氏不传，因他以鹖鸟的羽毛为冠，故名鹖冠子。《汉书·艺文志》载《鹖冠子》一篇，属道家。绵绵：长的样子，指其论述内容的长远。 ⓬亟（qì）：屡次。 ⓭眇眇（miǎo）：远的意思。 ⓮环：围绕。 ⓯辨：不惑。泽：丰润。 ⓰文子：老子的弟子。《汉书·艺文志》载《文子》9篇，属道家。擅：专有。 ⓱约：文辞简洁。 ⓲慎到：战国时赵国人。《汉书·艺文志》载《慎子》42篇，属法家。 ⓳博喻：《韩非子》中《说林》等篇常用譬喻方法说明事理。 ⓴鉴：识。体：风格。 ㉑泛采：博取。 ㉒华采：美好的意思。 ㉓辞气文："文"字是衍文。辞气，指文辞特点。 ㉔陆贾：西汉初年学者，有《新语》23篇，《汉书·艺文志》列儒家。《典语》：当指《新语》。 ㉕贾谊：西汉初年文人，有《新书》58篇，《汉书·艺文志》列其为儒家。 ㉖扬雄：西汉后期文人，有《法言》13篇，《汉书·艺文志》列其为儒家。 ㉗刘向：西汉学者，有《说苑》《新序》等，《汉书·艺文志》列其为儒家。 ㉘王符：东汉中年学者。《潜夫》：即《潜夫论》，属儒家。 ㉙崔寔：东汉末年学者。《政论》：亦作《正论》。 ㉚仲长：即仲长统，东汉末年学者。 ㉛杜夷：东晋初年学者。《幽求》：即《幽求子》。 ㉜咸：当作"或"。 ㉝适：

仅。 ㉞蔓延：联延。 ㉟越世：超越当世。 ㊱牖（yǒu）：窗。 ㊲漫：散漫。 ㊳坦途：平坦的路途，指儒家学说。 ㊴依：依傍。采：采取，意为拾人牙慧，落人窠臼。 ㊵远近：指时间的远近，远是先秦，近是汉代以后。 ㊶舛（chuǎn）：不合。 ㊷标：显出。 ㊸靡：消灭。 ㊹声其销乎：此句回应本篇开始所说“立言”为“三不朽”之一，指《诸子》著作是不会消灭的。销：同消。

【原文】

赞曰：大夫处世，怀宝挺秀①；辨雕万物②，智周宇宙。立德何隐，含道必授。条流殊述③，若有区囿④。

【译文】

总之：士大夫生在世上，应有超人的才德；能够论述一切事物，其智慧可认识整个世界。建立品德是隐约难见的，可是懂得了道理就必然能传布。不同的流派走不同的道路，各家的界限是很分明的。

注释

❶宝：指才德。秀：超出众人之上。 ❷辨雕：论述，剖析。辨：通辩，本指口才，这里兼指文才。 ❸述：通术，指道路。 ❹囿（yòu）：区分。

# 一八、论说

## 解题

《论说》是《文心雕龙》的第十八篇。“论”与“说”在后代文体中总称为“论说文”，本篇所讲“论”与“说”也有其共同之处，都是阐明某种道理或主张，但却是两种有区别的文体：“论”是论理，重在用严密的理论来判辨是非，大多是论证抽象的道理；“说”是使人悦服，除了古代常用口头上的陈说外，多是针对紧迫的现实问题，用具体的利害关系或生动形象的比喻来说服对方。后世的论说文，基本上是这两种文体共同特点的发展。

本篇分两大部分：前两段讲“论”，后两段讲“说”。第一段说明“论”的概念、类别及其从先秦到魏晋时期的发展概况；第二段讲“论”的基本要求，附论注释文和“论体”的同异。把注释一概归入论体，是很勉强的，不过古代某些经传既独立成书，也表达了著者系统的学术见解，和一般学术论著有一定的共同之处；第三段讲“说”的含义和发展概况；第四段讲“说”的基本要求。

刘勰对论、说文的论述，除以“述圣通经”为“论家之正体”，表现了他浓厚的尊儒思想外，在涉及魏晋期间“崇有”“贵无”之争时，还搬出了佛教的“般若之绝境”。这并非概念上的偶然借用，而是在“有”与“无”这场大论战中，作为佛教徒的刘勰对这个重要问题的论断。这对我们全面研究刘勰的文学思想是值得注意的。另一方面也应看到：刘勰“博通经论”（《梁书·刘勰传》），对《文心雕龙》全书理论体系的建立是有关的，而对古代论说文的总结，也提出一些可取的意见。如认为议论文要“弥纶群言，而研精一理”；提倡能“师心独见，锋颖精密”的论文；强调“辨正然否”，反对讲歪道理而主张以理服人等。特别值得注意的是，他以“悦”解“说”，要求“说”必须使人“悦怿”。这既抓住先秦辩论家善用寓言服人的特点，也是汉魏以后的杂说所继承的精华。刘勰一再肯定“动言中务”“喻巧而理至”的辩说，对总结和发扬古代“说”体的文学特点，是有一定意义的。

## 【原 文】

圣哲彝训曰经[1]，述经叙理曰论。论者，伦也[2]；伦理无爽[3]，则圣意不坠[4]。昔仲尼微言[5]，门人追记，故仰其经目[6]，称为《论语》；盖群论立名，始于兹矣。自《论语》已前，经无“论”字[7]；《六韬》二论[8]，后人追题乎！详观论体，条流多品[9]：陈政，则与议、说合契[10]；释经，则与传、注参体[11]；辨史，则与赞、评齐行；铨文[12]，则与叙、引共纪[13]。故议者宜言[14]，说者说语[15]，传者转师[16]，注者主解，赞者明意，评者平理，序者次事，引者胤辞[17]；八名区分，一揆宗论[18]。论也者，弥纶群言[19]，而研精一理者也。是以庄周《齐物》[20]，以论为名；不韦《春秋》[21]，六论昭列[22]。至石渠论艺[23]，白虎通讲聚[24]；述圣言通

## 【译 文】

圣贤阐明永恒道理的著作叫作“经”，解释经典、说明道理的著作叫作“论”。“论”的意思就是道理；道理正确，就不会违背圣人的意思。从前孔子所讲精微的话，他的弟子追记下来，因此谦逊地不称为“经”，而叫作《论语》。以“论”为名的各种著作，就是从此开始的。在《论语》之前，还没有以“论”为名的著作；《六韬》中的《霸典文论》和《文师武论》，这两个篇名大概是后人加上的吧！仔细考察“论”这种文体，其支流是多种多样的：陈述政事方面的，就和议论文、说理文相合；解释经典方面的，就和传文、注释相近；辩论历史方面的，就和赞辞、评语一致；评论作品方面的，就和序文、引言同类。所谓“议”，就是说得适宜的话；“说”，就是能动听服人的话；“传”，就是转述老师的话；“注”，主要是进行解释；“赞”，就是说明意义；“评”，就是提出公正的道理；“序”，就是交代所讲事物的次第；“引”，就是对正文的补充说明。这八种名目虽然各不相同，总的来说都是论述道理。所谓“论”，是对各种说法加以综合研究，从而深入地探讨某一道理。所以，庄周的《齐物论》，是用“论”作为篇名；吕不韦的《吕氏春秋》中，很明显地列有《开春论》《慎行论》等六论。到

经[25]，论家之正体也。及班彪《王命》[26]，严尤《三将》[27]，敷述昭情[28]，善入史体[29]。魏之初霸[30]，术兼名法[31]；傅嘏、王粲[32]，校练名理[33]。迄至正始[34]，务欲守文[35]；何晏之徒，始盛玄论[36]。于是聃、周当路[37]，与尼父争涂矣[38]。详观兰石之《才性》[39]，仲宣之《去代》[40]，叔夜之《辨声》[41]，太初之《本玄》[42]，辅嗣之《两例》[43]，平叔之《二论》[44]，并师心独见[45]，锋颖精密[46]，盖人伦之英也[47]。至如李康《运命》[48]，同《论衡》而过之[49]；陆机《辨亡》[50]，效《过秦》而不及[51]，然亦其美矣。次及宋岱、郭象[52]，锐思于几神之区[53]；夷甫、裴颜[54]，交辨于有无之域[55]；并独步当时，流声后代。然滞有者[56]，全系于形用；贵无者，专守于寂寥[57]，徒锐偏解，莫诣

了汉代，汉宣帝在石渠阁，汉章帝在白虎观，前后两次召集儒生讨论五经的异同；根据圣人的意旨来贯通经书中的道理，这是论文作家应该采取的正当文体。至于班彪的《王命论》、严尤的《三将军论》，能够清楚地陈述感情，并善于借用史论的形式。曹魏掌权的初期，兼用名家和法家的学说，所以当时傅嘏和王粲的论文，能精练地考核名实，推论道理。到了正始时期，仍致力于继承前代的论文；自何晏等人始，论述老庄玄学的风气开始盛行起来。于是老庄思想充斥文坛，而和儒家争夺思想阵地。细读傅嘏的《才性论》、王粲的《去伐论》、嵇康的《声无哀乐论》、夏侯玄的《本无论》、王弼的《易略例》、何晏的《道德论》等，都是别出心裁，论点锐利而精密，这些都是当时论文中比较精彩的。此外，如李康的《运命论》，在论述命运方面虽然和王充的《论衡》相同，《运命论》的文采却超过了《论衡》。陆机的《辨亡论》，有意摹仿贾谊的《过秦论》，却远远比不上它；但《辨亡论》也是陆机的好作品了。再如宋岱、郭象等人的论文，能够敏锐地思考到精微奥妙的深处；王衍、裴颜等人的论文，在“有”或“无”方面进行争辩；他们都是在当时最突出，而又扬名后世的辩论家。但坚持“有”的人，完全拘泥于形体的作用；注重“无”的人，又死守着无声无形的虚无之说；他们都是徒然在偏激的理解

正理[58]；动极神源[59]，其般若之绝境乎[60]！逮江左群谈[61]，惟玄是务，虽有日新，而多抽前绪矣[62]。至如张衡《讥世》[63]，韵似俳说[64]；孔融《孝廉》[65]，但谈嘲戏；曹植《辨道》[66]，体同书抄；言不持正，论如其已[67]。

上钻牛角尖，而不能求得正确的道理。探索到深奥之理的极点，就只有佛教思想所理解的那种有无不分、无思无欲的最高境界。到东晋时期，各家所谈论的，就只有老庄玄学了。这时虽也谈到一些新的东西，但大多数是前代话题的继续。至于张衡的《讥世论》，调子好像开玩笑；孔融的《孝廉论》，只是作一番嘲戏；曹植的《辨道论》，就和抄书相同了。言论不保持正道，这样的论著还不如不写。

## 注释

❶彝（yí）：永久的。 ❷伦：理。 ❸爽：差错。 ❹坠：失。 ❺仲尼：孔子的字。微：精微。 ❻仰其经目：《太平御览》卷五九五作“抑其经目”，指不敢称“经”。抑：谦退。郑玄《论语序》说：“《易》《诗》《书》《礼》《乐》《春秋》策，皆尺二寸（《十三经注疏》校刊记：当作二尺四寸）。《孝经》谦，半之；《论语》八寸策者，三分居一，又谦焉。”（见《仪礼·聘礼》疏引） ❼经无“论”字：指经书没有以“论”字为篇名或书名。 ❽《六韬（tāo）》：兵书名，传为周代吕望著，大概是汉人采掇旧说而成。二论：指《六韬》中的《霸典文论》《文师武论》。 ❾条：小枝。品：类。 ❿契：约券，引申为符合。 ⓫传（zhuàn）：指解释经书的著作，如《尚书传》《左传》等。 ⓬铨（quán）：衡量。 ⓭叙、引：叙即序，如《毛诗序》等；引指引言。范文澜注：“引，未详。”明代徐师曾《文体明辨序说》中讲，引“大略如序而稍为短简”，但认为“唐以前文章未有名‘引’者”。刘勰以前，如汉代班固的《典引》、宋代谢庄的《怀园引》等，都和作为文体的“序引”无关。西晋陆云有《赠顾骠骑二首》：《有皇》《思文》，都注“八章，有引”。兹录其一：“《有皇》，美祈阳也。祈阳秉文之士，骏发其声，故能照明有吴，入显乎晋。国人美之，故作是

诗焉。”（见《陆清河集》卷二）这正是如序而稍简的“引”。纪：纲目。⑭宜：适宜，应当。⑮说（yuè）：同悦。⑯转师：转相传授。⑰胤（yìn）辞：指在正文之外加以说明的话。“胤”和“引”都有续、延的意思。⑱揆（kuí）：道理。⑲弥纶：综合组织，整理阐明。⑳庄周：即庄子，战国时著名思想家。《齐物》：《庄子》中的《齐物论》。㉑不韦：指吕不韦，战国时秦国相。《春秋》：指《吕氏春秋》，由吕不韦的门客集体编著。㉒六论：《吕氏春秋》中有《开春论》《慎行论》《贵直论》《不苟论》《似顺论》《士容论》，合称“六论”。昭：明白。㉓石渠：汉代宫中有石渠阁。论艺：西汉甘露三年（前51），宣帝“诏诸儒讲五经同异”于石渠阁（《汉书·宣帝纪》）。艺：六艺，这里指《诗》《书》《易》《礼》《乐》《春秋》六经，因《乐经》失传，所以只“讲五经”。㉔白虎：汉代宫中有白虎观。通讲聚：《太平御览》卷五九五作“讲聚”，无“通”字。东汉建初四年（79年），章帝曾召集有关官吏及“诸儒会白虎观，讲议五经同异”（《后汉书·章帝纪》）。㉕述圣言通经：《太平御览》卷五九五作“述圣通经”，无“言”字。述：循。㉖班彪：字叔皮，东汉初年历史家、文学家。《王命》：班彪有《王命论》，载《汉书·叙传》、《文选》卷五二。㉗严尤：字伯石，汉代王莽时将领。本姓庄，避明帝刘庄讳改。《三将》：严尤的《三将军论》，已佚，《全汉文》卷六十一辑得残文两条。㉘敷：陈述。㉙史体：和“正体”相对而言。班彪的《王命论》，严尤的《三将军论》，都是通过对历史人物或历史事件的论述，来阐明当时的问题。㉚初霸：初建王霸之业，指汉末建安（196—220）后期。㉛名法：指名家和法家的学说，主张以名责实，信赏必罚。㉜傅嘏（gǔ）：字兰石，三国时魏国文人，有《难刘劭考课法论》，载《三国志·魏志·傅嘏传》。王粲：字仲宣，汉末文学家，有《儒吏论》《务本论》等（见《全后汉文》卷九一）。㉝校练：考核精练。名理：辨名推理。㉞迄：到。正始：三国魏齐王曹芳的年号（240—248）。㉟守文：原指帝王受命，遵守前代成法。这里借指论文写作上的继承前人。刘师培《魏晋文学之变迁》说：“王弼、何晏之文……虽阐发道家之绪，实与名、法家言为近者也。此派之文，盖成于傅嘏，而王、何集其大成。”这正说明何晏等人之文和傅嘏的关系，以及正始玄论和名、法家的关系。

㊱何晏：字平叔，三国时魏国玄学家。玄论：探讨《老子》《庄子》和《周易》等书的论著。 ㊲聃（dān）：老子的名，周：庄子的名。老聃、庄周是先秦老庄学派的创始者，后人尊为道家之祖。 ㊳尼父：指孔子，字仲尼。涂：道路，指思想领域的地位。 ㊴《才性》：指傅嘏的《才性论》，今不存。 ㊵《去代》：《太平御览》卷五九五作《去伐》，指王粲的《去伐论》，今不存。 ㊶叔夜：嵇康的字，三国时魏国思想家、文学家。《辨声》：指嵇康的《声无哀乐论》，载《嵇康集》卷五。 ㊷太初：夏侯玄的字，三国时魏国文人。《本玄》：应为《本无》。《三国志·魏志·夏侯玄传》注引《魏氏春秋》说："玄尝著……《本无》《肉刑论》。"《本无》今不存。 ㊸辅嗣：王弼（bì）的字，三国时魏国学者。《两例》：王弼的《易略例》旧分上下两篇。 ㊹《二论》：指何晏的《道德论》。《世说新语·文学》中说："何平叔注《老子》始成，诣王辅嗣，见王注精奇……因以所注为《道德二论》。"又说："何晏注《老子》未毕，见王弼自说注《老子》旨……遂不复注，因作《道德论》。"可见《道德二论》即《道德论》。 ㊺师心：独出心裁。 ㊻锋颖（yǐng）：笔力锋锐。颖：尖端。㊼人伦：《太平御览》卷五九五作"论"，无"人"字。译文据"论"字。㊽李康：字萧远，三国时魏国文人。《运命》：指李康的《运命论》，载《文选》卷五十三。 ㊾《论衡》：东汉学者王充著。这里指《论衡》中《逢遇》《累害》等篇论述命运的内容。过之：指艺术性方面超过《论衡》。这说明刘勰能注意到从文学的角度来总结论说文。 ㊿陆机：字士衡，西晋文学家。《辨亡》：陆机有《辨亡论》，载《文选》卷五三。 51《过秦》：指西汉作家贾谊的《过秦论》，载《史记·秦始皇本纪》。 52宋岱（dài）：晋人，曾任荆州刺史。《隋书·经籍志》载，他有《周易论》一卷，今不存。郭象：字子玄，西晋学者，有《庄子注》，今存。但有人认为其中用了向秀注《庄子》的一些意见。 53几神：几微精妙。 54夷甫：王衍的字，西晋文人。裴颜（wěi）：字逸民，西晋思想家。 55有无：裴颜有《崇有论》（载《晋书·裴颜传》），认为"无"不能生"有"，"无"只能在"有"的条件下起作用，反对当时盛行的"贵无"论。 56滞：凝滞。 57寂寥：《老子》："寂兮寥兮。"魏源《老子本义》第二十一章："寂兮，无声，寥兮，无形也。" 58诣：到达。 59动极：探究到底。

神源：深奥之理的极点。 60般（bō）若：佛教术语，一般译为“智慧”，但指用以领会佛教唯心主义“道体”的精神力量。晋代佛徒僧肇的《般若无知论》，反复强调“实而不有，虚而不实”“非有非无，非实非虚”“用即寂，寂即用”等（见《全晋文》卷一六四）；刘勰既反对“崇有”，也反对“贵无”，正是从这种唯心主义的佛教观点出发。绝境：即晋僧慧远在《沙门不敬王者论》中说的“冥神绝境”（见《全晋文》卷一六一），指无思无欲、无所爱憎的一种思想境界。 61逮（dài）：到，及。江左：长江下游一带，这里指东晋。 62前绪：前代余绪。绪：端绪。 63张衡：字平子，东汉著名科学家、文学家。《讥世》：张衡的《讥世论》，今不存。 64韵：风韵，这里指风格。俳（pái）：嘲戏。 65孔融：字文举，汉末作家。《孝廉》：孔融的《孝廉论》，今不存。 66曹植：字子建，三国时魏国文学家。《辨道》：曹植有《辨道论》，见《续古文苑》卷九。 67已：止。

【原 文】

原夫论之为体，所以辨正然否；穷于有数[①]，追于无形[②]，迹坚求通[③]，钩深取极[④]，乃百虑之筌蹄[⑤]，万事之权衡也[⑥]。故其义贵圆通，辞忌枝碎；必使心与理合，弥缝莫见其隙[⑦]；辞共心密，敌人不知所乘；斯其要也。是以论如析薪[⑧]，贵能破理[⑨]：斤利者[⑩]，越理而横断；辞辨者[⑪]，反义而取通；览文

【译 文】

考察“论”这种文体，主要是用以把是非辨别清楚，不仅对具体问题进行透彻的研讨，并深入追究抽象的道理；要把论述的难点攻破钻通，深入挖出理论的终极。论著是表达各种思考的工具，用以对万事万物进行衡量。所以，道理要讲得全面而通达，避免写得支离破碎；必须做到思想和道理统一，把论点组织严密，没有漏洞。文辞和思想密切结合，使论敌无懈可击；这就是写论文的基本要点。因此，写论文和劈木柴一样，以正好破开木柴的纹理为贵。如果斧子太锐利，就会超出纹理把木柴砍断；巧于文辞的人，违反正理而勉强

虽巧，而检迹如妄[12]。唯君子能通天下之志[13]，安可以曲论哉？若夫注释为词，解散论体，杂文虽异[14]，总会是同[15]；若秦延君之注"尧典"[16]，十余万字[17]；朱普之解《尚书》[18]，三十万言[19]；所以通人恶烦[20]，羞学章句[21]。若毛公之训《诗》[22]，安国之传《书》[23]，郑君之释《礼》[24]，王弼之解《易》，要约明畅[25]，可为式矣[26]。

把道理说通，文辞上看起来虽然巧妙，但检查实际情形，就会发现是虚妄的。只有有才德的人，能用正当的道理来说服天下之人的心意，怎么可以讲歪道理呢？至于注释经典的文字，是把论述分散在注释中，这种碎杂的注释虽有别于论文，但汇总起来就和论文相同了。不过像秦延君注《尚书·尧典》的"尧典"二字，就用了十多万字；朱普注《尚书》，用了三十万言，这就为通达的学者所厌烦，而耻于从事烦琐的章句之学了。如毛亨的《毛诗诂训传》、孔安国的《尚书传》、郑玄的《三礼注》、王弼的《周易注》等，其传注都简要明畅，这些可算是注经的典范了。

## 注释

❶穷：尽，极力。有数：和下句"无形"相对，指具体的、有形的。《礼记·表记》："仁有数，义有长短小大。"疏："仁有数者，行仁之道有度数多少也。……言仁有数，则义亦有数；义有长短小大，则仁亦有长短小大，互言之也。" ❷无形：指抽象的。 ❸迹坚：《太平御览》卷五九五作"钻坚"，译文据"钻坚"，即攻坚之意。 ❹钩深：《周易·系辞上》中有"钩深致远"的说法。疏："物在深处，能钩取之。"钩：取。 ❺筌（quán）蹄：指工具。筌：捕鱼的竹笼。蹄：捕兔的器具。 ❻权衡：衡量，评价。权：秤锤。衡：秤杆。 ❼弥缝：补合，这里指论述组织严密。隙：孔穴，漏洞。 ❽析：破木。薪：木柴。 ❾理：指木柴的纹理。 ❿斤：斧子。 ⓫辨：同"辩"，指巧于言辞。 ⓬检迹：考察实际。《太平御览》卷五九五作"知"，译文据"知"字。 ⓭"唯君子"句：这是借用《周易·同人》中的彖（tuàn）辞："唯君子为能通天下之

志。”孔颖达疏：“唯君子之人于同（团聚）人之时，能以正道通达天下之志。”刘勰借指论者应以正当的道理说服天下的人。⑭杂：碎杂，指注释文字不是一个整体。⑮总会是同：刘勰认为分散零碎的注释文字，汇总起来也和论文相同。⑯秦延君：名恭，西汉学者。尧典：《尚书》中有《尧典》篇，这里是指作为篇名的“尧典”二字。⑰十余万字：汉代桓谭在《新论》中说：“秦近（‘延’字之误）君能说《尧典》，篇目两字之说，至十余万言。”（见《汉书·艺文志》注引）⑱朱普：字公文，西汉学者。⑲三十万言：《后汉书·桓郁传》中说，桓荣（郁父）所受朱普对《尚书》的解说是40万言。⑳通人：通达古今的学者。㉑章句：解释经典的章节句读。㉒毛公：指毛亨，西汉学者，相传他曾注解《诗经》。训：解释文字意义。《诗》：指《诗经》。㉓安国：指孔安国，字子国，西汉学者，曾给《尚书》作注，不过刘勰所看到的孔传《尚书》是后人伪托的。《书》：指《尚书》。㉔郑君：指郑玄，字康成，东汉经学家。《礼》：这里指《周礼》《仪礼》《礼记》。㉕要约：简练。㉖式：法式，模范。

【原文】

说者，悦也；兑为口舌[1]，故言咨悦怿[2]；过悦必伪，故舜惊谗说[3]。说之善者，伊尹以论味隆殷[4]，太公以辨钓兴周[5]；及烛武行而纾郑[6]，端木出而存鲁[7]，亦其美也。暨战国争雄[8]，辨士云踊[9]；从横参谋[10]，长短角势[11]；《转

【译文】

所谓“说”，就是喜悦。“说”字从“兑”，《周易》中的《兑卦》象征口舌，所以说话应该令人喜悦。但过分追求讨人喜悦，就必然是虚假的；所以，虞舜曾震惊谗言太多。古来善说的人，如商代伊尹用烹调方法来说明如何把殷商治理强大，周初吕望用钓鱼的道理来说明怎样使周代兴盛；以及春秋时期郑国烛之武说服秦国退兵，因而解救了郑国的危亡；鲁国的端木赐说服齐国转攻吴国，因而保存了鲁国等，这些都是说辞中较好的。到了战国时期，七国争雄，游说之士

丸》骋其巧辞[12]，《飞钳》伏其精术[13]；一人之辨，重于九鼎之宝[14]，三寸之舌，强于百万之师；六印磊落以佩[15]，五都隐赈而封[16]。至汉定秦、楚[17]，辨士弭节[18]，郦君既毙于齐镬[19]，蒯子几入乎汉鼎[20]；虽复陆贾籍甚[21]，张释傅会[22]，杜钦文辨[23]，楼护唇舌[24]，颉颃万乘之阶[25]，抵嘘公卿之席[26]；并顺风以托势，莫能逆波而溯洄矣[27]。夫说贵抚会[28]，弛张相随[29]，不专缓颊[30]，亦在刀笔[31]。范雎之言事[32]，李斯之止逐客[33]，并烦情入机[34]，动言中务[35]；虽批逆鳞[36]，而功成计合，此上书之善说也。至于邹阳之说吴、梁[37]，喻巧而理至，故虽危而无咎矣[38]。敬通之说鲍、邓[39]，事缓而文繁，所以历骋而罕遇也[40]。

风起云涌，他们用合纵、连横之说参与谋划，用纷纭复杂的计策来争夺权势，用圆转如弹丸的方法来施展其巧妙的辩辞，或用首先飞扬声誉以引出对方的论点，然后加以钳伏的妙术。战国时毛遂一人的辩辞，比传国之宝的钟鼎还贵重，他的一张嘴唇，胜过百万雄师；苏秦佩带着六国的一大串相印，张仪被封赠五座富饶的城市。到汉代平定秦、楚之后，辩士们的活动逐渐停止。汉代的少数说客，如郦食其被齐王田广所烹杀，蒯通也几乎被投入刘邦的汤锅；虽然还有陆贾颇负盛誉，张释之的附会时事，杜钦的文辞辨析，楼护以唇舌锋利称著；他们都活动于帝王的玉阶之前，戏谈于王公大人的坐席之间，但都不过看风使舵，迎合趋势，已没有人能逆流而上以扭转大局了。“说”贵在合于时机，或缓或急，灵活运用，不仅仅是婉言陈说，也要书写成文。如战国时范雎的《献书昭王》，要求进言献策；秦代李斯的《上秦始皇书》，谏阻驱逐客卿，都循着情理而深入机要，言辞动听而切中要务；虽然触及帝王的某些险要问题，却能功业告成，计议符合，这就是向帝王上书方面善于陈说的了。此外，如西汉邹阳上书吴王和梁王，比喻巧妙而道理恰当，所以，虽有危险却无罪过。又如东汉冯衍进说于鲍永和邓禹，所讲之事既不紧迫而又文辞繁多，所以虽然多次陈政言事，却很少有人重用他。

## 注释

❶兑（duì）：《周易》中六十四卦之一。《周易·说卦》中说，“兑……为口舌”。意为“兑”是口舌的象征。 ❷咨：当作“资”，凭借的意思。怿（yì）：喜悦。❸舜惊谗说：《尚书·舜典》中说，因为谗言太多，舜深感惊震。谗：毁害好人的话。 ❹伊尹：名挚，商初的政治家。论味：《吕氏春秋·本味》中讲到，伊尹曾用烹调方法作比喻，启发商汤治好国家。隆：兴盛。 ❺太公：即吕望，周代开国功臣。辨钓：传为吕望所写《六韬·文师篇》中讲到，吕望曾用钓鱼的道理向周文王比喻治理国家的方法。 ❻烛武：即烛之武，春秋时郑国的大夫。《左传·僖公三十年》载：在晋国和秦国围困郑国的时候，郑文公派烛之武去说服秦穆公，不要消灭郑国。纾（shū）：解除。 ❼端木：指孔子的学生子贡，姓端木，名赐。《史记·仲尼弟子列传》载：春秋时齐国田常（《左传》作陈恒）出兵攻打鲁国，子贡前往说服田常转攻吴国，保全了鲁国。 ❽暨（jì）：及，到。 ❾辨士：指战国时游说各国的策士。云踊：即云涌。《史通·言语》：“战国虎争，驰说云涌。” ❿从（zòng）横：战国时期两种对立的斗争策略。苏秦主张联合六国抗秦，叫作“合纵”；张仪主张各国与秦和好，叫作“连横”。从：同纵。 ⓫长短：《战国策》一名《长短》，这里指众说纷纭。角：竞争。⓬《转丸》：《鬼谷子》中的一篇，已佚。 ⓭《飞钳》：《鬼谷子》中的一篇。陶弘景注：“飞，谓作声誉以飞扬之；钳，谓牵持缄束，令不得脱也。”《转丸》和《飞钳》在这里均指辩说的方法技巧。 ⓮九鼎：传为夏禹所铸（见《史记·封禅书》）。《史记·平原君列传》载：平原君赵胜说：“毛先生（赵胜门客毛遂）一至楚，而使赵（国）重于九鼎大吕（大钟），毛先生以三寸之舌，强于百万之师。” ⓯六印磊落：蔡邕《释诲》：“连衡者六印磊落。”（《全后汉文》卷七十三）六印：苏秦曾佩六国相印。磊落：指相印众多的样子。 ⓰五都：《史记·张仪列传》载，“秦惠王封仪五邑”。隐赈（zhèn）：即殷轸，富足的意思。 ⓱楚：楚霸王项羽。 ⓲弭（mǐ）节：停滞不前。弭：止，息。⓳郦（lì）君：指郦食其（yìjī），汉初说客。《史记·郦食其列传》说：“郦生常为说客，驰使诸侯。”后来说服齐王田广归汉，田广已撤掉拒汉守兵，适逢汉将

韩信为争功而袭齐，田广以为郦食其与韩信通谋，便用汤锅煮死郦食其。镬（huò）：锅，这里指镬烹，古代一种酷刑。 ⑳蒯（kuǎi）子：指蒯通，汉初辩士，曾劝韩信背叛刘邦，刘邦抓到蒯通时，打算烹杀他，后又放了。 ㉑陆贾：汉初辩士。籍甚：盛多，这里指声名之盛。 ㉒张释：即张释之，字季，西汉文帝时的官吏。傅会：《汉书·爰盎（àng）传赞》："盎虽不好学，亦善傅会。"注："张晏曰：因宜傅著会合之。"傅：亦作"附"。这里指依附时事的言辞。《史记·张释之列传》说，张释之做官十年未得升迁，后见文帝，"因前言便宜事。文帝曰：卑之，毋甚高论，令今可施行也。于是释之言秦汉之间事，秦所以失而汉所以兴者久之。文帝称善，乃拜释之为谒者仆射"。 ㉓杜钦：字子夏，西汉大将军王凤的幕僚。《汉书·杜周传（附钦）》中说，杜钦常常说服王凤用其策谋而"补过将美"。《全汉文》卷三一辑其《说王凤》等八篇。 ㉔楼护：字君卿，西汉末年辩士。《汉书·游侠传》说他"为人短小精辩"，当时长安有"楼君卿唇舌"之称。 ㉕颉颃（xiéháng）：鸟飞上下的样子。万乘：指帝王。 ㉖抵嘘：即诋（dǐ）戏，挖苦、嘲笑的意思。公卿：封建社会的高级官吏。 ㉗溯洄（sùhuí）：逆流而上。 ㉘抚会：顺着时机。抚：循。会：运会，际会。范文澜注"犹言合机"，即下文所说"顺情入机"。 ㉙弛张：松弛和紧张，指陈说的缓和与紧凑。 ㉚缓颊（jiá）：婉言陈说的意思。颊：脸的两旁。 ㉛刀笔：古代书写在竹简上，用笔写，用刀削误。这里指书写，即下面说的"上书"。 ㉜范雎（jū）：字叔，战国时辩士。他由魏国潜逃到秦国，但秦昭王长期不见他。范雎作《献书昭王》（载《战国策·秦策三》），秦昭王才召见并开始重用他。 ㉝李斯：秦代政治家。止逐客：有人向秦始皇建议驱逐外来政客，李斯作《上秦始皇书》（即《谏逐客书》）谏阻。书载《史记·李斯列传》。 ㉞烦情：当作"顺情"。机：时机。本书《总术》篇说："因时顺机。" ㉟务：机务，要务。 ㊱批：触。逆鳞：相传龙的喉下有逆鳞，触动了它就要杀人。这里比喻向帝王进言的危险之处。《韩非子·说难》中说："人主亦有逆鳞，说者能无婴（触）人主之逆鳞，则几矣。" ㊲邹阳：西汉作家。吴：指吴王刘濞（pì）。汉景帝时，邹阳仕吴，刘濞阴谋造反，邹阳有《上吴王书》劝阻。梁：指梁孝王刘武。邹阳劝刘濞的意见不用，便转仕刘武，又受谗言而下狱。邹阳以《狱中上书自明》获释，并被刘武待为上宾。以上两书均载《汉书·邹阳传》。 ㊳咎（jiù）：罪过。 ㊴敬通：冯衍的字，东汉初年作家。鲍：鲍永，东汉初将军。冯衍有《计说鲍永》，载《后汉书·冯衍传》。邓：邓禹，东汉初将军。冯衍有《说邓禹书》，文残，见《全后汉文》卷二十。 ㊵骋：施展其才能，指上书进言。罕：少。遇：待，优遇。《后汉书·冯衍传》中讲到："帝怨衍等不时至……而衍独见黜（chù）。"冯衍的不得志，原因很多，而王莽之乱后投奔光武帝刘秀较晚是一个主要原因。刘勰认为他因进说"事缓而文繁"，所以不遇，是夸大了辩说的作用。

## 【原 文】

凡说之枢要①，必使时利而义贞②，进有契于成务③，退无阻于荣身。自非谲敌④，则唯忠与信。披肝胆以献主⑤，飞文敏以济辞⑥，此说之本也。而陆氏直称"说炜晔以谲诳"⑦，何哉？

## 【译 文】

说理文的关键，是必须使之有利于时政而又意义正当；既要有助于政务的完成，又要不妨害自己的荣显。除了欺骗敌人，就应该讲得忠诚可信。要把真心诚意的话献给主上，用敏锐的文思来完成说辞，这就是"说"的基本特点。可是，陆机的《文赋》却说："说"的特点是表达明显而进行欺骗。这是什么话呢？

## 注 释

❶枢（shū）：门窗的转轴，这里比喻关键性的东西。 ❷贞：正。 ❸契：投合。 ❹谲（jué）：欺骗。 ❺披肝胆：表示至诚。 ❻文敏：文思敏锐。济：成。 ❼陆氏：指西晋陆机，这里指他在《文赋》中对"说"的解释。炜晔（wěiyè）：光彩鲜明。诳（kuáng）：欺骗。

【原 文】

赞曰：理形于言，叙理成论。词深人天[①]，致远方寸[②]。阴阳莫贰[③]，鬼神靡遁[④]。说尔飞钳，呼吸沮劝[⑤]。

【译 文】

总之，道理通过语言来表达，把道理陈述出来就成为“论”。论说之词可以深究天地间的至理，说服天下人的心意。即使抽象的阴阳变化之理，也要说得令人不疑，秘奥的鬼神之道，也同样不能隐避。用“飞钳”等精妙的方法来说服对方，能够很快就发生阻止或劝进的实际效力。

注 释

❶人天：人间天上，指天地间的至理。 ❷致远方寸：即上面所说“唯君子能通天下之志”的意思。方寸：心。 ❸阴阳：天地间的阴阳之气，这里指前面所说“追于无形”的抽象道理。贰：疑惑。 ❹靡：无。遁：隐避。以上两句都是喻指论说文的效力。 ❺呼吸：一呼一吸之间，指时间的短暂。沮（jǔ）劝：《韩非子·八经》：“明诽誉以劝沮。”劝沮或沮劝，都是勉励和阻止的意思。这里也是指论说文的效果。

# 一九、诏策

## 解题

《诏策》是《文心雕龙》的第十九篇，主要是论述帝王的诏令文告。这类文体的名目很多，后代统称为诏令。魏晋以前，这种文体还多用古朴的散文，隋唐以后，就常用辞采华丽的四六骈文。本篇反映了魏晋以前诏策文的大概发展情况。

本篇分两大部分：第一部分的第一段讲诏策的起源，它的主要分类及其基本含义，历代诏策的发展变化和有关作品的得失；第二段讲各种诏策文的不同特点。第二部分（第三段）简论戒、教、令三体。这三种可用于君对臣，也可用于臣对民或父对子，和帝王专用的诏策有所不同，所以，这部分实际上是本篇的附论。

诏策是古代一种应用文。它的作者虽是少数，却和广大人民关系重大。正因"王言之大"，影响深广，怎样把这种文告写好，就为历代帝王和有关文人所注重。篇中所讲"虞重纳言，周贵喉舌"，光武帝的"加意书辞"等，都说明了这点。具有"雄才大略"的汉武帝，也要把自己起草的文稿请司马相如等审阅后才能发出；历代更多的帝王文告，则直接由文人起草。这样，诏策文就成为我国古代散文的重要文体之一。刘勰对这种文体进行了初步总结，并提出不同内容、不同作用的文告，要有不同的特点、不同的要求，如有的要"气含风雨之润"，有的要"笔吐星汉之华"，有的要"辞有秋霜之烈"等；此外，如谓帝王要"出言如丝"、"敬慎来叶"、使人信服等，虽讲得比较委婉，却也反复申述，意有可取。本篇对帝王之言的过分尊崇，表现了论者的严重局限；其中对某些诏策的批评或肯定，都主要是从封建王朝的利益着眼的。

【原文】

皇帝御宇[①]，其言也神[②]。渊嘿黼扆[③]，而响盈四表[④]，唯诏策乎！昔轩辕唐虞[⑤]，同称为“命”。“命”之为义，制性之本也[⑥]。其在三代[⑦]，事兼诰誓[⑧]。誓以训戎[⑨]，诰以敷政[⑩]。“命”喻自天[⑪]，故授官锡胤[⑫]。《易》之《姤·象》[⑬]：“后以施命诰四方。”[⑭]诰命动民，若天下之有风矣。降及七国，并称曰“令”。令者，使也。秦并天下，改“命”曰“制”[⑮]。汉初定仪则[⑯]，则命有四品：一曰策书，二曰制书，三曰诏书，四曰戒敕[⑰]。“敕”戒州部[⑱]，“诏”诰百官，“制”施赦命[⑲]，“策”封王侯。策者，简也[⑳]；制者，裁也；诏者，告也；敕者，正也。《诗》云“畏此简书”[㉑]，《易》称“君子以制度数”[㉒]；

【译文】

统治着天下的帝王，他的话是神圣的。帝王静坐御前，他的意旨能够满布四海，主要就是通过诏策了。在轩辕黄帝和尧舜的时候，帝王的话都叫作“命”。“命”的意义，本来是给有功德之臣赐以姓氏；它在夏、商、周时期，还包括像《甘誓》《汤诰》之类的诰和誓。“誓”是用来教训军旅的，“诰”是用来实施政治的。“命”表示来自上天，所以用来授予官爵，赐给姓氏。《周易·姤卦》的《象辞》中曾说：“国君用命令来教训四方臣民。”诰命的作用，就如大风起于天地之间，所有臣民无不随风而动。到了战国时期，就都称为“令”。所谓“令”，就是“使”的意思。秦始皇统一六国，又把“命”改称为“制”。汉初制定法度，把“命”分为四类：第一类叫“策书”，第二类叫“制书”，第三类叫“诏书”，第四类叫“戒敕”。用“敕书”来警戒州、部长官，用“诏书”来教训各种官吏，用“制书”来发布减免刑罚的命令，用“策书”来封赠王侯。所谓“策”，就是竹简，“制”就是截断，“诏”就是告诉，“敕”就是戒正。《诗经》中曾说“害怕这告急的简书”，《周易》中曾说“君子要使礼尊卑有度”，《周礼》中曾讲到“诏告于日月山川之神”，《尚书》中曾讲过“帝王

《礼》称“明君之诏”[23]，《书》称“敕天之命”[24]，并本经典以立名目。远诏近命[25]，习秦制也。《记》称“丝纶”[26]，所以应接群后[27]。虞重纳言[28]，周贵喉舌[29]。故两汉诏诰，职在尚书[30]。王言之大，动入史策，其出如绋[31]，不反若汗[32]。是以淮南有英才[33]，武帝使相如视草[34]；陇右多文士[35]，光武加意于书辞[36]：岂直取美当时，亦敬慎来叶矣[37]。观文景以前[38]，诏体浮新[39]。武帝崇儒，选言弘奥[40]：策封三王[41]，文同训典[42]；劝戒渊雅，垂范后代；及制诰严助[43]，即云“厌承明庐”[44]，盖宠才之恩也[45]。孝宣玺书[46]，赐太守陈遂[47]，亦故旧之厚也。逮光武拨乱[48]，留意斯文[49]，而造次喜怒[50]，时或偏滥[51]：诏赐邓禹[52]，称“司徒为尧”[53]；敕责侯霸[54]，称“黄钺一

奉正天之命”等，可见策、制、诏、敕，都是根据经书中的说法来确立名目。后来重诏而轻命，是沿袭秦制而来的。《礼记》里说：帝王的话虽细如丝，一讲出来就变成粗绳；因此对群臣说话必须慎重。虞舜早就重视纳言之臣，周宣王则把出纳王命的官吏视如喉舌。到了两汉时期，就由尚书来管理帝王文告。帝王的话关系重大，往往要写入史书；话一出口就产生了巨大作用，像人的汗水一样，出来了就不能返回。所以，由于淮南王刘安文才英俊，汉武帝给他的书信，先要请司马相如等人审查草稿。由于隗嚣部下文士众多，所以，光武帝和他在文辞上的往来特别留意。这不只是为了在当时得到美誉，也为了后世的影响而不得不慎重。查考西汉文帝、景帝以前的诏书，大都写得虚浮杂乱；汉武帝崇尚儒学，诏书就较为弘大深刻。如封齐王、燕王和广陵王的策书，文辞和《尚书》中的训、典相同，其深刻而正确的劝戒之义，为后代留下了典范。他在批评严助的制诰中，曾讲到严助不愿在朝内做官，这正体现了汉武帝爱才的恩典。汉宣帝给太原太守陈遂的玺书，也表现了对故旧的厚意。东汉光武帝在治平了乱世之后，对文化学术颇为注意，但喜怒之情比较轻率，有时不免过分一些。如在给邓禹的敕书中，竟称邓禹为尧；在批评侯霸荐人不如意的玺书中，就用死刑来吓唬他。像这类诏策，实在是违背法

下"[55]。若斯之类，实乖宪章[56]。暨明帝崇学[57]，雅诏间出[58]。安和政弛[59]，礼阁鲜才[60]，每为诏敕，假手外请。建安之末[61]，文理代兴[62]。潘勖《九锡》[63]，典雅逸群[64]；卫觊《禅诰》[65]，符命炳耀[66]，弗可加已。自魏晋诰策，职在中书[67]，刘放、张华[68]，互管斯任[69]；施命发号，洋洋盈耳[70]。魏文帝下诏[71]，辞义多伟，至于"作威作福"[72]，其万虑之一弊乎！晋氏中兴[73]，唯明帝崇才[74]，以温峤文清[75]，故引入中书。自斯以后，体宪风流矣[76]。

度的。到明帝、章帝时，他们都重视儒学，典雅的诏书，还偶然出现一些。及至安帝、和帝时，政治松弛，负责诏令的尚书省又缺乏人才，每次写诏书、敕书，还要请外人代笔。到了建安末年，诏策文的写作迭更兴起，如潘勖的《册魏公九锡文》，写得高雅出群；卫觊的《为汉帝禅位魏王诏》，对曹丕的受命为帝，表达得十分昭明显著：要比他们写得更好，已不可能了。魏晋以后，管理诏策的机构改为中书省，魏国的刘放，西晋的张华，前后担任中书监的职务，因此，发号施令的诏策，传闻于世的很多。这个时期魏文帝曹丕的诏书，文辞义理大都写得宏伟，但有的诏书中，竟鼓励夏侯尚让其部下"作威作福"，这是他没有考虑周到的一点小毛病吧！晋元帝建立东晋之后，只有晋明帝比较重才；因温峤文笔清新，被引进中书省任职。不过从此以后，古代写作诏策的法度就逐渐消失了。

## 注释

❶御：统治。宇：天下。 ❷神：神圣。 ❸渊嘿（mò）：沉默寡言。嘿：同默。黼扆（fǔyǐ）：绘绣斧形花纹的屏风，树于天子座后。黼：半黑半白的斧形。 ❹四表：四方之外。 ❺轩辕：黄帝，古代传说中的帝王。唐：传说中尧所开创的朝代。虞：传说中舜所开创的朝代。 ❻制性：当作"制姓"，即赐以姓氏。相传古代贵族立功有德，才能赐姓。 ❼三代：指夏、商、周。 ❽诰誓：指《尚书》中的《甘誓》《牧誓》《汤诰》《大诰》之类作品，其中不少是

后人伪托的。 ⑨戎：军事。 ⑩敷：分布。 ⑪喻：说明。 ⑫锡胤（yìn）：即赐姓。锡：赐予。胤：继续，后代。 ⑬《姤（gòu）》：《周易》中的卦名。姤：遇。《象》：指《周易》中解说卦辞的《象辞》。 ⑭“后以”句：《姤卦·象辞》的原话是：“天下有风，姤，后以施命诰四方。”后：国君。诰：教训。 ⑮改“命”曰“制”：《史记·秦始皇本纪》载，王绾、冯劫等建议，改“命为制，令为诏”。 ⑯仪则：据《太平御览》卷五九三，“则”字是衍文。仪：法度。《春觉斋论文·流别论》引这段话（“汉初定仪……敕者，正也”）说：“自汉迄今（清末），沿用勿改。” ⑰敕（chì）：皇帝的命令。 ⑱州部：古代地方行政区域。这里指刺史、州牧等地方官。汉武帝分天下为十三部，每部设刺史一人；后汉成帝时改为州，设州牧。 ⑲赦（shè）命：减轻或免除刑罚的命令。 ⑳简：竹简，古代写字用的条形竹片。 ㉑《诗》：指《诗经》。《小雅·出车》中讲到：“岂不怀归，畏此简书。”简书：原指邻国有急，以简书相告。古代把事写在简上，都叫简书。 ㉒《易》：指《周易》。《节卦》的《象辞》中讲到“君子以制数度”，指对尊卑之礼要有所节制。度数：据《周易》原文，当作“数度”，指尊卑之礼。 ㉓《礼》：指《周礼》。明君：据《周礼·秋官·司盟》中说的“北面诏明神”，应为“明神”，指日月山川之神。古人以为其神能察明事理，故称“明神”。 ㉔《书》：指《尚书》。《尚书·益稷》中曾说：“敕天之命，惟时惟几。”意思是帝王奉正天命以治民，主要是顺时和慎微。 ㉕远诏近命：即本篇最后所说“诏重而命轻”的意思。远：远大。近：鄙近。徐师曾《文体明辨序说》论“诏”说：“秦并天下，改命曰制，令曰诏，于是诏兴焉。”论“命”则说：“秦并天下，改命曰制。汉唐而下……而命之名亡矣。”所以刘勰说：“远诏近命，习秦制也。” ㉖《记》：指《礼记》。丝纶：《礼记·缁（zī）衣》中说：“王言如丝，其出如纶；王言如纶，其出如綍（fú），故大人不倡游言（浮言）。”纶：丝带。綍：大绳。纶粗于丝，綍大于纶，喻指帝王的话说出来后，将被再加扩大，因而必须慎重。 ㉗后：诸侯，大臣。 ㉘纳言：官名，负责听下言纳于上，受上言宣于下。《尚书·舜典》：“命汝作纳言，夙夜出纳朕命。” ㉙喉舌：指如喉舌作用的官，同“纳言”。《诗经·大雅·烝民》中说：“出纳王命，王之喉舌。” ㉚尚书：官名。秦汉时期的尚书，主要掌管帝王的文书。　㉛其出如绋：见本段注㉖。　㉜不反如汗：指令出不返。《汉书·刘向传》："《易》曰：'涣汗其大号'，言号令如汗，汗出而不反者也。今出善令，未能逾时而反，是反汗也。"　㉝淮南：指西汉淮南王刘安。㉞相如：指司马相如，字长卿，西汉文学家。视草：审阅草稿。《汉书·淮南王传》说："时武帝方好文艺，以安属为诸父，辩博善为文辞，甚尊重之。每为报书及赐，常召司马相如等视草，乃遣。"　㉟陇右：指陇山以西，今甘肃、青海一带。东汉初，隗嚣（wěiáo）据陇西，称西州上将军，他的"宾客掾史，多文学生"（《后汉书·隗嚣传》）。　㊱光武：东汉光武帝刘秀。《后汉书·隗嚣传》说：隗嚣"每所上事，当世士大夫皆讽诵之。故帝有所辞答，尤加意焉"。加意：注意。　㊲来叶：来世，后世。　㊳文景：指西汉文帝刘恒和景帝刘启。㊴浮新：《太平御览》卷五九三作"浮杂"。译文据"浮杂"。　㊵选言：指写诏令。弘：大。奥：深。　㊶三王：指西汉诸侯齐王刘闳、燕王刘旦、广陵王刘胥。封三王的策文，见《史记·三王世家》。　㊷训典：指《尚书》中的《伊训》《尧典》等。　㊸严助：西汉文人。　㊹厌承明庐：不愿在朝内做官的意思。承明庐：汉代侍臣值宿所住的地方。《汉书·严助传》载汉武帝《赐严助书》批评严助说："君厌承明之庐，劳侍从之事。"　㊺宠才之恩：指严助不愿做朝官而要求出任会稽太守，汉武帝就因爱其才而拜他为会稽太守。　㊻孝宣：指汉宣帝刘询。玺（xǐ）书：加印封口的信。玺：印，秦以后专指帝王的印。㊼陈遂：字长子，西汉人。汉宣帝未登帝位前，曾和陈遂一起赌博。宣帝即位后，任命陈遂做太原太守，并赐以玺书说："制诏太原太守，官尊禄厚，可以偿博进矣。"（《汉书·游侠传》）偿博进：指偿还宣帝所负赌博债务。这种戏言，说明其关系深厚。　㊽逮（dài）：及，到。拨：治。　㊾斯文：泛指学术文化。㊿造次：仓促。　(51)滥：过分。　(52)邓禹：字仲华，东汉初年著名将领。　(53)司徒：古代高级官吏"三公"之一。邓禹曾为大司徒。光武帝在《敕邓禹》中说："司徒尧也，亡贼桀也。"（《后汉书·邓禹传》）比邓禹为尧，这就是刘勰所说的"偏滥"。　(54)侯霸：字君房，东汉初年重臣。　(55)"黄钺（yuè）一下"：《后汉书·冯勤传》载，侯霸向光武帝推荐阎杨，光武帝不满此人，便在《玺书赐侯霸》中说："黄钺一下无处所。"意思是要用黄钺杀掉侯霸。黄钺：以金为饰的大斧。 56乖：不合。宪章：法度。 57暨（jì）：及。明帝：应为“明章”，指东汉明帝刘庄和章帝刘炟（dá）。崇学：指重视儒学。 58间出：偶然出现。 59安和：应为“和安”，指东汉和帝刘肇，安帝刘祜。弛：松懈。 60礼阁：汉代尚书省称礼阁，又叫礼闱。 61建安：东汉献帝刘协年号，196—220年。 62文理：写文章（这里指诏策）的道理。代兴：更迭兴起。“文理代兴”和《奏启》篇说的“文理迭兴”意同。 63潘勖（xù）：字元茂，汉末文人。《九锡》：指潘勖的《册魏公九锡文》，载《文选》卷三五。九锡：指帝王赐给有功之臣以车马、衣服等九种器物。 64逸群：指超越众作。 65卫觊（jì）：字伯儒，三国魏人。《禅诰》：指曹丕迫汉献帝让位时，由卫觊代献帝所写的《为汉帝禅位魏王诏》等，见《全三国文》卷二八。 66符命：指联系瑞应以歌颂帝王受命的文章。炳耀：昭著。 67中书：指中书省，魏晋以后掌管全国政事的机构。 68刘放：字子弃，三国魏人。张华：字茂先，西晋作家。他俩都做过中书监。 69互管斯任：疑当作“并管斯任”。《三国志·魏志·刘放传评》：“刘放文翰，孙资勤慎，并管喉舌，权闻当时。”“并管斯任”即“并管喉舌”。 70洋洋：盛多的样子。 71魏文帝：即曹丕，字子桓，三国时魏国文学家。 72作威作福：曹丕给征南将军夏侯尚的诏书中曾说：“卿腹心重将，特当任使。恩施足死，惠爱可怀。作威作福，杀人活人。”后来蒋济向曹丕说，“作威作福”等话是“亡国之语”。曹丕接受这个批评，并派人追回原诏（见《三国志·魏志·蒋济传》）。 73晋氏中兴：指晋元帝司马睿（ruì）建立东晋王朝。 74明帝：东晋明帝司马绍。 75温峤（qiáo）：字太真，东晋文人。 76宪：法度。风流：原意是流风余韵，这里指消失。

【原 文】

夫王言崇秘[①]，大观在上[②]，所以百辟其刑[③]，万邦作孚[④]。故授官选贤，

【译 文】

帝王的话是崇高而神圣的，这是因为帝王对全国情况有深透的观察了解，所以他的话能为各个诸侯效法，并使天下信服。因此，选拔贤才、授予官爵的命令，应如日月

则义炳重离之辉[5]；优文封策[6]，则气含风雨之润；敕戒恒诰[7]，则笔吐星汉之华；治戎燮伐[8]，则声有洊雷之威[9]；眚灾肆赦[10]，则文有春露之滋；明罚敕法，则辞有秋霜之烈：此诏策之大略也。戒敕为文，实诏之切者；周穆命郊父受敕宪[11]，此其事也。魏武称：作敕戒当指事而语[12]，勿得依违[13]；晓治要矣。及晋武敕戒[14]，备告百官：敕都督以兵要[15]，戒州牧以董司[16]，警郡守以恤隐[17]，勒牙门以御卫[18]，有训典焉[19]。

之光那样明亮；褒奖或册封臣下的诏书，就要有和风雨露般的润泽；关于敕正教戒方面的文告，则要像灿烂群星吐出的光华；关于治理军事或召集诸侯会同讨伐的军令，就要表现出滚滚雷霆的声威；对于因过失而造成灾害的人予以宽赦，赦书就要像春天的露水那样滋润；对于明赏罚、正法纪的文告，则要像秋天的严霜那样刚烈：这就是写作诏策的基本要求。至于戒敕之文，是诏令中更为切实的一种；如《穆天子传》所载周穆王命郊父接受戒敕的教令，这就是戒敕文了。魏武帝曹操曾说，作敕戒应根据事实，写得明确果断，而不要依违不决。这就通晓治术之要了。到了晋武帝，就把敕戒普遍用于各种官吏：如告诫都督掌握军事要领，告诫州牧严格督察其下属，警诫郡守要体恤百姓痛苦，督促牙门将领要加强防卫等，都具有诏策的古义。

## 注释

❶秘：指神圣。 ❷“大观在上”：这四字是借用《周易·观卦》中的《彖辞》。大观：指帝王对全面情况有深透的观察。这自然是古人吹捧帝王的说法。 ❸百辟（bì）：各诸侯国君。辟：君。刑：效法。 ❹孚（fú）：信服。 ❺重离：日月附着于天上。重，指日月重叠。离，著。 ❻优：优待，这里指褒奖。 ❼恒诰：恒常的、永久性的文告。 ❽燮（xiè）：协和，这里指会同作战。 ❾洊（jiàn）：再度，接连。 ❿眚（shěng）灾肆赦：这是借用《尚书·舜典》的原话，指因过失而造成灾害，不是有意作恶，可予宽赦。《潜夫论·述赦》解

释“眚灾”说：“杀人虽有大罪，非欲以终身为恶，乃过误尔，是不杀也。”眚：过失。肆：宽缓。 ⑪周穆：指西周穆王。《穆天子传》卷一载：“丙寅，天子属官效器（郭璞注：会官司阅所得宝物），乃命正公郊父受敕宪。”郊父：周穆王的大臣。宪：教令。 ⑫魏武：魏武帝曹操，他论敕戒的话，今不存。 ⑬依违：不决断。 ⑭晋武：晋武帝司马炎。 ⑮都督：地方军政首领。晋武帝给都督的敕戒，今不存。 ⑯州牧：州的军政首领。董：督察。司：主管。司马炎有《省州牧诏》尚存，见《全晋文》卷六。 ⑰郡守：一郡之长。恤（xù）隐：《国语·周语上》：“勤恤民隐而除其害也。”韦昭注：“恤，忧也；隐，痛也。”司马炎有《敕戒郡国计吏》，见《全晋文》卷六。 ⑱勒：迫使。牙门：指牙门将，魏晋时的一种武官。司马炎给牙门将的敕戒今不存。 ⑲有训典：指有“训戎”“敷政”的古意。训典：和上面所说“文同训典”的“训典”略同。

【原 文】

“戒”者，慎也，禹称“戒之用休”①。君父至尊，在三罔极②。汉高祖之《敕太子》③，东方朔之《戒子》④，亦顾命之作也⑤。及马援已下⑥，各贻家戒⑦。班姬《女戒》⑧，足称母师也⑨。“教”者，效也，出言而民效也。契敷五教⑩，故王侯称“教”⑪。昔郑弘之守南阳⑫，条教为后所述⑬，乃事绪明也⑭。孔融之守北海⑮，文教丽而罕于

【译 文】

所谓“戒”，就是谨慎。夏禹曾说：“用赞美来进行警戒。”国君、父母和老师是最尊严的，作为君、父和师，他们给人的恩德是无穷无尽的。汉高祖的《手敕太子》、东方朔的《诫子》，都是临终之前所作的遗命。从东汉马援以后，便开始留下自己的家戒。班昭的《女戒》，可以称之为傅母和女师了。所谓“教”，就是效法，讲出话来老百姓便按照去做。舜的臣子契曾提出“父义、母慈、兄友、弟恭、子孝”五教，所以后来王侯大臣对老百姓的训示就叫作“教”。西汉郑弘任南阳太守时，他条列教令为后世所称述，就因为他讲的事情头绪清楚明白。汉末孔融做北海

理[16]，乃治体乖也[17]。若诸葛孔明之详约[18]，庾稚恭之明断[19]，并理得而辞中，教之善也。自教以下，则又有“命”。《诗》云“有命在天”[20]，明为重也[21]。《周礼》曰[22]“师氏诏王”[23]，为轻命[24]。今“诏”重而“命”轻者，古今之变也。

相，他的教令虽写得雅丽，治理上却差一些，这是治理和教令不一致。如诸葛亮的教令，内容周详而辞采简朴；庾翼的教令，明确而果断：他们都写得道理得当而文辞切中，这就是优秀的教令了。教令之外还有“命”。《诗经》中说：“命来自天。”这表明“命”很重要；《周礼》中说：“主管教育的官员诏告周王。”这表明“诏”是用于臣对君的。秦以后则重“诏”而轻“命”，这是古今变化的不同。

## 注释

❶“戒之用休”：见《尚书·大禹谟》，是后人伪托的话。❷在三：指君、父、师。《国语·晋语一》：“成（晋大夫共叔成）闻之，民生于三，事之如一。父生之，师教之，君食之。……唯其所在，则致死焉。”在：韦昭注：“在君父为君父，在师为师也。”罔极：没有终极。《诗经·小雅·蓼莪（lùé）》：“欲报之德，昊（hào）天罔极。”指父母的恩德没有终极。❸《敕太子》：指刘邦的《手敕太子》，载《古文苑》卷十。❹东方朔：字曼倩，西汉文人。《戒子》：指他的《诫子》，见《艺文类聚》卷二三。❺顾命：临终前的命令，即遗嘱。顾：回视。❻马援：字文渊，东汉初年名将。他有《戒兄子严敦书》，载《后汉书·马援传》。❼贻（yí）：遗留。❽班姬：班固之妹班昭，字惠姬，东汉女作家。有《女戒》七篇，载《后汉书·列女传》。❾母师：班昭在《女戒》中曾说她“赖母师之典训”。刘勰这里是用以赞扬班昭堪称封建家庭的傅母（保母）和女师。❿契（xiè）：传为虞舜的司徒。《尚书·舜典》：“帝曰：‘契……汝作司徒，敬敷五教，在宽。’”敷：施布。五教：五种封建伦理道德。指“父义，母慈，兄友，弟共（恭），子孝”（见《左传·文公十八年》）。⓫王侯称“教”：徐师曾《文体明辨序说》：“秦法，王侯称教；而汉

时大臣亦得用之，若京兆尹王尊出教告属县是也。故陈绎曾以为大臣告众之词。” ⑫郑弘：字稚卿，西汉人，曾任南阳太守。南阳：今河南南阳附近。⑬条教：条列之教令。《汉书·郑弘传》中说：“弘为南阳太守……条教法度，为后所述。”郑弘的教令今无存。⑭绪：端绪。⑮孔融：字文举，汉末作家。他的教令有《告高密县立郑公乡教》等，见《全后汉文》卷八三。北海：今山东寿光附近。孔融曾任北海相。⑯文教丽而罕于理：司马彪《九州春秋》中有云：“融在北海……及高谈教令，盈溢官曹，辞气温雅，可玩而诵。论事考实，难可悉行。但能张磔（zhé）网罗，其自理甚疏。租赋少稽，一朝杀五部督邮。奸民污吏，猾乱朝市，亦不能治。”（《三国志·魏志·崔琰传》注引）这类记载，可能是刘勰所本。⑰治体：指孔融的政治教令。⑱诸葛孔明：即诸葛亮，三国时蜀国政治家。他的教令有《答蒋琬教》《教与军师长史参军掾属》等，见《全三国文》卷五八。详约：内容周详而辞采简约。⑲庾稚恭：名翼，东晋将领。他的教令今存《与僚属教》，见《太平御览》卷七五四。⑳有命在天：当作“有命自天”。《诗经·大雅·大明》：“有命自天，命此文王。”㉑明为重也：一作“明命为重也”，译文据此。㉒《周礼》：原名《周官》，汉代列为儒家经书之一。主要讲周代官制，但其中不少与周代官制不符，所以有人疑为汉人伪托。㉓师氏诏王：《周礼·地官·师氏》中说：“师氏掌以媺（同‘美’）诏王。”师氏：掌管贵族教育的官吏。诏：告，这里是下告上。秦以后才以“诏”字专指帝王的诏令。㉔为轻命：一作“明诏为轻也”，译文据此。“命”字是衍文。

【原 文】

赞曰：皇王施令，寅严宗诰①。我有丝言②，兆民尹好③。辉音峻举④，鸿风远蹈⑤。腾义飞辞，涣其大号⑥。

【译 文】

帝王发号施令，老百姓敬仰圣旨。国君能慎重地发布诏令，万民都很高兴。光辉的诏策高举，鸿大的教化远播。充分发扬诏策的意义和文辞的作用，使帝王的号令更为盛大。

## 注释

❶寅：恭敬。宗：尊，仰。 ❷我：指帝王。《后汉书·杨赐传》："天齐乎人，假我一日。"注："我，谓君也。"丝言：指帝王的诏令。这里有慎重地发布诏令的意思。参阅本篇第一段注㉖。 ❸兆：百万，指众多。尹：应作"伊"，是。好（hào）：此字和"诰""蹈""号"叶韵，读作"爱好"的"好"。❹辉音：指帝王的诏令。 ❺鸿风：指帝王诏令的巨大教化作用。 ❻涣：盛大。号：号令。参看本篇第一段注㉜。

# 二〇、檄移

## 解题

《檄（xí）移》是《文心雕龙》的第二十篇，论述檄、移两种文体，重点是讲檄文。檄文或称“露布”，“露布”在汉魏六朝期间和檄文基本相同，唐宋以后，檄文就专指出师前对敌人的书面讨伐，“露布”则专指战胜后的告捷文书。

本篇分檄和移两个部分，前两段讲檄，第三段讲移。第一段从檄的起源，讲到战国时期正式出现檄文以后的主要作品，结合论述檄文在征讨敌人中应起的作用。第二段讲檄文的基本特点和要求。第三段简论移和檄移的区别。

“奉辞伐罪”的檄文，是用于军事行动的宣传文，具有较强的战斗性。刘勰所讲檄文的作用，主要有三：一是奋其武威，使敌人闻风丧胆，长自己的威风，灭敌人的斗志；二是充分揭露敌人的罪恶，说明其恶贯满盈，死到临头；三是从精神上摧毁敌人，使敌人的万丈高城，不攻自破。怎样才能使檄文产生这样巨大的效果？刘勰所总结的写作要求是：

第一，从善恶、天道、人事、强弱、权势等各个方面分析敌我形势，说明我胜敌败的必然性；第二，表达方法上既要基于国家的信誉，又要参以兵诈，既不要太老实，又要写得冠冕堂皇；第三，叙事说理，都要明确果断，气势旺盛而信心百倍。

【原文】

震雷始于曜电[①]，出

【译文】

雷声的震动，从光耀的闪电开始；军队

师先乎威声。故观电而惧雷壮，听声而惧兵威。兵先乎声，其来已久。昔有虞始戒于国[2]，夏后初誓于军[3]，殷誓军门之外[4]，周将交刃而誓之[5]。故知帝世戒兵[6]，三王誓师[7]，宣训我众，未及敌人也。至周穆西征[8]，祭公谋父称[9]：“古有威让之令[10]，令有文告之辞。”[11]即檄之本源也。及春秋征伐，自诸侯出，惧敌弗服，故兵出须名[12]，振此威风，暴彼昏乱[13]；刘献公之所谓“告之以文辞[14]，董之以武师”者也[15]。齐桓征楚[16]，诘苞茅之阙[17]；晋厉伐秦[18]，责箕郜之焚[19]。管仲吕相[20]，奉辞先路，详其意义，即今之檄文。暨乎战国[21]，始称为檄。檄者，皦也[22]；宣露于外，皦然明白也。张仪《檄楚》[23]，书以尺二[24]；明白之文，或称露布[25]，播诸视听也。

的出征，要首先传出其威武的声势。因此，看到闪电就害怕巨雷，听到声势就害怕军威。军事行动首先要传出声威，这在很久以前就有了。相传有虞氏便开始警诫国内百姓，夏后氏已开始教训军队，殷代帝王也曾在军门外训示百姓，周代帝王在交战之前对军队进行过训誓。由此可见，无论有虞氏的警诫士兵，还是夏、商、周的教训部队，都是宣传教育自己的民众，还没有用到敌人的。到周穆王西征犬戎时，祭公谋父提出：“古代有威严地谴责敌人的训令，有告诫对方的文告。”这就是檄文的源头了。到春秋时期的征伐，因为是诸侯发起的，恐怕对方不服，所以出兵必须有一定的名义，用以振奋自己的威风，揭发对方的昏乱；这也就是刘献公所说的：“一方面用文辞告诫对方，一方面用武力强迫对方。”春秋时齐桓公征讨楚国，就首先责问了楚国不进贡茅草等罪过；晋厉公讨伐秦国，曾斥责秦国侵扰焚烧晋国箕、郜等地的罪行；齐国的管仲，晋国的吕相，在齐晋两国出兵之前向敌国的指责，仔细研究它的意义，也就是现在所说的檄文了。到了战国时期，才正式称这种文辞为“檄”。所谓“檄”，就是明白，就是把问题宣扬揭示出来，使之明明白白。张仪的《为文檄告楚相》，是一尺二寸长的简书，因为是明白昭著的文字，所以有的称为“露布”，用以扩大视听。出兵是平乱的重夫兵以定乱，莫敢自专[26]，天子亲戎[27]，则称“恭行天罚”[28]；诸侯御师，则云肃将王诛[29]。故分阃推毂[30]，奉辞伐罪[31]，非唯致果为毅[32]，亦且厉辞为武[33]；使声如冲风所击[34]，气似欃枪所扫[35]；奋其武怒[36]，总其罪人[37]；惩其恶稔之时[38]，显其贯盈之数[39]；摇奸宄之胆[40]，订信慎之心[41]；使百尺之冲[42]，摧折于咫书[43]，万雉之城[44]，颠坠于一檄者也。观隗嚣之《檄亡新》[45]，布其三逆[46]，文不雕饰，而辞切事明，陇右文士[47]，得檄之体矣[48]。陈琳之《檄豫州》[49]，壮有骨鲠[50]，虽奸阉携养[51]，章密太甚[52]；发邱摸金[53]，诬过其虐[54]；然抗辞书衅[55]，皦然露骨矣[56]。敢指曹公之锋[57]，幸哉免袁党之戮也[58]。钟会《檄蜀》[59]，征

大事件，任何个人都不敢自作主张，即使皇帝亲自出征，也要说，他是“恭敬地执行上天的惩罚”；诸侯用兵，就说他是敬奉帝王之命来进行诛伐。所以，古代帝王遣将出征时，不仅亲自推车送出，还要授给将领处理都城之外的军事大权。奉持正直之辞去讨伐敌人，不仅要使自己的行动果敢坚毅，并且要用有力的檄文，形成强大的威力：使讨敌的声威如暴风袭击，气势如彗星横扫；振奋全军将士的威怒，聚集于讨伐的罪人；说明敌人的罪恶已到了必须惩罚的时候，显示出敌人恶贯满盈的气数；用以动摇作恶者的胆量，稳定顺服者的决心；使敌人的百尺战车，被咫尺檄文摧毁，万丈城墙，被一纸檄文推倒。东汉隗嚣的《移檄告郡国》，列举王莽“逆天”“逆地”“逆人”三大罪状。它的文字不加雕饰，但用辞确切，事理明显，这说明隗嚣门下的文士，已掌握檄文的基本体制了。汉末陈琳的《为袁绍檄豫州》，写得理直气壮。虽然其中骂曹嵩是宦官的养子等，对其隐密揭露过分；说曹操设发丘中郎将、摸金校尉从事的挖坟盗墓活动，有点诬过其实，但能以抗直的文辞写其罪过，他的揭露就十分明白了。陈琳敢于面对曹操的锋芒，幸而后来竟免于被曹操当作袁绍的党羽而杀掉。魏国钟会的《移蜀将吏士民檄》，用历史事实作证验，也讲得很明白。东晋桓温的《檄胡文》，着眼于敌人

验甚明[60]；桓公《檄胡》[61]，观衅尤切[62]：并壮笔也。

的罪恶更为急切。以上这些，都是写得很有力的檄文。

## 注释

❶曜（yào）：同“耀”，照耀。 ❷有虞：即虞，古代传说中的朝代名。有，语首助词。戒于国：《司马法·天子之义》中说：“有虞氏戒于国中，欲民体其命也。”指为了使百姓实现其命令而先予警诫。 ❸夏后：即夏，古代传说中的朝代名。誓：指教训士兵或民众的话。《司马法·天子之义》中说：“夏后氏誓于军中，欲民先成其虑也。”指为了使百姓早有所考虑而进行训示。 ❹殷：即商代。誓军门：《司马法·天子之义》中说：“殷誓于军门之外，欲民先意以行事也。”指训示百姓早早行动。 ❺交刃：交锋，开战。《司马法·天子之义》中说：“周将交刃而誓之，以致民志也。”指战前鼓励斗志。 ❻帝世：和《宗经》篇所说“帝代”同。帝：这里指五帝之一的虞舜。 ❼三王：夏、商、周三代的帝王。 ❽周穆：指西周的穆王，他曾西征犬戎。 ❾祭（zhài）公谋父：周穆王的卿士，姓祭，字谋父。他的话见《国语·周语上》。 ❿让：责怪。 ⓫令有：“令”字是衍文，《国语·周语上》的原文没有这个字。 ⓬名：指名义。 ⓭暴：露，揭露。 ⓮刘献公：周景王的卿士。他的话见《左传·昭公十三年》。 ⓯董：督率。 ⓰齐桓：指春秋五霸之一齐桓公。 ⓱诘（jié）：责问。苞茅之阙：《左传·僖公四年》载，齐国进攻楚国时，齐国的管仲责问楚成王，曾道：“尔贡苞茅不入，王祭不共（供），无以缩（滤）酒，寡人是徵（问）。”苞茅：即包束的茅草，用以滤酒去滓。阙：缺，过失。 ⓲晋厉：指春秋时晋厉公。 ⓳箕郜（gào）之焚：《左传·成公十三年》载晋国厉公命吕相责问秦国的罪过，其中讲到秦国“入我河县，焚我箕郜”。箕，在今山西蒲县东北。郜，在今山西祁县西。箕、郜均当时晋地。 ⓴管仲：名夷吾，齐桓公时为相，春秋时著名政治家。 ㉑暨（jì）：及。 ㉒皦（jiǎo）：明白。 ㉓张仪：战国魏人，相秦，倡“连横”说。《檄楚》：指张仪的《为文檄告楚相》，载《史记·张仪列传》。 ㉔尺二：一尺二寸，古代木简的长度。 ㉕露布：古代露而

不封以布告众人的文告。㉖莫敢自专：《史记·周本纪》："武王自称太子发，言奉文王以伐，不敢自专。"因攻伐事关重大，不能自作主张。㉗亲戎：指亲自征伐。㉘恭行天罚：《尚书·甘誓》："今予惟恭行天之罚。"㉙肃将：敬奉。王诛，指帝王之意加以诛伐。陈琳《檄吴将校部曲文》中曾说："皆我王诛所当先加。"㉚分阃（kǔn）推毂（gǔ）：指帝王遣将出征，要予以信赖，授予大权。《史记·冯唐传》载冯唐的话："臣闻上古王者之遣将也，跪而推毂，曰：'阃以内者，寡人制之；阃以外者，将军制之。'"《史记》之前的《六韬·立将》《淮南子·兵略》中，都有这类说法。阃：城郭的门。毂：车轮中心的圆木。㉛奉辞伐罪：《国语·郑语》载周太史史伯向郑桓公说："君若以成周之众，奉辞伐罪，无不克矣。"韦昭注："桓公甚得周众，奉直辞，伐有罪，故必胜也。"㉜致果为毅：语出《左传·宣公二年》："杀敌为果，致果为毅。"果：果敢。毅：坚决。㉝厉辞：猛烈之辞，指檄文。武：勇。㉞冲风：暴风。㉟欃（chán）枪：彗（huì）星，形似帚，俗称扫帚星。㊱武怒：威怒。㊲总：聚集。㊳稔（rěn）：成熟。㊴贯盈：形容罪大恶极。《尚书·泰誓上》："商罪贯盈，天命诛之。"孔疏："纣之为恶，如物在绳索之贯（串），一以贯之，其恶贯已满矣。……故上天命我诛之。"数：气数。㊵奸宄（guǐ）：为非作歹的人。《尚书·舜典》："寇贼奸宄。"注："在外曰奸，在内曰宄。"
㊶订：定。信慎：《太平御览》卷五九七作"信顺"。译文据"信顺"。㊷冲：冲击敌阵的战车。㊸咫（zhǐ）书：指檄文。咫：古八寸。㊹雉（zhì）：古代称城墙长三丈，高一丈为一雉。㊺隗嚣（wěiáo）：字季孟，东汉初将军。《檄亡新》：指隗嚣的《移檄告郡国》，载《后汉书·隗嚣传》。新：王莽的国号。
㊻三逆：《移檄告郡国》中列举了王莽"逆天""逆地""逆人"的三种恶过。
㊼陇右：即陇西，今甘肃省陇山以西地区。隗嚣曾据陇西，自称西州上将军。
㊽体：指体制，格式。㊾陈琳：字孔璋，建安七子之一。《檄豫州》：指陈琳的《为袁绍檄豫州》，载《文选》卷四四。豫州：指刘备，他当时做豫州刺史。东汉豫州刺史治所在今安徽亳（bó）州。㊿骨鲠（gěng）：耿直。51奸阉（yān）携养：陈琳在《为袁绍檄豫州》中，骂曹操是"赘（zhuì）阉遗丑，本无懿（yì）德"。《文选》李善注："赘，谓假相连属也。"阉：宦官。懿：美好。

曹操本姓夏侯，其父夏侯嵩为东汉大宦官曹腾养子，改姓曹，所以陈琳在檄文中又骂曹嵩是“乞丐携养”。 52章：这里是揭露的意思。密：细。 53发邱摸金：陈琳在檄文中又说：“操又特置发丘中郎将摸金校尉，所过隳（huī）突，无骸不露。”邱：同丘，土堆，这里指坟墓。发邱：即发丘中尉。摸金：即摸金中郎将。陈琳说曹操专设这两种官职掘坟挖金。隳：毁坏。 54虐：残暴，这里指实际干的坏事。 55抗：抗直。衅（xìn）：裂痕，引申为罪过。《左传·宣公十二年》：“用师观衅而动。”注：“衅，罪也。” 56皦（jiǎo）：明亮。露骨：《太平御览》卷五九七作“曝露”，译文据“曝露”，即暴露。 57曹公：即曹操。 58袁党：袁绍的党羽。袁绍：字本初，东汉末年军阀。戮（lù）：杀。陈琳初附袁绍，后归曹操，曹操重其才，没有因陈琳曾替袁绍大骂曹操，而把他当作袁党杀掉。 59钟会：字士季，三国时魏国的司徒。《檄蜀》：指钟会的《移蜀将吏士民檄》，载《三国志·魏志·钟会传》。 60征验：证验，指钟会檄文中所列举历史上蜀地不能长久独立，凡降魏的人都得到优待等使蜀人“深鉴成败”的事理。 61桓公：指桓温，字元子，东晋大司马。《檄胡》：指桓温的《檄胡文》，文今不全，见《艺文类聚》卷五八。胡：这里指建立后赵（十六国之一）的石勒。 62观衅：视罪。切：迫切。

## 【原文】

凡檄之大体，或述此休明[①]，或叙彼苛虐；指天时[②]，审人事，算强弱，角权势[③]；标蓍龟于前验[④]，悬鞶鉴于已然[⑤]；虽本国信，实参兵诈。谲诡以驰旨[⑥]，炜晔以腾说[⑦]：凡此众条，莫或违

## 【译文】

檄文的主要写作特点，或者是表明我方的美善兴盛，或者是述说敌方的苛刻残暴；指明天道，分析人事，计算强弱，衡量权势；引往事以预卜敌方失败的命运，举成例示对方以鉴戒。这样说虽要本于国家的信用，其实要加上用兵的诈谋。用巧诈之辞来宣传自己的意旨，用光明正大的言辞来宣扬自己的主张：以上几点，是所有的檄文都不能违背的。因此，檄文的写作，无论确立意义或运

之者也。故其植义飏辞[8]，务在刚健。插羽以示迅[9]，不可使辞缓；露板以宣众，不可使义隐，必事昭而理辨[10]，气盛而辞断[11]，此其要也。若曲趣密巧[12]，无所取才矣，又州郡征吏[13]，亦称为“檄”，固明举之义也[14]。

用文辞，都必须坚强有力。插上羽毛的檄文是表示紧急，就不能把文辞写得过于松缓；敞露简板向大众宣传的檄文，就不应把意义写得隐晦不明。必须把事理写得清楚明白，气势旺盛而文辞果断，这就是写檄文的基本要点。如果卖弄曲折之趣细密之巧，这种才能对檄文来说，就没有什么可取了。此外，州郡征召官吏的文书，也叫作“檄”，这也是取公开推举的意思。

## 注释

❶休：美好。 ❷天时：指天道，天命之类。 ❸角：量。 ❹标：表示。著（shī）：占卜用的草。龟：占卜用的龟甲。 ❺鞶（pán）鉴：大带上的镜。这里主要是取鉴诫的意思。鞶，古代束衣的大带。 ❻谲诡（juéguǐ）：怪异不实。 ❼炜晔（wěiyè）：光辉，明盛。 ❽飏（yáng）：飞扬，引申为施展。❾插羽：古代檄文，插鸟毛表示紧急。 ❿昭：显明。 ⓫断：果断。 ⓬曲趣：曲折微妙的旨趣。 ⓭征：召。 ⓮举：推荐。

【原 文】

移者，易也；移风易俗，令往而民随者也。相如之《难蜀老》[1]，文晓而喻博，有移檄之骨焉[2]。及刘歆之《移太常》[3]，辞刚而义辨，

【译 文】

所谓“移”，就是转变；就是移风易俗，发出命令老百姓就随从执行。西汉司马相如的《难蜀父老》，文辞明白而比喻广博，已具有移和檄的特征。到东汉刘歆写的《移太常博士书》，文辞有力而意义明辨，这是政治方面最早的一篇移

文移之首也[4]。陆机之《移百官》[5]，言约而事显，武移之要者也。故檄移为用，事兼文武，其在金革[6]，则逆党用檄，顺命资移[7]；所以洗濯民心[8]，坚同符契[9]，意用小异而体义大同[10]，与檄叁伍[11]，故不重论也。

文。西晋陆机的《移百官》，言辞简约而叙事明显，这是军事方面一篇重要的移文。所以，檄和移通用于政治和军事两个方面。在军事上，对反对派用檄，对顺从的人则用移。用移文来淘洗老百姓的思想，使上下牢固一致。移和檄的意思和运用虽然稍有不同，但体制和基本意义是大致相同的；移文的情况和上述檄文错综相近，所以就不再重复论述了。

## 注释

❶相如：即司马相如，字长卿，西汉文学家。《难蜀老》：指司马相如的《难蜀父老》，载《汉书·司马相如传》。 ❷骨：这里指特征。 ❸刘歆（xīn）：字子骏，西汉末年学者。《移太常》：指刘歆的《移太常博士书》，载《汉书·刘歆传》。 ❹文：文事，这里指政治方面。 ❺陆机：字士衡，西晋文学家。《移百官》：此移今不存。 ❻金革：兵器和战衣，这里指军事。 ❼资：取。 ❽濯（zhuó）：洗。 ❾符契：符合的意思。符：古代用作凭信之物。契：约券。 ❿“意用”句：指移文和檄文的大同小异。 ⓫叁（sān）伍：意即错综比较，以为证验。

【原文】

赞曰：三驱弛刚[1]，九伐先话[2]。鞶鉴吉凶，蓍龟成败。惟压鲸鲵[3]，抵落蜂虿[4]。移宝易俗[5]，

【译文】

总之，像三面驱赶禽兽，要把捕网的一面放松；对各种罪人的征伐，先要用檄文声讨。檄文要像明镜一样让对方照清其吉凶，像占卜一样向敌人表明其成败。要狠狠打击罪魁祸首，消灭那害人的毒虫。移文确实可

草偃风迈⑥。

以移风易俗，就如草的顺风倒伏。

## 注释

❶三驱弛刚："刚"应作"网"。三面驱赶禽兽而把捕网放开一面。《周易·比卦》说："王用三驱，失前禽。"王弼注："夫三驱之礼，禽逆来趣己则舍之，背己而走则射之，爱于来而恶于去也；故其所施，常失前禽也。"弛：松，放开。 ❷九伐：有九种罪行之一的人应予讨伐。据《周礼·大司马》，九种罪行是：一、欺侮弱小；二、损害贤人和百姓；三、对内暴虐，对外欺侮；四、田野荒芜而百姓散离；五、仗恃险地而不顺服；六、杀害亲人；七、驱逐或杀害国君；八、违背命令而忽视政治；九、道德败坏，行同禽兽。先话：讨伐之前先予声讨。 ❸惟：当作"摧"。鲸鲵（jīngní）：吞食小鱼的大鱼，这里比喻恶人。 ❹抵：击。虿（chài）：蝎子一类的毒虫。 ❺宝：当作"实"。 ❻草偃（yǎn）风迈：这四字是为押韵而倒用，意为风迈草偃，比喻移文的作用。偃，倒下。

# 二一、封禅

## 解题

《封禅》是《文心雕龙》的第二十一篇。封禅是古代帝王所谓“功成治定”之后祭告天地的典礼，“封”指祭天，“禅”指祭地。因为这是封建王朝的重大典礼，封禅之文就成为封建文人所重视的文体之一。

本篇分三个部分：第一部分讲封禅的意义；第二部分讲封禅文的发展概况，主要是评论汉魏时期的几篇重要作品；第三部分论述这种文体在写作上的基本要求。

封禅文本身就是歌功颂德的作品，由于刘勰对封建帝王的尊崇，在对这种文体的论述中，更表现了明显的局限。他对管仲的“空谈非征”，对扬雄作品的“兼包神怪”，虽然都持否定态度，但本篇基本内容是讲歌颂帝王功德以祭天地，其封建迷信的思想是比较浓厚的。

这种文体和文学创作也没有什么关系。但刘勰具体论述了班固的《典引》写得“雅有懿采”，和他能“历鉴前作”的关系，这是值得注意的；特别是刘勰认为：即使前人把道理讲完，方法用尽，后代作者能“日新其采者，必超前辙”。这种认识对形成其继承和革新的文学发展观点，是有直接关系的。也可说，刘勰在创作论中提出“通变”的观点，是以这种认识为基础总结出来的。

【原 文】

夫正位北辰[1]，向明南面[2]，所以运天枢[3]，毓黎献

【译 文】

北极星处于天的正中，帝王受命南面而治，就像北极星那样来治理天下，

者[4]，何尝不经道纬德[5]，以勒皇迹者哉[6]！录图曰[7]："潬潬呥呥[8]，棼棼雉雉[9]，万物尽化。"[10]言至德所被也。丹书曰[11]："义胜欲则从[12]，欲胜义则凶。"[13]戒慎之至也。则戒慎以崇其德，至德以凝其化[14]，七十有二君[15]，所以封禅矣。

养育百姓；因此，怎能不颂扬其功德，刻下他的伟大事迹呢？绿图中说："变化不定，杂乱纷纷，万物都发育滋长。"这是讲至上之德所达到的；丹书中说"道义胜于私欲就吉利，私欲胜过道义就凶险"，这是指要加以警戒和慎重。因此，警戒慎重可以使道德高尚，至上之德可以化生万物，所以古来七十二个帝王，都曾到泰山来举行封禅典礼。

## 注释

❶正：中。北辰：即北极星，古人认为它位于天的正中，众星都围绕着它运转。《论语·为政》："为政以德，譬如北辰，居其所而众星共（拱）之。"❷向明南面：指帝王的治理天下。向明：天将明。南面：古称帝王的统治为"南面而治"。《周易·说卦》："圣人南面而听天下，向明而治。" ❸运天枢：指帝王受天之命，必如北极星以为政。天枢：北斗七星之一，这里指北极星。《观象玩占》："北极五星在紫微宫中，一曰天枢，一曰北辰，天之最尊星也。"扬雄《长杨赋》："高祖奉命，顺斗极，运天关。"《文选》卷九李善注："服虔曰：'随天斗极运转也。'……《洛书》曰：'圣人受命，必顺斗极。'……《天官星占》曰：'北辰一名天关。'" ❹毓（yù）：养育。黎：众人。献：贤者。❺经道纬德：即经纬道德，以经、纬相织喻组织文辞，歌颂道德。 ❻勒：刻，皇迹：伟大的事迹。 ❼录图：当作"绿图"，传为尧时黄河出现赤文绿地的图。《正纬》曾说："尧造绿图。" ❽潬（shàn）：辗转，转移不定的样子。呥（huī）：不正。 ❾棼（fén）棼：即纷纷，杂乱。雉（zhì）雉：和"棼棼"意近，也是杂乱。 ❿化：化生。《周易·系辞下》："万物化生。" ⓫丹书：相传为周文王时赤雀衔来献给周文王的书。即《正纬》篇所说："昌制丹书。"⓬从：顺，指吉利。《仪礼·少牢馈食礼》："占曰从。"郑注："从者，求吉得吉

之言。” ⑬欲胜义则凶：这两句见《史记·周本纪》注引纬书《尚书·帝命验》。 ⑭凝：成。《礼记·中庸》：“苟不至德，至道不凝焉。” ⑮七十有二君：《史记·封禅书》引管仲的话：“古者封泰山禅梁甫者，七十二家。”意为从古以来到泰山举行封禅典礼的帝王有72人。

【原文】

昔黄帝神灵[1]，克膺鸿瑞[2]，勒功乔岳[3]，铸鼎荆山[4]。大舜巡岳[5]，显乎《虞典》[6]。成康封禅[7]，闻之《乐纬》[8]。及齐桓之霸[9]，爰窥王迹[10]，夷吾谲陈[11]，距以怪物[12]。固知玉牒金镂[13]，专在帝皇也。然则西鹣东鲽[14]，南茅北黍[15]，空谈非征[16]，勋德而已。是史迁《八书》[17]，明述封禅者，固禋祀之殊礼[18]，名号之秘祝[19]，祀天之壮观矣。秦皇铭岱[20]，文自李斯[21]；法家辞气[22]，体乏弘润[23]。然疏而能壮[24]，亦彼时之绝采也[25]。铺观两汉隆盛[26]，孝武禅号于肃然[27]，光武巡封于梁父[28]。

【译文】

相传黄帝生而神异，能够得到鸿大的符瑞；曾在泰山上刻其功绩，在荆山上铸鼎。大舜巡视山岳的史迹，《尚书·舜典》中有显著的记载。周成王和周康王的封禅典礼，也见于纬书《乐·动声仪》之中。到东周时齐桓公称霸，曾打算按帝王之礼进行封禅；管仲宛转劝阻，认为当时有蓬草、恶鸟等怪异现象出现，不宜封禅。由此可见，只有帝王才能刻石封禅。但管仲所讲西海的比翼鸟、东海的比目鱼、南方的三脊茅、北方的黄米等祥瑞的出现，都是一些空谈，无以征验，主要还是帝王功德的大小而已。司马迁在《史记》中把《封禅书》列为《八书》之一，特地要讲述封禅，可见这的确是祭天的重大典礼；而铭刻功绩以进行祝祷，就是祭天的大观了。秦始皇刻石封禅于泰山，其《泰山刻石》文为李斯所写；法家文辞的特点，是缺乏弘大润泽的风格。它虽然比较粗疏，却颇有力量，也可算是当时最好的作品了。展望两汉，封禅之礼隆重而盛大，如西汉武诵德铭勋，乃鸿笔耳[29]。观相如《封禅》[30]，蔚为唱首[31]。尔其表权舆[32]，序皇王，炳元符[33]，镜鸿业[34]，驱前古于当今之下，腾休明于列圣之上[35]；歌之以祯瑞[36]，赞之以介邱[37]：绝笔兹文[38]，固维新之作也[39]。及光武勒碑，则文自张纯[40]，首胤典谟[41]，末同祝辞；引钩谶[42]，叙离乱，计武功，述文德，事核理举[43]，华不足而实有余矣。凡此二家，并岱宗实迹也[44]。及扬雄《剧秦》[45]，班固《典引》[46]，事非镌石[47]，而体因纪禅。观《剧秦》为文，影写长卿[48]，诡言遁辞[49]，故兼包神怪。然骨掣靡密[50]，辞贯圆通，自称“极思”[51]，无遗力矣。《典引》所叙，雅有懿乎[52]；历鉴前作[53]，能执厥中[54]，其致义会文，斐然余巧[55]。故称：“《封禅》丽而不典[56]，《剧秦》典而不

帝在肃然山、东汉光武帝在梁父山封禅，歌功颂德的封禅文，都是名家大作：司马相如的《封禅文》，是汉代首先出现的佳篇。它说明封禅的开始，叙述历代帝王，显示美好的符瑞，反映盛大的功业，歌颂当今，超越往古，宣扬美德，贤于列圣；用吉祥符瑞来歌颂，用泰山盼望帝王的临幸来赞美。这篇司马相如最后写成的《封禅文》，其实是汉代封禅文的新作。到东汉光武帝时的《泰山刻石文》，则是张纯所写。它的开始是学习《尚书》，末尾却写得如同祝辞；其中引用不少纬书，叙述西汉末年的离乱，赞扬光武帝的武功和文德等等；叙事核实而说理正确，虽然文采不足，内容却是有余了。以上二家之文，都是泰山上的刻石。至于扬雄的《剧秦美新》，班固的《典引》，虽然没有刻石，所写都是有关封禅的事。读《剧秦美新》，它的写作显然是模仿司马相如的《封禅文》，其中多用隐约诡诈的言辞，因而写了不少神怪之事。但它的整个结构相当严密，文辞有条理而圆和畅通。扬雄自己说写这篇作品已“极尽思考”，可见他是用尽全力了。《典引》的描写，雅正而优美；这是作者考察了前人的得失，因而能掌握得当；它表达意义、组成文章，写得富有文采而又巧妙。所以班固曾说：“《封禅文》虽然华丽却不典雅，《剧秦美新》虽然典雅但不核实。”这岂不

实。”[57]岂非追观易为明，循势易为力欤[58]！至于邯郸《受命》[59]，攀响前声，风末力寡[60]，辑韵成颂[61]，虽文理顺序[62]，而不能奋飞。陈思《魏德》[63]，假论客主，问答迂缓，且已千言；劳深绩寡[64]，飙焰缺焉[65]。

是考察了前人的作品就易于认识明确，循其体势就容易收到功效吗？至于魏初邯郸淳的《受命述》，不过攀附前代名作，风力不足；写得好像颂体，虽然文理还有条不紊，却很平庸而不高超。到曹植的《魏德论》，是假设主客的议论，一问一答，文势迂缓，长达千言；费劲不小，却收效甚微，缺乏力量和光芒。

## 注释

❶黄帝神灵：《史记·五帝本纪》：“黄帝者，少典之子，姓公孙，名曰轩辕，生而神灵。”《正义》：神灵，“言神异也”。 ❷克：能够。膺（yīng）：接受。❸乔岳：高山，指泰山。 ❹铸鼎荆山：《史记·封禅书》引公孙卿的话：黄帝在泰山封禅后，“采首山铜铸鼎于荆山下，鼎既成，有龙垂胡髯下迎黄帝”。荆山：在今河南省灵宝县。 ❺巡：指天子视察之行。 ❻《虞典》：即《尚书·舜典》，其中讲到虞舜巡视泰山等四岳。 ❼成康：指西周的成王和康王。❽《乐纬》：指纬书《乐·动声仪》，其中讲到“成、康之间，郊配封禅”（见《后汉书·张纯传》）。 ❾齐桓：指东周时齐桓公，春秋五霸之一。 ❿爰（yuán）：于是。窥：探视。王迹：帝王的事迹，指齐桓公打算举行帝王的封禅典礼。 ⓫夷吾：管仲的字，春秋时齐国著名政治家。谲（jué）：诡诈。⓬距：即拒。怪物：《史记·封禅书》载，齐桓公自称：“九合诸侯，一匡天下，诸侯莫违我。昔三代受命，亦何以异乎！”认为他和古代帝王的功德一样，想要封禅。管仲反对他说：古代封禅，有很多祥瑞出现，如东海的比目鱼，西海的比翼鸟等，“今凤凰麒麟不来，嘉谷不生，而蓬蒿藜莠茂，鸱枭数至，而欲封禅，毋乃不可乎！”鸱枭（chīxiāo）：猫头鹰之类恶鸟。鸱枭、蓬草等，即刘勰所说的“怪物”。 ⓭玉牒（dié）金镂（lòu）：这里指刻石封禅。玉牒：封禅

之文。牒：简。镂：刻。 ⑭西鹣（jiān）：即上面所说西海的比翼鸟。东鲽（dié）：即上面所说东海的比目鱼。《尔雅·释地·九府》："东方有比目鱼焉，不比不行，其名谓之鲽。南方有比翼鸟焉，不比不飞，其名谓之鹣鹣。" ⑮南茅北黍：指古代的祥瑞。《史记·封禅书》载管仲所举古代封禅的祥瑞："鄗上之黍，北里之禾，所以为盛；江淮之间，一茅三脊，所以为藉也。"鄗（hào）上、北里，都是北方地名，故称"北黍"；长江、淮河在南方，故称"南茅"。茅：茅草；三脊茅是茅草的一种，古代封禅时用以滤酒。黍：黄米。 ⑯征：验。 ⑰史迁：即司马迁。《八书》：指《史记》中的《礼书》《乐书》《律书》《历书》《天官书》《封禅书》《河渠书》《平准书》。 ⑱禋（yīn）祀：祭祀。禋：斋戒而祀。 ⑲名号：当作"铭号"，指刻石纪绩。铭：刻。号：告，表功明德。秘祝：秘密的祝祷。 ⑳秦皇：指秦始皇。岱（dài）：泰山。秦始皇时铭刻于泰山，有《泰山刻石》，载《史记·秦始皇本纪》。 ㉑李斯：秦代政治家。㉒法家：战国时期学术流派之一，代表新兴地主阶级利益，主张法治，反对礼治。 ㉓体：风格。 ㉔疏：粗略。 ㉕绝采：指李斯所作刻石文，在当时成了最好的作品。 ㉖铺：陈列。隆盛：指封禅典礼的隆重盛大。 ㉗孝武：指汉武帝刘彻。肃然：山名，在泰山旁。 ㉘光武：指东汉光武帝刘秀。梁父：山名，亦作梁甫，泰山下的小山。 ㉙鸿笔：大作，指下面所讲司马相如、张纯等人的《封禅文》《泰山刻石文》等。 ㉚相如：司马相如，字长卿，西汉著名作家。《封禅》：指他的《封禅文》，载《史记·司马相如列传》、《文选》卷四八。㉛蔚：文采繁盛。 ㉜尔：语词。权舆：草的萌芽，引申指开始。 ㉝炳：明。元符：好的符瑞。扬雄《长杨赋》："方将俟元符，以禅梁甫之基，增泰山之高。"《汉书·扬雄传》师古注："元，善也；符，瑞也。" ㉞镜：照，反映出的意思。 ㉟腾：跃起。休：美好。《封禅文》说："德侔往初，功无与二。"㊱祯：吉祥。 ㊲介邱：大山，指泰山。《封禅文》说："意泰山梁甫，设坛场望幸。" ㊳绝笔：《封禅文》是司马相如最后的作品。《史记·司马相如列传》载：汉武帝听说司马相如病危，恐他死后著作散失，特遣使到司马相如家取书。去时，相如已死，其妻说："长卿未死时，为一卷书。曰：'有使者来求书，奏之。'无他书。"其遗书一卷，就是这篇《封禅文》。 ㊴维新：乃新。新：即上文所说“唱首”。㊵张纯：字伯仁，东汉初年的大司空。有《泰山刻石文》，见《全后汉文》卷一二。㊶胤（yìn）：继续。典谟：指《尚书》中《尧典》《皋陶谟》等。㊷钩谶（chèn）：指纬书。张纯的《泰山刻石文》中曾大量引用《河图赤伏符》《河图会昌符》等纬书中的迷信预言。㊸核：核实。张纯文中多无稽之谈，刘勰评以“事核”，说明他对纬书也有所误信。㊹岱宗：指泰山。古人认为泰山为四岳所宗，故称岱宗。实迹：指实有的刻石。但司马相如的《封禅文》并无刻石记载。㊺扬雄：字子云，西汉末年文学家。《剧秦》：指扬雄的《剧秦美新》，载《文选》卷四八。㊻班固：字孟坚，东汉初年的史学家、文学家。他的《典引》载《文选》卷四八。㊼非镌（juān）石：指《剧秦美新》和《典引》不是刻石之文。镌：刻。㊽影写：模仿。《剧秦美新》是模仿司马相如的《封禅文》写的。㊾遁辞：不作正面直叙的隐约之辞。㊿骨：指作品的体干。掣：当作“制”。靡：细。51自称“极思”：《剧秦美新》中说：“作《剧秦美新》一篇，虽未究万分之一，亦臣之极思也。”52懿（yì）乎：当作“懿采”。《杂文》篇评班固的作品也说“含懿采之华”。懿：美。53鉴：察看。前作：指《封禅文》和《剧秦美新》。54厥（jué）：其。中：恰当。55斐（fěi）然：有文采的样子。56《封禅》：指司马相如的《封禅文》。典：高雅不俗。57《剧秦》：指扬雄的《剧秦美新》。班固的原话是：“伏推相如《封禅》，靡而不典；扬雄《美新》，典而亡实。”（《典引序》）58循：依。势：指体势。参看《定势》篇。力：指效力。59邯郸（hándān）：指邯郸淳，字子叔，三国时魏国作家。《受命》：指邯郸淳的《受命述》，载《艺文类聚》卷一〇。60风末力寡：指风力衰微。61辑韵：指写作。成颂：邯郸淳在《受命述》的序中说：“欲谓之颂，则不能雍容盛懿，列伸玄妙；欲谓之赋，又不能敷演洪烈，光扬缉熙，故思竭愚，称《受命述》。”62顺：一作“颇”。63陈思：指曹植，字子建，封陈王，谥思。《魏德》：指曹植的《魏德论》，今不全，《全三国文》卷一七辑得部分残文。64绩：指作品的收效。65飙（biāo）：暴风，喻作品的力量。焰：指光芒。

【原 文】

兹文为用，盖一代之典章也①。拘位之始②，宜明大体，树骨于训典之区③，选言于宏富之路，使意古而不晦于深④，文今而不坠于浅，义吐光芒，辞成廉锷⑤，则为伟矣。虽复道极数殚⑥，终然相袭⑦，而日新其采者，必超前辙焉⑧。

【译 文】

这种文体的作用，是一个时代的典章制度。在写作上开始考虑布局时，必须明确其总的面貌。要如《伊训》《尧典》一类著作树立主干，从宏伟富丽方面来选择言辞，使内容合于古意而不致深奥不明显，文辞新颖而又不流于浮浅，内容能放出光芒，文辞能利如锋刃，就是最好的作品了。即使古人把道理讲完，方法用尽，后世作者必将有所继承，但只要在文采上不断创新，就一定会超过前代作者。

注 释

❶典章：制度。 ❷拘位：构思布局。拘：同构。 ❸骨：骨干，主体。训典：指《尚书》中的《伊训》《尧典》等。 ❹晦：不明显。 ❺廉：锐利。锷(è)：刀剑的刃。 ❻极：追究到底。数：方法。殚(dān)：尽。 ❼袭：继续。 ❽前辙：指前人的创作道路。辙：车轮的痕迹。

【原 文】

赞曰：封勒帝绩，对越天休①。逖听高岳②，声英克彪③。树石九旻④，泥金八幽⑤。鸿律蟠采⑥，如龙如虬⑦。

【译 文】

封泰山而刻下帝王的功绩，是称扬帝王来报答上天受予美命。远听那高山之上，美妙的声音十分动人。树立的石碑高入云霄，封禅的文章传遍八方。封禅大法凝成的佳作，腾空飞舞，有如虬龙。

## 注释

❶对越天休：即对扬天休。《诗经·大雅·江汉》："对扬王休。"郑笺："对，答；休，美；……答王策命之时，称扬王之美德，君臣之言宜相成也。"《尔雅·释言》："越，扬也。" ❷逖（tì）：远。 ❸彪：虎纹，这里指声的动听。 ❹九旻（mín）：即九天，指高空。 ❺泥金：即金泥，以水银和金屑为泥，用以函封封禅的告天之文。这里用以指封禅文。《汉书·武帝纪》："上还，登封泰山。"孟康注："刻石纪号，有金策、石函、金泥、玉检之封焉。"八幽：八方幽远之地。曹植《圣皇篇》："九州咸宾服，威德洞八幽。" ❻鸿律：大法。《典引》中说，封禅为"汪汪乎丕天之大律"。《汉书·郊祀志下》引《泰誓》："正稽古，立功立事，可以永年，丕天之大律。"颜师古注："稽，考也；永，长也；丕，奉也；律，法也。言正考古道而立事，则可长年享有天下，是则奉天之大法也。"蟠（pán）采：聚集文采，指封禅文所结成的文采。蟠：屈曲。 ❼虬（qiú）：传说中一种有角的龙。

# 二二、章表

## 解题

《章表》是《文心雕龙》的第二十二篇，论述章、表两种相近的文体。本篇所论章、表，和以下两篇所论奏、启、议、对等，都是封建社会臣下向帝王呈辞的文体。这类文体，历代名目繁多，且不断有所变化。以上几种，是先秦到魏、晋期间几种常用的文体。

本篇分三个部分。第一部分讲章表的意义及其产生、形成过程。第二部分评论汉、晋期间一些主要章表的成就。第三部分论章表的写作特点，提出“繁约得正，华实相胜”的基本要求。

章表这类向帝王的呈文，文学意义是不大的。篇中反复提到“刘扬王庭”、感恩戴德等，固然是这类文章中屡见不鲜的，也反映了刘勰较为浓厚的封建意识。但章表奏议既是直陈帝王之制，往往就是历代文人的精心之作。从萧统的《文选》开始，这类文章为历代作者和选家所重视，是有一定原因的。即本篇所论及的孔融《荐祢衡表》、诸葛亮《出师表》等，也是古来传颂不绝的名篇。所以，研究这类作品，不仅为研究古代文体论所必须，对探讨古代陈情议事的散文，也是不可不注意的一个方面。刘勰论章表，对汉、晋作品大多做了过高评价，唯不满于魏初的靡丽不足之作；虽主张“华实相胜”，却明确提出“以文为本”，强调“君子秉文，辞令有斐”。对“诗赋欲丽”的作品，刘勰主张“述志为本”（《情采》）；对需要“肃恭节文”的章表，却主张“以文为本”：这种不同态度，是值得注意的。再就是他反对“情为文屈”而要求“辞为心使”，做到辞与意的统一，也具有一定的普遍意义。

## 【原 文】

夫设官分职，高卑联事[1]。天子垂珠以听[2]，诸侯鸣玉以朝[3]。敷奏以言[4]，明试以功[5]。故尧咨四岳[6]，舜命八元[7]；固辞再让之请[8]，俞往钦哉之授[9]，并陈辞帝庭，匪假书翰[10]。然则敷奏以言，则章表之义也；明试以功，即授爵之典也[11]。至太甲既立[12]，伊尹书诫[13]；思庸归亳[14]，又作书以赞[15]。文翰献替[16]，事斯见矣。周监二代[17]，文理弥盛[18]。再拜稽首[19]，对扬休命，承文受册[20]，敢当丕显[21]：虽言笔未分[22]，而陈谢可见。降及七国[23]，未变古式，言事于主，皆称上书。秦初定制，改书曰奏。汉定礼仪，则有四品[24]：一曰章，二曰奏，三曰表，四曰议。章以谢恩，奏以按劾[25]，表以陈请，议以执异。章者，

## 【译 文】

朝廷设官各司其职，各级官吏共同治理国家大事。天子戴着皇冠受理政事，诸侯佩着玉器前来朝见。群臣上奏各种政见，帝王便据以查核其功绩。相传古代帝尧曾向诸侯之长提出询问，帝舜曾任命八个贤人；于是臣下有再三辞让的请求，帝王用信任和肯定的话授以重任：这些都是在朝廷上口头的对答，并未通过纸笔写成书面文件。可是，用言辞向帝王陈述，就具有进奏章表的意义了；帝王对臣下功绩的查核，也就是一种授予爵位的仪式了。到商代的太甲立位，大臣伊挚曾写《伊训》来训诫太甲；及至太甲改过而思念常道，从被流放的地方回到亳都，伊挚又作《太甲》三篇来赞美他。用书面文辞来扬善弃恶，就从此开始了。周王朝继承借鉴夏、商两代的制度，礼仪更为隆重。臣下对帝王常称：再三叩头、报答美命、敬受册封、敢当重任等，这些虽是口讲笔写兼用，但陈辞谢恩之义是明显的。到了战国时期，仍用商周格式，对帝王呈文，都叫“上书”。秦初确定制度，才改“书”为“奏”。汉代规定礼节仪式，便把对帝王的上书分为四种：第一种叫“章”，第二种叫“奏”，第三种叫“表”，第四种叫“议”。“章”用于谢恩，“奏”用于揭发检举，“表”用于

明也。《诗》云[26]“为章于天”[27]，谓文明也。其在文物[28]，赤白曰章[29]。表者，标也。《礼》有《表记》[30]，谓德见于仪[31]。其在器式[32]，揆景曰表[33]。章表之目，盖取诸此也。

陈述请求，“议”用于提出不同的议论。所谓“章”，就是明。《诗经》中说，银河“为章于天”，意为文采明显。对于有文采的事物来说，红白交错就是“章”。所谓“表”，就是表明。《礼记》中的《表记》，就是君子的品德外现于仪表的意思。对于用作标志之物来说，测量日影的器具就叫“表”。“章”“表”的名称，就取之于这种意义。

## 注释

❶联事：联合处理政事。 ❷垂珠：古代帝王的礼冠上有十二条丝绳，绳端系白玉珠。蔡邕《独断》：“汉明帝采《尚书·皋陶》及《周官》《礼记》以定冕制，皆广七寸，长尺二寸，系白玉珠于其端，十二旒（liú）。”听：指听政，受理政事。 ❸鸣玉：古代诸侯朝见天子时，身上佩玉，进退有声。 ❹敷：陈述。奏：进言。 ❺试：检验。这两句是借用《尚书·舜典》中的话：“敷奏以言，明试以功，车服以庸。”孔疏：“敷者，布散之言，与陈设义同，故为陈也。奏是进上之语，故为进也。诸侯四处来朝，每朝之处，舜各使陈进其治理之言，令自说己之治政。既得其言，乃依其言明试之，以要其功，以如其言。即功实成，则赐之车服，以表显其人有才能可用也。” ❻咨（zī）：商议，询问。四岳：传为古代四方诸侯之长。汉代孔安国认为：“四岳即上羲和之四子，分掌四岳之诸侯。”（见《尚书·尧典》传）明代杨慎认为四岳是一人（见《升庵经说·四岳为一人》）。 ❼八元：传为高辛氏的八个好儿子。元：善。《左传·文公十八年》：“高辛氏有才子八人：伯奋、仲堪、叔献、季仲、伯虎、仲熊、叔豹、季狸……天下之民，谓之八元。” ❽固辞再让：臣下对帝王的任命，再三表示推让。《尚书·舜典》中说舜、禹、垂、益、伯等人受到任命时，都曾表示辞让。 ❾俞：表示同意、肯定的应答之词。钦：敬佩。《尧典》《舜典》中常用“钦哉”“俞，往哉”等话。 ❿匪：非。假：借用。 ⓫典：仪式。

⑫太甲：商王，商汤王的孙子。 ⑬伊尹：商汤王的大臣，名挚。相传汤死后，太甲昏庸，伊挚作《伊训》以教导太甲。今存《尚书》中的《伊训》是后人伪托的。 ⑭思庸归亳（bó）：《尚书·太甲序》中说："太甲既立，不明，伊尹放诸桐。三年，复归于亳，思庸。伊尹作《太甲》三篇。"庸：常，这里指常道。亳：商都，在今河南商丘。 ⑮作书以赞：《史记·殷本纪》详载其事："帝太甲居桐三年，悔过自责反善，于是伊尹乃迎帝太甲而授之政。帝太甲修德，诸侯咸归殷，百姓以宁。伊尹嘉之，乃作《太甲训》三篇。"现存《尚书》中的三篇《太甲》，也是后人的伪托。 ⑯献替：指劝善规过。献：进。替：弃。⑰周监二代：这句是借用《论语·八佾（yì）》中的"周监于二代，郁郁乎文哉，吾从周"。监（jiàn）：借鉴。二代：指夏、商两代。 ⑱文理：这里指礼仪。《荀子·礼论》："文理繁，情用省，是礼之隆也；文理省，情用繁，是礼之杀也。"弥：更加。 ⑲再拜稽首，对扬休命：《尚书·说命下》载商王任命傅说（yuè）为相，"说拜稽首曰：敢对扬天子之休命"。稽首：引首至地的跪拜礼。对：答。休：美好。 ⑳册：册命，帝王封爵的命令。 ㉑丕（pī）：大。㉒言笔：刘勰的解释是"发口为言，属翰曰笔"（《总术》）。即口头上说出来是"言"，用文字写成的是"笔"。 ㉓七国：指战国时期。 ㉔品：类。蔡邕《独断》："凡群臣上书于天子者有四名：一曰章，二曰奏，三曰表，四曰驳议。"㉕按、劾（hé）：都是检举揭发的意思。 ㉖《诗》：指《诗经·大雅·棫（yù）朴》。 ㉗为章于天：原诗是："倬（大）彼云汉，为章于天。"指银河成为天的文章。这里的"章"有文而明之的意思。 ㉘文物：指有文采的事物。㉙章：《考工记·画缋（huì）之事》："青与赤，谓之文；赤与白，谓之章。"㉚《礼》：指《礼记》，《表记》是其中的一篇。 ㉛仪：仪表。郑玄《三礼目录》："名曰《表记》者，以其记君子之德见于仪表。"（《礼记正义》卷五四引）㉜器式：指用作标志的器具。式：法。 ㉝揆（kuí）：察度。景：日光。表：古代用以测日影的计时器。《史记·司马穰苴列传》："立表下漏。"索隐："谓立木为表，以视日景。"

【原 文】

按《七略》《艺文》①，谣咏必录；章、表、奏、议，经国之枢机②，然阙而不纂者③，乃各有故事而在职司也④。前汉表谢，遗篇寡存。及后汉察举⑤，必试章奏。左雄奏议⑥，台阁为式⑦；胡广章奏⑧，天下第一：并当时之杰笔也。观伯始谒陵之章⑨，足见其典文之美焉⑩。昔晋文受册⑪，三辞从命⑫，是以汉末让表，以三为断。曹公称⑬：“为表不必三让，又勿得浮华。”所以魏初表章，指事造实；求其靡丽⑭，则未足美矣。至于文举之《荐祢衡》⑮，气扬采飞；孔明之《辞后主》⑯，志尽文畅：虽华实异旨，并表之英也。琳、瑀章表⑰，有誉当时；孔璋称健⑱，则其标也⑲。陈思之表⑳，独冠群才。观其体赡而律调㉑，辞清而志显，应物掣巧㉒，随

【译 文】

在刘歆的《七略》和班固的《汉书·艺文志》中，各地歌谣也有闻必录；章、表、奏、议等治理国事的重要文件，其所以没有编录进去，是由于奏议的掌管各别而编纂者分工不同的原因。前汉时期的章表，留传下来的很少。到后汉时期，选拔官吏必须考试章表。左雄的奏议，成了尚书台的典范；胡广的章奏，被安帝称为“天下第一”：这都是当时杰出的作品。读胡广“谒陵”的章奏，可见其典范之作确是写得很美的。从前晋文公受周襄王册封时，曾三次辞让然后接受册命，所以汉代末年的让表，也以推让三次为限。曹操曾说：“写让表不须三次，又不应文辞浮华。”因此，魏初的章表，大都就事论事，按实而书；按照华丽的要求来看，这时的作品是不够美的。至于孔融的《荐祢衡表》，写得意气高昂，文采飞扬；诸葛亮的《出师表》，情理透彻，文辞流畅：它们虽然在华丽与质朴上各不相同，但都是优秀的表文。此外，陈琳和阮瑀的章表，在当时很有名气；陈琳之作，曹丕认为特别矫健，就是建安文人中较突出的了。曹植的表文，更是独冠群雄。他的作品体制宏富而音律协调，文辞清明而情志显著，随物成巧，变化多趣；

变生趣；执辔有余[23]，故能缓急应节矣[24]。逮晋初笔札[25]，则张华为俊[26]。其三让公封[27]，理周辞要，引义比事[28]，必得其偶，世珍《鹪鹩》[29]，莫顾章表。及羊公之《辞开府》[30]，有誉于前谈[31]；庾公之《让中书》[32]，信美于往载[33]：序志显类[34]，有文雅焉。刘琨《劝进》[35]，张骏自序[36]，文致耿介[37]，并陈事之美表也。

如驾千里之马，轻重缓急掌握得恰到好处。到晋初作者的章表，就以张华较为优秀。他三度辞让被封为壮武郡公的表文，道理周详而文辞简要，引申意义，排比事类，都用对偶；一般都珍视张华的《鹪鹩赋》，而没有注意到他的章表。又如西晋羊祜的《让开府表》，前代论述已有所称誉；东晋庾亮的《让中书监表》，确较以往章表写得美好：他们表达情志，联系事理，都颇为文雅。此外，西晋末年刘琨的《劝进表》、张骏的《请讨石虎李期表》，写得光明正大，都是陈事美好的佳作。

## 注释

❶《七略》：西汉刘歆（xīn）所编古书目录，是我国第一部图书分类目录。今不传。《艺文》：指《汉书·艺文志》，是班固在《七略》的基础上编写的。❷枢机：指主要部分。❸阙：同“缺”。纂：编辑。《汉书·艺文志·六艺略》中所录《尚书》类有议奏42篇，《礼》类有议奏38篇，《春秋》类有议奏39篇，《论语》类有议奏18篇等，这些“议奏”，均属石渠论，不属本篇所说的奏、议，故曰“阙而不纂”。❹故事：旧事，典章制度，这里略近于档案的意思。而：《太平御览》卷五九四作“布”。司：主管。范文澜注此句：“谓如《汉志》《尚书》类、《礼》类、《春秋》类、《论语》类各有议奏若干篇。又法家有晁错、儒家有贾山、贾谊等，诸人奏议皆在其中。”这与刘勰“阙而不纂”之说不符。杨明照《文心雕龙校注》认为：“盖谓书奏送尚书者，则藏于尚书；送御史者，则藏于御史；送谒者，则藏于谒者也。”此说近是。按《汉书·艺文志》有云：“至成帝时，以书颇散亡，使谒者陈农求遗书于天下。诏光禄大夫刘

向校经传、诸子、诗赋，步兵校尉任宏校兵书，太史令尹咸校数术，侍医李柱国校方技。……歆于是总群书而奏其《七略》。故有《辑略》有《六艺略》有《诸子略》有《诗赋略》有《兵书略》有《术数略》有《方技略》。”所谓“各有故事布在职司”，殆即指此而言。 ❺察举：选拔官吏。 ❻左雄：字伯豪，东汉顺帝时的尚书令。他的奏议今存《上疏陈事》等，见《全后汉文》卷五九。❼台阁：指尚书台，东汉掌管帝王章奏文书的官署。式：楷模。 ❽胡广：字伯始，东汉桓帝时的司空，灵帝时为太傅。《后汉书·胡广传》说广“举孝廉，既到京师，试以章奏，安帝以广为天下第一”。 ❾谒（yè）：进见。陵：陵墓。胡广关于“谒陵”的奏章今不存。 ❿典：典范。 ⓫晋文：指春秋时的晋文公重耳。册：这里指周襄王命晋文公为诸侯伯的册命。 ⓬三辞：三次辞让。《左传·僖公二十八年》载周王“策命晋侯为侯伯”，“晋侯三辞，从命曰：‘重耳敢再拜稽首，奉扬天子之丕显休命。’” ⓭曹公：指曹操。这里所引曹操的话，原文不传。 ⓮靡：美。 ⓯文举：孔融的字，“建安七子”之一。祢（mí）衡：字正平，汉末作家。孔融的《荐祢衡表》，见《后汉书·孔融传》。⓰孔明：诸葛亮的字，三国时蜀国的著名政治家。《辞后主》：指《出师表》，载《三国志·蜀书·诸葛亮传》。后主：指刘备之子刘禅。 ⓱琳：陈琳，字孔璋；瑀（yǔ）：阮瑀，字元瑜。都是“建安七子”之一。曹丕《典论·论文》：“琳、瑀之章表书记，今之隽也。”他们的章表，均已无存。 ⓲称健：曹丕《与吴质书》曾说“孔璋章表殊健”（《三国志·魏书·王粲传》）。 ⓳标：显著，突出。 ⓴陈思：曹植，他封陈王，谥思。曹植的表文，尚存《求自试表》《求通亲亲表》等30余篇，见《全三国文》卷一五、一六。 ㉑赡（shàn）：富足。㉒掣：《太平御览》卷五九四作“制”。“应物制巧”和“因地制宜”意近。㉓辔（pèi）：马缰绳。有余：多，这里指长远。 ㉔节：一定的度数。“执辔有余，故能缓急应节”二句，和本书《通变》篇“长辔远驭，从容按节”的用意略同。 ㉕逮（dài）：及，到。笔札：即纸笔，这里指章表。札：古代书写用的小木简。 ㉖张华：字茂先，西晋作家。 ㉗公：公爵。张华曾封壮武郡公。他的《让公表》今不存。 ㉘引：引申。比事：排比事类。《周易·系辞上》：“引而申之，触类而长之，天下之能事毕矣。” ㉙《鹪鹩（jiāoliáo）》：指张华的

《鹪鹩赋》，载《文选》卷一三。鹪鹩：一种小鸟。 ㉚羊公：指羊祜（hù），字叔子，西晋武帝时的尚书右仆射。《辞开府》：指羊祜的《让开府表》，见《文选》卷三七。开府：开建府署，指开府仪同三司。汉代只有三公、大将军可以开府，魏晋以后开府增多，非三公也可照三公成例开建官府。 ㉛有誉前谈：李充《翰林论》曾说："羊公之《让开府》，可谓德音矣。"（见《太平御览》卷五九四） ㉜庾公：指庾亮，字元规，东晋明帝时为中书监。《让中书》：指庾亮的《让中书监表》，载《文选》卷三八（误作《让中书令表》）。中书监：中书省的长官，掌机密。 ㉝载：载籍，指章表。 ㉞显类：《太平御览》卷五九四作"联类"，译文据"联类"。 ㉟刘琨：字越石，西晋末年作家。《劝进》：指刘琨的《劝进表》，载《文选》卷三七。 ㊱张骏：字公庭，西晋末据陇西称凉王。自序：可能指他的《请讨石虎李期表》，见《晋书·张骏传》。 ㊲耿：光明。介：大。

## 【原文】

原夫章表之为用也，所以对扬王庭，昭明心曲①。既其身文②，且亦国华。章以造阙③，风矩应明④；表以致禁⑤，骨采宜耀。循名课实⑥，以章为本者也⑦。是以章式炳贲⑧，志在典谟⑨；使要而非略，明而不浅。表体多包，情伪屡迁⑩，必雅义以扇其风，清文以驰其丽。然恳恻者辞为心使⑪，浮侈者情为文使⑫。繁约得正⑬，

## 【译文】

章表的意义，本是用来报答皇恩，颂扬朝廷，表明臣下内心的；既对自身有光，也对国家有益。因此，把谢恩的"章"送到朝廷，感化意义应该明显；把陈请的"表"呈上皇宫，骨力辞采应该显耀。按照"章""表"的名称来考察其实质，都是以文采为基础。所以，"章"的体式明丽，而以《尚书》中的《尧典》《皋陶谟》等为典范，做到精要但不粗略，明显但不肤浅。"表"的内容丰富，复杂多变，应以雅正的意义增其风力，用清新的文辞显其华丽。但真诚的作者文辞由情志驱遣，浮华的作者情志受文

华实相胜，唇吻不滞[14]，则中律矣[15]。子贡云[16]：“心以制之，言以结之。”[17]盖一辞意也[18]。荀卿以为[19]：“观人美辞，丽于黼黻文章。”[20]亦可以喻于斯乎[21]！

辞支配：必须做到繁简得当，华实相称，通畅流利，就合于写章表的法则了。借子贡的话来说：应该用心意来控制言辞，用言辞来表达心意，做到辞意一致。荀况认为：表达善意的话，比辞采华丽的文章还美好。这话也可说明辞意一致的道理。

## 注释

❶昭明：明辨清楚。心曲：内心深处。 ❷“既其身文”二句：《程器》篇曾说：“岂无华身，亦有光国。” ❸造：达到。阙：宫门外两旁的望楼，这里泛指朝廷。 ❹风：软化。矩：画方形的器具，引申指法则。 ❺禁：宫禁之中，和上句“阙”字义同。 ❻循：依。课：查核。《韩非子·定法》：“循名而责实。” ❼章：《太平御览》卷五九四作“文”。译文据“文”字。文：指文翰，侧重文采。 ❽炳：明。贲（bēn）：美。 ❾典谟：指《尚书》中的《尧典》《皋陶谟》之类作品。 ❿情伪：真伪。《周易·系辞上》：“圣人立象以尽意，设卦以尽情伪。” ⓫恻（cè）：诚恳。 ⓬文使：一作“文屈”。屈：服，指情受文的支配。 ⓭繁约得正：《太平御览》卷五九四有“必使”二字。 ⓮唇吻：口吻。滞：不通畅。 ⓯律：法则。 ⓰子贡：姓端木，名赐，孔子的弟子。 ⓱心以制之，言以结之：这是子贡论订盟的话。原话是：“盟，所以周信也。故心以制之，玉帛以奉之，言以结之，明神以要之。”（《左传·哀公十二年》）杜注：周，固；制，制其义；奉，奉赞神明；结，结其信；要，要以祸福。刘勰是断章取义，借指心以制言，言以结心。 ⓲一辞意：即《神思》篇要求言与意“密则无际”的意思。一：统一，一致。要使辞与意结合一致。这是刘勰的重要文学观点之一。 ⓳荀卿：名况，战国时期杰出的思想家。 ⓴黼黻（fǔfú）：古代礼服上半白半黑的花纹。这话见《荀子·非相》，原文是：“观人以言，美于黼黻文章。”杨倞注：“观人以言，谓使人观其言；黼黻文章，皆

色之美者。”刘勰改“观人以言”为“观人美辞”，是据《非相》篇所说的“言”为“言其所善”而来。全句用意和《荀子》原意略异。㉑喻：说明。

【原 文】

赞曰：敷表绛阙[1]，献替黼扆[2]。言必贞明[3]，义则弘伟。肃恭节文[4]，条理首尾。君子秉文[5]，辞令有斐[6]。

【译 文】

总之，陈述章表于宫阙，是为了向帝王劝善规过。因此，言辞必须正确明白，意义应该宏大深远。要严肃恭敬地处理得体，使之从头到尾条理清晰。卓越的人物写作章表，一定是文辞优美而富有文采。

## 注 释

❶绛阙：赤色的宫阙。 ❷扆（yǐ）：屏风，常置帝王座后。这里指帝王，和上句“绛阙”意同。 ❸贞：正。 ❹肃：敬。节文：节制以礼仪。文，指礼制。 ❺秉文：写作。 ❻斐（fěi）：有文采的样子。

# 二三、奏启

## 解题

《奏启》是《文心雕龙》的第二十三篇，以“奏”为主，论述“奏”“启”两种文体。

本篇分“奏”“启”两大部分。刘勰把“奏”分为两类来论述。第一段讲一般的奏文，有三个内容：一是“奏”的起源及其含义，二是秦、汉以来奏文写作的发展情况，三是写作奏文的基本要领。第二段专论“弹劾之奏”，有三个内容：一是弹奏和官职的关系，二是评论汉、晋期间的几家奏文，三是论述写弹奏的不良倾向，提出正确的写作态度和基本要求。第三段论“启”，兼及“谠言”“封事”“便宜”等和奏启有关的名目。

奏、启和前一篇所论章、表，后一篇所论议、对一样，都是帝制时期臣下对帝王的政治性文件，和文学创作的关系是不大的。除了对研究古代文体略有参考意义外，其中论及的某些问题，对了解刘勰的思想还很值得注意。如刘勰特别重视弹劾官吏的奏文，对它进行了单独论述，大力强调弹奏的严峻有力、“不畏强御”等，还是有可取之处的。刘勰一贯推崇儒家，本篇不仅讲到《诗》《礼》二经，儒家墨家，都有不当之处，甚至以孟子和墨子的互相谩骂，一概当作“躁言丑句”的典型而予以批评，这对儒家是颇为不恭的。他主张弹奏要“总法家之式，秉儒家之文”，也说明刘勰并非在一切问题上独尊儒术。

本篇尊孔光为“名儒”，反映了刘勰的偏见，范文澜已指出：“孔光虽名儒，性实鄙佞。彦和谓与路粹殊心，似嫌未允。”这是对的。但刘勰在《程器》篇又说：“孔光负衡据鼎，而仄媚董贤。”曾献媚董贤的孔光，在董贤死后却大讲其“奸回”，对这位孔子的后代，称其“名儒”，就成了无情的嘲讽。

【原 文】

昔唐、虞之臣，敷奏以言；秦、汉之辅[1]，上书称奏。陈政事，献典仪[2]，上急变[3]，劾愆谬[4]，总谓之奏。奏者，进也；言敷于下，情进于上也。秦始立奏[5]，而法家少文。观王绾之《奏勋德》[6]，辞质而义近；李斯之《奏骊山》[7]，事略而意径[8]：政无膏润[9]，形于篇章矣。自汉以来，奏事或称上疏[10]，儒雅继踵[11]，殊采可观。若夫贾谊之《务农》[12]，晁错之《兵事》[13]，匡衡之《定郊》[14]，王吉之《观礼》[15]，温舒之《缓狱》[16]，谷永之《谏仙》[17]，理既切至，辞亦通畅，可谓识大体矣。后汉群贤，嘉言罔伏[18]。杨秉耿介于灾异[19]，陈蕃愤懑于尺一[20]：骨鲠得焉[21]。张衡指摘于史职[22]，蔡邕铨列于

【译 文】

从前唐尧虞舜的臣下，向帝王陈述问题是用口头语言；秦汉时的官吏，给帝王的上书叫作“奏”。陈述政事、提出典制礼仪、请示紧急重大的事件、弹劾罪恶和检举谬误的陈辞，都称之为“奏”。所谓“奏”，就是进；就是陈述问题，下情上达。秦初开始用奏，但法家缺乏文采。如王绾等人的《议帝号》，文辞朴质而意义浅近；李斯的《上书言治骊山陵》，陈事粗略而用意过直：其政治上缺少恩德，已明显地反映在当时的奏章中了。从汉代以后，奏事有时也叫上疏。博学的文人相继写作，特出的文采相当可观。如西汉贾谊的《论积贮疏》、晁错的《言兵事疏》、匡衡的《奏徙南北郊》、王吉的《上宣帝疏言得失》、路温舒的《尚德缓刑书》、谷永的《说成帝距绝祭祀方术》等，道理既讲得切实得当，文辞也通达流畅，这就可说懂得奏章的要领了。东汉群贤，好的奏章也不断出现。杨秉在《因风灾上疏谏微行》中，直率地指出风灾由帝王而生；陈蕃在《谏封赏内宠疏》中，对当时腐败的吏制表示十分愤恨：这都写得很有骨气。又如张衡在《条上司马迁班固所叙不合事》《请禁绝图谶疏》等疏奏中，对不合史实的史书、宣扬迷信的图谶提出批评；蔡邕在《上封事陈政要七事》中，从

朝仪[23]：博雅明焉。魏代名臣，文理迭兴[24]。若高堂《天文》[25]，王观《教学》[26]，王朗《节省》[27]，甄毅《考课》[28]，亦尽节而知治矣[29]。晋氏多难，灾屯流移[30]。刘颂殷勤于时务[31]，温峤恳恻于费役[32]：并体国之忠规矣[33]。夫奏之为笔[34]，固以明允笃诚为本[35]，辨析疏通为首。强志足以成务，博见足以穷理；酌古御今[36]，治繁总要[37]，此其体也[38]。

维护朝廷纲纪上来逐一陈述。他们都写得渊博典雅。到了魏代，名臣的奏疏不断兴盛，如高堂隆的《星孛于大辰上疏》、黄观的《教学疏》、王朗的《奏宜节省》、甄毅的《奏请令尚书郎奏事处当》等，也是竭尽臣节而懂得治道的了。在晋代多灾多难的时期，刘颂的《除淮南相在郡上疏》，认真热情地陈述当时的政务；温峤以《上太子疏谏起西池楼观》，诚恳地要求不要耗费劳役：这都是体察国事的忠诚规劝。“奏”这种文体，应以公正忠诚为本，以明晰通畅为首。要有坚强的意志来完成政务，广博的见识以穷达事理；参考古人来驾驭今事，抓住要害以处理繁杂：这就是“奏”的基本要领。

## 注释

❶辅：助，指官吏。 ❷典仪：礼仪制度。 ❸急变：紧急重大的事变。《汉书·车千秋传》：“千秋上急变，讼太子冤。”颜师古注：“所告非常，故云急变也。” ❹劾（hé）：弹劾，揭发罪状。愆（qiān）：过失。 ❺秦始立奏：《章表》：“秦初定制，改书曰奏。” ❻王绾（wǎn）：秦始皇时的丞相。《奏勋德》：指王绾等人的《议帝号》。秦初，王绾曾与冯劫、李斯等共议帝号，称颂秦始皇统一天下之功，“自上古以来未尝有，五帝所不及”（见《史记·秦始皇本纪》）。 ❼李斯：秦始皇的丞相。《奏骊山》：指李斯的《上书言治骊山陵》（见《全秦文》卷一）。骊（lì）山：秦始皇陵墓所在地，在今陕西省西安市临潼区。 ❽径：直。 ❾膏润：恩泽。法家实行严刑峻法，所以说“政无膏润”。 ❿疏：条列言事。 ⓫儒雅：博学的儒生。踵（zhǒng）：脚后跟。 ⓬贾谊：西

汉初年作家。《务农》：指贾谊的《论积贮疏》，见《汉书·食货志上》。 ⑬晁错：西汉初年文人。《兵事》：指晁错的《上书言兵事》，也称《言兵事疏》，见《汉书·晁错传》。 ⑭匡衡：字稚圭，西汉元帝时丞相。《定郊》：指匡衡的《奏徙南北郊》，见《汉书·郊祀志下》。 ⑮王吉：字子阳，西汉宣帝时为谏大夫。《观礼》：《太平御览》卷五九四作《劝礼》，指王吉的《上宣帝疏言得失》，见《汉书·王吉传》。 ⑯温舒：姓路，字长君，西汉宣帝时为临淮太守。《缓狱》：指路温舒的《尚德缓刑书》，见《汉书·路温舒传》。 ⑰谷永：字子云，西汉成帝时官至大司农。《谏仙》：指谷永的《说成帝距绝祭祀方术》，见《汉书·郊祀志下》。 ⑱罔：无。伏：藏匿。 ⑲杨秉：字叔节，东汉桓帝时官至太尉。耿介：光明正大，这里指言事正直。灾异：《后汉书杨震（附秉）传》载，汉桓帝微行至梁胤（yìn）家，“是日大风拔树，昼昏”。杨秉因此上疏以谏。其中说，“祸福无门，惟人自召”；认为这场风灾是桓帝私入梁家造成的。他的谏疏载本传，《全后汉文》卷五一题为《因风灾上疏谏微行》。 ⑳陈蕃：字仲举，东汉桓帝时为太尉。尺一：汉制，以长一尺一寸的简板写诏书，这里就指诏书。东汉桓帝时，吏治腐败，贿赂公行，陈蕃上《谏封赏内宠疏》指出：“今天下之论，皆谓狱由怨起，爵以贿成。夫不有臭秽，则苍蝇不飞。陛下宜采求得失，择从忠善，尺一选举，委尚书三公，使褒责诛赏，各有所归，岂不幸甚！”（《后汉书·陈蕃传》） ㉑骨鲠（gěng）：骨气，和《檄移》篇的“陈琳之《檄豫州》，壮有骨鲠”中的“骨鲠”二字意同。 ㉒张衡：字平子，东汉著名科学家、文学家。指摘史职：《太平御览》卷五九四作“指摘史谶”。张衡指摘史书的疏奏如《表求合正三史》《条上司马迁、班固所叙不合事》；指摘谶书的如《请禁绝图谶疏》等（见《全后汉文》卷五四）。谶（chèn）：验，指预言凶吉征验的迷信著作。 ㉓蔡邕：字伯喈（jiē），东汉末年文学家。铨（quán）列朝仪：指蔡邕的《上封事陈政要七事》，见《后汉书·蔡邕传》。铨：同“诠”，诠次，编次。列：陈，陈述。朝仪：朝廷纲纪。蔡邕所陈七事，多讲“求贤之道”“贤良方正敦朴之选”等。 ㉔文理迭兴：《诏策》篇曾说：“建安之末，文理代兴。”“迭兴”与“代兴”意同。文理：这里指写奏文的道理。 ㉕高堂：复姓，名隆，字升平，三国魏明帝时官至光禄勋。《天文》：指高堂隆的《星孛（bèi）于大辰上疏》（见《三国志·魏书·高堂隆传》），认为魏明帝“崇饰宫室，士民失业。……民不堪命，皆有怨怒”。皇天“是以发教戒之象”来警告帝王。 ㉖王观：《太平御览》卷五九四作“黄观”。黄观：三国魏人。《教学》：指黄观有关教学的疏奏，今不传。 ㉗王朗：字景兴，三国时魏国文人，明帝时为司空。《节省》：指王朗的《奏宜节省》，见《三国志·魏书·王朗传》注引《魏名臣奏》。 ㉘甄（zhēn）毅：三国魏人，曾任驸马都尉。《考课》：可能指甄毅的《奏请令尚书郎奏事处当》（见《太平御览》卷二一五引《魏名臣奏》）。考课：指对在职官吏的考核，上面所说奏文，正是关于考核尚书郎处理案件“割断才技”的建议。 ㉙节：指为臣之节。 ㉚灾屯（zhūn）流移：《太平御览》卷五九四作“世交屯夷”，译文据《御览》。屯：艰难。夷：创伤。 ㉛刘颂：字子雅，西晋惠帝时为吏部尚书。他任淮南相时，曾写过一篇六千多字长的《除淮南相在郡上疏》（见《晋书·刘颂传》），详论当时政务。 ㉜温峤（qiáo）：字太真，东晋初文人，成帝时为骠骑将军。费役：《晋书·温峤传》载：太子起西池楼观，颇为劳费，温峤《上太子疏谏起西池楼观》说：“朝廷草创，巨寇未灭，宜应俭以率下，务农重兵。” ㉝体：指体察。规：劝诫。 ㉞笔：“文笔”的笔，指不重音韵文饰的散文，参见《总术》篇所论。 ㉟允：诚信。笃：忠厚。 ㊱酌：斟酌，参考。御：驾驭，控制。 ㊲治繁总要：《总术》篇说：“乘一总万，举要治繁。” ㊳体：这里指主体，大要。

【原文】

若乃按劾之奏，所以明宪清国[①]。昔周之太仆[②]，绳愆纠谬[③]；秦之御史[④]，职主文法[⑤]；汉置中丞[⑥]，总司按劾[⑦]。故位在鸷击[⑧]，砥砺其气[⑨]，必使

【译文】

至于揭发检举罪过的奏文，是用以严明法纪、廓清国政的。从前周代的太仆，就是负责纠正过失的官员；秦代的御史大夫，就是职掌法令条文的官吏；汉代设置御史中丞，则是主管弹劾罪过的监察官。所以，既然身为执法严厉的监察官，就应磨炼其气势，以求把弹奏写得像笔下生风、

笔端振风，简上凝霜者也[10]。观孔光之奏董贤[11]，则实其奸回[12]；路粹之奏孔融[13]，则诬其衅恶[14]：名儒之与险士[15]，固殊心焉[16]。若夫傅咸劲直[17]，而按辞坚深[18]，刘隗切正[19]，而劾文阔略[20]：各其志也。后之弹事[21]，迭相斟酌，惟新日用，而旧准弗差。然函人欲全[22]，矢人欲伤[23]；术在纠恶[24]，势必深峭[25]。《诗》刺谗人[26]，投畀豺虎；《礼》疾无礼[27]，方之鹦猩[28]；墨翟非儒[29]，目以豕彘[30]；孟轲讥墨[31]，比诸禽兽[32]：《诗》、《礼》、儒、墨，既其如兹，奏劾严文，孰云能免。是以世人为文，竞于诋诃[33]，吹毛取瑕[34]，次骨为戾[35]，复似善骂，多失折衷[36]。若能辟礼门以悬规[37]，标义路以植矩[38]，然后逾垣者折肱[39]，捷径者灭趾[40]，何必躁言丑句，诟病为切哉[41]！是以立范运衡[42]，

纸上结霜那样劲厉。读汉代孔光对董贤的弹奏，是如实列举其罪行；汉末路粹对孔融的奏本，却是捏造罪名。由此可见，在弹奏的写作上，名儒和险士的用心是大不相同的。至于西晋傅咸，为人刚劲正直，因此弹奏写得有力而深刻；东晋刘隗虽严峻正直，他的弹奏却写得有些粗疏——这也是各有其不同的情志所致。后世的弹奏文，相互参酌，在不断运用中虽有新的发展，但和古代的基本格式没有什么大的差别。可是，制造铠甲的工匠是为了使人安全，制造弓箭的工匠，却是希望使人受其伤害；弹奏是为了纠正罪恶，也就势必写得深刻严峻。《诗经》里面批判毁谤好人的谗人，说要把这种人投给豺狼虎豹；《礼记》中痛恨无礼的人，把他比作鹦鹉和猩猩。墨翟攻击儒家，称之为公羊和大猪；孟轲讥讽墨家，就比之为禽兽。《诗经》、《礼记》、儒家、墨家尚且如此，严峻的弹奏之文又怎能避免？所以，一般人写这种文章，都是竞相辱骂，吹毛求疵，尖刻得深透骨髓，甚至以谩骂为能，大都失于折中，如果开辟“礼”的大门和“义”的道路，就可以此为准则，对不通过“礼门”越墙而过的人，就砍他的手；不走“义路”而走小道的人，就断他的脚；何须用暴躁丑恶的言辞，以无理谩骂为工巧呢？所以，确立规范，衡量取舍，应以表达要义为主。

宜明体要。必使理有典刑[43]，辞有风轨[44]，总法家之式[45]，秉儒家之文[46]，不畏强御[47]，气流墨中，无纵诡随[48]，声动简外，乃称绝席之雄[49]，直方之举耳[50]。

必须做到说理有常规，用辞有法度，取法家的判断精神，用儒家的文辞采饰不畏强暴的权势，使盛气流贯于笔墨之中；也不放任诡诈欺骗的人，使声势振动于竹简之外，这就可说是御史大夫的杰作，正直的壮举了。

## 注释

❶宪：法令。 ❷太仆：周代高级官吏，纠正帝王过失为其重要职责之一。 ❸绳愆纠谬：这是借用《尚书·冏（jiǒng）命》中的一句。原文是："王若曰：惟予一人无良，实赖左右前后有位之士，匡其不及，绳愆纠谬，格其非心，俾（使）克绍（继）先烈。"绳、格：都是纠正的意思。 ❹御史：秦代御史大夫掌文书及弹劾纠察。 ❺文法：法令条文。 ❻中丞：即御史中丞，汉代是御史大夫的辅佐官员，又称中执法。 ❼司：主管。 ❽鸷击：比喻执法严厉的官职。鸷：猛禽。《汉书·孙宝传》载，孙宝对其下属侯文说："今鹰隼始击，当顺天气，取奸恶，以成严霜之诛。"鹰隼（sǔn）：即鸷鸟。 ❾砥砺（dǐlì）：磨刀石，引申为磨炼。也作"底厉"，如《汉书·晁错传》："底厉其节。" ❿笔端振风，简上凝霜：西汉崔篆《御史箴》："简上霜凝，笔端风起。"（见《初学记·职官部·御史大夫》）二句喻弹劾检举的奏文劲厉有力。 ⓫孔光：字子夏，西汉成帝、哀帝时的丞相。董贤：字圣卿，汉哀帝的宠臣。哀帝死后，王莽弹劾董贤的罪状，罢归自杀。孔光上奏，列举董贤"父子专朝，兄弟并宠"，使"国为空虚"的罪恶。奏文载《后汉书·董贤传》。 ⓬奸回：邪恶。回：邪。 ⓭路粹：字文蔚，汉末文人。孔融：字文举，汉末文学家，"建安七子"之一。《后汉书·孔融传》载："曹操既积嫌忌，而郗虑复构成其罪，遂令丞相军谋祭酒路粹枉状奏融。" ⓮衅（xìn）恶：罪恶。 ⓯名儒：指孔光，他是孔子的十四世孙。险士：指路粹。 ⓰殊心：指一实一诬，用心不同。 ⓱傅咸：字长虞，西晋文学家。劲直：刚强正直。顾荣《与亲故书》曾称赞傅咸说："劲

直忠果，劾按惊人。”（见《晋书·傅咸传》） ⑱按辞：指弹劾罪过的奏文。傅咸的弹奏尚存《奏劾荀恺》、《奏劾王戎》（见《晋书·傅咸传》）、《奏劾夏侯骏》、《奏劾夏侯承》（见《晋书·王戎传》）等。 ⑲刘隗（wěi）：字大连，东晋元帝时为丞相司直。《晋书·刘隗传》说他“弹奏不畏强御”。切：严厉。 ⑳阔略：疏略。 ㉑弹事：弹劾官吏的奏章。 ㉒函人：制铠甲的工人。全：保全。 ㉓矢人：制箭的工人。《孟子·公孙丑上》：“矢人惟恐不伤人，函人惟恐伤人。” ㉔术：指写弹奏的方法。 ㉕峭（qiào）：峻峭，严厉。 ㉖《诗》：指《诗经·小雅·巷伯》，其中说：“取彼谮（zèn）人，投畀（bì）豺虎。”谗人：即谮人，用恶言毁谤好人的人。畀：给。 ㉗《礼》：指《礼记·曲礼上》，其中说：“鹦鹉能言，不离飞鸟；猩猩能言，不离禽兽；今人而无礼，虽能言，不亦禽兽之心乎！”疾：痛恨。 ㉘方：比。 ㉙墨翟（dí）：战国初著名思想家，墨家学派的开创者。他的言论保存在由其弟子辑录的《墨子》中。非儒：批评反对儒家。 ㉚目：称。豕（shǐ）彘（zhì）：都是猪。《太平御览》卷五九四作“豕羊”。《墨子·非儒下》的原文，正是骂儒家为“羝（dī）羊”和“贲（fén）豕”，即公羊和大猪。 ㉛孟轲（kē）：战国时期著名思想家。他的言论保存在由其弟子辑录的《孟子》中。 ㉜比诸禽兽：《孟子·滕文公下》：“杨氏为我，是无君也；墨氏兼爱，是无父也。无父无君，是禽兽也。” ㉝诋诃（dǐhē）：辱骂呵斥。 ㉞吹毛取瑕：即吹毛求疵之意。《韩非子·大体》：“不吹毛而求小疵。”瑕、疵：都指小的缺点。 ㉟次骨：深入骨髓。《史记·杜周传》说杜用法：“重迟（宽缓）外宽，内深次骨。”《索隐》：“次，至也。李奇曰：其用法刻至骨。”戾（lì）：猛烈。 ㊱折衷：即折中，没有偏颇，合于正中。 ㊲辟：开。礼门：《孟子·万章下》：“夫义，路也；礼，门也。” ㊳植：树立。矩：和上句“规”字义同，都指规矩，法度。 ㊴逾：超越。垣（yuán）：墙。肱（gōng）：胳膊。 ㊵捷径：近直的小路，喻指和大道、正道相违的不轨行为。屈原《离骚》：“何桀纣之猖披兮，夫唯捷径以窘步。”趾（zhǐ）：脚趾。 ㊶诟（gòu）病：《礼记·儒行》：“今众人之命（名为）儒也妄（无）常，以儒相诟病。”孔疏：“诟病，犹耻辱也。言今世以命之为儒，是相耻辱。”切：《太平御览》卷五九四作“巧”。译文据“巧”字。 ㊷衡：秤杆。这里指衡量取舍。㊸典刑：一定的常规。《诗经·大雅·荡》："虽无老成人，尚有典刑。"郑笺："虽无此臣（指伊尹等），犹有常事故法可案用也。" ㊹风轨：与上句"典刑"意近。风：教化。轨：法度。 ㊺式：《太平御览》卷五九四作"裁"。裁：判断，裁决。 ㊻秉：操，持。 ㊼不畏强御：这是借用《诗经·大雅·烝民》中的一句："不侮矜寡，不畏强御。"强御：指强暴逞势的人。 ㊽无纵诡随：这是《诗经·大雅·民劳》中的一句。纵：从，指听从。诡随：王引之《经义述闻》："诡随，谓谲诈欺谩之人也。" ㊾绝席：《后汉书·王常传》：光武帝建武七年，"使使者持玺书，即拜常为横野大将军，位次与诸将绝席"。李贤注："绝席，谓尊显之也。《汉官仪》曰：御史大夫、尚书令、司隶校尉，皆专席，号三独坐。"绝：独，"绝席"即"独坐"。这里指"总司按劾"的御史大夫而言。 ㊿直方：《韩非子·解老》："所谓方者，内外相应也，言行相称也……所谓直者，义必公正，心不偏党也。"

【原 文】

启者，开也。高宗云[1]，"启乃心，沃朕心"[2]，取其义也。孝景讳启[3]，故两汉无称。至魏国笺记[4]，始云"启闻"；奏事之末，或云"谨启"。自晋来盛启[5]，用兼表奏[6]。陈政言事，既奏之异条[7]；让爵谢恩，亦表之别干。必敛饬入规[8]，促其音节[9]，辨要轻清[10]，文而不侈[11]，亦启之大略也。又表

【译 文】

所谓"启"，就是开。商王武丁曾说，"打开你的心窍，浇灌我的心灵"，"启"就是取这个意思。西汉景帝名"启"，为了避讳，所以两汉时期的奏启不用"启"这个名称。到魏代的笺表中，才开始用"启闻"，或者在奏事的最后说"谨启"。晋代以后，"启"的运用相当普遍，而兼有表奏的作用。在陈述政见、议论国事上，"启"是"奏"的分支；在辞让封爵、感谢恩典方面，"启"是"表"的枝干。奏启的写作，必须整饬得合于法度，紧缩音节，抓住要害，简明轻快，有一定的文采，但不能浮夸，这就是"启"的基本要领了。此

奏确切，号为“谠言”⑫。谠者，偏也⑬。王道有偏，乖乎荡荡⑭。其偏，故曰谠言也⑮。孝成称班伯之谠言⑯，贵直也。自汉置八仪⑰，密奏阴阳⑱；皂囊封板⑲，故曰“封事”⑳。晁错受《书》㉑，还上便宜㉒。后代便宜，多附封事，慎机密也。夫王臣匪躬㉓，必吐謇谔㉔，事举人存㉕，故无待泛说也。

外，因为表奏文有需要写得准确切实的特点，所以又称为“谠言”。所谓“谠”，就是不偏。如果帝王之道有了偏颇，就不可能有广阔远大的气象——正因为是没有偏颇的话，所以叫作“谠言”。汉代设置善音律的八能之士，向帝王秘密呈奏阴阳变化；因为要用黑色袋子密封简板，所以又叫“封事”。晁错向秦博士学习《尚书》回来后，向帝王陈述应办的事叫作上“便宜”。后代的“便宜”，大都用密封呈奏，是为了保守机密。作为帝王的臣下，办事不是为了一己之私，上奏必须说直话，这都事实俱在，就没有必要多说了。

## 注释

❶高宗：商王武丁。 ❷启乃心，沃朕心：这话见《尚书·说命上》。原文是：“启乃心，沃朕心，若药弗瞑眩，厥疾弗瘳（chōu）。”意为启发武丁的话像药一样，如没有使之眩惑的药效，则其病不愈。沃：浇灌。朕：武丁自称。❸孝景：西汉景帝刘启。讳：帝王的名字，为了表示尊敬，避讳直言其名。❹笺记：文体名。《书记》篇说：“记之言志，进己志也。笺者，表也，表识其情也。”徐师曾《文体明辨序说·笺》：“古者君臣同书，至东汉始用笺记；公府奏记，郡将奏笺。……是时太子诸王大臣皆得称笺，后世专以上皇后太子。于是天子称表，皇后太子称笺，而其他不得用矣。” ❺晋来盛启：晋代用“启”之盛，除范文澜注所举范宁一篇、司马道子二篇外，写得较多的如陆云，有《国起西园第表启宜遵节俭之制》等六篇（见《全晋文》卷一〇一），卞嗣之有《沙门应致敬启》四篇（见《全晋文》卷一四〇）。 ❻用兼表奏：如上举陆云《表启宜遵节俭之制》，即表启兼用。当时其他诸启，也和表奏无大区别。

❼异条：和下句“别干”，都是支流、枝干的意思。 ❽敛：牧聚。饬（chì）：整治。规：这里指法规、常规。 ❾促：短，紧缩。 ❿辨要：《太平御览》卷五九五作“辩要”。《才略》篇说“《典论》辩要”，指论述能抓住要害。轻：轻便，指文辞简明。 ⓫侈：奢侈，指浮夸。 ⓬谠（dǎng）言：直言，善言。 ⓭偏也：范文澜注：“疑有脱字，似当云‘谠者，正偏也’。”杨明照校注：“疑当作无偏。”译文据“无偏”。 ⓮王道有偏，乖乎荡荡：《尚书·洪范》：“无偏无党（同谠），王道荡荡。”乖：背离。荡荡：开阔广大的样子。 ⓯其偏：诸家校勘都疑此二字有脱误。根据上文，应为“无偏”或“其言无偏”。 ⓰孝成：指汉成帝。班伯：成帝时为中常侍。《汉书·叙传上》说，成帝曾问班伯，其车屏风上所画纣王醉踞妲（dá）己的意义；班伯的回答，成帝很满意，因谓：“吾久不见班生，今日复闻谠言。” ⓱八仪：范文澜注：“疑当作八能。”八能：习晓乐律的乐工。《后汉书·礼仪志中》：“八能士各书板言事。文曰：‘臣某言，今月若干日甲乙日冬至，黄钟之音调，君道得，孝道褒。’商臣、角民、徵事、羽物各一板。否则召太史令，各板书，封以皂囊，送西陛，跪授尚书。”王先谦《集解》：“八能，谓撞钟，击鼓、磬，吹管、竽，鼓琴之士……以六器应八音，故曰八能。” ⓲密奏阴阳：《乐叶图征》：“八能之士，常以日冬至成天文，日夏至成地理，作阴乐以成天文，作阳乐以成地理。”（见《后汉书·礼仪志中》注引） ⓳皂（zào）囊：黑色帛袋。 ⓴封事：密封的奏启。 ㉑晁错受《书》：《史记·晁错传》载：“孝文帝时，天下无治《尚书》者，独闻济南伏生，故秦博士，治《尚书》；年九十余，老不可征，乃诏太常使人往受之。太常遣错受《尚书》伏生所。还，因上便宜事，以《书》称说。” ㉒便宜：应办的事。《南齐书·顾宪之传》：“愚又以便宜者，盖谓便于公宜于民也。” ㉓王臣匪躬：《易经·蹇（jiǎn）卦》：“王臣蹇蹇，匪躬之故。”孔疏：“能涉蹇难而往济蹇，故曰王臣蹇蹇也。尽忠于君，匪以私身之故，而不往济君，故曰匪躬之故。”匪：非。躬：身，指自身。 ㉔謇谔（jiǎnè）：直言。 ㉕事举人存：《礼记·中庸》：“其人存，则其政举。”孔疏：“其人，谓贤人；举，犹行也。存，谓道德存在也。若得其人道德存在，则能兴行政教，故云举也。”

【原 文】

赞曰：皂饬司直①，肃清风禁②。笔锐干将③，墨含淳酖④。虽有次骨，无或肤浸⑤。献政陈宜，事必胜任。

【译 文】

总之，要整顿必讲直话的监察机构，以肃清政教风纪。奏启的写作，笔要如宝剑那样锐利，墨要像剧毒的鸩酒那样猛烈。虽应深入刺骨，但不要用谗言伤人。这样，用奏启来提供政见，陈述事宜，就一定能胜任其事。

注 释

❶皂饬：此二字诸家校注均疑有误：黄丕烈校为“皂饰”，孙诒让疑为“皂袀”，杨明照疑为“白简”。李详、范文澜取孙说，刘永济、王利器取黄说。尚无确论。按：皂，造也；饬，整治。这二字与下句“肃清”对举，当与“肃清”是同类用意，就是整顿之意，所以这二字未必有误。司直：《淮南子·主术训》：“汤有司直之人。”高诱注：“司直，官名，不曲也。”刘勰用作泛指。 ❷风：风化。禁：政教所禁，这里即指政教。《礼记·曲礼上》：“入竟（境）而问禁。”郑玄注：“禁，谓政教。” ❸干将：古良剑名。《战国策·齐策五》：“今干将莫邪，非得人力，则不能割刿矣。” ❹酖（zhèn）：同“鸩”，传为有毒的鸟，羽毛可制毒酒。这里取毒酒性烈的意思。 ❺肤浸：指谗言。《论语·颜渊》：“浸润之谮，肤受之愬（sù）。”邢疏：“愬，亦谮也，变其文耳。皮肤受尘，垢秽其外，不能入内也。以喻谮毁之语，但在外萋斐，构成其过恶，非其人内实有罪也。”

# 二四、议对

## 解题

《议对》是《文心雕龙》的第二十四篇，论述“议”“对”两种相近的文体。“议”有议论的意思，它和一般议论文的不同，就在于是向帝王的陈说。“对”指“对策”和“射策”两种，这是就考试科目的不同而分的，总的都叫“策”。“策”分三种：“一曰制策，天子称制以问而对者是也；二曰试策，有司以策试士而对者是也；三曰进策，著策而上进者是也。”（《文体明辨序说·策》）刘勰所论的“策”，主要指第一种。

本篇分“议”“对”两大部分，共四段。第一段讲“议”的含义、起源和评论魏晋以前的主要作品，第二段论“议”体的基本要求，第三段讲“对”的含义、起源和评论魏晋以前的主要作品，第四段论“对”体的基本要求。

刘勰在本篇强调用“议对”来“弛张治术”“大明治道”等，自然是从维护封建统治政权出发的；对有关作品的评论，多以帝王的意见为依据，这都反映了刘勰的思想局限。其中强调写什么必须熟悉什么：“郊祀必洞于礼，戎事必练于兵，田谷先晓于农，断讼务精于律。”虽也是为了更好地为封建政教服务，但这样不仅有可能把封建政治处理得较好一点，从写作理论上看，写战争必懂军事，写种田必懂农业，这种主张以及本篇对“空骋其华”的反对等，是有一定普遍意义的。

【原 文】

周爰咨谋①，是谓为

【译 文】

周代的祖先和豳人的商讨，就是所谓

议。议之言宜[2]，审事宜也。《易》之《节卦》，“君子以制度数，议德行”[3]。《周书》曰：“议事以制，政乃弗迷[4]。”议贵节制[5]，经典之体也[6]。昔管仲称[7]“轩辕有明台之议”[8]，则其来远矣。洪水之难[9]，尧咨四岳[10]；宅揆之举[11]，舜畴五人[12]；三代所兴[13]，询及刍荛[14]。春秋释宋[15]，鲁桓务议[16]。及赵灵胡服[17]，而季父争论[18]；商鞅变法[19]，而甘龙交辨[20]：虽宪章无算[21]，而同异足观[22]。迄至有汉，始立驳议。驳者，杂也。杂议不纯[23]，故曰驳也。自两汉文明，楷式昭备[24]，蔼蔼多士[25]，发言盈庭[26]：若贾谊之遍代诸生[27]，可谓捷于议也。至如主父之驳挟弓[28]，安国之辨匈奴[29]，贾捐之之陈于朱崖[30]，刘歆之辨于祖宗[31]：虽质文不同，得事要矣。若乃张敏之断轻侮[32]，

“议”。“议”是讲求适宜，研究怎样合于事理的。《周易·节卦》的象辞说：“君子节制礼仪，使之有定，议论德行，使之适宜。”《尚书·周官》中说：“办事必须根据古义加以评议，政事才不迷乱。”可见“议”以控制得当为贵，这是儒家经典的精神。早在春秋时期的管仲就说过：轩辕黄帝曾立“明台之议”，可见“议”的源头已很长远了。唐尧时期洪水造成灾难，帝尧曾向管理四方诸侯的四岳提出询问；帝舜为了举出能任百揆等官的人选，曾向群臣征求意见，确定了禹、稷、契、皋陶、伯益五人；夏、商、周三代办事，征询意见直到打柴草的人。春秋时期楚国释放宋襄公，鲁僖公曾参与此事的商议。战国时赵武灵王要换用胡人的衣服，他的叔父不同意而进行了反复争论；商鞅在秦国变法，反对者甘龙和他进行了辩论：虽然“议”的基本法则尚未确定下来，但以上辩论是颇为可观的。到了汉代，“驳议”的体制才正式确立。所谓“驳”，就是杂；议论是纷纭复杂的，所以叫作“驳”。从两汉文化昌明之后，典范的奏议显著而完备了；当时人才济济，好的奏议充满朝廷：如贾谊代替所有老臣草议，可说是写奏议最敏捷的作者了。又如吾丘寿王对禁民挟带弓弩的反驳，韩安国和反对与匈奴和亲者的辩论，贾捐之反对用大军平定朱崖郡叛乱的议论，

郭躬之议擅诛[33]，程晓之驳校事[34]，司马芝之议货钱[35]，何曾蠲出女之科[36]，秦秀定贾充之谥[37]，事实允当，可谓达议体矣。汉世善驳[38]，则应劭为首[39]。晋代能议，则傅咸为宗[40]。然仲瑗博古[41]，而铨贯有叙[42]。长虞识治，而属辞枝繁[43]。及陆机《断议》[44]，亦有锋颖[45]，而谀辞弗剪[46]，颇累文骨[47]：亦各有美，风格存焉[48]。

刘歆关于不应毁武帝宗庙的争辩等，虽然内容和文辞各不相同，但都抓住奏议的要领了。至于东汉张敏反对“轻侮法”，郭躬议论秦彭并非擅自杀人，三国时魏国程晓驳斥校事官的流弊，司马芝建议再铸五铢钱，晋代何曾要求免除对已嫁妇女不合理的刑律，秦秀议论怎样定贾充的谥号等，都写得符合实际，公允恰当，可说是通晓奏议体制的了。汉代善于写驳议的，当以应劭为首；晋代长于写奏议的，则以傅咸为高。但应劭博通古事，而铨衡贯通，颇有条理；傅咸很懂治道，却写得枝蔓纷繁。至于陆机的《晋书限断议》，尚为锐利，但未删减其繁杂的文辞，颇有影响于文章的骨力：这些也还各有优点和一定的教育意义。

## 注释

❶周爰（yuán）咨（zī）谋：《诗经·大雅·绵》中说周代祖先“爰始爰谋”，指太王定居周原时，开始与豳（bīn）人谋议。爰：于是。咨谋：商议。 ❷宜：合适。 ❸君子以制度数，议德行：这是《周易·节卦》中的象辞，原文是：“泽上有水，节。君子以制数度，议德行。”孔疏：“数度，谓尊卑礼命之多少；德行，谓人才堪任之优劣。君子象节，以制其礼数等差，皆使有度；议人之德行，任用皆使得宜。” ❹议事以制，政乃弗迷：这是《尚书·周官》中的两句。原文是：“学古入官，议事以制，政乃不迷。”孔安国传：“言当先学古训，然后入官治政。凡制事，必以古义议度终始，政乃不迷错。” ❺节制：掌握一定的限度。 ❻体：体制、格式，引申指特点。 ❼管仲：名夷吾，春秋时齐国政治家。 ❽轩辕：即黄帝，相传他生于轩辕之丘，称轩辕氏。明台之议：

《管子·桓公问》中说："黄帝立明台之议者，上观于贤也。"明台：传为黄帝听政之所。 ⑨洪水之难：指唐尧时的洪水灾难。 ⑩尧咨四岳：《尚书·尧典》："帝曰：咨，四岳！汤汤洪水方割（害），荡荡怀山襄（上）陵，浩浩滔天。下民其咨（忧叹），有能俾（使）乂（治）？佥（皆）曰：於，鲧（gǔn）哉！"四岳：传为尧时分管四方诸侯的四臣。 ⑪宅揆：《太平御览》卷五九五作"百揆"。百揆：官名。《尚书·舜典》："纳于百揆。"孔传："揆，度也，度百事，总百官。"举：推举。 ⑫舜畴五人：《尚书·舜典》载舜向朝臣询问谁能任百揆及各种官职。畴（chóu）：谁，这里指问谁。五人：被推举任命的五个臣子。《舜典》载，经群臣推举任命的有禹、垂等22人。范文澜注，五人指列于其前的禹、弃（后稷）、契、皋陶、垂。按《论语·泰伯》："舜有臣五人，而天下治。"诸家旧注均引孔安国的话："禹、稷、契、皋陶、伯益也。"《论语正义》："《舜典》言舜命禹宅百揆，弃为稷，契为司徒，皋陶作士，益作虞：此五人才最盛也。" ⑬三代：夏、商、周。兴：作，行。 ⑭刍荛（chúráo）：打柴的人。刍：割草。荛：柴草。"询及刍荛"的传说，见于《诗经·大雅·板》："先民有言，询于刍荛。" ⑮春秋释宋：春秋时期释放宋襄公。宋襄公于公元前639年秋被楚人所执，是年冬释放。《春秋·僖公二十一年》："公会诸侯盟于薄，释宋公。" ⑯鲁桓务议：《太平御览》卷五九五作"鲁桓预议"。《公羊传·僖公二十一年》解释《春秋》中的"释宋公"说："执未有言释之者，此其言释之何？公与为尔也。公与为尔奈何？公与议尔也。"公：指鲁僖公。鲁桓：应为"鲁僖"。与：同预，参与。 ⑰赵灵：战国时赵武灵王。胡服：胡人衣服。赵武灵王认为着胡服便于教民骑射。 ⑱季父：父亲的幼弟，这里指赵公子成。《史记·赵世家》载武灵王"欲胡服"，公子成反对，曾进行反复争论。 ⑲商鞅（yāng）：姓公孙名鞅，战国时期政治家。 ⑳甘龙：战国时秦孝公的臣子。交辨：《太平御览》卷五九五作"交辩"。甘龙反对商鞅变法，商鞅曾和他进行辩论。事见《史记·商君列传》。 ㉑宪章：法制，指"议"这种文体的法则。无算：无数，这里指无定。 ㉒同异：议论其同异，这里指辩论。战国时期名家有"大同异""小同异"的辩论（见《庄子·天下》）。《史记·荀卿列传》："而赵亦有公孙龙为坚白同异之辩。" ㉓杂议不纯：《太平御览》卷五九三引此句无“杂”字。 ㉔楷式：典范。昭：显著。 ㉕蔼蔼（ǎi）：美盛的样子。《诗经·大雅·卷阿》：“蔼蔼王多吉士。” ㉖发言盈庭：《诗经·小雅·小旻（mín）》：“发言盈庭，谁敢执其咎。”郑笺：“言小人争知而让过。”原是贬义。刘勰这里用为赞辞，说明“多士”的议论充满朝廷。 ㉗贾谊：西汉初年文人。遍代诸生：《史记·屈原贾生列传》载，汉文帝时贾谊为博士，“是时贾生年二十余，最为少。每诏令议下，诸老先生不能言，贾生尽为之对，人人各如其意所欲出。诸生于是乃以为能，不及也”。 ㉘主父：西汉有主父偃，但无“驳挟弓”的议对。当作“吾丘”，指吾丘寿王，字子赣（gàn），西汉文人。驳挟弓：汉武帝时，丞相公孙弘上奏，要求“禁民不得挟弓弩”。武帝交臣下议论，吾丘寿王上《议禁民不得挟弓弩对》和公孙弘辩论，据“安居则以制猛兽而备非常，有事则以设守卫而施行阵”的必要性，和秦始皇销毁兵甲的教训，反对禁民挟弓弩。见《汉书·吾丘寿王传》。 ㉙安国：指韩安国，字长孺，武帝初为御史大夫。辨匈奴：《太平御览》卷五九五作“辩匈奴”。《史记·韩长孺列传》载，武帝初年，“匈奴来请和亲，天子下议”。王恢主张“不如勿许，兴兵击之”；韩安国反对其说，认为“击之不便，不如和亲”。 ㉚贾捐之：字君房，贾谊的曾孙。朱崖：郡名，在今海南岛。汉武帝置此郡后，不断发生叛乱。《汉书·贾捐之传》载，元帝初，珠（同朱）崖又反，“上与有司议大发军。捐之建议，以为不当击”。本传载有他的《弃珠崖议》。 ㉛刘歆：刘向之子，西汉经学家、目录学家。辨：《太平御览》卷五九五作“辩”。《汉书·韦贤（附玄成）传》载，汉代立宗庙越来越多，宣帝时各郡国达160余所。从元帝永光年间开始，展开一场是否毁除部分宗庙的争议。到成帝时，彭宣等50余人上奏，认为“孝武皇帝虽有功烈，亲尽宜毁”。刘歆上《孝武庙不毁议》反对，认为“孝武皇帝功烈如彼，孝宣皇帝崇立之如此，不宜毁”。 ㉜张敏：字伯达，东汉章帝时为尚书，和帝时拜司徒。断：绝，指反对。轻侮：《后汉书·张敏传》载，章帝“建初中，有人侮辱人父者，而其子杀之，肃宗（即汉章帝）贳（赦免）其死刑，而降宥之。自后因以为比。是时遂定其议，以为‘轻侮法’。”张敏反对此法而两度上《驳轻侮法议》《复上书议轻侮法》。 ㉝郭躬：字仲孙，东汉章帝时为廷尉。议擅诛：《后汉书·郭躬传》载，汉明帝时“奉车都尉窦固出击匈奴，骑都尉秦彭为付。彭在别屯，而辄以法斩人。固奏彭专擅，请诛之”。明帝让朝臣共议是否当斩，大家都同意窦固的意见，唯郭躬反对，认为“于法不合罪”。 ㉞程晓：字季明，三国魏人，官至汝南太守。校事：魏置官名，是刺探臣民言行的帝王耳目。由于校事官非法横行，程晓于嘉平年间上《请罢校事官疏》，极言其弊，因废此官（见《三国志·魏书·程昱（附晓）传》）。 ㉟司马芝：字子华，三国魏人，官至大司农。议钱货：《晋书·食货志》载：“及黄初二年，魏文帝罢五铢钱，使百姓以谷帛为市。至明帝世，钱废谷用既久，人间巧伪渐多，竞湿谷以要利，作薄绢以为市，虽处以严刑而不能禁也。司马芝等举朝大议，以为用钱非徒丰国，亦所以省刑，今若更铸五铢钱，则国丰刑省，于事为便。魏明帝乃更立五铢钱。” ㊱何曾：字颖考，魏末为司徒，晋初拜太尉。蠲（juān）：免除。出女：已出嫁之女。科：法律条文。魏法，犯了大罪的人，其已出嫁之女，也要同诛。干宝《晋纪》载。“（何）曾使主簿程咸为议”，提出“男不御罪于他族，而女独婴戮于二门”的法律不合理，主张“在室之女，可从父母之刑，既醮（已出嫁）之妇，使从夫家之戮”（见《三国志·魏书·何夔传》注引）。 ㊲秦秀：字玄良，晋武帝时为博士。贾充：字公闾，晋武帝的重臣。谥（shì）：帝王大臣死后，据他生前事迹给追加的称号。秦秀有《贾充谥议》（见《晋书·秦秀传》），其中说：“《谥法》：‘昏乱纪度曰荒。’请谥荒公。” ㊳驳：驳议。蔡邕《独断》：“凡群臣上书于天子者有四名：一曰章，二曰奏，三曰表，四曰驳议。” ㊴应劭（shào）：字仲远，汉末文人。《后汉书·应劭传》说“劭凡为驳议三十篇”，载有《驳韩卓募兵鲜卑议》《追驳尚书陈忠活尹次史玉议》二篇。 ㊵傅咸：字长虞，西晋文学家。宗：尊。傅咸今存《议立二社表》《重表驳成粲议太社》等，见《全晋文》卷五十二。 ㊶仲瑗：应劭的字。《太平御览》卷五九五作“仲援”。《后汉书·应劭传》作“仲远”，李贤注引谢承书曰：“《应氏谱》并云字仲远，《续汉书·文士传》作仲援，《汉宫仪》又作仲瑗，未知孰是。” ㊷铨：衡量。叙：次序。㊸属辞：指写驳议文。属：连缀。枝：分散。 ㊹陆机：字士衡，西晋文学家。《断议》：指陆机的《晋书限断议》，残文见《初学记》卷二一。 ㊺颖：锥尖，引申指锐利。 ㊻谀辞：《太平御览》卷五九五作“腴辞”。腴（yú）：富厚，这里指文辞的繁杂。 ㊼骨：指端整有力的辞句。 ㊽风格：指风化、准则。《夸饰》篇曾说：“虽《诗》《书》雅言，风格训世，事必宜广，文亦过焉。”

【原 文】

夫动先拟议①，明用稽疑②，所以敬慎群务，弛张治术③。故其大体所资④，必枢纽经典⑤；采故实于前代⑥，观通变于当今⑦；理不谬摇其枝⑧，字不妄舒其藻。又郊祀必洞于礼⑨，戎事必练于兵⑩，田谷先晓于农⑪，断讼务精于律⑫。然后标以显义⑬，约以正辞⑭。文以辨洁为能⑮，不以繁缛为巧⑯；事以明核为美，不以深隐为奇：此纲领之大要也。若不达政体，而舞笔弄文，支离构辞⑰，穿凿会巧⑱，空骋其华，固为事实所摈⑲，设得其理，亦为游辞所埋矣⑳。昔秦女嫁晋，从文衣之媵㉑，晋人贵媵而贱女㉒；楚珠鬻郑㉓，为薰桂之椟㉔，郑人

【译 文】

凡有行动，首先要加以议论；要明了事物，必须把可疑的问题考察清楚。这是为了严肃慎重地处理各种政务，使治国之道缓急适度。所以，写议奏的主要依据，必须以儒家经典为典范，继承前代的传统，研究当今的变化；说理不应在枝节问题上大发谬论，用词不应在文采藻饰上过分铺张。论祭祀，必须深悉礼仪；写战争，必须懂得军事；讲种田，首先要通晓农业；议断案，务须精通法律。然后突出其重大意义，运用公允严正的文辞。议奏文以明辨简洁为能，不以繁富的采饰为巧；论事以明白核实为美，不以深幽隐晦为奇：这就是议奏文的基本要领了。如果不通晓国家政治，而随意搬弄文墨，东拉西扯地构成文辞，牵强附会地凑成小巧，这种徒然施展华丽的文章，当然要被事实所抛弃；即使讲出一些道理，也被大量的文采所淹没了。从前秦穆公的女儿嫁给晋国的公子，随从大批服饰艳丽的陪嫁女，晋国人便重视陪嫁人而轻视秦穆公之女；楚国有人卖珠给郑国，用熏了桂香、装饰了玫瑰的精制匣子，郑国人只买盛珠的匣子而把珠退

买椟而还珠[25]。若文浮于理，末胜其本[26]，则秦女楚珠，复在于兹矣。

回。如果文饰淹没了所讲的道理，形式胜过了所表达的内容，那么，秦人嫁女，楚人卖珠的故事，便又出现在今天了。

## 注释

❶动先拟议：《周易·系辞上》：“拟之而后言，议之而后动，拟议以成其变化。”孔疏：“拟之而后言者……圣人欲言之时，必拟度之而后言也。议之而后动者……谓欲动之时，必议论之而后动也。拟议以成其变化者，言则先拟也，动则先议也，则能成尽其变化之道也。”拟：揣度。 ❷明用稽疑：《尚书·洪范》：“天乃锡禹洪范九畴，彝伦攸叙。……次七日明用稽疑。”孔传：“明用卜筮考疑之事。”稽：查考。 ❸弛（chí）张：指放松和拉紧相配合。《礼记·杂记下》：“张而不弛，文武弗能也；弛而不张，文武弗为也。一张一弛，文武之道也。” ❹资：凭借，依据。 ❺枢纽：关键。以经典为关键，即以儒家经典为遵循、学习的典范。 ❻故实：传统旧事。 ❼通变：《太平御览》卷五九五作“变通”，指发展变化。 ❽摇：振动，喻论说。枝：指琐屑小事。 ❾郊祀：祭祀天地。洞：深刻了解。 ❿戎事：指战争。练：熟悉。兵：指军事。 ⓫田谷：种谷。 ⓬断讼（sòng）：判案。讼：在法律上对是非的诉说或争辩。 ⓭标：标明，突出。 ⓮约：约束，指用辞而言。 ⓯辨洁：明辨简洁。 ⓰缛（rù）：繁采。 ⓱支离：分散。 ⓲穿凿：牵强附会。会：聚，这里是拼凑的意思。 ⓳摈：排除，抛弃。 ⓴游辞：虚浮不实的言辞。 ㉑文衣：华丽的衣着。媵（yìng）：诸侯之女的陪嫁女人。 ㉒贵媵贱女：《韩非子·外储说左上》引田鸠语：“昔秦伯（秦穆公）嫁其女于晋公子，令晋为之饰装，从文衣之媵七十人。至晋，晋人爱其妾而贱公女。” ㉓鬻（yù）：出卖。 ㉔椟（dú）：匣子。 ㉕买椟还珠：《韩非子·外储说左上》引田鸠语：“楚人有卖其珠于郑者，为木兰之柜，薰以桂椒，缀以珠玉，饰以玫瑰，辑以羽翠，郑人买其椟而还其珠。” ㉖末：指文辞。本：指内容。

【原 文】

又对策者[1]，应诏而陈政也；射策者[2]，探事而献说也[3]。言中理准，譬射侯中的[4]，二名虽殊，即议之别体也。古之造士[5]，选事考言[6]。汉文中年[7]，始举贤良[8]，晁错对策[9]，蔚为举首[10]。及孝武益明[11]，旁求俊乂[12]。对策者以第一登庸[13]，射策者以甲科入仕[14]：斯固选贤要术也。观晁氏之对，证验古今，辞裁以辨[15]，事通而赡[16]；超升高第，信有征矣[17]。仲舒之对[18]，祖述《春秋》[19]，本阴阳之化[20]，究列代之变，烦而不慁者[21]，事理明也。公孙之对[22]，简而未博，然总要以约文，事切而情举[23]，所以太常居下[24]，而天子擢上也[25]。杜钦之对[26]，略而指事[27]，辞以治宣[28]，不为文作。及后汉鲁丕[29]，辞气质素，以儒

【译 文】

又一种叫作“对策”，是应帝王的诏命而陈述政事的；一种叫作“射策”，是就自己探取的试题而呈献意见的。对答中旨，说理准确，就像对着箭靶以射中目的。所以，“对策”“射策”虽是两个不同的名称，但都是奏议的体制之一。古代学成的人，是通过口头上考核入官。到西汉文帝中期，选任官吏才开始有举贤良的制度；晁错的《举贤良文学对策》，是当时高中的优秀作品。到汉武帝时期，策士制度大放光明，广泛搜求杰出人才。参加对策的人，第一名提升任用；参加射策的人，考入甲科者授官：这的确是选拔贤才的重要方法。读晁错的《贤良文学对策》，引用古今事理为征验，措辞简洁，用事贯通而丰富，他的试策名列前茅，事实证明他确是写得不错的。董仲舒的《举贤良对策》，根据《春秋》的道理，本于阴阳之气的变化，考察历代的发展变化，写得虽多却不混乱，就因为作者深明事理。公孙弘的《举贤良对策》，简略而不够广博，但能抓住要点来运用文辞，论事确切而情意明显；因此，主考官列为下第，汉武帝却提升为第一名。杜钦的《白虎殿对策》，虽然简略却有专指；他的文辞是为治世而发，不是为做文章而写。其后，东汉的鲁丕，文辞朴素，以博雅入选，独中高第。以上五家，都是前代

雅中策[30]，独入高第[31]：凡此五家，并前代之明范也。魏晋已来，稍务文丽[32]，以文纪实[33]，所失已多，及其来选，又称疾不会[34]；虽欲求文，弗可得也。是以汉饮博士[35]，而雉集乎堂；晋策秀才[36]，而麏兴于前：无他怪也，选失之异耳。

最显著的典范。魏晋以后的对策，逐渐追求文采华丽，用华丽之文来对待具体的政事，已有很大缺陷了，何况像晋元帝时的应试者，即使到场，也称病不敢对答。这时就虽想求得对策之文，却不可能了。所以，汉成帝鸿嘉二年，正当博士举行饮酒礼的时候，一群野鸡飞集于堂上；晋成帝咸和六年，正当策试秀才之际，一只獐子跑到堂前：这不是别的怪事，而是有失于选拔人才所出现的不正常现象。

## 注释

❶对策：汉代取士的考试制度之一，回答写在简策上关于政事、经义方面的问题。 ❷射策：汉代取士的考试制度之一。主试者将疑难问题写在简策上，由应试者自己取答。 ❸探：摸取。射策的试题内容不是显露的，所以应试者的自取是探取。 ❹射侯：箭靶。 ❺造士：学成的人。《礼记·王制》："司徒论选士之秀者而升之学，曰俊士。……升于学者，不征于司徒，曰造士。"郑注："不征，不给其繇（yáo）役。造，成也。能习礼，则为成士。" ❻选事：指选取官吏。选：铨选。考言：据下文所说，书面的策士制始于汉代晁错，则古代选事，是口头上的考核。《尚书·舜典》中有"询事考言"之说。 ❼汉文：指西汉文帝刘恒。 ❽举贤良：推举有文才之士，汉代选拔人才的科目之一。《汉书·文帝纪》载，前元二年诏"举贤良方正，能直言极谏者，以匡朕之不逮"。这是汉代举贤良之始。 ❾晁错：西汉初年文人。对策：晁错有《贤良文学对策》。载《汉书·晁错传》。 ❿蔚：草木繁盛，引申指文采之盛。举首：《汉书·晁错传》载，汉文帝"诏有司举贤良文学士，错在选中"。文帝于前元十五年九月"亲策诏之"，晁错应诏上《贤良文学对策》："对策者百余人，唯错为高第。" ⓫孝武：指汉武帝刘彻。益明：更加显著。《汉书·武帝纪》载，汉

武帝即位的第一年就下诏“举贤良方正直言极谏之士”。⑫旁求：广求。俊乂(yì)：《尚书·皋陶谟》：“九德咸事，俊乂在官。”孔疏：“马（融）、王（肃）、郑（玄）皆云：才德过千人为俊，百人为乂。”⑬登庸：升用。⑭甲科：汉代射策，按试题大小难易分甲乙科。⑮裁以辨：即上文所说的“辨洁”。《诔碑》篇曾说：“《桓彝》一篇，最为辨裁。”“辨裁”与“裁以辨”意近。⑯赡(shàn)：富足。⑰征：证验。⑱仲舒：董仲舒，西汉著名儒学家。他有《举贤良对策》三篇，载《汉书·董仲舒传》。⑲祖述《春秋》：宗奉发挥《春秋》之学。《史记·儒林列传》说董仲舒“以治《春秋》，孝景时为博士……董仲舒名为明于《春秋》，其传公羊氏也”。⑳阴阳之化：董仲舒在《举贤良对策》中说：“王者欲有所为，宜求其端于天。天道之大者在阴阳，阳为德，阴为刑。刑主杀而德主生，是故阳常居大夏，而以生育养长为事；阴常居大冬，而积于空虚不用之处，以此见天之任德不任刑也。……王者承天意以从事，故任德教而不任刑。”㉑慁(hùn)：混乱。㉒公孙：指公孙弘，字季，西汉武帝时为丞相。他有《举贤良对策》，载《汉书·公孙弘传》。㉓情举：指情意表达明显。㉔太常：官名，掌礼乐祭祀；汉代的太常兼管选试。㉕擢(zhuó)：拔，提升。《汉书·公孙弘传》载，武帝元光五年公孙弘应试，“时对者百余人，太常奏弘第居下。策奏，天子擢弘对为第一”。㉖杜钦：字子夏，西汉成帝时为大将军王凤的幕僚，他有《举贤良方正对策》和《白虎殿对策》，载《汉书·杜周（附钦）传》。㉗略而指事：杜钦的两篇对策，都虽简略而有专指。成帝“为太子时，以好色闻”。杜钦的《举贤良方正对策》，要求成帝“正后妾，抑女宠”；特别是《白虎殿对策》，针对“天地之道何贵？王者之法何如？六经之义何上？人之行何先？取人之本何以？当世之治何务？”这样一些广泛的策问题目，杜钦由“天道贵信，地道贵贞”的简略论述，过渡到重点讲“当世之务”，是“玩色无厌”“爱宠偏于一人”的危险。㉘治：治世。宣：发。㉙鲁丕：字叔陵，东汉名儒。有《举贤良方正对策》，载袁宏《后汉纪》卷一六。㉚儒雅：博学的儒生。㉛独入高第：《后汉书·鲁恭（附丕）传》：“建初元年，肃宗（章帝）诏举贤良方正，大司农刘宽举丕。时对策者百有余人，唯丕在高第。”㉜稍：渐。务：追求。㉝纪：综理。㉞称疾：《晋书·

孔愉（附坦）传》载，晋元帝“申明旧制，皆令试《经》，有不中科，刺史、太守免官。太兴三年，秀、孝多不敢行；其有到者，并托疾”。会：对，答。《尔雅·释诂》：“妃、合、会，对也。” ㉟汉饮博士：《汉书·成帝纪》载，鸿嘉“二年春，行幸云阳。三月，博士行饮酒礼，有雉蜚集于庭，历阶升堂而雊（鸣）。后集诸府，又集承明殿”。王音认为这是“谴告人君”将有灾祸的预兆（见《汉书·五行志中》）。雉（zhì）：山鸡，俗称野鸡。蜚（fēi）：飞。博士：官名，汉置五经博士。汉成帝《举博士诏》：“儒林之官，四海渊原，宜皆明于古今，温故知新，通达国体，故谓之博士。”（见《汉书·成帝纪》） ㊱晋策秀才：《晋书·五行志中》载，成帝咸和六年正月，“会州郡秀孝于乐贤堂，有麏见于前，获之。……自丧乱以后，风教陵夷，秀孝策试，乏四科之实，麏兴于前，或斯故乎！”麏（jūn）：獐，似鹿而较小的动物。

【原 文】

夫驳议偏辨，各执异见；对策揄扬①，大明治道。使事深于政术，理密于时务②，酌三五以镕世③，而非迂缓之高谈④；驭权变以拯俗⑤，而非刻薄之伪论；风恢恢而能远⑥，流洋洋而不溢⑦：王庭之美对也。难矣哉，士之为才也！或练治而寡文，或工文而疏治；对策所选，实属通才，志足文远⑧，不其鲜欤⑨！

【译 文】

驳议侧重于辨析事理，各有其不同的见解；对策主要用以正面阐明自己的观点，目的在于发扬光大治国之道。因此，论事要深明政术，说理要切合实际；应参考汉代文武之世的经验来治理当世，而不是不切实际地高谈阔论；要能随机应变以拯救世事，而非刻薄的欺人之谈。要如广阔的风而吹送得遥远，像充满的水却不外溢：这就是朝廷的美对了。文人应具备的才力，真是不易呀！有的熟练治理，却缺乏文才；有的精于文辞，对政事却很生疏；对策所需的人才，确是全面的通才，文质兼备的人，历史上不是很少么？

## 注释

❶揄扬：宣扬。 ❷密：贴近，结合。 ❸三五：指西汉文帝武帝时期。《汉书·郊祀志下》："夫周秦之末，三五之隆。"颜师古注："三，谓三皇；五，谓五帝也。"王先谦补注引刘奉世曰："'周秦之末，三五之隆'，语有害而理未通，疑有误。三五似指三世五世而言，谓文武之时也。"按文帝为西汉第三代帝王，武帝为第五代帝王。刘勰论对策之兴隆，正谓"汉文中年，始举贤良"，至"孝武益明，旁求俊义"。 ❹迂缓：舒缓，指言论的不切事理，远离实际。 ❺权变：随机应变。拯（zhěng）：救。 ❻恢恢：广阔的样子。 ❼溢：充满而外流。 ❽志足文远：《左传·襄公二十五年》："仲尼曰：志有之，言以足志，文以足言……言之无文，行而不远。" ❾鲜：少。

【原文】

赞曰：议惟畴政①，名实相课②。断理必纲③，摛辞无懦④。对策王庭，同时酌和⑤。治体高秉⑥，雅谟远播⑦。

【译文】

总之，"议"用于商讨政事，应该名实相符。分析道理要有力量，运用文辞不能软弱。在帝王之前对策，众多的应试者同时斟酌对答；只要把握好议对文应有益于治道的特点，雅正的谋议就能远为传播。

## 注释

❶畴：这里是畴咨，访问的意思。《三国志·魏书·管宁传》："高祖文皇帝畴咨群公，思求俊乂。" ❷课：查核。 ❸断理必纲："纲"应为"刚"。《声律》篇有"务在刚断"之说。刚，和下句"懦"字相对，指说理刚强有力。❹摛（chī）：舒展，发布。懦：弱。 ❺酌：斟酌，思考。和（hè）：应答。❻治体：指议对用于"弛张治术""大明治道"的这种特点。秉：执。 ❼雅谟：雅正的谟议。

# 二五、书记

## 解题

《书记》是《文心雕龙》的第二十五篇，文体论的最后一篇。本篇除对书牍和笺记做了重点论述外，还对各种政务中运用的杂文，共六类二十四种，都做了简要说明。刘勰认为："文辞鄙俚，莫过于谚。"这种鄙俗的民间谚语，尚为古代圣贤所重视，并采用于经书之中，则其他文辞，"岂可忽哉"！这也是刘勰要全面论述各种杂文的说明。

本篇分三个部分。第一部分论书牍，说明书的含义、起源、魏晋以前书信的写作和运用情况，最后论书信写作的基本特点。第二部分论奏记和奏笺。刘勰认为对三公用奏记，对郡守用奏笺，这是就其大致情况而言。奏记和奏笺的区别，在当时并不是很严格的。笺记与书表也颇相近，刘勰在这部分的最后，简要说明了它们的异同。第三部分论二十四种杂文。主要是逐条解说各种名称的含义，偶举具体作品加以证明。最后强调这些文辞于己于国的重要，希望文人不要忽视。

本篇以书信为重点，其中评及的部分名篇，如司马迁的《报任安书》、嵇康的《与山巨源绝交书》等，在文学史上是有重要地位的。值得注意的是，刘勰所肯定的作品中，不仅《与山巨源绝交书》有"每非汤、武而薄周、孔"的离经叛道之论，刘勰仍评以"志高而文伟"；杨恽的《报会宗书》，更是作者横遭腰斩之祸的主要罪证，刘勰也称赞它是"志气盘桓，各含殊采"的好作品之一。本篇所论各种杂文，虽然没有多大意义，但其中对民间谚语也有一定肯定，认为圣贤不废，值得注意。此外，如主张书信要"散郁陶，托风采"；所有书记的写作，都是"意少一字则义阙，句长一言则辞妨"。所以，披沙拣金，其中还是提出了一些有益的意见的。

【原 文】

大舜云，“书用识哉”[①]，所以记时事也。盖圣贤言辞，总为之书；书之为体，主言者也[②]。扬雄曰[③]：“言，心声也；书，心画也[④]。声画形，君子小人见矣。”故书者，舒也。舒布其言，陈之简牍[⑤]，取象于夬[⑥]，贵在明决而已。三代政暇[⑦]，文翰颇疏[⑧]。春秋聘繁[⑨]，书介弥盛[⑩]：绕朝赠士会以策[⑪]，子家与赵宣以书[⑫]，巫臣之遗子反[⑬]，子产之谏范宣[⑭]：详观四书，辞若对面。又子服敬叔进吊书于滕君[⑮]，固知行人挈辞[⑯]，多被翰墨矣。及七国献书[⑰]，诡丽辐辏[⑱]；汉来笔札[⑲]，辞气纷纭[⑳]。观史迁之《报任安》[㉑]，东方朔之《难公孙》[㉒]，杨恽之《酬会宗》[㉓]，子云之《答刘歆》[㉔]：志气盘桓[㉕]，各含殊采；并杼轴乎尺素[㉖]，

【译 文】

大舜曾说：“书写以记载过错。”因为书是用以记载时事的。凡是古代圣贤的言辞，都总称为书；书的作用，主要就是用来记言的。扬雄就说：“言，是人的内心发出的声音；书，则是表达心思的符号。发出声音，写成文字，君子与小人的不同就表现出来了。”所以，书就是舒展的意思。把言辞舒展散布开，写在简板之上，就成了书；《周易·系辞》用《夬卦》来象征书契，就是取文字以明确断决为贵的意思。夏、商、周三代的政务不多，书面的文件也很少应用。到了春秋时期，诸侯之间聘问频繁，持书往来的使者很多：如秦国大夫绕朝赠策书给晋国大夫士会，郑国大夫子家派使臣送信给晋国大夫赵盾，楚国的屈巫从晋国送信给楚公子侧，郑国大夫子产寄信劝告晋国的士匄。仔细读这四封书信，其辞就像在相对面谈。又如滕文公死后，鲁国大夫叔弓为使者到滕国送吊书。由此可见，春秋时期的外交使节，大都已经携带书面文件了。到战国时的献书，多用奇丽的文字组成。汉以后的书札，文辞气度纷纭复杂。读司马迁的《报任安书》、东方朔的《与公孙弘书》、杨恽的《报会宗书》、扬雄的《答刘歆书》等，写得志气宏大，各有异采；都是组织辞采

抑扬乎寸心[27]。逮后汉书记[28]，则崔瑗尤善[29]。魏之元瑜[30]，号称“翩翩”[31]；文举属章[32]，半简必录[33]；休琏好事[34]，留意词翰：抑其次也。嵇康《绝交》[35]，实志高而文伟矣。赵至《叙离》[36]，乃少年之激切也[37]。至如陈遵占辞[38]，百封各意，祢衡代书[39]，亲疏得宜：斯又尺牍之偏才也[40]。详总书体，本在尽言；言以散郁陶[41]，托风采[42]，故宜条畅以任气[43]，优柔以怿怀[44]。文明从容[45]，亦心声之献酬也[46]。

于尺素之上，字里行间荡漾着方寸之心。到东汉时期的书记，则以崔瑗写得最好。三国时的阮瑀，曹丕称其“书记翩翩”；魏文帝搜集孔融的遗作，即使半片竹简也要收录；应璩爱好缀集时事，很注意书记的写作；但这已是较差的作者。魏末嵇康的《与山巨源绝交书》，就是志气高大、文辞宏伟的作品了。西晋赵至的《与嵇茂齐书》，是年轻人的心情激切之作。至于西汉陈遵，他口授下属作书，数百封信，各有不同用意；汉末祢衡代黄祖写信，该亲该疏，各得其当：这两位又是作书的偏才了。仔细总结书这种体制，本在于把话说透彻，是用以舒散郁积的心情，表达美好的言行；因此，应该条理畅达而放任志气，从容不迫而悦其胸怀。能够条理畅达和从容不迫，就有效地发挥相互赠答、交流思想的作用了。

## 注释

❶书用识哉：这是《尚书·益稷》中的一句。识（zhì）：记载。原意是指记载过失。 ❷主言：即记言。主：主管。 ❸扬雄：字子云，西汉文学家。下面引文是《法言·问神》中的话。 ❹画：形，指书写成文字。 ❺牍（dú）：书写用的简板。 ❻象：卦象。夬（guài）：《易经》中的卦名。《周易·系辞下》：“上古结绳而治，后世圣人易之以书契（文字），百官以治，万民以察，盖取诸夬。”孔疏：“夬者，决也。造立书契，所以决断万事，故取诸夬也。” ❼三代：夏、商、周。暇：空闲。 ❽文翰：文书。 ❾聘：聘问。《礼记·曲礼

下》："诸侯使大夫问于诸侯曰聘。" ⑩书介：持文书的使者。介：《左传·襄公八年》："君有楚命，亦不使一介行李告于寡君。"杜注："一介，独使也。行李，行人也。" ⑪绕朝：春秋时秦国大夫。士会：晋国大夫，亦称"随会"。《左传·文公十三年》载，士会奔秦，晋人诱他归晋时，"绕朝赠之以策"。孔疏引服虔云："绕朝以策书赠士会。"刘勰即用此说。杜注："策，马挝（zhuā）。"指马鞭。 ⑫子家：春秋时郑国公子归生，郑国执政大夫。赵宣：指赵盾，晋国大夫，谥宣子。《左传·文公十七年》："晋侯不见郑伯，以为贰（有二心）于楚也。郑子家使执讯而与之书，以告赵宣子。"杜注："执讯，通讯问之官，为书与宣子。" ⑬巫臣：姓屈。也称屈巫，春秋时楚国的王族。子反：楚公子侧。《左传·成公七年》载，屈巫与公子侧争夏姬，屈巫持夏姬奔晋，子反灭其族，"巫臣自晋遗二子（子反、子重）书曰：'尔以谗慝（邪恶）贪婪事君，而多杀不辜，余必使尔罢（疲）于奔命以死。'" ⑭子产：春秋时郑国大夫公孙侨。范宣：士会之孙士匄（gài），食邑于范，谥宣子，故又称范宣子。《左传·襄公二十四年》："范宣子为政，诸侯之币重（礼厚）。郑人病之。二月，郑伯如晋，子产寓（寄）书于子西以告宣子。" ⑮子服敬叔：应为"子叔敬叔"，指春秋时鲁国大夫叔弓，谥敬子。滕君：指滕成公。《礼记·檀弓下》："滕成公之丧，使子叔敬叔吊，进书，子服惠伯为介（副使）。" ⑯行人：行聘问的外交使者。挈（qiè）：持，携带。《谷梁传·襄公十一年》："行人者，挈国之辞也。" ⑰七国：秦、楚、燕、齐、韩、赵、魏七国，指战国时期。此期献书甚多，如《战国策》上所载苏代的《自齐献书燕王》、乐毅的《献书报燕王》（《燕策二》），鲁仲连的《遗燕将书》（《齐策六》），张仪的《献书韩王》（《韩策一》）等。 ⑱诡（guǐ）丽：奇丽。辐辏（fúcòu）：聚集。辐，车轮的辐条。辏，聚。 ⑲笔札：指书信。札：较小的木简。 ⑳辞气：文辞气度。 ㉑史迁：司马迁。《报任安》：指司马迁的《报任安书》，载《汉书·司马迁传》。《文选》卷四一作《报任少卿书》。任安：字少卿，益州刺史。 ㉒东方朔：字曼倩，西汉文学家。《难公孙》：《初学记》卷一八载东方朔《与公孙弘书》，《难公孙》可能指此书。公孙弘：字季，武帝元朔中为丞相。 ㉓杨恽（yùn）：字子幼，西汉宣帝时为中郎将。《酬会宗》：指杨恽的《报会宗书》。《汉书·杨敞（附恽）传》载，杨恽失官居家，大治产业，不再过问政治。安定太守孙会宗以书相诫，杨恽复以《报会宗书》。后来这封信被告发查获，“宣帝见而恶之，廷尉当恽大逆无道，腰斩”。刘勰肯定了这封“大逆无道”的信，说明他评论作品的标准，和封建帝王并不是完全一致的。 ㉔《答刘歆》：《古文苑》卷一〇有扬雄《答刘歆书》。 ㉕盘桓：广大貌。陆机《拟青青陵上柏》：“名都一何绮，城阙郁盘桓。” ㉖杼轴：织布机上织经线和纬线的两个部件。这里是组织的意思。尺素：指书信。素：生绢。古代写信用绢一尺左右。陆机《文赋》：“函绵邈于尺素，吐滂沛乎寸心。” ㉗抑扬：高低起伏。 ㉘逮（dài）：及，到。 ㉙崔瑗（yuàn）：字子玉，东汉文学家。他的书信今只存《与葛元甫书》两条残文（见《全后汉文》卷四五）。 ㉚元瑜：阮瑀的字，三国时魏国文学家，“建安七子”之一。《文选》卷四二载有他的《为曹公作书与孙权》。 ㉛翩翩：鸟疾飞的样子，形容轻快敏捷。曹丕《与吴质书》说：“元瑜书记翩翩，致足乐也。”（《文选》卷四二） ㉜文举：孔融的字，汉末文学家，“建安七子”之一。属章：写文章，这里指孔融的作品。《文选》卷四一载有他的《论盛孝章书》。 ㉝半简必录：《后汉书·孔融传》载，孔融死后，“魏文帝（曹丕）深好融文辞，叹曰：‘扬、班俦也。’募天下有上融文章者，辄赏以金帛”。 ㉞休琏：应璩（qú）的字，三国时魏国文学家。《文章叙录》：“璩字休琏，博学好属文，善为书记。文、明帝世，历官散骑常侍。”（《三国志·王粲传》注引）好事：范文澜注：“彦和谓其好事，必有所本，不可考矣。”按华峤《汉书》说应劭“博学多识，尤好事。诸所撰述《风俗通》等，凡百余篇，辞虽不典，世服其博闻”（《三国志·王粲传》注引）。应璩是应劭从子。这个“好事”，指应劭“缀集所闻”以写《风俗通》《汉官仪》《礼仪故事》等（见《后汉书·应劭传》）。又《后汉书·班彪传》：“武帝时，司马迁著《史记》，自太初以后，阙而不录。后好事者颇或缀集时事。”李贤注：“好事者，谓扬雄、刘歆、阳城衡、褚少孙、史孝山之徒也。”这个“好事”，也指“缀集时事”以写史书。《文章叙录》说，应璩曾“为侍中，典著作”。则应璩也曾“缀集时事”，编写史书。“休琏好事”，当指此而言。 ㉟嵇康：字叔夜，三国魏末文学家。《绝交》：指嵇康的《与山巨源绝交书》，载《文选》卷三四。山巨源：山涛，魏晋之间的人。他和嵇康原来都是隐居不仕的“竹林七贤”之一，后来山涛出仕，并拟请嵇康代替他任尚书吏部郎，嵇康因而写了著名的《与山巨源绝交书》。㊱赵至：字景真，西晋人。《叙离》：指赵至的《与嵇茂齐书》。《晋书·赵至传》：“（赵）至与（嵇）康兄子蕃（字茂齐）友善，及将远逝，乃与蕃书叙离，并陈其意。”书载《晋书》本传及《文选》卷四三。但干宝《晋纪》、臧荣绪《晋书》均以此书为吕安与嵇康书（见《文选·思旧赋》李善注）。近人戴明扬详考，以为“此书出于吕安，诚无可疑”（见《嵇康集校注》附《与嵇茂齐书之作者》）。㊲激切：急迫不能遏止的心情。《与嵇茂齐书》中说：“若乃顾影中原，愤气云踊，哀物悼世，激情风烈，龙睇大野，虎啸六合，猛气纷纭，雄心四据，思蹑云梯，横奋八极，披艰扫秽，荡海夷岳，蹴昆仑使西倒，蹋太山令东覆，平涤九区，恢维宇宙，斯亦吾之鄙愿也。”㊳陈遵：字孟公，西汉人。王莽“起为河南太守。既至官，当遣从史西，召善书吏十人于前，治私书谢京师故人。遵冯（凭）几，口占书吏，且省官事，书数百封，亲疏各有意”（《汉书·陈遵传》）。占：颜师古注：“隐度也，口隐其辞以授吏也。”㊴祢衡：字正平，汉末文学家。代书：指祢衡代黄祖作书。《后汉书·祢衡传》：“（刘表）以江夏太守黄祖性急，故送衡与之，祖亦善待焉。衡为作书记，轻重疏密，各得其宜。祖持其手曰：处士，此正得祖意，如祖腹中之所欲言也。”㊵尺牍：即书信。参见本段注⑤、㉖。偏习：与众不同的特殊才能。㊶言：《太平御览》卷五九五作“所”。译文据“所”字。郁陶（yáo）：哀思积聚。这里泛指积聚的感情。㊷风采：美好的言行。㊸条畅：《文选·洞箫赋》：“条畅洞达，中节操兮。”李善注：“言声有条贯，通畅洞达，而中于节操。”㊹优柔：从容。本书《养气》篇曾说：“志于文也，则申写郁滞，故宜从容率情，优柔适会。”怿（yì）：喜悦。㊺文明：指上面说的“条畅”而言。从容：指“优柔”而言。㊻献：进酒。酬：答酒。

【原文】

若夫尊贵差序，则肃

【译文】

至于尊贵有别，就须严肃地合于礼仪。

以节文[1]。战国以前，君臣同书，秦汉立仪[2]，始有表奏；王公国内，亦称奏书，张敞奏书于胶后[3]，其义美矣。迄至后汉，稍有名品[4]：公府奏记[5]，而郡将奏笺[6]。记之言志，进己志也。笺者，表也，表识其情也。崔寔奏记于公府[7]，则崇让之德音矣；黄香奏笺于江夏[8]，亦肃恭之遗式矣。公幹笺记[9]，丽而规益，子桓弗论[10]，故世所共遗；若略名取实[11]，则有美于为诗矣[12]。刘廙谢恩[13]，喻切以至；陆机自理[14]，情周而巧[15]：笺之为善者也。原笺记之为式[16]，既上窥乎表，亦下睨乎书[17]，使敬而不慑[18]，简而无傲，清美以惠其才[19]，彪蔚以文其响[20]：盖笺记之分也[21]。

战国以前，君臣上下都用书，到秦汉时期确立仪法，臣下对帝王开始用表奏；在诸侯王国中，也称“奏书”，如西汉张敞对胶东王太后的奏书，其意义是美好的。到了东汉，逐渐有了名位等级的不同：对三公上书称“奏记”，对郡守上书称“奏笺”。“记”是言志，就是对上表达自己的情志。“笺”就是表，就是表明自己的情志。东汉崔寔给大将军梁冀的奏记，则是崇尚谦让的好作品了；黄香给江夏太守的奏笺，就是严肃恭敬的遗范了。汉末刘桢的笺记，写得华丽而有益于规劝，曹丕在《典论·论文》中没有论及他的笺记，因而一般人都不知道；如抛开名称而看实质，刘桢的笺记更美于他的诗篇。三国时刘廙的《上疏谢徙署丞相仓曹属》，所用比喻极为确切；陆机自辩其枉罪的表笺，说理周密而文辞巧妙：这可算是笺表的佳作了。查笺记的格式，上和表奏接近，下与书记相似，要像表奏那样恭敬，但没有畏惧的表示；可以像书札那样从简，但不能表现得傲慢无礼。用清丽的文笔以施展其才能，借光华的盛采以加强其感人的力量：这就是笺记的基本特点。

## 注释

❶节文：调节礼仪。本书《章表》：“肃恭节文。” ❷秦汉立仪：即《章表》

中说的“秦初定制”“汉定礼仪”。仪：法度。 ❸张敞：字子高，西汉宣帝时为胶东相。胶后：胶东王刘寄之母王太后。张敞任胶东相期间，王太后数出游猎，张敞有《奏书谏胶东王太后数游猎》谏止。见《后汉书·张敞传》。 ❹名品：名位等级。 ❺公府：三公之府。奏记：呈报三公之文为奏记。西汉已有此用法，如丙吉的《奏记霍光议立皇曾孙》（见《全汉文》卷二九），霍光于武帝末拜大司马，是三公之一；杜钦的《奏记王凤理冯野王》（见《全汉文》卷三一），王凤于成帝时为大司马；郑朋的《奏记萧望之》（见《全汉文》卷四八），萧望之于宣帝时为太傅，也是三公之一。 ❻郡将：即郡守，以太守兼领军事，故称。奏笺：指上郡守之文。汉以后一般用于对上的书牍常称笺。在东汉也不限于郡守，如崔骃的《与窦宪笺》（时宪为侍中），皇甫规的《与刘司空笺》等。 ❼崔寔（shí），字子真，东汉政论家。公府：崔寔曾做大将军梁冀的司马，故曾“奏记于公府”。文不存。 ❽黄香：字文强，东汉文人，官至尚书令。江夏：郡名，在今湖北黄冈西北。黄香是江夏安陆人，《后汉书·黄香传》说：“乡人称其至孝。年十二，太守刘护闻而召之，署门下孝子，甚见爱敬。”他奏笺于江夏之文今不存，可能即上太守刘护之笺。 ❾公幹：刘桢的字，汉末文学家，“建安七子”之一。刘桢有《与曹植书》《谏曹植书》《答魏太子丕借郭落带书》等，见《全后汉文》卷六五。 ❿子桓：曹丕的字。弗论：曹丕在《典论·论文》中没有论及刘桢的奏记，只说：“琳、瑀之章表书记，今之隽也。” ⓫略名：指不计名称。名：文体之名。《通变》：“诗、赋、书、记，名理相因。” ⓬美于为诗：刘勰对刘桢总的创作才能评以“情高以会采”（《才略》），对其诗作则只评以“偏美”二字（《明诗》）。 ⓭刘廙（yì）：字恭嗣，三国时魏国文人。谢恩：指刘廙的《上疏谢徙署丞相仓曹属》。《三国志·魏书·刘廙传》载，廙弟有罪，当相坐诛，曹操不问廙罪，并任为丞相仓曹属，刘廙上此疏谢恩，其中有“扬汤止沸，使不燋烂；起烟于寒灰之上，生华于已枯之木”等比喻，所以下句说“喻切以至”。 ⓮陆机：字士衡，西晋文学家。自理：《晋书·陆机传》载，“（赵王）伦将篡位，以（陆机）为中书郎。伦之诛也，齐王冏以机职在中书，九锡文及禅诏，疑机与焉，遂收机等九人付廷尉。赖成都王颖、吴王晏并救理之”。“自理”和“救理”相对而言。陆机得释后，在对司马颖、司马晏的《谢吴王表》《与吴王表》《谢成都王笺》中，都对他的被疑受诬有所申辩。表笺均见《全晋文》卷九七。 ⑮周：周全。 ⑯式：模式，规格。 ⑰睨（nì）：斜视。“睨”和上句的“窥”，都喻指近似。 ⑱慑（shè）：畏惧。 ⑲惠：同“慧”，引申为施展其才智。 ⑳彪蔚：文采明盛。文：文饰。响：声响，指作品对读者所起的作用。 ㉑分（fèn）：素质，本分。

【原 文】

夫书记广大，衣被事体[①]；笔札杂名[②]，古今多品[③]。是以总领黎庶[④]，则有谱、籍、簿、录；医历星筮[⑤]，则有方、术、占、试[⑥]；申宪述兵[⑦]，则有律、令、法、制；朝市征信[⑧]，则有符、契、券、疏；百官询事，则有关、刺、解、牒；万民达志，则有状、列、辞、谚：并述理于心，著言于翰[⑨]，虽艺文之末品，而政事之先务也[⑩]。

故谓谱者[⑪]，普也。注序世统[⑫]，事资周普，郑氏谱《诗》[⑬]，盖取乎此。

籍者[⑭]，借也。岁借民力[⑮]，条之于版[⑯]，《春秋》司籍[⑰]，即其事也。

【译 文】

书记的内容十分广大，它包括各种各样的事体。笔札的名目更为繁杂，古今门类甚多。关于总领百姓事务的，则有谱、籍、簿、录；关于医药、历法和星象占卜的，则有方、术、占、试；关于申明法令和讲兵法的，则有律、令、法、制；关于朝廷和商业方面讲求凭信的，则有符、契、券、疏；关于各种官吏之间询问事情的，则有关、刺、解、牒；关于百姓表达情志的，则有状、列、辞、谚，等等。所有这些，都是从内心出发来叙述事理，在笔札上写下言辞；虽然是各种文辞的下品，却是处理政事的要务。

所谓“谱”，就是普。编著世代相承的统系，必须完整普遍，汉代郑玄为《诗经》编的《诗谱》，就是取这个意思。

所谓“籍”，就是借。古代每年借用百姓的劳力，要记在简板上；《左传》中所说“司晋之典籍”，就指此事。

簿者[18]，圃也[19]。草木区别，文书类聚；张汤、李广[20]，为吏所簿[21]，别情伪也[22]。

所谓“簿”，就是圃。和各种草木分别种植于园圃一样。有关文案也是分类汇集在文簿里面。汉代的张汤、李广，都曾被官吏按簿问罪，就是为了辨别真伪。

录者[23]，领也[24]。古史《世本》[25]，编以简策，领其名数[26]，故曰录也。

所谓“录”，就是领。如记载古史的《世本》，就是编成简策，总地记录诸侯大夫的户籍，所以叫作“录”。

方者[27]，隅也[28]。医药攻病，各有所主，专精一隅，故药术称方。

所谓“方”，就是隅。用医药治病，各有主治之疾，用药的人也专精某个方面，所以称用药之术为“方”。

术者[29]，路也。算历极数[30]，见路乃明；《九章》积微[31]，故以为术；淮南《万毕》[32]，皆其类也。

所谓“术”，就是路。要用最精的技术推算，道路才看得清楚；《九章算术》积聚了数学的精妙，所以称之为“术”。淮南王刘安的《万毕术》，也是这方面的著作。

占者[33]，觇也[34]。星辰飞伏[35]，伺候乃见[36]，精观书云[37]，故曰占也。

所谓“占”，就是觇。根据星辰的变化来占验往来升降的吉凶，要通过观察才能看清；古人是登上观台进行观察而书写云物气色的变化，所以叫作“占”。

式者[38]，则也。阴阳盈虚，五行消息[39]，变虽不常，而稽之有则也[40]。

所谓“式”，就是则。天地之间阴阳五行的消长盛衰，虽然变化无常，但考察其变化是有一定法则的。

律者[41]，中也。黄钟调起[42]，五音以正[43]；法律驭民[44]，八刑克平[45]。以律为名，取中正也。

所谓“律”，就是中。乐律由黄钟起调，五声都据以正音。用法律来治理百姓，根据周代所制八法就能处理公平。用“律”这个名称，就是取公平中正之意。

令者，命也。出命申禁[46]，有若自天；管仲下命如流水[47]，使民从也。

法者[48]，象也[49]。兵谋无方，而奇正有象[50]，故曰法也。

制者[51]，裁也。上行于下，如匠之制器也。

符者[52]，孚也[53]。征召防伪[54]，事资中孚[55]。三代玉瑞[56]，汉世金竹[57]，末代从省[58]，易以书翰矣。

契者[59]，结也。上古纯质，结绳执契；今羌胡征数[60]，负贩记缗[61]，其遗风欤！

券者[62]，束也。明白约束，以备情伪。字形半分，故周称“判书”[63]。古有铁券[64]，以坚信誓；王褒《髯奴》[65]，则券之楷也[66]。

疏者[67]，布也。布置物类，撮题近意[68]，故小券短书[69]，号为疏也。

关者[70]，闭也。出入由门，关闭当审[71]，庶务在政[72]，通塞应详[73]。《韩非》云[74]，“孙亶回圣相也[75]，而

所谓“令”，就是命。发出命令，申明禁戒，有如从天而降。管仲说下令如流水，意思是使百姓顺从。

所谓“法”，就是象。军事上的谋略没有一定，但战术的奇正有一定的兵法，所以称之为“法”。

所谓“制”，就是裁。由上而下贯彻执行，犹如工匠依照规矩制造器具。

所谓“符”，就是孚。为了防止征聘召集的虚伪，就依靠出自内心的诚信。夏、商、周三代用玉制的信物，汉代用铜虎和竹箭代替，魏晋以后从简，就改用书翰了。

所谓“契”，就是结。上古时期的人很质朴，以结绳为契约；至今羌人胡人验数，以及商贩记钱的办法，大概就是古代结绳为契的遗风吧。

所谓“券”，就是束。明确的约束，是为了防止虚伪。剖开约券上的文字各执一半，所以周代称为“判书”。古代还有丹书铁券，用以确保信誓。汉代王褒的《僮约》，可说是约券的楷模了。

所谓“疏”，就是布。布置陈列事物，只是摘要写明其大意，所以对短小的字据叫作“疏”。

所谓“关”，就是闭。进出都要经过门，关闭就必须慎重。各种事务决定于当时的政局，政局的顺利或阻塞是应该

关于州部”[76]，盖谓此也。

刺者[77]，达也。《诗》人讽刺[78]，《周礼》三刺[79]，事叙相达[80]，若针之通结矣[81]。

解者，释也。解释结滞[82]，征事以对也[83]。

牒者[84]，叶也。短简编牒，如叶在枝；温舒截蒲[85]，即其事也。议政未定，故短牒咨谋[86]。牒之尤密，谓之为签[87]。签者，纤密者也[88]。

状者[89]，貌也。体貌本原[90]，取其事实。先贤表谥[91]，并有行状[92]，状之大者也。

列者[93]，陈也。陈列事情，昭然可见也。

辞者[94]，舌端之文[95]，通己于人。子产有辞[96]，诸侯所赖，不可已也[97]。

谚者[98]，直语也。丧言亦不及文[99]，故弔亦称谚。廛路浅言[100]，有实无华，邹穆公云[101]，“囊满储中”[102]，皆其类也。《太誓》曰[103]，“古

详细了解的。《韩非子》中曾说：“公孙直回虽然是圣明之相，却起于地方官吏。”讲的就是这个道理。

所谓“刺”，就是达。《诗经》的作者写诗以讽刺统治者，《周礼》中说断狱要向三种人逐一询问：这种依次到达的方式，就像用针刺通到底。

所谓“解”，就是释。解释凝结积滞的问题，证验有关之事加以核对。

所谓“牒”，就是叶。用短小的竹简编成牒，就像树枝上的树叶；汉代路温舒截断蒲叶编成牒，就是这种事例。议论政事尚未作出决定，使用简短的牒文相商议。牒文中更为细密的一种叫作“签”。所谓“签”，就是细密的意思。

所谓“状”，就是貌；描述其本原，采取其事实。古代贤人死后，要给他追赠谥号，同时写一篇死者生平事迹的行状，这是较重要的一种状文。

所谓“列”，就是陈。把有关内容一一列举陈述出来，问题就显而易见了。

所谓“辞”，就是口头上的言辞，由自己转达给他人。《左传》中说，郑国子产善于言辞，诸侯都全靠它，可见言辞是不可没有的。

所谓“谚”，就是直质的话。丧吊父母的话不能有文采，所以吊辞也叫“谚”。民间的谚语，也是有实无华的。

人有言，牝鸡无晨”[104]；《大雅》云[105]，“人亦有言[106]，惟忧用老”[107]：并上古遗谚，《诗》《书》可引者也[108]。至于陈琳谏辞[109]，称“掩目捕雀”[110]；潘岳哀辞[111]，称“掌珠”“伉俪”[112]：并引俗说而为文辞者也。夫文辞鄙俚[113]，莫过于谚，而圣贤《诗》《书》，采以为谈，况逾于此，岂可忽哉！

观此四条[114]，并书记所总[115]：或事本相通，而文意各异；或全任质素，或杂用文绮[116]，随事立体，贵乎精要。意少一字则义阙[117]，句长一言则辞妨[118]；并有司之实务[119]，而浮藻之所忽也[120]。然才冠鸿笔，多疏尺牍，譬九方堙之识骏足[121]，而不知毛色牝牡也[122]。言既身文[123]，信亦邦瑞[124]，翰林之士[125]，思理实焉[126]。

春秋时邹穆公说的“口袋虽漏仍在其中”，就是这类话了。《尚书·牧誓》中说：“古人有言，母鸡不司晨。”《诗经·大雅》说：“人亦有言，因忧而老。”这都是古代遗留下来的谚语，《诗经》《尚书》所引用过的。至于陈琳在《谏何进召外兵》中说的“掩目捕雀”，潘岳在哀吊之作中用的“掌珠”“伉俪”等，都是引用民间俗语写成的。文辞的鄙俗，没有超过谚语的了，可是古代圣贤在《诗经》《尚书》中，也采为言谈，何况不如谚语鄙俗的种种书记，岂能忽视呢！

上述六类各四条，都包括在书记之中：其中有的本是相通的，但文意各不相同；有的完全用质朴之辞，有的则杂以文采。应根据情况的不同来确定体制，而以精当简要为贵。意思缺少一字就会不全面，一句之中多一个不必要的字也有妨害。这都是各种官吏必须实行的，而为追求浮华藻饰的作者所忽略。但有的作者其才气虽为巨著之冠，却常常疏于书札小文，这就如善于相马的九方堙，虽能识别千里骏马，却不能辨别马的毛色和雌雄。文辞不仅可以美化作者自身，也是一个国家的光彩；因此，文坛之士，应该考虑从事实务。

## 注释

❶衣被：覆盖。 ❷札：书信。 ❸品：种类。 ❹黎庶：百姓。 ❺历：指历法。星：以星象占验凶吉的方术。筮（shì）：用蓍草占卜。 ❻试：一作“式”，据下文“式者，则也”，应为“式”。 ❼申宪：明法。 ❽朝市：朝廷与市肆。 ❾翰：笔，指笔札。 ❿先务：首要事务。 ⓫谱：按事物的发展系统分类编制的表文。 ⓬注序：指编写。世统：世代相承的发展系统。 ⓭郑氏：指汉代郑玄。谱《诗》：郑玄为《诗经》作《诗谱》。 ⓮籍：名册之类。⓯岁借民力：《礼记·王制》：“古者公田，藉而不税……用民之力，岁不过三日。”孔疏：“公田藉而不税者，谓民田之外，别作公田；一井之中，凡有九夫，中央一夫以为公田。藉之言借也，惟借八家之力以治此公田，美恶取于此，而不税民之私田。” ⓰条：条列记录。板：简板。 ⓱《春秋》：指解释《春秋》的《左传》。司籍：主管簿籍。《左传·昭公十五年》载，籍谈（人名）说他的高祖“司晋之典籍，以为大政，故曰籍氏”。 ⓲簿：记事的册子，文书。⓳圃（pǔ）：园子。这里取园圃为汇聚事物之所的意思。刘勰常用同声字解释文体名称，有的很勉强，这是一例。 ⓴张汤：西汉酷吏。李广：汉武帝时为右北平太守，号飞将军。 ㉑为吏所簿：《史记·李将军列传》：“大将军（卫青）使长史急责广之幕府对簿。广曰：诸校尉无罪，乃我自失道。吾今自上簿。”对簿、上簿，指听审。《史记·酷吏列传》：“天子果以汤怀诈面欺，使使八辈簿责汤。”簿责，按文簿责罪。 ㉒别：辨别。情伪：真伪。 ㉓录：记载。 ㉔领：统领。《后汉书·章帝纪》：“（牟）融为太尉，并录尚书事。”李贤注：“武帝初以张子孺领尚书事，录尚书事由此始。”这里“录”指总领记载之文。 ㉕《世本》：史书名。《汉书·艺文志·六艺略》载有《世本》15篇。战国时史官所撰，记黄帝以来诸侯大夫的氏姓、世系、居里等。原书已佚，清人有辑本。㉖名数：《汉书·高帝纪》：“民前或相聚，保山泽，不书名数。今天下已定，令各归其县，复故爵田宅。”师古注：“名数，谓户籍也。” ㉗方：药方，医方。㉘隅：角。 ㉙术：指有关数学方面的著作。 ㉚极：终极。数：技术。㉛《九章》：指《九章算术》，我国古代重要数学著作。微：精微。 ㉜淮南：

淮南王刘安。《万毕》：即《万毕术》，又称《万毕经》，传为刘安所著，是有关历算方面的著作。 ㉝占：视，指观察征兆以知吉凶之辞。 ㉞觇（chān）：看，窥视。 ㉟飞伏：汉儒占验吉凶的概念，指往来、升降、盈虚之理。见西汉京房所著《京氏易传》。 ㊱伺（sì）候：侯望，观察。 ㊲精观书云：《左传·僖公五年》："公既视朔，遂登观台以望而书，礼也。凡分（春分、秋分）、至（冬至、夏至）、启（立春、立夏）、闭（立秋、立冬），必书云物（云气物色），为备故也。"精观：范文澜注"当作登观"。 ㊳式：同栻，古代占时日用的器具，后世称星盘。这里指占时日的记载。《周礼·春官·大史》："大师抱天时与大师同时。"郑玄注引郑司农云："大出师，则大史主抱式以知天时，处吉凶。"贾公彦疏："抱式者，据当时占文谓之式，以其见时候有法式，故谓载天文者为式。" ㊴阴阳盈虚，五行消息：二句本《周易·丰·彖辞》："天地盈虚，与时消息。"盈虚：指大自然虚实消长的变化。五行：金、木、水、火、土五种物质。消息：指生灭，盛衰。古代思想家认为五行有互相促进又互相排斥的作用。㊵稽：考察。 ㊶律：捐刑律条文。 ㊷黄钟：古代乐律十二调之一。《汉书·律历志上》："五声之本，生于黄钟之律。九寸为宫，或损或益，以定商、角、徵、羽。" ㊸五音：宫、商、角、徵、羽。《孟子·离娄上》："不以六律，不能正五音。"六律：十二律中奇数的各律，黄钟是六律之一。 ㊹驭，驾驭，统治。 ㊺八刑：传为周代统治者对八种罪人的刑罚。《周礼·地官·大司徒》："以乡八刑纠万民：一曰不孝之刑，二曰不睦之刑，三曰不姻之刑，四曰不弟之刑，五曰不任之刑，六曰不恤之刑，七曰造言之刑，八曰乱民之刑。"平：公平。 ㊻申：表明。 ㊼管仲：名夷吾，春秋初齐国政治家。下命：一作"下令"。如流水：《管子·牧民·士经》："下令于流水之原者，令顺民心也。"㊽法：指兵法方面的著作。 ㊾象：《尚书·舜典》："象以典刑。"孔传："象，法也。法用常刑，用不越法。" ㊿奇正：古代兵法术语。《孙子·势篇》："三军之众，可使必（毕）受敌而无败者，奇正是也。"《孙子十家注》引曹操注："先出合战为正，后出为奇。"李筌注："当敌为正，傍出为奇。" 51制：指军事上的法令。《礼记·曲礼下》："大夫死众，士死制。"孔疏："大夫死众者，大夫职主领众将军，若四郊多垒，则为己辱，故有寇难当保国，必率众御之，以死为度。士死制者，制谓君敕命所使也，虽不得率师，若君命使之，则唯致死。” ㊾符：符合，这里指有关凭信的文件。 ㊿孚：信用。 51征召：征聘召集。 55中孚：《周易》中有《中孚》卦。孔疏：“中孚，卦名也，信发于中谓之中孚。” 56玉瑞：周代作信物的镇圭、桓圭等玉器。《周礼·春官·典瑞》：“掌玉瑞玉器之藏。”郑注：“人执以见曰瑞，礼神曰器。瑞，符信也。” 57金竹：指铜制和竹制的信物。《史记·孝文帝本纪》载，文帝二年“九月，初与郡国守相为铜虎符、竹使符”。《集解》：“应劭曰：铜虎符第一至第五，国家当发兵，遣使者至郡合符，符合，乃听受之。竹使符，以竹箭五枚，长五寸，镌刻篆书第一至第五。张晏曰：符以代古之珪璋，从简易也。” 58末代：指魏晋以后。 59契：契约。 60征：证验。 61负贩：负货贩卖。缗（mín）：穿钱的绳子，一千为一缗，这里指钱。 62券：契约的一种，分割字据为两半，各执一半为凭。 63判书：《周礼·秋官·朝士》：“凡有责者，有判书以治则听。”郑注：“判，半分而合者，故书判为辨。” 64铁券：即丹书铁券，也称丹书铁契，帝王用以赐给有特殊功勋的人，可据以世代享受种种特权。《汉书·高帝纪下》：“又与功臣剖符作誓，丹书铁契，金匮石室，藏之宗庙。”王先谦补注引《通鉴》胡注：“以铁为契，以丹书之，谓以丹书盟誓之言于铁券。” 65王褒：字子渊，西汉辞赋家。《髯（rán）奴》：指王褒的《僮约》（见《全汉文》卷四二），其中说王褒“从成都安志里女子杨惠，买亡夫时户下髯奴便了（奴名），决贾（价）万五千”。髯：两颊上的须。 66楷：模范。此文以诙谐讽刺笔调写成，首尾有作者与卖主和被卖者的生动对话，显然不是真的卖身契约。但本文对当时买卖奴隶的事实，有生动而深刻的反映。 67疏：分条陈述，这里指市场交易用的简要文券。 68撮（cuō）题：摘记要点。撮：摘取。近意：浅近之意。 69小券短书：《周礼·地官·质人》：“凡卖偻（卖）者，质剂焉：大市以质，小市以剂。”郑注：“质剂者，为之券藏之也。大市，人民马牛之属，用长券；小市，兵器珍异之物，用短券。” 70关：指官府之间互相质询的关文。 71审：慎重。 72庶务：各种政事。 73通塞：政事的顺利与险阻。《周易·节卦·系辞》：“不出户庭，知通塞也。”孔疏：“知通塞者，识时通塞，所以不出也。”详：视听，了解。 74《韩非》：指战国末年思想家韩非所著《韩非子》。

下面所引是《韩非子·问田》中所记徐渠问田鸠的话。 ⑮孙亶（dǎn）回：《韩非子》的原文作“公孙亶回”。人名，不详。 ⑯关：经由。《汉书·董仲舒传》：“太学者，贤士之所关也。”颜师古注：“关，由也。”州部：指地方官吏。《韩非子·显学》：“宰相必起于州部，猛将必发于卒伍。” ⑰刺：古代有名刺、爵里刺，近于后世的名片。《三国志·魏书·夏侯渊传》注引《世语》：“宾客百余人，人一奏刺，悉书其乡邑名氏，世所谓爵里刺也。” ⑱《诗》人：指《诗经》的作者。讽刺：《毛诗序》：“下以风刺上。”刘勰解“刺者，达也”，正取此意。风同讽。 ⑲《周礼》：战国时人编写的儒家经典之一。三刺：《周礼·秋官·小司寇》：“以三刺断庶民狱讼之中：一曰讯群臣，二曰讯群吏，三曰讯万民。”郑注：“刺，杀也。三讯罪定则杀之。” ⑳叙：次第。 ㉑结：终结。 ㉒结：凝结。滞：积留。 ㉓征：证验。对：核对。 ㉔牒（dié）：小简，用于小事的公文。 ㉕温舒：路温舒，字长君，西汉人，官至临淮太守。截蒲：《汉书·路温舒传》：“温舒取泽中蒲，截以为牒，编用书写。”颜师古注：“小简曰牒，编联次之。” ㉖咨（zī）谋：商议。 ㉗签（qiān）：签注处理意见的一种公文。 ㉘纤密：细密。 ㉙状：陈述事实的文辞，如行状、诉状等。 ㉚体貌：指尊重，和《时序》篇“体貌英逸”的用法相同。 ㉛谥（shì）：古代给帝王或大臣死后追赠称号叫“谥”。 ㉜行状：记述死者生平事迹的文字。 ㉝列：列举事理以说明问题的文字。东汉王符《潜夫论》中有《卜列》《巫列》《相列》《梦列》四篇。如《梦列》篇，首先列举“梦有直、有象、有精、有想、有人、有感、有时、有反、有病、有性”等，然后再逐一加以阐述。六朝人常称诉辞、供状为“列”，如任昉《奏弹刘整》：“齐故西阳内史刘寅妻范诣台诉，列称：出适刘氏二十许年，刘氏丧亡，抚养孤弱。叔郎整，常欲伤害侵夺。……辄摄整亡父旧使奴海蛤到台辩问，列称：整亡父兴道先为零陵郡……”前一“列称”为诉辞，后一“列称”为供状。 ㉞辞：泛指一般言辞。 ㉟舌端：《韩诗外传》卷七：“君子避三端：避文士之笔端，避武士之锋端，避辩士之舌端。” ㊱子产：公孙侨，春秋时郑国执政者。有辞：《左传·襄公三十一年》：“叔向曰：辞之不可已也如是夫！子产有辞，诸侯赖之，若之何其释（放弃）辞也。”有辞：善于言辞。 ㊲不可已：不可止，指不能没有言辞。 ㊳谚：

民间谚语。 ⑨⑨丧言：丧亲之言。《孝经·丧亲章》："孝子之丧亲也，哭不偯（yǐ），礼无容，言不文。"邢注："不为文饰。" ⑩⓪廛（chán）：古代城市平民住的地方。 ⑩①邹穆公：春秋时邹国的国君。 ⑩②囊满储中：满应为"漏"。贾谊《新书·春秋》："邹穆公有令：食凫雁者必以秕（bǐ），毋敢以粟。于是仓无秕，而求易于民，二石粟而易一石秕。吏……请以粟食之。公曰：去，非而所知也。……汝知小计而不知大计。周谚曰'囊漏贮中'，而独弗闻欤？"囊漏贮中，囊虽漏而仍储其中。贮：积储。 ⑩③《大誓》：《尚书》中的一篇。下面所引二句见《尚书·牧誓》。 ⑩④牝（pìn）鸡：雌鸡。不晨：不晨鸣。孔疏："牝鸡之鸣，喻妇人知外事，故重申喻意，云'雌代雄鸣则家尽，妇夺夫政则国亡'。" ⑩⑤《大雅》：《诗经》中的一部分。 ⑩⑥人亦有言：《大雅》的《荡》《抑》《桑柔》《烝民》等诗中，都有此句，但无"惟忧用老"句。 ⑩⑦惟忧用老：《诗经·小雅·小弁》中有"维忧用老"，但无"人亦有言"句。《抑》中的"人亦有言，靡哲不愚"；《桑柔》中的"人亦有言，进退维谷"等，都是很好的古谚。这二句可能是刘勰的误用。 ⑩⑧《诗》：指《诗经》。《书》：指《尚书》。可引：一作"所引"。 ⑩⑨陈琳：字孔璋，汉末文学家，"建安七子"之一。谏辞：指陈琳的《谏何进召外兵》。 ⑪⓪掩目捕雀：《后汉书·何进传》："（袁）绍等又为画策，多召四方猛将及诸豪杰，使并引兵向京城，以胁太后，（何）进然之。主簿陈琳入谏曰：《易》称'即鹿无虞'，谚有'掩目捕雀'。夫微物尚不可欺以得志，况国之大事，其可以诈立乎！" ⑪①潘岳：字安仁，西晋文学家。哀辞：潘岳哀吊之作甚多，如《金鹿哀辞》《阳城刘氏妹哀辞》等，见《全晋文》卷九二、九三。 ⑪②掌珠：掌上明珠，喻极其珍爱。潘岳哀辞中用"掌珠"的话今不存。西晋傅玄《短歌行》："昔君视我，如掌中珠。"南朝梁江淹《伤爱子赋》："曾悯怜之惨凄，痛掌珠之爱子。"可见是当时常用的"俗说"。伉俪（kànglì）：夫妻。潘岳《杨仲武诔》的序中说："而子之姑，余之伉俪焉。"（《文选》卷五六）《悼亡赋》中也说："且伉俪之片合，垂明哲乎嘉礼。"（《艺文类聚》卷三四） ⑪③鄙俚（lǐ）：鄙俗。 ⑪④四条：黄叔琳注疑为"数条"，范文澜注疑为"六条"，杨明照、王利器校，据《檄移》篇"凡此众条"等认为当作"众条"。按，《练字》篇有"凡此四条"之说，《指瑕》篇有"略举四条"

之说。本篇的“四条”不误。上文说“笔札杂名，古今多品”，则以上六类属“多品”，每类各四名，即“四条”。下文说：“或事本相通，而文意各异”，正指每类之内的四条而言，如“律”“令”、“契”“券”等，就是相通而各异的，各类之间就不存在这种情形。“四条”当是“各类四条”之省。 ⑮总：汇聚。⑯绮（qǐ）：有花纹的丝织品，这里指文采。 ⑰阙（quē）：同缺，指意义不完善。 ⑱长：多余。 ⑲有司：各有专司的官吏。司：主管。 ⑳浮藻：文采浮华。这里是指追求浮藻的人。 ㉑九方堙（yīn）：春秋时善于相马的人，也叫九方皋。《吕氏春秋·观表》《列子·说符》《淮南子·道应训》中都有关于九方皋相马的记载。骏足：良马。 ㉒不知毛色牝牡：《淮南子·道应训》：秦穆公使九方堙求马，“三月而反，报曰：‘已得马矣，在于沙丘。’穆公曰：‘何马也?’对曰：‘牡而黄。’使人往取之，牝而骊。穆公不说，召伯乐而问之曰：‘败矣，子之所使求者，毛物牝牡弗能知，又何马之能知?’伯乐喟然太息曰：‘一至此乎！是乃其所以千万臣而无数者也。若堙之所观者，天机也，得其精而忘其粗。’” ㉓身文：有采于自身。《明诗》篇曾说：“吐纳而成身文。” ㉔邦瑞：国家的吉祥。《程器》篇曾说：“岂无华身，亦有光国。” ㉕翰林：文人荟萃之处，犹后世所谓“文坛”。 ㉖理：治玉，这里有从事、实践的意思。

## 【原 文】

赞曰：文藻条流[①]，托在笔札[②]。既驰金相[③]，亦运木讷[④]。万古声荐[⑤]，千里应拔[⑥]。庶务纷纶[⑦]，因书乃察[⑧]。

## 【译 文】

总之，文章的各种支流，都容纳在笔札之中。有的要驰骋文采，有的则运用朴质。优秀的书札使作者声名显扬于万古，影响很快就传遍千里。众多纷杂的政务，就靠书记得以明察。

## 注 释

❶条流：枝条，支流。 ❷托：寄托，引申为容纳。 ❸金相：喻文采之美。

王逸《楚辞章句序》："屈原之辞……所谓金相玉质，百世无匹。" ❹木讷（nè）：指质朴。《论语·子路》："刚毅木讷，近仁。"王注："木，质朴；讷，迟钝。" ❺声荐：声名显扬。荐：进，举。 ❻应拔：迅速响应。拔：疾。这两句以"声""应"对举，有声气相应之意。 ❼纷纶：众多纷杂。 ❽察：明显。

# 二六、神思

## 解题

《神思》是《文心雕龙》的第二十六篇，主要探讨艺术构思问题。从本篇到《总术》的十九篇，是《文心雕龙》的创作论部分。刘勰把艺术构思列为其创作论的第一个问题，除了他认为艺术构思是“驭文之首术，谋篇之大端”外，更如本书引论所说，《神思》篇是刘勰创作论的总纲。创作论以下各篇所讨论的问题，本篇从物与情、物与言和情与言三种关系的角度，概括地提出了他的基本主张和要求。

全篇分三部分。第一部分阐述艺术构思的特点和作用。为了做好构思工作，强调作家要注意积累知识，辨明事理，善于利用自己的生活经验和训练自己的情致。第二部分以过去作家为例，说明艺术构思的不同类型。但无论作家构思的快慢难易如何不同，除都需要经常练习写作外，更要努力增进见识，在构思中抓住重点；只有这样，才能取得创作的胜利。第三部分提出艺术加工的必要性，说明艺术构思的具体复杂情况，本篇不可能完全说清楚。

《神思》是古代文论中比较全面而系统地论述艺术构思的一篇重要著作。它所提出的“神与物游”的构思活动，初步总结了形象思维的基本特点。刘勰所讲的“物”，虽然主要是自然景色，而未明确提到社会生活，这是他的不足之处；但他所强调的“研阅”“博见”等，不仅包括社会现象在内，也说明刘勰对艺术构思的物质基础是相当注意的。

【原 文】

古人云[①]："形在江海之上，心存魏阙之下。"[②]神思之谓也[③]。文之思也，其神远矣。故寂然凝虑，思接千载；悄焉动容[④]，视通万里。吟咏之间[⑤]，吐纳珠玉之声；眉睫之前[⑥]，卷舒风云之色：其思理之致乎[⑦]！故思理为妙，神与物游[⑧]。神居胸臆[⑨]，而志气统其关键[⑩]；物沿耳目，而辞令管其枢机[⑪]。枢机方通[⑫]，则物无隐貌；关键将塞[⑬]，则神有遁心[⑭]。是以陶钧文思[⑮]，贵在虚静，疏瀹五藏[⑯]，澡雪精神[⑰]。积学以储宝[⑱]，酌理以富才[⑲]，研阅以穷照[⑳]，驯致以怿辞[㉑]。然后使玄解之宰[㉒]，寻声律而定墨[㉓]；独照之匠[㉔]，窥意象而运斤[㉕]。此盖驭文之首术[㉖]，谋篇

【译 文】

古人曾说："有的人身在江湖，心神却系念着朝廷。"这里说的就是精神上的活动。作家写作时的构思，他的精神活动也是无边无际的。所以当作家静静地思考的时候，他可以联想到千年之前；而在他的容颜隐隐地有所变化的时候，他已观察到万里之外去了。作家在吟哦推敲之中，就像听到了珠玉般悦耳的声音；当他注目凝思，眼前就出现了风云般变幻的景色：这就是构思的效果啊！由此可见，构思的妙处，是在使作家的精神与物象融会贯通。精神蕴藏在内心，却为人的情志和气质所支配；外物接触到作者的耳目，主要是靠优美的语言来表达。如果语言运用得好，那么事物的形貌就可完全刻画出来；若是支配精神的关键有了阻塞，那么精神就不能集中了。因此，在进行构思的时候，必须做到沉寂宁静，思考专一，使内心通畅，精神净化。为了做好构思工作，首先要认真学习来积累自己的知识，其次要辨明事理来丰富自己的才华，再次要参考自己的生活经验来获得对事物的彻底理解，最后要训练自己的情致来恰切地运用文辞。这样才能使懂得深奥道理的心灵，探索写作技巧来定绳墨；正如一个有独到见解的工匠，根据想象中的样子来运用工具一样。这是写作的主要手法，也是考虑全篇布局时必须注意的要点。在作

之大端[27]。夫神思方运，万涂竞萌[28]；规矩虚位[29]，刻镂无形[30]。登山则情满于山[31]，观海则意溢于海；我才之多少，将与风云而并驱矣。方其搦翰[32]，气倍辞前[33]；暨乎篇成[34]，半折心始[35]。何则？意翻空而易奇[36]，言征实而难巧也[37]。是以意授于思，言授于意；密则无际[38]，疏则千里[39]。或理在方寸[40]，而求之域表[41]；或义在咫尺[42]，而思隔山河。是以秉心养术[43]，无务苦虑[44]；含章司契[45]，不必劳情也[46]。

家开始构思时，无数的意念都涌上心头；作家要对这些抽象的意念给以具体的形态，把尚未定形的事物都精雕细刻起来。作家一想到登山，脑中便充满着山的秀色；一想到观海，心里便洋溢着海的奇景。不管作者才华的多少，他的构思都可以随着流风浮云而任意驰骋。在刚拿起笔来的时候，旺盛的气势大大超过文辞本身；等到文章写成的时候，比起开始所想的要打个对折。为什么呢？因为文意出于想象，所以容易出色；但语言比较实在，所以不易见巧。由此可见，文章的内容来自作者的思想，而语言又受内容的支配。如果结合得密切，就如天衣无缝，否则就会远隔千里。有时某些道理就在自己心里，却反而到天涯去搜求；有时某些意思本来就在跟前，却又像隔着山河似的。所以要驾驭好自己的心灵，锻炼好写作的方法，而无须苦思焦虑；应掌握好写作的规则，而不必过分劳累自己的心情。

## 注释

❶古人：指战国时魏国的公子牟。他的话载《庄子·让王》：“中山公子牟谓瞻子曰：‘身在江海之上，心居乎魏阙之下，奈何！’” ❷“形在”二句：原指身在江湖，心在朝廷。这里借喻文学创作的构思活动。魏阙（què）：指朝廷。魏：高大。 ❸神思：宗炳《画山水序》：“圣贤映于绝代，万趣融其神思。”（《全宋文》卷二〇） ❹悄（qiǎo）：静寂。 ❺“吟咏”二句：指作家刚沉吟构思，文章尚未写成，可是在作家心目中，好像已听到那篇未来作品的音节铿

锵了。吐纳：发出。 ❻睫（jié）：眼毛。 ❼致：达到。 ❽神与物游：指作者的精神与外物的形象密切结合，一起活动。 ❾胸臆：指内心。臆：胸。❿志气：作者主观的情志、气质。统：率领，管理。 ⓫辞令：动听的言语。枢机：指主要部分。《周易·系辞上》：“言行，君子之枢机，枢机之发，荣辱之主也。”孔颖达疏：“枢，谓户枢；机，谓弩牙。言户枢之转，或明或暗；弩牙之发，或中或否，犹言行之动，从身而发，以及于物，或是或非也。” ⓬枢机：这里指“辞令”。 ⓭关键：这里指“志气”。 ⓮遁：隐避。 ⓯陶：制瓦器。钧：造瓦器的转轮。这里以“陶钧”指文思的掌握和酝酿。 ⓰瀹（yuè）：疏通。藏：即脏。 ⓱雪：洗涤。《庄子·知北游》：“老聃曰：‘汝齐（斋）戒疏瀹而（尔）心，澡雪而（尔）精神。’” ⓲宝：这里指人的知识。 ⓳酌：斟酌，有考虑、思辨的意思。 ⓴阅：阅历、经验。穷：探索到底。照：察看，引申为理解。 ㉑致：情致。怿（yì）：一作“绎”，译文据“绎”字。“绎”是整理、运用。 ㉒玄：指深奥难懂的事物或道理。宰：主宰，这里指作家的心灵。㉓声律：指作品的音节。安排音节本来只是写作的技巧之一，这里用以代表一切写作技巧。墨：绳墨。“墨”与下句“斤”相对，和《文选·琴赋》中的“离子督墨，匠石奋斤”用法同。 ㉔独照：独到的理解。 ㉕窥：视。意象：意中之象，指构思过程中客观事物在作者头脑中构成的形象。斤：斧。 ㉖驭文：就是写作。驭：驾驭，控制。术：方法。 ㉗大端：重大的端绪，也就是要点。㉘万涂：即万途，指思绪很多。 ㉙规：画圆形的器具。矩：画方形的器具。这里是用“规矩”指赋予事物以一定的形态。虚位：指抽象的东西。 ㉚镂（lòu）：也是刻。无形：和上句“虚位”意同。这两句和陆机《文赋》中说的“课虚无以责有，叩寂寞而求音”意义相近，都指通过艺术构思而赋予抽象的东西以生动具体的形象。 ㉛登山：指构思中想到登山的情景。下句“观海”同。㉜搦（nuò）：握，持。翰：笔。 ㉝辞：指写成了的作品。“辞前”是未写成以前。 ㉞暨（jì）：及。 ㉟心始：心中开始考虑写作时的想象。 ㊱翻空：指动笔写作以前构思的情形。 ㊲征实：指把作者所想象的具体写下来。 ㊳际：这里指空隙。 ㊴疏：远，指语言不能准确地表达思想。 ㊵方寸：心。《三国志·蜀书·诸葛亮传》：“（徐）庶辞先主而指其心曰：‘本欲与将军共图王霸之业者，以此方寸之地也。今已失老母，方寸乱矣。’” ㊶域表：疆界之外，指很远的地方。 ㊷咫（zhǐ）尺：指距离很近。咫：八寸。 ㊸秉：操持，掌握。 ㊹务：专力。 ㊺章：文采。契：约券，引申为规则。 ㊻不必劳情：参看《养气》篇。其中论不必过于苦思说：“率志委和，则理融而情畅；钻砺过分，则神疲而气衰。”

【原 文】

人之禀才[1]，迟速异分[2]；文之制体[3]，大小殊功[4]。相如含笔而腐毫[5]，扬雄辍翰而惊梦[6]，桓谭疾感于苦思[7]，王充气竭于思虑[8]，张衡研《京》以十年[9]，左思练《都》以一纪[10]：虽有巨文，亦思之缓也。淮南崇朝而赋《骚》[11]，枚皋应诏而成赋[12]，子建援牍如口诵[13]，仲宣举笔似宿构[14]，阮瑀据案而制书[15]，祢衡当食而草奏[16]：虽有短篇，亦思之速也。若夫骏发之士[17]，心总要术；敏在虑前，应机立断。覃思之人[18]，情饶歧路[19]；鉴在疑后[20]，研虑方

【译 文】

人们写作的才能，有快有慢；文章的篇幅，也有大有小。例如司马相如含笔构思，直到笔毛腐烂，文章始成；扬雄作赋太苦，一放下笔就做了怪梦；桓谭因作文苦思而生病；王充因著述用心过度而气力衰竭；张衡思考作《二京赋》费了十年的时光；左思推敲写《三都赋》达十年以上：这些虽说篇幅较长，但也由于构思的迟缓。又如淮南王刘安在一个早上就写成《离骚赋》；枚皋刚接到诏令就把赋写成了；曹植拉开纸来就像背诵旧作似的迅速写成；王粲拿起笔来就像早已做好了一般；阮瑀在马鞍上就能写成书信；祢衡在宴会上就草拟成奏章：这些虽说篇幅较短，但也由于构思的敏捷。那些构思较快的人，对写作的主要方法是心中有数的，他们机敏得好像未经考虑就能当机立断。而构思迟缓的人，心中充满了各式各样的思路，几经疑虑才能看清楚，细细推究才能决定。有些人因为文思敏捷，所以很快就能写成功；

定。机敏故造次而成功[21]，虑疑故愈久而致绩[22]；难易虽殊，并资博练[23]。若学浅而空迟，才疏而徒速；以斯成器[24]，未之前闻。是以临篇缀虑[25]，必有二患：理郁者苦贫[26]，辞溺者伤乱[27]。然则博见为馈贫之粮[28]，贯一为拯乱之药[29]：博而能一[30]，亦有助乎心力矣。

有些人因为多所疑虑，所以历时较久才能写好。两种人写作虽难易不同，但同样依靠多方面的训练。假如学问浅薄而只是写得慢，才能疏陋而只是写得快：这样的人要想在写作上有所成就，是从来没有听说过的。所以在创作构思时，必然出现两种毛病：思理不畅的人写出来的文章常常内容贫乏，文辞过滥的人又常常有杂乱的缺点。因此，增进见识可以补救内容的贫乏；突出重点可以纠正文辞的杂乱。如果见识广博而又有重点，对于创作构思就很有帮助了。

## 注释

❶禀：接受。 ❷分（fèn）：本分。 ❸制体：指文章的体裁、篇幅等。 ❹殊：不同。功：成效、功用。 ❺相如：指司马相如，字长卿，西汉著名作家，相传他的文思较慢。《汉书·枚乘（附皋）传》："司马相如善为文而迟。"王先谦补注引沈钦韩曰："《西京杂记》：'皋文章敏疾，长卿制作淹迟，皆尽一时之誉。'"含笔腐毫：古人写作前常以口润笔，兼行构思。毫：即毛，指毛笔。腐毫：形容构思时间之长。 ❻扬雄：西汉著名作家。辍（chuò）翰惊梦：桓谭《新论·祛蔽》中说，扬雄写完了《甘泉赋》，因用心过度，困倦而卧，"梦其五脏出在地，以手收而内之"（《全后汉文》卷一四）。辍：停止。 ❼桓谭：东汉初年著名学者。疾感：《新论·祛蔽》中说，桓谭想学习扬雄的赋，因用心太苦而生病："余少时见扬子云之丽文高论，不自量年少新进，而猥欲逮及。尝激一事而作小赋，用精思太剧，而立感动发病，弥日瘳（愈）。" ❽王充：字仲任，东汉著名思想家。气竭：《后汉书·王充传》说，王充"著《论衡》八十五篇，二十余万言。年渐七十，志力衰耗"。竭：尽。 ❾张衡：字平

子，东汉著名科学家、文学家。研《京》：写《二京赋》。十年：《后汉书·张衡传》："时天下承平日久，自王侯以下，莫不逾侈（过分奢侈）。衡乃拟班固《两都》，作《二京赋》，因以讽谏；精思傅会（即附会），十年乃成。"《二京赋》指《东京赋》和《西京赋》，载《文选》卷二、三。 ⑩左思：字太冲，西晋文学家。练《都》：指写《三都赋》。练：煮缣（细绢）使洁白，这里指推敲文辞，构思作品。一纪：十二年。《文选·三都赋序》李善注引臧荣绪《晋书》说："左思……欲作《三都赋》，乃诣著作郎张载访岷、邛之事。遂构思十稔（年），门庭藩溷（藩篱厕所），皆著纸笔，遇得一句，即疏之。……赋成，张华见而咨嗟，都邑豪贵竞相传写。" ⑪淮南：淮南王刘安，西汉前期的思想家和文学家。崇：终。赋《骚》：指刘安所写有关《离骚》的作品，现已失传。高诱《淮南子叙》："（刘）安为辨达，善属文。皇帝为从父，数上书召见，孝文皇帝甚重之。诏使为《离骚赋》，自旦受诏，日早食已（完成）。上爱而秘之。" ⑫枚皋（gāo）：西汉辞赋家。应诏成赋：《汉书·枚乘（附皋）传》说，枚皋为文敏疾，"上有所感，辄使赋之。为文疾，受诏辄成，故所赋者多"。⑬子建：曹植的字，三国时期魏国著名文学家。援：持。牍（dú）：木简，这里指纸。杨修《答临淄侯笺》说，曹植"握牍持笔，有所造作，若成诵在心"（见《文选》卷四〇）。 ⑭仲宣：王粲的字，他是"建安七子"中最杰出的作家。宿构：早就写好的。《三国志·魏书·王粲传》说，王粲作文"举笔便成，无所改定，时人常以为宿构"。 ⑮阮瑀（yǔ）：字元瑜，也是"建安七子"之一。案：当作"鞍"。《三国志·魏书·王粲传》注引《典略》说："太祖（曹操）尝使瑀作书与韩遂，时太祖适近出，瑀随从，因于马上具草，书成呈之。太祖揽笔欲有所定，而竟不能增损。" ⑯祢（mí）衡：字正平，汉魏间的作家。当食、草奏：《后汉书·祢衡传》说，祢衡在黄射的一次宴会上，"人有献鹦鹉者，（黄）射举卮于衡曰：'愿先生赋之以娱嘉宾。'衡览（揽）笔而作，文无加点，辞采甚丽"。又说："（刘）表尝与诸文人共草章奏，并极其才思。时衡出，还见之，开省未周，因毁以抵（掷）地。表怃然（不乐）为骇。衡乃从求笔札，须臾立成，辞义可观。" ⑰骏发：指文思的敏捷。骏，速。 ⑱覃（tán）思：深思，这里指化很长的时间来思考，也就是文思迟缓。 ⑲饶：多。

歧路：岔路。 ⑳鉴：察看清楚。 ㉑造次：仓猝，不加细思。 ㉒致绩：与上句“成功”意近。绩：功。 ㉓博练：广泛的训练，兼指上文“积学”“酌理”“研阅”“驯致”四个方面。 ㉔成器：有所成就。器：才能。 ㉕缀虑：即构思。缀：连结。 ㉖理：思理。郁：不通畅。 ㉗溺（nì）：沉迷，过分。 ㉘馈（kuì）：进食。 ㉙贯一：指要求有一个中心，也就是要有重点的意思。拯（zhěng）：救助。 ㉚博而能一：指上面所讲的“博见”和“贯一”的结合。

【原 文】

若情数诡杂[1]，体变迁贸[2]；拙辞或孕于巧义[3]，庸事或萌于新意[4]。视布于麻，虽云未费[5]；杼轴献功[6]，焕然乃珍[7]。至于思表纤旨[8]，文外曲致[9]；言所不追，笔固知止。至精而后阐其妙[10]，至变而后通其数[11]。伊挚不能言鼎[12]，轮扁不能语斤[13]，其微矣乎！

【译 文】

作品的内容是非常复杂的，风格也各式各样。粗糙的文辞中会蕴藏着巧妙的道理；平凡的叙事中也可能产生新颖的意思；这就像布和麻一样，麻比布虽说并不更贵重些，但是麻经人工织成了布，就有光彩而值得珍贵了。此外，有些为思考所不及的细微的意义，或者为文辞所难表达的曲折的情致，这是不易说清楚的，也就不必多谈了。必须有精细的文笔，才能阐明其中的微妙之处；也必须有懂得一切变化的头脑，才能理解各种写作方法。从前伊尹不能详述烹饪的奥妙，轮扁也难说明用斧的技巧，这的确是很微妙的。

注 释

❶情：指作品中表达的思想情感。诡（guǐ）：不平常。 ❷体：风格。贸：变化。 ❸孕：怀胎，这里指蕴藏。 ❹萌：萌芽。 ❺费：一作“贵”，译文据“贵”字。 ❻杼（zhù）轴：织机，这里作动词用，指加工。 ❼焕然：有光彩。 ❽表：外。纤（xiān）：细。 ❾曲：曲折微妙。 ❿阐：说明。

⑪数：技巧、方法。 ⑫伊挚：即伊尹，名挚，汤的臣子。鼎：古代烹煮用具。《吕氏春秋·本味》载伊尹借烹饪的道理比喻治国平天下的方法曾说："调和之事，必以甘酸苦辛咸，先后多少，其齐（高诱注：'和分也。'）甚微，皆有自起。鼎中之变，精妙微纤，口弗能言，志不能喻。" ⑬轮扁：古代善于斫轮的工匠，名扁。斤：斧子。《庄子·天运》载轮扁讲运用斧子的巧妙难于说明："斫轮徐则甘（缓）而不固，疾则苦（急）而不入；不徐不疾，得之于手，而应于心，口不能言，有数存焉于其间。"

【原文】

赞曰：神用象通①，情变所孕。物以貌求，心以理应②。刻镂声律，萌芽比兴③。结虑司契④，垂帷制胜⑤。

【译文】

总之，作家的精神活动和万物的形象相结合，从而构成作品的各种内容。外界事物以它们不同的形貌来打动作家，作家内心就根据一定的法则而产生相应的活动；然后推敲作品的音节，运用比兴的方法。倘能掌握构思的法则，创作一定能够成功。

## 注释

❶象：指物象。通：沟通，结合。 ❷"物以貌求"二句：讲构思活动中作者的心和物的关系，和本书《物色》篇中所说"物色之动，心亦摇焉""写气图貌，既随物以宛转；属采附声，亦与心而徘徊"等句的意思相通。 ❸比兴：参看本书《比兴》篇。文学创作中比兴方法的运用，和形象思维有着密切的关系。刘勰认识到比兴是在作者的心与物象的交融过程中产生的，这是他的卓见。❹结虑：与上文"缀虑"的意义相同，都指构思。 ❺垂帷制胜：这里是以军机比喻写作，认为写作和军事上的运筹帷幄之中，便可决胜千里之外一样，如能有卓越的艺术构思，便能创造出优秀的文学作品。垂帷：放下帷幕，指在军幕之中。《汉书·高帝纪》："夫运筹帷幄之中，决胜千里之外。"

# 二七、体性

## 解题

《体性》是《文心雕龙》的第二十七篇，从作品风格（“体”）和作者性格（“性”）的关系来论述文学作品的风格特色。

全篇分三个部分。第一部分从文学创作的根本问题谈起，指出创作是作者有了某种情感的冲动，才发而为文的。所以作者的才、气、学、习等等，就都和作品所表现出来的风格特征有着一定的关系。刘勰认为作品的风格是：“各师成心，其异如面。”因此，不同的作者有不同的风格。他把各种风格大体上归纳为“典雅”“远奥”等八种，并概括地总结了这八种风格的基本特点。在这八种中，刘勰对“新奇”和“轻靡”两种比较不满。不过他认为，一个人的风格不限于一种，而往往有参差错综或前后不同的发展变化。

第二部分以贾谊、司马相如、王粲、陆机等十多人的具体情况，来进一步阐明作者性格与作品的风格，完全是“表里必符”的。

第三部分强调作家的成功固然和他的才力有关，但更重要的是依靠长期刻苦的学习。八种风格虽然变化无穷，只要自己努力学习，就可融会贯通。因此，他主张作者从小就应向雅正的作品学习。

“风格即人”，它是作者个性的艺术表现。本篇能结合“体”“性”两个方面来探讨，这是对的。刘勰以征圣、宗经的观点来强调或贬低某种风格，这给他的风格论带来一定局限。但在理论上，他正确地总结了风格形成的主要原因，明确了风格和个性的关系，强调后天学习的重要，这对古代风格论的建立和发展，都是有益的。

【原文】

夫情动而言形[①]，理发而文见[②]；盖沿隐以至显[③]，因内而符外者也[④]。然才有庸俊[⑤]，气有刚柔[⑥]，学有浅深，习有雅郑[⑦]；并情性所铄[⑧]，陶染所凝[⑨]，是以笔区云谲[⑩]、文苑波诡者矣[⑪]。故辞理庸俊，莫能翻其才[⑫]；风趣刚柔[⑬]，宁或改其气[⑭]；事义浅深[⑮]，未闻乖其学[⑯]；体式雅郑[⑰]，鲜有反其习[⑱]：各师成心[⑲]，其异如面。若总其归涂[⑳]，则数穷八体[㉑]：一曰典雅[㉒]，二曰远奥[㉓]，三曰精约[㉔]，四曰显附[㉕]，五曰繁缛[㉖]，六曰壮丽[㉗]，七曰新奇[㉘]，八曰轻靡[㉙]。典雅者，熔式经诰[㉚]，方轨儒门者也[㉛]。远奥者，馥采典文[㉜]，经理玄宗者也[㉝]。精约者，核字省句[㉞]，剖析毫厘者也。显附者，辞直义畅，切理厌心

【译文】

人的感情如果激动了，就形成为语言；道理如果要表达，便体现为文章。这是把隐藏在心中的情和理发表为明显的语言文字，表里应该是一致的。不过人的才华有平凡和杰出之分，气质有刚强和柔弱之别，学识有浅薄及湛深之异，习惯有雅正跟邪僻之差。这些都是由人的情性所决定，并受后天的熏陶而成；这就造成创作领域内千变万化，奇谲如天上流云，诡秘似海上波涛。那么，在写作上，文辞和道理的平凡或杰出，总是同作者的才华相一致的；作品的教育作用和趣味的刚健或柔弱，难道会和作者的气质有差别？所述事情和意义的浅显或湛深，也不会和作者的学识相反；所形成的风格的雅正或邪僻，很少和作者的习惯不同。各人按照自己本性来写作，作品的风格就像各人的面貌一样彼此互异。归根到底，不外八种风格：第一种是“典雅”，第二种是“远奥”，第三种是“精约”，第四种是“显附”，第五种是“繁缛”，第六种是“壮丽”，第七种是“新奇”，第八种是“轻靡”。所谓“典雅”，就是向经书学习，与儒家走相同的路的。所谓“远奥”，就是文采比较含蓄而有法度，说理以道家学说为主的。所谓“精约”，就是字句简练，分析精细的。所谓

者也[35]。繁缛者，博喻酿采[36]，炜烨枝派者也[37]。壮丽者，高论宏裁[38]，卓烁异采者也[39]。新奇者，摈古竞今[40]，危侧趣诡者也[41]。轻靡者，浮文弱植[42]，缥缈附俗者也[43]。故雅与奇反，奥与显殊[44]，繁与约舛[45]，壮与轻乖[46]。文辞根叶[47]，苑囿其中矣[48]。

"显附"，就是文辞质直，意义明畅，符合事物，使人满意的。所谓"繁缛"，就是比喻广博，文采丰富，善于铺陈，光华四溢的。所谓"壮丽"，就是议论高超，文采不凡的。所谓"新奇"，就是屏旧趋新，以诡奇怪异为贵的。所谓"轻靡"，就是辞藻浮华，情志无力，内容空泛，趋向庸俗的。这八种风格中，"典雅"和"新奇"相反，"远奥"和"显附"不同，"繁缛"和"精约"有异，"壮丽"和"轻靡"相别。文章的各种表现，都不出这个范围了。

## 注释

❶情动而言形：《毛诗序》："情动于中而形于言。"形：表达。 ❷见（xiàn）：同现，显露，和上句"形"字意近。 ❸隐：指上文所说的"情"和"理"。显：指上文所说的"言"和"文"。 ❹因内符外：《论衡·超奇》："有根株于下，有荣叶于上；有实核于内，有皮壳于外。文墨辞说，士之荣叶皮壳也。实诚在胸臆，文墨著竹帛，外内表里，自相副称；意奋而笔纵，故文见而实露也。" ❺庸：平凡。俊：杰出。 ❻气：指作者的气质。刚柔：强弱。 ❼雅：雅乐。郑：郑声。这里是借"雅郑"指正与邪。 ❽情性：指先天的质性，包括才和气在内。铄（shuò）：原指金属的熔化，这里引申为影响的意思。 ❾陶染：指后天的影响，如学和习。 ❿笔区：和下句的"文苑"意义相近。谲（jué）：变化。 ⓫诡（guǐ）：反常。扬雄《甘泉赋》："于是大厦云谲波诡。"李善注引孟康曰："言厦屋变巧，乃为云气水波相谲诡也。" ⓬翻：转动，这里有改变的意思。 ⓭风：指作品所起的教育作用。趣：指作品中所体现的味道。 ⓮宁：难道。 ⓯事义：事情和意义。《事类》篇说："学贫者，迍邅于事义。" ⓰乖：不合。 ⓱体：风格。 ⓲鲜：少。 ⓳"各师"二句：

《左传·襄公三十一年》："人心之不同，如其面焉。"成心：本性，指作者的才、气、学、习。《庄子·齐物论》："夫随其成心而师之，谁独且无师乎。"郭象注："夫心之足以制一身之用者，谓之成心。" ⑳总：综合。涂：途径。 ㉑穷：尽。 ㉒典雅：指内容符合儒家学说，文辞比较庄重的。典：儒家经典。雅：正。 ㉓远奥：指内容倾向道家，文辞比较玄妙的。 ㉔精约：指论断精当，文辞凝炼的。 ㉕显附：指说理清楚，文辞畅达的。 ㉖繁缛（rù）：指铺叙详尽，文辞华丽的。缛：采饰繁杂。 ㉗壮丽：指陈义俊伟，文辞豪迈的。 ㉘新奇：指内容新奇，文辞怪异的。 ㉙轻靡：指内容浅薄，文辞浮华的。靡：轻丽。 ㉚熔式：取法。诰：告诫之文，如《尚书》中的《汤诰》《康诰》之类，这里泛指儒家经典。 ㉛方轨：并驾。《史记·苏秦传》："车不得方轨，骑不得比行。" ㉜馥（fù）：当作"复"。复：深奥。典：这里指法则。 ㉝玄宗：指道家学说。玄：幽远。道家学说称为"玄学"，道教又称"玄教"。 ㉞核：考查。 ㉟切：切合。厌：满足。 ㊱酿：杂。 ㊲炜烨（wěiyè）：明亮的样子。枝派：树多枝叶，水分流派，这里指铺叙的夸张。 ㊳宏：高大。裁：判断，议论。 ㊴烁（shuò）：光彩。异：指不同一般。 ㊵摈：排斥。 ㊶危侧：险僻。 ㊷植：借为"志"。《楚辞·招魂》："弱颜固植。"王逸注："植，志也。" ㊸缥缈（piāomiǎo）：即飘渺，恍惚不定之意，这里指内容的不切实。 ㊹殊：不同。 ㊺舛（chuǎn）：违背，不合。 ㊻乖：违背。 ㊼根叶：这里指作品的主要部分和次要部分各个方面。 ㊽苑囿（yòu）：园林，这里作动词用。

【原 文】

若夫八体屡迁，功以学成；才力居中，肇自血气①。气以实志②，志以定言；吐纳英华③，莫非情性。是以贾生俊发④，故文洁而体清；

【译 文】

这八种风格常常变化，其成功在于学问；但才华也是个关键，这是从先天的气质来的。培养气质以充实人的情志，情志确定文章的语言；文章能否写得精美，无不来自人的情性。因此，贾谊性格豪迈，所以文辞简洁而风格清新；司长卿傲诞[5]，故理侈而辞溢[6]；子云沉寂[7]，故志隐而味深[8]；子政简易[9]，故趣昭而事博[10]；孟坚雅懿[11]，故裁密而思靡[12]；平子淹通[13]，故虑周而藻密[14]；仲宣躁锐[15]，故颖出而才果[16]；公幹气褊[17]，故言壮而情骇[18]；嗣宗俶傥[19]，故响逸而调远[20]；叔夜俊侠[21]，故兴高而采烈[22]；安仁轻敏[23]，故锋发而韵流[24]；士衡矜重[25]，故情繁而辞隐[26]。触类以推，表里必符[27]。岂非自然之恒资[28]，才气之大略哉？

马相如性格狂放，所以说理夸张而辞藻过多；扬雄性格沉静，所以作品内容含蓄而意味深长；刘向性格坦率，所以文章中志趣明显而用事广博；班固性格雅正温和，所以论断精密而文思细致；张衡性格深沉通达，所以考虑周到而辞采细密；王粲性急才锐，所以作品锋芒显露而才识果断；刘桢性格狭隘急遽，所以文辞有力而令人惊骇；阮籍性格放逸不羁，所以作品的音调就不同凡响；嵇康性格豪爽，所以作品兴会充沛而辞采犀利；潘岳性格轻率而敏捷，所以文辞锐利而音节流畅；陆机性格庄重，所以内容繁杂而文辞隐晦。由此推论，内在的性格与表达于外的文章是一致的。这不是作者天赋资质和作品中所体现的才气的一般情况吗？

## 注释

❶肇（zhào）：开始。血气：指先天的气质。 ❷“气以实志”二句：这是借用《左传·昭公九年》中的话：“味以行气，气以实志；志以定言，言以出令。”杜注：“气和则志充；在心为志，发口为言。” ❸吐纳：表达的意思。英华：精华。 ❹贾生：指西汉著名作家贾谊。俊发：英俊发扬，指其才性的豪迈。《才略》篇说：“贾谊才颖，陵轶飞兔（超过飞驰的良马）。”他的赋论疏奏，大胆抨击时政的很多，如《上疏陈政事》中提出：“可为痛哭者一，可为流涕者二，可为长太息者六。”认为：“进言者皆曰，天下已安已治矣，臣独以为未也。曰安且治者，非愚即谀，皆非事实。”（《汉书·贾谊传》） ❺长卿：

西汉著名作家司马相如的字。诞（dàn）：放诞。《世说新语·品藻》注引嵇康《高士传·司马相如赞》："长卿慢世，越礼自放。犊鼻居市，不耻其状。托疾避官，蔑此卿相。乃赋《大人》，超然莫尚。" ❻侈：过分，夸大。溢：满。《才略》："相如好书，师范屈、宋，洞入夸艳，致名辞宗。" ❼子云：西汉著名作家扬雄的字。沉寂：性格沉静。《汉书·扬雄传》："雄少而好学，不为章句，训诂通而已。……口吃，不能剧谈，默而好深湛之思，清静亡为，少耆欲。" ❽志隐而味深：《才略》篇说："子云属意，辞人最深。观其涯度幽远，搜选诡丽；而竭才以钻思，故能理赡而辞坚矣。" ❾子政：西汉末年作家刘向的字。简易：平易近人。《汉书·刘向传》说："向为人简易无威仪。" ❿昭：明白。事：指作品中引用的故事。 ⓫孟坚：东汉初年著名历史家、文学家班固的字。懿（yì）：温和。《后汉书·班固传》说：班固"性宽和容众，不以才能高人"。⓬裁密而思靡：《后汉书·班固传论》："固文赡而事详。若固之序事，不激诡，不抑抗，赡而不秽，详而有体，使读之者亹（wěi）亹而不厌。"李贤注："激，扬也；诡，毁也；抑，退也；抗，进也；《尔雅》曰：亹亹，犹勉也。"靡：这里指细致。 ⓭平子：东汉中著名科学家、文学家张衡的字。淹通：深通。《后汉书·张衡传》说：张衡"通五经，贯六艺，虽才高于世，而无骄尚之情"。⓮虑周：思考全面。《神思》："张衡研《京》以十年。"藻密：文采细密。《杂文》："张衡《七辨》，结采绵靡。" ⓯仲宣："建安七子"之一王粲的字。躁锐：急疾而锐利。《三国志·魏书·王粲传》说王粲才锐："善属文，举笔便成，无所改定，时人常以为宿构；然正复精意覃思，亦不能加也。" ⓰颖（yǐng）出：露锋芒。果：决断。《才略》："仲宣溢才，捷而能密，文多兼善，辞少瑕累，摘其诗赋，则七子之冠冕乎。" ⓱公幹："建安七子"之一刘桢的字。褊（biǎn）：狭隘急遽。 ⓲言壮而情骇：钟嵘《诗品》评刘桢的诗："仗气爱奇，动多振绝，真骨凌霜，高风跨俗。但气过其文，雕润恨少。"骇：惊人。 ⓳嗣宗：三国魏国著名作家阮籍的字。俶傥（tìtǎng）：无拘无束的样子。亦作"倜傥"。《三国志·魏书·王粲传》曾说阮籍"倜傥放荡"。 ⓴响逸而调远：《诗品》评阮籍的《咏怀诗》："言在耳目之内，情寄八荒之表。洋洋乎会于风雅，使人忘其鄙近，自致远大。"逸：高。

㉑叔夜：三国魏著名作家嵇康的字。侠：豪侠。《三国志·魏书·王粲传》中说嵇康“尚奇任侠”。《晋书·嵇康传》说：“康早孤，有奇才，远迈不群。” ㉒兴(xìng)：兴会，兴致。采烈：辞采犀利。 ㉓安仁：西晋作家潘岳的字。轻敏：《晋书·潘岳传》：“岳性轻躁，趋世利。”《才略》：“潘岳敏给，辞自和畅。” ㉔锋发：势锐。韵流：指音节流畅。 ㉕士衡：西晋著名文学家陆机的字。矜(jīn)：庄重。《晋书·陆机传》说陆机“伏膺儒术，非礼不动”。 ㉖情繁而辞隐：《才略》篇说：“陆机才欲窥深，辞务索广，故思能入巧，而不制繁。” ㉗表：外表，这里指作品。里：内涵，这里指作者的性格。 ㉘恒资：指先天的资质。

【原 文】

夫才有天资[1]，学慎始习；斫梓染丝[2]，功在初化；器成彩定[3]，难可翻移。故童子雕琢，必先雅制[4]；沿根讨叶[5]，思转自圆[6]。八体虽殊，会通合数[7]；得其环中[8]，则辐辏相成[9]。故宜摹体以定习[10]，因性以练才；文之司南[11]，用此道也[12]。

【译 文】

作者的才华虽有一定的天赋，但学习则一开始就要慎重；好比制木器或染丝绸，要在开始时就决定功效；若等到器具制成，颜色染定，那就不易再改变了。因此，少年学习写作时，应先从雅正的作品开始；从根本来寻究枝叶，思路便易圆转。上述八种风格虽然不同，但只要能融会贯通，就可合乎法则；正如车轮有了轴心，辐条自然能聚合起来。所以应该学习正确的风格来培养自己的习惯，根据自己的性格来培养写作的才华。所谓创作的指南针，就是指的这条道路。

## 注 释

❶天资：就是上文说的“自然之恒资”。 ❷斫(zhuó)：砍。梓(zǐ)：一种可供建筑及制造器具的树木。 ❸彩：指彩色丝绸。 ❹雅制：指儒家经书。 ❺讨：寻究。 ❻圆：圆满，圆转。 ❼数：方法。 ❽环中：轴心。 ❾辐

(fú)：车轮的辐条。辏（còu）：指辐条的聚集。 ⑩摹：学习。 ⑪司南：指南。 ⑫道：指道路。

【原文】

赞曰：才性异区，文辞繁诡[1]。辞为肤根[2]，志实骨髓[3]。雅丽黼黻[4]，淫巧朱紫[5]。习亦凝真[6]，功沿渐靡[7]。

【译文】

总之，由于作者的才华和性格有区别，因而作品的风格也多种多样。但文辞只是次要的枝叶，而作者的情志才是主要的骨干。正如古代礼服上的花纹是华丽而雅正的，过分追求奇巧就会使杂色搅乱正色。在写作上，作者的才华和气质可以陶冶而成，不过需要长期地观摩浸染才见功效。

注释

❶辞：王利器校作"体"，"体"指风格。 ❷根：范文澜注，当作"叶"。"肤"与"叶"都是指次要的事物。 ❸骨髓：这里指主要的事物，和《风骨》篇所说的"骨"不同。 ❹黼黻（fǔfú）：古代礼服上绣的花纹。 ❺淫：过分。朱紫：指杂色乱正色。古代以"朱"为正色，"紫"为杂色。《论语·阳货》："恶紫之夺朱也。"刘勰在这里即用此意。《文心雕龙》全书五次用到"朱紫"二字，《正纬》篇中的"朱紫乱矣""朱紫腾沸"，和这里的用意正同。 ❻真：指作者的才和气。 ❼渐（jiān）靡：《汉书·淮南衡山济北王传赞》："臣下渐靡使然。"王先谦补注："王念孙曰：《枚乘传》亦云：'渐靡使之然也。'案渐读渐渍之渐，靡与摩同。《学记》：'相观而善之谓摩。'郑注：'摩，相切磋也。'《荀子·性恶篇》：'择良友而友之，得贤师而事之，身日进于仁义而不自知也者，靡使然也。'靡即摩字。《庄子·马蹄篇》：'马喜，则交颈相靡。'李颐曰：'靡，摩也。'靡字古读若摩，故与摩通。说见《唐韵正》。渐靡即渐摩，《董仲舒传》云：'渐民以仁，摩民以谊'是也。"

# 二八、风骨

## 解题

《风骨》是《文心雕龙》的第二十八篇，论述刘勰对文学作品的基本要求。

全篇分三个部分。第一部分首先说明风骨的必要性。所谓“辞之待骨”，就是指文辞的运用必须有骨力；“情之含风”，则指思想感情的表达，要有教育作用。总的要求是：“捶字坚而难移，结响凝而不滞。”即文辞方面要准确不易，教育作用要丰富有力。其次说明没有风骨的作品的弊病。最后举潘勖和司马相如的文章为例，分别说明辞句和内容的感人力量。

第二部分首论文气，从曹丕、刘桢等人的论述，说明“气”的重要。这个“气”，指作家的气质体现在作品之中而形成的文章特色，因此，和本篇所讲的“风”有着密切联系。次论风骨和文采的关系，认为风骨和文采兼备，才是理想的完美作品。

第三部分讲怎样创造风骨。刘勰认为，必须学习经书，同时也参考子书和史书，进而创立新意奇辞，才能使作品“风清骨峻”，具有较大的感染力量。只强调向书本学习而忽视现实生活的重要作用，这是刘勰论风骨的局限。

风骨和风格有一定联系，却又有显著的区别。正如本篇的“赞”中所说：“情与气偕，辞共体并。”作为情与辞的最高要求的风骨，和作者的情志、个性是有其必然联系的，但风骨并不等于风格。因为风格指不同作家的个性在作品中形成的不同特色，风骨则是对一切作家作品的总的要求。

刘勰的风骨论，是针对晋宋以来文学创作中过分追求文采而忽于思想内容的倾向提出的，对后世文学创作和文学评论都有一定的影响。

【原 文】

《诗》总六义[①]，风冠其首[②]；斯乃化感之本源[③]，志气之符契也[④]。是以怊怅述情[⑤]，必始乎风；沉吟铺辞[⑥]，莫先于骨[⑦]。故辞之待骨，如体之树骸[⑧]；情之含风，犹形之包气[⑨]。结言端直[⑩]，则文骨成焉；意气骏爽[⑪]，则文风清焉[⑫]。若丰藻克赡[⑬]，风骨不飞[⑭]，则振采失鲜[⑮]，负声无力[⑯]。是以缀虑裁篇[⑰]，务盈守气[⑱]；刚健既实[⑲]，辉光乃新。其为文用[⑳]，譬征鸟之使翼也[㉑]。故练于骨者[㉒]，析辞必精[㉓]；深乎风者，述情必显。捶字坚而难移[㉔]，结响凝而不滞[㉕]，此风骨之力也[㉖]。若瘠义肥辞[㉗]，繁杂失统[㉘]，则无骨之征也；思不环周[㉙]，索莫乏气[㉚]，则无风之验也。昔潘勖《锡魏》[㉛]，思摹经典[㉜]，群才

【译 文】

《诗经》具备“六义”，第一项是“风”；这是进行教化的根源，同作者的情志和气质是一致的。所以作者内心兴感而要抒发时，就应该先注意风教的问题；而在考虑怎样用文字来表达时，就应该先注意到骨力。文字应该有骨力，就好比身体必须树立骨架一样；情感要能起教化作用，就像人都具有某种气质似的。文辞如写得整饬准确，文章便有了骨力；能表达出作者昂扬爽朗的意志和气概，文章便能起明显的感化作用。假使辞藻虽繁多，但风教作用不大而骨力软弱，那么文采必将黯淡无光，音节也难于动人。所以在构思谋篇之前，便须充分培养自己的气质，做到辞句有力而内容充实，作品方能放射出新的光彩。这对于写作所起的作用，就像猛禽运用翅膀一样。所以，懂得怎样使文章有骨力的作者，文辞一定选择得精当；懂得怎样使文章有教化作用的作者，思想感情必然能抒写得显豁。文字运用得准确而不能改易，作品产生的影响牢固而没有止境：这就是讲究风教与骨力的功效。如果内容本来不多而辞句过于拖沓，文章写得杂乱而缺乏条理，这是没有骨力的表现；如果思想不周密，内容枯燥而文章的气势不足，这是无益于教化的说明。从前潘勖写《册

韬笔[33]，乃其骨髓畯也[34]；相如赋《仙》[35]，气号“凌云”[36]，蔚为辞宗[37]，乃其风力遒也[38]。能鉴斯要[39]，可以定文[40]；兹术或违[41]，无务繁采。

魏公九锡文》，意在学习经典的文辞，使别人都不敢下笔了，那是由于文辞骨力的高超；司马相如写《大人赋》被称为有“凌云之气”，蔚然成为赋家的宗匠，那是由于它具有巨大的感染力量。若能看到这些重要问题，就可以从事写作了；假使违背这些基本法则，就不要徒然追求文采的繁多。

## 注释

❶六义：《毛诗序》：“故诗有六义焉：一曰风，二曰赋，三曰比，四曰兴，五曰雅，六曰颂。”其中风、雅、颂是诗体，赋、比、兴是做诗的方法。 ❷风：刘勰开宗明义，指明“风”是“六义”之一。《毛诗序》说：“风，风也，教也，风以动之，教以化之。”又说：“上以风化下，下以风刺上，主文而谲谏，言之者无罪，闻之者足以戒，故曰风。” ❸化感：教育，感化。 ❹志：情志，即作者内心的思想感情。气：指作者的气质、性格。符契：指作者志气和作品的“风”相一致。符：古代作为凭信的东西。契：约券。 ❺怊（chāo）怅：悲恨，这里指感情的激动。 ❻沉吟：低声吟哦思考。 ❼骨：指作品在文辞方面能达到完善境界而具有较高的感动读者的力量。 ❽骸：胫骨，这里是泛指人的骨骼。文章要有骨才有力，就像人要有健全的骨架才能行动有力。 ❾形：指人的形体。气：指人的气质。文章要有好的内容，才能起好的教育作用，就像人要有好的气质，才能给人好的影响。 ❿端：端庄整饬。直：正直准确。要有端直的文辞，才能产生感染读者的力量。 ⓫意气骏爽：指作品中表现出作者高昂爽朗的意志和气概。骏：高。爽：明。 ⓬清：明显。 ⓭藻：辞藻。克：能。赡（shàn）：富足。 ⓮不飞：不高、无力的意思。 ⓯鲜：明。 ⓰声：指作品的声调、音节。 ⓱缀虑：就是构思。缀：连结。 ⓲务：必须。盈：充满。 ⓳刚健：指文辞的骨力。实：充实，指作品的思想内容。 ⓴其：指风与骨。用：作用。 ㉑征鸟：指鹰隼一类的猛禽。征：远行。 ㉒练：熟悉。

㉓析：分解，这里有抉择运用的意思。 ㉔捶字：即炼字。捶：锻炼。 ㉕响：回声，这里指作品的思想内容在读者身上所起的作用。不滞（zhì）：不停止，指作品的教育作用很丰富。《淮南子·时则训》："流而不滞。"高诱注："滞，止也。" ㉖力：功效。 ㉗瘠（jí）义肥辞：内容少而文辞多。瘠：瘦弱，不丰。㉘统：统绪，条理。 ㉙环周：全面、周密的意思。环：围绕。 ㉚索莫：枯寂。莫：同"寞"。气：这里指气势。 ㉛潘勖（xù）：字元茂，东汉末年作家。《锡魏》：指潘勖的《册魏公九锡文》（见《文选》卷三五）。当时曹操功业日隆，希望汉献帝给他特殊的赏赐，潘勖迎合曹操的意图，代献帝起草了这个文件。 ㉜思：企图。摹：模仿、学习。 ㉝群才：当时其他文人。韬（tāo）：隐藏。 ㉞骨髓：即文骨。畯（jùn）：一作"峻"。峻：高。潘勖这篇文章在思想内容方面没有什么可取，但在辞句上和经典比较接近，所以刘勰认为有一定的骨力。《才略》篇说："潘勖凭经以骋才，故绝群于《锡命》。"正能说明这点。㉟相如：即司马相如，西汉辞赋家。《仙》：指他的《大人赋》，里边主要描写神仙生活。赋载《汉书·司马相如传》。 ㊱气号"凌云"：被称为有"凌云之气"。《史记·司马相如传》载：司马相如向汉武帝奏《大人赋》，"天子大说（悦），飘飘有凌云之气，似游天地之间意"。这里借以指《大人赋》的感染力。凌云：指如驾云飞入天空，形容汉武帝被《大人赋》所写的神仙生活所陶醉。㊲蔚（wèi）：盛大，这里指文章写得好。宗：宗匠。《汉书·叙传下》说司马相如的作品："蔚为辞宗，赋颂之首。" ㊳遒（qiú）：强劲有力。因为汉武帝爱好神仙之道，所以这篇赋的内容对他有巨大的感染力量。 ㊴鉴：察看。 ㊵定文：写作完成，最后定稿。定：写定，改定。 ㊶术：方法。

【原 文】

故魏文称[①]："文以气为主[②]，气之清浊有体[③]，不可力强而致[④]。"故其论孔

【译 文】

因此，曹丕曾说："文章的气势随作者的气质而定，气质或刚或柔的主要倾向，那是勉强不来的。"所以他评论孔融时就说："他的风格特色是很卓越的。"他

融[5]，则云："体气高妙[6]。"论徐幹[7]，则云："时有齐气[8]。"论刘桢[9]，则云："有逸气[10]。"公幹亦云[11]："孔氏卓卓[12]，信含异气[13]；笔墨之性[14]，殆不可胜[15]。"并重气之旨也[16]。夫翚翟备色[17]，而翾翥百步[18]，肌丰而力沉也[19]。鹰隼乏采[20]，而翰飞戾天[21]，骨劲而气猛也[22]。文章才力，有似于此。若风骨乏采[23]，则鸷集翰林[24]；采乏风骨，则雉窜文囿[25]。唯藻耀而高翔[26]，固文笔之鸣凤也。

评论徐幹时却说："常常有齐地的特点。"他评论刘桢时又说："有俊逸的特点。"刘桢也说过："孔融很杰出，的确具有不平常的特色；他的创作中的优点，别人很难超过。"这些话都是重视作者气质和文章气势的意思。野鸡有着不同色彩的羽毛，但最多只飞一百步，那是由于肌肉过多而力量缺乏。老鹰没有什么彩色，却能一飞冲天，那是由于骨骼强壮而气概雄健。创作的才华和能力，也和这差不多。如果文章写得既在内容上能起风教作用，而又在文句上富有骨力，但是缺少辞采，那好像是飞集文坛的老鹰；如果只有辞采而缺乏教化作用和骨力，就恰像文坛上乱跑的野鸡。只有既具备动人的辞采，又富于感化作用和骨力的作品，才算是文章中的凤凰。

## 注释

❶魏文：魏文帝曹丕。这里所引的话，见于他的《典论·论文》。 ❷气：《典论·论文》中所说的"气"，指作者的气质在作品中形成的特色。所以下面说气有"清"、有"浊"；有的作者有"齐气"，有的作者有"逸气"。 ❸清浊：指阳刚与阴柔两种类型。体：主体。 ❹强（qiǎng）：勉强。 ❺孔融：字文举，"建安七子"之一。 ❻体：这里指风格。"体气高妙"也是《典论·论文》中的原话。 ❼徐幹：字伟长，"建安七子"之一。 ❽齐气：齐地之气，特点是比较舒缓，属于阴柔的一类。"时有齐气"也是《典论·论文》中的话。 ❾刘桢：字公幹，"建安七子"之一。 ❿逸：超越一般人之上。曹丕《与吴质

书》："公幹有逸气，但未遒耳。"（见《文选》卷四二） ⑪公幹亦云：下面所引刘桢的话，原文今已失传，但在本书《定势》篇及陆厥的《与沈约书》中，都曾引到他的议论。 ⑫孔氏：指孔融。卓卓：优越。 ⑬信：的确。异：指高出一般。 ⑭性：性质、特征，这里指优点。 ⑮殆（dài）：几乎。 ⑯旨：意旨。 ⑰翚（huī）：五彩的野鸡。翟（dí）：长尾的山鸡。 ⑱翾翥（xuānzhù）：小飞。 ⑲沉：低沉。 ⑳隼（sǔn）：猛禽，与鹰同类而较小。 ㉑翰：高。戾（lì）：到。《诗经·小雅·小宛》："宛彼鸣鸠，翰飞戾天。" ㉒劲：有力。气：这里指气概。 ㉓采：指文句上华丽的修饰。 ㉔鸷（zhì）：猛禽。翰林：即文坛。翰：这里指笔。 ㉕文囿（yòu）：文坛。 ㉖高翔：和上文鹰鸷比喻联系起来看，是指风骨俱高。

## 【原文】

若夫熔铸经典之范①，翔集子史之术②；洞晓情变③，曲昭文体④；然后能孚甲新意⑤，雕画奇辞⑥。昭体，故意新而不乱；晓变，故辞奇而不黩⑦。若骨采未圆⑧，风辞未练⑨，而跨略旧规⑩，驰骛新作⑪，虽获巧意，危败亦多；岂空结奇字，纰缪而成经矣⑫？《周书》云⑬，"辞尚体要⑭，弗惟好异⑮"，盖防文滥也。然文

## 【译文】

如果学习经书的典范来写作，同时也参考子书和史书的写作方法，并深知文学创作的发展变化情况，详悉各种文章的体势；然后才能产生新颖的意思，锤炼出奇特的文辞来。明确了各种文章的体势，就能意思新颖而不紊乱；懂得了创作的继承和革新，就能文辞奇特而无瑕疵。假如文章的骨力和文采既配合得不圆满，风教作用和辞藻也联系得不恰切，却想摆脱掉原有的规范，追求新的写作技巧，那么即使得到巧妙的文义，也常常会失败。难道徒然用些奇特的字句，就错误地算作正常的做法了吗？《尚书·毕命》中说："文辞应该抓住要点，不能一味追求新异。"这是为了防止文辞的浮滥。不过写作手法不止一种，各人有自己所喜爱的；所

术多门[16]，各适所好，明者弗授[17]，学者弗师；于是习华随侈，流遁忘反[18]。若能确乎正式[19]，使文明以健[20]，则风清骨峻，篇体光华。能研诸虑[21]，何远之有哉[22]？

以优秀的作家也难于传授给别人，学习写作的人也没法向别人领教。后人渐渐地走上华侈的道路，越走越远而不想回头。如果能够确立正当的写作方式，使文章写得又明畅又有力，那么风教作用既明显，文辞骨力又高超，全篇都能发射出光芒来了。只要研讨上述这些问题，写作的成功是不会太远的。

## 注释

❶熔铸：取法，学习。《汉书·董仲舒传》："犹金之在熔，唯冶者之所铸。"颜师古注："熔，谓铸器之模范也。"《体性》篇说："典雅者，熔式经诰，方轨儒门者也。"其"熔式"和这里的"熔铸"意近。 ❷术：道路，这里指子、史的写作道路。在子、史的写作道路上飞翔，也就是观察、参考其写作方法。 ❸洞晓：通达。情变：指文学创作的变化情况，和《明诗》篇中"铺观列代，而情变之数可监"；《总术》篇中"所以列在一篇，备总情变"的"情变"意同。这里的"变"，指后面要讲的"通变"问题。 ❹曲：详尽。昭：明白。体：体势，指后面要讲的"定势"问题。 ❺孚：即莩（fú），芦苇秆里的白膜。甲：草木初生时所带的种子皮壳。莩甲，即萌芽新生的意思。 ❻雕画：指文辞的修饰。 ❼黩（dú）：污点。 ❽圆：圆满。 ❾练：熟练，引申为运用恰当。 ❿跨：超越。略：省去。 ⓫骛（wù）：疾驰。新作：《通变》篇说："今才颖之士，刻意学文，多略汉篇，师范宋集。" ⓬纰缪（pīmiù）：错误。缪：同"谬"。经：常。 ⓭《周书》：指《尚书·毕命》。 ⓮体：体现。⓯惟：独。好（hào）：爱好。 ⓰门：类。 ⓱"明者弗授"二句：范文澜注，即《神思》篇所云"伊挚不能言鼎，轮扁不能语斤"之意。明者：指深明创作方法的人。 ⓲流遁忘反：张衡《东京赋》："流遁忘反，放心不觉。"（《文选》卷三）指恣意所为，任情发展。 ⓳正式：正当的方式。 ⓴文明以健：这是借用《周易·同人·彖辞》的话，原文是："文明以健，中正而应，君子正也。"

㉑诸：指本段以上所讲“熔铸经典之范”等各项内容。㉒何远之有：指接近成功。《论语·子罕》：“子曰：‘未之思也，夫何远之有？’”

## 【原 文】

赞曰：情与气偕①，辞共体并②。文明以健，珪璋乃骋③。蔚彼风力④，严此骨鲠⑤；才锋峻立⑥，符采克炳⑦。

## 【译 文】

总之，作家的思想感情和气质是相配合的，文辞和风格也是统一的。文章必须写得明畅而有力，才能像珍贵的玉器那样为人所重视。既要求起更大的教化作用，还要能增强文辞的骨力；这样才能体现作家的高才，使作品的风教和骨力密切结合而发出光彩。

## 注 释

❶偕：共同，这里有配合的意思。❷体：风格。❸珪璋（guīzhāng）：古代朝聘时所用的珍贵玉器。骋：应作“聘”，指征聘、聘请。《礼记·儒行》：“儒有席上之珍以待聘。”❹蔚（wèi）：盛大。风力：指风教的力量。❺骨鲠（gěng）：指文句的骨力。鲠：直。❻才锋：指才力。锋：锋芒。❼符采：玉的横纹。刘勰常用以形容事物的密切结合，如《宗经》“四教所先，符采相济”，《诠赋》“丽辞雅义，符采相胜”。这里借指“风力”和“骨鲠”的统一。炳：光明，显著。

# 二九、通变

## 解题

《通变》是《文心雕龙》的第二十九篇，论述文学创作的继承和革新问题。

全篇分四部分。第一部分讲“通”和“变”的必要。刘勰认为各种文体的基本写作原理是有一定的，但“文辞气力”等表现方法却不断发展变化着；因此，文学创作对有定的原理要有所继承，对无定的方法要有所革新。第二部分以魏晋以前历代作家作品的发展情况，来说明文学史上承前启后的关系，强调继承与革新应该并重。第三部分是紧接上面主张“宗经”的思想来论述的。刘勰举枚乘、司马相如等五家作品沿袭的情形，一以说明通变的方法，一以表示忽于“宗经”而在“夸张声貌”上“循环相因”，就出现了“广寓极状，而五家如一”的情形。第四部分讲通变的方法和要求，提出必须结合作者自己的气质和思想感情，来继承前人和趋时变新，文学创作才能有长远的发展。

“变则其久，通则不乏。”这是文学艺术的一条发展规律。本篇能从“通”和“变”的辩证关系来论述继承和革新的不可偏废，这是可取的；刘勰针对当时“从质及讹”“竞今疏古”的创作倾向，提出“还宗经诰”的主张，这在当时也是必要的。但刘勰所讲的“通”和“变”都过于狭窄：文学创作所应继承的，显然主要还不在诗、赋、书、记等文体的写作特点；而要发展革新的，也不仅仅是“文辞气力”等表现方法。他未能认识到古代文学作品中一切优秀的内容和形式、思想和技巧，都有根据新的条件而加以继承和发展的必要，这就使他的通变论带有较大的片面性。

## 【原文】

夫设文之体有常[①]，变文之数无方[②]。何以明其然耶[③]？凡诗、赋、书、记[④]，名理相因[⑤]，此有常之体也；文辞气力[⑥]，通变则久[⑦]，此无方之数也。名理有常，体必资于故实[⑧]；通变无方，数必酌于新声[⑨]：故能骋无穷之路，饮不竭之源。然绠短者衔渴[⑩]，足疲者辍涂[⑪]；非文理之数尽[⑫]，乃通变之术疏耳[⑬]。故论文之方，譬诸草木：根干丽土而同性[⑭]，臭味晞阳而异品矣[⑮]。

## 【译文】

作品的体裁是有一定的，但写作时的变化却是无限的。怎么知道是这样的呢？如诗歌、辞赋、书札、奏记，等等，名称和写作的道理都有所继承，这说明体裁是一定的；至于文辞的气势和感染力，唯有推陈出新才能永久流传，这说明变化是无限的。名称和写作道理有定，所以体裁方面必须借鉴过去的著作；推陈出新就无限量，所以在方法上应该研究新兴的作品。这样就能在文艺领域内驰骋自如，左右逢源。不过，汲水的绳子太短的人，就会因打不到水而口渴；脚力软弱的人，也将半途而废。其实这并不是写作方法本身有所欠缺，只是不善于推陈出新罢了。所以讲到创作，就好像草木似的：根干附着于土地，乃是它们共同的性质；但由于枝叶所受阳光的变化，同样的草木就会有不同的品种了。

## 注释

❶体：体裁。常：恒常。 ❷数：方法。无方：即无常。《礼记·檀弓上》："左右就养无方。"郑注："方：犹常也。" ❸然：如此。 ❹书、记：两种文体名。书：书札、信函。记：指下对上的奏记、笺记。参看《书记》篇。 ❺名：指文体的名称。理：指各种文体的基本写作原理。如《明诗》篇所说"诗言志""诗者，持也，持人情性"等，《诠赋》篇所说"赋者，铺也，铺采摛文，体物写志也"等。 ❻气：指作品的气势。力：指作品的感人力量。

⑦通：指创作的继承方面。变：指创作的革新方面。《周易·系辞下》："变则通，通则久。" ⑧资：凭借、借鉴。故实：指过去的作品。 ⑨酌：斟酌。新声：新的音乐，这里借指新的作品。 ⑩绠（gěng）：汲水用的绳子。衔渴：即口渴。衔：含在口中。 ⑪辍（chuò）：停止。涂：路途。 ⑫文理：写作的道理。 ⑬疏：粗疏，不精通。 ⑭丽：附着。 ⑮臭味：指气类相同。《左传·襄公八年》载季武子的话："今譬于草木，寡君在君，君之臭味也。"杜注："言同类。"晞（xī）：晒。

【原 文】

是以九代咏歌[①]，志合文则[②]：黄歌《断竹》[③]，质之至也[④]；唐歌《在昔》[⑤]，则广于黄世[⑥]；虞歌《卿云》[⑦]，则文于唐时；夏歌《雕墙》[⑧]，缛于虞代[⑨]；商周篇什[⑩]，丽于夏年。至于序志述时[⑪]，其揆一也[⑫]。暨楚之骚文[⑬]，矩式周人[⑭]；汉之赋颂，影写楚世[⑮]；魏之策制[⑯]，顾慕汉风[⑰]；晋之辞章，瞻望魏采[⑱]。榷而论之[⑲]，则黄唐淳而质[⑳]，虞夏质而辨[㉑]，商周丽而雅，楚汉侈而艳[㉒]，魏晋浅而

【译 文】

所以过去九个朝代的诗歌，在情志的表达上是符合于写作法则的。黄帝时的《弹歌》，是非常朴质的了。唐尧时的《在昔歌》，比黄帝时有所发展。虞舜时的《卿云歌》，文采较唐尧时为多。夏代的《五子之歌》，比虞舜时文采更丰富。商、周两代的诗篇，较夏代又华丽得多。这些作品在述情志、写时世上，其原则是一致的。后来楚国的骚体作品，以周代诗篇为模范。汉代的辞赋和颂，却又学习《楚辞》。魏国的诗篇，大多崇拜汉代风尚。晋代的作品，又钦仰魏人的文采。把这些情况商讨一下，可以看出：黄帝和唐尧时候的作品是淳厚而朴素的，虞夏两代的作品是朴素而鲜明的，商周时期的作品是华丽而雅正的，楚国和汉代的作品是铺张而尚辞采的，魏晋两代的作品不免浅薄而靡丽，刘宋初年的作品更是不切实际而过分新奇。从朴素到不切实际，越到后

绮[23]，宋初讹而新[24]：从质及讹，弥近弥澹[25]。何则？竞今疏古，风味气衰也[26]。今才颖之士[27]，刻意学文，多略汉篇，师范宋集[28]；虽古今备阅[29]，然近附而远疏矣[30]。夫青生于蓝[31]，绛生于茜[32]，虽逾本色[33]，不能复化。桓君山云[34]："予见新进丽文，美而无采；及见刘、扬言辞[35]，常辄有得。"此其验也。故练青濯绛[36]，必归蓝茜；矫讹翻浅[37]，还宗经诰[38]。斯斟酌乎质文之间，而檃括乎雅俗之际[39]，可与言通变矣。

来越乏味。为什么呢？因为作家们都争着模仿近代作品，而忽视向古人学习，所以文坛上的风气就日益衰落了。目前一些有才华的人，都努力学习写作，可是他们不注意汉代的篇章，却去学习刘宋时的作品；虽然他们对历代创作都同样浏览，但总不免重视后代而忽视古人。青色从蓝草提炼出来，赤色从茜草中提炼出来；虽然这两种颜色都超过了原来的草，但是它们却无法再变化了。桓谭曾说："我看到新进作家的华丽的文章，虽然写得很美，却没有什么可采取的；但是看到刘向、扬雄的作品，却常常有所收获。"这话可以说明上述的道理。所以提炼青色和赤色，一定离不开蓝草和茜草；而要纠正文章的不切实际和浅薄，也还要学习经书。如能在朴素和文采之间斟酌尽善，在雅正与庸俗之间考虑恰当，那么就能理解文章的继承与革新了。

## 注释

❶九代：指下面所讲黄帝、唐、虞、夏、商、周（包括楚国）、汉、魏、晋（包括宋初）九个朝代。 ❷志：指诗言志。则：法则。 ❸黄：即黄帝。这里指黄帝时期。《断竹》：指《弹（tán）歌》，其首句为"断竹"二字。古代诗歌没有题目的，后人往往以首句或首二字名篇。 ❹质：朴质。《弹歌》全首只四句八字："断竹，续竹；飞土，逐肉。"（见《吴越春秋》卷五） ❺唐：指唐尧时。《在昔歌》今不传。 ❻广：扩大、发展。 ❼虞：指虞舜时。《卿云》：《卿云歌》全首四句，第一句是"卿云烂兮"。见《尚书大传》卷一，是后人伪

托的。 ❽《雕墙》：指《五子之歌》，其中有“峻宇雕墙”一句。五子是夏太康的弟弟。歌辞见《尚书·五子之歌》，是后人伪造的。 ❾缛（rù）：文采繁盛。 ❿什：《诗经》的雅、颂十篇称为一什，后泛指诗篇。 ⓫序：叙述。 ⓬揆（kuí）：道理。 ⓭暨（jì）：及。骚文：以《离骚》为代表的《楚辞》。 ⓮矩（jǔ）式：模仿、学习。 ⓯影写：也是模仿的意思。 ⓰策制：一作“篇制”，即诗篇。 ⓱顾慕：欣羡，追慕。 ⓲瞻望：与上句“顾慕”意近。瞻：往上看。 ⓳榷（què）：商讨。 ⓴淳（chún）：朴实，淳厚。 ㉑辨：明。 ㉒侈：铺张。 ㉓绮（qǐ）：一种有花纹的丝织品，引申指诗文的靡丽。 ㉔讹（é）：错误，这里指违反正常的新奇。《定势》篇说：“自近代辞人，率好诡巧，原其为体，讹势所变，厌黩旧式，故穿凿取新；察其讹意，似难而实无他术也，反正而已。” ㉕弥澹（dàn）：范文澜注：“应作弥淡。”引《说文》：“淡，薄味也。” ㉖味：一作“末”。末：衰微。“风末气衰”，和《封禅》篇的“风末力寡”意同。 ㉗颖（yǐng）：指才能出众。 ㉘宋集：指南朝宋代作家的作品。 ㉙备：完备，全面。 ㉚近附而远疏：《诗品序》中讲到这种情形：“次有轻薄之徒，笑曹（植）刘（桢）为古拙，谓鲍照羲皇上人，谢朓今古独步。而师鲍照，终不及‘日中市朝满’；学谢朓，劣得‘黄鸟度青枝’。”附：接近。 ㉛青生于蓝：《荀子·劝学》：“青，取之于蓝，而青于蓝。”蓝：可作染料的草。 ㉜绛（jiàng）：赤色。茜（qiàn）：可染赤色的草。 ㉝逾：超过。 ㉞桓君山：即桓谭，君山是其字，东汉初年著名学者，著有《新论》；下面所引的话，大概是《新论》的佚文。 ㉟刘：指刘向，西汉末年著名学者。扬：指扬雄，西汉末年著名作家。 ㊱练：煮丝使白，这里指提炼。濯（zhuó）：洗，也是提炼的意思。 ㊲矫：纠正。 ㊳诰：原指《尚书》中的《汤诰》等篇，这里泛指经书。 ㊴檃（yǐn）括：矫正曲木的器具，这里指纠正偏向。

【原 文】

夫夸张声貌[①]，则汉初已极[②]。自兹厥后[③]，循环相

【译 文】

夸张地描绘事物形貌，在西汉初的作品中已达到极点。从此以后，互

因[4]；虽轩翥出辙[5]，而终入笼内。枚乘《七发》云[6]："通望兮东海[7]，虹洞兮苍天[8]。"相如《上林》云[9]："视之无端[10]，察之无涯[11]；日出东沼[12]，月生西陂[13]。"马融《广成》云[14]："天地虹洞，固无端涯；大明出东[15]，月生西陂。"扬雄《校猎》云[16]："出入日月，天与地沓[17]。"张衡《西京》云[18]："日月于是乎出入，象扶桑于濛汜[19]。"此并广寓极状[20]，而五家如一，诸如此类，莫不相循[21]。

相因袭，循环不已；虽然有人想跳出当时的轨道，但始终在那个樊笼之内。如枚乘《七发》说："遥远地望到东海，和蔚蓝的天空相连。"司马相如的《上林赋》说："看不到头，望不见边；太阳从东边的水中出来，月亮从西边的山上升起。"马融的《广成颂》说："天地相连，无边无际；太阳从东面出来，月亮从西面上升。"扬雄的《羽猎赋》说："太阳和月亮，出来又下去，天和地合在一起。"张衡的《西京赋》说："太阳和月亮在这里出入，好像在扶桑和濛汜一样。"这些夸大的形容，五家都差不多；这类手法，无不是互相沿袭的。

## 注释

❶夸张声貌：主要指辞赋对事物声音状貌的描写。 ❷汉初已极：《诠赋》篇说："汉初词人，顺流而作：陆贾扣其端，贾谊振其绪，枚、马同其风，王、扬骋其势；皋、朔以下，品物毕图。" ❸厥（jué）：其。 ❹因：承袭。 ❺轩翥（zhù）：高飞。辙：车轮的迹。 ❻枚乘：字叔，西汉初年作家。他的《七发》载《文选》卷三四。 ❼兮：《七发》原文作"乎"。 ❽虹洞：相连的样子。 ❾相如：司马相如，西汉著名作家。《上林》：指《上林赋》，见《文选》卷八。 ❿端：开始。 ⓫涯：边际。 ⓬沼（zhǎo）：水池。 ⓭月生：一作"入乎"。《上林赋》原文是"入乎西陂"。陂（bēi）：山坡。 ⓮马融：字季长，东汉中年学者、文学家。《广成》：指《广成颂》，载《后汉书·马融传》。 ⓯大明：指太阳。《礼记·礼器》："大明生于东，月生于西。"郑注：

“大明，日也。”“大明东出，月生西陂”二句，《广成颂》的原文是：“大明生东，月朔西陂。” ⑯《校猎》：指扬雄的《羽猎赋》，载《汉书·扬雄传》。⑰沓（tà）：合。《汉书》作“杳”（yǎo）。王先谦《汉书补注》：“应劭曰：‘沓，合也。’先谦按：据应说，则所见本作‘沓’。孙志祖云：《楚辞·天问》：‘天何所沓。’王逸注：‘沓，合也，言天与地会合何所。’子云（扬雄）盖祖屈原之语。”据此，当以“沓”字为是。 ⑱张衡：字平子，东汉著名科学家、文学家。《西京》：指《西京赋》，见《文选》卷二。 ⑲扶桑：传为日所从出的神树。《山海经·海外东经》：“汤谷上有扶桑，十日所浴，在黑齿北。居水中，有大木，九日居下枝，一日居上枝。”濛汜（sì）：日落的地方。《楚辞·天问》：“出自汤谷，次于蒙汜。”注：“《尔雅》云：‘西至日所入，为太蒙。’即蒙汜也。”（《楚辞集注》卷三）于：《西京赋》原文作“与”。 ⑳寓：托喻。状：描绘。 ㉑循：沿袭。

【原 文】

叁伍因革[1]，通变之数也[2]。是以规略文统[3]，宜宏大体[4]。先博览以精阅，总纲纪而摄契[5]；然后拓衢路[6]，置关键，长辔远驭[7]，从容按节[8]。凭情以会通，负气以适变[9]；采如宛虹之奋鬐[10]，光若长离之振翼[11]，乃颖脱之文矣[12]。若乃龌龊于偏解[13]，矜激乎一致[14]；此庭间之回骤[15]，岂万里之逸步哉[16]？

【译 文】

应该在沿袭当中又有所改变，这才是继承与革新的方法。所以考虑到写作的纲领，应该掌握住主要方面。首先广泛地浏览和精细地阅读历代佳作，抓住其中的要领；然后开拓自己写作的道路，注意作品的关键，放长缰绳，驾马远行，安闲而有节奏。应该凭借自己的情感来继承前人，依据自己的气质来适应革新；文采像虹霓的拱背，光芒像凤凰的飞腾，那才算出类拔萃的文章。假如局限于偏激的看法，夸耀自己的一得之见；这只是在庭院内来回兜圈子，哪能算日行万里的良马呢？

## 注释

❶叁伍：错综。　❷数：方法。　❸规略：谋划。统：指总的、根本的事物。　❹体：这里指主体。　❺摄：持取。契：契约。《周礼·天官·小宰》："以官府之八成经邦治：……六曰听取予以书契。"郑注："书契，谓出予受入之凡要。凡簿书之最目（总目）、狱讼之要辞，皆曰契。"这里取其总要之意。　❻衢路：大路。　❼辔（pèi）：缰绳。驭：驾马。　❽节：一定的度数。　❾负：恃，依靠。　❿宛：弯曲。鬐（qí）：虹背。张衡《西京赋》："瞰（kàn）宛虹之长鬐。"　⓫长离：凤凰。张衡《思玄赋》："前长离使拂羽兮。"《后汉书·张衡传》李贤注："长离，即凤也。"《文选·思玄赋》旧注："长离，朱鸟也。"《思玄赋》又讲到"缅朱鸟以承旗"。李贤注："朱鸟，凤也。《楚辞》曰'凤凰翼其承旗'也。"李善注"缅朱鸟以承旗"句，也引了《楚辞》的"凤凰"句。　⓬颖脱：露头角的意思。《史记·平原君列传》记毛遂答平原君说："使遂蚤（早）得处囊中，乃颖脱而出，非特其末见而已。"颖：禾穗。颖脱而出：像整个禾穗透出。　⓭龌龊（wòchuò）：局促。　⓮矜（jīn）：夸耀。一致：一得之见。　⓯回：曲折回旋。骤：驰马。　⓰逸：快。

【原文】

赞曰：文律运周①，日新其业。变则其久②，通则不乏。趋时必果③，乘机无怯④。望今制奇，参古定法。

【译文】

总之，写作的法则是运转不停的，每天都有新的成就。必须善于革新才能持久，必须善于继承才不贫乏。适应时代要求应该决断，抓住机会不要怯懦。看准文坛上今后的趋势，来创造动人的作品；同时也参考古代的杰作，来确定写作的法则。

## 注释

❶运周：运转不停。　❷其：将。　❸果：决断。　❹怯：懦弱。

# 三〇、定势

## 解题

《定势》是《文心雕龙》的第三十篇，主要论述由不同文体所决定的体势问题。对“势”字的理解，尚存一定分歧，本书引论已经讲到一些。詹锳《〈文心雕龙〉的定势论》一文，对此有新的深入研究，认为刘勰的定势论，“势”字源于《孙子兵法》中讲的“势”，并据以提出：“《定势》的‘势’，原意是灵活机动而自然的趋势。”（见《文学评论丛刊》第五辑）这是研究“定势论”的新成果。本篇所讲的“势”，正如詹文所说“‘势’是由‘体’来决定的”，这是理解“势”字具体命意的关键。刘勰自己既说“即体成势”“循体而成势”，又称这种“势”为“体势”，可见他所说的“势”，是由不同文体的特点所决定的。这点已较为明确，所以本篇译文即取刘勰自己的说法：“体势”。

本篇有四个部分。第一部分论体势的形成原理。以箭矢直行，涧水曲流，圆者易动，方者易安为喻，来说明体势形成的道理；关键就在事物本身，它的特点决定着与之相应的“势”。第二部分论文体和体势的关系。不同的文体要求不同的体势；作者应“并总群势”，也可适当配合，但必须在一篇作品中有一个统一的基调，而不能违背“总一之势”。第三部分引证前人有关议论，进一步说明文章体势的多样化。第四部分抨击当时文坛上的错误倾向，提出“执正以驭奇”的要求。

文章的体势，和风格、文气都有一定的关系，而又有所区别。刘勰认为风格是由作者的才、气、学、习等因素构成的，和作者的个性有着密切的联系。文气主要是作者的气质在作品中的体现，所以同一“气”字，常兼指人与文两个方面。体势则主要决定于文体，因而偏重于表现形式。

【原 文】

夫情致异区[1]，文变殊术[2]，莫不因情立体[3]，即体成势也[4]。势者，乘利而为制也[5]。如机发矢直[6]，涧曲湍回[7]，自然之趣也[8]。圆者规体[9]，其势也自转；方者矩形[10]，其势也自安[11]：文章体势，如斯而已。是以模经为式者[12]，自入典雅之懿[13]；效《骚》命篇者[14]，必归艳逸之华[15]；综意浅切者[16]，类乏酝藉[17]；断辞辨约者[18]，率乖繁缛[19]。譬激水不漪[20]，槁木无阴[21]，自然之势也[22]。

【译 文】

作者的情趣多种多样，作品的变化也有不同的方式；但在写作时都依照具体内容而确定体裁，并根据体裁而形成一定的体势。所谓"势"，就是根据事物的便利而形成的。例如弩机发出的矢必然是直的，曲折的山涧中的急流必然是迂回的，这都是自然的趋势。圆的物体是圆的，所以能转动；方的物体是方的，所以能平放：作品的体势，也就是这样。凡是取法于儒家经典的作品，必然具有雅正的美；而仿效《楚辞》的作品，也必有美好非凡的华彩；内容浅近的，大都缺乏含蓄；措辞简明的，常常和繁富的作品相反。好比急水不会有小浪，枯木不会有浓阴，这都是自然的趋势。

注 释

❶情致：指作者在作品中所表达的情绪、趣味等。 ❷殊术：不同的方式方法。 ❸体：指作品的体裁。 ❹势：趋势，指文体的特点构成的自然趋势。 ❺乘利：顺其便利。贾谊《过秦论》："因利乘便，宰割天下。"制：裁定，使之成形。《孙子·计篇》："势者，因利而制权也。" ❻机：指设有机括可以发矢的弩。 ❼涧：两山间的水。湍（tuān）：急流。 ❽趣：趋向、趋势。 ❾圆：指圆形的物体。规：画圆形的器具。 ❿方：指方形的物体。矩（jǔ）：画方形的器具。《孟子·离娄上》："不以规矩，不能成方圆。" ⓫安：平稳。《尹文子·大道上》："圆者之转，非能转而转，不得不转也；方者之止，非能止而止，

不得不止也。” ⑫模：效法。式：法式，榜样。《宗经》：“禀经以制式。” ⑬典雅：典正高雅。《诏策》篇说：“潘勖《九锡》，典雅逸群。”潘勖的《册魏公九锡文》之所以写得典雅，主要就是《风骨》篇说的“思摹经典”。这和本篇所说“模经为式”意同。懿（yì）：美。 ⑭《骚》：指以《离骚》为代表的《楚辞》。命篇：写作成篇。 ⑮艳逸：卓越的美。《才略》：“相如好书，师范屈、宋，洞入夸艳，致名辞宗。” ⑯综意：用意。综：织布机上使经线分开以织上纬线的装置。 ⑰类：大多。酝藉：含蓄。 ⑱断辞：选定文辞。断：裁决。辨：不惑。约：简练。 ⑲率：大抵。乖：不合。繁缛（rù）：辞采繁多。《议对》：“文以辨洁为能，不以繁缛为巧。” ⑳激水：急流。漪（yī）：波纹。㉑槁：枯。阴：树阴。 ㉒自然之势：和上面说的“自然之趣”相同，可见“势”的本意就是趋势。

【原文】

是以绘事图色[1]，文辞尽情[2]；色糅而犬马殊形[3]，情交而雅俗异势[4]。熔范所拟[5]，各有司匠[6]，虽无严郛[7]，难得逾越[8]。然渊乎文者[9]，并总群势；奇正虽反[10]，必兼解以俱通；刚柔虽殊[11]，必随时而适用。若爱典而恶华[12]，则兼通之理偏；似夏人争弓矢[13]，执一不可以独射也。若雅郑而共篇[14]，则总一之势离[15]；是楚人鬻矛誉楯[16]，

【译文】

所以在绘画上讲究设色，而在文章上则以情志为主；调配颜色而画成狗马的不同形状，会合情感而形成雅正或庸俗的体势。写作上各有师承，表现手法也就各不相同；其间虽无严格的区界，但也不易超越。只有洞悉写作法则的人，才能兼通各种不同的文章体势。正常的和奇特的文章虽然相反，但总可以融会贯通；刚健的和柔婉的作品虽然互异，也应该根据不同的情况来灵活运用。如果只爱好典雅而厌弃华丽，就是在融会贯通方面做得不够；这就好比夏代有人重弓轻矢或重矢轻弓，其实只有弓或只有矢都是不能单独发射的。但如果雅正的和庸俗的合在一篇，那就分

两难得而俱售也。是以括囊杂体[17]，功在铨别[18]；宫商朱紫[19]，随势各配。章、表、奏、议[20]，则准的乎典雅[21]；赋、颂、歌、诗，则羽仪乎清丽[22]；符、檄、书、移[23]，则楷式于明断[24]；史、论、序、注[25]，则师范于核要[26]；箴、铭、碑、诔[27]，则体制于弘深[28]；连珠、七辞[29]，则从事于巧艳[30]。此循体而成势[31]，随变而立功者也[32]。虽复契会相参[33]，节文互杂[34]，譬五色之锦[35]，各以本采为地矣[36]。

散了统一的文章体势；这就好比楚国人出卖矛和盾，两样都称赞便一样也卖不掉了。若要兼长各种体裁，也须善于辨别其间的差异；好比乐师对于音律、画家对于颜色一样，作家也要善于配合运用不同的文章体势。对于章、表、奏、议等文体的作品，应该做到典正高雅；对于赋、颂、歌、诗等文体的作品，应该做到清新华丽；对于符、檄、书、移等文体的作品，应该做到明确决断；对于史、论、序、注等文体的作品，应该做到切实扼要；对于箴、铭、碑、诔等文体的作品，应该做到弘大精深；对于连珠和七等文体的作品，应该做到巧妙华艳。这些都是根据不同的体裁而形成不同的体势，随着文章体势的变化而获得成效的。虽然写作的法则和时机要互相结合，文采的多寡要互相配合，但好比五彩的锦缎，必须以某种颜色为基础。

## 注释

❶图：作动词用，画的意思。❷尽：完，指完全表达。❸糅（róu）：错综复杂，这里指颜色的调配。❹交：合，会。❺熔范：铸器的模子，这里指学习的对象。❻司：掌管。匠：技工，引申指技巧。❼郛（fú）：城郭。❽逾：超过，跨越。❾渊：深，这里指精通。❿奇：指作者通过幻想而在事物正常样子之外所增加的奇特成分。正：指按照事物正常的样子所作描写。⓫“刚柔”二句：《周易·系辞下》：“刚柔者，立本者也；变通者，趋时者也。”刚柔：指作品刚强或柔婉的基本特点。⓬典：即上文所说的“典雅之懿”。

华：即上文所说的“艳逸之华”。 ⑬夏人争弓矢：《太平御览》卷三四七引《胡非子》：“一人曰：‘吾弓良，无所用矢。’一人曰：‘吾矢善，无所用弓。’羿闻之曰：‘非弓，何以往矢？非矢，何以中的？’令合弓矢而教之射。” ⑭雅郑：即上文“雅俗”的意思。郑：郑声，被认为是不正当的音乐。 ⑮总一：整个作品的统一。 ⑯矛：长柄有刃的兵器。楯：即盾，防御用的盾牌。《韩非子·难一》：“楚人有鬻楯与矛者，誉之曰：‘吾楯之坚，莫能陷也。’又誉其矛曰：‘吾矛之利，于物无不陷也。’或曰：‘以子之矛，陷子之楯，何如？’其人弗能应也。”鬻（yù）：卖。“誉”字应属下句。杨明照说：“当作‘是楚人鬻矛楯，誉两，难得而俱售也’。” ⑰括囊：即囊括，包罗。 ⑱铨（quán）：衡量。 ⑲宫商：指各种声音。朱紫：指各种颜色。 ⑳章、表、奏、议：四种文体，都是臣下向君上表达意见的文件。 ㉑准的：准则，这里作动词用。典雅：《章表》篇总结章、表的写作特点曾说：“章式炳贲，志在典谟……表体多包，情伪屡迁，必雅义以扇其风，清文以驰其丽。” ㉒羽仪：取法。《易经·渐卦》：“上九，鸿渐于陆，其羽可用为仪。”孔颖达疏：“上九最居上极，是进处高洁，故曰鸿渐于陆也。……然居无位之地，是不累于位者也。处高而能不以位自累，则其羽可用为物之仪表，可贵可法也。”清丽：《明诗》：“五言流调，则清丽居宗。” ㉓符：符命，歌颂帝王的文章。檄（xí）、移：都是军事或政治上晓谕对方的文件。书：相互间表达情意的作品。 ㉔楷式：模范，这里作动词用。明断：《檄移》：“必事昭而理辨，气盛而辞断，此其要也。” ㉕注：对经典的注释。刘勰认为注释属于论文的一种。《论说》：“若夫注释为词，解散论体，杂文虽异，总会是同。” ㉖核：查考以求真实。 ㉗箴（zhēn）：对人进行教诫的文体。铭：刻在器物上以记功或自警的文体。碑：刻在石头上记事的文体。诔（lěi）：哀悼死者的文体。 ㉘体制：规格，作动词用。弘深：《铭箴》：“铭兼褒赞，故体贵弘润。”又总论铭箴两体：“其摛文也必简而深。” ㉙连珠、七：都是赋的变体。前者合若干短篇骈文为一组，后者是写七件事合为一篇。 ㉚巧艳：《杂文》篇说“枚乘摛艳，首制《七发》”，最后总结各种杂文说：“负文余力，飞靡弄巧。”以上所论六种类型文体的基本要求，和刘勰在文体论中对各种文体特点的总结，基本上是一致的。 ㉛循：沿袭，依照。

㉜功：成效。 ㉝契：约券，引申为规则。会：时机，场合。 ㉞节文：调节文饰，这里指文采的或多或少。杂：错杂，引申为配合。 ㉟锦：杂色的丝织品。 ㊱地：基础。《情采》："拟地以置心。"

【原 文】

桓谭称[①]："文家各有所慕[②]，或好浮华而不知实核，或美众多而不见要约。"陈思亦云[③]："世之作者，或好烦文博采[④]，深沉其旨者[⑤]；或好离言辨白[⑥]，分毫析厘者：所习不同，所务各异[⑦]。"言势殊也[⑧]。刘桢云[⑨]："文之体指实强弱[⑩]；使其辞已尽而势有余[⑪]，天下一人耳[⑫]，不可得也。"公干所谈[⑬]，颇亦兼气[⑭]。然文之任势，势有刚柔；不必壮言慷慨[⑮]，乃称势也。又陆云自称[⑯]："往日论文，先辞而后情，尚势而不取悦泽[⑰]；及张公论文[⑱]，则欲宗其言[⑲]。"夫情固先辞[⑳]，势实须泽[㉑]，可谓先迷后能从善矣。

【译 文】

桓谭曾说："作家各有自己的喜爱，有的爱好浮浅华丽，而不懂得朴实；有的爱好繁多，而不懂得简要。"曹植也说："一般文人，有的喜爱文采丰富，意义深隐；有的喜爱清楚明白，描写细致入微：各人习尚不同，致力于写作也就互异。"这是从作家来讲各人的趋势不同。刘桢又说："文章的体势，不外是刚强或柔弱；能做到文辞已尽而体势有余的，天下不过一二人而已，这样的作者是不可多得的。"刘桢这里说的，又牵涉到文气问题。不过，文章任其自然之势，势必有的刚强，有的柔婉，不一定要慷慨激昂的，才算文章的体势。此外，陆云说他自己："从前谈论写作，常重视文辞而忽视情志，注意文章体势而不求文句润泽。后来听到张华的议论，便信从他的话了。"其实情志本来重于文辞，而文章体势也应该讲究润泽；陆云可以说是先走错了路，后来又能改正的了。

## 注释

❶桓谭：字君山，东汉初年著名学者。下面所引他的话，可能是《新论》的佚文。 ❷慕：美爱。 ❸陈思：三国著名作家陈思王曹植。下面所引他的话，原文今不存。 ❹烦：繁多。 ❺深沉：深隐。 ❻离言辨白：和上句所说“深沉”相反的写法。离：明。《周易·说卦》：“离也者，明也，万物皆相见。”辨白：分辨明白。 ❼务：专力。 ❽言势殊也：这句是刘勰对曹植的话的分析。势：这个势由作者爱好不同而产生，便和风格有相近的一面。 ❾刘桢：魏国作家，“建安七子”之一。下面所引他的话，原文已失传。 ❿“文之体指”句：这话不可解，疑有脱漏。陆厥《与沈约书》中曾讲道：“自魏文（曹丕）属论，深以清浊为言；刘桢奏书，大明体势之致。”陆厥以曹刘并论的话说明，“体势”与“清浊”类同。刘勰所引刘桢的话，正讲的是“指实强弱”，强弱即清浊。据此，可能刘桢原话脱“势”字，此句当为：“文之体势，指实强弱。”指：趋向。强：指刚健的体势。弱：指柔婉的体势。 ⓫势有余：指体势之强。刘桢所讲的“势”与刘勰略异，而侧重于气势；“强”，也侧重于气势之强。正因是气势强，所以能溢出于文辞之外。 ⓬天下一人：所指不详。曹丕《与吴质书》说“公幹有逸气”；本书《风骨》篇说刘桢“重气”；钟嵘《诗品》说刘桢“仗气爱奇”；本篇也说刘桢的话“颇亦兼气”，可见他强调“天下一人耳，不可得也”，主要还是“重气之旨”，未必实有所指。 ⓭公幹：刘桢的字。 ⓮气：作家的气质体现在作品中形成的气势。 ⓯壮言：激昂的文辞。 ⓰陆云：西晋文学家，陆机之弟。下面所引他的话见《与兄平原书》，原文是：“往日论文，先辞而后情，尚絜（势）而不取悦泽。尝忆兄道张公父子论文，实欲自得，今日便欲宗其言。”（《全晋文》卷一〇二） ⓱悦泽：文辞的润色。 ⓲张公：西晋文学家张华。 ⓳宗：归往。 ⓴情固先辞：这是刘勰的重要文学观点，他一再强调“情动而言形”（《体性》）、“为情而造文”（《情采》）、“辞以情发”（《物色》）等。也正是根据这些创作原理，所以这里说“情固先辞”。 ㉑势实须泽：这是对“尚势而不取悦泽”之说的纠正。“势”必须润饰，说明刘勰的体势论侧重于表现形式方面。

【原 文】

自近代辞人[1]，率好诡巧[2]，原其为体[3]，讹势所变[4]。厌黩旧式[5]，故穿凿取新[6]；察其讹意，似难而实无他术也，反正而已。故文反“正”为“乏”[7]，辞反正为奇[8]。效奇之法，必颠倒文句；上字而抑下[9]，中辞而出外；回互不常[10]，则新色耳。夫通衢夷坦[11]，而多行捷径者，趋近故也；正文明白，而常务反言者，适俗故也[12]。然密会者以意新得巧[13]，苟异者以失体成怪[14]。旧练之才[15]，则执正以驭奇[16]；新学之锐，则逐奇而失正；势流不反[17]，则文体遂弊。秉兹情术[18]，可无思耶？

【译 文】

近来的作家，大都爱好奇巧。推究这种新奇的作品，是一种错误的趋势造成的。由于作家们厌弃过去的样式，所以勉强追求新奇；细看这种不正当的意向，表面上好像颇不容易，其实并没有什么好方法，不过是故意违反正常的写法而已。在文字上，把“正”字反写便成“乏”字；在辞句上，把正常的写作方法反过来就算是新奇。学习新奇的方法，必然把文句的正常次序颠倒过来，将应写在上面的字写到下面去，把句中的字改到句外去；次序错乱不正常，就算是新的色彩了。本来大路很平坦，有的人偏要走小路，无非是为了贪图近便；正常的文句本来很清楚，有的人偏要追求反话，无非是为了迎合时俗。但和旧式相同的作品，是靠新颖的内容而写得精巧的；勉强求新的人，反因与体制不合而变成怪诞了。熟练的老手，能够掌握正常的方法，来驾驭新奇的文句；急于求新的人，则一味追求奇巧，因而违反了正常。这种趋势如果发展下去而不纠正，文章体制就会越来越败坏。要掌握好这种情况和方法，不是很值得思考吗？

注 释

❶近代：主要指晋宋以后。　❷诡（guǐ）：反常。　❸原：追溯。体：本体，这里指诡巧的作品。　❹讹（é）：错误。　❺厌黩（dú）：厌烦。旧式：即《风

骨》篇"跨略旧规"的"旧规"。式：即本篇上面所说"模经为式"的"式"。❻穿凿：牵强附会。❼反正为乏：篆文的"正"字反过来就成"乏"字。《左传·宣公十五年》："故文反正为乏。" ❽奇：刘勰所说的"奇"，在不同情况下有不同的意义。有时作褒词用，含有卓越不凡的意思；有时作贬词用，含有怪诞反常的意思，须根据上下文的具体情况细加区别。这一段里所说的"奇"，大都含贬意，与第二段所说"奇正虽反，必兼解以俱通"中的"奇"字是有区别的。❾抑：压。范文澜注举江淹《恨赋》中的两句为例："孤臣危涕，孽子坠心。"认为这是"强改坠涕、危心为危涕、坠心"。❿回互：曲折，引申为错乱。⓫衢：大路。夷：平。⓬适：适应。⓭密会：和下句"苟异"相反，是密切结合的意思，指与"旧式"相同。⓮苟：姑且。⓯旧练：老练。练：熟悉。⓰驭：驾驭。⓱流：流荡不返。⓲秉：操持。情：情况，指上面所讲奇正的利弊得失。

【原 文】

赞曰：形生势成，始末相承①。湍回似规，矢激如绳②。因利骋节③，情采自凝④。枉辔学步⑤，力止襄陵⑥。

【译 文】

总之，有了事物的形体，就形成这种事物的趋势，形和势是紧紧联系着的。急流回旋，好像圆形的规；射出箭去，直得像工匠的墨线。根据事物的便利而进行写作，内容和形式就可能得到很好的结合。如果走弯路学新奇，就会像学习邯郸步法的寿陵人。

## 注 释

❶始：指形体。末：指趋势。承：承接。❷绳：工匠用以矫正曲直的墨线。❸因利：和上文"乘利"意同。骋节：在文坛上驰骋，也就是进行写作的意思。❹凝：结合。❺枉辔（pèi）：指走不该走的路。枉：歪曲。辔：马缰绳。❻襄：王利器校作"寿"。寿陵：用《庄子·秋水》中的故事："子独不闻夫寿陵余子之学行于邯郸与？未得国能，又失其故行矣，直匍匐而归耳。"

# 三一、情采

## 解题

《情采》是《文心雕龙》的第三十一篇，主要是论述文学艺术的内容和形式的关系。

全篇分三个部分。第一部分论述内容和形式的相互关系：形式必须依附于一定的内容才有意义，内容也必须通过一定的形式才能表达出来，二者实际上是一个相依相存的统一体。刘勰认为文学作品必然有一定的文采，但文和采是由情和质决定的，因此，文采只能起修饰的作用，它依附于作者的情志而为情志服务。第二部分从文情关系的角度总结了两种不同的文学创作道路：一种是《诗经》以来“为情而造文”的优良传统，一种是后世“为文而造情”的不良倾向。前者是“吟咏情性，以讽其上”，因而感情真实，文辞精练。后者是无病呻吟，夸耀辞采，因此，感情虚伪而辞采浮华。刘勰在重点批判了后世重文轻质的倾向之后，进一步提出了“述志为本”的文学主张。第三部分讲“采滥辞诡”的危害，提出正确的文学创作道路，是首先确立内容，然后造文施采，使内容与形式密切配合，而写成文质兼备的理想作品。

本篇是针对当时“体情之制日疏，逐文之篇愈盛”的创作风气而发的。为了探索正确的创作道路，刘勰对内容和形式的关系，从理论上进行了初步的研究。他认识到文学艺术的内容和形式是相互依存的，因而应该文质并重。他也强调文必有采，但必须以“述志为本”，不能以文害质。这些意见基本上是对的。但他的所谓“情”与“采”，其内容有一定的局限，在理论上的阐述，也还是比较粗略的。

【原 文】

圣贤书辞，总称“文章”[①]，非采而何[②]？夫水性虚而沦漪结[③]，木体实而花萼振[④]：文附质也[⑤]。虎豹无文[⑥]，则鞟同犬羊[⑦]；犀兕有皮[⑧]，而色资丹漆[⑨]：质待文也[⑩]。若乃综述性灵[⑪]，敷写器象[⑫]，镂心鸟迹之中[⑬]，织辞鱼网之上[⑭]，其为彪炳[⑮]，缛采名矣[⑯]。故立文之道[⑰]，其理有三：一曰形文，五色是也[⑱]；二曰声文，五音是也[⑲]；三曰情文，五性是也[⑳]。五色杂而成黼黻[㉑]，五音比而成《韶》《夏》[㉒]，五情发而为辞章[㉓]，神理之数也[㉔]。《孝经》垂典[㉕]：丧“言不文”[㉖]；故知君子常言[㉗]，未尝质也[㉘]。老子疾伪[㉙]，故称“美言不信”[㉚]；而五千精妙[㉛]，则非弃美矣。庄周云[㉜]“辩雕万物”[㉝]，谓藻饰也[㉞]。

【译 文】

古代圣贤的著作，都叫作“文章”，这不是由于它们都具有文采吗？虚柔的水可以产生波纹，坚实的树木便能开放花朵：可见文采必须依附于特定的实物。虎豹皮毛如果没有花纹，就看不出它们的皮和犬羊有什么区别；犀牛的皮虽有用，但还须涂上丹漆才美观：可见物体的实质也要依靠美好的外形。至于抒写作者的思想情感，描绘事物的形象，在文字上用心琢磨，然后组织成辞句写在纸上；其所以能够光辉灿烂，就因为文采繁茂的缘故。所以，文学艺术创作的道路有三种：第一是表形的创作，是依靠各种不同颜色而成的；第二是表声的创作，是依靠各种不同的声音而成的；第三是表情的创作，是依靠各种不同的性情而成的。各种颜色互相错杂，就构成鲜艳的花纹；各种声音互相调和，就构成动听的乐章；各种性情表达出来，就构成优美的作品。这是自然的道理所决定了的。如《孝经》教导后人：“哀悼父母的话，不需要什么文采。”由此可见，人们平时说话不是不要文采的。又如老子反对虚伪，所以说：“华丽的语言往往不可靠。”但他自己写的《道德经》五千言，却是非常美妙的；可见他对华美的文采并不一概反对。此外，庄子也曾说过“用巧妙的言辞来描绘万事万物”，这是讲辞采的修饰。

韩非云[35]“艳采辩说”[36]，谓绮丽也[37]。绮丽以艳说，藻饰以辩雕，文辞之变，于斯极矣。研味《李》《老》[38]，则知文质附乎性情[39]；详览《庄》《韩》，则见华实过乎淫侈[40]。若择源于泾渭之流[41]，按辔于邪正之路[42]，亦可以驭文采矣。夫铅黛所以饰容[43]，而盼倩生于淑姿[44]；文采所以饰言，而辩丽本于情性[45]。故情者[46]，文之经；辞者，理之纬[47]。经正而后纬成，理定而后辞畅：此立文之本源也[48]。

韩非又曾说过“巧妙的议论多么华丽”，这是说文采太多了。文采太多的议论，修饰得很巧妙的描写，文章的变化这就达于极点了。体会《孝经》《老子》诸书中的话，可知文章的形式是依附于作者的情感的；细看《庄子》《韩非子》等书中的话，就明白作品的华丽是过分淫侈了。如果能够在清流与浊流之间加以适当的选择，在邪道与正路面前从容考虑，也就可以在文学创作中适当地驾驭文采了。但是红粉和青黛只能装饰一下人的外貌，妍媚的情态却只能从人固有的美丽姿容中产生出来。文采也只能修饰一下语言，文章的巧妙华丽都以它的思想内容为基础。所以思想内容犹如文辞的经线，文辞好比是内容的纬线；必须首先确定了经线，然后才能织上纬线。所以写文章也要首先确定内容，然后才能产生通畅的文辞：这就是文学创作的根本原则。

## 注释

❶文章：《论语·公冶长》：“子贡曰：‘夫子之文章，可得而闻也。’”何晏注：“章，明也；文，彩。形质著见，可以耳目循。” ❷采：文采。本篇多用以泛指艺术形式。 ❸性：性质，特征。沦漪（lúnyī）：水的波纹。 ❹萼（è）：花朵下的绿片。 ❺文：即采。质：即情。这句说明内容和形式的关系的一个方面。 ❻文：这里指虎豹皮毛的花纹。 ❼鞟（kuò）同犬羊：《论语·颜渊》：“文犹质也，质犹文也；虎豹之鞟，犹犬羊之鞟。”鞟：去了毛的皮革。 ❽犀兕（xīsì）：都是似牛的野兽（犀是雄的，兕是雌的），皮坚韧，可制兵甲。

⑨资：凭借。 ⑩质待文：这说明内容和形式的关系的又一个方面。 ⑪综：交织，这里是加以组织的意思。性灵：指人的思想感情。 ⑫敷写：即描写。敷：铺陈。 ⑬镂（lòu）心：精心推敲。镂：雕刻。鸟迹：指文字。相传黄帝时的仓颉受鸟兽足迹的启发而造文字（见许慎《说文解字序》）。 ⑭织辞：组织文辞。鱼网：指纸。《后汉书·蔡伦传》说蔡伦开始用树皮、渔网等造纸。 ⑮彪炳：光彩鲜明。 ⑯缛（rù）：繁盛。名：《释名·释言语》："名，明也，名实使分明也。" ⑰道：道路，途径。 ⑱五色：青、黄、赤、白、黑，指作品的形象描写。《诠赋》："写物图貌，蔚似雕画。"《物色》："凡摛表五色，贵在时见，若青黄屡出，则繁而不珍。" ⑲五音：宫、商、角、徵（zhǐ）、羽，指作品的声韵。包括《乐府》篇"声为乐体""诗声曰歌"的"声"，和《声律》篇讲的宫商声韵。 ⑳五性：指从心、肝、脾、肺、肾产生出来的五种性情。晋代晋灼《汉书音义》说："肝性静""心性躁""脾性力""肺性坚""肾性智"（《汉书·翼奉传》注引）。这里指作者的思想感情。 ㉑黼黻（fǔfú）：古代礼服上的花纹。黼：半白半黑的斧形。黻：半黑半青的两个"己"字形。 ㉒比：缀辑。《韶（sháo）》：舜时的乐名。《夏》：禹时的乐名。 ㉓情：当作"性"。㉔神理：神妙的道理。从《文心雕龙》全书多次所用"神理"一词的意义来看，所谓神妙的道理，就是《原道》篇所说的"自然之道"。数：定数。 ㉕《孝经》：孔门后学所著儒家"十三经"之一。垂：留传下来。典：法度。 ㉖"言不文"：指哀悼父母的话不应有文采。《孝经·丧亲》："孝子之丧亲也，哭不偯（yǐ），礼无容，言不文。" ㉗常言：指不是哀伤父母的话。 ㉘未尝质：并不朴质。 ㉙老子：姓李，名耳，春秋时期的思想家。著有《老子》八十一章，亦称《道德经》。疾：憎恶。 ㉚美言不信：这是《老子》最后一章中的话，是针对某些虚华不实的文辞说的。 ㉛五千：即《道德经》，因它共有五千多字。㉜庄周：即庄子，战国时期的思想家。著有《庄子》。 ㉝辩：巧言。《庄子·天道》："辩虽雕万物，不自说（悦）也。" ㉞藻：辞藻。 ㉟韩非：战国时期的思想家。著有《韩非子》。 ㊱采：当作"乎"。《韩非子·外储说左上》："夫不谋治强之功，而艳乎辩说文丽之声，是却有术之士，而任坏屋折弓也。"㊲绮（qǐ）：有花纹的丝织品。 ㊳《李》：当作《孝》，指《孝经》。《老》：指

《老子》。❸文质：本指形式和内容，这里是复词偏义，只指形式。❹华实：也是复词偏义，这里只指华。淫：过分。❹泾、渭：泾水和渭水，一清一浊，二水会合于陕西高陵。这里用以喻“文质附乎性情”和“华实过乎淫侈”两种创作倾向。❹辔（pèi）：马缰绳。❹铅：铅粉。黛（dài）：古代女子画眉用的青黑色颜料。❹盼：美目。倩（qiàn）：动人的笑貌。《诗经·卫风·硕人》：“巧笑倩兮，美目盼兮。”淑：美好。❹情性：指作品中所表达作者的思想感情。❹情：这里泛指作品内容。❹理：和上句“情”字意义相近。❹本源：根本，这里指文学创作的根本原理。

【原 文】

昔诗人什篇[1]，为情而造文；辞人赋颂[2]，为文而造情。何以明其然？盖《风》《雅》之兴[3]，志思蓄愤，而吟咏情性，以讽其上[4]：此为情而造文也。诸子之徒[5]，心非郁陶[6]，苟驰夸饰[7]，鬻声钓世[8]：此为文而造情也。故为情者要约而写真，为文者淫丽而烦滥[9]，而后之作者，采滥忽真，远弃《风》《雅》，近师辞赋；故体情之制日疏[10]，

【译 文】

从前《诗经》的作者所写的诗歌，是为了表达思想情感而写成的；后代辞赋家所写的作品，则是为了写作而捏造出情感来的。怎么知道是这样的呢？因为像《诗经》中《国风》《小雅》等篇的产生，就是由于作者内心充满了忧愤，才通过诗歌来表达这种感情，用以规劝当时的执政者：这就是为了表达思想情感而写文章的。后来的辞赋家们，本来心里没有什么愁思哀感，却勉强夸大其词、沽名钓誉：这就是为了写文章而捏造情感。为了表达情感而写出的文章，一般都能做到文辞精练而内容真实；仅仅为了写作而勉强写成的文章，就往往是过分华丽而内容杂乱空泛。但是后代的作家，大都爱好虚华而轻视真实，抛弃古代的《诗经》，而向辞赋学习。于是，抒写情志的作品日渐稀少，仅仅追求文采的作品越来越多。有的人内心里深深怀念着高官厚禄，却满口歌

逐文之篇愈盛[11]。故有志深轩冕[12]，而泛咏皋壤[13]；心缠几务[14]，而虚述人外[15]。真宰弗存[16]，翩其反矣[17]。夫桃李不言而成蹊[18]，有实存也；男子树兰而不芳[19]，无其情也。夫以草木之微，依情待实，况乎文章，述志为本，言与志反，文岂足征[20]？

颂着山林的隐居生活；有的人骨子里对人间名利关心之至，却虚情假意地来抒发尘世之外的情趣。既没有真实心情，文章就只有相反的描写了。古人曾说："桃树李树不用开口，就有许多来来往往的人在树下走出路来。"那是因为树上有果实的缘故。古书上又曾说过："男子种的兰花即使好看，却没有香味。"那是因为男子缺乏真诚细致的感情。像花草树木这样微小的东西还要依靠情感，凭借着果实，何况人们写作文章，那就更应该以抒写情志为根本；如果作家所写的和自己的情感不一致，这种作品又有什么意义呢？

## 注释

❶诗人：《诗经》的作者，同时也指能继承《诗经》优良传统的作家。什：诗篇。 ❷辞人：辞赋家，同时也指某些具有汉赋铺陈辞藻的特点的作家。扬雄《法言·吾子》："诗人之赋丽以则，辞人之赋丽以淫。" ❸《风》《雅》：指《诗经》中的《国风》《小雅》等代表作品。 ❹讽：婉言规劝。上：指统治者。 ❺诸子：这里指汉以后的辞赋家。 ❻郁陶（yáo）：忧思郁积。《楚辞·九辩》："岂不郁陶而思君兮，君之门以九重。"王逸注："愤念蓄积盈胸臆也。"（《文选》卷三二） ❼苟：姑且，勉强。 ❽鬻（yù）：卖。声：名声。钓：骗取。 ❾滥：不切实。 ❿体：体现。制：作品。 ⓫逐文：单纯地追求文采。逐：追逐。 ⓬轩冕（miǎn）：指高级官位。轩：有屏藩的车。冕：礼冠。 ⓭皋（gāo）壤：水边地，指山野隐居的地方。 ⓮心缠几务：嵇康《与山巨源绝交书》："机务缠其心，世故繁其虑。"几务：即机务，指政事。 ⓯人外：指尘世之外。 ⓰宰：主，这里指作者的内心。 ⓱翩（piān）：疾飞。《诗经·小雅·角弓》："翩其反矣。"郑注："翩然而反。" ⓲"桃李不言"句：这是古代民

谣。《史记·李将军列传赞》："桃李不言，下自成蹊。"蹊：路。 ⑲男子树兰：《淮南子·缪称训》："男子树兰，美而不芳。"芳：花的香气。这个说法当然不可信，刘勰借用此话是意在强调真实感情在文学创作中的重要性。 ⑳征：证验。

【原 文】

是以联辞结采，将欲明经[①]；采滥辞诡[②]，则心理愈翳[③]。固知翠纶桂饵[④]，反所以失鱼。"言隐荣华"[⑤]，殆谓此也[⑥]。是以"衣锦褧衣"[⑦]，恶文太章[⑧]；《贲》象穷白[⑨]，贵乎反本。夫能设谟以位理[⑩]，拟地以置心[⑪]；心定而后结音，理正而后摛藻[⑫]。使文不灭质[⑬]，博不溺心[⑭]；正采耀乎朱蓝[⑮]，间色屏于红紫[⑯]；乃可谓雕琢其章[⑰]，彬彬君子矣[⑱]。

【译 文】

因此，写文章时运用辞藻，目的是要讲明事理。如果文采浮泛而怪异，作品的思想内容就必然模糊不清。这就好比钓鱼的人，用翡翠的羽毛做钓绳，用桂枝做鱼食，反而钓不到鱼。《庄子·齐物论》中说"言辞的涵义被过繁的文采所掩盖了"，指的大约就是这类事情。《诗经·卫风·硕人》说"穿了锦绣衣服，外面再加上罩衫"，这就是因为不愿打扮得太刺眼。《周易》中讲文饰的《贲卦》，最终还是以白色为正，可见采饰仍以保持本色为贵。进行创作应该树立一个正确的规范来安置作品的内容，拟定一个适当的基础来表达作家的心情。只有作品中所体现的思想感情确定了，才能据以配上音节，缀以辞采。从而做到形式虽华美，但不掩盖其内容；辞采虽繁富，但不至埋没作家的心情。要使赤、青等正色发扬光大，而把红、紫等杂色抛弃不用：这才是既能美化作品，又能使内容形式都符合理想的作家。

## 注释

❶经：王利器校改作“理”。理：指作品的思想内容，和上文所说“情者文之经，辞者理之纬”中的“情”“理”意同。 ❷诡：反常。 ❸心理：作者内心所蕴蓄的道理，表达而为作品的思想内容。翳（yì）：隐蔽。 ❹翠纶：用翡翠鸟毛做的钓鱼线。桂：肉桂，一种珍贵食物。饵（ěr）：引鱼的食物。《太平御览》卷八三四录《阙子》：“鲁人有好钓者，以桂为饵，黄金之钩，错以银碧，垂翡翠之纶，其持竿处位即是，然其得鱼不几矣。故曰：钓之务不在芳饰，事之急不在辩言。” ❺言隐荣华：这是《庄子·齐物论》中的话。隐：埋没。《庄子》原文“隐”下有“于”字。 ❻殆（dài）：几乎，大约。 ❼褧（jiǒng）：一种套在外面的单衣。这句是《诗经·卫风·硕人》中的话。 ❽章：鲜明。 ❾《贲（bì）》：《易经》中的卦名。贲：文饰。穷白：最终是白色。《贲》卦的最后说：“白贲无咎。”王弼注：“处饰之终，饰终反素，故在其质素，不劳文饰而无咎也。” ❿谟（mó）：王利器校作“模”，规范的意思。 ⓫地：底子，这里指文章的基础。本书《定势》篇中曾说：“譬五色之锦，各以本采为地矣。”心：指作品的思想内容。 ⓬摛（chī）：舒展，发布。 ⓭文：指作品的文采。质：指思想内容。 ⓮博：指辞采的繁盛。溺（nì）：淹没。《庄子·缮性》：“知，而不足以定天下，然后附之以文，益之以博。文灭质，博溺心。” ⓯正采：即正色。《礼记·玉藻》：“衣正色，裳间色。”疏引皇氏云：“正，谓青、赤、黄、白、黑，五方正色是也；不正，谓五方间色也，绿、红、碧、紫、骈黄（即留黄）是也。”朱：属赤色；蓝：属青色。都是正色。《说文》：“蓝，染青色也。” ⓰间色：由正色相间杂而成的杂色。屏：弃。红、紫：都属杂色。 ⓱章：文采。 ⓲彬彬（bīn）：指文质兼顾，内容和形式结合得恰当。《论语·雍也》：“质胜文则野，文胜质则史；文质彬彬，然后君子。”

【原 文】

赞曰：言以文远[1]，诚哉斯验。心术既形[2]，兹华乃赡[3]。吴锦好渝[4]，舜英徒艳[5]。繁采寡情，味之必厌。

【译 文】

总之，语言要有华美的文采才能流传久远，这确是不错的。运用文思的方法既然明确，作品中的文采就能适当丰富了。但吴地出产的锦绣容易变色，木槿花虽美而不能持久；写文章如果类似这样，只有繁丽的文采而缺乏深刻的思想情感，看起来必然令人生厌。

注 释

❶远：指流传久远。《左传·襄公二十五年》：“言之无文，行而不远。” ❷心术：运用心思的道路，这里指写作的方法。形：显著，明确。《礼记·乐记》：“应感起物而动，然后心术形焉。”孔疏：“术，谓所申道路也；形，见也；以其感物所动故，然后心之所由道路而形见焉。” ❸赡（shàn）：富足。 ❹渝：变。 ❺舜：木槿（jǐn）花。英：花。木槿花朝开暮落，有花无实。

# 三二、熔裁

## 解题

《熔裁》是《文心雕龙》的第三十二篇，讨论文学创作中怎样熔意裁辞。“熔裁”和我们今天所说的“剪裁”有某些近似，但有很大的区别。刘勰自己解释说：“规范本体谓之熔，剪截浮词谓之裁。”所以，“熔”是对作品内容的规范；“裁”是对繁文浮词的剪截。“熔裁”的工作，从“思绪初发”开始，到作品写成后的润饰修改，是贯彻在整个创作过程之中的。其主要目的，是写成“情周而不繁，辞运而不滥”的作品。

全篇分四个部分。第一部分说明什么叫熔裁和熔裁工作在文学创作中的必要性；第二部分论熔意，提出熔意的三条准则；第三部分论裁辞，要求作品做到没有一个可有可无的字句；第四部分举历史上的有关例证，以进一步说明熔意裁辞的必要。

本篇提出的“三准”，是刘勰创作论中的一个重要问题。怎样理解“三准”，一直存在较大的分歧。所谓“履端于始”“举正于中”“归余于终”，确有一个先后、主次的程序问题，但其主旨不是讲创作过程，而是熔意的三条准则：“设情以位体”，是要以内容能确立主干为准；“酌事以取类”，是要以取材和内容密切关联为准；“撮辞以举要”，是要以用辞能突出要点为准。刘勰所说“心非权衡，势必轻重”，正是要根据这三条准则来进行权衡。文学创作中怎样熔意，这是个十分复杂的问题，只能提出几条总的原则，这是很自然的。不仅熔意，即使论裁辞，所谓“句有可削，足见其疏，字不得减，乃知其密”，也是一个总的要求；如果称这一总的要求为裁辞的准则，同样是可以的。

【原 文】

情理设位[1]，文采行乎其中。刚柔以立本[2]，变通以趋时。立本有体[3]，意或偏长；趋时无方[4]，辞或繁杂。蹊要所司[5]，职在熔裁[6]；檃括情理[7]，矫揉文采也[8]。规范本体谓之熔[9]，剪截浮词谓之裁；裁则芜秽不生[10]，熔则纲领昭畅[11]；譬绳墨之审分[12]，斧斤之斫削矣[13]。骈拇枝指[14]，由侈于性[15]；附赘悬疣[16]，实侈于形。二意两出[17]，义之骈枝也；同辞重句，文之疣赘也。

【译 文】

作品的内容有一定的部署，然后在这基础上运用文采。首先确立作品刚强或柔婉的基调，然后适时予以变化。确立了基调虽已有一定的主体，但意思的表达有时可能偏多；至于适时变化本来没有一定，所以文辞有时就不免显得繁杂。这里关键所在，就是做好熔意裁辞的工作；一方面纠正内容上的毛病，一方面改正文辞上的缺点。所谓熔意，就是使文章的主要内容表现得更合乎规范；所谓裁辞，就是删削一切不必要的文辞。能裁辞，文句便不杂乱；能熔意，纲领便可分明；好比工匠用绳墨来定材料的取舍，用斧子来进行削凿一样。脚趾不分或手有歧指，那是天生的多余；身上长出肉结，也为形体所不需。同一意思的再现，那是内容上的多余；同一辞句的复出，也是文章所不需的。

## 注 释

❶情理：指作品的内容。设位：安排确立位置。 ❷“刚柔”二句：《周易·系辞下》：“刚柔者，立本者也；变通者，趋时者也。”刚柔：指作品刚健或柔婉的基调。趋时：即《定势》篇所说：“刚柔虽殊，必随时而适用。” ❸体：主体。 ❹无方：没有一定。 ❺蹊：路。司：主管。 ❻职：主，执掌。熔：铸器的模型，这里指用一定的准则（即下文所说的“三准”）来规范作品的内容。 ❼檃（yǐn）括：矫正曲木的器具，这里作动词用。 ❽矫揉：这里有纠正的意思。揉：使之弯曲。 ❾本体：指内容。 ❿芜秽：即上句说的“浮词”。

⑪昭：明白。畅：畅达。 ⑫绳墨：工匠正曲直的工具。审分：审核分辨。⑬斤：斧子。斫（zhuó）：砍，削。 ⑭骈拇（piánmǔ）枝指：这是借《庄子·骈拇》中的话："骈拇枝指，出乎性哉。"成玄英疏："骈，合也，大也，谓足大拇指与第二指连合为一指也。枝指者，谓手大拇指傍枝生一指成六指也。"枝（qí）：同"歧"。 ⑮侈：过多，这里指多余的、不必要的。性：天性。 ⑯附赘（zhuì）悬疣（yóu）：《庄子·骈拇》："附赘悬疣，出乎形哉。"赘：多余的东西。疣：肉疙瘩。 ⑰二：一作"一"，译文据"一"字。

【原文】

凡思绪初发[1]，辞采苦杂，心非权衡[2]，势必轻重。是以草创鸿笔[3]，先标三准[4]：履端于始[5]，则设情以位体[6]；举正于中，则酌事以取类[7]；归余于终，则撮辞以举要[8]。然后舒华布实[9]，献替节文[10]；绳墨以外[11]，美材既斫，故能首尾圆合[12]，条贯统序[13]。若术不素定[14]，而委心逐辞[15]；异端丛至[16]，骈赘必多。

【译文】

当开始构思的时候，拟用的文辞常嫌太杂乱；内心很难像天平那么准确地衡量，势将犯偏重偏轻的毛病。所以要想写成一篇好文章，必须先提出三项准则：首先根据内容来确定主体，其次选择与内容有联系的素材，最后选用适当的语言来突出重点。这样才能安排文辞来配合内容，把必要的东西写上去而把不必要的省略掉，以力求精当。正与木工根据绳墨来削凿美好的木材一样，文章必须如此才能写得首尾妥帖，条理清楚。如果不先确定写作方法，却只任意地追求辞采，那么不必要的内容就都挤进来，而废话就必然太多。

## 注释

❶思绪初发：《神思》篇讲构思之始的情形是："神思方运，万涂竟萌。"思绪：指作家的思路。绪：端绪。 ❷权：秤锤。衡：秤杆。 ❸鸿笔：大作。

❹标：显出，突出。准：准则。 ❺履端于始：此句和下面的“举正于中”“归余于终”，都是《左传·文公元年》中的话，原是就一年的历法说的，这里借用来分别指三项准则的步骤。 ❻情：指作品中所要表达的思想感情。体：主体，主干。这项准则是衡量“设情”是否确立了主干。 ❼类：相似。要求事与情相类似，也就是衡量所用素材与内容是否有密切联系。 ❽撮（cuō）：聚集而取。要：指内容的重点。此项是衡量能否用辞以突出要点。 ❾华：指辞采。实：指内容。 ❿献替：即《附会》篇说的“献可替否”。献：进；“献可”是把好的或必要的东西写到文章中去。替：弃去；“替否”是从文章中剔除不好的或不必要的东西。所以，“献替”在这里有斟酌推敲的意思。节：调节。文：文饰。 ⓫绳墨：木工取直的工具。“绳墨以外”都是应削除的部分。 ⓬首尾：一篇文章从开头到结尾。 ⓭条贯：指条理、层次。 ⓮术：方法，这里指写作方法。 ⓯委心：任意。 ⓰异端：指和内容关系不密切的、无关的描写。丛至：《吕氏春秋·达郁》：“万灾丛至。”高诱注：“丛，聚也。”

## 【原 文】

故三准既定，次讨字句①。句有可削，足见其疏；字不得减，乃知其密。精论要语，极略之体②；游心窜句③，极繁之体④；谓繁与略，随分所好⑤。引而申之，则两句敷为一章⑥；约以贯之⑦，则一章删成两句。思赡者善敷⑧，才核者善删⑨；善删者字去而意留⑩，善敷者辞殊而意

## 【译 文】

三项准则确定了，就该斟酌字句。如果有可删的句子，可见考虑得还不够细致；如果没有可省的字，才算写得周密。论点精当而语言扼要，那是极精约的风格；情志奔放而文辞铺张，那是极繁缛的风格。繁缛或精约，完全任随作家性格的爱好。如果发挥一下，那么两句可以变成一段；如果简练一点，那么一段也可以压缩成两句。文思丰富的人，长于铺陈；而文思踏实的人，善于精简。善于精简的人，字句虽删去而意思仍然保存；善于铺陈的人，字句虽多而意思仍很显豁。如果减少字句

显[11]。字删而意阙[12]，则短乏而非核[13]；辞敷而言重，则芜秽而非赡[14]。

而意思也不完整，那是才华不足而不是文思踏实。如果铺陈一番而文辞重复，那是文笔拉杂而不是文思丰富。

## 注释

❶讨：寻究，这里有推敲、斟酌的意思。 ❷略：即《体性》篇所说“八体”中的“精约”一体。体：风格。 ❸游心窜句：这四字虽借用《庄子·骈拇》中的“窜句游心于坚白同异之间”，但从刘勰的上下文来看，这里并非贬义。游：应指作者情思奔放。窜：应指文辞的铺张。 ❹繁：即《体性》篇“八体”中的“繁缛”一体。“缛”是繁多。 ❺分：本分。这里指作家的性格。❻敷：铺陈。 ❼约：简练。 ❽赡（shàn）：富足。 ❾核：查考。这里是踏踏实实，经得起查核的意思。 ❿删：削除。 ⓫辞殊：指字句繁富而多样化。⓬阙（quē）：同“缺”。 ⓭短乏：指才华的不足。 ⓮芜秽：指文辞的杂乱。

## 【原文】

昔谢艾、王济[1]，西河文士[2]；张俊以为[3]：艾繁而不可删，济略而不可益[4]。若二子者，可谓练熔裁而晓繁略矣[5]。至如士衡才优[6]，而缀辞尤繁[7]；士龙思劣[8]，而雅好清省[9]。及云之论机，亟恨其多[10]；而称“清新相接[11]，不以

## 【译文】

晋代的谢艾和王济都是西河地方的文人。当时张骏认为，谢艾文辞虽繁富而不能省去什么，王济文辞虽简略而不能增加什么。像这两位，可以说是精通熔意裁辞的方法，懂得怎样该繁该简的道理了。至于陆机，才华虽然卓越，但写作起来未免文辞过繁；陆云文思虽然较差，但平日就喜欢文笔简净。陆云论陆机的时候，虽常怪陆机文采过多，却又说陆机不断有清新的文句，所以不算毛病；其实这不过是重

为病”，盖崇友于耳⑫。夫美锦制衣⑬，修短有度⑭，虽玩其采⑮，不倍领袖。巧犹难繁，况在乎拙⑯？而《文赋》以为“榛楛勿剪”⑰，“庸音足曲”⑱；其识非不鉴⑲，乃情苦芟繁也⑳。夫百节成体㉑，共资荣卫㉒；万趣会文㉓，不离辞情㉔。若情周而不繁㉕，辞运而不滥㉖，非夫熔裁，何以行之乎？

视兄弟间的情谊而已。好比用美好的锦缎做衣服，长短有定；即使欣赏锦缎的花纹，也不能在领子、袖子上增加一倍。善于写作的人还不易把繁多的文采处理得当，何况不善于写作的人呢？陆机《文赋》认为只要有美鸟来住，恶木也不必砍去；不得已时也不妨在一篇歌曲中凑上些平庸的音节。他并不是没有见识，只是难于割爱罢了。成百的骨节组成整个身体，都靠气血流畅；万千种意思写成一篇文章，离不开文辞与内容的配合。若要文章内容全备而不太繁复，文辞多变化而不是滥用，那么，除非注意熔意裁辞，怎能做得到呢？

## 注释

❶谢艾：东晋凉州牧张重华的僚属。王济：未详。 ❷西河：今山西中部地区。 ❸俊：当作“骏”。张骏：张重华的父亲，东晋初年做过凉州牧。张骏语原文不存。 ❹益：增加。 ❺练：熟悉。晓：明白，通晓。 ❻士衡：西晋文学家陆机的字。才优：《晋书·陆机传》：“机天才秀逸，辞藻宏丽。” ❼缀辞：指写作。缀：连结。尤繁：特别繁芜。《世说新语·文学》：“孙兴公云：‘潘（岳）文浅而净，陆（机）文深而芜。’” ❽士龙：西晋文学家陆云的字。陆云是陆机的弟弟。思劣：这是和陆机比较而言。《晋书·陆机（附云）传》说陆云“六岁能属文，性清正，有才理，少与兄机齐名，虽文章不及机，而持论过之，号曰‘二陆’”。 ❾雅：常。清省：文笔简净。陆云《与兄平原书》中多次谈到他爱好“清省”。如说“云今意视文，乃好清省”（见《全晋文》卷一〇二）。平原：指陆机，他曾任平原内史。 ❿亟（qì）：屡次。多：指文采过繁。陆云在与陆机的信中，曾多次讲到陆机的这种毛病。参见下注。 ⓫“清新相

接”二句：陆云《与兄平原书》曾说：“兄文章之高远绝异，不可复称言，然犹皆欲微多，但清新相接，不以此为病耳。” ⑫友于：兄弟间的情谊。《尚书·君陈》“惟孝友于兄弟”。“于”字原是介词，后来“友于”二字连用成词。⑬锦：杂色的丝织品。 ⑭修：长。 ⑮玩：这里有玩味、欣赏的意思。 ⑯拙：不擅长。 ⑰榛楛（zhēnhù）：恶木。《文赋》中曾说：“彼榛楛之勿剪，亦蒙荣于集翠。”翠，翠色的鸟。 ⑱庸音足曲：这也是《文赋》中的话：“故踸踔（chěnchuō）于短垣，放庸音以足曲。”踸踔：一足走路。庸音：平庸的音乐，指不精彩的句子。足曲：凑足乐曲，指文章勉强成篇。 ⑲鉴：照，看清。⑳芟（shān）：刈草，这里指删除不必要的文句。 ㉑节：指骨节。体：指人的形体。 ㉒资：凭借。荣卫：指人的气血。《黄帝内经素问·热论》：“荣卫不行，五藏不通，则死矣。” ㉓趣：旨趣。 ㉔辞情：指构成作品的两个基本方面。 ㉕周：全面。 ㉖运：运行，这里指文辞的变化。滥：泛滥，指辞采过多。

【原 文】

赞曰：篇章户牖①，左右相瞰②。辞如川流，溢则泛滥③。权衡损益，斟酌浓淡④。芟繁剪秽，弛于负担⑤。

【译 文】

总之，作品里的各部分，应该像门户似的左右互相配合。文辞好比河水，太多了就要泛滥。必须考虑如何增减，推敲详略。删去多余的和杂乱的部分，文章就没有什么累赘了。

## 注释

❶牖（yǒu）：窗户。户牖：这里是比喻作品的各个部分。 ❷瞰（kàn）：视。相瞰：互通声气的意思。 ❸溢：过多。 ❹浓淡：指文句的详略、辞采的多少。 ❺弛（chí）：减轻。负担：指作品中不必要的部分。《左传·庄公二十二年》：“赦其不闲于教训，而免于罪戾，弛于负担。”

# 三三、声律

## 解题

《声律》是《文心雕龙》的第三十三篇。从《声律》到《练字》的七篇，就是刘勰的所谓“阅声字”部分。这部分主要是论述修辞技巧上的一些问题，并从理论上对这些问题进行了探讨。本篇专论声律的运用，也讲到一些声律上的理论问题。

全篇分三个部分。第一部分讲研究声律对文学创作的必要。刘勰认为声律是总结人的发音规律而来的，而语言不仅是表达思想的重要工具，更是构成文学作品的“关键”，这是必须研究声律的原因之一。语言的声音有高低抑扬之别，有因发音部位不同而形成的种种差异，怎样掌握这些特点使语言的运用合于宫商，是必须研究声律的理由之二。最后从人的发音与乐器发音之别，说明人的发音规律不易掌握，所以必须研究有关声律的理论。

第二部分就主要是从理论上来探讨写作上的声律问题。其中涉及双声、叠韵，平仄的配合以及和声、押韵等。刘勰正处于四声初步形成的时期，当时论音韵的人虽大都借用古代的五音来讲四声，但四声的特点已基本明确了；平上去入的名称当时还未广泛运用，但从《诗品序》中的“平上去入，则余病未能”来看，可能在刘勰生活的齐梁时期，已在诗歌创作的实践中有所运用了。刘勰在本篇虽未讲到平上去入，但平仄错综配合的基本道理已讲得相当明确了。刘勰和沈约的认识大致相近，只是侧重于自然音律，而没有提出拘忌文意的烦琐规定。

第三部分主要是联系具体作家讲正声和方言的利弊，进一步总结掌握正确音律的必要。刘勰认为运用正确的音韵，就能势如转圜，无往不适；运用错误的音韵，就如圆凿方枘，难以调和。这自然是有道理的。但他肯定以《诗经》为代表的正声，而不满于《楚辞》的楚声，一再斥《楚辞》为“讹韵”“讹音”，这显然和他宗经的正宗思想有关。诗文中杂用方言土语，虽有可能造成音韵的不谐，但对文学作品来说，既不应一概排斥方言，更不应以此区分“正响”与“讹音”而贬低《楚辞》。

【原 文】

夫音律所始，本于人声者也。声含宫商[1]，肇自血气[2]，先王因之，以制乐歌。故知器写人声，声非学器者也[3]。故言语者，文章神明枢机[4]，吐纳律吕[5]，唇吻而已[6]。古之教歌，先揆以法[7]，使疾呼中宫[8]，徐呼中徵[9]。夫商徵响高，宫羽声下[10]；抗喉矫舌之差[11]，攒唇激齿之异[12]，廉肉相准[13]，皎然可分[14]。今操琴不调[15]，必知改张[16]；摘文乖张[17]，而不识所调。响在彼弦，乃得克谐，声萌我心[18]，更失和律，其故何哉？良由内听难为聪也[19]。故外听之易，弦以手定；内听之难，声与心纷[20]，可以数求[21]，难以辞逐[22]。

【译 文】

音律的产生，原是从人的声音开始的。人声具有五音，来自先天的气性；古代帝王就是根据人声的五音来制乐作歌的。由此可见，乐器的声音，是表现人的声音，而不是人的声音仿效乐器。所以，语言是构成文章的关键，更是表达思想的枢纽；至于语言的音韵，则是求其和人的口吻协调而已。古代教唱歌，首先要琢磨发音的方法，使疾呼合于宫音，徐呼合于徵音。属清声的徵、羽二音强，属浊声的宫、商二音弱；高亢的喉音和伸直的舌音各异，聚合的唇音和急激的齿音有别，强音和弱音相对：这些区别都是很明显的。如果弹琴时声音不协调，自然知道对弦柱加以调整；写文章时要是声律失调，就不易弄清从何调整了。琴弦发出的声音，尚能使之和谐，发自作者内心的声音，反而不能和谐，这是什么原因呢？主要就因为在外的声音容易辨识，内心的声音不易认清。在外的声音容易掌握，是由于可以用手决定琴弦；内心的声音不好控制，则由于声音和心思纷乱不一。这只能从掌握音律技巧来求得解决，是难以用文辞说明白的。

## 注 释

❶宫商：五音（宫、商、角、徵、羽）中的两种，这里指五音。 ❷肇

(zhào)：开始。血气：天生的气性。本书《体性》篇："才力居中，肇自血气。" ❸学：王利器校作"效"，仿效。 ❹"文章神明枢机"三句：这三句现存两种不同理解，录以备考：一、黄侃《文心雕龙札记》认为"'文章'下当脱二字"。范文澜注："按'文章'下疑脱'关键'二字。言语，谓声音，此言声音为文章之关键，又为神明之枢机；声音通畅，则文采鲜而精神爽矣。至于律吕之吐纳，须验之唇吻，以求谐适，下赞所云'吹律胸臆，调钟唇吻'，即其义也。《神思》篇用'关键''枢机'字。"二、杨明照校本断此三句为："文章神明，枢机吐纳，律吕唇吻而已。"朱星以为："黄季刚氏以为文章下当脱二字……都是想象，没有根据。果如黄氏所说，则唇吻二字下也当脱二字了，其实本不脱字。刘勰在此对言语作了一个全面的解释，除了文章神明（这是思想内容等）外，还有形式上的部分，就是枢机吐纳（这是字句的吐属），律吕唇吻（这是音韵问题）。"（见《天津师院学报》一九七九年第一期）译文以范说为主。神明：《黄帝内经·灵兰秘典论》："心者，君主之官也，神明出焉。"神明指人的精神，精神既出于心，就和人的心思有密切联系，刘勰这里便借以指文章的思想内容。本书《附会》篇曾说："必以情志为神明。"枢机：和"关键"意近。《周易·系辞上》："言行君子之枢机。"韩康伯注："枢机，制动之主。"
❺吐纳：呼吸，这里指发言。律吕：乐律的总称。 ❻唇吻：指口吻协调。
❼揆（kuí）：测度。 ❽疾呼：发声快的强音。中（zhòng）宫：合于宫声。
❾徐呼：发声缓的弱音。以上几句是借用《韩非子·外储说右上》中的话，原文是："教歌者，先揆以法，疾呼中宫，徐呼中徵。" ❿商徵响高，宫羽声下：刘永济《文心雕龙校释》认为当作"徵羽响高，宫商声下"。《礼记·月令》："其音角。"郑玄注："凡声尊卑，取象五行，数多者浊，数少者清；大不过宫，细不过羽。"据《史记·律书》，五音的律数，以宫商最多，徵羽最小，角声居中。清声音高，浊声音低，因此，这两句应为徵羽响高，宫商声低。 ⓫抗：高亢。喉：喉音。矫：《广雅·释诂》："直也。"舌：舌音。 ⓬攒（cuán）：聚合。唇：唇音。激：急切。齿：齿音。 ⓭廉肉：指音的强弱。《礼记·乐记》："使其曲直、繁瘠、廉肉、节奏，足以感动人之善心而已矣。"郑注："繁瘠、廉肉，声之鸿杀也。"鸿指强，杀指弱。相准：相对的意思。 ⓮皎然：明白，清

楚。 ⑮操琴：弹琴。 ⑯改张：改弦更张。《汉书·董仲舒传》："窃譬之琴瑟不调，甚者必解而更张之，乃可鼓也。" ⑰摘文：一作"摛文"。摛（chī）：指写作。乖张：不正常。 ⑱萌：初生。 ⑲良由：杨明照校，此二字下脱"外听易为察"五字（见明人徐元太《喻林》卷八九引）。外听：指乐器声。内听：指作者的心声。察、聪：都指能听清楚，明白。 ⑳纷：乱貌，这里指不一致。 ㉑数：方法，这里指声律，即下面所讲"声有飞沉"等。 ㉒难以辞逐：指难以用文辞说清楚。此句和《神思》篇的"言所不追"意同。

【原 文】

凡声有飞沉①，响有双叠②，双声隔字而每舛③，叠韵杂句而必睽④；沉则响发而断⑤，飞则声飏不还⑥：并辘轳交往⑦，逆鳞相比⑧，迂其际会⑨，则往蹇来连⑩，其为疾病，亦文家之吃也⑪。夫吃文为患，生于好诡⑫，逐新趣异⑬，故喉唇纠纷⑭；将欲解结，务在刚断⑮。左碍而寻右，末滞而讨前⑯，则声转于吻，玲玲如振玉⑰；辞靡于耳⑱，累累如贯珠矣⑲。是以声画妍蚩⑳，寄在吟咏，吟咏滋味㉑，流于字句，气

【译 文】

字声有的飞扬，有的低沉，有的是双声，有的是叠韵。双声字中间被其他字隔开，就往往不协调，叠韵词分离在两处，就必然违背声律；一个句子的字声全是低沉的，声音就像要断气一样，全是高昂的，就一直上升而不婉转：应使低昂之声像转动辘轳一样相互交错，像鱼龙的鳞甲那样整齐排列；声律的适当配合稍有错乱，就会前阻后碍。这种毛病，就是文人的口吃病了。口吃的病根，在于作者爱好诡奇；一心去追逐新奇，就造成发音的杂乱。要想解除这种毛病，首先必须坚决割断对怪异的爱好。左边受阻就从右边想办法，后边积滞就疏通前面，这就可使声音转动在口中，像振动玉器玲玲作响；悦耳的辞句，如成串的珍珠相连不绝。所以，表达思想感情的作品，好坏寄托在吟咏上，诗歌的滋味从句子的安排中流露出来，工夫全在

力穷于和、韵[22]：异音相从谓之和[23]，同声相应谓之韵[24]。韵气一定[25]，故余声易遣[26]；和体抑扬[27]，故遗响难契[28]。属笔易巧[29]，选和至难[30]；缀文难精[31]，而作韵甚易。虽纤意曲变[32]，非可缕言[33]，然振其大纲[34]，不出兹论。

句子的"和"与句末的"韵"上：不同字调的适当配合就叫"和"，同韵的字相呼应就叫"韵"。句末用韵是有定的，确定之后其余的韵都好处理；句子的和谐有高低抑扬的不同，要句子之间配合好就比较困难了。一般散文容易写得精巧，但要把一篇散文的声律调配和谐就很难；诗歌写作虽不易精巧，押韵却是比较容易的。声律上很多细微不明显的变化，虽然不能一一讲到，但举其大要，基本上不出以上所论。

## 注释

❶飞沉：声音的抑扬，相当于平声和仄声。 ❷双叠：双声叠韵。两字声母相同为双声，韵母相同为叠韵。 ❸双声隔字：这和传为沈约提出的作诗八病（平头、上尾、蜂腰、鹤膝、大韵、小韵、旁纽、正纽）中的"旁纽"相似。《文镜秘府论》西卷引元氏云："旁纽者，一韵之内，有隔字双声也。"如"鱼游见风月，兽走畏伤蹄"两句中"鱼"和"月"、"兽"和"伤"是双声，其中隔以他字，就是犯"旁纽"病。舛（chuǎn）：差错。 ❹叠韵杂句：《文镜秘府论》天卷引此句作"叠韵离句其必睽"。叠韵离句和八病中的"小韵"相似。西卷释"小韵"说："除韵以外，而有迭相犯者，名为犯小韵病是也。"如陆机诗"嘉树生朝阳，凝霜封其条"二句的"阳""霜"同韵，就是犯"小韵"病。睽（kuí）：违背，不合。 ❺沉：指纯用低沉的仄声字。而断：《文镜秘府论》天卷引作"如断"。 ❻飞：指纯用昂扬的平声字。飏（yáng）：飞扬。 ❼辘轳（lùlú）：井上汲水的起重具。交往：用辘轳转动，比喻飞沉平仄的字声相交错。 ❽逆鳞：相传龙的喉下有逆鳞，常用以比喻不可触犯的危险之处（见《韩非子·说难》）。这里是借指鳞甲的排列严密有序。相比：《史记·天官书》："危东六星，两两相比。"指排列紧密。以上两句，即沈约所谓："欲使宫

羽相变，低昂互节，若前有浮声，则后须切响。一简之内，音韵尽殊，两句之中，轻重悉异。”（《宋书·谢灵运传论》） ⑨迂：错失。《荀子·荣辱》：“失之己，反之人，岂不迂乎哉！”杨倞注：“迂，失也。”际会：指平仄飞沉的适当配合。《周易·坎卦》：“刚柔际也。”王弼注：“刚柔相比而相亲焉，际之谓也。” ⑩往蹇（jiǎn）来连：这是《周易·蹇卦》中的一句。王弼注：“往则无应，来则乘刚；往来皆难，故曰往蹇来连。”蹇：不顺利。连：难。 ⑪吃：口吃，说话结巴不清。 ⑫诡（guǐ）：不正常。 ⑬趣：同趋。 ⑭纠纷：杂乱。 ⑮刚断：坚决果断。 ⑯滞：阻塞，和上句“碍”字意近。 ⑰玲玲（líng）：玉相击的声音。 ⑱靡：轻丽，这里指声音的动听。 ⑲累累：联贯成串。《礼记·乐记》：“累累乎端如贯珠。”郑注：“言歌声之著动人心之审，如有此事。” ⑳声画：扬雄《法言·问神》：“言，心声也；书，心画也。声画形，君子小人见矣。”这里借指表达思想感情的作品。妍蚩（chī）：指作品的好坏。 ㉑“吟咏滋味”二句：“吟咏”二字是衍文。《文镜秘府论》天卷引为一句作“滋味流于下句”，译文据此。下句：对字句的处理。 ㉒气力：这里指才力、工夫。南齐谢赫《古画品录·夏瞻》：“虽气力不足，而精采有余。”和：和谐。韵：押韵。 ㉓异音：指句内平仄的不同。 ㉔同声：指句末的押韵相同。 ㉕一定：即有定。如首韵用“东”，其他韵脚也用同一韵部的韵。 ㉖余声：指其他韵脚。 ㉗体：和上面所说“韵气”的“气”略同，都指韵、和之事。 ㉘遗响：和上面说的“余声”意同，指其他字声。诗句的平仄声调，不仅同一句内要上下协调，还要和其他句子协调，所以说“难契”。契：合。 ㉙属笔：一般散文写作。笔：指无韵的散文。 ㉚选：选择，引申为做到的意思，与下文“作韵”的“作”字意近。 ㉛缀（zhuì）文：指诗歌写作。缀：辑，辑字成文，即写作。文：指有韵的诗文。 ㉜纤意：一作“纤毫”，指音律上的细微之处。曲：隐微，不明。 ㉝缕（lǚ）言：逐一详论。 ㉞振：举。

| 【原 文】 | 【译 文】 |
| --- | --- |
| 若夫宫商大和，譬诸 | 至于声律的全面调和，犹如吹奏可以 |

吹籥[1]；翻回取均[2]，颇似调瑟[3]。瑟资移柱，故有时而乖贰[4]；籥含定管，故无往而不壹[5]。陈思、潘岳[6]，吹籥之调也[7]；陆机、左思[8]，瑟柱之和也[9]。概举而推，可以类见。又《诗》人综韵[10]，率多清切[11]；《楚辞》辞楚[12]，故讹韵实繁[13]。及张华论韵[14]，谓士衡多楚[15]；《文赋》亦称知楚不易[16]，可谓衔灵均之声余[17]，失黄钟之正响也[18]。凡切韵之动[19]，势若转圜[20]；讹音之作，甚于枘方[21]，免乎枘方，则无大过矣。练才洞鉴[22]，剖字钻响；识疏阔略[23]，随音所遇，若长风之过籁[24]，南郭之吹竽耳[25]。古之佩玉[26]，左宫右徵[27]，以节其步[28]，声不失序；音以律文[29]，其可忘哉[30]！

和众声的籥；回旋地运用声韵，就像调和较复杂的瑟。调和瑟音需要移动弦柱，所以常常会出现不协调的情形；籥的管，孔有定，因而任意吹奏都可一致。曹植和潘岳的作品，就如吹籥的无处不谐；陆机和左思的作品，就像调瑟的常有不和。这只是略举大概，其他作家作品可由此类推。此外，《诗经》的作者运用音韵，大都清楚准确。《楚辞》用的是楚地的声音，所以错乱的声韵很多。到西晋张华论韵，曾说陆机作品中的楚音很多；他的楚音正如《文赋》中所说的“不能改变”。这就可说是屈原作品的余响，有失于雅正的声韵了。切合的声韵运用起来，势如圆形物体的转动；不协调的音韵运用起来，就比在圆孔中投方榫还困难。写作中能避免用方榫子，就不会出大的毛病了。音律精深的作者，要仔细剖析文字的声音；不很懂声律的作者，用到什么字就是什么音，这就像远风通过物体的孔穴而发出的声响，或者是南郭先生的滥竽充数了。古人身上佩戴玉器，发出的声音左边合于宫声，右边合于徵声，使步行有一定的度数，因而声音毫不混乱；何况用音韵使诗文合律，怎能轻易忽视呢？

## 注释

❶籥（yuè）：一种似笛的管乐器。《风俗通》："籥，乐之器，竹管三孔，所以和众声也。"（卷六） ❷翻回：旋转。均：即韵。《文选·啸赋》："音均不恒，曲无定制。"李善注："均，古韵字也。《鹖冠子》曰：五声不同均，然其可喜一也。"（卷一八）这几句中的"和""均"是泛指，和上段所讲的"和"难"韵"易不同，所以下面又有"瑟柱之和"的说法。 ❸瑟（sè）：似琴的弦乐器，一般是二十五弦，弦各一柱。 ❹乖贰：不协调。 ❺壹：一致，即协调。❻陈思：曹植。潘岳：字安仁，西晋文学家。 ❼吹籥之调：喻曹植、潘岳的作品属正声，能够无往不谐。 ❽陆机：字士衡，西晋文学家。左思：字太冲，西晋文学家。 ❾瑟柱之和：喻陆机、左思的作品中杂有方言，音律有时乖违。陆机是吴人，左思是齐人。 ❿《诗》人：指《诗经》的作者。综：织机上使经线上下分开以织纬线的装置，这里借指组织、运用。 ⓫率：都。清切：清楚准确。 ⓬辞楚：指《楚辞》用楚音写成。 ⓭讹（é）：错误。 ⓮张华：字茂先，西晋文学家。 ⓯多楚：陆机的弟弟陆云在《与兄平原书》中曾讲道："张公（即张华）语云云：兄文故自楚。"（见《全晋文》卷一〇二） ⓰知楚：这两个字是衍文。不易：《文赋》论篇中警策曾说"亮功多而累寡，故取足而不易"，指警句在作品中的作用是功多累寡，不能改变，与声律无关。黄侃认为"彦和盖引其言以明士衡多楚，不以张公之言而变"（《文心雕龙札记》）。⓱灵均：屈原的字。声余：和下句"正响"二字相对应，当是"余声"，指《楚辞》的继续。 ⓲黄钟：十二律之一，这里泛指乐律。正响：指以《诗经》为代表的雅正之音。 ⓳切韵：切合的声韵。动：和下句"作"字意近，都有运用之意。 ⓴转圜（huán）：圆形物体的转动，喻声韵的圆转。 ㉑枘（ruì）方：宋玉《九辩》："圜凿而方枘兮，吾固知其鉏铻（jǔyǔ）而难入。"意为用方榫（sǔn）插入圆孔是困难的。刘勰借用此意指讹音之难谐。 ㉒练：熟练。洞鉴：深明，彻底了解。这句指精通音律的作者。 ㉓识疏：一作"疏识"。疏：粗疏。阔略：疏略。这句指音律疏浅的作者。 ㉔籁（lài）：孔穴。 ㉕南郭吹竽（yú）：《韩非子·内储说上》："齐宣王使人吹竽，必三百人。南郭处士请为

王吹竽，宣王说（悦）之，廪食以数百人。宣王死，湣（mǐn）王立，好一一听之，处士逃。” ㉖佩：带。 ㉗左宫右徵：指左右所佩带的玉器发出的声响合于宫、徵。《礼记·玉藻》：“古之君子必佩玉，右徵角，左宫羽。” ㉘节：节制，指使步行有一定度数。 ㉙律文：使文合律。 ㉚忘：一作“忽”，译文据“忽”字。

【原文】

赞曰：标情务远[1]，比音则近[2]。吹律胸臆[3]，调钟唇吻[4]。声得盐梅[5]，响滑榆槿[6]。割弃支离[7]，宫商难隐[8]。

【译文】

总之，表明情志，应该高远；安排音韵，则须细密。声音发自心胸，协调在于口吻。声韵要如咸盐酸梅配合得当，把榆实、堇菜调和得味美可口；只要摈除那些不正之音，和谐的宫商就自然明显。

注释

❶标：表明，显示。 ❷比：并列，这里指对音韵的安排。近：密切。 ❸吹律：吐出音律。胸臆：指内心。《文赋》：“思风发于胸臆，意泉流于唇齿。” ❹调钟：协调声律。钟：古代乐器之一，这里指钟律。 ❺盐梅：借味的调和指声的调和。《尚书·说命下》：“若作和羹，尔惟盐梅。”盐味咸，梅味酸，是调味的必需品。 ❻滑：使菜肴润滑的调料，这里取调和的意思。《周礼·天官·食医》：“调以滑甘。”贾公彦疏：“滑者，通利往来，亦所以调和四味，故云调以滑甘。”榆：木名，实可食。槿（jǐn）：借指堇，堇菜。 ❼支离：不正，指前面说的方言。 ❽难隐：不能隐蔽则易显。

# 三四、章句

## 解题

《章句》是《文心雕龙》的第三十四篇，专论分章造句及其密切关系。刘勰所说的“章”，是沿用《诗经》乐章的“章”，用以指作品表达了某一内容的段落。本篇译注中用“章节”二字，亦即此意，和现在论著中常说的“章节”不同。刘勰的所谓“句”，也和后来“句子”的概念有别。如其中说“以二言为句”，只指语言的一个停顿。古有句、逗之分，本篇所说的“句”，都包括在内。

本篇分两大部分。首段为第一部分，论“章句”的意义和分章造句的基本原理；要求做到文采交织于外，脉络贯注于内，结构严密，首尾一体。后三段为第二部分：第二段论句子的字数，要求短句不促迫，长句不松散；第三段论用韵，既反对“两句辄易”，也不赞成“百句不迁”，而主张“折之中和”；第四段论虚字，认为虚字虽无实际意义，但“在用切实”，为诗文创作所必需。

纪昀评本篇第二部分“但考字数，无所发明”“论押韵特精，论语助亦无高论”，基本上是对的。这部分所论三个问题都一般化，论韵虽略有可取，亦非“特精”。但第一部分的一些意见，是有可取之处的。刘勰从任何作品都必须由字而句，由句而章，然后积章成篇的道理，提出要写好文章，就要一句不苟，一字不妄；从而深刻地说明了篇章字句的关系，也有力地说明了“振本而末从”在写作中的必要。对章句的处理，其总的要求是“搜句忌于颠倒，裁章贵于顺序”；但又注意到问题的复杂性，所以，一方面主张根据具体内容而“随变适会”，一方面又强调章句的运用如舞蹈有定位、歌唱有定节，不能乖离其基本原理。只有这样，才能“原始要终，体必鳞次”，把文章写成一个有条不紊、结构严密的整体。

【原文】

夫设情有宅[1]，置言有位；宅情曰章[2]，位言曰句[3]。故章者，明也；句者，局也[4]。局言者，联字以分疆[5]；明情者，总义以包体[6]：区畛相异[7]，而衢路交通矣[8]。夫人之立言，因字而生句，积句而成章，积章而成篇。篇之彪炳[9]，章无疵也；章之明靡[10]，句无玷也[11]；句之清英[12]，字不妄也：振本而末从[13]，知一而万毕矣[14]。夫裁文匠笔[15]，篇有小大；离章合句，调有缓急：随变适会，莫见定准。句司数字[16]，待相接以为用；章总一义，须意穷而成体[17]。其控引情理[18]，送迎际会[19]，譬舞容回环，而有缀兆之位[20]；歌声靡曼[21]，而有抗坠之节也[22]。寻《诗》人拟喻[23]，虽断章取义[24]，然章句在篇，如茧之抽绪[25]，原始要终[26]，体必

【译文】

文章内容的安排要有适当的位置，言辞的处理要有一定的次第。组成位置有定的内容叫作“章”，组成次第有定的言辞叫作“句”。所谓“章”，就是显明；所谓“句”，就是局限。对言辞的局限，就是联结文字，分别组成句子；使内容显明，就是汇总各个句子，构成完整的意义。章和句的作用虽然各不相同，但二者的联系是很密切的。人们进行写作，是由个别的文字组成句子，再把句子组成章节，然后由章节组成一篇。所以，要全篇光彩，必须各个章节没有毛病；要各个章节都明丽，必须所有的句子没有缺点；要所有的句子都优美，必须一切文辞都不乱用。由此可见，抓好字句就能写好篇章，懂得章句的基本道理，就有可能写好一切文章了。韵文和散文的写作，篇幅有长有短；分章造句，音节有缓有急：这些要根据不同的情况而临机应变，是没有固定的准则的。一个句子统领若干文字，有待适当地联系，才能起到它的作用；一个章节汇总一定的意义，必须表达一个完整的内容才能成章。在内容的掌握上，要取舍得当，就如回旋的舞蹈，行列有一定的位置；柔丽的歌声，高低有一定的节奏。考察《诗经》的作者想要表达的内容，虽是分章

鳞次[27]。启行之辞[28]，逆萌中篇之意[29]，绝笔之言[30]，追媵前句之旨[31]；故能外文绮交[32]，内义脉注[33]，跗萼相衔[34]，首尾一体。若辞失其朋[35]，则羁旅而无友[36]；事乖其次[37]，则飘寓而不安[38]。是以搜句忌于颠倒，裁章贵于顺序：斯固情趣之指归[39]，文笔之同致也[40]。

说明意义，但章节和句子在全诗中，和在蚕茧上抽丝一样，从开始到结束，都是联系紧密而丝毫不乱的。开头说的话，就考虑中篇的内容；结束时的话，则是继承前面的旨意；因而能文采交织于外，脉络贯注于内，前后衔接，首尾一体。如果文辞和整体失去联系，就像孤独的旅客没有同伴；叙事违反了正常的次第，就像飘荡的游子无处安身。所以，组合句子要避免颠倒，分判章节要按照顺序：这的确是文章情趣的共同要求，散文与韵文都是如此。

## 注释

❶宅：住所，这里指一定的位置。 ❷章：音乐的一段，这里指诗文的章节。 ❸句：止，语言的一次停顿，和现在说完一个意思为一句的“句”不同。 ❹局：限制。 ❺分疆：划分疆界，指把文字分别组成句子。 ❻包体：把各句的内容汇成一个整体。 ❼区畛（zhěn）：区域，这里指章、句。畛：田间小路。 ❽衢：大路。交通：互相通达，指章与句在文章中的密切关系。 ❾彪炳：光彩鲜明。 ❿明靡：明丽。靡：轻丽。 ⓫玷（diàn）：白玉上的缺点，这里指句子中的小缺点。《诗经·大雅·抑》：“白圭之玷，尚可磨也；斯言之玷，不可为也。” ⓬清英：和上句“明靡”二字意近。清：明洁。英：美。 ⓭振：举。本、末：树根和树梢，喻字句和篇章的关系。刘勰认为字句是构成文章的基础，要写好文章，必须首先从一字一句打好基础。 ⓮一：指组成一篇文章的基本道理。万：指所有章句的道理。毕：全部。 ⓯裁、匠：都指写作。文：韵文。笔：散文。 ⓰司：主管，引申为包括的意思。 ⓱意穷：把意思说完。体：物体，这里指“章”。 ⓲控引：控制，掌握。 ⓳送迎：取舍。际会：遇合，指取舍得当。 ⓴缀兆：舞蹈的位置。《礼记·乐记》：“屈伸俯仰，缀兆

舒疾，乐之文也。”孔颖达疏：“缀，谓舞者行列相连缀也；兆，谓位外之营兆也。” ㉑靡曼：歌声的细长柔弱。《列子·周穆王》：“简郑卫之处子，娥媌靡曼者。”张湛注：“娥媌，妖好也。靡曼，柔弱也。” ㉒抗：高昂。坠：低沉。《礼记·乐记》：“故歌者上如抗，下如坠，曲如折，止如槁木。”节：节奏。㉓《诗》人：《诗经》的作者。喻：晓谕，说明。 ㉔断章取义：这是对作诗而言，和说诗者割裂原意的“断章取义”不同，指《诗经》分章，各写一相对独立的内容。 ㉕绪：丝端，这里泛指丝。 ㉖原始要（yāo）终：《周易·系辞下》：“《易》之为书也，原始要终，以为质也。”原意是探讨事物的始末，这里指写作的从头到尾。 ㉗鳞次：如鱼鳞的排列整齐和紧密。 ㉘启行：起程。《诗经·小雅·六月》：“元戎十乘，以先启行。” ㉙逆萌：预度，事先考虑。㉚绝笔：范宁《春秋穀梁传序》：“因事备而终篇，故绝笔于斯年。”这是说孔子作《春秋》，止于鲁哀公十四年。刘勰取“终篇”之意以指篇末。 ㉛追媵（yìng）：承接的意思。媵：《释名·释亲属》：“侄娣曰媵。媵，承也，承事嫡也。” ㉜绮（qǐ）：有花纹的丝织品。 ㉝脉注：脉络贯注，指文章有条理而联系紧密。 ㉞跗（fū）：《管子·地员》：“朱跗黄实。”尹知章注：“跗，花足也。”萼（è）：托在花下的绿片。 ㉟朋：同类，指文辞和作品的整体关系而言。 ㊱羁旅而无友：宋玉《九辩》：“廓落兮，羁旅而无友生。”羁旅：滞留外乡。 ㊲乖：违背。次：次序。 ㊳寓：寄居。 ㊴指归：意旨所归向。郭璞《尔雅序》：“夫《尔雅》者，所以通训诂之指归。” ㊵同致：趋向相同。和上句“指归”二字义近。

【原 文】

若夫笔句无常，而字有条数[①]：四字密而不促，六字格而非缓[②]；或变之以三五，盖应机之权节也[③]。

【译 文】

至于散文，虽没有固定的句式，但用字有一定的技巧：四字句比较紧凑但不促迫，六字句虽然较长，但不松散；有时变化为三字句、五字句，是一种随机应变的方法。至于诗体、颂体的一般格式，则以至于诗、颂大体[4]，以四言为正；唯"祈父""肇禋"[5]，以二言为句。寻二言肇于黄世[6]，《竹弹》之谣是也[7]；三言兴于虞时[8]，《元首》之诗是也[9]；四言广于夏年[10]，《洛汭》之歌是也[11]；五言见于周代，《行露》之章是也[12]。六言、七言，杂出《诗》《骚》[13]，而体之篇[14]，成于两汉[15]。情数运周[16]，随时代用矣[17]。

四言句为正格。但《诗经·小雅·祈父》中以"祈父"二字成句，《诗经·周颂·维清》中以"肇禋"二字成句。查二字句的作品开始于黄帝时期，如《弹歌》这个歌谣就是；三字句的作品产生于虞舜时期，传为帝舜所作《元首》歌便是；四字句的作品发展于夏代，传为太康之弟在洛水边所作《五子之歌》就是；五字句的作品出现在周代，《诗经·召南》中《行露》篇就有部分五言句。六字、七字的句子，在《诗经》《楚辞》中已掺杂出现；整篇六字或七字的作品，到两汉时期才完成。随着发展中内容不断复杂，各种句式就根据不同的情况而更换使用了。

## 注释

❶条数：一作"常数"，指用字有一定的技巧。数：术。译文据"常数"。❷格：《说文》："长木也。"这里指长句。 ❸权节：变通的法度。 ❹诗：这里指以《诗经》为标准格式的诗体。刘勰认为诗体"以四言为正"，《明诗》篇也说"四言正体"。颂：指颂体，也包括"赞"一类的四言韵文。《颂赞》篇说，赞"必结言于四字之句"。大体：大致，大概。《史记·货殖列传》："山东食海盐，山西食盐卤……大体如此矣。" ❺祈（qí）父：官名，管理王畿千里之内的兵马。《诗经·小雅》有《祈父》篇，以"祈父"二字为句："祈父，予王之爪牙。"肇（zhào）禋（yīn）：开始祭祀。《诗经·周颂·维清》："维清缉熙，文王之典，肇禋，迄用有成，维周之祯。" ❻黄世：传说中的黄帝时期。❼《竹弹（tán）》：指传为黄帝时的《弹歌》，全诗以二字句组成："断竹，续竹；飞土，逐肉。"（见《吴越春秋·勾践阴谋外传》） ❽虞：传说中的虞舜

时期。 ⑨《元首》之诗：即《原道》篇说的"元首载歌"。元首：指舜。歌辞见《尚书·益稷》："股肱喜哉，元首起哉，百工熙哉。"除语气词"哉"字，都是三字句。 ⑩夏年：指夏帝太康时期。 ⑪《洛汭（ruì）》之歌：《尚书·夏书》有《五子之歌》，其序说："太康失邦，昆弟五人，须于洛汭，作五子之歌。"洛：洛水。汭：河水弯曲处。今存《五子之歌》是后人伪造的，歌辞以四字句为主。第一首的开头几句是："皇祖有训：民可近，不可下。民惟邦本，本固邦宁……" ⑫《行露》：《诗经·召南》中的一篇。全诗三章，共十五句，其中八句是五言。如："谁谓雀无角？何以穿我屋？谁谓女无家？何以速我狱？" ⑬《诗》《骚》：《诗经》《离骚》。如《豳（bīn）风·七月》中的"五月斯螽（zhōng）动股，六月莎鸡振羽"等为六字句，"二之日凿冰冲冲，三之日纳于凌阴"等为七字句。《离骚》中的六、七字句更多，如"帝高阳之苗裔（yì）兮，朕皇考曰伯庸"等为六字句，"朝饮木兰之坠露兮，夕餐秋菊之落英"等为七字句。 ⑭而体：据王利器《文心雕龙校证》，当作"两体"。译文据"两体"，指通篇六言和七言的作品。 ⑮成于两汉：汉代六、七言的作品，现存不多。但当时不仅作者不少，并已出现了"六言""七言"的文体名称。如《后汉书·文苑传上》说杜笃著有"赋、诔、吊、书、赞、七言、女诫及杂文凡十八篇"，崔琦著有"赋、颂、铭、诔、箴、吊、论、九咨、七言凡十五篇"，《班固传》说班固著有"典引、宾戏……论议、六言，在者凡四十一篇"等。又《吴越春秋·阖闾内传》载《穷劫曲》十八句，全是七言。其前四句是："王耶王耶何乖烈（疑当作'劣'），不顾宗庙听谗孽。任用无忌多所杀，诛夷白氏族几灭。" ⑯情数：指作品内容的多种多样，和《神思》篇中"情数诡杂"的"情数"二字意同。运周：运转不停，和《通变》篇中"文律运周"的"运周"二字意同。 ⑰代：更易。

【原文】

若乃改韵从调①，所以节文辞气②。贾谊、枚乘③，两韵

【译文】

至于改换韵脚，变动音调，是为了调节文章的语气。贾谊和枚乘的辞

辄易[4]；刘歆、桓谭[5]，百句不迁：亦各有其志也。昔魏武论赋[6]，嫌于积韵[7]，而善于资代[8]。陆云亦称[9]："四言转句，以四句为佳。"[10]观彼制韵，志同枚、贾。然两韵辄易，则声韵微躁[11]；百句不迁[12]，则唇吻告劳。妙才激扬[13]，虽触思利贞[14]，曷若折之中和[15]，庶保无咎[16]。

赋，是两韵一换；刘歆和桓谭的作品，则是一韵到底：这就是各人的爱好不同了。从前曹操论赋，不满于同韵的重复，而主张善于变换。陆云也说："四言句的转变，以四句一换为好。"他对用韵的意见，和枚乘、贾谊相同。但两韵一换，声调音韵略嫌急促；如较长的辞赋一韵到底，读起来又会使人感到疲劳。才情昂扬的作者，虽然运思顺畅，怎如折中用韵，不疏不密，可保不出大的毛病。

## 注释

❶从调：铃木虎雄《校勘记》疑作"徙调"。译文据"徙调"。 ❷节：调节。辞气：语气。《论语·泰伯》："出辞气，斯远鄙倍矣。"刘宝楠《正义》："辞气者，辞谓言语，气谓鼻息出入，若声容静，气容肃是也。" ❸贾谊：西汉初年文学家。枚乘：字叔，西汉初年辞赋家。 ❹辄：即，就。 ❺刘歆(xīn)：字子骏，西汉学者，刘向之子。桓谭：字君山，东汉学者。 ❻魏武：魏武帝曹操。其论赋的原文今不存。 ❼积韵：重复同韵。 ❽资代：一作"贸代"，译文据"贸代"。贸：迁，变化。 ❾陆云：字士龙，西晋文学家，陆机之弟。 ❿"四言转句"二句：这是陆云《与兄平原书》中的话。原文是："文中有于是、尔乃，于转句诚佳，然得不用之益快，有故不如无。又于文句中，自可不用之，便少亦常。云四言转句，以四句为佳。"（《全晋文》卷一〇二）四言：四字句。意为四字句的诗赋以四句一换韵为好。 ⓫躁：急迫。 ⓬不迁：指不换韵。 ⓭激扬：指作者的才情高昂。 ⓮触思利贞：构思顺利。贞：正。 ⓯曷(hé)：何。中和：中正平和，指用韵适中，不松不紧。 ⓰庶：将近。咎(jiù)：过失。

**【原 文】**

又《诗》人以“兮”字入于句限[1]，《楚辞》用之，字出句外[2]。寻“兮”字成句，乃语助余声。舜咏《南风》[3]，用之久矣；而魏武弗好，岂不以无益文义耶！至于“夫”“惟”“盖”“故”者，发端之首唱；“之”“而”“于”“以”者，乃劄句之旧体[4]；“乎”“哉”“矣”“也”者[5]，亦送末之常科[6]。据事似闲[7]，在用实切。巧者回运[8]，弥缝文体[9]，将令数句之外，得一字之助矣。外字难谬[10]，况章句欤！

**【译 文】**

《诗经》的作者把“兮”字写入句内，《楚辞》中用“兮”字，常常在句子之外。查究用“兮”字组成句子，只是为了辅助语气的声音，从舜帝的《南风歌》以来，“兮”字的运用已很长久了。曹操讨厌用“兮”字，大概是他认为对作品的内容没有什么益处吧。至于“夫”“惟”“盖”“故”等，是句子开头的发语词；“之”“而”“于”“以”等，是插入句中的常用语；“乎”“哉”“矣”“也”等，则是用于句末的老话头。对于说明事理，这些虚词本身似乎没有具体意义，但在句子中的作用却是很必要的。高明的作者加以灵活运用，组合成完整的作品，将使若干个句子，靠一虚词的帮助而很好地联系起来。既然虚字还惟恐其不妥，何况所有的章句呢？

**注 释**

❶入于句限：指“兮”字用在句子之内。如《诗经》以四言为主，“兮”字常常是构成四言句子的组成部分。《曹风·鸤鸠》四章二十四句，全是四言。第一章：“鸤鸠在桑，其子七兮。淑人君子，其仪一兮。其仪一兮，心如结兮。”

❷字出句外：和《诗经》的一般用法相反，《楚辞》中的“兮”字常用在句外。如《离骚》的首四句：“帝高阳之苗裔兮，朕皇考曰伯庸。摄提贞于孟陬兮，惟庚寅吾以降。”这是六字句外加上“兮”字。但这是就一般情形而言，并非全部

如此。❸《南风》:《南风歌》载《孔子家语·辩乐解》,共四句:“南风之熏兮,可以解吾民之愠兮。南风之时兮,可以阜吾民之财兮。”❹劄(zhā):同“扎”,刺入。❺者:此字据《文心雕龙校证》补。按以上几句结构,这里应有“者”字。❻常科:普通项目。❼据事:称引事理。闲:空,指没有实际意义。❽回运:灵活运用。❾弥缝:弥补缝合,指利用各种虚字来组合文章。❿外字:外加的字,即虚字。难谬:患其谬误。难:《释名·释语言》:“惮也,人所忌惮也。”

【原文】

赞曰:断章有检①,积句不恒②。理资配主,辞忌失朋。环情草调③,宛转相腾④。离合同异⑤,以尽厥能⑥。

【译文】

总之,处理章节有一定的法度,积字成句却没有常规。每个章节的内容要配合主旨,每个句子的文辞应避免孤立。围绕内容来安排音韵,就能紧密结合而相互发扬。在千变万化中离章合句,以尽章句之能事。

## 注释

❶断章:分章,指对章节的处理。检:法式,即前面所说“缀兆之位”“抗坠之节”等。❷积句不恒:即前面所说的“笔句无常”。恒:常,有定。❸环:围绕。草:草拟。调:音节。❹宛转:委婉曲折。《明诗》篇所说“婉转附物”,《物色》篇所说“随物以宛转”,都指情与物象的密切结合。这里承上句之意,指情与音韵的密切结合。腾:奔驰,飞腾,比喻得到很好的表达。❺离合:即前面说的“离章合句”。同异:有同有异,指章句的千变万化。❻厥(jué):其,指章句。

# 三五、丽辞

## 解题

《丽辞》是《文心雕龙》的第三十五篇，论述文辞的对偶问题。“丽”，即耦，也作偶，就是双、对。讲究对偶，是我国文学艺术独有的特色之一；对偶的构成，和汉字的特点有重要关系。所以，从我国最早的文献《易经》《尚书》等，直到现在的文学作品以至于一般著作，也常用对偶。本篇就是对这一重要问题所做初步总结。

全篇分三个部分。第一部分论对偶的形成原因及其源流梗概。刘勰认为，大自然赋予万物的形体是成双的，因此，反映万物的文学创作，只要对事物作全面考虑，就可“自然成对”。这个道理虽然很不全面，但它不是从追求华丽出发，而是从客观事物的自然之美出发。联系下面所讲“奇偶适变，不劳经营”等观点来看，用不用对偶，取决于内容，则对偶的运用，也是为了更好地反映客观事物。因此，刘勰认为古书上的对偶，如“满招损，谦受益”之类，并不是有意为对，而是事实如此，“率然对尔”。到汉代以后（主要是东汉以后），逐渐“崇盛丽辞”，才愈来愈讲求精细，并发展而为繁滥。

第二部分讲对偶的种类。刘勰将古来对偶归纳为四种类型：言对、事对、反对、正对。言对、事对“各有反正”，也包括在四种基本类型之中了。刘勰认为这四种对，言对易，事对难，反对优，正对劣，他的分析基本上是对的。

第三部分首先列举几种应该避免的弊病，如相对两方的内容重复、优劣不均、孤立无偶和对偶平庸等，然后提出总的要求：要对得合理恰当，并美如联璧；对句和散句应交错运用，像用种种不同的玉器加以调节。

刘勰生当六朝骈文盛行之际，《文心雕龙》也用骈文写成；本篇所论，褒多于贬，说明他对骈文是有所偏爱的。在文学创作中，若发挥汉语的有利因素，“奇偶适变”，对加强作品的艺术性，以及更好地表达某些内容，都是有益的。刘勰对此做了初步总结，也是可取的。问题在于，本篇并非专论对偶；所谓“迭用奇偶”，显然指骈文而言。一般散文只是偶用对句，就不存在“迭用奇偶，节以杂佩”的问题。骈文以对句为主，可说是雕章琢句的典型文体，总结这方面的经验，是意义不大的。

【原 文】

造化赋形①，支体必双②；神理为用③，事不孤立。夫心生文辞，运裁百虑，高下相须④，自然成对。唐虞之世，辞未极文，而皋陶赞云⑤：“罪疑惟轻，功疑惟重。”⑥益陈谟云⑦：“满招损，谦受益。”⑧岂营丽辞？率然对尔⑨。《易》之《文》《系》⑩，圣人之妙思也。序《乾》四德⑪，则句句相衔⑫；龙虎类感⑬，则字字相俪⑭；乾坤易简⑮，则宛转相承⑯；日月往来⑰，则隔行悬合⑱：虽句字或殊，而偶意一也。至于《诗》人偶章⑲，大夫联辞⑳，奇偶适变㉑，

【译 文】

大自然赋予万物的形体，必然成双成对，这种自然规律所起的作用，使事物不可能孤独形成。经由人心产生的作品，作者对各种思虑的安排处理，要使得前后上下配置适当，自然就形成了对句。唐尧虞舜时期的作品，虽然还未充分讲究文采，可是皋陶在赞助舜帝的话中就讲到：“罪过有疑问要从轻处理，功劳有疑问应从重奖励。”益向舜陈说谋议中也讲到：“自满必带来损害，谦虚必受到益处。”这岂是有意制造对偶？随意讲出就自然成对了。《周易》中的《文言》《系辞》，是经圣人精思写成的。《乾卦》中讲“元、亨、利、贞”的一段，是句句排偶；讲“云从龙，风从虎”等同类相感的话，则字字相对；讲乾易坤简的道理，就婉转曲折相对；讲“日往则月来”等，便和“寒往则暑来”等遥相对应：这些论述的字句变化虽然有所不同，但其意思相对则是一致的。至于《诗经》中的诗篇，春秋时期各国大夫的应对辞令，其对句和散句都是随不

不劳经营。自扬、马、张、蔡[22]，崇盛丽辞，如宋画吴冶[23]，刻形镂法[24]，丽句与深采并流，偶意共逸韵俱发[25]。至魏晋群才，析句弥密[26]，联字合趣，剖毫析厘。然契机者入巧[27]，浮假者无功[28]。

同的内容而变化，并非着意安排。到汉代扬雄、司马相如、张衡、蔡邕等杰出的作者，特别爱好骈俪；他们的作品，有如古代宋国的绘画、吴国的冶铸，在作品上精雕细刻，使骈偶句子和丰富的文采交相辉映，相对的意义和高雅的韵味并驾齐驱。到魏晋时期的作者们，造句更为精密，对字偶意，推敲得细致入微。但对偶得当者达于精巧，滥凑浮华者便无成效。

## 注释

❶造化：指天地自然。　❷支体：即肢体。《吕氏春秋·孝行》："能全支体以守宗庙，可谓孝矣。"这里泛指一般物体。　❸神理：自然之理。参看《原道》篇注。　❹须：待，宜。　❺皋陶（gāoyáo）：舜帝时掌刑法的大臣。　❻"罪疑惟轻"二句：见《尚书·大禹谟（伪）》。　❼益：舜臣。谟：策划，议谋。　❽"满招损"二句：见《尚书·大禹谟（伪）》。　❾率然：未经有意思考。　❿《易》：《易经》。《文》《系》：指解说《易经》的《文言》《系辞》，传为孔子所作。　⓫序：同"叙"。《乾》：《易经》中的《乾卦》。四德：指元、亨、利、贞。《周易·乾卦·文言》中说："元者，善之长也；亨者，嘉之会也；利者，义之和也；贞者，事之干也。君子体仁足以长人，嘉会足以合礼，利物足以和义，贞固足以干事。君子行此四德者，故曰：乾，元、亨、利、贞。"　⓬衔：衔接，指上引讲"四德"的话全是排偶句。　⓭龙虎类感：取《周易·乾卦·文言》中的以下意义："子曰：同声相应，同气相求，水流湿，火就燥；云从龙，风从虎；圣人作而万物睹。本乎天者亲上，本乎地者亲下，则各从其类也。"　⓮俪（lì）：骈俪，对偶。　⓯乾坤易简：指《周易·系辞上》所论："乾以易知，坤以简能，易则易知，简则易从；易知则有亲，易从则有功；有亲则可久，有功则可大；可久则贤人之德，可大则贤人之业。"易简：韩康伯注：

"天地之道，不为而善始，不劳而善成，故曰易简。" ⑯宛转：指上引《系辞》之文，是婉转曲折地推绎"易简"之理。 ⑰日月往来：指《周易·系辞下》所论："日往则月来，月往则日来，日月相推，而明生焉。寒往则暑来，暑往则寒来，寒暑相生，而岁成焉。" ⑱隔行悬合：指不相联两句的对偶，与后来的"隔句对"（又称"扇面对"）相近似。如上注所引"日往则月来"和"寒往则暑来"相对。悬：远。 ⑲《诗》人：《诗经》的作者。章：诗章。《诗经》中的排偶句甚多，如："昔我往矣，杨柳依依；今我来思，雨雪霏霏。"（《小雅·采薇》）"手如柔荑，肤如凝脂，领如蝤蛴，齿如瓠犀，螓首蛾眉，巧笑倩兮，美目盼兮。"（《卫风·硕人》） ⑳大夫联辞：指春秋时期各国大夫聘对之辞。这些辞令中排偶句也不少，如"不有外患，必有内忧"（《国语·晋语六》），"臣闻国君服宠以为美，安民以为乐，听德以为聪，致远以为用"（《国语·楚语上》）等。 ㉑奇（jī）偶：单数为奇，双数为偶。这里指散句和对句。 ㉒扬：扬雄；马：司马相如。均西汉文学家。张：张衡；蔡：蔡邕。均东汉文学家。 ㉓宋画：《庄子·田子方》："宋元君将画图，众史皆至，受揖而立，舐笔和墨，在外者半。有一史后至者，儃儃然不趋，受揖不立，因之舍。公使人视之，则解衣般礴，裸。君曰：可矣，是真画者矣。"儃（shàn）儃：舒闲貌。般礴：箕坐。吴冶：《吴越春秋·阖闾内传》："干将者，吴人也……干将作剑，采五山之铁精，六合之金英，候天伺地，阴阳同光，百神临观，天气下降，而金铁之精不销……干将妻乃断发剪爪，投于炉中，使童女童男三百人鼓橐装炭，金铁乃濡，遂以成剑。"刘勰用这两个故事，只借以说如宋人之善画，吴人之善冶。 ㉔刻形镂法：借用《淮南子·修务训》中的意思："夫宋画吴冶，刻刑镂法，乱修曲出，其为微妙，尧舜之圣不能及。" ㉕逸韵：高雅的音韵。 ㉖弥（mí）：更加。密：精细。 ㉗契机：合时，指对偶得当。 ㉘浮假：浮滥。《后汉书·窦融传》："假为将帅。"李贤注："假，犹滥也。"

【原 文】

故丽辞之体，凡有四对：

【译 文】

对偶的格式，约有四种：言对是易

言对为易[1]，事对为难[2]，反对为优[3]，正对为劣[4]。言对者，双比空辞者也[5]；事对者，并举人验者也[6]；反对者，理殊趣合者也；正对者，事异义同者也。长卿《上林赋》云[7]"修容乎《礼》园[8]，翱翔乎《书》圃"[9]，此言对之类也；宋玉《神女赋》云[10]"毛嫱鄣袂[11]，不足程式[12]；西施掩面[13]，比之无色"[14]，此事对之类也；仲宣《登楼》云[15]"钟仪幽而楚奏[16]，庄舄显而越吟"[17]，此反对之类也；孟阳《七哀》云[18]"汉祖想枌榆[19]，光武思白水"[20]，此正对之类也。凡偶辞胸臆[21]，言对所以为易也；征人之学[22]，事对所以为难也；幽显同志，反对所以为优也；并贵共心[23]，正对所以为劣也。又以事对[24]，各有反正，指类而求，万条自昭然矣。

对的，事对是难对的，反对是好对，正对是劣对。所谓"言对"，只是文辞上的对偶；所谓"事对"，是用两种前人故实组成的对偶；所谓"反对"，是事理相反而旨趣相合的对偶；所谓"正对"，是事虽有异而意义相同的对偶。如司马相如《上林赋》中所说：帝王应"用《礼》来修饰容仪，在《书》中遨游学习"，这就属于言对一类；宋玉《神女赋》中所说"毛嫱遮上衣袖，不足法式；西施掩住面容，比之逊色"，这就属于事对一类；王粲《登楼赋》中所说"钟仪被囚禁在晋国，仍然弹奏楚声；庄舄做高官于楚国，病中仍发出越吟"，这就属于反对一类；张载在《七哀》诗中所说"汉高祖怀念家乡枌榆，光武帝思念家乡白水"，这就属于正对一类。这几种对偶中，司马相如的对句只由内心组辞而成，所以言对比较易作；宋玉是征引前人故实成对，所以事对比较难作；王粲是用被囚和官显两种相反的人来说明"人情同于怀土"，所以反对是较好的；张载的出句和对句都是说帝王怀乡，所以正对是较差的。无论言对事对，都各有反正两种，照此推究，各种对偶的类型就很清楚了。

## 注释

❶言对：文字的对偶。　❷事对：用典的对偶。　❸反对：意义相反的对偶。　❹正对：意义相同、性质相似的对偶。　❺空辞：指不用典的文辞。　❻人验：前人已然的事，犹典故。　❼长卿：司马相如，字长卿。《上林赋》：司马相如的代表作之一，载《文选》卷八。　❽修容乎《礼》园：李善《文选》注引郭璞曰："《礼》所以整威仪，自修饰也。"修容：修饰容仪。　❾翱翔乎《书》圃：李善注引郭璞曰："《尚书》所以疏通知远者，故游涉之。"翱翔：浮游，徘徊，指学习《尚书》。圃：园圃，园地。　❿宋玉：战国时楚国作家。《神女赋》：见《文选》卷一九。　⓫毛嫱（qiáng）：古代美女，传为越王的美姬。鄣（zhàng）：同障。袂（mèi）：袖子。　⓬程式：法式。　⓭西施：古代美女，传为吴王夫差的妃子。　⓮无色：无颜色，不美。《神女赋》为了形容神女之美，是"其象无双，其美无极"，故用毛嫱、西施与之对比。　⓯仲宣：王粲的字。《登楼》：《登楼赋》，载《文选》卷一一。　⓰钟仪：春秋时楚国人。幽：囚禁。楚奏：奏楚国的音乐。《左传·成公九年》："晋侯观于军府，见钟仪，问之曰：'南冠而絷者，谁也？'有司对曰：'郑人所献楚囚也。'……使与之琴，操南音。"南音即楚声。　⓱庄舄（xì）：战国时越人，仕于楚。显：指庄舄官位显要。越吟：庄舄病中呻吟发越声。《史记·张仪列传》："楚王曰：'舄，故越之鄙细人也。今仕楚执珪，贵富矣，亦思越不？'中谢对曰：'凡人之思故，在其病也，彼思越则越声，不思越则楚声。'使人往听之，犹尚越声也。"　⓲孟阳：张载的字，西晋文学家。《七哀》：《文选》卷二三有张载《七哀诗》二首，但无下面所举二句。可能他还有一首《七哀诗》，今不存。　⓳汉祖：汉高祖刘邦。枌榆：地名，在今江苏省丰县东北，是汉高祖的家乡。刘邦初起兵时，曾祷于枌榆社。　⓴光武：东汉光武帝刘秀。白水：源出今湖北省枣阳市东。这里指刘秀的家乡。刘秀是南阳蔡阳人，蔡阳县治在今枣阳西南。　㉑胸臆：内心，指偶辞由内心思考而成。　㉒征：征引。学：前人的学识，这里指故实。许文雨《文论讲疏·丽辞》注引马叙伦《修辞九论》："事对之义，藉昔事以彰今情，始作者不期而遇，继体者征人之学，腹之俭富，无与辞原。惟用之宜，诚助情

采。若陈之茂《宁德皇后哀疏》曰：‘十年罹难，终弗返于苍梧；万国衔冤，徒尽簪于白柰。’……斯虽援征故实，不异吐露胸怀。” ㉓并贵共心：杨明照《文心雕龙校注》：“意即高祖、光武俱为帝王，故云并贵；想枌榆、思白水，同是念乡，故云共心。” ㉔又以事对：纪昀评，当作“又言对事对”。译文据此。

【原文】

张华诗称①：“游雁比翼翔，归鸿知接翮。”②刘琨诗言③：“宣尼悲获麟④，西狩泣孔丘。”⑤若斯重出，即对句之骈枝也⑥。是以言对为美，贵在精巧；事对所先，务在允当。若两事相配，而优劣不均，是骥在左骖⑦，驽为右服也⑧。若夫事或孤立，莫与相偶，是夔之一足⑨，趻踔而行也⑩。若气无奇类，文乏异采⑪，碌碌丽辞⑫，则昏睡耳目。必使理圆事密，联璧其章；迭用奇偶⑬，节以杂佩⑭，乃其贵耳。类此而思，理自见也。

【译文】

张华的《杂诗》中说：“远游的雁并翅飞翔，归来的鸿连翼而飞。”刘琨的《重赠卢谌》诗中说：“孔子听说获麟而悲伤，孔丘因鲁国打猎获麟而哭泣。”这种重复，就是对偶中多余的枝指了。因此，美好的言对，以精巧为贵；高明的事对，必求其恰当。如以两事相对，而优劣不相称，就如驾车，左边是良马而右边是劣马。若所写事物是孤立的，没有什么和它相对，就像只有一足的夔跳着走路了。即使有了对偶，但没有奇异的同类，缺乏特殊的文采，写得平平常常，就必将使人读之昏昏欲睡。所以，必须做到事理圆合，对偶精密，有如双双璧玉的章采；并交错运用偶句和散句，就像用各种不同的佩玉加以调节，这就是完美的俪辞了。按照这种要求来思考，运用对偶的道理自然就清楚了。

## 注释

❶张华：字茂先，西晋文学家。 ❷接翮（hé）：和上句“比翼”意同。翮：鸟翅。以上两句见《玉台新咏》卷二《杂诗》。 ❸刘琨：字越石，西晋诗人。❹宣尼：指孔子。汉平帝时追尊孔子为褒成宣尼公。悲获麟：《公羊传·哀公十四年》：“西狩获麟……孔子曰：‘孰为来哉，孰为来哉！’反袂拭面，涕沾袍。”❺西狩：鲁国西边打猎。孔邱：即孔丘。以上两句见《文选》卷二五《重赠卢谌》诗。 ❻骈枝（piánqí）：多余的，不必要的。骈：脚拇指与第二指相连。枝：手指的六指。 ❼骥（jì）：良马。骖（cān）：驾车在两侧的马。 ❽驽（nú）：劣马。服：驾车居中夹辕的马。 ❾夔（kuí）：传为一种独脚兽。《山海经·大荒东经》：“东海中有流波山，入海七千里。其上有兽，状如牛，苍身而无角，一足，出入水则必风雨，其光如日月，其声如雷，其名曰夔。” ❿踸踔（chěnchuō）：跳着走。《庄子·秋水》：“夔谓蚿曰：‘吾以一足，踸踔而行，予无如矣。’”成玄英疏：“我以一足，跳踯快乐而行天下，简易无如我者。”⓫气无奇类，文乏异采：此二句意为无奇异的气类，少奇特的文采。气类：同类，借指对偶。《周易·乾卦·文言》：“同声相应，同气相求……则各从其类也。”孔颖达疏：“各从其类者，言天地之间，共相感应，各从其气类。” ⓬碌碌（lù）：平庸。 ⓭迭：交替。 ⓮节：调节。杂佩：各种不同的玉佩。《诗经·郑风·女曰鸡鸣》：“知子之来之，杂佩以赠之。”毛传：“杂佩者，珩、璜、琚、瑀、冲牙之类。”

【原 文】

赞曰：体植必两①，辞动有配②。左提右挈③，精味兼载④。炳烁联华⑤，镜静含态⑥。玉润双流⑦，如

【译 文】

总之，事物本身自然成双，文辞也往往俱有对偶。创作中能上下左右兼顾，偶辞的精巧及其所含意味就能同时得到表现。这种对偶像光彩的并蒂鲜花，具有明净的千姿百态。对偶句和单句都加润饰，就如

彼珩珮[8]。 | 那兼有各色玉器的杂佩。

## 注释

❶体植必两：此句即篇首所说“造化赋形，支体必双”之意。植：生长。❷动：辄，每。配：匹配，即对偶。 ❸挈（qiè）：提，举。此句指兼顾相对的两句，以避免“优劣不均”。 ❹精：指对偶的精巧。味：指表达的意味。❺炳烁（shuò）：光彩貌。 ❻镜静：明净。静：通“净”。《诗经·大雅·既醉》：“笾豆静嘉。” ❼玉润：犹美饰。双流：指奇偶两种写法。 ❽珩（héng）：佩玉的一种（参本篇第三段注⑭）。珮：即佩。“珩佩”连用，指“杂佩”。“玉润双流，如彼珩佩”，就是上述“迭用奇偶，节以杂佩”之意的总结。

# 三六、比兴

## 解题

《比兴》是《文心雕龙》的第三十六篇，专论比、兴两种表现方法。赋、比、兴是我国古代诗歌创作的重要传统。对于赋，刘勰在《诠赋》篇已结合对辞赋的论述讲到一些。本篇只讲比、兴，除二者关系较为密切外，也说明刘勰认为在艺术方法上，比、兴两法更值得探讨和总结。对比、兴的理解，历来分歧甚大。刘勰在总结前人的基础上提出了自己的一些看法，这些意见对比、兴传统方法的发展，有着一定的影响。

全篇分三个部分。第一部分提出刘勰自己对比、兴的理解：比是比附，是按照事物的相似处来说明事理；兴即兴起，是根据事物的隐微处来寄托感情。这基本上是对汉人解说的总结。刘勰又说："比则畜愤以斥言，兴则环譬以记（托）讽。"把比、兴方法和思想内容的表达密切联系起来，这是刘勰论比、兴的重要发展。第二部分从《诗经》《楚辞》中举出一些实例，进一步说明比、兴在具体创作中的运用，以及汉魏以来多用比而少用兴的变化情况。因为汉晋期间用比的方法更为频繁，所以第三部分专论比的运用。刘勰用大量例证说明，比可以用来比声、比貌、比心、比事等；总的要求是"以切至为贵"。汉魏以来"日用乎比，月忘乎兴"，在文学创作中也取得了"惊听回视"等艺术效果，但刘勰对忽视兴的倾向是不满的，所以说这是"习小而弃大"。

刘勰对比、兴两法的运用，提出一个重要的要求，是在全面观察了事物的基础上"拟容取心"。比拟的是事物的形貌，但不应停留在形貌的外部描写上，而必须提取其精神实质；也就是说，要通过能表达实质意义的形貌，来抒写作者的思想感情。只有这样，才能"斥言""托讽"，以小喻大。

**【原 文】**

《诗》文弘奥[1]，包韫六义[2]；毛公述《传》[3]，独标“兴”体[4]。岂不以“风”通而“赋”同[5]，“比”显而“兴”隐哉[6]？故“比”者，附也[7]；“兴”者，起也[8]。附理者，切类以指事[9]；起情者，依微以拟议[10]。起情，故“兴”体以立；附理，故“比”例以生[11]。“比”则畜愤以斥言[12]，“兴”则环譬以记讽[13]。盖随时之义不一，故诗人之志有二也[14]。

**【译 文】**

《诗经》里边的作品，体大思精；其中包含着风、赋、比、兴、雅、颂六项。在毛亨作《诗训诂传》时，特别提出“兴”来；岂不是因为《诗经》兼用赋、比、兴三种方法，“赋”乃直陈，“比”为明喻，而“兴”却隐约难懂吗？所以，“比”是比附事理的，而“兴”是引起情感的。比附事理的，要按照双方相同处来说明事物；引起情感的，要依据事物微妙处来寄托意义。由于引起情感，所以“兴”才能成立；由于比附事理，所以“比”才能产生。用比的方法，是作者因内心的积愤而有所指斥；用“兴”的方法，是作者以委婉譬喻来寄托讽刺。为了适应不同场合的不同意义，所以《诗经》作者的情志就有两种表现方法。

## 注 释

❶《诗》：指《诗经》。弘：大。奥：深。 ❷韫（yùn）：藏在里边。六义：指风、雅、颂三种诗体和赋、比、兴三种做诗方法。《毛诗序》：“故诗有六义焉：一曰风，二曰赋，三曰比，四曰兴，五曰雅，六曰颂。”孔颖达疏：“风、雅、颂者，诗篇之异体；赋、比、兴者，诗文之异辞耳。大小不同，而得并为六义者，赋、比、兴是诗之所用，风、雅、颂是诗之成形，用彼三事，成此三事，是故同称为义，非别有篇卷也。” ❸毛公：即毛亨（hēng），西汉学者。《传》：指《诗训诂传》。 ❹标：标明。兴体：这里意为“兴”这一项。《诗经》毛传，只标明他认为属于“兴”的诗句，而“赋”“比”则不注。如《关

雎》"关关雎鸠，在河之洲"二句下标以"兴也"。 ❺风通：指"风"诗通用赋、比、兴三种方法，但"风"也概括了"雅""颂"在内。《毛诗序》所列"六义"的次序，是根据《周礼·春官·大师》中讲的"教六诗：曰风、曰赋、曰比、曰兴、曰雅、曰颂"。"六诗""六义"，其实为一。这种固定的排列次序，孔颖达在《毛诗序正义》中有如下解释："六义次第如此者，以诗之四始以风为先，故曰风。风之所用，以赋、比、兴为之辞，故于风之下即次赋、比、兴，然后次以雅、颂。雅、颂亦以赋、比、兴为之，既见赋、比、兴于风之下，明雅、颂亦同之。……赋、比、兴如此次者，言事之道，直陈为正，故《诗经》多赋，在比、兴之先。比之与兴，虽同是附托外物，比显而兴隐，当先显后隐，故比居兴先也。"刘勰所论，正是按照这个次序。赋同：指"赋"的表现方法是直陈事物。"赋同"和下句"比显""兴隐"是并列的。 ❻显：指比喻明显。隐：深奥，这里指用意不明显。 ❼附：接近，指托附于物以为比喻。 ❽起：引起。 ❾切：切合。类：相似。 ❿拟：比拟，这里有寄托的意思。 ⓫例：体例。 ⓬畜：积蓄。《经传释文》解释《周易·小畜》的"畜"字说："本又作蓄，同……积也，聚也。"斥：指斥。 ⓭环譬：委婉曲折的比喻。记：一作"托"。 ⓮诗人：指《诗经》的作者。二：指比和兴两种方法。

【原文】

观夫"兴"之托谕①，婉而成章②；称名也小，取类也大③。《关雎》有别④，故后妃方德⑤；尸鸠贞一⑥，故夫人象义⑦。义取其贞，无从于夷禽⑧；德贵其别，不嫌于鸷鸟⑨：明而未融⑩，故发注而后见

【译文】

试看用"兴"来寄托讽喻，常常是婉转而善于表达，表面上说的是小事，但譬喻的意义却很广泛。例如《诗经》中的《周南·关雎》所说的雎鸠是雌雄有别的鸟，所以用作引起周王后妃的"兴"；《召南·鹊巢》所说的鸤鸠有贞静专一的品德，所以用作引起诸侯的夫人的"兴"。既然有取于贞静，那就不在乎是否平凡的飞禽；同样，既然取其雌雄有别，自然不管是否健猛的鸟。这些诗句

也[11]。且何谓为“比”？盖写物以附意，飏言以切事者也[12]。故金锡以喻明德[13]，珪璋以譬秀民[14]，螟蛉以类教诲[15]，蜩螗以写号呼[16]，澣衣以拟心忧[17]，席卷以方志固[18]：凡斯切象[19]，皆“比”义也。至如“麻衣如雪”[20]，“两骖如舞”[21]：若斯之类，皆“比”类者也。楚襄信谗[22]，而三闾忠烈[23]，依《诗》制《骚》，讽兼“比”“兴”[24]。炎汉虽盛[25]，而辞人夸毗[26]；《诗》刺道丧[27]，故“兴”义销亡。于是赋颂先鸣，故“比”体云构[28]；纷纭杂遝[29]，信旧章矣[30]。

虽然明确，但表达得不够明显，所以还有待于注解来发挥。至于“比”是什么呢？那是描写事物来比附某种意义，用鲜明的形貌来说明事理。例如《诗经》中的《卫风·淇奥》以金和锡来比喻美德；《大雅·卷阿》以名贵的玉器来比喻贤人；《小雅·小宛》以蜂育螟蛉来比喻教养后辈；《大雅·荡》以蝉叫比喻酒后喧哗；《邶风·柏舟》以衣服未洗来比喻心情忧郁，又以心非床席可卷来比喻立志不变：这些相切合的形象，就是“比”的方法。还有《曹风·蜉蝣》说，“麻衣洁白如雪”；《郑风·大叔于田》说，“驾在车两旁的马，走起来像舞蹈一般”：这些也都是“比”一类的。后来楚顷襄王听信坏人挑拨，屈原却忠君爱国，他继承《诗经》的优良传统而写作《离骚》，其中讽刺是兼用“比”“兴”两种方法的。汉代文风虽盛，但作家们卑躬屈节，所以《诗经》讽刺的传统中断，而“兴”的表现方法也就不存在了。这时赋和颂很兴盛，“比”的运用风起云涌，越来越多，和过去的法则不一样了。

## 注释

❶谕：晓告，引申有讽刺的意思。 ❷成章：指写得好。章：篇章。 ❸取类：指所譬喻者。《周易·系辞下》：“其称名也小，其取类也大。” ❹《关雎（jū）》：《诗经·周南》中的一篇，第一句是“关关雎鸠”。关关：鸟鸣声。雎鸠：鹫（jiù）、鹗（è）一类的猛禽。有别：雌雄有别。郑玄笺：“谓王雎之鸟，

雎雄情意至，然而有别。” ❺方：比方。旧解认为《关雎》是歌颂周文王的后妃的。《关雎》的序说：“《关雎》，后妃之德也。” ❻尸鸠：即鸤鸠，也就是布谷鸟。贞：定，指妇女坚守妇德。 ❼夫人象义：旧解以为《鹊巢》是歌颂诸侯夫人的。《鹊巢》的序说：“《鹊巢》，夫人之德也。” ❽从：黄侃《札记》：“从当为‘疑’字之误。”夷：平常，一般。 ❾鸷（zhì）鸟：凶猛的鸟。 ❿明而未融：《左传·昭公五年》：‘明而未融，其当旦乎。”疏：“明而未融，则融是大明，故为朗也。” ⓫发：发挥。 ⓬飏（yáng）：显扬，指鲜明突出的描写。 ⓭金锡：精炼的。《诗经·卫风·淇奥》用“如金如锡”来称赞卫武公。 ⓮珪璋（guīzhāng）：古人到各国聘问时所用的名贵玉器。《诗经·大雅·卷阿》用“如珪如璋”来称赞贤人。秀：超出众人之上。 ⓯螟蛉（mínglíng）：螟蛉蛾的幼虫。《诗经·小雅·小宛》用“螟蛉有子，蜾蠃负之”来比喻教养后辈。蜾蠃（guǒluǒ）：蜂的一种。这种蜂原是捕捉螟蛉以喂养其幼蜂，古人误以为蜾蠃是养螟蛉为子，所以，后称义子为螟蛉。 ⓰蜩螗（tiáotáng）：蝉。《诗经·大雅·荡》中用“如蜩如螗”来比喻饮酒呼号的声音。 ⓱澣（huàn）：即浣，洗。《诗经·邶（bèi）风·柏舟》中说：“心之忧矣，如匪（非）澣衣。” ⓲席卷：《邶风·柏舟》中说：“我心匪（非）席，不可卷也。” ⓳切：近，合。 ⓴麻衣如雪：这是《诗经·曹风·蜉蝣（fúyóu）》中的一句。雪和麻衣同样洁白，所以用为比喻。 ㉑两骖（cān）如舞：这是《诗经·郑风·大叔于田》中的一句。骖：三匹或四匹马共驾一车时在两旁的马。 ㉒楚襄（xiāng）：战国时楚顷襄王。谗：毁坏好人的话。 ㉓三闾（lǘ）：即屈原，他曾任三闾大夫。 ㉔讽兼比兴：《辨骚》篇说：“虬龙以喻君子，云蜺以譬谗邪，比兴之义也。” ㉕炎汉：即汉代。旧说汉代属五行中的火，所以有这个称呼。 ㉖夸毗（pí）：卑躬屈节。 ㉗刺：讽刺。 ㉘云：形容众多如云。 ㉙杂遝（tà）：众多，杂乱。 ㉚信：范文澜注：“信，当作倍，倍即背也。”按《文心雕龙》全书无“背”字，《正纬》篇说“经正纬奇，倍擿千里”，“倍”即用背意。章：条理，法则。

## 【原 文】

夫“比”之为义，取类不常：或喻于声，或方于貌，或拟于心，或譬于事。宋玉《高唐》云[①]：“纤条悲鸣[②]，声似竽籁[③]。”此比声之类也。枚乘《菟园》云[④]：“焱焱纷纷[⑤]，若尘埃之间白云[⑥]。”此则比貌之类也。贾生《鹏赋》云[⑦]：“祸之与福，何异纠纆[⑧]？”此以物比理者也。王褒《洞箫》云[⑨]：“优柔温润，如慈父之畜子也[⑩]。”此以声比心者也。马融《长笛》云[⑪]：“繁缛络绎[⑫]，范、蔡之说也[⑬]。”此以响比辩者也。张衡《南都》云[⑭]：“起郑舞，茧曳绪[⑮]。”此以容比物者也[⑯]。若斯之类，辞赋所先；日用乎“比”，月忘乎“兴”；习小而弃大[⑰]，所以文谢于周人也[⑱]。至于扬、班之伦[⑲]，曹、刘以下[⑳]，图状山川，影写云物[㉑]；莫不纤综“比”“义”[㉒]，以敷其华[㉓]，惊听回视[㉔]，资此效绩[㉕]。又安仁

## 【译 文】

“比”的方法，在譬喻上没有一定：或者比声音，或者比形貌，或者比心情，或者比事物。宋玉《高唐赋》说：“风吹细枝，发出悲声，好像吹竽似的。”这是比声音的例子。枚乘《菟园赋》说：“众鸟飞得极快，好像白云中几点尘埃。”这是比形貌的例子。贾谊《鹏鸟赋》说：“灾祸和幸福的互相联系，同绳索绞在一起有什么区别？”这是以事物比道理的例子。王褒《洞箫赋》说：“箫声柔婉润泽，好像慈父抚育儿子似的。”这是以声音比心情的例子。马融《长笛赋》说：“音节繁多而连续，好像范睢、蔡泽的游说。”这是以声音比辩论的例子。张衡《南都赋》说：“开始了郑国的舞蹈，好像剥茧抽丝似的。”这是以事物比舞姿的例子。诸如此类，辞赋里很多。作者天天用“比”的方法，久而久之就忘记了“兴”；他们习惯于次要的，而抛弃了主要的，所以作品便不及周代。至于扬雄、班固诸人，以及曹植、刘桢以后的作家们，描写山水云霞，无不运用“比”的方法来施展文采；其所以能写得动人，主要依靠这种方法取得成功。又如潘岳《萤火赋》说：“萤

《萤赋》云[26]："流金在沙[27]。"季鹰《杂诗》云[28]："青条若总翠[29]。"皆其义者也。故"比"类虽繁，以切至为贵；若刻鹄类鹜[30]，则无所取焉。

光好像沙中金粒似的闪烁。"张翰《杂诗》说："青枝好像聚集着翠鸟的羽毛。"这也是"比"的方法。这类例子虽多，总以十分契合为佳。如果把天鹅刻画成家鸭，那就没有什么可取的了。

## 注释

❶宋玉：战国时著名作家。《高唐》：《高唐赋》，载《文选》卷一九。 ❷纤(xiān)：细小。条：小枝。 ❸竽（yú）：笙一类的乐器，有三十六簧。籁(lài)：孔窍所发的声音。 ❹枚乘：字叔，西汉初年作家。《菟（tù）园》：《梁王菟园赋》，载《古文苑》卷三。 ❺焱焱（yàn）：光彩。现存《菟园赋》的原文是"疾疾"，快。 ❻间：杂。 ❼贾生：贾谊，西汉初年作家。《鹏（fú）赋》：《鹏鸟赋》，载《文选》卷一三。 ❽纠（jiū）：绞合的意思。缪（mò）：绳索。这两句原文是："夫祸之与福兮，何异纠。" ❾王褒：字子渊，西汉作家。《洞箫》：《洞箫赋》，载《文选》卷一七。 ❿畜：抚养。这里所引二句，本不在一起，原文是："故听其巨音，则周流泛滥，并包吐含，若慈父之畜子也。……科条譬类，诚应义理，澎濞慷慨，一何壮士；优柔温润，又似君子。" ⓫马融：字季长，东汉学者，作家。《长笛》：《长笛赋》，载《文选》卷一八。 ⓬缛（rù）：繁盛。络绎：连续不断。原文作"骆驿"，意同。 ⓭范：范雎；蔡：蔡泽。都是战国时辩士。说（shuì）：游说。 ⓮张衡：字平子，东汉著名科学家、文学家。《南都》：《南都赋》，载《文选》卷四。 ⓯茧（jiǎn）：蚕茧。曳（yè）：牵引。绪：端绪，这里指蚕丝的端绪。《南都赋》中这两句的原文是："坐南歌兮起郑舞，白鹤飞兮茧曳绪。" ⓰容：仪态。范文澜注，此句当作"以物比容"。 ⓱小：指比。大：指兴。此句说明刘勰对"兴"更为重视，这种观点对后世影响很大。 ⓲谢：辞逊，这里是说比不上。 ⓳扬：指扬雄，西汉末年作家。班：指班固，东汉初年历史学家、文学家。伦：类。

⑳曹：曹植，建安时期著名作家。刘：刘桢（zhēn），“建安七子”之一。㉑影写：摹写。㉒纤综：王利器校作“织综”，组织、运用的意思。㉓敷：铺陈。华：藻饰。㉔回：眩惑。扬雄《甘泉赋》：“事变物化，目骇耳回。”李善注：“回，谓回皇也。”回皇，即疑惑。㉕资：凭借。绩：功绩，这里指艺术效果。㉖安仁：西晋作家潘岳的字。《萤赋》：《萤火赋》，载《初学记》卷三〇。㉗流金在沙：《萤火赋》形容萤飞的样子。原文是：“飘飘频频，若流金之在沙。”流：流动，这里指金光闪动。㉘季鹰：西晋作家张翰的字。《杂诗》：载《文选》卷二九。㉙总：聚合。翠：翠鸟，这里指翠鸟的羽毛。原诗是：“青条若总翠，黄华如散金。”李白《金陵送张十一再游东吴》有“张翰黄花句，风流五百年”之誉，即指此。㉚鹄（hú）：天鹅。鹜（wù）：家鸭。马援《诫兄子严敦书》：“所谓刻鹄不成尚类鹜者也。”（《全后汉文》卷一七）

【原文】

赞曰：诗人比兴，触物圆览[1]；物虽胡越[2]，合则肝胆[3]；拟容取心[4]，断辞必敢[5]。攒杂咏歌[6]，如川之涣[7]。

【译文】

总之，《诗经》的作者运用“比”“兴”方法，是对事物进行了全面观察。作者的思想和比拟的事物，虽像胡越两地相距极远，但应使它们像肝胆一样紧密结合。比拟事物的外貌，要摄取其精神实质，这是写作中必须努力争取的。把形形色色的事物写进诗篇，就汇合成滔滔奔流的春水。

## 注释

❶圆：周全。❷胡越：喻相距很远。胡：指北方。越：指南方。《附会》：“善附者异旨如肝胆，拙会者同音如胡越。”❸肝胆：肝胆位置相近，这里喻指比兴的运用很切合。《淮南子·俶贞训》：“自其异者观之，肝胆胡越。”高诱注：“肝胆喻近，胡越喻远。”❹心：指精神实质。❺断辞：是选定文辞，引

申为进行写作。断：裁决。敢：《说文》："进取也。" ❻攒（zǎn）：积聚。杂：指各种事物。 ❼涣：水盛貌。《诗经·郑风·溱洧（zhēnwěi）》："溱与洧，方涣涣兮。"毛传："春水盛也。"

# 三七、夸饰

## 解题

《夸饰》是《文心雕龙》的第三十七篇，专论夸张手法的运用。

全篇分三部分。第一部分论夸张描写在文学创作中的必要。刘勰从《诗经》等儒家经书中举一些运用夸张手法的例子，指出这种描写虽然不免过分，但不仅无损于作品的教育作用，反而能“追其极”“喻其真”，起到更为有力的教育作用。其实，不仅某些难以表达的事理，甚至普遍的形器，也正是借助于夸张的方法，才能突出其实质，发挥积极的艺术效果。因此，刘勰断定“文辞所被，夸饰恒存”，凡是文辞描写，就永远存在着夸张的表现方法。

第二部分讲夸张手法在两汉的运用、发展情况及其艺术力量。刘勰举汉赋中的一些例子，说明汉代辞赋家在夸张的运用上，虽有从盛行到过分的倾向，但都能在辞赋创作中“因夸以成状，沿饰而得奇”，充分发挥了夸张描写的艺术效果，甚至能使盲人睁开眼睛，聋子也受到惊骇。

第三部分论夸张手法的基本原则。刘勰认为，一方面要继承《诗经》等儒家经书的优良传统，一方面要纠正汉代辞赋家夸张过分的偏向，做到“夸而有节，饰而不诬”；关键在于抓住要点，能有力地表达思想感情，而不要用不恰当的夸张，使“名实两乖”。

刘勰不仅认为从开天辟地以来，有文辞就必有夸饰，甚至鼓励作家打破常规，以“倒海”“倾昆”的精神，去努力探取夸饰的珠宝。这说明他并未死守儒家的一切教条，而对文学艺术的表现特点，有着较为正确的认识。

【原文】

夫形而上者谓之“道”①，形而下者谓之“器”②，神道难摹③，精言不能追其极④；形器易写，壮辞可得喻其真⑤。才非短长，理自难易耳。故自天地以降⑥，豫入声貌⑦，文辞所被⑧，夸饰恒存。虽《诗》《书》雅言⑨，风格训世⑩，事必宜广，文宜过焉⑪。是以言峻则嵩高极天⑫，论狭则河不容舠⑬，说多则“子孙千亿”⑭，称少则“民靡孑遗”⑮；襄陵举滔天之目⑯，倒戈立漂杵之论⑰：辞虽已甚，其义无害也。且犬鸮音之丑⑱，岂有泮林而变好⑲？荼味之苦⑳，宁以周原而成饴㉑？并意深褒赞，故义成矫饰㉒。大圣所录㉓，以垂宪

【译文】

未成形的抽象的叫作“道”，已成形的具体的叫作“器”。微妙的道理不易说明，即使用精确的语言也不能完全表达出来；具体事物虽容易描写，用有力的文辞更能体现出它的真相。这并不是由于作者的才能有大有小，而是事理本身在描述上有难有易。所以从开天辟地以来，凡是涉及声音状貌的，只要通过文辞表达出来，就有夸张和修饰的方法存在；即使是《诗经》《尚书》中那种雅正的语言，为了教育读者，所谈的事例一定要广博，因而在文辞上也就必然有超过实际的地方。所以《诗经》里面谈到高就说山高到天上，谈到狭就说河里容不下小船，谈到多就说子孙无数，谈到少就说周朝的百姓死得不剩一个。《尚书》里面讲到洪水包围丘陵，就有淹没天空的说法；讲到殷王的士兵叛归周人，就有杀得流血可以浮起舂米槌的记载。这些虽不免过甚其辞，但对于所要表达的基本意义却并无妨害。再如猫头鹰的叫声本来是难听的，怎能真像《诗经·鲁颂·泮水》中说的，因为它栖在泮水边的树上而变得好听起来了呢？苦菜的味道本来是苦的，怎能真像《诗经·大雅·绵》里面说的，因为生长在周国的平原上而变得糖浆似的甜呢？实在因为作者有着深刻的赞扬的意图，所以在文义上有所夸饰。伟大的圣人将它采录下来，作为后世的典范。因此孟轲曾说过：“解

| | |
|---|---|
| 章[24]。孟轲所云[25]“说《诗》者不以文害辞[26]，不以辞害意”也[27]。 | 说《诗经》的人，不要因为拘泥于辞藻而妨害了对诗句的理解，也不要因为拘泥于诗句本身而误解了作者的原意。” |

## 注释

❶形而上：成形以前，也就是抽象的东西。形：形体。 ❷形而下：成形以后，也就是具体的东西。以上两句是借用《周易·系辞上》中的话：“形而上者谓之道，形而下者谓之器。”孔疏：“道是无体之名，形是有质之称。凡有从无而生，形由道而立，是先道而后形，是道在形之上，形在道之下。故自形外已上者，谓之道也；自形内而下者，谓之器也。” ❸神道：神妙的道理。摹：摹写。 ❹追其极：彻底表达出来。极：终极。 ❺喻：说明。 ❻以降：以后。 ❼豫：干预，参与。 ❽被：及，到达。 ❾《诗》：指《诗经》。《书》：指《书经》，即《尚书》。 ❿风：教化。格：法则。这里的“风格”二字，和我们今天所说的艺术风格不同。 ⓫过：超过，这里有夸大的意思。 ⓬峻：高。嵩(sōng)：也是高。《诗经·大雅·崧高》：“崧（同嵩）高维岳，骏极于天。” ⓭舠（dāo）：小船。《诗经·卫风·河广》：“谁谓河广，曾不容刀。”刀：即舠。 ⓮子孙千亿：《诗经·大雅·假乐》：“干禄百福，子孙千亿。”《论衡·艺增》：“言‘子孙众多’，可也；言‘千亿’，增之也。夫子孙虽多，不能千亿，诗人颂美，增益其实。” ⓯靡：没有。孑（jié）：单独。《诗经·大雅·云汉》：“周余黎民，靡有孑遗。”《论衡·艺增》：“而言‘靡有孑遗’，增益其文，欲言旱甚也。” ⓰襄（xiāng）：上。陵：大的土山。滔：水漫。目：称说。《尚书·尧典》：“汤汤洪水方割（害），荡荡怀山襄陵，浩浩滔天。” ⓱倒戈：倒转武器进攻原来自己所属的一方。戈：兵器。杵（chǔ）：舂米的棰。《尚书·武成》：“罔（无）有敌于我师，前徒倒戈，攻于后以北（败），血流漂杵。”《论衡·艺增》：“《武成》言‘血流浮杵’，亦太过焉。死者血流，安能浮杵？……言血流杵，欲言诛纣，惟兵顿士伤，故至浮杵。” ⓲鸮（xiāo）：猫头鹰。 ⓳泮（pàn）：指春秋时鲁国的泮宫（学校）。《诗经·鲁颂·泮水》：“翩彼飞

鸮，集于泮林，食我乘黮（shèn），怀我好音。”黮：同“葚”，桑葚。 ⑳荼（tú）：苦菜。 ㉑周：周国，在今陕西中部。原：平原。饴（yí）：糖浆。《诗经·大雅·绵》：“周原朊朊，堇荼如饴。”朊（wǔ）：肥美的样子。堇（jǐn）：野菜。 ㉒矫饰：即夸饰。《荀子·性恶》中说：“古者圣王以人之性恶，以为偏险而不正，悖（bèi）乱而不治，是以为之起礼义，制法度，以矫饰人之情性而正之。”矫：矫正，这里引申为改变的意思。 ㉓大圣：指孔子。 ㉔垂：留传下来。宪章：法度。 ㉕孟轲（kē）：孔子学说的主要继承者，他的弟子记载其言论为《孟子》七篇。这里所引的话见《孟子·万章上》。 ㉖说：解说。文：文采。辞：指诗句本身。 ㉗意：《孟子》作“志”。原文是：“故说《诗》者，不以文害辞，不以辞害志，以意逆志，是为得之。”

【原 文】

自宋玉、景差[①]，夸饰始盛。相如凭风[②]，诡滥愈甚[③]。故上林之馆[④]，奔星与宛虹入轩[⑤]；从禽之盛，飞廉与鹪鹩俱获[⑥]。及扬雄《甘泉》[⑦]，酌其余波[⑧]；语瑰奇则假珍于玉树[⑨]，言峻极则颠坠于鬼神[⑩]。至《东都》之比目[⑪]，《西京》之海若[⑫]；验理则理无不验[⑬]，穷饰则饰犹未穷矣[⑭]。又子云《羽猎》[⑮]，鞭宓妃以饷屈原[⑯]；张衡

【译 文】

从宋玉、景差以后，作品中运用夸张手法开始盛行起来。司马相如继承这种风尚，又变本加厉，怪异失实的描写越来越严重。他写到上林苑中的高楼，便说流星与曲虹好像进入了它的窗户；写到追逐飞禽的众多，竟说龙雀、焦明等奇鸟样样都能捕到。后来扬雄作《甘泉赋》，继续了司马相如的流风余韵；他为了描写的奇特，就借重玉树这一珍宝；为了形容楼阁的高耸，就说鬼神也要跌下来。还有班固在《西都赋》里谈到了比目鱼，张衡在《西京赋》中谈到了海若神，等等。这些说法在事理上既难于查考，在夸张上又不算竭尽能事。此外如扬雄的《羽猎赋》，里面说要鞭挞洛水的宓妃，要她送酒菜给屈原等人；张衡的《羽猎赋》又曾说，

《羽猎》[17]，困玄冥于朔野[18]。娈彼洛神[19]，既非罔两[20]；惟此水师[21]，亦非魑魅[22]，而虚用滥形，不其疏乎？此欲夸其威而饰其事，义睽刺也[23]。至如气貌山海[24]，体势宫殿[25]；嵯峨揭业[26]，熠耀焜煌之状[27]，光采炜炜而欲然[28]，声貌岌岌其将动矣[29]：莫不因夸以成状，沿饰而得奇也。于是后进之才，奖气挟声[30]；轩翥而欲奋飞[31]，腾掷而羞跼步[32]。辞入炜烨[33]，春藻不能程其艳[34]；言在萎绝[35]，寒谷未足成其凋[36]；谈欢则字与笑并，论戚则声共泣偕[37]。信可以发蕴而飞滞[38]，披瞽而骇聋矣[39]。

要把水神玄冥囚禁在北方的荒野。可是，那姣好的洛神，既不是什么鬼怪；而这水神玄冥，也不是什么妖魔；他们这样不切实际地任意描写，不是过于粗疏了吗？这样写不过要想增加声势，便把事情写得夸张一些，却显然违背了义理。但这些作品在描绘山海的状貌和宫殿的形势上，都能充分表现出那种宏伟高大、光辉灿烂的壮观；色彩的鲜艳有如融融的火光，楼台的高耸富有飞动的气势：所有这些，都是依仗夸张手法来表现出事物的形状，借助修饰文采来显示事物的奇特。因此，后来许多才人发扬了这种风气，凭借着这种声势。他们振翼高举，势将奋飞；踊跃奔腾，耻于缓步。他们如果写繁盛，即使是春日丽景也不如这般鲜艳；如果写衰萎，即使是荒凉的寒谷也没有这样萧条。写到愉快，文字好像带着欢笑一齐来到；写到悲伤，音调好像和哭泣同时并至。这的确可以把深藏内心而不明显的东西表达得十分鲜明而生动，并且使盲人睁开眼睛，聋子受到震惊。

## 注释

❶宋玉、景差：都是战国时期楚国的著名作家。宋玉的作品今存《九辩》等篇，景差的作品大都亡佚。 ❷相如：司马相如，字长卿，西汉文学家，下文讲到的《上林赋》是他的代表作品之一。风：指夸饰之风。 ❸诡（guǐ）：反常。 ❹上林：汉天子的园林，为他们游猎之所。 ❺奔星：流星。宛虹：弯曲的虹。

轩：窗。《上林赋》中说："奔星更于闺闼，宛虹拖于楯轩。"李善注："奔，流星也，行疾，故曰奔。" ❻飞廉：龙雀，传为鸟身鹿头。鷦鷯（jiāoliáo）：一作"焦明"，形似凤凰的鸟。《上林赋》中曾写到"椎蜚廉""揜焦明"。蜚廉即飞廉。椎：用椎击。揜（yǎn）：取。 ❼扬雄：西汉末年辞赋家。《甘泉》：《甘泉赋》，载《文选》卷七。甘泉是秦汉时帝王的离宫。 ❽酌：斟酌、挹取，这里有学习、继承的意思。 ❾瑰奇：珍贵奇异的事物。玉树：相传是以珊瑚为枝，碧玉为叶的树。 ❿颠坠：下落。扬雄《甘泉赋》："翠玉树之青葱兮"，"鬼魅不能自逮兮，半长途而下颠"。 ⓫《东都》：应作《西都》。班固的《两都赋》有《东都》《西都》两个部分。比目：比目鱼，又叫偏口鱼，两眼都在头部的一侧，故名。《西都赋》中曾写道："揄文竿，出比目。"揄：引。 ⓬《西京》：张衡《二京赋》的一部分。《西京赋》载《文选》卷二。海若：海神名。《西京赋》中曾写到"海若游于玄渚"。 ⓭不验：当作"可验"。 ⓮未穷：指尚未穷尽夸张之能事。 ⓯子云：扬雄的字。《羽猎》：《羽猎赋》，是扬雄的代表作之一，载《汉书·扬雄传》。 ⓰宓（fú）妃：相传是伏牺的女儿，溺死洛水为神。饷：进酒食。扬雄在《羽猎赋》中曾说："鞭洛水之宓妃，饷屈原与彭胥。"彭胥：师古注："彭，彭咸；胥，伍子胥。皆水死者。" ⓱张衡：东汉著名科学家、文学家。《羽猎》：张衡的《羽猎赋》，今不全，《全后汉文》卷五四辑得部分残文。 ⓲困：拘留。玄冥：水神名。朔：北方。现存《羽猎赋》残文没有"困玄冥"的内容。 ⓳娈（luán）：柔顺，美好。 ⓴罔（wǎng）两：水怪。 ㉑水师：指水神玄冥。 ㉒魑魅（chīmèi）：鬼怪。 ㉓睽（kuí）、剌（là）：都是违背之意。 ㉔气：气概。貌：形状。 ㉕体势：与"气貌"意义相近。 ㉖嵯峨（cuóé）：山高的样子。揭业：即揭孽，也是高的意思。张衡《西京赋》、司马相如《上林赋》、王延寿《鲁灵光殿赋》等，都曾用到类似的描写。如《鲁灵光殿赋》："嵯峨嶵嵬……飞陛揭孽。"嶵嵬（zuìwéi）：山势险峻的样子。 ㉗熠（yì）耀：光明的样子。何晏《景福殿赋》："光明熠爚。"爚：同耀。焜煌（kūnhuáng）：也是光明的样子。傅玄《舞赋》："铺首炳以焜煌。" ㉘炜炜（wěi）：光辉。然：即燃。 ㉙岌岌（jí）：高耸危险的样子。 ㉚奖：鼓励。气：风气。挟：依以自重。声：声势。 ㉛轩翥

(zhù)：高飞的样子。 ㉜腾掷：跳跃。跼（jú）步：小步。跼，拘束。 ㉝炜烨（yè）：光辉盛明的样子。 ㉞春藻：指春天的美丽景色。程：计量考核。 ㉟萎绝：枯死。 ㊱寒谷：刘向《别录》中说："燕有谷，地美而寒，不生五谷。"（《全汉文》卷三八）凋：零落。 ㊲戚：忧伤。偕：共同。陆机《文赋》："思涉乐其必笑，言方哀而已叹。" ㊳蕴（yùn）：积聚含蓄的意思。滞：不通畅。 ㊴披：打开。瞽（gǔ）：盲人。枚乘《七发》："发瞽披聋而观望之也。"

## 【原文】

然饰穷其要，则心声锋起[1]；夸过其理，则名实两乖[2]。若能酌《诗》《书》之旷旨[3]，剪扬、马之甚泰[4]，使夸而有节[5]，饰而不诬[6]，亦可谓之懿也[7]。

## 【译文】

如果夸饰能够抓住事物的要点，就可把作者的思想感情有力地表达出来。要是夸张过分而违背常理，那就会使文辞与实际脱节。假如在内容上能够学习《诗经》《尚书》中深广的涵义，在形式上避免扬雄和司马相如辞赋中过度的夸饰，做到夸张而有节制，增饰而不违反事实，这就可以算是美好的作品了。

## 注释

❶心声：和下句"名实"相对应，指表达作者心意的语言。扬雄《法言·问神》："言，心声也；书，心画也。"这里即取其意。锋：锋锐。 ❷乖：不合。 ❸旷：广大。 ❹扬：扬雄。马：司马相如。泰：过多，指不恰当的夸张。 ❺节：节制。 ❻诬：歪曲。 ❼懿（yì）：美好。

【原 文】

赞曰：夸饰在用，文岂循检[1]？言必鹏运[2]，气靡鸿渐[3]。倒海探珠，倾昆取琰[4]。旷而不溢[5]，奢而无玷[6]。

【译 文】

总之，夸张手法的运用，难道必须遵循一定的规则吗？夸张的语言应该像大鹏矫健地高飞，而不要像水鸟着陆那样气势缓慢。作家选择这种语言时应该像翻倒大海去寻宝珠，推垮昆仑山去求美玉。标准在于夸张而不过分，增饰而不出毛病。

## 注 释

❶检：法式。 ❷鹏：大鸟。运：运行，相传大鹏鸟一飞就是几千里。 ❸鸿：水鸟。渐：缓进。 ❹昆：昆仑山，相传昆仑山产玉。琰（yǎn）：一种美玉。 ❺溢：过多。 ❻玷（diàn）：美玉的缺点。

# 三八、事类

## 解题

《事类》是《文心雕龙》的第三十八篇，论述诗文中引用有关事类的问题。所谓“事类”，包括故实或典故在内，但刘勰在本篇所讲“事类”，有两个方面的内容：一是文学作品中引用前人有关事例或史实，一是引证前人或古书中的言辞。这比通常所说“典故”的范围要大得多。

本篇分三个部分。第一部分讲“事类”的含义、作用以及古来运用事类的概貌。刘勰认为运用事类的主要意义，在于“援古证今”，在于“明理”“征义”。

第二部分由才与学的关系进而论述广博学识的必要。对才与学两个方面，刘勰除强调二者必须“表里相资”“主佐合德”外，更提出“将赡才力，务在博见”，这是很值得注意的观点。他认为文学创作是“才为盟主，学为辅佐”，这种说法似近于天才论，特别是“文章由学，能在天资”之论，更是如此。但刘勰并非天才决定论者，而强调才与学必须“表里相资”才能发挥作用；更不认为作者的才力是天生不变的，只要坚持学习，广闻博见，就可丰富其才力。所以，这部分正以论述必须有广博的学识为主。最后提出运用事类的基本要求是：学识要博，取用应约，选择必精，道理须核；事类要用在文章的关键地方，而不要用于无关紧要的闲散之处。

第三部分主要是举前人用事之误，以说明用典引文必须准确得当而如自出其口。

从古到今，善于运用事类的作者，曾为作品增色不少。刘勰对这个问题的论述，如要求精约准确，“用人若己”等，基本观点是对的。但刘勰所处的，正是作者大量堆砌典故而使“文章殆同书钞”（《诗品》）的时期，略晚于刘勰的钟嵘尚对此进行猛烈的批评，本篇却是继续强调事类的好处，提倡运用事类的技巧，而对刘勰之前已用得过甚过滥的倾向不置一辞，这就是刘勰不及钟嵘的地方了。

## 【原文】

事类者，盖文章之外，据事以类义[①]，援古以证今者也[②]。昔文王繇《易》[③]，剖判爻位[④]，《既济》九三[⑤]，远引高宗之伐[⑥]；《明夷》六五[⑦]，近书箕子之贞[⑧]：斯略举人事，以征义者也[⑨]。至若《胤征》羲和[⑩]，陈《政典》之训[⑪]；《盘庚》诰民[⑫]，叙迟任之言[⑬]：此全引成辞，以明理者也。然则明理引乎成辞，征义举乎人事，乃圣贤之鸿谟[⑭]，经籍之通矩也[⑮]。《大畜》之《象》[⑯]："君子以多识前言往行[⑰]，亦有包于文矣[⑱]。"观乎屈、宋属篇[⑲]，号依《诗》人[⑳]，虽引古事而莫取旧辞。唯贾谊《鹏赋》[㉑]，始用《鹖冠》之说[㉒]；相如《上林》[㉓]，撮引李斯之《书》[㉔]：此万分之一会也[㉕]。及扬雄《百官箴》[㉖]，颇酌于《诗》《书》[㉗]；刘歆《遂

## 【译文】

所谓"事类"，就是在文章本身的写作之外，利用有关故实来表明意义，引用古事以证明今事。从前周文王作解释《易经》的卦爻辞，辨析卦爻的位置，在《既济》卦阳爻的第三位，远的引到殷高宗讨伐鬼方的事；在《明夷》卦阴爻的第五位，近的写到殷末箕子的贞操：这只是简要地举出古人的事迹，用以证明意义的例子。至如《尚书·胤征》所载胤君征讨羲和时，举出夏代《政典》中的教训；《尚书·盘庚》所载殷王盘庚告诫国人之辞，讲到上古贤人迟任的话：这就是完整地引用前人的成辞，用以说明道理的例子。由此可见，引用前人现成的话来说明道理，列举古人有关事迹来证明意义，这是圣贤对重大问题的议论，更是经典中运用的通则。《易经·大畜》的《象辞》中说"君子应多多记住前人的言论和行事"，这也有助于文章的丰富。考察屈原、宋玉的作品，据说是依照《诗经》的作者而写的，其中虽讲到不少古代的事，却不采用原来的辞句。到汉初贾谊的《鹏鸟赋》，才开始引用《鹖冠子》中的话；司马相如的《上林赋》，引用了李斯的《谏逐客书》：这也只是偶然引用罢了。到扬雄写《百官箴》，就采取《诗经》《尚书》中的话颇

初赋》[28]，历叙于纪传[29]，渐渐综采矣。至于崔、班、张、蔡[30]，遂捃摭经史[31]，华实布濩[32]；因书立功，皆后人之范式也。

多了；刘歆写《遂初赋》，更历述了不少周晋史实：这就逐渐错综引用各种古书了。及至东汉的崔骃、班固、张衡、蔡邕等，便搜集种种经书史书，把文章写得华实满布；凭借古书以获得成就，这方面他们都是后人的典范。

## 注释

❶据事以类义：即据事类以明义。事类：指类似的、有关的故实或言辞。❷援：引用。❸文王：周文王。繇（zhòu）《易》：制作《易经》中的《繇辞》（即《卦辞》和《爻辞》）。《原道》篇曾说："文王患忧，《繇辞》炳曜。"繇：抽，指抽出吉凶。❹剖判：分析，辨别。爻（yáo）：《易经》有六十四卦，每卦六爻。说明每卦的文字叫《卦辞》，说明每爻的文字叫《爻辞》。相传"《卦辞》《爻辞》并是文王所作"（孔颖达《周易正义·论卦辞爻辞谁作》）。❺《既济》：卦名，六十四卦之一，象征"初吉终乱"。九三：爻位的标志。六十四卦共三百八十四爻，分阳爻、阴爻两种，以"九"表示阳爻，"六"表示阴爻。阳爻有初九、九二、九三、九四、九五、上九；阴爻有初六、六二、六三、六四、六五、上六。"九三"表示阳爻第三位。❻高宗之伐："九三"的爻辞是："高宗伐鬼方，三年克之。"孔颖达疏："高宗者，殷王武丁之号也。九三处'既济'之时，居文明之终，履得其位，是居衰末而能济者也。高宗伐鬼方以中兴殷道，事同此爻，故取譬焉。"鬼方：古族名，殷周时活动于今陕西西北地区。❼《明夷》：卦名。六五：见注⑤。❽箕子之贞："六五"的《象辞》是："箕子之贞，明不可息也。"孔疏："息，灭也。《象》称明不可息者，明箕子能保其贞，卒以全身为武王师也。"箕子：殷纣王诸父。纣无道，箕子谏不听，便佯狂为奴，以保全其贞。❾征：证验。❿《胤（yìn）征》：《尚书》中的篇名（是后人伪造的）。羲和：羲氏、和氏，古代的历法官。伪《胤征》中说："羲和湎淫，废时乱日。胤往征之，作《胤征》。"胤：古国名。因羲和沉湎

于酒，荒误农时，胤君奉命征讨羲和。 ⑪《政典》之训：伪《胤征》："《政典》曰：'先时者杀无赦，不及时者杀无赦。'"伪孔传："《政典》，夏后为政之典籍，若《周官》六卿之治典。" ⑫《盘庚》：《尚书》中的篇名，有上、中、下三篇，是殷王盘庚告谕国人的文诰。诰：告，告诫。 ⑬迟任之言：《盘庚上》："迟任有言曰：'人惟求旧，器非求旧，惟新。'"迟任：传为上古贤人。⑭鸿谟：大的议谋。 ⑮矩：法度。 ⑯《大畜》：《易经》中的卦名。《象》：指解释此卦的《象辞》。 ⑰识（zhì）：记住。 ⑱包：通"苞"，丰富的意思。《尚书·禹贡》："草木渐包。"孔传："包，丛生。" ⑲屈、宋：屈原、宋玉。属：缀辑，指写作。 ⑳《诗》人：《诗经》的作者。王逸《楚辞章句序》："屈原履忠被谮，忧悲愁思，独依《诗》人之义而作《离骚》。"是为刘勰所本。㉑贾谊：汉初文学家。《鹏（fú）鸟》：贾谊的《鹏鸟赋》，载《文选》卷一三。㉒《鹖（hé）冠》：传为战国时期楚人鹖冠子著的《鹖冠子》。今存《鹖冠子》十九篇，多疑为后人伪托，据李善《文选·鹏鸟赋》注，《鹏鸟赋》中用《鹖冠子》的话甚多。如"忧喜聚门兮，吉凶同域""越栖会稽兮，句践霸世"等，均为《鹖冠子》中的原话。 ㉓相如：指司马相如。《上林》：《上林赋》，载《文选》卷八。 ㉔撮（cuō）：取。李斯：秦代政治家，秦始皇的丞相。《书》：指李斯的《谏逐客书》，《文选》卷三九题作《上书秦始皇》。《上林赋》中的"建翠华之旗，树灵鼍（tuó）之鼓"，即取《谏逐客书》中的"建翠凤之旗，树灵鼍之鼓"。 ㉕万分之一会：偶然的会合。 ㉖扬雄：字子云，西汉末年文学家。《百官箴》：指扬雄为多种官吏所写箴文。范文澜注："扬雄作《十二州》《二十五官箴》，不得云'扬雄《百官箴》'（《百官箴》之名，起自胡广箴）。百疑是州之误。"按：刘勰在《铭箴》篇曾说："至扬雄稽古，始范《虞箴》，作卿尹、州牧二十五篇。及崔（崔骃父子）、胡（广）补缀，总称《百官》。"可见刘勰认为《百官箴》是崔、胡等人补充扬雄之作而成。这个说法也与史实相符。《后汉书·胡广传》说："初，扬雄依《虞箴》作《十二州箴》《二十五官箴》，其九箴亡阙。后涿郡崔骃及子瑗，又临邑侯刘騊駼增补十六篇，广复继作四篇，文甚典美，乃悉撰次首目，为之解释，名曰《百官箴》，凡四十八篇。"据此，所谓"百官"并非实数，总数 48 篇又以扬雄的最多。所以，《古文苑》

卷一五，就以扬雄的《光禄勋箴》等，总名为《百官箴》。可见此处未必有误。㉗酌：择善而取。《诗》《书》：《诗经》《尚书》。㉘刘歆：字子骏，西汉文人。《遂初赋》：载《古文苑》卷五。㉙历叙于纪传：《遂初赋序》中说：刘歆"徙五原太守……经历故晋之域，感今思古，遂作斯赋，以叹往事而寄己意"。纪传：泛指史书。本书《谐隐》篇说的"隐语之用，被于纪传"，与此同义。《遂初赋》中讲到周晋史事甚多。㉚崔、班、张、蔡：崔骃（yīn）、班固、张衡、蔡邕，均为东汉文学家。㉛捃摭（jùnzhí）：摘取，搜集。㉜布濩（huò）：散布。《文选·东京赋》："声教布濩，盈溢天区。"薛综注："布濩，犹散被也。"

【原 文】

夫姜桂同地[1]，辛在本性；文章由学，能在天资。才自内发，学以外成；有学饱而才馁[2]，有才富而学贫。学贫者，迍邅于事义[3]；才馁者，劬劳于辞情[4]：此内外之殊分也。是以属意立文，心与笔谋，才为盟主[5]，学为辅佐[6]。主佐合德，文采必霸[7]；才学褊狭[8]，虽美少功。夫以子云之才，而自奏不学[9]，及观书石室[10]，乃成鸿采：表里相资[11]，古今一也。故

【译 文】

姜和桂都从地上生长，它们的辛辣却是其本性决定的；写好文章要通过学识，创作的才能在于作者的天资。才能由作家内部产生，学识则是从外部积累而成；有的人学识丰富但才力不足，有的人才力较强但学识贫乏。学识贫乏的作者，在引事明义方面比较困难；才力不足的作者，在遣辞达情方面相当吃力：这就是内才外学的区分。所以，命意为文，在心和笔共同谋划之中，作者的才力起着主要作用，学识则起着辅助作用；如果才力和学识兼善并美，就必然在创作上取得突出成就；如果才力和学识都欠缺，虽有小巧也很难有大的成效。像扬雄那样有才华的作者，还上奏书说自己学识不足，到他在石渠阁阅读大量图书之后，便写成了优美的文学作

魏武称[12]："张子之文为拙[13]，然学问肤浅，所见不博，专拾掇崔、杜小文[14]；所作不可悉难[15]，难便不知所出[16]。"斯则寡闻之病也。夫经典沉深，载籍浩瀚[17]，实群言之奥区[18]，而才思之神皋也[19]。扬、班以下[20]，莫不取资[21]：任力耕耨[22]，纵意渔猎，操刀能割[23]，必列膏腴[24]。是以将赡才力[25]，务在博见。狐腋非一皮能温[26]，鸡蹠必数千而饱矣[27]。是以综学在博，取事贵约，校练务精[28]，捃理须核：众美辐辏[29]，表里发挥。刘劭《赵都赋》云[30]："公子之客[31]，叱劲楚令歃盟[32]；管库隶臣[33]，呵强秦使鼓缶[34]。"用事如斯，可称理得而义要矣。故事得其要，虽小成绩，譬寸辖制轮[35]，尺枢运关也[36]。或微言美事[37]，置于闲散[38]，是缀金翠于足胫[39]，靓粉黛于胸臆也[40]。

品。内才外学相辅而成，古往今来的作者无不如此。所以魏武帝曹操说："张子的文章其所以拙劣，就由于他学问肤浅，见闻不博，只知拾取崔骃、杜笃的小文章；因此，他的作品不能完全追究，追究起来便不知源头何在。"这就是孤陋寡闻的毛病了。儒家经典内容既深厚，书籍也十分丰富，的确是各种言辞的渊薮，启迪才思的宝库。从汉代扬雄、班固以后的作者，无不从中各取所需：凭自己的努力去学习，任自己的心意去采取；只要善于吸取儒家经典，就必能从中获得丰富的营养。所以，要充实作者的才力，必须首先博见广闻。一张狐皮不能制成皮袄，少量的鸡掌也不能吃饱。因此，综聚学识须要广博，采用事例则应简约，考校选择必须精确，吸取的道理应该核实：这些优点集中起来，就使才力和学识相互发挥。三国时刘劭在《赵都赋》中说："平原君的门客毛遂，呵斥强劲的楚王，迫使他同意订盟；赵国的小臣蔺相如，斥责强盛的秦王，迫使他击缶为乐。"能够像这样运用故实，就可算是抓住道理而又意义重要了。所以，用事如能抓住要害，虽然事小也能有所成就，这就像小小的铜键能够控制车轮，门户的转轴可以承运开关。如果把精微的言辞、美妙的故实，用在无关宏旨的地方，就像把金玉珠宝挂在脚上，把脂粉黛墨抹在胸前了。

## 注释

❶桂：木桂，也叫牡桂，味辛。同地：《太平御览》卷五八五作“因地”。《韩诗外传》卷七：“宋玉因其友见楚襄王，襄王待之无以异，乃让其友。其友曰：‘夫姜桂因地而生，不因地而辛。’”因：由，从。 ❷馁（něi）：饥饿，这里指才弱。 ❸迍邅（zhūnzhān）：困难。 ❹劬（qú）：劳累。 ❺盟主：诸侯盟会之主，这里指作者的才性在创作中的主要作用。 ❻辅佐：辅助，指作者的学识在创作中的辅助作用。 ❼霸：诸侯之长，喻创作上的成就较高。 ❽褊（biǎn）狭：狭小。 ❾自奏不学：扬雄《答刘歆书》中说：“雄为郎之岁，自奏少不得学，而心好沉博绝丽之文，愿不受三岁之奉（俸），且休脱直事之繇（yóu），得肆心广意以自克就。有诏，可不夺奉，令尚书赐笔墨钱六万，得观书于石渠。如是后一岁，作《绣补》《灵节》《龙骨之铭》诗三章。成帝好之，遂得尽意。”（《古文苑》卷一〇） ❿石室：即石渠阁，汉代宫中藏书之所。在今西安市西北长安故城内。 ⓫表里：即上文所说内才外学。资：凭借。 ⓬魏武：魏武帝曹操。下引曹操的话，原文今不存。 ⓭张子：姓张的作者，所指不详。 ⓮拾掇（duō）：拾取。崔、杜：所指不详。曹操之前崔、杜二姓同时文人有东汉崔骃、杜笃。 ⓯悉：全，尽。难：问难，这里指追究。 ⓰不知所出：指不知本源所出。 ⓱载籍：书籍。浩瀚（hàn）：广大，繁多。 ⓲奥区：深奥丰富的地方，和《宗经》篇说儒家经典是“文章奥府”意同。 ⓳神皋（gāo）：与“奥区”意近。《文选·西京赋》：“实为地之奥区神皋。”李善注：“《广雅》曰：‘皋，局也。’谓神明之界局也。” ⓴扬、班：扬雄、班固。 ㉑取资：犹“取给”，取以供其需用。 ㉒耕耨（nòu）：耕种，指从中学习。耨：锄草。 ㉓操刀能割：贾谊《陈政事疏》引黄帝曰：“操刀必割。”《汉书·贾谊传》注引太公曰：“操刀不割，失利之期，言当及时也。”这里有强调应充分利用儒家著作之意。 ㉔列：分割。一作“裂”。膏腴：土地肥沃，指儒家经典中具有丰富的营养。 ㉕赡（shàn）：丰富，充足。 ㉖“狐腋（yè）”句：《慎子·知忠》：“粹白之裘，盖非一狐之皮（《意林》作‘腋’）也。”指一张狐皮不能成裘。腋，胳肢窝，这里指狐的腋下皮毛。狐腋纯白而特暖。 ㉗“鸡

蹠（zhí）”句：《吕氏春秋·用众》：“善学者，若齐王之食鸡也，必食其跖（同蹠）数千而后足。”蹠：足掌。以上二句都是比喻学习必须掌握广博的知识。㉘校练：考校选择。练，同“拣”。 ㉙辐辏（fúcòu）：车轮的辐条聚集在车的轴心。 ㉚刘劭（shào）：字孔才，三国时魏国文人。《赵都赋》：今不全，佚文见《全三国文》卷三二。 ㉛公子：战国时赵国平原君赵胜。他是赵惠文王之弟，故称公子。客：门客，指毛遂。 ㉜叱（chì）：呵斥。劲楚：强有力的楚国。歃（shà）盟：订立盟约。歃：歃血，订盟者饮鸡狗之类的血以表示诚意。《史记·平原君列传》载，平原君赵胜带毛遂等人至楚订盟，久而未决，毛遂按剑上前叱责楚王说：“今十步之内，王不得恃楚国之众也，王之命悬于遂手！”迫使楚王同意订立盟约。 ㉝管库隶臣：指低微小臣。管库：《礼记·檀弓下》：“赵文子……所举于晋国管库之士七十有余家。”郑注：“管库之士，府史以下，官长所置也。” ㉞鼓：击。缶（fǒu）：古代瓦制的一种乐器。《史记·廉颇蔺相如列传》载，蔺相如随赵王与秦王会于渑池（今河南省渑池县），秦王酒酣，令赵王鼓瑟。蔺相如认为这有辱于赵国，也要求秦王击缻（即缶），秦王不许。蔺相如曰：“五步之内，相如请得以颈血溅大王矣！”秦王不得不“为一击缻”。㉟寸辖制轮：《淮南子·缪称训》：“终年为车，无三寸之辖，不可以驱驰；匠人斫户，无一尺之楗（jiàn），不可以闭藏。”辖：车轴头上的小铜键，用以防止车轮脱出。楗：门闩。制轮：控制车轮。 ㊱枢：门的转轴。户枢不会长达一尺，这是借上引《淮南子》中“尺楗”之说的活用。 ㊲微言：深刻精微的话。刘歆《移书让太常博士》：“及夫子没而微言绝，七十子卒而大义乖。” ㊳闲散：无关紧要的叙述。 ㊴缀（zhuì）：装饰。翠：即翡翠，绿色硬玉。胫（jìng）：小腿。 ㊵靓（jìng）：妆饰。黛（dài）：古代妇女画眉的青黑色颜料。臆：胸。

【原 文】

凡用旧合机[①]，不啻自其口出[②]；引事乖谬[③]，虽千载而为瑕[④]。陈思[⑤]，群

【译 文】

大凡引用故实得当，就像自己说的话一样；如果所引之事和自己讲的内容不吻合，就成了千年抹不掉的污点。陈思王曹

才之英也，《报孔璋书》云[6]：“葛天氏之乐[7]，千人唱，万人和，听者因以蔑《韶》《夏》矣[8]。”此引事之实谬也。按葛天之歌，唱和三人而已[9]。相如《上林》云：“奏陶唐之舞[10]，听葛天之歌，千人唱，万人和。”唱和千万人，乃相如接人[11]。然而滥侈《葛天》[12]，推“三”成“万”者，信赋妄书，致斯谬也[13]。陆机《园葵》诗云[14]：“庇足同一智，生理合异端[15]。”夫“葵能卫足”，事讥鲍庄[16]；“葛藟庇根”[17]，辞自乐豫[18]。若譬“葛”为“葵”，则引事为谬[19]；若谓“庇”胜“卫”，则改事失真：斯又不精之患。夫以子建明练[20]，士衡沉密[21]，而不免于谬；曹仁之谬高唐[22]，又曷足以嘲哉[23]！夫山木为良匠所度[24]，经书为文士所择，木美而定于斧斤[25]，事美而制于刀笔[26]；研思之士，

植，可算是群才中的英俊了，但他在《报孔璋书》中说：“葛天氏时的音乐，千人合唱，万人相和，听了这种音乐的人，对古代的《韶乐》和《大夏》都有所轻视了。”这就是引用古事的谬误。查葛天氏时所唱的歌，唱与和的一共只有三人而已。司马相如《上林赋》中说：“演奏陶唐氏的乐舞，听葛天氏的音乐，千人齐唱，万人齐和。”所谓唱和千万人，不过是司马相如的主观推测。其所以不真实地夸大《葛天氏之乐》，把“三”扩大为“万”，是由于作者根据《上林赋》乱写，以致造成这种荒谬的。又如陆机的《园葵》诗中说：“葵能荫庇其足，只不过一点小小的智慧，但生存的道理却有千千万万。”关于“葵能保卫其足”，原是孔子讥讽齐国鲍牵的说法；“葛藤庇护其根”，原是宋国乐豫对宋昭公说的话——这本是两码事。如果把“葛”比作“葵”，就是张冠李戴的错误；如果认为“庇”字比“卫”字好，则又改变事实而有失其真——这是不精确的毛病。以曹植的精明熟练、陆机的深沉细致，还难免有误；曹洪在《与魏文帝书》中，把“河西”误作“高唐”，又有什么可嘲笑的呢？山中树木为良好的工匠所度量，儒家经书被后世文人所选取；木材美好的，便用斧子加工；事义美好的，就用笔墨写下。能如此，从事文学创作的人，也就无愧于古

无惭匠石矣㉗。 | 代善于准确斫削的匠石了。

## 注释

❶合机：适合，得当。 ❷不啻（chì）：无异于。《尚书·秦誓》："不啻若自其口出。" ❸乖谬：错误。乖：违背。 ❹瑕：玉的斑痕，这里指缺点。 ❺陈思：陈思王曹植。 ❻《报孔璋书》：此书今不存。孔璋：陈琳的字，"建安七子"之一。 ❼葛天氏：传说中的古代帝王。 ❽蔑：轻视。《韶》：传为舜时的《韶乐》。《夏》：传为夏禹时的《大夏》。 ❾唱和三人：此说据《吕氏春秋·古乐》："昔葛天氏之乐，三人操牛尾，投足以歌八阕。" ❿陶唐：即帝尧，史称陶唐氏。《上林赋》的原文是："奏陶唐氏之舞，听葛天氏之歌。" ⓫接人：一作"推之"。译文据"推之"。 ⓬滥：不实。侈：夸大。 ⓭致斯谬也：指曹植《报孔璋书》的错误论点。这里，刘勰不论《上林赋》之误，而评曹植之论，当与文学描写与论述文不同有关。曹植的"信赋妄书"，正是忽略了这种区别。 ⓮陆机：字士衡，西晋文学家。 ⓯"庇足"二句：丁福保辑《全晋诗》卷三作："庇足周一智，生理各万端。"周：终。谓能庇护其足，只是"一智"而已，但生存的道理是很多的。所以原诗下两句说："不若闻道易，但伤知命难。" ⓰事讥鲍庄：《左传·成公十七年》："秋七月，壬寅，刖（yuè）鲍牵而逐高无咎。……仲尼曰：'鲍庄子之知，不如葵，葵犹能卫其足。'"杜预注："葵倾叶向日，以蔽其根，言鲍牵居乱，不能危行言孙（逊）。"鲍庄：名牵，谥庄子，春秋时齐国大夫。 ⓱葛藟（lěi）：葛藤。葛：藤类植物。 ⓲辞自乐豫：《左传·文公七年》："（宋）昭公将去群公子。乐豫曰：'不可。公族，公室之枝叶也，若去之，则本根无所庇荫矣。葛藟犹能庇其本根，故君子以为比（指《诗经·王风·葛藟》），况国君乎！"杜注："葛之能藟蔓繁滋者，以本枝荫庥（xiū）之多。"乐豫：春秋时宋国司马。 ⓳引事为谬：指《园葵》诗是咏葵，不应误用葛的典故。 ⓴子建：曹植的字。明练：精明纯熟于故实。 ㉑沉密：深沉细密。 ㉒曹仁：字子孝，曹操从弟，魏文帝时官至大司马。这里应为曹洪，字子廉，也是曹操从弟，官至骠骑将军。谬高唐：《文选》卷四一有陈琳

《为曹洪与魏文帝书》，中云："盖闻过高唐者，效王豹之讴。"此典出《孟子·告子下》："昔者王豹处于淇，而河西善讴；绵驹处于高唐，而齐右善歌。"据此，"高唐"应为"河西"。 ㉓曷：何。这里意为，曹洪非文人。比之"明练"的曹植、"沉密"的陆机，就不足嘲笑了。 ㉔度（duó）：度量。《左传·隐公十一年》："山有木，工则度之。" ㉕定于斧斤：取定于斧子，意即进行加工。斤：斧。 ㉖制：指写作。刀笔：古代记事用刀刻于龟甲或竹木；后以笔写，用刀削误。这里泛指书写工具。㉗匠石：古工匠名石。《庄子·徐无鬼》："郢人垩慢其鼻端，若蝇翼，使匠石斫之。匠石运斤成风，听而斫之，尽垩而鼻不伤。"垩（è）慢：用白土涂抹。

## 【原 文】

赞曰：经籍深富，辞理遐亘①。皓如江海②，郁若昆邓③。文梓共采④，琼珠交赠⑤。用人若己⑥，古来无懵⑦。

## 【译 文】

总之，儒家经籍精深宏富，文辞和义理都具有永恒的意义。它像江海那样广大，像昆仑山的珠玉和邓林那样繁盛。优质的梓木都可采伐，美好的珠宝全可赠送。只要引用前人的故事如自出其口，古往今来的读者都是欢迎的。

## 注 释

❶遐：远。亘（gèn）：延续不断。此句指儒家经书的文辞和内容都具有永恒意义。 ❷皓：广大貌。 ❸郁：草木繁茂。昆：神话中的昆仑山，相传昆仑山产玉。邓：神话中的邓林。《山海经·大荒北经·海外北经》中说夸父追日，后来"弃其杖，化为邓林"。 ❹文梓（zǐ）：有斑纹的梓木。 ❺琼：玉之美者。交：俱，都，和上句"共"字意近。这两句的"文梓"承上句的"邓"，"琼珠"承上句的"昆"。 ❻用人：采用前人的言行故事。 ❼无懵（měng）：不愁闷，这里指高兴，欢迎。

# 三九、练字

## 解题

《练字》是《文心雕龙》的第三十九篇，探讨写作中如何用字的问题。刘勰正确地认识到，文字是语言的符号，是构成文章的基础；所以，如何用字，是文学创作的一个重要问题。本篇所论，正以诗赋等文学作品为主，而不是泛论一般的用字问题。但本篇只论用字，不是全面论述文学语言问题，还须结合《章句》《丽辞》《比兴》《夸饰》《物色》等有关篇章的论述，才能了解到刘勰对文学语言的全面意见。

本篇有四个部分。第一部分讲文字的起源、变化，以及汉魏以来的运用情形，最后总结出一点可贵的认识："后世所同晓者，虽难斯易；时所共废，虽易斯难。"这种对"难"和"易"的观点，反对用古字、怪字的态度，显然是辩证的、可取的。第二部分强调要善于用字，必须兼通古今兴废之变；提出了"心既托声于言，言亦寄形于字"的著名论点，扼要说明了语言文字和思想感情的关系。第三部分讲用字要注意的四点：一是不用怪字，二是不堆砌偏旁相同的字，三是衡量同字重复有无必要，四是笔画繁简的字要调配使用。这四点是针对当时创作中存在的问题而发的，有的现在看来已毫无意义。第四部分讲用字要"依义弃奇"，对古书传抄之误应慎重对待。

本篇所论，多属形式技巧问题，虽也论及语言文字是表达思想的符号或工具，却未由此出发来论述如何用字以表达思想。但本篇反对用古字怪字，强调"依义弃奇"等，在当时是颇有必要的；特别是主张用字以"世所同晓"为准，说明刘勰并非在一切问题上是古非今，而无论崇古与尚今，都主要是从文学创作的实际效果出发的。

【原 文】

夫文象列而结绳移[1]，鸟迹明而书契作[2]，斯乃言语之体貌[3]，而文章之宅宇也[4]。苍颉造之[5]，鬼哭粟飞[6]；黄帝用之，官治民察[7]。先王声教[8]，书必同文[9]；輶轩之使[10]，纪言殊俗，所以一字体，总异音。《周礼》保氏[11]，掌教六书[12]。秦灭旧章，以吏为师[13]；乃李斯删籀而秦篆兴[14]，程邈造隶而古文废[15]。汉初草律[16]，明著厥法[17]：太史学童[18]，教试六体[19]；又吏民上书，字谬辄劾[20]。是以"马"字缺画[21]，而石建惧死[22]，虽云性慎，亦时重文也。至孝武之世[23]，则相如撰《篇》[24]。及宣、成二帝[25]，征集小学[26]，张敞以正读传业[27]，扬雄以奇字纂训[28]：并贯练《雅》《颂》[29]，总阅音义；鸿笔之徒，莫不洞晓[30]。且多赋京

【译 文】

文字的形成，改变了上古结绳记事的办法；鸟兽足迹的辨明，启发了文字的创造。文字是表现语言的符号、构成文章的基础。相传仓颉创造了文字，使得鬼惊夜哭，谷飞如雨；黄帝使用了文字，百官得以治理、万民得以明察。前代帝王为了传布声威教化，所用文字必须统一；帝王派出使者，到各地搜集习俗不同的语言，就是为了统一字形和字音。《周礼·地官》中讲到，周代有保氏掌管教授文字。秦始皇烧毁古代典籍之后，便以官吏为老师；于是经李斯整理籀书而产生了秦代的小篆，程邈创造出隶书又废弃了篆书。到汉初创建各种法律时，明明写上有关文字的法令：太史官对幼年学生，要考试六种字体；官吏和百姓向皇帝上书，写错了字要弹劾检举。所以，西汉石建的上书中，"马"字写漏一笔，便害怕将获得死罪；虽说石建的性情比较谨慎，也和当时对文字的重视有关。在汉武帝时期，司马相如编写了《凡将篇》。到宣帝和平帝时期，曾征召精通文字的人才：张敞因能正定古字而传授文字学，扬雄编辑了解释奇字的《训纂篇》。他们都精通《尔雅》《仓颉》，全面掌握了文字的音义。当时的辞赋大家，无不通晓文字学；加之他们的作品大都是描写京都苑

苑，假借形声。是以前汉小学[31]，率多玮字[32]，非独制异[33]，乃共晓难也[34]。暨乎后汉[35]，小学转疏，复文隐训[36]，臧否大半[37]。及魏代缀藻[38]，则字有常检[39]，追观汉作，翻成阻奥[40]。故陈思称[41]："扬、马之作[42]，趣幽旨深[43]，读者非师传不能析其辞[44]，非博学不能综其理[45]。"岂直才悬[46]，抑亦字隐。自晋来用字，率从简易，时并习易，人谁取难？今一字诡异[47]，则群句震惊[48]，三人弗识，则将成字妖矣。后世所同晓者，虽难斯易；时所共废，虽易斯难：趣舍之间[49]，不可不察。

囿，常用假借字来状貌形声，因此，西汉时期擅长文字学的作家，大都好用奇文异字。这并非他们特意要标新立异，而是当时的作家都通晓难字。到了东汉，人们对文字学的研究较差，因而复杂深奥的字义，大都无人理解。及至曹魏时期的创作，用字有了一定的法度，回头再看汉人作品，反而有了障碍，难以读懂。所以，陈思王曹植说："扬雄、司马相如的作品，意义幽深，读者未经老师传授就不能解释其辞句，没有广博的学识就难以理解它的内容。"这岂止是读者的才力不足，也由于它的文字实在深奥。自从晋代以后，用字大都讲求简明易懂，当时都习惯于简易，谁还采用难字？现在的作品，有一个怪异的字，很多句子都要受到影响；如果有三个人都不认识，那就将会成为"字妖"了。后代读者大都认识的字，虽是难字也不难了；大家已共同废弃不用的字，虽然不难也成为难字了。创作中或取或舍，这是不可不注意的。

## 注释

❶文象：文字的形象，即文字。列：布，陈。结绳移：改变了上古结绳记事的方式。《尚书序》："古者伏羲氏之王天下也，始画八卦，造书契，以代结绳之政，由是文籍生焉。" ❷鸟迹：鸟（兽）的足迹。相传"黄帝之史仓颉见鸟兽蹄迒之迹，知分理之可相别异也，初造书契"（许慎《说文解字叙》）。书契：指文字。契：刻。 ❸言语之体貌：范文澜注："犹曰言语之符号。" ❹文章之

宅宇：范文澜注："谓文章寄托于字体。"宅宇：住所。　❺苍颉（jié）：也作"仓颉"。传为黄帝时的史官，文字的创造者（参注②）。　❻鬼哭粟飞：《淮南子·本经训》："昔者苍颉作书而天雨粟，鬼夜哭。"高诱注："苍颉始视鸟迹之文造书契，则诈伪萌生。诈伪萌生，则去本趋末，弃耕作之业，而务锥刀之利。天知其将饿，故为雨粟。鬼恐为书文所劾，故夜哭也。"　❼官治民察：《周易·系辞下》："上古结绳而治，后世圣人易之以书契，百官以治，万民以察。"　❽声教：声威与教化。　❾书必同文：指用统一的文字。《礼记·中庸》："今天下车同轨，书同文，行同伦。"　❿輶（yóu）轩之使：应劭《风俗通义序》："周秦常以岁八月，遣輶轩之使，采（一作'求'）异代方言。"（《全后汉文》卷三三）輶轩：轻车，古代帝王的使臣多乘輶车，故以"輶轩之使"指帝王的使者。　⓫《周礼》：也称《周官》，儒家经典之一。保氏：官名。⓬六书：构造文字的六种方式。《周礼·地官》："保氏掌谏王恶，而养国子以道，乃教之六艺。……五曰六书。"郑众注："六书，象形、会意、转注、处事（即"指事"）、假借、谐声（即"形声"）也。"　⓭以吏为师：向官吏学习。李斯在给秦始皇的奏议中说："臣请史官非《秦纪》，皆烧之，非博士官所职，天下敢有藏《诗》、《书》、百家语者，悉诣守尉杂烧之。……若欲有学法令，以吏为师。"（《史记·秦始皇本纪》）　⓮李斯：秦始皇的丞相。籀（zhòu）：古代字体，也叫籀书或大篆。秦篆：即小篆，在大篆的基础上简化而成。这种字体因为是秦始皇统一中国后，根据李斯的意见而通行于秦代的文字，故称秦篆。⓯程邈（miǎo）：字元岑，秦始皇时的御史。他原为狱吏，因事下狱，在狱中将民间习用较小篆易于书写的字体整理成隶书。后多以程邈为隶书的创始人。隶（lì）：汉魏流行的一种字体。古文：指篆书。　⓰草律：草拟法律。　⓱厥（jué）：其。　⓲太史学童：指太史考试学童。太史：官名，汉代太史掌管天文、历法、编修史书等。　⓳六体：六种字体。详见下注。　⓴辄：即，就。劾（hé）：弹劾，揭发罪状。以上几句，据《汉书·艺文志》的如下记载："汉兴，萧何草律，亦著其法曰：'太史试学童，能讽书九千字以上，乃得为史。又以六体试之，课最者，以为尚书、御史、史书令史。吏民上书，字或不正，辄举劾。'六体者，古文、奇字、篆书、隶书、缪篆、虫书。"　㉑缺画：漏写一笔画。㉒石建：石奋之子，汉武帝时为郎中令。惧死：害怕将获死罪。《汉书·石奋传》："建为郎中令，奏事下，建读之，惊恐曰：'书马者，与尾而五，今乃四，不足一，获谴死矣。'其为谨慎，虽他皆如是。" ㉓孝武：汉武帝。㉔相如：指司马相如。撰（zhuàn）：写作。《篇》：指《凡将篇》，古代识字课本。㉕宣、成二帝：范文澜注："据《艺文志》及《说文序》，张敞正读在孝宣时，扬雄纂训在孝平时，此云宣成二帝，疑'成'是'平'之误。"译文据"宣平"。㉖小学：指精通小学的人。汉以后称文字训诂学为小学。㉗张敞：字子高，西汉宣帝时为京兆尹。正读：指正定《苍颉篇》文字的音、义。传业：指传授小学之业。《汉书·艺文志》："《苍颉》多古字，俗师失其读。宣帝时，征齐人能正读者。张敞从受之，传至外孙之子杜林，为作《训》《故》，并列焉。"（《汉书·艺文志》有杜林的《苍颉训纂》《苍颉故》各一篇）㉘扬雄：字子云，西汉著名文学家、小学家。纂训：编纂训诂，指扬雄的《训纂篇》。《汉书·艺文志》说，西汉平帝"元始中，征天下通小学者以百数，各令记字于庭中。扬雄取其有用者，以作《训纂篇》"。㉙贯练：贯通熟练。《雅》：指《尔雅》，我国最早的字书，约成书于汉初。《颂》：据下面所说"《雅》以渊源诂训，《颉》以苑囿奇文"，这里应为《颉》，即《仓颉》（详见第二段注③）。㉚洞晓：精通。㉛小学：这里指精通小学的作家。以扬雄、司马相如为代表的西汉辞赋家，也是小学家。㉜玮（wěi）字：奇异的字。㉝制异：制造奇异。㉞共晓难：指扬雄、司马相如等都通晓难字。㉟暨（jì）：及，到。㊱复文隐训：复杂的文字，深刻的意义。"复""隐"连用，二字义近，本书多用以表示丰富深刻的意思。如《原道》："符采复隐，精义坚深。"《总术》："奥者复隐，诡者亦典。" ㊲臧否（pǐ）：好坏，善恶。这里用作偏义复词，指否，即错误的理解。㊳缀（zhuì）：组合字句。藻：文辞。㊴常检：一定的法度。㊵翻：反。阻奥：疑难。㊶陈思：陈思王曹植。下引曹植语，原文今不存。㊷扬、马：扬雄、司马相如。㊸趣：意旨。幽：深。㊹析：分析，解释。㊺综：织机上持经施纬的装置，这里引申为掌握、控制的意思。㊻直：仅。悬：远，指差得远。㊼诡（guǐ）异：奇异。㊽群句震惊：很多句子都受其影响。《易经·震卦》："震惊百里。"震：震动；惊：惊动，都是影响的意思。㊾趣舍：

趣向或舍弃，与“职舍”意近。

【原文】

夫《尔雅》者，孔徒之所纂[①]，而《诗》《书》之襟带也[②]；《仓颉》者[③]，李斯之所辑，而《鸟籀》之遗体也[④]；《雅》以渊源诂训[⑤]，《颉》以苑囿奇文[⑥]：异体相资[⑦]，如左右肩股。该旧而知新[⑧]，亦可以属文。若夫义训古今，兴废殊用[⑨]，字形单复[⑩]，妍媸异体[⑪]。心既托声于言，言亦寄形于字；讽诵则绩在宫商[⑫]，临文则能归字形矣[⑬]。

【译文】

《尔雅》这部书，是孔子的门徒所编纂的，它和《诗经》《尚书》有着密切的联系；《仓颉》这部书，是李斯编辑的，由《史籀篇》脱胎而成。《尔雅》用以解释古字古义，《仓颉》用以汇集奇文异字：两种书的作用相辅相成，就如人体左右肩或左右腿的相互配合。一个作者兼通古字而又知新义，也就可以进行写作了。至于字义的古今有别，后世普遍运用或废弃不用，以及字形繁简的配合等，都会形成优劣不同的作品。作者的思想既然寄托于有声的语言，语言又借助于有形的文字来表达，则诵其声，就看音节是否协调，观其文，就看文字是否运用得当了。

## 注释

❶孔徒之所纂：《四库全书总目》：“案《大戴礼·孔子三朝记》称孔子教鲁哀公学《尔雅》，则《尔雅》之来远矣，然不云《尔雅》为谁作。据张揖《进广雅表》，称周公著《尔雅》一篇。今俗所传三篇，或言仲尼所增，或云子夏所益，或言叔孙通所补，或云沛郡梁文所考，皆解家所说，疑莫能明也。……其书在毛亨（汉初人）以后，大抵小学家缀缉旧文，递相增益，周公、孔子皆依托之词。”（《小学类·尔雅注疏》） ❷《诗》《书》：指《诗经》《尚书》。襟带：衣领和衣带，喻指关系密切。 ❸《仓颉》：指《仓颉篇》，古代字书。《说

文解字叙》：“秦始皇初兼天下，丞相李斯乃奏同之，罢其不与秦文合者。斯作《仓颉篇》。” ❹《鸟籀》：当作《史籀》，指《史籀篇》。《汉书·艺文志》：“《苍颉》七章者，奉丞相李斯所作也……文字多取《史籀篇》。”又说：“《史籀篇》者，周时史官教学童书也。”遗体：《礼记·祭义》：“身也者，父母之遗体也。”喻指《仓颉篇》是在《史籀篇》的基础上发展而成的。 ❺《雅》：指《尔雅》。渊源：根源，这里意为探讨、解释字的本义。诂训：指古义。 ❻《颉》：指《仓颉》。苑囿（yòu）：聚养禽兽林木的园地。这里指汇集。 ❼资：凭借。 ❽该：兼，备。 ❾兴：指上文所说“后世所同晓”的文字。废：指上文所说“时所共废”的文字。 ❿字形单复：即下面所说的“字形肥瘠”。 ⓫妍媸（chī）：美丑。 ⓬宫商：指音韵。 ⓭字形：这个“字形”继“言亦寄形于字”而来，所以泛指刘勰对练字的一般要求，和“字形单复”的“字形”二字有别。

【原文】

是以缀字属篇，必须练择[①]：一避诡异，二省联边[②]，三权重出[③]，四调单复[④]。诡异者，字体瑰怪者也[⑤]。曹摅诗称[⑥]：“岂不愿斯游，褊心恶讻呶[⑦]。”两字诡异，大疵美篇[⑧]，况乃过此，其可观乎！联边者，半字同文者也[⑨]。状貌山川，古今咸用，施于常文[⑩]，则龃龉为瑕[⑪]；如不获免，可至三接[⑫]，三接之

【译文】

因此，进行写作，必须对文字加以选择组合：第一要避免诡异，第二要减少联边，第三要权衡重出，第四要调节单复。所谓“诡异”，就是奇形怪状的字。如曹摅的诗中说：“岂是不愿意这次行游，只是我狭小的心胸憎恶那吵吵嚷嚷的讻呶。”“讻呶”两个怪字，就使美好的诗篇大受污损，何况超过二字，还能成为可观的作品吗？所谓“联边”，就是偏旁相同的字。描绘山川的形貌，自然古今作品都用联边字，但用于其他文章，就很不相称而成了瑕病；如果无法避免，可以连用三字，但三字以上，那就像编字典了。所谓“重

外，其字林乎[13]！重出者，同字相犯者也。《诗》、《骚》适会[14]，而近世忌同；若两字俱要，则宁在相犯。故善为文者，富于万篇，贫于一字，一字非少，相避为难也。单复者，字形肥瘠者也[15]。瘠字累句，则纤疏而行劣[16]；肥字积文，则黯黕而篇暗[17]。善酌字者[18]，参伍单复[19]，磊落如珠矣[20]。凡此四条，虽文不必有，而体例不无；若值而莫悟[21]，则非精解。

出"，就是相同的字重复出现。《诗经》和《楚辞》都能恰当地重复一些字句，近代创作却忌讳同字的重复；但如果两个字都很必要，就宁可犯忌也要运用。所以，善于写文章的人，虽可写到万篇之多，有时却感到一字之缺；并不是没有这个字，而是避免重复有困难。所谓"单复"，就是字形的繁简。字形简略的字积累成句，就显得稀稀拉拉，行列单薄；笔画繁多的字积聚成文，就显得一片漆黑，篇体无光。善于用字的作者，繁简字体交错配合，就能圆转如珠了。以上四条，虽然不一定每篇文章都有，但总的体例是不能没有的；如果遇到这些情形而不明白，就算不得精通炼字了。

## 注释

❶练择：用字的加工选择。练：治丝使白。　❷省：约，减少。　❸权：权衡，考虑。　❹调：调节。　❺瑰（guī）：奇异。　❻曹摅（shū）：字颜远，西晋文学家。下面所引两句诗的原文已佚。　❼褊（biǎn）：窄小。讻（xiōng）：喧扰声。呶（náo）：喧哗。　❽疵（cī）：毛病，缺点。　❾半字同文：指偏旁相同的字。　❿常文：一般的，不是描绘山水的文字。　⓫龃龉（jǔyǔ）：上下齿不配合，喻不协调。瑕（xiá）：玉的斑点，喻义同"疵"。　⓬三接：偏旁相同的字三个连用。　⓭字林：字书。晋代吕忱有《字林》，共收 12000 多字，按部首分类排列。黄叔琳注："按三接者，如张景阳《杂诗》'洪潦浩方割'，沈休文《和谢宣城》诗'别羽泛清源'之类。三接之外，则曹子建《杂诗》'绮缟何缤纷'，陆士衡《日出东南隅行》'璚珮结瑶璠'。五字而联边者四，宜有

‘字林’之讥也。若赋则更有十接二十接不止者矣。” ⑭《诗》《骚》:《诗经》和《离骚》(概括《楚辞》)。适会:指《诗经》《楚辞》是根据情况而适当运用重复的字。如《诗经》往往在一首诗的各章中,只换用一两字,其余都是反复重用。“适会”二字,《文心雕龙》全书用过四次(其他三处是:《征圣》篇的“抑引随时,变通适会”,《章句》篇的“随变适会,莫见定准”,《养气》篇的“从容率情,优柔适会”等),用意基本相同。 ⑮肥瘠(jí):肥瘦,指文字笔画的繁简。 ⑯纤疏:稀疏。行(háng)劣:行列单薄。劣:弱。 ⑰黯黮(àndǎn):深黑。 ⑱酌:择善而取。 ⑲叁(sān)伍:即三五,相互交错的意思。《周易·系辞上》:“叁伍以变,错综其数。” ⑳磊落:同“磊磊”,圆转的样子。本书《杂文》篇说:“磊磊自转,可称珠耳。” ㉑值:遇。

【原文】

至于经典隐暧①,方册纷纶②,简蠹帛裂③,三写易字④,或以音讹⑤,或以文变。子思弟子⑥,“於穆不祀”者⑦,音讹之异也;晋之史记⑧,“三豕渡河”⑨,文变之谬也。《尚书大传》有“别风淮雨”⑩,《帝王世纪》云“列风淫雨”⑪。“别列”“淮淫”,字似潜移⑫。“淫列”义当而不奇⑬,“淮别”理乖而新异⑭。傅毅制《诔》⑮,已用

【译文】

至于儒家经典的内容深刻隐晦,各种著述浩瀚繁富,加以简帛的被蛀或破裂,经多次抄写而改变原字,有的因字音相近而误,有的因字形相似而错。如子思的弟子孟仲子,把《诗经》中的“於穆不已”说成“於穆不似”,这就是字音相近造成的错误;晋国历史所记载的“己亥渡河”,被卫人读为“三豕渡河”,这就是字形相似造成的错误。《尚书大传》中有“别风淮雨”的说法,《帝王世纪》则说“列风淫雨”。“别”与“列”、“淮”与“淫”,就是文字相似而于不知不觉中改变的。“淫”和“列”的字义妥当但不奇特,“淮”“别”二字于理不合却很新奇。东汉傅毅在《北海王诔》中已用过“淮雨”二

“淮雨”[16]；元长作《序》[17]，亦用“别风”[18]：固知爱奇之心，古今一也。史之阙文[19]，圣人所慎[20]，若依义弃奇，则可与正文字矣。

字，南齐王融在《三月三日曲水诗序》中，又用到“别风”二字。由此可见，爱好奇特的心情，古今都是一样的。但对待历史上缺疑的字，圣人是很慎重的；若能本于正确意义而抛弃好奇的念头，就可以定正文字了。

## 注释

❶隐暧（ài）：隐蔽，不明显。 ❷方册：典籍。《抱朴子·外篇自叙》：“方册所载，罔不穷览。”方：写字的简板。纷纶：繁多。《后汉书·井丹传》：“井丹，字大春……通五经，善说论，故京师为之语曰：‘五经纷纶井大春。’”李贤注：“纷纶，犹浩博也。” ❸蠹（dù）：蛀蚀。帛：用以书写的丝织品。这里的简、帛，均指书籍。 ❹三写易字：《抱朴子·遐览》：“书三写，鱼成鲁，帝成虎。”指经反复传写而字误。 ❺讹（é）：错误。 ❻子思：孔子孙，名伋（jí），子思是他的字。弟子：孔伋的弟子孟仲子。 ❼於（wū）穆不祀：孙诒让《札迻》卷一二：“祀”当作“似”。《诗经·周颂·维天之命》：“维天之命，於穆不已（sì）。”孔颖达疏引郑玄《诗谱》：“子思论《诗》，於穆不已；仲子曰：於穆不似。”於：叹辞。穆：美。 ❽晋：指春秋时的晋国。史记：历史记载。 ❾三豕渡河：《吕氏春秋·察传》：“子夏之晋，过卫。有读史记者曰：‘晋师三豕涉河（《意林》作‘渡河’）。’子夏曰：‘非也，是己亥也！’夫‘己’与‘三’相近，‘豕’与‘亥’相似。至于晋而问之，则曰‘晋师己亥涉河’也。” ❿《尚书大传》：西汉伏胜的弟子辑录伏胜解说《尚书》的书。别风淮雨：《尚书大传·周传》的原话是：“久矣，天之无别风淮雨，意者中国有圣人乎！” ⓫《帝王世纪》：西晋皇甫谧（mì）著，载上古以来帝王事迹。此书今不全，辑本有《指海》本、《丛书集成》本。列风淫雨：《帝王世纪》的原话与《尚书大传》相同，只改“别”为“列”，改“淮”为“淫”。 ⓬潜移：暗暗改变。《颜氏家训·慕贤》：“潜移暗化，自然似之。” ⓭淫：过分。列：

通“烈”。说“过多的雨”“猛烈的风”，所以“义当”。 ⑭乖：违，不合。 ⑮傅毅：字仲武，东汉文学家。《诔》：指傅毅的《北海王诔》。见《古文苑》卷二〇，文不全。 ⑯已用淮雨：范文澜注引清人卢文弨说，《北海王诔》中有“白日幽光，淮雨杳冥”二句（见《钟山札记》卷一“别风淮雨”条）。但现存《北海王诔》残文无此二句。 ⑰元长：王融，字元长，南齐文学家。《序》：指王融的《三月三日曲水诗序》，载《文选》卷四六。 ⑱亦用别风：查《文选》《王甯朔集》（《汉魏六朝百三家集》）和《全齐文》卷一三所载王融的《曲水诗序》，均无“别风”二字。“元长作《序》，亦用别风”八字，《文心雕龙》明清诸本均无。范文澜注，刘永济、王利器校，均以卢文弨说为主（卢以为宋本《文心雕龙》有此二句），或注或补。按此处文意似应有此二句始全，但可疑有三：一、卢文弨所见是何宋本？二、今存王融的《序》文，并无“别风”二字；三、刘勰所论作家，止于晋末宋初，宋以后作者，他认为“世近易明，无劳甄序”（《才略》），王融（468—494）是比刘勰生年略晚的同时人，恐难论及。 ⑲阙（quē）文：缺疑之文。《论语·卫灵公》：“吾犹及史之阙文也。” ⑳圣人所慎：《论语·为政》：“多闻阙疑，慎言其余，则寡尤。”

【原 文】

赞曰：篆隶相熔①，《苍》《雅》品训②。古今殊迹③，妍媸异分。字靡异流④，文阻难运⑤。声画昭精⑥，墨采腾奋⑦。

【译 文】

总之，篆书和隶书依次熔炼，《仓颉》和《尔雅》对文字作了全面的解释。从古到今的作者，由于运用文字的不同，其效果就美丑各异。用字为世所同晓便容易流传，为时所共废便难以运行。文字把思想表达得明白而精确，就能文采飞扬而突出。

注释

❶熔：熔炼，指小篆由大篆提炼而成，隶书由小篆熔炼而来。 ❷品训：多

种解释。品，众多。 ❸古今殊迹：指古来作者用字的不同，因而造成下句所说的“妍媸”之异。 ❹靡：顺，指顺时。《荀子·儒效》：“居楚而楚，居越而越，居夏而夏，是非天性也，积靡使然也。”王先谦注：“靡，顺也，顺其积习，故能然。”异：黄侃《文心雕龙札记》：“异当作易。”就本篇“同字相犯”的论点来看，若为“异流”，正与上句“异分”相犯。译文从“易”字。 ❺阻：指违时。这两句是对前面所论“世所共晓”和“时所共废”等意的总结。运：运行，和上句“流”字意近。 ❻声画：指表达思想感情的文字。扬雄《法言·问神》：“故言，心声也；书，心画也；声画形，君子小人见矣。”昭：明，显。❼墨：文字，这里泛指作品。

# 四〇、隐秀

## 解题

《隐秀》是《文心雕龙》的第四十篇，论述“隐秀”在文学创作中的意义和如何创造“隐秀”问题。

所谓“隐”，和后来讲的“含蓄”义近，但不完全等同。刘勰所说的“隐”，要有“文外之重旨”“义生文外”，这和“意在言外”相似。但“隐”不是仅仅要求有言外之意，更重要的还在“隐以复意为工”，就是要求所写事物具有丰富的含意，这和古代“辞约旨丰”“言近意远”之类要求有密切联系。因此，“隐”就不是含蓄不露所能概括的了。此外，刘勰主张的“隐”，不只是对作品内容的要求，也包括对形式方面的要求：“伏采潜发”“深文隐蔚”。必须“深文”和“隐蔚”密切结合起来，才能产生“余味曲包”以致光照文苑的艺术效果。所谓“秀”，就是“篇中之独拔”的文句，基本上承陆机“一篇之警策”的说法而来，和后世的“警句”相近。无论“隐”和“秀”，刘勰都主张“自然会妙”，而反对“晦塞为深”“雕削取巧”。这和他在全书的一贯主张是一致的。

本篇所论，接触到文学艺术的一些重要特征，也对后世文学创作和文学理论有着重要影响。可惜其中部分缺文为明人所补，补文的真伪尚有问题，因此，要全面研究刘勰的“隐秀”论，还有待对补文的真伪做进一步的考证。

从“始正而末奇”到“朔风动秋草”句的“朔”字共四百余字，都是补文。此外，还有几处或缺或补的句子，可疑的还不少。所缺四百多字的一整段，从现存《文心雕龙》最早的刻本——元至正十五年（1355）本，到明万历三十七年（1609）以前的各种刊本，都没有。到明末（1614）钱功甫得阮华山宋本，才抄补了这四百字。现存补有这四百字的最早刻本，是明末天启二年（1622）梅庆生第六次校定本。后因流传较广的黄叔琳注本（刻于1833年）也补入这四百字，补文便得以广泛流传。首先提出补文为明人伪作的是纪昀。其后，黄侃、范文澜、杨明照诸家都断定其为伪托。詹锳于1979年发表《〈文心雕龙〉〈隐秀〉篇补文的真伪问题》（见《文学评论丛刊》第二辑）提出异议，认为所补为真。这是个有待进一步调查研究的问题。现在仍把原文和补文一并译注出来，一是因黄叔琳本流行较广，对一般读者来说或有必要，同时也为广大读者研究这问题提供方便。

【原 文】

夫心术之动远矣[1]，文情之变深矣[2]，源奥而派生[3]，根盛而颖峻[4]，是以文之英蕤[5]，有秀有隐。隐也者，文外之重旨者也[6]；秀也者，篇中之独拔者也[7]。隐以复意为工[8]，秀以卓绝为巧[9]：斯乃旧章之懿绩[10]，才情之嘉会也[11]。夫隐之为体[12]，义主文外[13]，秘响傍通[14]，伏采潜发[15]，譬爻象之变互体[16]，川渎之韫珠玉也[17]。故互体变爻，而化成四象[18]；珠玉潜水，而澜表方圆[19]。始正而末

【译 文】

文学创作的运思活动无边无际，作品的内容也就变化无穷。源远就流长，根深就叶茂，所以优秀的作品，有“隐”“秀”两种特点。所谓“隐”，就是含有字面意义以外的内容；所谓“秀”，就是作品中特别突出的句子。“隐”以内容丰富为工巧，“秀”以卓越独到为精妙：这是古代作品创造的美绩，作者才华的集中反映。“隐”的特点，是意义产生在文辞之外，含蓄的内容可以使人触类旁通，潜藏的文采在无影无形中生发，这就像《周易》卦爻的“互体”变化，也好似江河之中有珠玉蕴藏。“互体”和爻位的变化，就形成《周易》中的四种卦象；珠玉潜藏在水中，就引起方圆不同的波澜。这种作品初读起来感到正常，最后才发现它

奇[20]，内明而外润，使玩之者无穷，味之者不厌矣[21]。彼波起辞间，是谓之秀。纤手丽音[22]，宛乎逸态[23]，若远山之浮烟霭[24]，娈女之靓容华[25]。然烟霭天成，不劳于妆点；容华格定[26]，无待于裁熔[27]：深浅而各奇[28]，秾纤而俱妙[29]；若挥之则有余[30]，而揽之则不足矣[31]。

的奇妙；其含意明确，表现形式却很圆润：这就使人玩味无穷，百读不厌了。"秀"的特点，就如文辞中涌出的波峰。它像纤丽的手奏出佳音，表达了宛然在目的超逸情态；又若远山飘浮的云烟，像美女妆饰的容貌。但云烟乃自然形成，不需人工妆点；人的容颜形貌有定，也无须强加修饰。天然的云烟，或深或浅都各有奇态；天生的容颜，浓妆淡抹都各得其妙：如能发扬其天然，就奇妙有余；要是加以雕饰，就反而奇妙不足了。

## 注释

❶心术：运用心思的方法，这里指文思。《情采》篇曾说："心术既形，兹华乃赡。" ❷文情：指作品的内容。 ❸奥：深。派：支流。 ❹颖（yǐng）：禾苗的末端，这里泛指苗。峻：高。 ❺蕤（ruí）：花草下垂貌。这里和"英"字连用，都指花，以喻文章的华美。陆机《文赋》："播芳蕤之馥馥。" ❻文外：文字直接表明的意思以外。重旨：丰富的含意。范文澜注："辞约而义富，含味无穷，陆士衡云'文外曲致'，此隐之谓也。" ❼独拔：突出挺拔的文句。《文赋》："立片言而居要，乃一篇之警策。"李善注："以文喻马也。言马因警策而弥骏，以喻文资片言而益明也。""篇中之独拔"，和"一篇之警策"意近。❽复意：双重、多种意义。"复"是衣有表里，以喻文有内外之意。 ❾卓绝：超越突出。 ❿懿（yì）：美，善。 ⓫才情：即才华。《世说新语·赏誉》："许玄度送母始出都，人问刘尹：'玄度定称所闻不？'刘曰：'才情过于所闻。'"嘉会：美好的会集，喻指文才的集中表现。 ⓬体：规格体制，指"隐"的特点。 ⓭主：一作"生"。译文据"生"字。 ⓮秘响：暗响，指不显露的意义。傍通：即旁通，四面通达。"秘响旁通"，指以含蓄不露的描写，表达深广

丰富的内容。清代谭献在《复堂词录叙》中对这种艺术方法有进一步发挥："又其为体，固不必与庄语（正论）也，而后侧出其言，旁通其情，触类以发，充类以尽；甚且作者之心未必然，而读者之用心何必不然。" ⑮优采：不显露的文采。潜发：暗中生发。 ⑯爻（yáo）：《易经》中构成六十四卦的基本符号，每卦六爻。如乾卦是"䷀"，坤卦是"䷁"等。"爻"表示变动。《周易·系辞上》："爻者，言乎变者也。"互体：卦爻的变化形式。《左传·庄公二十二年》："陈侯使筮（shì）之，遇《观䷓》之《否䷋》。"孔颖达疏："《易》之为书，揲蓍求爻，重爻为卦。爻有七、八、九、六，其七、八者，六爻并皆不变。……其九、六者，当爻有变……是六爻皆有变象。二至四，三至五，两体交互各成一卦，先儒谓之互体。圣人随其义而论之，或取互体，言其取义为（无）常也。"卦爻辞本是一种随心所欲的主观解释，"互体"更是一种灵活的便通办法；原卦爻辞对所占卜之事难以说通，便取"互体"。刘勰即以其"取义无常"，来比喻"文外之重旨"可以"秘响旁通"。 ⑰渎（dú）：江，河。韫（yùn）：蕴藏。 ⑱四象：《周易·系辞上》："《易》有四象，所以示也。"孔疏引庄氏云："四象，谓六十四卦之中，有实象、有假象、有义象、有用象，为四象也。"《征圣》篇说"四象精义以曲隐"，这里即用其意。 ⑲澜表方圆：《淮南子·地形训》："水圆折者有珠，方折者有玉。" ⑳始正末奇：对"隐"的特点而言。始读之觉其正常，最后才感到奇特。 ㉑"使玩之者"二句：钟嵘《诗品序》："使味之者无极，闻之者动心。"不厌：《论语·雍也》："食不厌精，脍不厌细。" ㉒纤（xiān）手：妇女细柔的手。 ㉓宛乎：指状貌可见。逸态：高超的姿态。 ㉔霭（ǎi）：云气。 ㉕娈（luán）：美好。靓（jìng）：饰以脂粉。容华：容颜。曹植《杂诗》："南国有佳人，容华若桃李。" ㉖格：这里指样式。 ㉗裁熔：裁剪加工，比喻对容貌的修饰。 ㉘"深浅"句：此句承"烟霭天成"之意，以烟云的深浅，喻合于自然的秀句能深浅各得其妙。 ㉙"秾纤"句：此句承"容华格定"之意，以妇女的盛妆和淡妆，喻秀句的浓淡俱宜。秾：这个字可能是"秾"字之误。秾（nóng）：花木繁盛的样子。 ㉚挥之：发挥其天然。有余：指上述"奇""妙"有余。 ㉛揽之：收束自然，即雕琢繁饰。不足：不够，指不够"奇""妙"。

【原 文】

夫立意之士，务欲造奇，每驰心于玄默之表[①]；工辞之人[②]，必欲臻美[③]，恒溺思于佳丽之乡[④]。呕心吐胆[⑤]，不足语穷[⑥]；煅岁炼年[⑦]，奚能喻苦[⑧]。故能藏颖词间[⑨]，昏迷于庸目[⑩]；露锋文外[⑪]，惊绝乎妙心[⑫]。使酝藉者蓄隐而意愉[⑬]，英锐者抱秀而心悦[⑭]。譬诸裁云制霞[⑮]，不让乎天工[⑯]；斫卉刻葩[⑰]，有同乎神匠矣。若篇中乏隐，等宿儒之无学[⑱]，或一叩而语穷[⑲]；句间鲜秀，如巨室之少珍[⑳]，若百诘而色沮[㉑]：斯并不足于才思，而亦有愧于文辞矣[㉒]。将欲征隐[㉓]，聊可指篇[㉔]：《古诗》之《离别》[㉕]，乐府之《长城》[㉖]，词怨旨深，而复兼乎比兴。陈思之《黄雀》[㉗]，公幹之《青松》[㉘]，格刚才劲[㉙]，而并长于讽谕[㉚]。叔夜之《□□》[㉛]，嗣宗之《□□》[㉜]，境玄思

【译 文】

作者在立意上，力求创造奇特，常常在沉静中进行极度的深思；在创造工巧的文辞上，一定要达于尽善尽美，经常沉迷在美好的辞藻中思索。作者苦思呕出了心胆，还不足说明其用心的艰难；说成年累月地熬炼，又怎能形容其写作的困苦？这样写来，就可把独特的意义潜藏在文辞之中，而使平庸的读者迷惑不解；显露于文辞之外的锋芒，使高明的读者惊叹叫绝。性格蕴藉的人，读到含蓄之处十分满意；性格明锐的人，读到独特的句子非常喜悦。如果描写云霞，并不逊色于自然之美；刻绘花草，也无异于神力的巧匠了。要是作品缺乏含蓄，就像老书生没有学识，有的读之一目了然；如果没有突出挺拔的句子，就像富贵之家缺少珍宝，有的细加推敲便黯然失色：这都由于作者才力不足，也有愧于从事文学创作。要想证验含蓄，可以举出几篇例证：如《古诗十九首》中的《行行重行行》、乐府古辞的《饮马长城窟行》，都写得文词哀怨，意旨深厚，并且兼用比兴方法。又如曹植的《野田黄雀行》、刘桢的《赠从弟》，都写得格调刚健，才力雄劲，并长于婉转曲折地进行讽谏。嵇康的《□□》，阮籍的《咏怀

淡[33]，而独得乎优闲[34]。士衡之《□□》[35]，彭泽之《□□》[36]，心密语澄[37]，而俱适乎□□[38]。如欲辨秀，亦惟摘句[39]："常恐秋节至[40]，凉飙夺炎热"[41]，意凄而词婉[42]，此匹妇之无聊也[43]。"临河濯长缨[44]，念子怅悠悠"[45]，志高而言壮[46]，此丈夫之不遂也[47]。"东西安所之[48]，徘徊以旁皇"，心孤而情惧，此闺房之悲极也。"朔风动秋草[49]，边马有归心"，气寒而事伤，此羁旅之怨曲也[50]。

诗》，境界深远，思想淡泊，独具清闲高逸的情趣。陆机的《□□》，陶渊明的《□□》，心思细密，语言明净，都创造了富丽的文采。要想辨别秀句，也只有选取一些例句：如"常常害怕秋天到来，凉风驱散了炎热的天气"，情意悲伤而文词婉转，这是写一个普通妇女的哀愁心情。"在河边洗着长长的帽带，想到你的远离而忧思无尽"，情意高远而言辞有力，这是抒发大丈夫不顺意的心情。"深夜不眠，或东或西，何处可去？只得在原地徘徊，游移不定"，心情孤寂而畏惧，这是写闺中妇女极度悲伤的感情。"寒冷的北风翻卷着秋草，边塞的战马怀念着家乡"，气氛凄凉而其事感伤，这是写戍卒久留他乡的哀怨之作。

## 注释

❶玄默：深沉静默，指沉静地深思。表：末端，形容思考深入。 ❷工：巧，善于其事。这里用作使之工巧的意思。 ❸臻（zhēn）：到，达至。 ❹恒：经常。溺（nì）：沉迷。佳丽：美好。谢朓《入朝曲》："江南佳丽地，金陵帝王州。"这里指美好的辞藻。乡：处所。 ❺呕心吐胆：吐出心、胆，喻劳心苦思。 ❻穷：穷困，指运思用心之苦。 ❼煅（duàn）：同"锻"，指对文章的锤炼。 ❽奚：何。 ❾藏颖词间：此句写"隐"。颖：即"篇中之独拔"。 ❿庸目：平常人的眼力。 ⓫露锋文外：此句论"秀"。锋：锋芒，指"文外之重旨"。 ⓬妙心：善于理解的读者。 ⓭酝藉：含蓄，指性格含蓄的人。蓄：积聚，引申为得到、读到之意。 ⓮抱：怀，持，和上句"蓄"字的用意近似。以上两句

和《知音》篇的“慷慨者逆声而击节，酝藉者见密而高蹈”意近。⑮裁、制：指写作，描绘。下句的“斫”“刻”意同。⑯天工：大自然的工巧。⑰斫（zhuó）：用刀斧砍。卉（huì）：草的总称。葩（pā）：花。⑱宿儒：老练博学的书生。宿：久经其事，这里只取“老”的意思。⑲叩：问，指阅读。⑳巨室：指富豪之家。《孟子·离娄上》：“为政不难，不得罪于巨室。”赵岐注：“巨室，大家也。”㉑百诘（jié）：多次询问，这里指反复推敲。气沮（jǔ）：气色败坏。㉒有愧于文辞：在运用文辞上感到惭愧。㉓征：证验。㉔聊：姑且。㉕《古诗》：指《古诗十九首》。《离别》：指《古诗十九首》中的《行行重行行》一首，其第二句是“与君生别离”。㉖《长城》：指《饮马长城窟行》。《乐府诗集》卷三八共收《饮马长城窟行》17首。其中刘勰以前的有古辞、曹丕、陈琳、傅玄、陆机、沈约各一首。据下举例句次第，可能指古辞《青青河边草》（见《文选》卷二七）。㉗陈思：陈思王曹植。《黄雀》：曹植的《野田黄雀行》（见《曹子建集》）。㉘公干：刘桢的字，“建安七子”之一。《青松》：指刘桢的《赠从弟》（见《文选》卷二三），其第二首的第一句是“亭亭山上松”。㉙格：格式，这里有风格、格调的意思。㉚讽谕：婉转曲折地表达讽谏之意。讽：不正面说。谕：告知。㉛叔夜：嵇康的字。□□：此二字缺。下同。㉜嗣宗：阮籍的字。嵇康、阮籍都是三国魏文学家。□□：此二字王利器校补为《咏怀》。按阮籍的诗，只有82首《咏怀诗》，译文据王补。㉝境玄：境界深远。淡：淡泊寡欲。㉞优闲：清闲自得。㉟士衡：陆机的字。㊱彭泽：指陶渊明，他曾做彭泽（今江西省彭泽县）令。鲍照有《学陶彭泽体》诗。㊲心密：用心精细。澄（chéng）：水静而清，这里指语言的清楚明白。㊳适：往，到。□□：黄叔琳注：“一本有‘壮采’二字。”译文据“壮采”二字。㊴摘句：选取例句。㊵“常恐”二句：传为汉成帝时班婕妤所作《怨歌行》中的诗句。诗载《文选》卷二七。此诗为后人伪托，刘勰在《明诗》篇曾讲道：“至成帝品录，三百余篇，朝章国采，亦云周备。而辞人遗翰，莫见五言，所以李陵、班婕妤见疑于后代也。”㊶飙（biāo）：暴风。这首诗是以扇喻人，所以说恐凉风夺走炎热。㊷凄、婉：二字常连用，指悲伤而婉转。㊸匹妇：普通妇女。钟嵘《诗品》评班婕妤诗曾说过：“词旨清捷，怨深文绮，得匹妇之致。”无聊：不乐，即哀伤。王逸《九思·逢尤》：“心烦愦兮意无聊。” ㊹“临河”二句：传为西汉李陵《与苏武诗》中的两句。此诗亦为后人伪托，载《文选》卷二九。濯（zhuó）：洗。缨（yīng）：衣帽上用为装饰的穗带。这里指冠缨。 ㊺子：你，指苏武。怅（chàng）：失意，恼恨。悠悠：久远的忧思。 ㊻志高而言壮：《书记》篇曾说“志高而文伟”。 ㊼不遂：不顺利，不如意。 ㊽“东西”二句：这是乐府古辞《伤歌行》中的两句，载《文选》卷二七。这两句写思妇夜不能寐，起而徘徊的情形。旁皇：即彷徨，游移不定。 ㊾“朔风”二句：是西晋诗人王瓒《杂诗》的头两句。诗载《文选》卷二九。朔风：北风，寒风。 ㊿羁（jī基）旅：长期旅居外乡。羁：停留。

【原 文】

凡文集胜篇[①]，不盈十一[②]；篇章秀句，裁可百二[③]：并思合而自逢[④]，非研虑之所求也[⑤]。或有晦塞为深[⑥]，虽奥非隐；雕削取巧[⑦]，虽美非秀矣。故自然会妙[⑧]，譬卉木之耀英华[⑨]；润色取美[⑩]，譬缯帛之染朱绿[⑪]。朱绿染缯，深而繁鲜[⑫]；英华曜树[⑬]，浅而炜烨[⑭]：秀句所以照文苑[⑮]，盖以此也[⑯]。

【译 文】

大凡一个集子最优秀的作品，还不到十分之一；一篇文章中最突出的句子，也只有百分之二：这种极少的篇章和秀句，都是思考得当而自然形成，并不是苦心推究得来的。有的以隐晦不顺畅为深奥，虽然深奥但不是含蓄；有的以刻意雕琢求得工巧，虽然工巧但不是秀句。由此可见，自然形成的巧妙，就如草木闪耀着光华；由修饰文辞而造成的美好，就像丝绸染上了红绿彩色。大红大绿染成的丝绸，颜色很浓而过分鲜艳；光华闪耀于草木，颜色浅淡而光彩明丽：含蓄的篇章之所以能照亮文坛，独特的秀句之所以能光大艺苑，就是这个原因。

## 注释

❶胜篇：优异的篇章。 ❷盈：满。十一：十分之一。 ❸裁：仅。百二：百分之二。《汉书·功臣表》："裁什二三。"颜师古注："裁与才通，十分之内，才有二三也。" ❹合：符合，适合。逢：遇合。 ❺研虑：《神思》篇曾说："覃思之人，情饶歧路，鉴在疑后，研虑方定。"这里指进行长时地细致思考。求：《四部丛刊》本作"果"。范文澜注："案'果'疑'课'字坏文……'课'亦有责求义。" ❻晦塞为深，虽奥非隐：王利器《文心雕龙校证》："冯本、汪本、佘本、张之象本、《两京》本、何允中本、日本活字本、梅本、王惟俭本、凌本、梅六次本、钟本……无'晦塞为深，虽奥非隐'二句八字。"自明人补入后，现行黄叔琳本、范文澜本、杨明照本和王校本，均补有这两句（日本目加田诚教授译本同）。证以下接"雕削取巧，虽美非秀"二句，此补合理。晦塞：隐晦不畅达。 ❼雕削：即雕琢。《物色》篇曾说："不加雕削，而曲写毫芥。" ❽会：合。 ❾耀：显明。英华：扬雄《长杨赋》："英华沉浮，洋溢八区。"李善注："英华，草木之美者。"（《文选》卷九） ❿润色：《论语·宪问》："东里子产润色之。"刘宝楠《正义》："《广雅·释诂》：'润，饰也。'谓增美其辞，使有文采可观也。"这里和上句"自然会妙"相对，是承"雕削取巧"之意而来。 ⓫缯（zēng）：丝织品的总称。 ⓬繁鲜：鲜丽过分，仍是和"自然会妙"相对而言。繁：多，侈。全书用"繁采""繁华""繁缛""繁诡"等，多是贬抑之词，《物色》："若青黄屡出，则繁而不珍。" ⓭曜（yào）：照耀。 ⓮炜烨（wěiyè）：光彩鲜明。 ⓯"秀句"句：此处意不完。秀句：纪昀评："此'秀句'乃泛称佳篇，非本题之'秀'字。"只就这一句七字来看，应按纪评理解才能构成完整意思；但篇题《隐秀》的"秀"正指"秀句"，用"秀句"来"泛称佳篇"，就造成命意上的混乱。詹锳据曹学佺批梅庆生天启二年第六次校本，此句作："隐篇所以照文苑，秀句所以侈翰林。"（见《〈文心雕龙〉〈隐秀〉篇补文的真伪问题》）译文据此。文苑、翰林：都是文坛的意思。侈：宽，广。 ⓰此：指合于自然的"隐"与"秀"。

【原文】

赞曰：深文隐蔚[①]，余味曲包[②]。辞生互体[③]，有似变爻。言之秀矣，万虑一交[④]。动心惊耳，逸响笙匏[⑤]。

【译文】

总之，深厚的作品富有不显露的文采，包含着婉转曲折的无穷余味。这种文辞也像《周易》中卦爻的变化，可以产生其义无常的“互体”。独特挺拔的秀句，要千思万虑中才有一句。这种惊心动魄的句子，如奏匏笙，高超无比。

## 注释

❶深文：深厚之文，指“隐”；“隐以复意为工”，故称“深文”。隐蔚：即前面所说的“伏采”。蔚，草木繁盛，引申指文采之盛。 ❷余味：《物色》篇说：“物色尽而情有余。”曲：曲折，指含意婉转。 ❸“辞生互体”二句：指意义深富而含蓄的文辞，也像《周易》卦爻的变化一样，可以产生“取义无常”的作用。 ❹万虑一交：犹言万虑一得。《晏子春秋·杂下》：“圣人千虑，必有一失；愚人千虑，必有一得。”交：会合。这句是“篇章秀句，裁可百二”之意的夸张说法。 ❺逸响：高超之音。笙匏（shēngpáo）：乐器名。应劭《风俗通义·声音》：“音者，土曰埙（xūn），匏曰笙。”

# 四一、指瑕

## 解题

《指瑕》是《文心雕龙》的第四十一篇，论述写作上应注意避免的种种毛病。

本篇分三个部分。第一部分首先论避免瑕病的必要，认为文学作品极易广为流传并深入人心，古今作者在写作中很难考虑得全面周到，而文章稍有污点，就千年万载也洗刷不掉，所以说避免瑕病“可不慎欤”。其次用实例说明内容上的四种重要毛病：一是用词不当，二是违反孝道，三是尊卑不分，四是比拟不伦。

第二部分从用字用义方面提出当时创作中存在的三个问题：第一是用字“依希其旨”，含意模糊不清。其中举到的“赏际奇至”“抚叩酬即”二例，由于其原文今不可考，它本身又是含意不明的典型，所以，有关这几句的论述，现在也难得确解。但用意含糊确是当时的弊病之一，刘勰对这种倾向的批评，总的精神是对的。第二是在字音上的猜忌而出现的问题，这和当时文人多习字音反切有关，没有什么普遍意义。第三是剽窃他人文辞，刘勰用小偷大盗来嘲讽这种行为，指出偷来的文辞“终非其有”；但古今有别，不可一概而论。

第三部分论注解方面存在的问题，主要以薛综注《西京赋》和应劭解释“匹”字二例为鉴戒。刘勰对“匹”字的解释颇有道理，多为后世论者所取（刘世儒在《魏晋南北朝量词研究》中比较诸说，认为“恐怕还是刘氏和段氏的说法可靠些”）。

在本篇所讲的种种瑕病中，有的是从封建道德观念出发的，特别是左思一例，因“说孝不从”而否定其整个作品，不仅说明刘勰儒道观念之重，也反映他在批评方法上的重要错误。但本篇所提出的一些弊病，如用词不当、比拟不伦、“依希其旨”、“掠人美辞”等，在文学创作中具有一定普遍性，论者“举以为戒”，希望作者引起重视而力求避免，还是很有必要的。

【原 文】

管仲有言[1]："无翼而飞者声也，无根而固者情也。"[2]然则声不假翼[3]，其飞甚易；情不待根，其固匪难[4]；以之垂文[5]，可不慎欤！古来文才[6]，异世争驱，或逸才以爽迅[7]，或精思以纤密，而虑动难圆[8]，鲜无瑕病。陈思之文[9]，群才之俊也，而《武帝诔》云[10]"尊灵永蛰"[11]，《明帝颂》[12]云"圣体浮轻"[13]。"浮轻"有似于胡蝶，"永蛰"颇疑于昆虫；施之尊极[14]，岂其当乎！左思《七讽》[15]，说孝而不从[16]，反道若斯，余不足观矣。潘岳为才[17]，善于哀文[18]，然悲内兄[19]，则云"感口泽"[20]，伤弱子[21]，则云"心如疑"[22]。《礼》文在尊极[23]，而施之下流[24]，辞虽足哀，义斯替矣[25]。若乎君子拟人必于其伦[26]，而崔瑗

【译 文】

管仲曾说："没有翅翼而能四处飞扬的是声音，没有根柢而能深入牢固的是情感。"但声音不需要翅翼就很容易飞扬，情感不依靠根柢也不难牢固，根据这个道理来从事写作，就不能不十分慎重了。自古以来的作者，在不同时代竞相驰骋：有的才华卓越而豪放迅疾，有的思考精致而细密，但思虑所及往往难于全面，很少做到毫无瑕病。曹植在写作上，是众多文人中较为英俊的了，他在《武帝诔》中却说："尊贵的英灵永远蛰伏。"在《冬至献袜颂》中又说："圣王的身体轻浮地飞翔。"说"轻浮"就好像是胡蝶，说"永蛰"则容易怀疑为昆虫；把这种描写用于最尊贵的帝王，怎能恰当呢！又如左思的《七讽》，有说之以孝而不从的话，既然如此违反大道，其他内容就不值得一看了。潘岳的文才，是善于写哀伤之作，但写对内兄的伤痛，就说有其留下的"口泽"；写对幼子的哀悼，就说他思念之心"如疑"。"口泽"和"如疑"，都是《礼记》中对尊敬的父母用的，潘岳却用之于晚辈，文辞虽然写得很悲哀，但有失于尊卑有别的大义。至于对人物的比拟，必须合于伦类。可是崔瑗对李公的诔文，把他的行为比之黄帝和虞舜；向秀在《思旧赋》中怀念嵇康，竟把李斯

之诔李公[27]，比行于黄虞[28]；向秀之赋嵇生[29]，方罪于李斯[30]；与其失也[31]，虽宁僭无滥[32]，然高厚之诗[33]，不类甚矣[34]。凡巧言易标[35]，拙辞难隐[36]，斯言之玷[37]，实深白圭[38]。繁例难载，故略举四条[39]。

的罪过和嵇康相比。如果不得已而用不当的比拟，那就宁可好的方面比得过头一些，而不要对坏的方面比得太重；但像高厚那样的诗句，比拟得过分不伦不类仍是不对的。大凡精妙的言辞容易显露，拙劣的毛病也难以掩盖，只要有了缺点，就比洁白的玉器上有了缺点更难磨掉。文章的瑕病是很多的，不可能全部列举出来，所以只大致提出以上四点。

## 注释

❶管仲：字夷吾，春秋时齐国政治家。 ❷“无翼而飞”二句：是《管子·戒》中的原话，尹知章注：“出言门庭，千里必应，故曰无翼而飞；同舟而济，胡越不患异心，知其情也，故曰无根而固。” ❸假：借助。 ❹匪：不。 ❺之：指上述不待翼可飞，没有根可固的道理。垂文：留下文章，指写作传世。《程器》篇说：“穷则独善以垂文。” ❻文才：有文学才能的作者。 ❼爽：高迈，豪爽。 ❽动：每，常。圆：周全。 ❾陈思：曹植，他封陈王，谥思。 ❿《武帝诔》：见《艺文类聚》卷三〇。此文为悼念魏武帝曹操的功德。 ⓫蛰(zhé)：动物冬眠期间，不吃不动地潜伏着。曹植用以喻死者（曹操）如蛰伏。原话是：“幽闼（墓门）一扃（关闭），尊灵永蛰。” ⓬《明帝颂》：指向魏明帝曹叡所献的《冬至献袜颂》，见《艺文类聚》卷七〇。 ⓭浮轻：比拟轻如仙人。原文是：“翱翔万域，圣体浮轻。” ⓮尊极：最尊贵的人，指帝王。 ⓯左思：字太冲，西晋文学家。《七讽》：今不存，按“七”体通例，当是说七事以讽。 ⓰说孝不从：“七”体所说七事，大都是前六事为被说者“不从”，“说孝”即六事之一。 ⓱潘岳：字安仁，西晋文学家。 ⓲善于哀文：《晋书·潘岳传》说潘岳“尤善为哀诔之文”。《哀吊》篇说潘岳的哀辞：“义直而文婉，体旧而趣新，《金鹿》《泽兰》，莫之或继也。”哀文：哀悼死者之作。 ⓳悲内

兄：潘岳悲内兄之文今不存。 ⑳口泽：口所润泽。《礼记·玉藻》："母没而杯圈不能饮焉，口泽之气存焉尔。"孔颖达疏："谓母平生口饮润泽之气存在焉，故不忍用之。" ㉑伤弱子：指潘岳的《金鹿哀辞》（其幼子名金鹿），见《全晋文》卷九三。 ㉒如疑：《礼记·问伤》："故其往送也如慕，其反也如疑。"郑玄注："慕者，以其亲之在前；疑者，不知神之来否。"《金鹿哀辞》中曾说："将反如疑，回首长顾。" ㉓《礼》：指《礼记》。尊极：这里指父母。《诏策》篇曾说："君父至尊，在三罔极。"本篇所用两个"尊极"，都和"至尊"义同，可用以指君，也可用以指父母。 ㉔下流：魏晋人称子孙晚辈为下流。《三国志·魏书·乐陵王茂传》："今封茂为聊城王，以慰太皇太后下流之念。""悲内兄"对作者来说是同辈，但从应该用于"尊极"的角度看，仍是"下流"。 ㉕替：灭，废弃。 ㉖拟：比拟。伦：同类，同辈。《礼记·曲礼下》："拟人必于其伦。"郑玄注："拟，犹比也。伦，犹类也。" ㉗崔瑗（yuàn）：字子玉，东汉作家。诔李公：诔文今不存，"李公"指谁尚难定。与崔瑗（78—143）同时的"李公"（姓李而为三公者）有三：李修、李郃、李固。李固卒于公元147年；李修为太尉在111年至114年，略早；李郃在117年至126年两度为司空、司徒，所以指李郃的可能性较大。 ㉘黄虞：黄帝、虞舜。 ㉙向秀：字子期，魏晋之交的作家，嵇康的好友。嵇生：即嵇康。向秀有怀念嵇康的《思旧赋》，载《文选》卷一六。 ㉚方：比。李斯：秦始皇时的政治家。《思旧赋》中说："昔李斯之受罪兮，叹黄犬而长吟；悼嵇生之永辞兮，顾日影而弹琴。"李斯被杀之前对他的儿子说："吾欲与若复牵黄犬，俱出上蔡东门逐狡兔，其可得乎！"（《史记·李斯列传》）嵇康临刑前曾"顾视日影，索琴弹之"（《晋书·嵇康传》）。刘勰认为前例比好人失之太高，后例比坏人失之过重。不过《思旧赋》用意，还不是用李斯之罪的大小比嵇康。 ㉛失：指失于"拟人必于其伦"。 ㉜宁僭无滥：宁可比得略高，而不应比得太低。《左传·襄公二十六年》："善为国者，赏不僭而刑不滥。赏僭则惧及淫人（坏人），刑滥则惧及善人。若不幸而过，宁僭无滥。与其失善（善人），宁其利淫。无善人，则国从之。"僭（jiàn）：过分。 ㉝高厚：春秋时齐国大夫。 ㉞不类：《左传·襄公十六年》："晋侯与诸侯宴于温，使诸大夫舞，曰：'歌诗必类。'齐高厚之诗不类。"杜注：

“齐有二心故。”孔疏：“歌古诗，各从其恩好之义类，高厚所歌之诗，独不取恩好之义类，故云齐有二心。”这里是借用高厚故事，用“不类甚矣”表示虽不得已时可以“宁僭无滥”，但所比不能过分不伦不类。 ㉟标：木末，树梢，引申为显露、表现。 ㊱拙（zhuō）：劣，指有瑕病的文辞。 ㊲玷（diàn）：玉的斑点。 ㊳白珪（guī）：白色玉器。以上两句，取《诗经·大雅·抑》中的意思：“白珪之玷，尚可磨也；斯言之玷，不可为也。”借指文学作品一经写定，其毛病就无法更改。 ㊴四条：范文澜注：“陈思比尊于微，一也；左思反道，二也；潘岳称卑如尊，三也；崔、向僭滥，四也。”

【原 文】

若夫立文之道[①]，惟字与义：字以训正[②]，义以理宣[③]。而晋末篇章，依希其旨[④]，始有“赏际奇至”之言[⑤]，终无“抚叩酬即”之语[⑥]；每单举一字，指以为情。夫“赏”训锡赉[⑦]，岂关心解[⑧]；“抚”训执握[⑨]，何预情理[⑩]；《雅》《颂》未闻[⑪]，汉魏莫用；悬领似如可辩[⑫]，课文了不成义[⑬]。斯实情讹之所变[⑭]，文浇之致弊[⑮]。而宋来才英[⑯]，未之或改[⑰]，旧染成俗，非一朝也。近代

【译 文】

文章写作的基本途径，不外用字和立义两个方面：用字要根据正确的解释来确定含义，立义要通过正确的道理来阐明。晋末以来的作品，有的意旨模糊不清，开始有“赏际奇致”的奇言，后来有“抚叩酬酢”的怪语；且常常是单独标出一字，用以表达情感。“赏”字的意思是赏赐，和内心是否领会毫不相关；“抚”字的意思是执持，也牵涉不到什么情理，这都是《诗经》中未曾见到，汉魏时期也无人用过的。笼统含混地领会似乎还可辨识，核实文字就完全不成其为意义。这都是情感不正常所产生的变化，文风衰落造成的弊病。到刘宋以后的作者，仍然没有改变，老毛病已习染成俗，不是一朝一夕的事了。近代的作家，大都爱好猜忌，以致从语音相同的字上寻找缺点，从反切出的字音去挑取

辞人，率多猜忌，至乃比语求蚩[18]，反音取瑕[19]：虽不屑于古[20]，而有择于今焉[21]。又制同他文，理宜删革[22]；若排人美辞[23]，以为己力，宝玉大弓[24]，终非其有[25]。全写则揭箧[26]，傍采则探囊[27]；然世远者太轻[28]，时同者为尤矣[29]。

毛病：这在古代虽不重要，在今天就要受到指责了。此外，所写和他人的文章雷同，按理应当加以删改。如果掠取人家的美辞，当作自己的创作，就像古代阳虎窃取了鲁国的宝玉大弓，终于不是自己应有之物而退还。全部抄袭别人的作品，就如巨盗窃取整箱的财物；部分采取他人的文辞，则如小偷摸人家的口袋；但袭用前人论述的很浅薄，窃取当代著作就是过错了。

## 注释

❶道：道路，途径。 ❷正：定，指通过正确的解释来确定字义。 ❸宣：表明，显示。 ❹依希：一作“依稀”，模糊不清。 ❺赏际奇至：这四字和下句的“抚扣酬即”，都未知所出，其义难详。按下文：“‘赏’训锡赉，岂关心解？”则“赏”字是用作“心解”之意。至：通“致”。“赏际奇至”约为领会奇特的情致。 ❻终无：黄侃说：“无当作有。”下文说：“‘抚’训执握，何预情理？”可见“抚”字是用以形容“情理”的。抚叩：拍击，表示高兴。酬即：一作“酬酢”，应酬的意思。酬：向客人敬酒。酢（zuò）：客人以酒回敬主人。《明诗》篇曾说：“酬酢以为宾荣。” ❼锡：赐予。赉（jì）：赠送。 ❽心解：内心领会。郑玄注《礼记·学记》中的“虽终其业，其去之必速”说：“学不心解，则亡之易。” ❾执握：执持。 ❿何预：何干，也是无关的意思。刘永济《文心雕龙校释》：“然以锡赉作心解之意，用执握指情理为言，乃文家引申本义而用之之法，初不必为瑕累。”刘勰这里是针对“单举一字，指以为情”而言，单是“赏”字、“抚”字，固难说有关情理。但本篇是论作品中的瑕病，在作品中，用字之义，通常不是孤立的。所以要视具体情况如何，不能一概而论。 ⓫《雅》《颂》：泛指《诗经》。 ⓬悬领：抽象地、不具体地领悟。悬：远。

辩：辨识。⑬课：考核。了不：完全不。⑭讹（é）：错误。⑮文浇：文风衰落。浇：薄。⑯才英：才华英俊的作者。⑰未之或改：没有改。《左传·昭公十三年》："自古以来，未之或失也。"或：有。⑱比语：和字音相同或相近的字并列。蚩（chī）：缺点。范文澜注："比语求蚩，如'是耶非''云母舟'之类是。"《颜氏家训·文章》中讲道："梁世费旭（王利器校，当作费昶）诗云：'不知是耶非。'殷沄诗云：'摇飏云母舟。'简文（萧纲）曰：'旭既不识其父，沄又摇飏其母。'此虽悉古事，不可用也。"南北朝时俗称父为"耶"，故有此父母之讥。费昶、萧纲、颜之推（《颜氏家训》的作者）等，都是刘勰以后的人，以上例子，只是借以说明当时"比语求蚩"的情况。⑲反音：范文澜注："反音取瑕，如'高厚''伐鼓'之类是。"《金楼子·杂记上》："鲍照之'伐鼓'……何僧智者，尝于任昉坐赋诗，而言其诗不类。任云：'卿诗可谓高厚。'何大怒曰：'遂以我为狗号！'（'高厚'切'狗'，'厚高'切'号'）"高厚，参看本篇第一段注㉝、㉞。伐鼓，《文镜秘府论》西卷论二十八种病的第十八种讲到此例："翻语病者，正言是佳词，反语则深累是也。如鲍明远诗云：'鸡鸣关吏起，伐鼓早通晨。''伐鼓'，正言是佳词，反语则不祥，是其病也。崔氏云：'伐鼓反语"腐骨"，是其病。'"（"伐鼓"切"腐"，"鼓伐"切"骨"。）⑳不屑：轻视，不重要。上举诸忌，古代是没有的，如汉武帝《李夫人歌》中曾说"是耶非耶"、《诗经·小雅·采芑》中的"伐鼓渊渊"等。㉑择：挑剔。有择于今，因当时文人习用反切，所以重视反音取瑕。刘勰对这点只是作为当时存在的一个问题提出来，从他所说"近代辞人，率好猜忌"看，这种"猜忌"之病，刘勰并不是很赞同的。㉒革：删除。㉓排：一作"掠"。译文据"掠"字。掠（lüè）：夺取。㉔宝玉大弓：鲁国的国宝。《春秋·定公八年》："盗窃宝玉大弓。"杜注："盗，谓阳虎也。……宝玉，夏后氏之璜（半璧形的玉）；大弓，封父之繁弱（弓名）。"㉕终非其有：《左传·定公九年》："阳虎归宝玉大弓。"杜注："无益近用，而只为名，故归之。"㉖全写：全部抄袭前人文章。揭箧（qiè）：扛走箱子，把整个箱子偷走。㉗傍采：即旁采，部分、不正面采取。探囊：盗取口袋中的东西。揭箧、探囊，是借用《庄子·胠箧》之说为喻："将为胠（开）箧、探囊、发匮（开柜）之盗，而为守备……然而巨盗至，则负匮、揭箧、担囊而趋。” ㉘太轻：很浅薄。 ㉙尤：过失。

【原 文】

若夫注解为书[1]，所以明正事理，然谬于研求，或率意而断[2]。《西京赋》称[3]“中黄、育、获之畴”[4]而薛综谬注[5]，谓之“阉尹”[6]，是不闻执雕虎之人也[7]。又《周礼》井赋[8]，旧有“匹马”[9]；而应劭释“匹”[10]，或量首数蹄[11]，斯岂辩物之要哉[12]！原夫古之正名[13]，车“两”而马“匹”[14]，“匹”“两”称目[15]，以并耦为用[16]。盖车贰佐乘[17]，马俪骖服[18]；服乘不只，故名号必双，名号一正，则虽单为匹矣[19]。匹夫匹妇，亦配义矣[20]。夫车马小义，而历代莫悟；辞赋近事[21]，而千里致差[22]；况钻灼经典[23]，能不谬哉！夫辩言而数筌蹄[24]，选勇而驱阉尹[25]，失理太甚，

【译 文】

至于注释之成为书籍，是用以辨明事理的，但由于研究得不正确，有的便做了轻率的判断。张衡在《西京赋》中讲到“中黄伯以及夏育、乌获之类勇士”，薛综把中黄伯误注为宦官的头目，这是他不知道中黄伯是能执雕虎的勇士。又如《周礼》中讲按井田征收赋税，过去有三十户出。“匹马”之说，而应劭在《风俗通义》中解释“匹”字，有按马头数马蹄的说法，这岂是辨别事物的要义呢？考察古代正定名称的原意，车用“两”而马用“匹”，“匹”和“两”的称呼，都是取并偶的意思。随帝王朝会和祭祀的贰车、军事和打猎的佐车，驾车在中的两服、在外的两骖，都是双马；既然这些都不是单的，所以它们的名称必须成双；名称一经正定之后，就虽是单数也通称为“匹”了。所谓“匹夫匹妇”，也就是取配偶的意思。车马名称的含义是比较简单的，历代还有不少人不明白；辞赋是文人的家常便饭，还有人注得差之千里，何况研讨宏深的儒家经典，怎能不发生错误呢？为辨别“匹”字而计算马头马蹄，

故举以为戒。丹青初炳而后渝[26]，文章岁久而弥光[27]，若能檃括于一朝[28]，可以无惭于千载也。

挑选勇士却推出了宦官头子，都是错得过分突出的例子，所以举为鉴戒。绘画是开始鲜明而后来变色，文章却可年代越久而更为光彩；如能在写作时改正了作品中的缺点，就可传之千载而永无愧色了。

## 注释

❶注解为书：《论说》篇说："若夫注释为词，解散论体，杂文虽异，总会是同。"说明刘勰认为注解也是一种论著的书。 ❷率：轻遽，不慎重。 ❸《西京赋》：东汉张衡所著《二京赋》之一，载《文选》卷二。 ❹中黄、育、获之畴：《西京赋》的原文是："乃使中黄之士，育、获之畴。"李善注引《尸子》："中黄伯曰：余左执泰行之猱（猴的一种）而右搏雕虎。"又引《战国策·秦策三》："乌获之力焉而死，夏育之勇焉而死。"中黄：古国名，多勇士。夏育、乌获：均传为古代勇力之士。畴（chóu）：类。 ❺薛综：字敬文，三国吴人。张衡《二京赋》最初是他注的。 ❻谓之"阉（yān）尹"：今存《文选》中薛综的注无此语。《四库全书总目》卷一九五评黄叔琳《文心雕龙辑注》说："而《指瑕》篇中'《西京赋》称：中黄、贲（育）、获之畴，薛综谬注，谓之阉尹'句，今《文选》薛综注中，实无此语，乃独不纠弹。"按，这并非刘勰之误，是不应纠弹的。李善补注此赋，已于赋前说明："善曰，旧注是者，因而留之。"即"阉尹"之说是谬注，李善便已删去。阉尹：宦官之首。 ❼执雕虎之人：即中黄伯。雕虎：《文选·思玄赋》："执雕虎而试象兮。"注："雕虎、象，兽名也。" ❽井赋：按井田征收赋税。《周礼·地官·小司徒》："九夫为井，四井为邑，四邑为丘，四丘为甸，四甸为县，四县为都，以任地事而令贡赋；凡税敛之事。"郑注引《司马法》曰："六尺为步，步百为亩，亩百为夫，夫三为屋，屋三为井，井十为通，通为匹马。"贾公彦疏："三十家使出马一匹，故曰通为匹马。" ❾旧有匹马：指上引《司马法》（战国时兵书）中论井赋所说"匹马"。 ❿应劭：字仲远，东汉文人。 ⓫量首数蹄：应劭有《风俗通义》，

其佚文中有对马匹的解释："马一匹，俗说相马比君子，与人相匹。或曰：马夜行，目明照前四丈，故曰一匹。俗说度马纵横，适得一匹。或说马死卖得一匹帛。或云：《春秋》左氏说，诸侯相赠乘马束帛，束帛为匹，与马相匹耳。"（《艺文类聚》卷九三）可能"量首数蹄"的解释为其中一说，其文已佚。⑫辩：这里和"辨"通，指辨明。⑬正名：辨正名称、名分。⑭车"两"马"匹"：车称"两"，马称"匹"，都见于《尚书》。如《牧誓》"武王戎车三百两"、《文侯之命》"马四匹"等。⑮目：也是称。⑯耦：双数，配偶。《风俗通义》："车一两，谓两两相与为体也。原其所以言'两'者，箱辕及轮，两两而耦，故称'两'耳。"（《艺文类聚》卷七一）⑰车贰佐乘：《礼记·少仪》："乘贰车则式（主敬），佐车则否。"郑注："贰车佐车，皆副车也。朝祀之副曰贰，戎猎之副曰佐。"⑱俪：成双、对偶。骖（cān）服：《诗经·郑风·大叔于田》："两服上襄，两骖雁行。"郑笺："两服，中央夹辕者，襄驾也。上驾者，言为众马之最良也。雁行者，言与中服相次序。"《荀子·哀公》："两骖列，两服入厩。"杨倞注："两服马在中；两骖，两服之外马。"⑲虽单为匹：如《论语·子罕》中的"匹夫不可夺志也"。刘宝楠《正义》："匹夫者，《尔雅·释诂》：'匹，合也。'《书·尧典》疏：'士大夫已上，则有妾媵，庶人无妾媵，惟夫妻相匹，其名既定，虽单，亦通谓之匹夫匹妇。'"《尧典》孔疏，即取刘勰的解释。⑳配：合，配偶。《通俗编》卷三二释"一匹"："刘勰《文心雕龙》曰：古名车以两，马以匹；盖车有佐乘，马有骖服，皆以对并称。双名既定，则虽单亦称匹，如匹夫匹妇之比。其说为长。"㉑近事，平常之事。㉒千里致差：指薛综注《西京赋》。㉓钻灼：古代用龟甲钻孔烧灼以卜凶吉，这里借指探讨经典的深意而为之作注。㉔辩言：一作"辨匹"。筌蹄：一作"首蹄"。译文据"辨匹而数首蹄"。㉕勇：勇士，指中黄伯，推选勇士推出了太监头子，这是对薛综误注的嘲讽说法。㉖丹青：绘画。炳：鲜明。渝：变。这句是化用《法言·君子》中的话："或问圣人之言炳若丹青，有诸？曰：吁！是何言与，丹青初则炳，久则渝，渝乎哉？"㉗弥光：更加光彩鲜明。晋李轨注上引《法言》："圣人之书，久而益明。"㉘檃（yǐn）括：矫正曲木的工具，这里指改正作品中的瑕病。

【原 文】

赞曰：羿氏舛射[①]，东野败驾[②]。虽有俊才，谬则多谢[③]。斯言一玷，千载弗化。令章靡疚[④]，亦善之亚[⑤]。

【译 文】

总之，善于射箭的后羿曾出过差错，善于御马的东野稷也有过失误。虽然有杰出的才能，出了错误就很惭愧。作品中一个小小的污点，一千年也改变不了。能写出没有毛病的好作品，也就和写作的高手相去不远了。

## 注释

❶羿（yì）：传说中古代善射的人，常称“后羿”。舛（chuǎn）：错误。《帝王世纪》：“羿有穷氏，未闻其姓，其先帝喾以世掌射……（羿）与吴贺北游，（贺）使羿射雀左目，羿引弓射之，误中左（右）目，羿俯首而愧，终身不忘。”（《太平御览》卷八二） ❷东野：传为古代善驾车的人，姓东野，名稷。《庄子·达生》中讲到他的故事：“东野稷以御见庄公。进退中绳，左右旋中规；庄公以为文弗过也（成玄英疏：‘庄公以为组绣织文不能过此之妙也。’）使之钩百而反（成疏：‘任马旋回如钩之曲，百度反之，皆复其迹。’）颜阖（鲁国贤人）遇之，入见曰：‘稷之马将败。’公密而不应。少焉，果败而反。公曰：‘子何以知之？’曰：‘其马力竭矣，而犹求焉，故曰败。’” ❸谬：指作品有了瑕病、错误。谢：惭愧。《文选》颜延年《赠王太常》：“属美谢繁翰。”李善注：“谢，犹惭也。”上文说没有瑕病的文章，“可以无惭于千载”；这里反过来说，有了谬误，就是“千载弗化”的惭愧。 ❹令章：美好的作品。靡疚：没有毛病。 ❺善：指善于写作的人，即《练字》篇说的“善为文者”。亚：稍次的。

# 四二、养气

## 解题

《养气》是《文心雕龙》的第四十二篇，论述保持旺盛的创作精神问题。所谓“神疲而气衰”，本篇所讲的“气”，是和人的精神密不可分的，所以常常“神”“气”并称。其主要区别在于：“气”是人体所具有的内在因素，精神则是“气”的外在表现。因此，在本篇具体论述中，或称“气”，或称“神”，或称“精气”等，大都是措辞上的变化，并无实质区别。黄侃《文心雕龙札记》说：“养气谓爱精自保，与《风骨》篇所云诸‘气’不同。此篇之作，所以补《神思》篇之未备，而求文思常利之术也。”文思的通塞，的确和作者精神的盛衰有关，但《神思》和《养气》两篇所论，也有其各不相同的旨意。

本篇有三个部分。第一部分从两个方面说明养气的必要：首先就一般规律来说，人的性情不允许“钻砺过分”；其次以实际创作来印证，古今作者劳逸不同，因而作品的优劣大异。第二部分论神伤气衰的危害。人的智慧和精力是有一定限度的，操之过急，煎熬过度，就势将“成疾”，以致“伤命”。第三部分根据文学创作的特点讲“卫气之方”。刘勰认为，在掌握学识上，勤学苦练是应该的，但文学创作的特点是抒发情志，它本身就是一种精神活动，如果不遵循志之所至、情之所生的特点，而强逼它，损伤它，搅得头昏脑涨，就难以“理融而情畅”，写出好的作品来。

至于“卫气之方”，本篇提到的“清和其气”“烦而即舍”“逍遥以针劳，谈笑以药倦”等，只是些一般的、消极的方法。对人的生理性能来说，适度的劳逸结合是完全必要的，但要使作者精神饱满，思绪畅通，有充沛的创作活力，就显然是仅靠保养精神，或“逍遥”“谈笑”之类所不可能的。本篇是只就“养气”这个侧面而论，孤立起来，不仅意义不大，如果过分看重“伤神”“伤命”之类，甚至是有害的。积极地养气，不应只是保养，而要培养加强；不仅要从生理上考虑，还要从精神上考虑。这就要结合《神思》《体性》《情采》《事类》《物色》等篇的有关论述，才能得到全面的认识。

【原 文】

昔王充著述[1]，制《养气》之篇[2]，验己而作[3]，岂虚造哉！夫耳目鼻口，生之役也[4]；心虑言辞，神之用也[5]。率志委和[6]，则理融而情畅；钻砺过分[7]，则神疲而气衰[8]：此性情之数也[9]。夫三皇辞质[10]，心绝于道华[11]；帝世始文[12]，言贵于敷奏[13]；三代春秋[14]，虽沿世弥缛[15]，并适分胸臆[16]，非牵课才外也[17]。战代枝诈[18]，攻奇饰说；汉世迄今，辞务日新，争光鬻采[19]，虑亦竭矣[20]。故淳言以比浇辞[21]，文质悬乎千载[22]；率志以方竭情[23]，劳逸差于万里[24]：古

【译 文】

从前王充进行著作，曾写《养性》十六篇，是经过自己的验证而写的，怎能是凭空编造的呢！人的耳、目、口、鼻，是为生命服务的；心思、言辞，则是精神的运用。顺着情感的发展而自然谐和，就能思理融和而情绪顺畅；如果钻研过度，就精神疲乏而元气衰损：这就是性情的一般原理。上古三皇时期，言辞朴质，还没有丝毫追求华丽的思想。唐虞之世的言辞，开始有了文采，仍以敷陈上奏为贵。从夏、商、周三代到春秋时期，虽然一代比一代文采增多，都是随作者个人的心意表达出来，而不是于作者才性之外去强求。战国时期的著述，繁杂而不真实，作者大都追求奇特以文饰自己的学说。从汉代到现在，文辞写作一天比一天新奇，争妍斗丽，炫耀文采，已是绞尽脑汁的了。所以，淳厚的作品和浇薄的文辞相较，其华丽和质朴的不同相差千年；随顺情志的创作和绞尽脑汁的创作相比，其劳神苦思和轻松愉快的不同，更是相去万

人所以余裕[25]，后进所以莫遑也[26]。

里：古代作者其所以从容不迫，后代作家之所以忙个不停，就是这个原因。

## 注释

❶王充：字仲任，东汉学者、思想家。 ❷《养气》：王充曾著《养性》16篇，其书不传。 ❸验己之作：经自己检验过的著作。王充在《论衡·自纪》中说："庚辛域际（刘盼遂按：庚辛者，和帝永元十二年庚子，十三年辛丑，时王君年七十四五），虽惧终徂，愚犹沛沛，乃作《养性》之书，凡十六篇。养气自守，适食则酒（刘按：则当作节），闭明塞聪，爱精自保，适辅服药引导，庶冀性命可延，斯须不老。" ❹生：生命。役：仆役。"夫耳目鼻口，生之役也"二句，是借用《吕氏春秋·贵生》中的原话。 ❺神：精神。 ❻率：循。委和：听任其谐和。 ❼钻砺：钻研磨砺。 ❽气：元气，人体维持其生命的功能。《论衡·无形》："人以气为寿，形随气而动，气性不均，则于体不同。"又《言毒》："万物之生，皆禀元气。" ❾数：自然之数。《明诗》篇的"情变之数"、《情采》篇的"神理之数"，和这里"性情之数"的"数"字义同。 ❿三皇：三皇的传说不一，有的认为是伏羲、神农、黄帝（《世本》、孔安国《尚书序》等）；有的认为是燧人、伏羲、神农（《风俗通义·皇霸》）等。 ⓫绝：断绝，隔绝。道华：《老子》三十八章："前识者，道之华而愚之始。"这里指"道"的虚华。 ⓬帝世：指尧舜时期。《檄移》篇所说"帝世戎兵，三王誓师"，和这里的"帝世"所指略同。其中的"三王"即本篇下句所说的"三代"之王。始文：《原道》篇曾说："唐虞文章，则焕乎始盛。"与"帝世始文"完全一致。 ⓭敷奏：臣下对君主提出建议。《奏启》篇曾说："昔唐虞之臣，敷奏以言。"敷：敷陈。 ⓮三代：夏、商、周三代。 ⓯弥：更加。缛（rù）：指文采繁多。 ⓰适分：适合于作者的本分、个性，即《明诗》篇"随性适分"之意。胸臆：心胸。陆机《文赋》："思风发于胸臆。" ⓱牵课：牵连，课求。⓲战代：战国时期。枝诈：繁杂而不真实。枝，分支，本书多用以喻繁杂。如《议对》"属辞枝繁"、《体性》"繁缛者，博喻酿采，炜烨枝派者也"、《诔碑》

"辞多枝杂"等。 ⑲鬻（yù）采：显耀文采。鬻，出售。 ⑳竭：尽，用完。㉑淳、浇：《淮南子·齐俗训》："浇天下之淳。"高诱注："浇，薄也；淳，厚也。" ㉒文质：华丽和朴质。悬：远，指悬殊。 ㉓方：比。 ㉔劳逸：劳苦和闲逸，指创作的费神与不费神之别。 ㉕余裕：从容不迫。余，饶。裕，宽。㉖莫遑：无暇。

## 【原文】

凡童少鉴浅而志盛①，长艾识坚而气衰②，志盛者思锐以胜劳③，气衰者虑密以伤神，斯实中人之常资④，岁时之大较也⑤。若夫器分有限⑥，智用无涯⑦，或惭凫企鹤⑧，沥辞镌思⑨，于是精气内销⑩，有似尾闾之波⑪，神志外伤，同乎牛山之木⑫。怛惕之盛疾⑬，亦可推矣。至如仲任置砚以综述⑭，叔通怀笔以专业⑮，既暄之以岁序⑯，又煎之以日时⑰：是以曹公惧为文之伤命⑱，陆云叹用思之困神⑲，非虚谈也。

## 【译文】

大凡青少年认识不深而志气旺盛，老年人则认识力强而气血衰弱；志气旺盛的人，思考敏锐而经得起劳累，气血衰弱的人，思考周密却损伤精神：这是一般人的资质，不同年龄的人的大概情况。至于人的才分，都有一定的限度，而智力的运用却是无边无际的。有的就像不满于鸭腿之短，而羡慕鹤腿之长，在写作中一字一字地挖空心思。于是精气消损于内，有如海水永不停止地外泄；神思损伤于外，像牛山上的草木被砍得精光。过分的惊惧紧张必将造成疾病，也就可想而知了。至于王充在门窗墙柱上放满笔墨以进行著作，曹褒在走路睡觉时都抱着纸笔而专心于礼仪，既累月不断地苦思，又整天不停地煎熬，所以曹操曾担心过分操劳会伤害性命，陆云曾感叹过分用心使精神困乏，都不是没有根据的空话。

## 注释

❶鉴浅：认识能力不深。 ❷长艾：年老。艾：《礼记·曲礼上》："五十曰艾。"孔颖达疏："发苍白色如艾也。"识坚：认识能力很强。 ❸胜劳：胜任疲劳。 ❹中人：平常的人。《荀子·非相》："中人羞以为友。"常资：一般的、共同的资质。 ❺岁时：指年龄。大较：大概情况。 ❻器分：才分。 ❼智用无涯：《庄子·养生主》："吾生也有涯（边际），而知（智）也无涯；以有涯随无涯，殆（困倦）已。" ❽惭凫（fú）：因凫腿之短而惭愧。凫：水鸟，俗称野鸭子。企鹤：羡慕鹤的腿长。《庄子·骈拇》："长者不为有余，短者不为不足。是故凫胫（脚）虽短，续之则忧；鹤胫虽长，断之则悲。"刘勰借此以喻作者违背自然之理，而抱不切实际的要求。 ❾沥（lì）辞：精选文辞。沥：过滤以除去杂质。镌（juān）：雕凿。 ❿销：消耗，损毁。 ⓫尾闾：《庄子·秋水》："天下之水，莫大于海，万川归之，不知何时止而不盈；尾闾泄之，不知何时已而不虚。"《释文》："尾闾，崔云：海东川名。司马云：泄海水出外者也。" ⓬牛山之木：《孟子·告子上》："牛山之木尝美矣，以其郊于大国也，斧斤伐之，可以为美乎？……牛羊又从而牧之，是以若彼濯濯也。"赵岐注："牛山，齐之东南山也。……濯濯，无草木之貌。" ⓭怛惕（dátì）：惊恐忧惧，指害怕得不到佳作而烦恼紧张的心理状态。 ⓮置砚以综述：《初学记》卷二一引谢承《后汉书》："王充于室内门户墙柱，各置笔砚，著《论衡》八十五篇。" ⓯叔通：曹褒，字叔通，东汉章帝、和帝时为侍中。怀笔以专业：《后汉书·曹褒传》载："褒少笃志有大度，结发传充（褒父曹充）业，博雅疏通，尤好礼事。常憾朝廷制度未备，慕叔孙通汉礼仪，昼夜研精，沉吟专思，寝则怀抱笔札，行则诵习文书，当其念至，忘所之适。" ⓰暄（xuān）之以岁序：王僧达《答颜延年》："聿来岁序暄，轻云出东岑。"暄：温，常以指春天的温暖。刘勰这里用以和下句"煎"字对举，都有煎熬之意。又《汉书·叙传》载班固《答宾戏》："独摅意乎宇宙之外，锐思于毫芒之内，潜神默记，恒（如淳曰：'恒'音亘竟之'亘'）以年岁。"这正是讲终年读书用思，疑刘勰或用其说，"暄"为"恒"字之误，录以备考。 ⓱煎：熬，喻苦思的折磨。《抱朴子·内篇·道

意》："若乃精灵困于烦扰，荣卫消于役用，煎熬形气，刻削天和。" ⑱曹公：指曹操。为文之伤命：此话的原文已佚。 ⑲陆云：字士龙，西晋文学家，陆机之弟。用思困神：陆云《与兄平原书》："兄文章已自行天下，多少无所在，且用思困人，亦不事复及，以此自劳役。"（《全晋文》卷一〇一）

【原文】

夫学业在勤，功庸弗怠[1]，故有锥股自厉[2]，和熊以苦之人。志于文也[3]，则申写郁滞[4]，故宜从容率情，优柔适会[5]。若销铄精胆[6]，蹙迫和气[7]，秉牍以驱龄[8]，洒翰以伐性[9]，岂圣贤之素心[10]，会文之直理哉[11]！且夫思有利钝[12]，时有通塞[13]；沐则心覆[14]，且或反常，神之方昏[15]，再三愈黩[16]。是以吐纳文艺[17]，务在节宣[18]，清和其心[19]，调畅其气；烦而即舍[20]，勿使壅滞[21]。意得则舒怀以命笔[22]，理伏则投笔以卷怀[23]，逍遥以针劳[24]，谈笑以药倦[25]，常弄闲于才锋[26]，贾余于文勇[27]。使刃发如新[28]，

【译文】

在掌握学问上，是应该勤劳的，所以苏秦在读书困倦时，曾用锥子刺股以鞭策自己；至于文学创作，是要抒发作者郁闷的情怀，因此应该从容不迫地随顺着情感，舒缓沉着地适应时机。如果大量消耗精神，过分逼迫人的和气，拿着纸张驱赶自己的年龄，挥动笔杆砍伐自己的生命，这岂是圣贤的本意，写作的正理呢！何况作者的文思有敏锐和迟钝之别，写作的时机有畅通或阻塞之异；人在洗头的时候，心脏的位置有了变动，这时考虑问题还可能违反常理；当人的精神已经昏乱不清时，继续思考就必然更加糊涂。因此，从事文学创作务必适时休息，保持心情清静和谐，神气调和通畅；运思过烦就停止，不要使思路受到阻塞。意有所得便心情舒畅地写下去，想写的事理隐伏不明，就放下笔墨停止写作。在自由自在中解除劳累，用说说笑笑来医治疲倦，就能经常轻松愉快地显露其才华，有使用不完的创作力量。经常保持像新磨出来的锐利刀锋，

| | |
|---|---|
| 凑理无滞[29]，虽非胎息之迈术[30]，斯亦卫气之一方也[31]。 | 使全身的气脉畅行无阻：这虽不是保养身心的万全之术，也是养气的一种方法。 |

## 注释

❶功庸弗怠：这四字和下面的“和熊以苦之人”（用熊胆和丸，以其极苦来激励勤学，是唐代柳仲郢的故事，见《新唐书·柳仲郢传》），是后人增补，不是刘勰原文。这两句未译。 ❷锥股自厉：《战国策·秦策一》：“（苏秦）乃夜发书，陈箧（箱）数十，得太公《阴符》（传为姜尚兵书）之谋，伏而诵之，简练以为揣摩（反复研究）。读书欲睡，引锥自刺其股，血流至地。”厉：鞭策。❸志：纪昀说：“志当作至。”译文据“至”字。 ❹申：伸张，舒展。郁滞：郁闷，忧郁。 ❺优柔：宽容，和上句的“从容”意近。适会：适应机会。《征圣》篇的“抑引随时，变通适会”、《章句》篇的“随变适会，莫见定准”，与此“适会”意同。 ❻销铄（shuò）精胆：即上文所说“精气内销”。销铄：熔化。枚乘《七发》：“虽有金石之坚，犹将销铄而挺解（散开）也，况其在筋骨之间乎哉？”精胆：犹精气。古人认为人的刚强之气出自胆，称胆气。 ❼迫蹙（cù）：逼迫。 ❽秉：持，拿着。牍（dú）：木简，纸。 ❾洒翰：挥笔。伐性：残害生命。《吕氏春秋·本生》：“靡曼皓齿，郑卫之音，务以自乐，命之曰伐性之斧。” ❿素心：本意。 ⓫会文：指写作。直理：正理。 ⓬利钝：以兵器的锐利或不锐利，比喻文思的敏锐或迟钝。 ⓭通塞：思路的通畅或阻塞。陆机《文赋》：“若夫应感之会，通塞之纪，来不可遏，去不可止。” ⓮沐则心覆：《左传·僖公二十四年》：“晋侯之竖（小吏）头须，守藏者也……求见。公辞焉以沐。（头须）谓仆人曰：‘沐则心覆，心覆则图反（意图相反），宜吾不得见也。’”沐：洗头。 ⓯方：正当。昏：迷糊不清。 ⓰黩（dú）：《说文》：“黩，握持垢也，从黑，卖声。《易》曰：‘再三黩。’”段注：“黩训握垢，故从黑。《吴都赋》：‘林木为之润黩。’刘注曰：‘黩，黑茂貌。’其引申之义也。”刘勰用指神“昏”的发展，是取其引申之义，指头脑更加昏黑不清。⓱吐纳：指写作。文艺：作文的技艺。 ⓲节宣：节制作息之意。《左传·昭公

元年》："君子有四时：朝以听政，昼以访问，夕以修令，夜以安身。于是乎节宣其气，勿使有所壅闭湫底（阻塞集滞），以露（羸）其体。"杜预注："宣，散也。" ⑲清和：《汉书·贾谊传》："大数既得，则天下顺治，海内之气，清和咸理。"这是讲社会的清平和谐，刘勰用以指作者心境的清静和谐。 ⑳烦而即舍：用心过度便停止。《左传·昭公元年》："公曰：'女不可近乎？'对曰：'节之。先王之乐，所以节百事也……物亦如之。至于烦，乃舍也已。'" ㉑壅（yōng）滞：阻塞不通畅，即上引《左传》中的"壅闭湫底"之意。孔颖达疏："壅谓障而不使行，若土壅水也；闭谓塞而不得出，若闭门户也；湫谓气聚；底谓气止：四者皆是不散之意也。" ㉒命笔：提笔写作。 ㉓伏：隐藏，不显露。卷怀：收藏。《论语·卫灵公》："邦有道则仕，邦无道则可卷而怀之。"刘宝楠《正义》："卷，收也。怀与褢同，藏也。" ㉔逍遥：优游自得。《庄子·让王》："逍遥于天地之间而心意自得。"针劳：消除疲劳。针：针刺治病，这里指医治。 ㉕药倦：和上句"针劳"意近。 ㉖弄闲于才锋：指轻松愉快地显露其才锋。弄：戏。闲：暇。 ㉗贾（gǔ）余于文勇：出售多余的写作才力。《左传·成公二年》："齐高固入晋师，桀（通'揭'，举起）石以投人。禽之，而乘其车，系桑本焉，以徇齐垒（巡行于齐军的营垒），曰：'欲勇者，贾余馀勇。'"杜注："贾，卖也，言己勇有馀，欲卖之。" ㉘刃发如新：《庄子·养生主》：庖丁向梁惠王说："今臣之刀十九年矣，所解数千牛矣，而刀刃若新发于硎（磨刀石）。" ㉙凑理：同"腠（còu）理"，肌肤的纹理。《黄帝内经素问·举痛论》："寒则腠理闭，气不行，故气收矣。"王冰注："腠谓津液渗泄之所，理谓文理逢会之中，闭谓密闭，气谓卫气，行谓流行，收谓收敛也。身寒则卫气沉，故皮肤文理及渗泄之处，皆闭密而气不流行，卫气收敛于中而不发散也。" ㉚胎息：古代修养身心的一种方法。《抱朴子·内篇·释滞》："故行气或可以治百病……其大要者，胎息而已。得胎息者，能不以鼻口嘘吸，如在胞胎之中，则道成矣。"迈术：王利器校："迈"，"作万，较胜"。万术：万全之术。 ㉛卫气：即养气。

【原 文】

赞曰：纷哉万象，劳矣千想。玄神宜宝①，素气资养②。水停以鉴③，火静而朗④。无扰文虑，郁此精爽⑤。

【译 文】

总之，天地间万事万物是纷纭复杂的，千百度思考这些现象十分劳神。人的精神应该珍惜，恒常的精气有待保养。停止奔流的水才更为清明，静止不动的火就显得明亮。要想不扰乱创作的思虑，就应保持精神爽朗。

注 释

❶玄神：即精神。扬雄《太玄·中》："神战于玄，其陈阴阳。"晋范望注："在中为心，心藏神为玄，阴阳争为战，两敌称陈……阴阳相克，故言战也。"又《玄告》："玄者，神之魁也。"范注："魁，藏也，言神藏于玄之中也。"
❷素气：经常的精气。素，平素。 ❸鉴：镜子，引申为明。 ❹朗：明亮。
❺郁：结，积。精爽：指清朗的精神。《左传·昭公七年》："是以有精爽至于神明。"杜注："爽，明也。"

# 四三、附会

## 解题

《附会》是《文心雕龙》的第四十三篇，主要是论述整个作品的统筹兼顾问题。所谓“附会”，分而言之，“附”是对表现形式方面的处理，“会”是对内容方面的处理。但这两个方面是不能截然分开的；本篇强调的是“统文理”，所以，虽有“附辞会义”之说，并未提出分别的要求或论述。

本篇有三个部分。第一部分论“附会”在写作中的必要性及其基本原则。刘勰强调，“附会”的工作，就像“筑室之须基构，裁衣之待缝缉”一样重要。他认为构成作品的情志、事义、辞采和宫商四个部分，情志是最主要的，其次是表达情志所用的素材（事义），辞采和音节虽是更次要的组成部分，但和人必有肌肤、声气一样，也是不可缺少的。必须首先明确这个原则，才能轻重适宜地处理好全篇作品。

第二部分论“附会”的方法以及应注意的复杂情况。刘勰要求作者从大处着眼，有全局观点。在处理创作的具体问题时，应根据不同情况而分别对待；但在考虑全篇时，就不能只注意到枝节问题而顾此失彼。在写作过程中，作者既不应轻率，也不必迟疑，只要掌握了写作的基本道理，就如弹琴驾车，“并驾齐驱”而又运用自如。

第三部分论“附会”的作用。刘勰举汉代倪宽和三国钟会的故事，生动地论证了“附会”的重要性，也说明了是否善于“附会”的巨大区别。最后提出，必须写好一篇作品的结尾，使之“首尾相援”，才能达到“附会”的理想地步。

本篇所提出的“必以情志为神明，事义为骨髓，辞采为肌肤，宫商为声气”，是刘勰的重要文学观点之一；不仅是进行“附会”的原则，也是整个文学创作的原则。这种以人体所作比喻，既明确了作品各个部分的主次地位，也说明了各个部分在作品中的不同作用和相互关系。

**【原 文】**

何谓“附会”[①]？谓总文理[②]，统首尾，定与夺[③]，合涯际[④]，弥纶一篇[⑤]，使杂而不越者也[⑥]。若筑室之须基构[⑦]，裁衣之待缝缉矣[⑧]。夫才量学文[⑨]，宜正体制：必以情志为神明[⑩]，事义为骨髓[⑪]，辞采为肌肤，宫商为声气[⑫]；然后品藻玄黄[⑬]，摛振金玉[⑭]，献可替否[⑮]，以裁厥中[⑯]：斯缀思之恒数也[⑰]。凡大体文章[⑱]，类多枝派[⑲]；整派者依源[⑳]，理枝者循干。是以附辞会义[㉑]，务总纲领；驱万涂于同归[㉒]，贞百虑于一致[㉓]；使众理虽繁，而无倒置之乖[㉔]；群言虽多，而无棼丝之乱[㉕]。扶阳而出条[㉖]，顺阴而藏迹[㉗]；首尾周密，表里一体[㉘]：此附会之术也。夫画者谨

**【译 文】**

什么叫作“附会”？就是指综合全篇的条理，使文章首尾连贯，决定写进什么和不写什么，把各部分都融合起来，组织成一个整体，做到内容虽复杂，但层次还是很清楚。这就好比建筑房屋必须注意基础和结构，做衣服也少不了缝纫的工作一样。有才华的青年学习写作，应该端正文章的体制：必须以作者的思想感情为主体，好比人的神经中枢；其次是体现其思想感情的素材，好比人体的骨骼；再次是辞藻和文采，好比人的肌肉皮肤；最后是文章的声调音节，好比人的声音。明确了这几点，然后像画家调配色彩，乐师安排音节一样，适合的就选用，不适合的就删去，以求做到正好得当：这就是构思写作的普遍法则了。一般说来，文章像树木有许多枝叶，江河有许多支流似的；整理支流的必须依照江河的主流，整理枝叶的必须遵循树木的主干。所以，在写作上整理作品的文辞和内容，也应该提纲挈领，把许多不同的途径都会合成一条道路，把各种不同的思绪都统一起来；使内容虽丰富而不至次序颠倒，文辞虽繁多而不至纷如乱丝。文章中有些应该突出，像树木在阳光下枝条招展；有些应该略去，像树木在阴暗处枝叶收敛。总之，要使全篇自首至尾都完整周密，内容和形式紧紧结合成一个整体：这就是所谓“附会”

发而易貌[29]，射者仪毫而失墙[30]；锐精细巧[31]，必疏体统[32]。故宜诎寸以信尺[33]，枉尺以直寻[34]，弃偏善之巧[35]，学具美之绩[36]：此命篇之经略也[37]。

的方法了。但是假如画师画像只注意毫发，便反会使容貌失真；假如射手只看准一小点，便会注意不到大片的墙壁。所以，应该舍去一寸来注重一尺，放弃一尺来舒展八尺；也就是说，应该牺牲文章中枝节性的小巧，而争取全面美好的功绩：这才是创作的主要方法。

## 注释

❶附：指文辞方面的安排。会：指内容方面的处理。❷文理：这二字在本书中一般指写文章的道理，此处据上下文意，应指文章的条理。❸与夺：即取舍。❹涯际：指文章的各个部分。❺弥纶：综合组织的意思。弥：弥缝。纶：经纶。❻越：逾越，这里指文章层次的互相侵越。❼基：建筑的基础。构：结构。❽缉：缝得细密。❾才量：王利器校作"才童"。才童指有才华的青年。译文据"才童"。❿神明：指人身最主要的部分，如神经中枢。⓫事义：文章中讲到的事情及其意义，也就是写作时所用的素材。骨髓：《太平御览》卷五八五引作"骨鲠"。《辨骚》篇所说"骨鲠所树，肌肤所附"，和此处"骨鲠""肌肤"并用正同。⓬宫商：五音中的两种，常用以代表五音，这里指文章的音节。⓭品藻：品味评量。玄：黑赤色。⓮摛（chī）振：发动。金玉：指钟磬一类的乐器。《原道》："必金声而玉振。"⓯献可：选用合适的东西。献，进。替否：丢掉不合适的东西。替，弃去。⓰裁：判断。厥：其。中：恰当。⓱缀思：即构思。数：方法。⓲大体：这里有大概的意思。⓳派：水道的支流。⓴整：和下句"理"字意同，都是整理的意思。㉑附辞会义：刘逵《三都赋序》："傅辞会义，抑多精致。"（《晋书·左思传》）傅：同"附"。㉒涂：同"途"，途径。《周易·系辞下》："天下同归而殊涂，一致而百虑。"㉓贞：正，使之正。㉔乖：不合。㉕棼（fén）：纷乱。㉖扶：沿着。阳：日光。条：小枝。㉗阴：暗处。崔骃《达旨》："故能扶阳而

出，顺阴而入，春发其华，秋收其实。”（《后汉书·崔骃传》） ㉘表里：指事物的两个方面，这里指作品的内容（“里”）和形式（“表”）。 ㉙易：改变。 ㉚仪：审视。毫：毛发。《淮南子·说林训》：“画者谨毛而失貌，射者仪小而遗大。”高诱注：“谨悉微毛，留意于小，则失其大貌；仪望小处而射之，故耐（能）中。事各有宜。”刘勰的用意与此解略异。 ㉛锐精：集中精力，注意推敲。 ㉜疏：忽视。体统：主体，总体。 ㉝诎（qū）寸以信（shēn）尺：《太平御览》卷八三〇录《尸子》：“孔子曰：诎寸而信尺，小枉而大直，吾为主者也。”诎：屈，缩短。信：通伸，舒张。 ㉞枉尺以直寻：《孟子·滕文公下》：“《志》曰：枉尺而直寻，宜若可为也。”朱注：“枉，屈也；直，伸也；八尺曰寻。枉尺直寻，犹屈己一见诸侯，而可以致王霸，所屈者小，所伸者大也。” ㉟偏善：指片面的、无关全局的小巧。 ㊱具：即“俱”，完备的意思，和上句“偏”字相对。绩：功绩。 ㊲命篇：写作成篇。经略：计谋，这里指写作的巧妙。

【原文】

夫文变多方[①]，意见浮杂；约则义孤[②]，博则辞叛[③]；率故多尤[④]，需为事贼[⑤]。且才分不同[⑥]，思绪各异[⑦]；或制首以通尾[⑧]，或尺接以寸附[⑨]；然通制者盖寡[⑩]，接附者甚众[⑪]。若统绪失宗[⑫]，辞味必乱；义脉不流[⑬]，则偏枯文体[⑭]。夫能悬识腠理[⑮]，然后节文自会[⑯]；

【译文】

作品的变化没有定规，作家的心意和见解也比较复杂；如果说得太简单，内容就容易单薄；如果讲得太繁多，文辞便没有条理。写得潦草，毛病便多；但过分迟疑，也反而有害。且各人的才华不同，思路也不一样，有的能从起头连贯到尾，有的则是枝枝节节地拼凑；可惜能够首尾贯通的作者很少，而逐句拼凑的作者却较多。如果文章没有重心，辞句的意味必将杂乱；如果内容的脉络不通畅，整篇作品就板滞而不灵活。必须洞悉写作的道理，才能做到音节和文采自然会合，就像胶可黏合木材，豆可配合脾脏一样。所如胶之粘木，豆之合黄矣[17]。是以驷牡异力[18]，而六辔如琴[19]；并驾齐驱，而一毂统辐[20]：驭文之法[21]，有似于此。去留随心，修短在手[22]；齐其步骤，总辔而已。

以，四匹马用力不同，但在一个会驾车的人手里，六条缰绳可以像琴弦的谐和；不同的车轮向前进行，而车辐都统属于车毂。驾驭写作的方法，也与此相似。或取或舍，决定于作者的内心；或多或少，都掌握在作者的手里。只要控制住总的缰绳，步调便可一致了。

## 注释

❶多方：《太平御览》卷五八五作“无方”，与《通变》篇“变文之数无方”用法相同，译文据“无方”。方，常。 ❷约：简单。 ❸叛：乱。 ❹率：草率。尤：过失。 ❺需：迟疑。贼：害。《左传·哀公十四年》：“子行抽剑曰：‘需，事之贼也。’”杜预注：“言需疑则害事。” ❻分（fèn）：本分。才分：指各人写作才能的特点。 ❼绪：端绪。 ❽首、尾：指一篇作品的始末。❾尺、寸：指一篇作品的一段、一句。 ❿通制：即上句“制首以通尾”的意思。 ⓫接附：即上句“尺接以寸附”的意思。 ⓬失宗：指文章缺乏重心，主次不分。 ⓭义脉：以人体的气脉喻文章内容的脉络。流：流通，流畅。 ⓮偏枯：病名，即半身不遂。《黄帝内经·素问·风论》：“风之伤人也，或为寒热……或为偏枯。”这里用以喻作品的脉络阻塞。 ⓯悬：高远。腠（còu）理：肌肉的纹理，这里借以指写作的道理。《黄帝内经素问·风论》：“腠理开则洒然寒，闭则热而闷。” ⓰节文：指音节和文采，即第一段所说“品藻玄黄，摛振金玉”两个方面。 ⓱豆之合黄：《太平御览》卷五八五录作“石之合玉”。按本篇多以人体为喻，这一段中所用“偏枯”“腠理”等，都是古代医学用语（已详见上注），“豆之合黄”亦同。《黄帝内经·素问·藏气法时论》：“脾色黄，宜食咸：大豆、豕肉、栗、藿，皆咸。”指脾病宜食大豆等，也就是说，大豆等适合于色黄的脾。 ⓲驷（sì）：一车四马。牡（mǔ）：指雄性的马。⓳辔（pèi）：马缰绳。如琴：和谐如奏琴。琴声由若干弦组成，但能弹奏得很和

谐。 ⑳毂（gǔ）：车轮的中心圆木。辐（fú）：车轮上车轴和车轮相连接的辐条。 ㉑驭文：指写作。驭：驾驭。《诗经·小雅·车舝（xiá）》："四牡騑騑（fēi），六辔如琴。"郑笺："其御群臣，使之有礼，如御四马騑然；持其教令，使之调均，亦如六辔，缓急有和也。" ㉒修短：指多写或少写。修，长。

【原 文】

故善附者异旨如肝胆[1]，拙会者同音如胡越[2]。改章难于造篇，易字艰于代句，此已然之验也[3]。昔张汤拟奏而再却[4]，虞松草表而屡谴[5]，并理事之不明，而词旨之失调也。及倪宽更草[6]，钟会易字[7]，而汉武叹奇[8]，晋景称善者[9]，乃理得而事明，心敏而辞当也。以此而观，则知附会巧拙，相去远哉！若夫绝笔断章[10]，譬乘舟之振楫[11]；会词切理[12]，如引辔以挥鞭。克终底绩[13]，寄深写远[14]。若首唱荣华[15]，而媵句憔悴[16]，则遗势郁湮[17]，余风不畅[18]。此

【译 文】

所以一个善于安排文辞的人，就能把不相干的事物联系得像肝和胆一般密切；但是一个不善于安排内容的人，却会把本来相联系的事物写得像胡和越那么互不相干。有时修改一段文章比写全篇还艰难，换一个字比改写一句还麻烦，这是已有经验证明了的。如西汉时张汤写了奏章，却一再被退回；三国时虞松写了章表，却几次受到斥责：那是因为讲的道理和事情都不够明确，文辞和意旨也不协调的缘故。后来倪宽替张汤作了改写，钟会代虞松改了几个字，于是汉武帝刘彻对张汤所改的特别赞叹，晋景王司马师对钟会的改动也很满意：那是因为道理说得恰当，事情写得清楚，文思敏锐而文句妥善。从此看来，就知道是否善于"附会"，在写作上相差多么遥远！至于推敲文句，好比乘船时划桨；用文辞配合内容，就像拉着缰绳来挥动鞭子。必须通篇都安排得成功，才能表达得深而且远。如果开端写得很好，而后面却差得太远，那么作品收尾的文势便将滞塞，作品的感染力也得不到充分的发挥。这

《周易》所谓“臀无肤[19]，其行次且”也[20]。惟首尾相援[21]，则附会之体，固亦无以加于此矣。

就如《周易·夬卦》中所说：“臀部没有皮肉，走路就不快。”只有全篇首尾呼应，关于文辞和内容的安排，才可说是达到了最高的境界。

## 注释

❶善附：善于附辞。这句虽然讲文辞方面，下句虽然讲内容（“拙会”）方面，但“附”与“会”是互文足义，其“善”的是“附会”，其“拙”的也是“附会”。旨：意旨，指作品中所包含的内容。 ❷同音：和谐的音节，这里比喻关系密切的事物。胡：指北方。越：指南方。《比兴》篇曾说：“物虽胡越，合则肝胆。” ❸已然：过去已是如此。下文即举具体例证说明。 ❹张汤：汉武帝时的廷尉（最高司法官）。拟：起草。却：退。《汉书·倪宽传》：“时张汤为廷尉……会廷尉时有疑奏，已再见却矣，掾史莫知所为。宽为言其意，掾史因使宽为奏。奏成，读之皆服，以白廷尉汤，汤大惊，召宽与语，乃奇其材，以为掾。上宽所作奏，即时得可。异日，汤见上，问曰：‘前奏非俗吏所及，谁为之者？’汤言倪宽。上曰：‘吾固闻之久矣。’” ❺虞松：三国魏的中书令（掌管机密文书的长官）。谴：谴责，批评。《三国志·魏书·钟会传》注引《世语》：“司马景王命中书令虞松作表。再呈辄不可意，命松更定。以经时，松思竭不能改，心苦之，形于颜色。会（钟会）察其有忧，问松。松以实答。会取视，为定五字。松悦服，以呈景王。王曰：‘不当尔邪，谁所定也？’” ❻倪宽：张汤的僚属。更：改。 ❼钟会：三国时魏的司徒（最高行政首长之一）。易字：换了几个字。 ❽汉武：汉武帝刘彻。 ❾晋景：晋景王司马师。 ❿绝笔断章：指在字句上决定取舍。绝、断：都是裁决的意思。 ⓫楫（jí）：划船的桨。 ⓬切：切合。理：作品中讲的道理，这里泛指内容。 ⓭克：能。底：及。 ⓮寄：寄托。写：抒写。 ⓯首唱：指一篇的开端。荣华：草木的花，这里指文章的开头写得较好。 ⓰媵（yìng）：送嫁的人或物，这里指作品的结尾部分。憔悴：和上句“荣华”相反，指枯萎。《淮南子·说林训》：“有

荣华者，必有憔悴。” ⑰遗：和下句的“余”略同，都指作品的结尾。郁湮（yān）：阻塞。 ⑱风：指作品对读者的教育和感染的力量。 ⑲臀（tún）：人或动物的臀部。 ⑳次且（zījū）：同“趑趄”，行走困难。这里所引两句，是《周易·夬（guài）卦》中的原话。 ㉑首尾相援：前后互相照应。

【原 文】

赞曰：篇统间关①，情数稠迭②。原始要终③，疏条布叶④；道味相附⑤，悬绪自接。如乐之和⑥，心声克协⑦。

【译 文】

总之，篇章的全面安排是不容易的，内容的种类也十分繁杂。作者必须从头到尾，把一枝一叶都布置得很恰当；只要内容能布置妥帖，思绪自然可连贯起来。就像乐曲必须和谐一样，作者内心的话也都要配合得协调。

## 注 释

❶篇统：指文章层次的安排。统，统绪。间关：《汉书·王莽传下》：“王邑昼夜战，罢（疲）极，士死伤略尽。驰入宫，间关至渐台。”颜师古注：“间关，犹言崎岖展转也。”刘勰用以指艰难。 ❷情数：指内容多种多样。《神思》：“若情数诡杂，体变迁贸。”稠（chóu）迭：繁多，复杂。稠，多而密。 ❸原：追溯。要（yāo）：约会，这里有联系的意思。《周易·系辞下》：“原始要终，以为质也。” ❹疏：疏通。 ❺道味：指作品中体现的道理、意味。 ❻如乐之和：《左传·襄公十一年》：“如乐之和，无所不谐。” ❼心声：表达思想的语言。扬雄《法言·问神》：“故言，心声也。”

# 四四、总术

## 解题

《总术》是《文心雕龙》的第四十四篇，综合论证写作方法的重要性。刘勰的创作理论是很广泛的，从根本原则到具体技巧问题，都分别作了专篇论述。本篇是总的论述掌握创作方法的重要。

全篇分三个部分。第一部分论“文”“笔”之分。自晋、宋以后，“文”“笔”之分逐步明确起来。刘勰对这种区分，基本上是赞同的；所以，上卷是“论文叙笔”，按“文”“笔”两大类分别列论。但对颜延之的“文”“笔”“言”之分，则取反对态度。

第二部分在对论创作技巧的《文赋》进行批评之后，提出“研术”的重要意义。刘勰认为文学创作和音乐一样，乐师虽不一定能掌握一切乐器和曲调，但必须懂得音乐的基本方法。所以说：“才之能通，必资晓术。”只有全面研究各种文学体裁，明确写作的基本法则，才能在文学创作上取得胜利。

第三部分以下棋和掷采为喻，来进一步说明掌握写作方法的必要。下棋是要讲究方法的，掌握了写作方法的作家，就同会下棋的人一样，可以获得成功。掷采则是碰机会，不懂得写作方法的人就和掷采一样，即使偶有所得，却不能取得完全成功。因此，刘勰要求作家必须“执术驭篇”，而不要在写作上去碰运气。

“文”“笔”之辨，是晋、宋以来文学发展的一个重要标志。正所谓“文场笔苑，有术有门”，多种多样的“文”和“笔”的出现，表现方法问题也随之复杂和重要起来。因此，有必要“务大体”，穷根求源，探索“乘一总万”的写作方法。本篇把“文”“笔”之辨和“执术驭篇”两个问题，

"列在一篇"来讨论，其原因就在这里。本篇虽未提出什么新的创作理论，但对文学创作提出一个总的要求，却是很值得重视的。刘勰要求文学作品："义味腾跃而生，辞气丛杂而至。视之则锦绘，听之则丝簧，味之则甘腴，佩之则芬芳。"除了内容充沛，辞采丰富外，这里还突出强调了文学作品的艺术性及其感人力量。刘勰在他的创作论的总结中提出这种要求或理想，这很有助于我们对其整个创作论的理解。《神思》以下各篇，正是为如何创造出这样理想的作品所做的分论。

## 【原文】

今之常言[①]，有"文"有"笔"[②]；以为无韵者"笔"也[③]，有韵者"文"也。夫文以足言，理兼《诗》《书》[④]，别目两名[⑤]，自近代耳[⑥]。颜延年以为[⑦]："笔"之为体，"言"之文也[⑧]；经典则"言"而非"笔"[⑨]，传记则"笔"而非"言"[⑩]。请夺彼矛[⑪]，还攻其楯矣[⑫]。何者？《易》之《文言》[⑬]，岂非"言"文[⑭]？若"笔"不"言"文[⑮]，不得云经典非"笔"矣。将以立论，未见其论立也。予以为[⑯]：发口为言，属笔曰翰[⑰]，常道曰经，

## 【译文】

近来人们常常说，文章有"文"和"笔"两种；他们认为不讲究音节的是"笔"，讲究音节的是"文"。文本来是补充和修饰语言的，按理说可以包含《诗经》《尚书》两方面的作品；至于分成两种，那是晋代以后的事。颜延之以为："笔"这种体裁，是有文采的"言"；儒家经书是"言"而不是"笔"，而传注乃是"笔"不是"言"。我现在就借颜延之的矛，来反攻他的盾。为什么这样说呢？《周易》中的《文言》，岂不是有文采的"言"吗？假如"笔"是有文采的"言"，那么就不能说经书不是"笔"了。颜延之想建立新的论点，可是我看他的论点还不能建立起来。我认为：口头说的叫作"言"，书面写的叫作"笔"；说明永久性道理的叫作"经"，解释经书的叫作"传"。

述经曰传[18]。经传之体，出“言”入“笔”[19]；笔为言使[20]，可强可弱[21]。分经以典奥为不刊[22]，非以“言”“笔”为优劣也。

经和传的体裁，就显然不应属于“言”而应属于“笔”了；用笔写来代替口说，文采可多可少。儒家经典以其内容深刻而不可磨灭，并不是以颜延之所谓无文采的“言”和有文采的“笔”来定其高下的。

## 注释

❶今：指晋、宋以来。❷“文”“笔”：“文”和“笔”的区别，说法不一，大体上讲，“文”是比较讲究文采的作品，如诗歌辞赋之类；“笔”是偏重于应用方面的作品，如政治、历史、学术论著之类。❸韵：指节奏，这里泛指文章的音节，不限于句末的押韵。❹《诗》：指《诗经》，代表讲究音节的作品。《书》：指《尚书》，代表不讲究音节的作品。❺目：称。❻近代：指晋、宋期间。“文笔”连用成词，早在汉代已经出现，晋代用得更多，但以“文笔”对举而明确其区别，则始于南朝宋代：“宋文帝问（颜）延之诸子才能。延之曰：‘竣得臣笔，测得臣文。’”（《南史·颜延之传》）❼颜延年：名延之，晋宋之间的作家。他主张把作品分成“文”“笔”“言”三种。❽“言”之文：颜延之认为“文”的文采比“笔”多，而“笔”的文采又比“言”多，所以说“笔”是有文采的“言”。❾“经典”句：颜延之认为经书（如《尚书》）文采很少，所以属于“言”。❿“传记”句：颜延之认为传注（如《左传》）的文采稍多，所以属于“笔”。颜延之上述意见的原文今不存。⓫矛：长柄有刃的兵器。⓬楯（dùn）：即盾，打仗时防御用的盾牌。⓭《文言》：《周易》中的一部分，相传为孔子阐述《易经》所作。⓮岂非“言”文：颜延之认为经书都属无文采的“言”，但刘勰认为《文言》却有文采，所以用来反驳他。⓯不：黄侃认为是“为”字之误。王利器校作“果”。此句是复述颜延之所论“笔”是“‘言’之文”的意思。⓰予：刘勰自称。他反对颜延之以文采多少作为“经”“传”“言”“笔”的区别。⓱属笔曰翰：杨明照校

注："按，《论衡·书解》篇：'出口为言，集札为文。'又：'出口为言，著文为篇。'又按，以下'出言入笔，笔为言使'及'非以言笔为优劣也'验之，'属笔曰翰'疑当作'属翰曰笔'。"翰：笔。属翰，就是用笔来写。 ⑱"常道"二句：张华《博物志·文籍考》："圣人制作曰经，贤者著述曰传。" ⑲出"言"入"笔"：因为经传都是书面作品，所以不应属于"言"（指不属"发口为言"的"言"），而应属于"笔"（指"属翰曰笔"的"笔"。这是刘勰所理解的"言"和"笔"，不是颜延之的所谓"言"和"笔"）。 ⑳使：用。 ㉑强、弱：指文采的多、少。 ㉒分经：应为"六经"。典：常。奥：深。不刊：不可磨灭。刊，削去。

## 【原 文】

昔陆氏《文赋》[①]，号为曲尽[②]；然泛论纤悉[③]，而实体未该[④]。故知九变之贯匪穷[⑤]，知言之选难备矣[⑥]。凡精虑造文，各竞新丽；多欲练辞[⑦]，莫肯研术[⑧]。落落之玉[⑨]，或乱乎石；碌碌之石[⑩]，时似乎玉。精者要约[⑪]，匮者亦鲜[⑫]。博者该赡[⑬]，芜者亦繁[⑭]。辩者昭晰[⑮]，浅者亦露。奥者复隐[⑯]，诡者亦典[⑰]。或义华而声悴[⑱]，或理拙而文泽。知

## 【译 文】

从前陆机的《文赋》，据说谈得很详细；但是里边多讲琐碎的问题，却没有抓住要点。可见事物的变化是无穷的，而真正懂得写作的人却较少。一般作家精心撰文，都努力争取新奇华丽，常常只注意文辞的选择，而不去钻研写作的方法。譬如在成堆的玉中，不免有些和石块相类；在稀有的石头中，偶然也有像玉的。同样，用心写作的人，文章比较简洁；可是文思贫乏的人，篇幅也多短小。才华丰富的人，常常下笔千言；然而文风杂乱的人，也写得非常冗长。善于雄辩的人，条理十分清楚；不过学识浅薄的人，辞句也极显露。思想深刻的人，写出来有时难懂；可是故作怪僻的人，也有晦涩的毛病。有的文章意义丰富，而声调音节显得较差；有的文章讲道理比较拙劣，而文

夫调钟未易[19]，张琴实难[20]。伶人告和[21]，不必尽窕槬桍之中[22]；动用挥扇[23]，何必穷初终之韵[24]？魏文比篇章于音乐[25]，盖有征矣[26]。夫不截盘根[27]，无以验利器；不剖文奥[28]，无以辨通才[29]。才之能通，必资晓术[30]。自非圆鉴区域[31]，大判条例[32]，岂能控引情源[33]，制胜文苑哉？

句却很润泽。正如音乐一样，敲钟弹琴都不容易。一个乐师要演奏得音调和谐，不必大小乐器都会掌握；要能运用乐器，发挥作用，何须兼通一切曲调？曹丕把写作比作音乐，是有根据的，因为都要求掌握法则。如果不能截断弯曲的树根，那就无法考验刀锯是否锋利；同样，如果不能分析深刻的写作道理，也就不能看出作者是否有妙才。要使文才妙用无碍，就必须依靠通晓写作方法。若非全面考察各种体裁，普遍明确各种法则，怎能掌握思想情感的来龙去脉，在文坛上获得成功呢？

## 注释

❶陆氏：指陆机，字士衡，西晋著名文学家。《文赋》：以艺术构思为中心的一篇创作论（见《文选》卷一七）。 ❷号：称，说。曲尽：详尽。《文赋》中曾说："他日殆可谓曲尽其妙。" ❸纤（xiān）：细小。悉：详尽。 ❹体：主体。该：兼备。 ❺九：虚数，泛指众多。贯：事。 ❻知言：善于分析言辞，这里指善于讨论创作。汉武帝在元朔元年的《赦诏》中引诗云："九变复贯，知言之选。"颜师古注："贯，事也；选，择也。"（见《汉书·武帝纪》）刘勰这两句即用其意。 ❼练：选择。 ❽术：方法。刘勰称艺术构思为"驭文之首术"（《神思》），称继承与革新为"通变之术"（《通变》），甚至论"风骨"也说"兹术或违，无务繁采"（《风骨》）。所以，这里的"术"，概括了刘勰所论各种创作原理、方法和技巧。 ❾落落：多。河上公本《老子·法本》："不欲琭琭如玉，落落如石。"注："碌碌，喻少；落落，喻多。玉少故见贵，石多故见贱；言不欲如玉为人所贵，如石为人所贱，当处其中也。" ❿碌碌（lù）：同"琭琭"。 ⓫约：简洁。 ⓬匮（kuì）：缺乏。鲜：少。 ⓭赡

(shàn)：富足。 ⑭芜：杂乱。 ⑮昭晰（xī）：明白。 ⑯复：复杂。隐：深奥。 ⑰诡：不正常。典：应为“曲”，是曲折难懂的意思。 ⑱悴：弱。 ⑲调：调整。钟：泛指乐器。 ⑳张：指张弦。 ㉑伶（líng）人告和：《国语·周语下》：“钟成，伶人告和。”韦昭注：“伶人，乐人也。”和：调和。 ㉒尽，完全，这里是说完全掌握。窕（tiǎo）：小；槬（huà）：大。这里指大大小小的各种乐器。《左传·昭公二十一年》：“小者不窕，大者不槬。”杜预注：“窕，细不满；槬，横大不入。”梼（kū）：这个字是衍文。中：恰当，这里指音节的恰到好处。 ㉓动用：指乐器的运用。挥扇：指发挥音乐的作用。 ㉔穷：探索到底。初终：从头到尾。韵：指曲调。 ㉕魏文：指魏文帝曹丕，他在《典论·论文》中用音乐比喻文学说：“文以气为主，气之清浊有体，不可力强而致。譬诸音乐，曲度虽均，节奏同检（法度），至于引气不齐，巧拙有素，虽在父兄，不能以移子弟。” ㉖征：证验。 ㉗盘：弯曲。这两句是化用东汉虞诩（xǔ）的话：“不遇盘根错节，何以别利器乎？”（《后汉书·虞诩传》） ㉘剖：分析。 ㉙通：妙用无碍。 ㉚资：凭借。 ㉛圆：全面。鉴：察看。区域：指各种体裁。 ㉜判：裁决。条例：规则，这里指写作规则。 ㉝控引：控制、拉开，即驾驭。相传司马相如写《上林赋》时，曾进行“控引天地，错综古今”的构思活动（《西京杂记》卷二）。

【原 文】

是以执术驭篇[①]，似善弈之穷数[②]；弃术任心，如博塞之邀遇[③]。故博塞之文，借巧傥来[④]；虽前驱有功[⑤]，而后援难继[⑥]。少既无以相接，多亦不知所删；乃多少之并惑，何妍蚩之

【译 文】

因此，如果能掌握方法来进行写作，就像会下围棋的人那样讲究技巧；如果抛弃方法而任意写作，就像掷采的人那样碰机会。所以，像掷采那样写作的文章，只依靠偶然得来，即使开始能写成几句，后边也难于继续。这样，在内容少的时候，自然无法写下去；在内容多的时候，也不知如何剪裁。既然不管内容多少都会感到

能制乎[7]？若夫善弈之文，则术有恒数[8]，按部整伍[9]，以待情会[10]；因时顺机[11]，动不失正[12]。数逢其极[13]，机入其巧，则义味腾跃而生[14]，辞气丛杂而至[15]。视之则锦绘[16]，听之则丝簧[17]，味之则甘腴[18]，佩之则芬芳[19]：断章之功[20]，于斯盛矣。夫骥足虽骏[21]，纆牵忌长[22]；以万分一累[23]，且废千里[24]。况文体多术，共相弥纶[25]，一物携贰[26]，莫不解体。所以列在一篇，备总情变[27]；譬三十之辐[28]，共成一毂[29]，虽未足观，亦鄙夫之见也[30]。

困惑，那么怎能掌握写作的好坏呢？至于像会下棋那样写作的文章，则是在方法上按照一定的技巧，按部就班地和思想情感相配合；利用恰当的时机，一般是不会出错的。技巧运用得很好，时机非常适合，就可在内容上做到意味浓郁动人，在文辞上也使得气势蓬勃起来。这种佳作，看在眼里像五彩的锦绣，听在耳里像琴笙演奏的音乐，尝在嘴里像肥美的肴馔，戴在身上像芬芳的香草：写作的效用，这算达到极点了。千里马虽然快，但缰绳不能太长；如有万分之一的差错，那就会影响到千里之行。何况文章各种体裁的写作方法是多种多样的，各方面都要密切配合；如果其中有一点不协调，全文都要受影响。所以集中在本篇，全面考虑文学创作的种种不同情况，要像三十条车辐一样，必须配合在一个车毂里。这里谈得虽很肤浅，也算我的一得之愚吧。

## 注释

❶驭（yù）篇：指写作。驭：驾驭。 ❷弈（yì）：围棋。数：技巧。 ❸博塞（sài）：古代掷采的局戏。 ❹傥（tǎng）来：意外得来。《庄子·缮性》："物之傥来，寄也。"成玄英疏："傥者，意外忽来耳。" ❺前驱：在前边走的人，这里比喻文章的开端。 ❻后援：比喻文章的后继部分。 ❼妍：美。蚩（chī）：丑。 ❽恒：指经常的，有定的。 ❾部、伍：这里指门类、次序。 ❿情会：思想感情的会合。 ⓫因：沿袭、依照。 ⓬动：辄、每。 ⓭极：指

中正。 ⑭义：作品中所表达的意义，与下句“辞”对举，所以属于内容方面。腾跃：跳动，指作品内容能感动人。 ⑮气：指作者的气质体现在作品中而形成文章的气势。丛：聚。 ⑯锦绘：指作品的形象鲜明。锦：杂色的丝织品。⑰丝簧：指作品的音韵和谐。丝：琴瑟一类的弦乐器。簧（huáng）：乐器中的薄铜片，这里指笙一类的管乐器。 ⑱味：品味。甘腴：指作品的内容丰富。腴（yú）：肥美。 ⑲佩：戴在身上。芬芳：范文澜注：“佩之则芬芳，情志也。”⑳断章：指写作。断，裁决。 ㉑骥（jì）：良马。骏：迅速。 ㉒缪（mò）：绳索。这是用《战国策·韩策三》中的故事：王良的弟子驾千里马，“造父之弟子曰：‘马不千里。’王良弟子曰：‘马，千里之马也；服（车衣），千里之服也，而不能取千里，何也？’曰：‘子缪牵长。’故缪牵于事，万分之一也，而难千里之行”。 ㉓累：妨碍。 ㉔且废千里：指上引《战国策》中所说“而难千里之行”。 ㉕弥纶：综合组织的意思。《章句》篇说：“夫人之立言，因字而生句，积句而成章，积章而成篇。篇之彪炳，章无疵也；章之明靡，句无玷也；句之清英，字不妄也。”这就是全篇共相弥纶的情形之一。 ㉖携贰：《左传·襄公四年》：“诸侯新服，陈新来和，将观于我，我德则睦，否则携贰。”指有离心，刘勰用以喻作品中某一部分不协调。如《练字》篇所说：“今一字诡异，则群句震惊。” ㉗情：这里指情况。 ㉘辐（fú）：车轮中直木，即辐条。 ㉙毂（gǔ）：车轮中心圆木。《老子》：“三十辐，共一毂。”（第十一章） ㉚鄙夫：刘勰自谦之词。

## 【原 文】

赞曰：文场笔苑，有术有门①。务先大体，鉴必穷源②；乘一总万③，举要治繁。思无定契④，理有恒存⑤。

## 【译 文】

总之，在创作领域里，方法是多种多样的。必须首先注意总体，彻底认清基本写作原理；这样就能根据基本原理来掌握各种技巧，抓住要点来驾驭一切。文思虽没有一定的规则，写作的基本原理却是一定的。

## 注释

❶门：类。 ❷源：根源，指文学创作的基本原理。 ❸乘：因。一：指上文说的“源”。万：指上文说的“有术有门”。 ❹契：约券，引申指规则。❺理：指基本写作原理。

# 四五、时序

## 解题

《时序》是《文心雕龙》的第四十五篇，从历代文学创作的发展变化情况，来探讨文学与社会现实的密切关系。

全篇分七个部分。第一部分论述从尧舜时期到战国时期的文学情况；第二部分论述西汉时期的文学情况；第三部分论述东汉时期的文学情况；第四部分论述三国时期的文学情况；第五部分论述西晋时期的文学情况；第六部分论述东晋时期的文学情况；第七部分论述宋、齐时期的文学情况。不过本书写作时齐还未亡，所以对齐代文学只有笼统的颂扬，未作具体分析评论。

文学创作和社会现实的关系是十分复杂的。刘勰在对各个历史时期文学情况的论述中，讲到三种具体的关系：一是“风动于上，而波振于下”，商、周的诗歌，汉、晋的文学，都较普遍地存在这种情形；二是由于“世积乱离，风衰俗怨”的乱世，造成“梗概而多气”的建安文学；三是儒道思想对文学的影响，如东汉文学的“渐靡儒风”，两晋玄学使文学创作“流成文体”等。前一种主要是影响于文学的盛衰，后两种则影响到文学的内容和风格特色。刘勰未能从经济基础和阶级矛盾等基本方面来分析文学与社会现实的关系，而过分强调了封建统治者的提倡与重视的作用，这是他难以避免的局限。但他在对大量史实的分析中，提出“歌谣文理，与世推移”“文变染乎世情，兴废系乎时序”的基本观点是正确的。

此外，本篇对晋宋以前文学发展概况所作历史的总结，也有一定的意义。它不仅说明了各个历史时期文学盛衰的原因，且比较简要地概括了各个时期文学创作的基本特点。如西汉的“祖述楚辞”，东汉的“渐靡儒风”，建安的“雅好慷慨”，西晋的“辞意夷泰”等。

【原 文】

时运交移[①]，质文代变[②]；古今情理，如可言乎？昔在陶唐[③]，德盛化钧[④]；野老吐“何力”之谈[⑤]，郊童含“不识”之歌[⑥]。有虞继作[⑦]，政阜民暇[⑧]；“薰风”诗于元后[⑨]，“烂云”歌于列臣[⑩]。尽其美者何[⑪]？乃心乐而声泰也[⑫]。至大禹敷土[⑬]，九序咏功[⑭]。成汤圣敬[⑮]，“猗欤”作颂[⑯]。逮姬文之德盛[⑰]，《周南》勤而不怨[⑱]；太王之化淳[⑲]，《邠风》乐而不淫[⑳]。幽、厉昏而《板》《荡》怒[㉑]，平王微而《黍离》哀[㉒]。故知歌谣文理[㉓]，与世推移[㉔]，风动于上，而波震于下者。春秋以后，角战英雄[㉕]；六经泥蟠[㉖]，百家飙骇[㉗]。方是时也[㉘]，韩、魏力政[㉙]，燕、赵任权[㉚]；五蠹、六虱[㉛]，严于秦令。唯齐、楚

【译 文】

时代不断地演进，质朴和华丽的文风也跟着变化。古往今来的写作情况和道理，大概还可以论述一下吧？从前在唐尧时期，恩德隆盛，教化普及，所以老百姓唱了《击壤歌》，儿童们也唱了《康衢谣》。接着是虞舜时期，政治昌明，百姓安闲；于是舜写了《南风诗》，群臣也和他同唱了《卿云歌》。这些作品为什么那么完美呢？主要由于心情舒畅，所以诗歌音调也是安乐的。到夏禹治理好国土，各项工作都走上轨道，所以产生了歌颂的作品。商汤英明严肃，因而出现了《诗经·商颂》里的《那》诗。后来周文王恩德隆盛，这时《周南》中的诗篇，体现了当时作者勤劳而无怨言的思想。文王以前，太王的教化很淳厚，所以《豳风》里的诗歌表达了作者快乐而不过分的心情。但是后来厉王、幽王时期政治黑暗，因而《大雅》里的《板》《荡》等诗充满愤怒；平王时，周室渐渐衰落，于是出现了情调悲哀的《王风·黍离》。这些歌谣写作的道理，是和时代一起演变的；时代像风一样在上边刮着，文学就像波浪一样在下边跟着震动。

到春秋以后，列国群雄互相争战；儒家经典不被重视，诸子百家风起云涌地出现了。这时韩、魏诸国以武力为政，燕、

两国，颇有文学[32]；齐开庄衢之第[33]，楚广兰台之宫[34]。孟轲宾馆[35]，荀卿宰邑[36]；故稷下扇其清风[37]，兰陵郁其茂俗[38]。邹子以谈天飞誉[39]，驺奭以雕龙驰响[40]；屈平联藻于日月[41]，宋玉交彩于风云[42]。观其艳说[43]，则笼罩《雅》《颂》[44]；故知炜烨之奇意[45]，出乎纵横之诡俗也[46]。

赵诸国相信权谋；而秦国对于韩非所谓五种害国的蛀虫，商鞅所说六种害国的虱子，都控制得很严格。只有齐、楚两国还颇有文化学术：齐国准备了大公馆，楚国扩大了兰台宫，来款待贤人。孟子到齐国去做贵宾，荀子到楚国去做兰陵令；所以齐国的稷下就传开优良的风气，楚国的兰陵也形成美好的习俗。邹衍以谈天称著，驺奭以文才驰名；屈原的诗篇更可媲美日月，宋玉的文采也美如风云。从文采上看他们美好的言论和著作，简直超过了《诗经》：可见他们光芒四射的幻想，来自这时纵横驰骋的不平凡的风气。

## 注释

❶运：运行。　❷质：朴质，简单。文：文采丰富。　❸陶唐：指尧时。尧初居陶（今山东省定陶县西南），后徙于唐（今河北省唐县），故史称陶唐氏。　❹化：教化。钧：同“均”，等同。　❺何力：指《击壤歌》，因为其中有“帝（尧）何力于我哉（也）”一句。击壤：古代一种投掷游戏。周处《风土记》：“击壤者，以木作之，前广后锐，长四尺三寸（《困学纪闻》卷二〇引作‘尺三寸’），其形如履。将戏，先侧一壤于地，遥于三四十步，以手中壤击之，中者为上。”《论衡》：“尧时百姓无事，有五十之民，击壤于涂。观者曰：‘大哉！尧之德也。’击壤者曰：‘吾日出而作，日入而息，凿井而饮，尧何力于我也！’”（以上据《文选》谢灵运《初去郡》诗注引。今本《论衡·艺增》与此文字略异。）　❻不识：指《康衢谣》，其中有“不识不知”一句。相传尧时儿童们曾唱此歌，见《列子·仲尼》篇。　❼虞：指舜。舜号有虞氏。作：起。　❽阜（fù）：盛大。暇：空闲。　❾薰风：指《南风歌》，其中有“南风之薰兮”

一句。相传此歌为舜所作，见《孔子家语·辩乐解》。元后：指舜。⑩烂云：指《卿云歌》，其中有“卿云烂兮”一句。《通变》篇曾说：“虞歌《卿云》。”歌于列臣：相传舜时百官曾共同歌颂“卿（庆）云”。《尚书大传》：“百工相和而歌卿云。帝乃倡之曰：‘卿云烂兮，纠缦缦兮。日月光华，旦复旦兮。’八伯咸进，稽首曰：‘明明上天，烂然星陈（辰）；日月光华，宏于一人。’”（卷一）⑪尽：完全。⑫泰：安。⑬敷：分布治理。⑭九序咏功：本书《原道》和《明诗》篇都说过“九序惟歌”。九序：指治理天下的各种工作都有了秩序。《尚书·大禹谟（伪）》：“九功惟叙，九叙惟歌。”⑮成汤：商代的开创者。圣敬：圣明严慎。⑯猗欤（yīyú）：指《诗经·商颂》中的《那（nuó）》诗，其中有“猗欤那欤”一句。猗：叹辞。那：多。⑰逮（dài）：及。姬（jī）文：周文王，姓姬。⑱《周南》：《诗经》中的《国风》之一，包括《关雎》等11首诗。勤而不怨：《左传·襄公二十九年》：“吴公子札来聘……请观于周乐。使工为之歌《周南》《召南》。曰：‘美哉！始基之矣，犹未也，然勤而不怨矣。’”⑲太王：周文王的祖父。淳（chún）：淳厚。⑳邠（bīn）：即豳，是太王所居的地方，在今陕西旬邑县。《豳风》是《诗经·国风》中的一部分。乐而不淫：《左传·襄公二十九年》：“为之歌豳。曰：美哉！荡乎，乐而不淫。”㉑幽：指周幽王。厉：指周厉王。都是西周末年的昏君。《板》：《诗经·大雅》中的一篇。《板》诗的序说：“《板》，凡伯刺厉王也。”《荡》：也是《大雅》中的一篇。《荡》诗的序说：“《荡》，召穆公伤周室大坏也。厉王无道，天下荡荡，无纲纪文章，故作是诗也。”㉒平王：东周第一代国君。微：衰落。《黍离》：《诗经·王风》中的一篇，相传是东周人伤叹西周故都而作。《黍离》的序说：“《黍离》，闵（忧患）宗周（西周都城）也。周大夫行役，至于宗周，过故宗庙宫室，尽为禾黍，闵周室之颠覆，彷徨不忍去，而作是诗也。”㉓文理：写作的道理。㉔世：时代。㉕角：竞争。㉖六经：指《诗》《书》《礼》《乐》《易》《春秋》。蟠（pán）：伏。泥蟠：以龙伏泥中比喻六经不为人所重视。㉗飙（biāo）：暴风。㉘方：正在。㉙力：指武力。㉚任：听凭。权：权术，临机应变。㉛五蠹（dù）：指《韩非子·五蠹》中讲的“学者”（儒家）、“言谈者”（纵横家）、“带剑者”（游侠）、“患御者”（害怕兵役的人）和“工商之民”。蠹：蛀虫。韩非认为以上五种人是有害的蛀虫，六虱（shī）：六种有害的虱子。指《商君书·靳（jìn）令》中说的“礼、乐”“诗、书”“修善、孝弟”“诚信、贞廉”“仁、义”“非兵、羞战”。（详见《诸子》篇第一段注㊻”） ㉜文学：广义的文学，泛指文化学术。㉝齐开庄衢：《史记·孟子荀卿列传》中说：齐国为招揽天下贤士，“为开第康庄之衢，高门大屋，尊宠之”。庄衢：大路。第：大宅。 ㉞兰台之宫：传为宋玉所作的《风赋》中说：“楚襄王游于兰台之宫，宋玉、景差侍。”（《文选》卷一三）兰台宫：相传在今湖北钟祥。 ㉟孟轲（kē）：即孟子，战国时著名思想家。宾馆：宾师之馆。孟子在齐，不居官而位甚尊，称为宾师。《孟子·公孙丑下》：“孟子将朝王，王使人来曰：寡人如就见者也。”赵岐注：“孟子虽仕于齐，处宾师之位，以道见敬。……王欲见之，先朝使人往谓孟子云。寡人如就见者，若言就孟子之馆相见也。” ㊱荀卿：名况，战国时著名思想家。宰：主宰，管理。邑：城邑。指兰陵，在今山东省枣庄市东南旧峄（yì）县。荀子曾做兰陵令。㊲稷（jì）下：在今山东省淄博市临淄区，为齐国招集学者们讨论问题的地方。扇：扇扬。刘向《孙（荀）卿书录》：“孙卿，赵人，名况，方齐宣王、威王之时，聚天下贤士于稷下，尊宠之。……是时孙卿有秀才，年五十，始来游学；诸子之事，皆以为非先王之法也。孙卿善为《诗》《礼》《易》《春秋》。至齐襄王时，孙卿最为老师。”（《全汉文》卷三七） ㊳郁：积。茂：美。《孙卿书录》又说：“兰陵多善为学，盖以孙卿也。长老至今称之，曰：兰陵人喜字为卿，盖以法孙卿也。” ㊴邹子：即邹衍，稷下学者之一，喜欢谈天说地。飞誉：和下句“驰响”意同，都指飞扬名声。 ㊵驺奭（zōushì）：稷下学者之一，有文才。雕龙：《史记·孟子荀卿列传》集解引刘向《别录》：“驺奭修衍之文饰，若雕镂龙文，故谓之雕龙奭。” ㊶屈平：屈原名平，楚国诗人。藻：辞藻，这里指作品本身。《史记·屈原列传》：“推此志也，虽与日月争光可也。” ㊷宋玉：楚国诗人。风云：《文选》卷一三有宋玉《风赋》，卷一九有《高唐赋》。《风赋》写风，《高唐赋》写巫山神女“旦为朝云，暮为行雨”。 ㊸艳说：指屈原、宋玉的华美作品。 ㊹笼罩：掩盖，这里有超过的意思。《雅》《颂》：《诗经》中的两个部分，这里指《诗经》。 ㊺玮烨（wěiyè）：光辉明盛。奇意：指作家的幻想。 ㊻诡（guǐ）：不平常。

【原 文】

爰至有汉[1]，运接燔书[2]；高祖尚武[3]，戏儒简学[4]。虽礼律草创[5]，《诗》《书》未遑[6]，然《大风》《鸿鹄》之歌[7]，亦天纵之英作也[8]。施及孝惠[9]，迄于文、景[10]，经术颇兴[11]，而辞人勿用；贾谊抑而邹、枚沉[12]，亦可知已。逮孝武崇儒[13]，润色鸿业[14]；礼乐争辉，辞藻竞骛[15]。柏梁展朝宴之诗[16]，金堤制恤民之咏[17]；征枚乘以蒲轮[18]，申主父以鼎食[19]；擢公孙之《对策》[20]，叹倪宽之拟奏[21]；买臣负薪而衣锦[22]，相如涤器而被绣[23]。于是史迁、寿王之徒[24]，严、终、枚皋之属[25]，应对固无方[26]，篇章亦不匮[27]；遗风余采[28]，莫与比盛。越昭及宣[29]，实继武绩[30]；驰骋石渠[31]，暇豫文会[32]；集雕篆之轶材[33]，发绮縠之高喻[34]；于是王褒之伦[35]，底

【译 文】

到了汉代，继秦始皇焚书之后，高祖仍崇尚武事，戏弄儒生，忽视学术。虽然他只草创了礼仪和法制，没来得及讲究《诗经》和《尚书》，但还能写出《大风歌》和《鸿鹄歌》，可以说是上天赋予的杰作。到了惠帝、文帝和景帝时期，对经学的研究虽已兴起，但不重视作家，如贾谊、邹阳、枚乘等重要作家都压抑在低级官位上，也就可见一斑了。到武帝时，很尊崇儒学来润饰大业，礼制和音乐都发出光彩，文学创作也活跃起来。汉武帝在柏梁台上欢宴群臣而赋诗，在黄河岸上作关怀百姓的《瓠子歌》，用蒲轮的车子去邀请枚乘，用盛筵款待主父偃，提拔对策好的公孙弘，称赏善于草拟奏文的倪宽；砍柴为生的朱买臣做了会稽太守，曾经洗涤酒器的司马相如也成了中郎将。此外，如司马迁、吾丘寿王、严助、终军、枚皋等人，口头上既善于应对，写作方面也很丰富。他们遗留下来的成绩，谁也比不上。以后昭帝和宣帝，都继承了武帝的功业，使学者们活跃在石渠阁中，有空还聚会写作；因而集合了不少辞赋的

禄待诏[36]。自元暨成[37]，降意图籍[38]；美玉屑之谈[39]，清金马之路[40]；子云锐思于千首[41]，子政雠校于六艺[42]，亦已美矣。爰自汉室，迄至成、哀[43]；虽世渐百龄[44]，辞人九变[45]，而大抵所归[46]，祖述《楚辞》[47]；灵均余影[48]，于是乎在。

能手，创造了文辞华美而又能启发人的作品；于是王褒等人，都有了官做。从元帝到成帝，很注意古书，也重视高明的议论，打开了金马门来搜罗人才。这时扬雄努力写赋，刘向整理经典，都是很好的了。从汉代开国到成帝、哀帝，虽然超过了一百年，作家也有了很多变化，但大概的趋势，都是学习《楚辞》；屈原的影响，显然是存在的。

## 注释

❶爰（yuán）：于是。有：语首助词。 ❷燔（fán）书：指秦始皇焚书。燔：焚烧。 ❸高祖：即刘邦，汉王朝的开创者。 ❹戏儒：《史记·郦食其传》记载有骑士曰："沛公（即刘邦）不好儒，诸客冠儒冠来者，沛公辄解其冠，溲（sōu）溺（小便）其中。"简：简慢，轻视。 ❺律：法。汉初，曾命叔孙通制礼仪，萧何草律。 ❻《诗》：《诗经》。《书》：《尚书》。遑：空闲。指汉初还没有顾得上研究儒家经籍。 ❼《大风》：《大风歌》，是汉高祖统一天下后回故乡时所作。共三句："大风起兮云飞扬，威加海内兮归故乡，安得猛士兮守四方！"（见《史记·汉高祖本纪》）《鸿鹄》：《鸿鹄歌》，是刘邦想更换太子未能实现而作。第一句是"鸿鹄高飞"（见《史记·留侯世家》）。 ❽天纵：天所放纵，即天所赋予。《论语·子罕》："固天纵之将圣，又多能也。" ❾施（yì）：移，延。孝惠：汉惠帝刘盈，是高祖之子。 ❿迄：到。文：汉文帝刘恒，也是高祖之子。景：汉景帝刘启，是文帝之子。 ⓫经术：经学。 ⓬贾谊：汉初作家。抑：压抑。他因受谗贬为长沙王太傅。邹：指邹阳；枚：指枚乘。都是西汉作家。沉：低沉。邹阳、枚乘的地位都不高。 ⓭孝武：汉武帝刘彻，是景帝之子。 ⓮润色：增美。鸿：大。 ⓯骛（wù）：疾驰。 ⓰柏梁：柏梁台，汉武帝所筑。相传汉武帝曾与群臣在此联句作诗。《明诗》篇曾说：

"孝武爱文，柏梁列韵。" ⑰金堤：黄河在瓠（hù）子口决口时所筑的堤。金：喻其坚。瓠子口在今河南濮（pú）阳。恤（xù）民之咏：指汉武帝在瓠子口决口后所作的《瓠子歌》（见《史记·河渠书》）。恤：怜悯。 ⑱征：召。蒲轮：以蒲草裹车轮，使坐者减轻颠簸，是敬老的意思。《汉书·枚乘传》："武帝自为太子闻乘名。及即位，乘年老，乃以安车蒲轮征乘。道死。" ⑲申：致。主父：名偃，武帝时为中大夫。鼎食：饮食讲究的意思。鼎：食器。《汉书·主父偃传》载，主父偃得武帝任用后说："臣结发游学，四十余年，身不得遂，亲不以为子，昆弟不收，宾客弃我，我厄日久矣！丈夫生不五鼎食，死则五鼎亨（烹）耳。" ⑳擢（zhuó）：提拔。公孙：公孙弘，武帝时为丞相。《对策》：指他的《举贤良对策》。《汉书·公孙弘传》载：公孙弘的《举贤良对策》奏上，"天子擢弘对为第一。召入见，容貌甚丽，拜为博士，待诏金马门"。 ㉑倪（ní）宽：武帝时廷尉张汤的僚属，曾为张汤草拟奏文。《汉书·倪宽传》载：武帝问张汤："前奏非俗吏所及，谁为之者？"张汤答是倪宽。武帝说："吾固闻之久矣。" ㉒买臣：朱买臣。《汉书·朱买臣传》中说，他原来穷得靠卖柴为生，后来做了会稽太守（朱买臣是会稽人），汉武帝对朱买臣说："富贵不归故乡，如衣绣夜行。今子何如？" ㉓相如：司马相如，西汉辞赋家。涤（dí）：洗。《史记·司马相如传》载，他曾在临邛（今四川省邛崃市）开过酒店，亲自涤洗酒器。被绣：穿锦绣，指他后来做中郎将入蜀，太守以下都来迎接。 ㉔史迁：即太史令司马迁，西汉伟大的历史家、文学家。寿王：姓吾丘，名寿王，西汉辞赋家。 ㉕严：指严助。从清代黄叔琳以来，多数注家都认为指严安。按《汉书·严助传》，严助与朱买臣、吾丘寿王、司马相如、严安、枚皋、终军等同时，"并在左右"（都在汉武帝身边），可见这里的"严"，指严助、严安都有可能。但刘勰这里所讲到的，是一些"篇章亦不匮"的文人，《严助传》说他曾"作赋颂数十篇"，严安则无。终：指终军。《汉书·终军传》说他："少好学，以辨博能文闻于郡中。……至长安，上书言事，武帝异其文，拜军为谒者给事中。" ㉖无方：无常，无定，指善于临机应变。 ㉗匮（kuì）：缺乏。 ㉘风、采：指作品的美好成就。 ㉙越：度过。昭：即汉昭帝刘弗陵，是武帝之子。宣：即汉宣帝刘询，是武帝曾孙。 ㉚武：即汉武帝。绩：功绩。 ㉛石渠：石渠阁，是汉代帝王藏书的地方，宣帝时曾召集学者在此讲学。 ㉜暇豫：闲逸。 ㉝雕篆：扬雄在《法言·吾子》中曾以“雕虫篆刻”比喻辞赋的写作，这里即指辞赋。轶（yì）材：才华出众的作家。轶：超越一般之上。 ㉞绮縠（qǐhú）：指文采华美。绮：有花纹的丝织品。縠：薄纱。高喻：指有启发作用的作品。喻：譬喻。 ㉟王褒：字子渊，西汉作家。伦：类。 ㊱底禄：取得官俸。底：应为厎（zhǐ），致。禄：官俸。待诏：等候皇帝差遣。诏：皇帝的命令。 ㊲元：指汉元帝刘奭，是宣帝之子。暨（jì）：及。成：指汉成帝刘骜（ào），是元帝之子。 ㊳降意：即留意。降：向下。 ㊴玉屑：比喻议论的美好。屑：碎末。 ㊵金马：金马门，汉代官署门，旁有铜马，故名。 ㊶子云：扬雄的字，西汉辞赋家。千首：指赋。桓谭《新论·道赋》中说：扬雄曾讲过“能读千赋则善赋”（见《全后汉文》卷一五）。 ㊷子政：刘向的字，西汉末年作家，曾奉命整理皇宫藏书。雠（chóu）校：校核。六艺：指儒家经典，这里指六经。《汉书·艺文志》：“至成帝时，以书颇散亡……诏光禄大夫刘向校经传诸子诗赋。” ㊸哀：指汉哀帝刘欣，是元帝之孙。 ㊹渐：进。龄：年。 ㊺九：虚数，泛指众多。 ㊻大抵：大概。 ㊼祖述：指继承。 ㊽灵均：屈原的小字。

【原文】

自哀、平陵替①，光武中兴②，深怀图谶③，颇略文华④。然杜笃献诔以免刑⑤，班彪参奏以补令⑥；虽非旁求⑦，亦不遐弃⑧。及明帝迭耀⑨，崇爱儒术⑩；肄礼璧堂⑪，讲文虎观⑫。孟坚珥笔于国史⑬，贾逵给札于瑞颂⑭，东平擅其懿文⑮，沛王

【译文】

从哀帝、平帝政治衰败以后，光武帝重建东汉王朝；他只惦记着谁能得天下的预言，却不关心文学艺术。但是杜笃因诔文做得好就减免刑罚，班彪因起草奏文被赏识而做了县令；可见光武帝虽然没有广泛搜罗文士，但也没有完全不理会。到明帝、章帝两朝，较为尊崇儒学；在辟雍里学习古礼，在白虎观研究经学。这时班固撰述国史，贾逵作《神雀颂》，刘苍写了不少好文章，刘辅

振其《通论》[16]。帝则藩仪[17]，辉光相照矣。自安、和已下[18]，迄至顺、桓[19]，则有班、傅、三崔、王、马、张、蔡[20]。磊落鸿儒[21]，才不时乏[22]；而文章之选[23]，存而不论。然中兴之后，群才稍改前辙[24]；华实所附[25]，斟酌经辞[26]；盖历政讲聚[27]，故渐靡儒风者也[28]。降及灵帝[29]，时好辞制，造《羲皇》之书[30]，开鸿都之赋[31]。而乐松之徒[32]，招集浅陋；故杨赐号为"驩兜"[33]，蔡邕比之"俳优"[34]。其余风遗文，盖蔑如也[35]。

也著了《五经论》。天子与藩王的典范，就发出相互辉映的光彩了。从安帝、和帝以后，直到顺帝、桓帝时期，则有班固、傅毅、崔骃、崔瑗、崔寔、王延寿、马融、张衡、蔡邕等大量作家。此外，还有不少大儒，他们都颇有才华，其中文章做得好的，就不必一一列举了。不过东汉作家走的道路和以前不同，他们在文采和思想内容上，是依据儒家的经典；这就因为他们有政治经验，又不断讲述经学，所以渐渐接受了儒家的影响。后来灵帝喜爱文学，曾著《皇羲篇》一书，并召集文士到鸿都门写作；可是乐松等人，却引来一些不学无术之辈；所以杨赐称之为"驩兜"一类的坏人，而蔡邕则比之于弄臣。他们的文风和作品，是没有什么价值的。

## 注释

❶平：指汉平帝刘衎（kàn），是哀帝之弟。陵替：衰颓。 ❷光武：指汉光武帝刘秀。中兴：指他建立东汉王朝。 ❸图谶（chèn）：关于迷信预言的文字。《后汉书·光武帝纪》："宛人李通以图谶说光武云：'刘氏复起，李氏为辅。'"李贤注："图，河图也；谶，符命之书，谶，验也，言为帝王受命之征验也。" ❹略：忽略。文华：文采。 ❺杜笃：字季雅，东汉初年作家。诔（lěi）：哀悼死者的作品。《后汉书·文苑传》载，大司马吴汉死后，"光武诏诸儒诔之。笃于狱中为诔，辞最高。帝美之，赐帛免刑"。杜笃的《吴汉诔》见《艺文类聚》卷四七，不全。 ❻班彪：字叔皮，东汉初年的历史家、文学家。

《后汉书·班彪传》载：他曾任凉州牧窦融的从事，后来光武帝知道窦融的章奏皆班彪草拟，特召见班彪，并拜为徐令。 ❼旁求：广泛搜求。 ❽遐：远。 ❾明：指汉明帝刘庄，是光武帝之子。帝：当作“章”，指汉章帝刘炟（dá），是明帝之子。迭耀：重叠照耀，以二日比二帝。 ❿崇爱儒术：《诏策》篇曾说“明帝崇学”。 ⓫肄（yì）：学习。璧堂：指辟雍，古代学习的地方。 ⓬虎观：即白虎观，汉章帝曾在此招集学者讨论经学。 ⓭孟坚：班固的字，东汉史学家、文学家。珥（ěr）笔：古代史官插笔于冠侧，以备随时记录。珥：插。 ⓮贾逵（kuí）：东汉学者、作家。札：小木简。瑞颂：指《神雀颂》。《后汉书·贾逵传》载：永平（58—75）间有神雀集于宫殿官府，贾逵认为是胡人降服的征兆，汉明帝命“给笔札，使作《神雀颂》”。 ⓯东平：指刘苍，他封东平王，是东汉宗室中比较能文的人。擅：专长。懿（yì）：美。刘苍著有赋颂歌诗，今只存其疏、议数篇，见《全后汉文》卷一〇。 ⓰沛王：指刘辅，也是较有文才的宗室。《通论》：指他的《五经论》，当时有《沛王通论》之称。 ⓱帝：指明帝和章帝。则：法则。藩：藩王，指东平王刘苍和沛王刘辅。仪：表率。 ⓲安：指汉安帝刘祜（hù），章帝之孙。和：指汉和帝刘肇（zhào），章帝之子。 ⓳顺：指汉顺帝刘保，安帝之子。桓：指汉桓帝刘志，章帝的曾孙。 ⓴班：指班固。傅：指傅毅，和班固齐名的汉代作家。三崔：指崔骃、崔瑗、崔寔祖孙三人。王：指王延寿，都是东汉作家。马：指马融，东汉著名学者，作家。张：指张衡，东汉著名科学家、文学家。蔡：指蔡邕（yōng），东汉著名学者、文学家。 ㉑磊落：众多的样子。《论说》：“六印磊落以佩。” ㉒乏：缺少。 ㉓文章之选：指上面所说“鸿儒”中文章写得好的。 ㉔辙：车轮的迹。 ㉕华：文章的藻饰。实：作品的内容。附：依附，根据。《史传》：“立义选言，宜依经以树则；劝戒与夺，必附圣以居宗。” ㉖斟酌：考虑取舍。经：儒家经典。 ㉗历：经历。讲聚：指上面所说“讲文虎观”等。 ㉘靡：披靡，这里指接受影响。 ㉙灵帝：即刘宏，章帝玄孙。 ㉚《羲皇》：指《皇羲篇》。《后汉书·蔡邕传》说，汉灵帝好学，曾“自造《皇羲篇》五十章”。 ㉛鸿都：指鸿都门，是汉代藏书置学之所，灵帝曾在此招集文士。 ㉜乐松：汉灵帝时负责招集文士到鸿都门来的人。 ㉝杨赐：汉灵帝时的司空。驩兜（huāndōu）：唐尧时的坏人。《后汉书·杨赐传》：杨赐在给汉灵帝上书中曾说："又鸿都门下，招会群小，造作赋说，以虫篆小技见宠于时，如驩兜、共工，更相荐说。" ㉞俳优：弄臣一类的人。《后汉书·蔡邕传》："侍中祭酒乐松、贾护，多引无行趣势之徒，并待制鸿都门下，喜陈方俗闾里小事，帝甚悦之，待以不次之位。"蔡邕对此上封事陈政要说："而诸生竞利，作者鼎沸，其高者颇引经训风谕之言，下则连偶俗语，有类俳优。" ㉟蔑（miè）如：不足道。

## 【原文】

自献帝播迁[①]，文学蓬转[②]；建安之末[③]，区宇方辑[④]。魏武以相王之尊[⑤]，雅爱诗章[⑥]；文帝以副君之重[⑦]，妙善辞赋；陈思以公子之豪[⑧]，下笔琳琅[⑨]。并体貌英逸[⑩]，故俊才云蒸[⑪]：仲宣委质于汉南[⑫]，孔璋归命于河北[⑬]；伟长从宦于青土[⑭]，公幹徇质于海隅[⑮]；德琏综其斐然之思[⑯]，元瑜展其翩翩之乐[⑰]；文蔚、休伯之俦[⑱]，于叔、德祖之侣[⑲]，傲雅觞豆之前[⑳]，雍容衽席之上[㉑]；洒笔以成酣歌[㉒]，和墨以藉谈笑[㉓]。观其时文，雅好慷慨；良由世积乱离[㉔]，风衰俗怨，并志深而笔长，故梗概而

## 【译文】

汉末献帝时政局扰乱，文化学术界也随之动荡不安；直到建安末年，天下方才渐渐太平。曹操居丞相和魏王的地位，很喜爱诗章；曹丕身为魏王太子，善于写作辞赋；曹植是豪门的公子，更写出不少珠玉般的作品。他们三人都重视文才，所以吸引来许多优秀作家：王粲从荆州来归顺，陈琳从冀州来听命，徐幹从北海来从仕，刘桢从东平来归附；应玚运用其丰盛的文思，阮瑀以施展才华为乐趣；还有路粹、繁钦之流，邯郸淳、杨修等辈，都有威仪地优游于诗酒之间，从容不迫地周旋于筵席之上，下笔而成高歌，挥毫可助谈笑。试看这一时期的作品，常常慷慨激昂；的确由于长期的社会动荡，风气衰落，人心怨恨，因而作者情志比较深刻，笔意比较深长，作品也就常常激昂慷慨而气势旺

多气也[25]。至明帝纂戎[26]，制诗度曲[27]；征篇章之士，置崇文之观[28]；何、刘群才[29]，迭相照耀[30]。少主相仍[31]，唯高贵英雅[32]；顾盼合章[33]，动言成论。于时正始余风[34]，篇体轻澹[35]；而嵇、阮、应、缪[36]，并驰文路矣。

盛了。到魏明帝继位，自己能写作诗歌，同时也搜罗文士，设立崇文观。何晏、刘劭等人，都相继发挥才华。在以后几代年轻皇帝中，只有高贵乡公尚有文才；他举目就有了文章，发言便成了理论。这时还有正始年间留下的风气，作品风格比较轻淡；嵇康、阮籍、应璩、缪袭等人，都活跃于当时的文坛上。

## 注释

❶献帝：汉代最后一个帝王刘协，灵帝之子。播迁：指董卓逼汉献帝由洛阳迁长安，后来曹操又迁之于许。播：迁。 ❷蓬转：如蓬草的随风飘转，喻文人所遭动乱。 ❸建安：汉献帝年号（196—220）。 ❹区宇：指国内。辑：和。 ❺魏武：指曹操。他于208年为丞相，216年晋爵魏王，曹丕继位后追尊为魏武帝。 ❻雅：日常。 ❼文帝：魏文帝曹丕。副君：太子。曹丕于217年立为魏王太子。 ❽陈思：指曹植，他曾封陈王，死后谥号“思”。曹氏父子三人，都是建安时重要作家。 ❾琳琅（línláng）：比喻作品的美好。琳：美玉。琅：即琅玕（gān），石而似珠。 ❿体貌：尊敬的意思。《汉书·贾谊传》：“所以体貌大臣，而励其节也。”颜注：“体貌，谓礼容而敬之。” ⓫云蒸：盛多如云。 ⓬仲宣：王粲的字，“建安七子”之一。委质：归顺的意思。《三国志·蜀书·黄忠传》：“先主南定诸郡，忠遂委质，随从入蜀。”汉南：汉水之南，指汉末刘表父子所统治的荆州，王粲在此避难。 ⓭孔璋：陈琳的字，“建安七子”之一。河北：指汉末袁绍父子统治的冀州，陈琳原来在袁绍门下。 ⓮伟长：徐幹的字，“建安七子”之一。宦：仕。青土：指他的原籍北海，今山东寿光。 ⓯公幹：刘桢的字，“建安七子”之一。徇（xùn）质：和上文“委质”意义相近。徇：从。海隅：指他的原籍东平，今山东省东平县。 ⓰德琏（liǎn）：应

玚（chàng）的字，“建安七子”之一。斐（fěi）然：有文采的样子。曹丕《与吴质书》：“德琏常斐然有述作之意。” ⑰元瑜（yú）：阮瑀的字，“建安七子”之一。翩翩（piān）：美好的样子。曹丕《与吴质书》：“元瑜书记翩翩。” ⑱文蔚（wèi）：路粹的字；休伯：繁钦的字。都是建安作家。俦（chóu）：伴侣。 ⑲于叔：应作“子叔”，邯郸淳的字；德祖：杨修的字。都是建安作家。侣：同“俦”。 ⑳雅：有威仪的美。觞（shāng）豆之前：指侍宴赋诗。觞：酒杯。豆：盛肉器。《国语·吴语》：“觞酒豆肉。” ㉑雍容：从容不迫。《史记·司马相如传》：“从车骑，雍容闲雅甚都。”衽（rèn）：床席，这里“衽席”连用，指坐席。曹丕《与吴质书》回忆与徐幹、陈琳、应玚、刘桢等共处的情形：“昔日游处，行则同舆，止则接席，何尝须臾相失！每至觞酌流行，丝竹并奏，酒酣耳热，仰而赋诗，当此之时，忽然不自知乐也。”“傲雅”二句，就是指这种生活。 ㉒洒笔：和下句“和墨”都指写作。酣：痛快。 ㉓藉：依。 ㉔良：诚。 ㉕梗（gěng）概：慷慨。气：指文章的气势。 ㉖明帝：指曹叡（ruì），曹丕之子。纂戎：指继承帝位。纂：继。戎：大。 ㉗度曲：制曲。曹叡诗现存13首，全是乐府。见《全三国诗》卷一。 ㉘崇文观：魏明帝招集文士的地方。《三国志·魏书·明帝纪》：青龙四年“夏四月，置崇文观，征善属文者以充之”。 ㉙何：指何晏；刘：指刘劭。都是三国中期作家。 ㉚迭：轮流，有一个接着一个的意思。 ㉛少主：指明帝之后的齐王曹芳、高贵乡公曹髦（máo）、陈留王曹奂（huàn）等人，即位时年纪都很轻，在位的时间也很短。相仍：指不止一次。仍：因，重。 ㉜高贵：即高贵乡公。英雅：《三国志·魏书·三少帝纪评》：“高贵公才慧夙成，好问尚辞，盖亦文帝之风流也。” ㉝顾盼：《辨骚》：“顾盼可以驱辞力，咳唾可以穷文致。”合章：应作“含章”。本篇下面讲到“文章以贰离含章”。含章：蕴藏着美。这里指曹髦能写作。 ㉞正始：齐王曹芳的年号（240—249）。 ㉟体：风格。轻澹：轻淡无味，这是就何晏等人的玄言诗说的。澹：恬淡。 ㊱嵇：指嵇康；阮：指阮籍。他们两人是正始时期的代表作家。应：指应璩（qú）；缪（miào）：指缪袭。略早于嵇、阮的作家。

【原 文】

逮晋宣始基[1]，景、文克构[2]；并迹沉儒雅[3]，而务深方术[4]。至武帝惟新[5]，承平受命[6]；而胶序、篇章[7]，弗简皇虑[8]。降及怀、愍[9]，缀旒而已[10]。然晋虽不文，人才实盛：茂先摇笔而散珠[11]，太冲动墨而横锦[12]，岳、湛曜“联璧”之华[13]，机、云标“二俊”之采[14]；应、傅、三张之徒[15]，孙、挚、成公之属[16]，并结藻清英[17]，流韵绮靡[18]。前史以为运涉季世[19]，人未尽才[20]；诚哉斯谈，可为叹息！

【译 文】

后来司马懿开始掌权，司马师和司马昭能够继续下去；他们在儒学上毫无成就，而全力注意在争权夺利上面。到晋武帝建立新的王朝，平安地统治着天下；但是对于学校教育和著作，却不放在心上。到怀帝、愍帝时，帝王只是虚有其名而已，自然更谈不到文学。不过虽然晋代帝王不重视创作，作家却出现了不少：张华动笔就写成佳篇，左思挥墨就成了杰作，潘岳和夏侯湛有“一对璧玉”的美称，陆机和陆云有“两位才子”的佳誉；此外如应贞、傅玄、张载、张协、张亢、孙楚、挚虞、成公绥等人，写的作品都是文采动人，韵味华美。从前史书上都说西晋政治衰颓，作家难于尽量发挥才华；这话的确有理，真令人为之悲叹！

## 注 释

❶晋宣：指魏末司马懿，被追尊为晋宣帝。基：基础，这里指司马氏政权的基础。 ❷景：指司马师，追尊为晋景帝；文：指司马昭，追尊为晋文帝。他俩都是司马懿的儿子。克构：指能继承父志。《尚书·大诰》：“若考（父）作室，既厎（致）法，厥子乃弗肯堂，矧肯构？” ❸迹沉儒雅：指儒学方面没有成就。迹：事迹。沉：沉没。 ❹务：专力。方术：技术，这里指政治上的权术。 ❺武帝：指西晋第一个帝王司马炎，司马昭之子。惟新：指建立西晋王朝。 ❻承平：相继平安。受命：受天之命来统治天下，指做皇帝。 ❼胶、序：都是

学校。 ❽简：阅，有注意的意思。 ❾怀：指晋怀帝司马炽，武帝之子。愍(mǐn)：指晋愍帝司马邺（yè），武帝之孙。 ❿缀旒（liú）：即赘旒，指虚有其名。《公羊传·襄公十六年》："君若赘旒然。"何休注："旒，旗旒。赘，系属之辞。……以旗旒喻者，为下所执持。"释文："赘，本又作缀。" ⓫茂先：张华的字，西晋文学家。散珠：比喻作品的美好。 ⓬太冲：左思的字，西晋最杰出的文学家。横锦：比喻作品的美好。锦，杂色丝织品。 ⓭岳：指潘岳。湛(zhàn)：指夏侯湛。联壁：《晋书·夏侯湛传》说，夏侯湛"与潘岳友善，每行止同舆接茵，京都谓之连壁"。茵（yīn）：褥。壁：圆形的玉。 ⓮机：指陆机；云：指陆云。两兄弟都是西晋文学家。"二俊"：《晋书·陆机传》说，陆机、陆云于吴国灭亡后，到洛阳，张华见到他们时说："伐吴之役，利获二俊。"俊：有才华的人。 ⓯应：指应贞；傅：指傅玄；三张：指张载、张协、张亢兄弟三人。都是西晋作家。 ⓰孙：孙楚；挚：挚虞；成公：成公绥。都是西晋作家。 ⓱藻：文采。英：美好。 ⓲韵：指作品的韵味。靡：美好。 ⓳前史：指前人所著晋史。季世：末世，衰世。 ⓴人未尽才：西晋作家中，左思、张载、张协均郁郁不得志，而退归乡里，张华、陆机、陆云、潘岳、刘琨等都被杀，挚虞则在荒乱中饿死。

【原 文】

元皇中兴①，披文建学②；刘、刁礼吏而宠荣③，景纯文敏而优擢④。逮明帝秉哲⑤，雅好文会；升储御极⑥，孳孳讲艺⑦；练情于诰策⑧，振采于辞赋⑨。庾以笔才逾亲⑩，温以文思益厚⑪；揄扬风流⑫，亦彼时之汉武

【译 文】

晋元帝建立东晋王朝，提倡文化学术；刘隗、刁协以做官懂礼法而被尊重，郭璞因文思敏捷而被提升。晋明帝富有智慧，喜爱文学，即位以后，关切讲习经学；他娴熟于诰命策文的特点，施展文采于辞赋的写作。庾亮以长于表奏而被更加重用，温峤因文才清秀而深受厚待；明帝对文学的重视，可以说是晋代的汉武帝。其后的晋成帝、康帝、穆帝

也。及成、康促龄[13]，穆、哀短祚[14]。简文勃兴[15]，渊乎清峻[16]，微言精理，函满玄席[17]；澹思浓采，时洒文囿[18]。至孝武不嗣[19]，安恭已矣[20]。其文史则有袁、殷之曹[21]，孙、干之辈[22]；虽才或浅深，珪璋足用[23]。自中朝贵玄[24]，江左称盛[25]；因谈余气[26]，流成文体。是以世极迍邅[27]，而辞意夷泰[28]；诗必柱下之旨归[29]，赋乃漆园之义疏[30]。故知文变染乎世情[31]，兴废系乎时序[32]；原始以要终[33]，虽百世可知也[34]。

和哀帝，在位年代都很短，简文帝开始振兴，他很清高严峻，谈玄能以精妙的道理充满玄席，写作则以恬淡的文思和丰富的文采散布文坛。到孝武帝时，已有晋室将终的说法，及至安帝、恭帝时，东晋就灭亡了。这时的作家和历史家有袁宏、殷仲文、孙盛、干宝等人；他们的才华虽高低不同，但都各有可取之处。自西晋崇尚谈玄以来，到东晋更加盛行，在这种风气的影响之下，形成一种普遍的风格。所以这时政治局面虽极艰难，但作品内容却很平淡空洞；吟诗不出《老子》的宗旨，作赋就像对《庄子》的发挥，可见作品的演变联系着社会的情况，文坛的盛衰联系着时代的动态；如果查清其来龙去脉，虽然历史长久，也是可以弄明白的。

## 注释

❶元皇：指晋元帝司马睿。中兴：指司马睿建立东晋王朝。 ❷披：开。建学：《晋书·孔愉（附坦）传》："先是，以兵乱之后，务存慰悦，远方秀、孝到，不策试，普皆除署。至是，帝（元帝）申明旧制，皆令试经，有不中科，刺史、太守免官。" ❸刘：指刘隗（wěi）；刁：指刁协。都是晋元帝所亲信的官吏。礼吏：懂得礼法的官吏。 ❹景纯：郭璞（pú）的字，东西晋之间的作家。《才略》篇说："景纯艳逸，足冠中兴。" ❺明帝：指司马绍，元帝之子。秉哲：具有高度智慧。秉，操持。《晋书·明帝纪》说他"雅好文辞"。 ❻储：副，即前面说的"副君"。御极：登帝位。 ❼孳孳（zī）：不倦，指经常关怀。

艺：六艺，指儒家经籍。司马绍在《复征任旭、虞喜为博士诏》中说：“夫兴化致政，莫尚乎崇道教、明退素也。丧乱以来，儒雅陵夷，每览‘子衿’之诗，未尝不慨然。” ❽练：《汉书·薛宣传》：“宣明习文法，练国制度。”颜师古注：“练，犹熟也，言其详熟。”诰策：上对下的文件，这里指帝王对臣下的命令。晋明帝《手诏以温峤为中书令》：“中书之职，酬对多方，斟酌礼宜，非唯文疏而已；非望士良才，何可妄居？卿既以令望，忠允之怀，著于周旋；且文清而旨远，宜居机密。”刘勰曾说：“魏晋诏策，职在中书。”（《诏策》）从明帝对“中书之职”的重视，说明他是熟于诏策的。 ❾振采于辞赋：明帝自己也写作辞赋。他的赋现只存《蝉赋》残句，见《艺文类聚》卷九七。 ❿庾：指庾亮，字元规。笔才：《才略》篇说：“庾元规之表奏……亦笔端之良工也。”逾：更加。 ⓫温：指温峤。庾、温都是东晋政治家、作家。益厚：更加被厚重。《诏策》篇说：“唯明帝崇才，以温峤文清，故引入中书。” ⓬揄（yú）扬：指奖励，提倡。风流：这里指文学创作。 ⓭成：指晋成帝司马衍；康：指晋康帝司马岳。都是明帝之子。促龄：指做皇帝的时间短促。成帝在位16年（326—342），康帝在位2年（343—344）。 ⓮穆：指晋穆帝司马聃（dān），康帝之子。哀：指晋哀帝司马丕成帝之子。祚（zuò）：帝位。穆帝在位16年（345—361），哀帝在位4年（362—365）。 ⓯简文：指晋简文帝司马昱（yù），元帝之子。 ⓰渊：深，引申为很、甚的意思。清峻：清高严峻。《明诗》：“嵇志清峻。” ⓱函满：充满。函，容。玄席：谈论玄学的坐席。《晋书·简文纪》说简文帝“清虚寡欲，尤善玄言……留心典籍，不以居处为意，凝尘满席，湛如也”。 ⓲文囿（yòu）：即文坛。囿：园林。 ⓳孝武：指晋孝武帝司马曜，简文帝之子。不嗣：指当时一种迷信的预言，说孝武帝将是东晋最后一代皇帝。《晋书·孝武帝纪》中有“晋祚尽昌明”的谶语。昌明是司马曜的字。 ⓴安：指晋安帝司马德宗；恭：指晋恭帝司马德文。都是孝武帝之子。已：终止，指东晋灭亡。安帝于418年被刘裕缢死，恭帝于420年禅位给刘裕，第二年被杀。 ㉑袁：指袁宏。殷：指殷仲文。曹：辈。 ㉒孙：指孙盛。干：指干宝。以上四人都是东晋文史兼善的作家。 ㉓珪（guī）璋：古人到各国聘问时用的名贵玉器，这里用以比喻人的才德。 ㉔中朝：指西晋。玄：玄学，以老庄思想为主的学说。 ㉕江左：指东晋。 ㉖谈：玄谈。气：指晋代清谈玄学的风气。 ㉗迍邅（zhūnzhān）：困难。 ㉘夷泰：平淡空洞。 ㉙柱下：指老子，春秋时期的思想家，被奉为道家的创始人，曾经担任周的柱下史。旨：意旨。 ㉚漆园：指庄子，战国时期的思想家，道家学说的代表人物。庄子曾任漆园吏。疏：阐述。以上几句是对晋代玄言诗的批判。 ㉛情：情况。 ㉜序：秩序。 ㉝原：追溯。要（yāo）：约会，这里有联系的意思。 ㉞百世：极言其长久。世：三十年。

【原 文】

自宋武爱文[①]，文帝彬雅[②]；秉文之德[③]，孝武多才[④]，英采云构[⑤]。自明帝以下[⑥]，文理替矣[⑦]。尔其缙绅之林[⑧]，霞蔚而飙起[⑨]：王、袁联宗以龙章[⑩]，颜、谢重叶以凤采[⑪]；何、范、张、沈之徒[⑫]，亦不可胜也[⑬]。盖闻之于世，故略举大较[⑭]。

暨皇齐驭宝[⑮]，运集休明[⑯]。太祖以圣武膺箓[⑰]，高祖以睿文纂业[⑱]，文帝以贰离含章[⑲]，中宗以上哲兴运[⑳]：并文明自天，缉遐景祚[㉑]。今圣历方兴[㉒]，文思光被[㉓]；海岳降神[㉔]，才英秀发[㉕]；驭飞龙于天衢[㉖]，驾骐骥于万里[㉗]。经典礼章[㉘]，跨周轹

【译 文】

南朝宋武帝喜爱文学，文帝也颇好文雅；孝武帝很有才华，文采丰富。明帝以后，文坛渐衰。当时士大夫之中，人才风起云涌：王、袁二姓出现了不少飞龙般的文采，颜、谢两家更是几代都有凤凰般的辞藻；还有何承天、范晔、张敷、沈怀文诸人，是数也数不完的。这些作家都闻名于当世，所以只简略地举其大概。

到齐代开创，进入天下太平时期。齐高帝英明创业，齐武帝善于继承，文惠太子富有文采，齐明帝加以发展：他们都有天才，前途光明远大。当今皇帝刚刚继位，文化学术普遍开展；山川钟灵毓秀，产生了大量卓越的作家；像乘着神龙飞跃天上，像驾着良马驰骋万里。著作和制度都超过了周汉两代，简直和唐虞时期的

汉[29]；唐虞之文，其鼎盛乎[30]！鸿风懿采[31]，短笔敢陈[32]？飏言赞时[33]，请寄明哲[34]。

文章一样，正当兴盛之际！对于这些既有巨大教育意义，又有美好文采的作品，我哪敢妄加论述？分析评论的工作，请交给高明的评论家吧。

## 注释

❶宋武：指宋武帝刘裕。爱文：《南史·王昙首（附俭）传》："宋武帝好文章，天下悉以文采相尚。" ❷文帝，指宋文帝刘义隆，武帝之子。彬（bīn）：文质兼顾。彬雅：即文雅。《南史·宋文帝纪》："上（宋文帝）好儒雅，又命丹阳尹何尚之立玄学，著作郎何承天立史学，司徒参军谢元立文学，各聚门徒，多就业者。江左风俗，于斯为美。" ❸文：指宋文帝。 ❹孝武：指宋孝武帝刘骏，文帝之子。多才：《南史·宋孝武帝纪》说刘骏"少机颖，神明爽发。读书七行俱下，才藻甚美"。 ❺云构：形容众多。 ❻明帝：指刘彧（yù），也是文帝之子。 ❼文理：为文之理，这里指创作风气。替：衰。 ❽缙（jìn）绅：指士大夫。《后汉书·朱祐（等）传论》："缙绅道塞，贤能蔽壅。"李贤注："缙，赤色也；绅，带也。或作搢。搢，插也，谓插笏于带也。" ❾蔚：盛。飙（biāo）：暴风。此句形容文才兴盛。 ❿王：宋代王家有王韶之、王淮之等人。袁：袁家有袁淑、袁粲等人在文学创作上有一定成就。龙章：颂美文采之盛，下句"凤采"同。《原道》："龙凤以藻绘呈端。" ⓫颜：颜家有颜延之及其子颜竣、颜测等；谢：谢家有谢灵运及其族弟谢惠连、谢庄等人。上举诸姓，都是当时世家大族，他们垄断文坛，世代相传，能文者极多。叶：世代。⓬何：宋代何家有何承天、何长瑜、何尚之等。范：有范泰、范晔（yè）父子。张：张敷。沈：沈怀文等。 ⓭胜：当有"数"字。《程器》篇有类似说法："不可胜数。" ⓮大较：大概。 ⓯皇齐：《文心雕龙》成书于齐末，故称"皇齐"。皇：美。驭宝：登帝位。宝：宝座、宝位。 ⓰运：气数，国运。休：美。⓱太祖：指齐高帝萧道成。膺箓（yīnglù）：受天命统治天下。膺：受。箓：符命。 ⓲高：当作"世"。世祖：指齐武帝萧赜（zé），高帝之子。睿：聪慧。

⑲文帝：指文惠太子萧长懋（mào），武帝之子。贰离：继明，指太子。离：明。⑳中：应为“高”。高宗：指齐明帝萧鸾（luán）。哲：贤智的人。㉑缉遐：王利器校作“缉熙”。缉熙：光明。景：大。㉒圣历：指当时正在位的皇帝，可能是东昏侯萧宝卷；也有人认为指和帝萧宝融。㉓光被：广及。㉔海岳降神：指山川显灵。㉕秀：超出众人之上。㉖衢：大路。㉗骐骥（qíjì）：良马。㉘礼章：礼乐制度。㉙轹（lì）：践踏，这里指超过。㉚鼎：方，正当。㉛风：风化，也就是作品的教育意义。㉜短笔：刘勰自谦之辞。㉝飏（yáng）言：发表言论，即对作品进行评论。飏：飞扬。时：指齐代。㉞明哲：指高明的评论家。《尚书·说命上》：“知之曰明哲，明哲实作则。”

【原 文】

赞曰：蔚映十代[1]，辞采九变。枢中所动[2]，环流无倦[3]。质文沿时，崇替在选[4]。终古虽远[5]，旷焉如面[6]。

【译 文】

总之，在这十个朝代中，文学经历了许多的变化。时代是中心，文学围绕着它不断演进。文风的朴质与华丽随时而变，文坛的繁荣与衰落也与世相关。历史虽然很长久，只要掌握文学和时代的关系，就清楚得如在眼前了。

## 注 释

❶十代：十个朝代，指唐、虞、夏、商、周、汉、魏、晋、宋、齐。❷枢中：中心，关键，指时代。枢：户枢。❸环：围绕，指文学围绕着时代而发展变化。无倦：不止。❹选：《诗经·齐风·猗嗟》：“舞则选兮，射则贯兮。”毛传：“选，齐；贯，中也。”孔疏：“选之为齐……当谓其善舞齐于东节也。”这里喻指文风的盛衰齐于时序。❺终古：自古以来。❻旷：久，远。

# 四六、物色

## 解题

《物色》是《文心雕龙》的第四十六篇，就自然现象对文学创作的影响，来论述文学与现实的关系。

全篇分三个部分。第一部分论自然景色对作者的影响作用。刘勰从四时的变化必然影响于万物的一般道理，进而说明物色对人的巨大感召力量；不同的季节也使作者产生不同的思想感情。根据这种现象，刘勰提炼出一条基本原理："岁有其物，物有其容；情以物迁，辞以情发。"相当精辟地概括了文学创作和自然景物的关系。

第二部分论述怎样描写自然景物。必须对客观景物进行仔细地观察研究，再进而结合物象的特点来思考和描写。刘勰从《诗经》中描绘自然景色的具体经验中，概括出"以少总多"的原则，认为这是值得后人学习的。对汉代辞赋创作中堆砌辞藻的不良倾向，刘勰提出了批评，要文学创作避免这种"繁而不珍"的罗列。

第三部分总结了晋宋以来"文贵形似"的新趋向，提出一些具体的写作要求：首先是要密切结合物象，"体物为妙，功在密附"；其次强调"善于适要"，能抓住物色的要点；再次是要继承前人而加以革新，做到"物色尽而情有余"；最后强调"江山之助"，鼓励作者到取之不尽的大自然府库中去吸取营养。

本篇是《文心雕龙》中写得比较精彩的一篇。除论述的形象生动外，还以鲜明的唯物观点，比较正确地总结了情物关系、"以少总多"、"善于适要"和"江山之助"等重要问题。

【原 文】

春秋代序[①]，阴阳惨舒[②]；物色之动，心亦摇焉[③]。盖阳气萌而玄驹步[④]，阴律凝而丹鸟羞[⑤]；微虫犹或入感，四时之动物深矣。若夫珪璋挺其惠心[⑥]，英华秀其清气[⑦]；物色相召，人谁获安[⑧]？是以献岁发春[⑨]，悦豫之情畅[⑩]；滔滔孟夏[⑪]，郁陶之心凝[⑫]；天高气清[⑬]，阴沉之志远[⑭]；霰雪无垠[⑮]，矜肃之虑深[⑯]。岁有其物，物有其容[⑰]；情以物迁，辞以情发[⑱]。一叶且或迎意[⑲]，虫声有足引心；况清风与明月同夜，白日与春林共朝哉！

【译 文】

春秋四季不断更替，寒冷的天气使人觉得沉闷，温暖的日子使人感到舒畅；四时景物的不断变化，人的心情也受到感染。春天来到，蚂蚁就开始活动；到秋天降临，萤火虫便要吃东西。这些微小的虫蚁尚且受到外物的感召，可见四季变化对万物影响的深刻。至于人类，灵慧的心思宛如美玉，清秀的气质有似奇花；在种种景色的感召之下，谁又能安然不动呢？所以，春日景物明媚，人便感到愉悦舒畅；夏天炎热沉闷，人就常常烦躁不安；秋日天高气清，引起人们深沉的遥远之思；冬天霰雪无边，往往使人的思虑严肃而深远。因此，一年四季有不同的景物，这些不同的景物表现出不同的形貌；人的感情跟随景物而变化，文章便是这些感情的抒发。一叶下落尚能触动情怀，几声虫鸣便可勾引心思，何况是清风明月的秋夜，丽日芳树的春晨呢？

注 释

❶代：更替。序：次序，指四季的次序。 ❷阴阳惨舒：即阴惨阳舒。张衡《西京赋》：“夫人在阳时则舒，在阴时则惨。”（《文选》卷二）阴：秋冬寒冷的时候。惨：不愉快。阳：春夏温暖的时候。舒：舒畅。 ❸摇：动摇，这里指心情受到外物的影响而波动。 ❹萌：开始。玄驹：蚂蚁。步：走动。《大戴礼记·夏小正》：“玄驹贲。玄驹也者，蚁也。贲者何也？走于地中也。”

(引文据《四部丛刊》本，下同。)贲(bēn)：通“奔”。 ❺阴律：指某几种乐律，代表秋天。古代乐律分阴阳二种，古人曾以十二种乐律分配于十二月，但并不是所有的阴律都属于秋冬，这里只是借用阴律这个名称，来指阴冷的季节。丹鸟：萤火虫。羞：进食。《大戴礼记·夏小正》：“丹鸟羞白鸟。丹鸟者，谓丹良也。白鸟者，谓蚊蚋也。其谓之鸟也，重其养者也，有翼者为鸟。羞也者，进也，不尽食也。” ❻珪(guī)璋：古代聘问时所用的名贵玉器，这里泛指美玉。挺：挺拔。惠：即慧。 ❼英华：美好的花。 ❽安：安静，指没有受到感动。钟嵘《诗品序》：“凡斯种种，感荡心灵，非陈诗何以展其义？非长歌何以骋其情？” ❾献岁：新的一年。献：进。发春：春气发扬。《楚辞·招魂》：“献岁发春兮，汩吾南征。” ❿豫：安乐。 ⓫滔滔：阳气盛发的样子。孟：始。《楚辞·九章·怀沙》：“滔滔孟夏兮，草木莽莽。” ⓬郁陶：忧闷。⓭天高气清：指秋天。《楚辞·九辩》：“泬寥兮天高而气清。” ⓮阴沉：深沉。阴、沉，都是深。 ⓯霰(xiàn)：雪珠。垠(yín)：边界。《楚辞·九章·涉江》：“霰雪纷其无垠兮，云霏霏其承宇。” ⓰矜(jīn)肃：严肃。矜：庄，敬。 ⓱物有其容：《左传·昭公九年》：“事有其物，物有其容。” ⓲情以物迁，辞以情发：《明诗》篇说的“应物斯感，感物吟志”，和这两句同旨。⓳迎：接，引申为感触。《淮南子·说山训》中曾说：“见一叶落，而知岁之将暮。”

【原文】

是以诗人感物，联类不穷①；流连万象之际②，沉吟视听之区③。写气图貌④，既随物以宛转⑤；属采附声⑥，亦与心而徘徊⑦。故“灼灼”

【译文】

所以，当诗人受到客观事物的感染时，他可以联想到各种各样类似的事物。他依恋徘徊于宇宙万物之间，而对他所见所闻进行深思默想。描写景物的神貌，既是随着景物而变化；词采音节的安排，又必须结合自己的思想情感来细心琢磨。因此，《诗经》里边用“灼灼”二字来形容桃花颜色的鲜美，用“依依”二字状桃花之鲜[8]，“依依”尽杨柳之貌[9]；“杲杲”为出日之容[10]，“瀌瀌”拟雨雪之状[11]；“喈喈”逐黄鸟之声[12]；“喓喓”学草虫之韵[13]。“皎日”“嘒星”[14]，一言穷理[15]；“参差”“沃若”[16]，两字穷形[17]：并以少总多[18]，情貌无遗矣[19]；虽复思经千载，将何易夺[20]？及《离骚》代兴[21]，触类而长[22]；物貌难尽，故重沓舒状[23]；于是嵯峨之类聚[24]，葳蕤之群积矣[25]。及长卿之徒[26]，诡势瑰声[27]，模山范水[28]，字必鱼贯[29]；所谓诗人丽则而约言[30]，辞人丽淫而繁句也[31]。至如《雅》咏棠华[32]，“或黄或白”[33]；《骚》述秋兰[34]，“绿叶”“紫茎”[35]。凡摛表五色[36]，贵在时见[37]；若青黄屡出，则繁而不珍。

来表现杨柳枝条的轻柔；用“杲杲”二字来描绘太阳出来时的光明，用“瀌瀌”二字来说明大雪纷飞的形状；用“喈喈”二字来形容黄鸟的鸣声，用“喓喓”二字来表现虫鸣的声音。还有用“皎”字来描绘太阳的明亮，用“嘒”字来说明星星的微小，这都是用一个字就道尽物理；有的用“参差”来形容荇菜的长短不齐，用“沃若”来表现桑叶的鲜美茂盛，这都是用两个字就完全描绘出事物的形貌。这类例子都是以少量的文字，表达出丰富的内容，并把事物的神情形貌，纤毫无遗地表现出来了；即使再反复考虑它千百年，也难于换上个更恰当的字。及至《楚辞》继《诗经》而起，所写事物触类旁通而有所发展。物体的形貌是多种多样的，不易完全描绘，因而词汇便复杂繁富起来；如描摹山川险峻的“嵯峨”和草木茂盛的“葳蕤”等，便大量出现。后来司马相如等人，于文章的气势力求奇特，于文章的音节力求动听，往往要用一系列的形容词藻，来描写山水景物。这就真如扬雄说的：《诗经》作者写的东西虽华丽，但恰如其分，而且文字也比较简约；辞赋家写的东西，就过于华丽，辞句也过于繁多。至于像《诗经·小雅·裳裳者华》中说到盛开的花朵“有黄色的，有白色的”；《楚辞·九歌·少司命》中说到秋天的兰花“绿色的叶子，紫色的茎”。可见凡是描绘各种色彩的字，适当应用，方觉可贵；如果青的、黄的层见叠出，那就过于繁杂，不足为奇了。

## 注释

❶联：联系，联想。类：相近、相似的。 ❷流连：徘徊不忍离去。万象：各种自然现象。 ❸沉吟：低声吟味，即研究思考的意思。 ❹气：指事物的精神。图貌：描绘状貌。《诠赋》篇曾说："写物图貌，蔚似雕画。" ❺宛转：曲折随顺，指在写作中根据事物的状貌来构思。"随物以宛转"，即《神思》篇所说"神与物游""与风云而并驱"之意。 ❻属：连缀。声：指文章的音节。 ❼徘徊：来回走动，这里指外物与内心密切联系的构思活动。 ❽灼灼（zhuó）：花盛开的样子。《诗经·周南·桃夭》中用来形容桃花："桃之夭夭，灼灼其华。"毛传："夭夭，其少壮也；灼灼，华之盛也。" ❾依依：枝条轻柔的样子，《诗经·小雅·采薇》用来形容杨柳："昔我往矣，杨柳依依。"尽：完全，即完全描绘出。 ❿杲杲（gǎo）：光明的样子，《诗经·卫风·伯兮》用来形容太阳："其雨其雨，杲杲出日。" ⓫瀌瀌（biāo）：雪多的样子，《诗经·小雅·角弓》用来形容下雪："雨雪瀌瀌。"拟：模仿。 ⓬喈喈（jiē）：众鸟和鸣的声音，《诗经·周南·葛覃（tán）》用来形容黄鸟的声音："黄鸟于飞，集于灌木，其鸣喈喈。"逐：追，指追模。 ⓭喓喓（yāo）：虫叫的声音，《诗经·召南·草虫》用来形容草虫的声音："喓喓草虫。"韵：指虫鸣声。 ⓮皎（jiǎo）：《诗经·王风·大车》用来形容太阳："谓予不信，有如皦日。"皦：即皎，洁白明亮。嘒（huì）：微小，《诗经·召南·小星》用来形容星辰："嘒彼小星，三五在东。" ⓯一言：一字。 ⓰参差（cēncī）：不齐，《诗经·周南·关雎（jū）》用来形容荇（xìng）菜："参差荇菜，左右流（求）之。"荇菜：即水葵。沃若：美盛的样子，《诗经·卫风·氓（méng）》用来形容桑叶："桑之未落，其叶沃若。" ⓱穷：尽，指完全表现出来。 ⓲总：综合。 ⓳情貌：神情状貌。无遗：指完全表达出来。 ⓴易：更改。夺：除去。 ㉑《离骚》：屈原的杰作，这里借以代指《楚辞》。 ㉒长：指事物的引申、发展。㉓重沓（chóngtà）：多的意思。舒：伸展，即描写。 ㉔嵯峨（cuóé）：山峰高险的样子。汉赋中用这类辞藻很多，如司马相如《上林赋》"山气巃嵸兮石嵯峨"、王延寿《鲁灵光殿赋》"嵯峨嶵嵬"等。 ㉕葳蕤（wēiruí）：草木叶垂的

样子。司马如相如《子虚赋》“错翡翠之威蕤”（《汉书》作“葳蕤”）、张衡《东京赋》“羽盖威蕤”。 ㉖长卿：西汉作家司马相如的字。 ㉗诡（guǐ）：不平常。势：文章的气势。瑰（guī）：奇特。 ㉘模、范：都指依照物象描绘。 ㉙鱼贯：所用词藻如鱼之成行，指罗列堆砌的毛病。 ㉚诗人：指《诗经》的作者，也泛指一般走正确道路的作家，与下文“辞人”相反。则：合于规则而不过分。约：简练。 ㉛辞人：辞赋家。淫：过分。扬雄《法言·吾子》中说：“诗人之赋丽以则，辞人之赋丽以淫。” ㉜《雅》：指《诗经·小雅》。棠华：即“裳华”，指《小雅》中的《裳裳者华》。 ㉝或黄或白：《小雅·裳裳者华》：“裳裳者华，或黄或白。” ㉞《骚》：这里泛指《楚辞》。 ㉟绿叶、紫茎：《九歌·少司命》：“秋兰兮青青，绿叶兮紫茎。” ㊱摛（chī）：发布，引申为描写。 ㊲时见：适时出现。

【原文】

自近代以来[1]，文贵形似。窥情风景之上[2]，钻貌草木之中；吟咏所发，志惟深远[3]；体物为妙[4]，功在密附[5]。故巧言切状[6]，如印之印泥[7]，不加雕削[8]，而曲写毫芥[9]。故能瞻言而见貌[10]，即字而知时也[11]。然物有恒姿[12]，而思无定检[13]；或率尔造极[14]，或精思愈疏[15]。且《诗》《骚》所标[16]，并据要害[17]；故后进锐

【译文】

晋宋以来，作品重视描写事物形貌的逼真。作者深入观察风物景色的神情，研究花草树木的状貌；吟咏景物从作者深远的情志出发，而描绘事物的诀窍就在于能密切地符合真相。所以，如果文字用得巧，事物写得逼真，那就像在印泥上盖印一样，用不着过多的雕琢，而事物的本来面目便可完全无遗地描绘出来。这就使人能从作品的字句里看到景物的形貌，了解到不同的季节。但是事物各有固定的样子，而作者构思却没有一定的法则。有的好像满不在乎地就能把景物写得很好，有的却仔细思索还和所描写的景物相差很远。《诗经》和《楚辞》中突出的特点，就是善于抓住客观事物的要点；后来善

笔[18]，怯于争锋[19]。莫不因方以借巧[20]，即势以会奇；善于适要[21]，则虽旧弥新矣[22]。是以四序纷回[23]，而入兴贵闲[24]；物色虽繁，而析辞尚简[25]；使味飘飘而轻举，情晔晔而更新[26]。古来辞人，异代接武[27]，莫不参伍以相变[28]，因革以为功[29]；物色尽而情有余者[30]，晓会通也[31]。若乃山林皋壤[32]，实文思之奥府[33]。略语则阙[34]，详说则繁。然屈平所以能洞监“风”“骚”之情者[35]，抑亦江山之助乎[36]！

写文章的人，都不敢在这上面和它们较量，却无不依照这种方法，学其巧妙，随着文章的气势而显示出奇特来。所以，只要作者善于抓住事物的要点，就能把本来不新鲜的景物也描绘得极其新颖了。因此，一年四季的景色虽然多变，但写到文章中去要有规则；事物虽然繁杂，但描写它们的辞句应该简练；要使得作品的味道好像不费力地流露出来，情趣盎然而又格外清新。历代作家前后相继，在写作上都是错综复杂地演变着，并在一面继承，一面改革中取得新的成就。要使文章写得景物有限而情味无穷，就必须把《诗经》《楚辞》以来的优良传统融会贯通起来。山水川原实在是文思的深厚府库；描写它的文字过简就会显得不够完备，过详又显得繁冗。屈原之所以能深得吟诗作赋的要领，不就是得到了楚地山川景物的帮助吗？

## 注释

❶近代：指晋宋时期。 ❷窥（kuī）：探视。 ❸志：指作者的情志。 ❹体：体现，描写。 ❺密附：指准确地描绘事物，和《比兴》篇要求的“以切至为贵”同理。附：接近。 ❻切：切合。 ❼印泥：古代封信用泥，上面盖印，和后来用的火漆相似。 ❽雕削：雕刻，雕琢。 ❾曲：曲折，细致。芥（jiè）：小草。 ❿瞻：看。 ⓫印：当作“即”，就。时：指四时。 ⓬恒：经常的，有定的。 ⓭检：法式。《明诗》中“诗有恒裁，思无定位”，和这里说的“物有恒姿，而思无定检”同理。 ⓮率尔：随便的样子。造极：达到理想的境地。 ⓯疏：远，指作者的思想和客观物象距离很大。 ⓰标：显出。

⑰要害：重要之处，指事物的主要特征。 ⑱锐笔：指精于写作的人。 ⑲怯（qiè）：懦弱，害怕。 ⑳方：方法，指过去的写作手法。 ㉑适要：抓住要点，和上面说的“据要害”意思相同。 ㉒旧：指常见的、前人多次写到过的事物。弥（mí）：更加。新：新鲜，指同一事物能从新的角度或深度表现出新的特色。㉓四序：四季。纷回：复杂多变。回：运转。 ㉔兴：指写作的兴致。闲：法度。 ㉕析：分解，引申为抉择、运用。 ㉖晔晔（yè）：美盛的样子。 ㉗接武：继迹。武：半步。 ㉘参伍：错杂。 ㉙因：沿袭。革：改变。 ㉚尽而有余：晋代作家张华曾称赞左思的作品“使读之者尽而有余，久而更新”（《晋书·左思传》）。 ㉛会通：指对传统精神的融会贯通。 ㉜皋（gāo）：水边地。㉝奥：深。府：藏聚财物之所。 ㉞阙（quē）：缺。 ㉟屈平：屈原名平，战国时楚国诗人。洞：深。监：察。风、骚：泛指诗赋等作品。 ㊱抑：语首助词。

【原 文】

赞曰：山沓水匝①，树杂云合②。目既往还，心亦吐纳③。春日迟迟④，秋风飒飒⑤；情往似赠，兴来如答⑥。

【译 文】

总之，高山重叠，流水环绕，众树错杂，云霞蔚起。作者反复地观察这些景物，内心就有所抒发。春光舒畅柔和，秋风萧飒愁人。像投赠一样，作者以情接物；像回答一样，景物又引起作者写作的灵感。

注 释

❶匝（zā）：围绕。 ❷合：聚、会。 ❸吐纳：指抒发。 ❹春日迟迟：《诗经·豳风·七月》：“春日迟迟，采蘩祁祁。”孔颖达疏：“迟迟者，日长而暄之意，故为舒缓。计春秋漏刻，多少正等。而秋言凄凄，春言迟迟者，阴阳之气感人不同。张衡《西京赋》云‘人在阳则舒，在阴则惨’，然则人遇春暄，则四体舒泰，春觉昼景之稍长，谓日行迟缓，故以迟迟言之。” ❺飒飒（sà）：风声。 ❻兴：指物色引起作者产生的创作兴致。纪昀评：“诸赞之中，此为第一。”

# 四七、才略

## 解题

《才略》是《文心雕龙》的第四十七篇，从文学才力上论历代作家的主要成就。全篇论述了先秦、两汉到魏晋时期的作家近百人，正如黄叔琳所评："上下百家，体大而思精，真文囿之巨观。"本篇确可谓古代批评史上作家论的洋洋大观。

全篇共五个部分。第一部分评先秦作家，其中如"皋陶六德，夔序八音"等，不仅是不可靠的传说，也还谈不到什么文学作品；至于《五子之歌》原是后人伪作，刘勰竟奉为"万代之仪表"，这都是其历史局限。第二部分评两汉作家 33 人。第三部分评魏代作家 18 人。第四部分评两晋作家 25 人，附带说明宋代作家"世近易明"，不再评述。第五部分是根据以上评述所作的小结，主要说明文人成就的大小和他所处的时代有关。这一认识值得注意的是：本篇以评论作家才气为主，这只是作家成就高低的主观因素，篇末强调"贵乎时"，则注意到了作家成就的客观因素。文人与社会的关系，是《时序》篇的论题，本篇简要地提出，不仅必要，且有画龙点睛的作用。但也应看到，刘勰在这里讲的"贵乎时"，主要指"崇文之盛世，招才之嘉会"，是有很大局限性的。

本篇按略远详近的原则评论历代作家，其略与详，主要指所论各个时期作家的多少而言；凡所论及，其详略虽也稍有不同，总的来说，都是很简要的。但刘勰所论，话虽不多，大都概括了作家的主要成就、基本特点和重要得失。这些作家在"论文叙笔"的各篇，大都各有分别论述，所以，本篇的概括评论，则是刘勰对作家的总论。在这篇总论中，也有如曹操、陶渊明等少数重要作家没有谈到。曹操在本书其他篇章还讲到几处，陶渊明则除存疑的《隐秀》篇外，全书都没有提到。就《才略》篇来说，陶渊明或被列入“宋代逸才”而不论，不讲曹操就毫无道理了。此外，如班婕妤、徐淑、蔡琰、左棻等女作家一个不讲，这就是刘勰的儒家正统观念造成的了；其中对《五子之歌》、尹吉甫、马融等评价太高，也是这个原因。

值得注意的是，本篇虽对“九代之文”做了比较全面的评述，文史诗赋、章表奏议等都有所涉及，但刘勰对文学艺术和学术论著的不同特点，在这些评论中却表现了他更为明确的认识。如董仲舒和司马迁，刘勰说他们一是“专儒”，一是“纯史”，其所肯定的，并不是《春秋繁露》或《史记》这样的巨著，而是董仲舒的《士不遇赋》和司马迁的《感士不遇赋》，认为这才属于“丽缛成文”的文学作品。又如说：“桓谭著论，富号猗顿；宋弘称荐，爰比相如。而《集灵》诸赋，偏浅无才。”“王逸博识有功，而绚采无力。”这里，不仅没有混同文学作品和学术论著，反而是有意识地加以对照，用“富比猗顿”的论著，“博识有功”的学力，来反衬他们在文学创作上“偏浅无才”“绚采无力”。这说明，本篇所论之“才”，是专指文学创作的才力，文学家的“才”和学术家的“才”，是各有特点而不可混同的两种才力。

【原 文】

九代之文[①]，富矣盛矣；其辞令华采，可略而详也[②]。虞夏文章，则有皋陶六德[③]，夔序八音[④]，益则有赞[⑤]。五子作歌[⑥]，辞义温雅，万代之仪表也[⑦]。商周之世，则仲虺垂诰[⑧]，伊尹敷训[⑨]；吉甫之徒[⑩]，并

【译 文】

从黄唐到魏晋九代的文章，是十分丰富而繁盛了；这个时期优秀的作家作品，可略加评述。虞夏时期的文章，有皋陶提出诸侯必备的六种品德，夔所整理的八音，益对舜的赞辞等。太康的五个兄弟所作的《五子之歌》，文辞温和，意义雅正，为后世万代的典范。商、周时期，有仲虺告诫商王的《仲虺之诰》，伊尹教训太甲的《伊训》，尹吉甫歌颂周宣王的诗篇：这些

述诗颂[11]：义固为经[12]，文亦师矣[13]。及乎春秋大夫，则修辞聘会[14]，磊落如琅玕之圃[15]，焜耀似缛锦之肆[16]。薳敖择楚国之令典[17]，随会讲晋国之礼法[18]，赵衰以文胜从飨[19]，国侨以修辞捍郑[20]，子太叔美秀而文[21]，公孙挥善于辞令[22]：皆文名之标者也[23]。战代任武[24]，而文士不绝。诸子以道术取资[25]，屈、宋以《楚辞》发采[26]，乐毅《报书》辨以义[27]，范雎《上书》密而至[28]，苏秦历说壮而中[29]，李斯《自奏》丽而动[30]：若在文世[31]，则扬、班俦矣[32]。荀况学宗而象物名赋[33]，文质相称[34]，固巨儒之情也[35]。

作品的意义既合于常道，文辞也值得后人师法。到了春秋时期，各国大夫在聘问集会中运用修饰得很好的辞藻，其众多如美玉聚积的园圃，光彩似繁华的锦绣市场。薳敖选用楚国美好的典章，士会讲求晋国的礼法，赵衰以富有文采而随晋公子重耳到秦国赴宴，子产因善于辞令而捍卫了郑国，郑国游吉貌美才秀而有文采，郑国的公孙挥善于言辞：这些都是春秋时期以文辞称著的突出人物。战国时期任用武力，但文人仍不断出现。诸子百家以他们的思想学说为凭借，屈原、宋玉以《楚辞》表现其异彩，乐毅的《献书报燕王》明辨而义正，范雎的《献书昭王》虽未明言“宣后乱秦”，却讲出了当时秦国的要害，苏秦游说六国的言辞有力而切合时事，李斯的《上书谏逐客》文辞华丽而内容有说服力：如果在重视文辞的盛世，这些作者就是扬雄、班固一类的人物了。此外，荀况既是儒学的宗师，又描绘物象而称之为“赋”，文采和内容相称，的确具有大儒的特点。

## 注释

❶九代：黄帝、唐、虞、夏、商、周、汉、魏、晋为九代，与《通变》所说的“九代”略同。《通变》中的“九代咏歌”，是从传为黄帝时的《弹歌》开始，到宋初而止。本篇从“虞、夏文章”开始，到晋为止，其中又讲到“战代”。所以“九代”是泛指，不是很固定的确数。 ❷详：考察，研究。 ❸皋

陶（gāoyáo）：传为虞舜时的刑官。六德：《尚书·皋陶谟》："皋陶曰：'都（赞美辞）！亦行有九德。……宽而栗（宽宏而庄严）、柔而立（和柔而能立事）、愿（谨慎）而恭、乱（治理）而敬、扰（和顺）而毅、直而温、简（宽大）而廉、刚而塞（刚正而充实）、强而义（强劲而合道义）。彰（明）厥有常，吉哉！日宣（布）三德，夙夜浚明有家（九德中有三德，可为大夫）；日严祇敬六德，亮采有邦（有六德可为诸侯）。'" ❹夔（kuí）：舜的臣子。序：次序，这里指使之有一定的次序。八音：古代乐器的总称，指金、石、土、革、丝、木、匏（páo）、竹八类。《尚书·舜典》："帝曰：'夔，命汝典（掌管）乐，教胄子（贵族子弟）……八音克谐，无相夺伦，神人以和。'夔曰：'於（wū）！予击石拊石，百兽率舞。'" ❺益：舜的臣子。有赞：《尚书·大禹谟（伪）》："益赞于禹曰：'惟德动天，无远弗届；满招损，谦受益，时乃天道。……'" ❻五子：一说为夏帝太康之弟，一说为夏启的五个儿子（即太康的五个兄弟）。据《明诗》篇"五子咸怨"之说，刘勰乃取后说。《尚书》中有《五子之歌》一篇，是晋人伪作。 ❼仪表：标准。《管子·形势解》："仪者，万物之程式也；法度者，万民之仪表也。" ❽仲虺（huǐ）：商汤王的臣子。垂诰：留下告诫商汤的话。《尚书》中有《仲虺之诰》，是后人伪作，其序说："汤归自夏，至于大坰（jiōng），仲虺作诰。" ❾伊尹：汤臣，亦名伊挚。敷训：陈说教训。汤死，其孙太甲无道，伊尹作训以教太甲。《尚书》中有《伊训》，是后人伪作的。其序说："成汤既没，太甲元年，伊尹作训。" ❿吉甫：尹吉甫，周宣王时的贤臣。 ⓫并述诗颂：指尹吉甫作歌颂周宣王的诗。《诗经·大雅》中《崧高》《烝民》《韩奕》《江汉》诸篇的序都说："尹吉甫美宣王也。" ⓬经：《总术》篇说："常道曰经。" ⓭文亦师矣：范文澜注："疑师字上脱一足字。"按《征圣》篇所说："征之周、孔，则文有师矣。""足师"似太重，"亦师"稍轻。 ⓮修辞：修饰辞藻。聘会：聘问集会。春秋时期诸侯国之间常互派使节问候集会。 ⓯磊落：众多貌，和《论说》篇"六印磊落以佩"的"磊落"意同。琅玕（lánggān）：似珠玉的美石。《尚书·禹贡》："厥贡惟球、琳、琅玕。"孔传："球、琳，皆玉名。琅玕，石而似玉。"圃（pǔ）：园圃。 ⓰焜（kūn）耀：照明。《左传·昭公三年》："焜耀寡人之望。"孔颖达疏："服虔云：'耀，照也；焜，明也。'言得备妃嫔之列，照明己之意望也。"缛（rù）锦：文采繁盛的锦绣。肆：商店，市场。 ⑰蔿（wěi）敖：春秋时楚国人，一作蒍敖，一说即孙叔敖。孙叔敖在楚庄王时曾三度为相。《左传·宣公十二年》："蒍敖为宰（杜注：'宰，令尹。蒍敖，孙叔敖。'），择楚国之令典。……百官象物而动，军政不戒而备，能用典矣。"择：选择。据《左传》原话所说"能用典矣"，当指选用。 ⑱随会：即士会，春秋时晋国大夫，因食采于随地，故称随会。后改封于范，称范武子。《左传·宣公十六年》："晋侯使士会平王室（之乱），定王享之（用享礼招待士会）。原襄公（周大夫）相（助）礼。肴烝（杜注：'烝，升也，升肴于俎。'即把切开的肉放在盛肉器里）。武子私问其故（按享礼当用不切开的肉，故问）。王闻之，召武子曰：'季氏（士会字季），而（你）弗闻乎？王享有体荐（用不切开的肉），宴有折俎（切开的肉）。公当享，卿当宴，王室之礼也。'武子归而讲求典礼，以修晋国之法。" ⑲赵衰（cuī）：字子余，春秋时晋国大夫。文胜：富有文采。从飨：随从赴宴。《左传·僖公二十三年》载，秦穆公设享礼招待晋公子重耳，晋国大夫狐偃（字子犯）说："吾不如衰（赵衰）之文也，请使衰从。公子赋《河水》（逸诗），公赋《六月》（《小雅》中的一篇）。赵衰曰：'重耳拜赐。'公子降（下阶一级）拜稽首。公降一级而辞焉。衰曰：'君称所以佐天子者命重耳，重耳敢不拜。'" ⑳国侨：春秋时郑国大夫，字子产，掌国政四十余年，故称国侨。修辞：指善于运用辞令。捍郑：捍卫郑国。《左传·襄公二十五年》载，郑国攻入陈国，获胜后子产到晋国报捷。晋国执问子产：陈国有何罪过，郑国为什么入侵小国等。子产做了有力地回答。孔子称赞子产说："《志》（杜注：'古书。'）有之：'言以足志，文以足言，不言，谁知其志。言之不文，行而不远。'晋为伯（霸主），郑入陈，非文辞不为功。慎辞哉！" ㉑子太叔：即游吉，春秋时郑国正卿。美秀而文：《左传·襄公三十一年》："子太叔美秀而文。"杜注："其貌美，其才秀。" ㉒公孙挥：字子羽，春秋郑国简公时为行人（掌朝见聘向）。善于辞令：《左传·襄公三十一年》："公孙挥能知四国之为（杜注：'知诸侯所欲为。'），而辨于其大夫之族性、班位（官职，爵位）、贵贱、能否（才能高低），而又善为辞令。" ㉓文名：以文辞为名。标：木末，引申为突出的意思。按，以上所讲从“作歌”到“善于辞令”，都是广义的“文”，其中除尹吉甫的诗以外，大都还不是文学创作或文学作品。 ㉔任：任用。 ㉕道术：泛指诸子百家的思想学说。取资：犹凭借。 ㉖屈、宋：屈原、宋玉。发采：表现出文采。 ㉗乐毅：战国时燕国的上将军，以功封昌国君。《报书》：指《献书报楚王》。《战国策·燕策二》：“昌国君乐毅为燕昭王合五国之兵而攻齐，下七十余城，尽郡县之以属燕。三城未下，而燕昭王死。惠王即位，用齐人反间，疑乐毅，而使骑劫代之将。乐毅奔赵，赵封以为望诸君。齐田单欺诈骑劫，卒败燕军，复收七十城以复齐。燕王悔，惧赵用乐毅，乘燕之弊以伐燕。燕王乃使人让乐毅，……望诸君乃使人献书报燕王，曰……”辨：明辨。 ㉘范雎（jū）：字叔，战国时魏人，入秦为秦昭王相。《上书》：指《献书昭王》，载《战国策·秦策三》。密而至：《史记·范雎列传》：“穰侯、华阳君，昭王母宣太后之弟也；而泾阳君、高陵君，皆昭王同母弟也。穰侯相，三人者更将，有封邑。以太后故，私家富重于王室。及穰侯为秦将，且欲越韩、魏而伐齐纲寿，欲以广其陶封。范雎乃上书曰：臣闻明王立政，有功者不得不赏，有能者不得不官，劳大者其禄厚，功多者其爵尊，能治众者其官大。故无能者不敢当职焉……”这说明范雎上书正“以太后故”而发，《史传》篇说的“宣后乱秦”即指此事。但范雎在《献书昭王》中，既未讲太后专政，又未说穰侯等无功受禄，却触及当时秦国存在问题的实质。这就是所谓“密而至”。 ㉙苏秦：字季子，战国时期的纵横家。《汉书·艺文志》有《苏子》31篇，今佚。《战国策》和《史记·苏秦列传》中载有部分苏秦的游说辞。壮：有力。中：符合，切中时事。 ㉚李斯：秦代政治家，秦始皇的丞相。《自奏》：指《上书谏逐客》。《史记·李斯列传》：“秦宗室大臣，皆言秦王曰：诸侯人来事秦者，大抵为其主游间于秦耳，请一切逐客。李斯议亦在逐中，乃上书曰……”动：动人，有说服力。 ㉛文世：即本篇下面所说“崇文之盛世”。 ㉜扬、班：扬雄、班固，汉代有代表性的作家。俦（chóu）：同辈。曹丕《典论·论文》：“及其所善，扬、班俦也。” ㉝荀况：即荀子，名况，时人尊称荀卿，战国时期的思想家、文学家。学宗：学术上受人尊敬的人。象物名赋：《荀子·赋篇》有《礼》《知》《云》《蚕》《箴》五篇赋。象物：状貌事物，描写物象。 ㉞文质：文辞和实质，形式和内容。

㉟巨儒：汉人已称荀况为“大儒孙卿”（《汉书·艺文志》）。“孙卿”是汉人避宣帝讳而改。情：这里指情况，实情。《章表》篇“情伪屡迁”的“情”字与此意近。

【原文】

汉室陆贾[①]，首发奇采，赋《孟春》而选《典》《诰》[②]，其辩之富矣[③]。贾谊才颖[④]，陵轶飞兔[⑤]，议惬而赋清[⑥]，岂虚至哉[⑦]！枚乘之《七发》[⑧]，邹阳之《上书》[⑨]，膏润于笔[⑩]，气形于言矣[⑪]。仲舒专儒[⑫]，子长纯史[⑬]，而丽缛成文[⑭]，亦《诗》人之“告哀”焉[⑮]。相如好书[⑯]，师范屈、宋，洞入夸艳，致名辞宗。然覆取精意[⑰]，理不胜辞，故扬子以为[⑱]“文丽用寡者，长卿”[⑲]，诚哉是言也。王褒构采[⑳]，以密巧为致[㉑]，附声测貌[㉒]，泠然可观[㉓]。子云属意[㉔]，辞人最深[㉕]，观其涯度幽远[㉖]，搜选诡丽[㉗]；而竭才以钻思[㉘]，故能理赡而辞坚

【译文】

汉初陆贾，首先创造了奇特的文采，他写了《孟春赋》和合于《典》《诰》的《新语》，其中辩丽的文辞已很丰富了。贾谊锐利的才力，能超越奔驰的骏马；他的议论妥帖，辞赋清新，岂是凭空能达到的！枚乘的《七发》，邹阳的《上书吴王》等，笔下有丰富的文采，言辞有旺盛的气势。董仲舒是儒学专家，司马迁是纯粹的史学家，他们也以富丽的辞采写成《士不遇赋》《感士不遇赋》，也就是《诗经》的作者抒发哀思的意义了。司马相如爱好读书，学习屈原、宋玉的作品，以大量夸张艳丽的描写，成为辞赋的宗匠。但考查其辞藻的纯粹意义，内容和形式很不相称，所以扬雄认为“文辞华丽而用处不大的，就是司马相如”，这话的确是对的。王褒创造文采，以细密工巧为旨趣，他描绘的声音状貌，轻巧可观。扬雄作品的命意，是辞赋家中最深刻的。试看他写得内容深广，文辞奇丽，又能竭尽全力进行钻研思考，所以内容丰富而文辞有力。桓谭的理论著作，号称比古代猗

矣[29]。桓谭著论[30]，富号猗顿[31]；宋弘称荐[32]，爰比相如[33]。而《集灵》诸赋[34]，偏浅无才：故知长于讽论，不及丽文也[35]。敬通雅好辞说[36]，而坎壈盛世[37]，《显志》自序[38]，亦蚌病成珠矣[39]。二班、两刘[40]，奕叶继采[41]，旧说以为固文优彪，歆学精向，然《王命》清辩[42]，《新序》该练[43]，璇璧产于昆冈[44]，亦难得而逾本矣。傅毅、崔骃[45]，光采比肩；瑗、寔踵武[46]，能世厥风者矣[47]。杜笃、贾逵[48]，亦有声于文[49]，迹其为才[50]，崔、傅之末流也[51]。李尤赋、铭[52]，志慕鸿裁[53]，而才力沉腿[54]，垂翼不飞。马融鸿儒[55]，思洽识高[56]，吐纳经范[57]，华实相扶[58]。王逸博识有功[59]，而绚采无力[60]。延寿继志[61]，瑰颖独标[62]；其善图物写貌，岂枚乘之遗术欤[63]！张衡通赡[64]，蔡邕精雅[65]，文史彬彬[66]，隔世相望[67]。是则

顿的财产还富裕；宋弘向光武帝称扬推荐，便把桓谭比作司马相如；但他的《仙赋》等文学作品，却写得浅陋无才：由此可见，桓谭虽长于论著，却不善于文学创作。冯衍很爱好进献说辞，在东汉的昌盛之世却很不得志，但他抒写其不得志之情的《显志赋》，反而像蚌病得成珍珠一样。班彪和班固、刘向和刘歆，都是父子相继有文采。过去的说法是班固的文才优于班彪，刘歆的学识精于刘向；但班彪的《王命论》写得清晰辩明，刘向的《新序》写得完备精练，这就像出产于昆山的美玉，也难超出昆山之玉的原貌了。傅毅和崔骃，他们的光华辞采并驾齐驱；崔瑗、崔寔紧跟其后，可谓能继承其家风了。杜笃和贾逵，在文才方面也颇有声誉，考察他们的实际才力，只能是崔骃、傅毅一类作家的末流。李尤的赋和铭，希望写成意义鸿深的作品，可是才力不高，只能低垂着翅翼不能奋飞。马融是东汉的大儒，思想博大，认识高超，作品合于儒家经典的规范，内容和形式相得益彰。王逸的学识广博，这方面很有成就，但文学创作没有力量。王逸的儿子王延寿继承父志，瑰丽的锋芒特别突出，他善于描绘事物的形貌，岂不是得到枚乘流传下来的技巧！张衡多才多艺，蔡邕精深雅正；他们都文史兼通，前后三十多年遥遥相望，由

竹柏异心而同贞，金玉殊质而皆宝也。刘向之奏议，旨切而调缓[68]；赵壹之辞赋[69]，意繁而体疏[70]；孔融气盛于为笔[71]，祢衡思锐于为文[72]：有偏美焉[73]。潘勖凭经以骋才[74]，故绝群于《锡命》[75]；王朗发愤以托志[76]，亦致美于序铭[77]。然自卿、渊以前[78]，多俊才而不课学[79]；雄、向以后[80]，颇引书以助文[81]：此取与之大际[82]，其分不可乱者也。

此可见，竹、柏虽异而同样贞定，金、玉虽殊却都是珍宝。刘向的奏议，意旨急切而文辞舒缓；赵壹的辞赋，意义充实而体制松散；孔融的气势较盛，显示在书表方面；祢衡的文思较锐，运用在辞赋之中：他们都各有自己的优点。潘勖凭借儒家经典而施展才力，所以《册魏公九锡文》写得超群出众；王朗努力著作以寄托情志，也在学习古代铭文上获得成就。但司马相如和王褒以前的写作，主要是运用才气而不追求学识；扬雄、刘向以后，就常常引用古书来辅助文章：这是凭才气或靠学识的重要界线，它的区分是不可混乱的。

## 注释

❶陆贾：西汉初年的政论家、辞赋家。 ❷《孟春》：《汉书·艺文志》列陆贾赋三篇，今均不存，《孟春赋》当是其中之一。选《典》《诰》：范文澜注引孙诒让《札迻》：“‘选典诰’当作‘进典语’。《诸子》篇云‘陆贾《典语》’，并误以《新语》为《典语》也。‘进’‘选’，‘语’‘诰’，皆形近而误。”此可备一说。因各种版本均作“选典诰”，是否“进新语”之误，惜无确证。“选”与“撰”通，和“赋”字正好对称，和下文所讲“选赋而时美”的“选”字用意相同，未必是“进”字之误。《诸子》篇的《典语》指《新语》，亦非字误。联系这两处用例看，当指《新语》写得合于《典》《诰》之体。《辨骚》篇说：“故其陈尧舜之耿介，称汤武之祗敬：《典》《诰》之体也。”《新语》中称道尧、舜、汤、武、周、孔的正多，现存《新语》十二篇，差不多篇篇都有。《四库全书总目》卷九一《新语》条说：其书“大旨皆崇王道，黜霸术，归本于修身用

人。……所援据多《春秋》《论语》之文，汉儒自董仲舒外，未有如是之醇正也”。这也是刘勰称《新语》为《典语》，或谓其合于《典》《诰》的原因。③辩：巧言，辩丽。富：指充分。 ④贾谊：西汉初政论家、文学家。颖（yǐng）：禾的末端，引申指锋锐。《议对》篇说：“贾谊之遍代诸生，可谓捷于议也。”《体性》篇说：“贾谊俊发。” ⑤陵轶（yì）：超越。飞兔：《吕氏春秋·离俗览》：“飞兔、要褭（niǎo），古之骏马也。”高诱注：“飞兔、要褭，皆马名也。日行万里，驰若兔之飞，故以为名也。” ⑥议惬（qiè）：议论恰当。⑦岂虚至：指其成就由“才颖”而来，不是没有原因的。 ⑧枚乘：字叔，西汉初辞赋家。《七发》：此文设七事说楚太子，为“七”体之始，载《文选》卷三四。 ⑨邹阳：西汉文人。《上书》：邹阳初仕吴王刘濞（pì），刘濞谋反，邹阳有《上书吴王》劝阻。刘濞不听，邹阳转仕梁孝王刘武，又遭谗言而下狱，邹阳以《狱中上书自明》获释。这两次上书均载《汉书·邹阳传》。 ⑩膏：油脂，这里指丰富的文采。《杂文》篇说枚乘《七发》写得“腴辞云辑”。膏、腴意近。 ⑪气：指气势。 ⑫仲舒：董仲舒，西汉经学家，儒家思想的主要代表人物。 ⑬子长：司马迁，字子长，西汉著名史学家、文学家。 ⑭丽缛：繁盛的文采。文：指董仲舒的《士不遇赋》、司马迁的《感士不遇赋》等文学作品。⑮《诗》人告哀：《诗经·小雅·四月》：“君子作歌，维以告哀。” ⑯相如：司马相如，西汉著名辞赋家。好书：《汉书·司马相如传》：“司马相如，字长卿，蜀郡成都人也。少时好读书，学击剑。” ⑰覆：王利器校作“核”，考查，核验。精：指除去文采的纯质。 ⑱扬子：指扬雄。 ⑲文丽用寡：《法言·君子》：“文丽用寡。长卿也。” ⑳王褒：字子渊，西汉辞赋家。构：造。 ㉑密巧：细密工巧。致：旨趣。范文澜注：“骈丽之文，始于王褒《圣主得贤臣颂》，故云以密巧为致。” ㉒附声测貌：描绘声音状貌。附：接近。测：度量。㉓泠（líng）然：《庄子·逍遥游》：“夫列子御风而行，泠然善也。”郭注：“泠然，轻妙之貌。” ㉔子云：扬雄的字。 ㉕辞人最深：范文澜注：“人当作义，俗写致讹。”王利器《文心雕龙校证》改作“辞义最深”。按作“义”与上句“意”字犯复。“义”“人”字形迥异，也无由致误。《物色》篇说：“诗人丽则而言约，辞人丽淫而繁句也。”全书这类说法甚多，共用“辞人”13次，正是刘勰的常用语。范注引《汉书·扬雄传》:“雄少而好学……默而好深湛之思。”刘勰也一再说“扬雄覃(深)思文阔(阁),业深综述”(《杂文》),“扬雄自称‘心好沉博绝丽之文’,其(不)事浮浅,亦可知矣”(《知音》)。这都说明,“辞人最深”既合扬雄其人的实际,也是刘勰对他的看法。 ㉖涯度:指内容的广阔。涯:极限。 ㉗诡(guǐ)丽:指奇丽。 ㉘竭才:犹全力以赴。竭:尽。 ㉙赡(shàn):富足。 ㉚桓谭:字君山,东汉思想家。著论:桓谭有《新论》二十九篇,原书不存,佚文见《全后汉文》卷一三至一五。 ㉛富号猗(yī)顿:喻桓谭论著的贵重。《论衡·佚文》:“挟桓君山之书,富于积猗顿之财。”猗顿:《孔丛子·陈士义第十四》:“猗顿,鲁之穷士也,耕则常饥,桑则常寒。闻陶朱公富,往而问术焉。朱公告之曰:‘子欲速富,当畜五牸(马、牛、猪、羊、驴五种雌性牲畜)。’于是乃适河西,大畜牛羊于猗氏之南,十年之间,其滋息不可计,赀(财)拟王公,驰名天下。以兴富于猗氏,故曰猗顿。” ㉜宋弘:字仲子,东汉光武帝时拜大司空。《后汉书·宋弘传》:“帝尝问弘通博之士,弘乃荐沛国桓谭,才学洽闻,几能及扬雄、刘向父子。” ㉝爰(yuán):乃,于是。相如:司马相如。据上引《宋弘传》,应为扬雄。译文仍据“相如”。 ㉞《集灵》诸赋:《后汉书·桓谭传》说,桓谭“所著赋、诔、书、奏凡二十六篇”。他的赋现只存《仙赋》一篇,见《艺文类聚》卷七八。其序云:“余少时为中郎,从孝成帝出祠甘泉河东,见郊。先置华阴集灵宫。宫在华山下,武帝所造,欲以怀集仙者王乔、赤松子,故名殿为存仙。”据此,《集灵》即指《仙赋》。 ㉟丽文:指诗、赋等文学作品。 ㊱敬通:冯衍的字,东汉初作家。雅好:很爱好。《后汉书·冯衍传》说他著有赋、诔、铭、说等五十篇,其现存作品以说辞最多,如《说廉丹》《计说鲍永》《说邓禹书》等,见《全后汉文》卷二〇。 ㊲坎壈(lǎn):不顺利,不得志。 ㊳《显志》:指冯衍的《显志赋》,载《后汉书·冯衍传》。自序:自述,抒写己志。《冯衍传》中说:“衍不得志,退而作赋,又自论曰:‘……喟然长叹,自伤不遇,久栖迟于小官,不得舒其所怀……乃作赋自厉,命其篇曰《显志》。显志者,言光明风化之情,昭章玄妙之思也。’” ㊴蚌病成珠:指冯衍因不得志反而有助于他写成《显志赋》。《淮南子·说林训》:“明月之珠,蚌之病而我之利。”《艺文类聚》卷九七引作："明月之珠，螺蚌之病而我之利也。" ㊵二班：班彪、班固父子。两刘：刘向、刘歆父子。 ㊶奕（yì）叶：累世，一代接一代。 ㊷《王命》：班彪的《王命论》，载《汉书·叙传》。清辩：清晰明辩。《论说》篇评《王命论》"敷述昭情"，与此论一致。 ㊸《新序》：刘向著，十卷，今存。该练：完备而精练。 ㊹璇（xuán）璧：美玉。昆冈：古代传说中产玉的山。《尚书·胤征（伪）》："火炎昆冈"。孔传："山脊曰冈，昆山出玉。" ㊺傅毅：字武仲；崔骃（yīn）：字亭伯。都是东汉文学家。 ㊻瑗（yuàn）：指崔瑗，字子玉，崔骃之子。寔（shí）：指崔寔，字子真，崔骃之孙。踵武：跟前人脚步走，这里指崔氏祖孙相继为东汉文学家。 ㊼世：承袭。《汉书·贾谊传》："贾嘉最好学，世其家。"颜师古注："言继其家业。"厥：其。 ㊽杜笃：字季雅，东汉文人。贾逵：字景伯，东汉文人。 ㊾有声于文：《诔碑》篇说："杜笃之诔，有誉前代。"《后汉书·贾逵传》说"后世称（逵）为通儒"；文学方面只讲到他写过《神雀颂》，今不存。 ㊿迹：循其实而考查。 51崔、傅：指崔骃、傅毅。末流：末等。 52李尤：字伯仁，东汉文学家。赋铭：李尤的赋有《函谷关赋》《辟雍赋》等5篇，现均不全。李尤的铭今存《河铭》《洛铭》等80余篇。均见《全后汉文》卷五〇。 53鸿裁：李尤的铭，多是四句十六字的短篇，最长的《刻漏铭》也不足百字。所以这里的"鸿"，不指篇幅的宏大，而是说意义的巨大。裁：制，创作。 54沉膇（zhuì）：《左传·成公六年》："民愁则垫隘（瘦弱），于是乎有沉溺重膇之疾。"杜注："沉溺，湿疾；重膇，足肿。"这里喻才力低下。"才力沉膇，垂翼不飞"，和《风骨》篇的"翾翥百步，肌丰而力沉也"意近。 55马融：字季长，东汉经学家、文学家。 56洽（qià）：遍，广博。 57吐纳：言谈，写作。经范：儒家经典的规范。 58华实：形式和内容。相扶：互相支持，指形式和内容配合很好。 59王逸：字叔师，东汉文学家。博识有功：指王逸作《楚辞章句》，在见识广博方面有成就。《楚辞章句·九思序》："逸，南阳人，博雅多览。"又《楚辞章句序》："今臣复以所识所知，稽之旧章，合之经传，作十六卷章句。虽未能究其微妙，然大指之趣，略可见矣。" 60绚（xuàn）采：绚丽的文采，指文学创作。 61延寿：王延寿，字文考，王逸的儿子，东汉辞赋家。 62瑰（guī）颖：奇丽的锋芒。标：突出。

63枚乘之遗术：指写《七发》所用形象描绘的方法。《七发》中写音乐的动听、饮食的可口、车马的名贵，以及宫苑、田猎、观涛等，都是企图用鲜明生动的形象来打动楚太子。王延寿的代表作《鲁灵光殿赋》，其“图物写貌”，正是继承了《七发》形象描写的特点。 64张衡：字平子，东汉著名科学家、文学家。通赡：指才学广博丰富。 65蔡邕：字伯喈（jiē），汉末学者、文学家。 66文史彬彬（bīn）：指张衡、蔡邕都文史双全。《后汉书·张衡传》：“永初中，谒者仆射刘珍、校书郎刘騊駼（táotú）等，著作东观，撰集《汉记》，因定汉家礼仪。上言请衡参论其事，会并卒。而衡常叹息，欲终成之。及为侍中，上疏请得专事东观，收检遗文，毕力补缀。”又《蔡邕传》：“邕前在东观，与卢植、韩说等撰补《后汉记》，会遭事流离，不及得成，因上书自陈，奏其所著《十意》（即《十志》）。” 67隔世相望：指张衡、蔡邕二人遥遥相对。世：古以三十年为一世。张衡为侍中，请专事东观，在顺帝阳嘉年间（132—135），蔡邕校书东观在灵帝熹平初（173年左右），正好相隔一世。 68旨切而调缓：刘向的奏议，多为当时外戚专政、汉室危急的情况而发，但或以灾异凶吉论时政，如《条灾异封事》等；或以大量历史事实谏用外戚，如《极谏用外戚封事》等（均见《汉书·刘向传》）。 69赵壹：字元叔，东汉文学家。《后汉书·赵壹传》载其《穷鸟赋》和《刺世疾邪赋》。 70意繁：赵壹的两篇赋（另有《迅风赋》等不全）都很简短，意旨也比较集中；从上下几句讲刘向、孔融等人各“有偏美”的说法看，“意繁”在这里指内容充实。体疏：主要指《刺世疾邪赋》的体制松散。这篇赋的最后说：“有秦客者乃为诗曰：‘河清不可俟，人命不可延……’鲁生闻此辞，系而作歌曰：‘势家多所宜，咳唾自成珠……’”以赋、诗、歌合为一篇，故云“体疏”。 71孔融：字文举，汉末文学家，“建安七子”之一。气盛：《风骨》篇引刘桢云：“孔氏卓卓，信含异气，笔墨之性，殆不可胜。”张溥《孔少府集题辞》：“东汉词章拘密，独少府（孔融官至少府）诗文，豪气直上。”笔：指孔融的《荐祢衡表》《论盛孝章书》等书、表。 72祢衡：字正平，汉末辞赋家。思锐：《后汉书·祢衡传》：“（刘）表尝与诸文人共草章奏，并极其才思。时衡出，还见之，开省未周，因毁以抵（掷）地。表怃然为骇。衡乃从求笔札，须臾立成，辞义可观。”又说：“（黄）射时大会宾客，人有献鹦鹉者。射举卮于衡曰：‘愿先生赋之以娱嘉宾。’衡览笔而作，文无加点，辞采甚丽。”文：指《鹦鹉赋》等有韵之文。但这两句中的“文”“笔”不是绝对的。73偏美：偏长于某一方面。但上面所讲孔融、祢衡二人，不指偏长于“文”或“笔”，而指其“气盛”和“思锐”的不同特点。 74潘勖（xù）：字元茂，汉末文人，建安中拜尚书左丞。凭经：依靠儒家经书。 75《锡命》：指潘勖的《册魏公九锡文》，载《文选》卷三五。这是代汉献帝起草给曹操加九锡的册命。锡：赐。古代帝王给有功大臣赏赐衣服、车马、弓矢等九种器物为加九锡。76王朗：字景兴，三国文人，魏文帝、明帝时为司空、司徒。 77序铭：王朗序铭今不存，《三国志·魏书·王朗传》只说：“朗著《易》《春秋》《孝经》《周官》传，奏议论记，咸传于世。”可能他并未写过铭文。本书《铭箴》篇评王朗的《杂箴》说：“观其约文举要，宪章戒（武）铭。”王朗无诗赋，今存表奏书论三十余篇，也没有什么堪称“致美”的作品，所以“序铭”或即指他的《杂箴》能“宪章武铭”。 78卿、渊：指司马相如、王褒。 79俊才：《史通·杂说下》引作“役才”。译文据“役才”，指使用才力。课学：讲求学问。 80雄、向：指扬雄、刘向。 81引书以助文：《事类》篇说：“及扬雄《百官箴》，颇酌于《诗》《书》；刘歆《遂初赋》，历叙于纪传，渐渐综采矣。至于崔、班、张、蔡，遂捃摭经史，华实布濩；因书立功，皆后人之范式也。” 82取与：犹取予，采取或给予。取：这里指“役才”。与：这里指引书助文。际：边，交接之处。

**【原 文】**

魏文之才[1]，洋洋清绮[2]，旧谈抑之[3]，谓去植千里[4]。然子建思捷而才俊[5]，诗丽而表逸[6]；子桓虑详而力缓，故不竞于先鸣[7]，而

**【译 文】**

魏文帝曹丕的文才，旺盛而清丽，过去贬低他的议论，认为比曹植相差千里。但曹植是文思敏捷而才气俊秀，诗歌华丽而章表卓越；曹丕则思考周详而才力迟缓，因此他的名声不大。可是曹丕的乐府诗清新激越，《典论·典文》辩

乐府清越[8]，《典论》辩要[9]：迭用短长[10]，亦无懵焉[11]。但俗情抑扬，雷同一声[12]，遂令文帝以位尊减才，思王以势窘益价[13]，未为笃论也[14]。仲宣溢才[15]，捷而能密[16]，文多兼善[17]，辞少瑕累[18]，摘其诗赋[19]，则七子之冠冕乎[20]！琳、瑀以符檄擅声[21]，徐幹以赋论标美[22]，刘桢情高以会采[23]，应玚学优以得文[24]。路粹、杨修[25]，颇怀笔记之工[26]；丁仪、邯郸[27]，亦含论述之美[28]：有足算焉[29]。刘劭《赵都》[30]，能攀于前修[31]；何晏《景福》[32]，克光于后进[33]。休琏风情[34]，则《百壹》标其志[35]；吉甫文理[36]，则《临丹》成其采[37]。嵇康师心以遣论[38]，阮籍使气以命诗[39]：殊声而合响[40]，异翮而同飞[41]。

明扼要：注意到他们各有长短，也就可以做正确的评价了。但世俗之情对人的或抑或扬，往往是随声附和，于是使曹丕因身为帝王而降低了文才，曹植因处境困难而增加其价值，这并不是准确的论断。王粲的才力充沛，写作敏捷而精密，诗赋论铭样样都写得好，文辞也很少病累：取其优秀的诗赋，就是“建安七子”中成就最大的作家吧！陈琳和阮瑀，以擅长章表檄移称著，徐幹以辞赋和论著显示其优美，刘桢以高尚的情操和辞采相结合，应玚才学优秀而在诗赋创作上有所收获。路粹和杨修，在笔札书记方面颇为精工；丁仪和邯郸淳，他们的《刑礼论》《受命述》也还写得不错：这些作家都有值得称道的。刘劭的《赵都赋》，能够追赶前代优秀的作家；何晏的《景福殿赋》，则可光照后世的作者。应璩深怀意趣，用《百一诗》显示他的情志；应贞掌握写作的道理，用《临丹赋》组成其文采。嵇康独出心裁来写论文，阮籍任其志气以写诗歌：他们通过不同的形式发出共同的心声，用不同的翅膀朝着同一方向奋飞。

## 注释

❶魏文：魏文帝曹丕，字子桓，三国时期的文学家。 ❷洋洋：众多、盛大

的样子，这里形容才气很盛。清绮（qǐ）：清丽。绮：有花纹的丝织品。❸抑：压抑，贬低。❹植：曹植，字子建，三国时著名文学家。❺思捷：《三国志·魏书·陈思王植传》："太祖尝视其文，谓植曰：'汝倩人（请人代作）耶？'植跪曰：'言出为论，下笔成章，顾当面试，奈何倩人？'时邺铜爵（雀）台新成，太祖悉将诸子登台，使各为赋。植援笔立成，可观，太祖甚异之。"❻表逸：章表卓越。《章表》篇说："陈思之表，独冠群才。"❼不竞：不强。先鸣：名声居上。鸣：《易经·谦》："鸣谦，贞吉。"注："鸣者，声名闻之谓也。"❽清越：清新激越。❾《典论》：曹丕著，《唐书·艺文志》列儒家，五卷。《宋志》不录，可能宋以后已不存。现有孙冯翼辑本，其中《论文》一篇因收入《文选》卷五二而独完。刘勰这里主要就是指其《论文》。《序志》篇说"魏文述《典》"，即指《论文》。辩要：辩明扼要。❿迭用短长：各有所长。迭：更迭，交互。短长：这里指曹丕、曹植互有优劣。⓫亦无懵（měng）焉：此句是借用《左传·襄公十四年》中的"亦无瞢焉"。杜预注："瞢，闷也。"无懵：不愁闷，这里指能识别清楚。⓬雷同：《礼记·曲礼》："毋雷同。"郑注："雷之发声，物无不同时应者；人之言当各由己，不当然也。"⓭思王：曹植谥号"思"。窘（jiǒng）：指曹植与曹丕争立太子失败后所处困境。⓮笃论：确实的论断。⓯仲宣：王粲的字，"建安七子"之一。溢：满而有余。⓰捷而能密：敏捷而精密。《三国志·魏书·王粲传》："善属文，举笔便成，无所改定，时人常以为宿构；然正复精意覃思，亦不能加也。"⓱文多兼善：《典论·论文》说"王粲长于辞赋"；本书《明诗》篇说"兼善则子建、仲宣"；《论说》篇说："仲宣之《去代（伐）》……并师心独见，锋颖精密，盖论之英也。"《哀吊》篇说："仲宣所制，讥诃实工。"《杂文》篇说："仲宣《七释》，致辨于事理。"挚虞《文章流别论》："铭之嘉者有……王粲《砚铭》。"⓲瑕：毛病，缺点。⓳摘：选取，指选其优秀作品。⓴七子：指"建安七子"。《典论·论文》："今之文人，鲁国孔融文举、广陵陈琳孔璋、山阳王粲仲宣、北海徐幹伟长、陈留阮瑀元瑜、汝南应玚（chàng）德琏、东平刘桢公幹：斯七子者……"冠冕：帝王的帽子，这里指文学成就的最高者。㉑琳、瑀：陈琳、阮瑀。符：符命，古代歌颂帝王功德的文体。檄：檄文，军事上晓谕敌方的文体。

陈琳、阮瑀均无符命。《三国志·魏书·王粲传》："军国书、檄，多琳、瑀所作也。"《典论·论文》："琳、瑀之章表书记，今之隽也。"本书《章表》也说："琳、瑀章表，有誉当时。"这和"琳、瑀以符檄擅声"意近。这里的"符檄"，是泛指章表檄移之类。《定势》："符檄书移，则楷式于明断。"擅声：指以擅长于章表檄移著名。 ㉒赋：《典论·论文》："幹之《玄猿》《漏卮》《圆扇》《橘赋》，虽张（衡）蔡（邕）不过也。"诸赋今均不存，只《圆扇赋》存残文数句，见《全后汉文》卷九三。论：曹丕《与吴质书》："伟长独怀文抱质，恬淡寡欲，有箕山之志，可谓彬彬君子者矣。著《中论》二十余篇，成一家之言，辞义典雅，足传于后：此子为不朽矣。"（《文选》卷四二） ㉓情高以会采：皎然《诗式·邺中集》："邺中七子，陈王最高。刘桢辞气，偏正得其中。不拘属对，偶或有之。语与兴驱，势逐情起，不由作意，气格自高，与《十九首》其一流也。"因不为文而作，而是"势逐情起"，就能以情会文，"气格自高"。此论与刘勰足相发明。 ㉔学优得文：曹丕《与吴质书》："德琏常斐然有述作之意，其才学足以著书，美志不遂，良可痛惜。"应玚和陈琳、徐幹等，都同时死于建安二十二年（217）的一次大疫，所以著书未成，仍"得文"不少。应玚现存10多篇赋和几篇书论（见《全后汉文》卷四二），诗6首（见《全三国诗》卷三〇）。 ㉕路粹：字文蔚，汉末文人，做曹操的军谋祭酒。杨修：字德祖，汉末文人，曹操的主簿。 ㉖怀：指具有。笔记：笔札、书记。路粹有《为曹公与孔融书》等（见《后汉书·孔融传》）。杨修有《答临淄侯笺》（见《文选》卷四〇）等。 ㉗丁仪：字正礼，汉末文人。邯郸：邯郸淳，字子叔，汉末文人。杨修、丁仪、邯郸淳等，都是曹植的追从者。 ㉘论述之美：丁仪有《刑礼论》（见《艺文类聚》卷五四），邯郸淳有《受命述》（见《艺文类聚》卷一〇）。 ㉙足算：可称数。《论语·子路》："斗筲（shāo）之人，何足算也。" ㉚刘劭：字孔才，三国时魏国文人，明帝时官至散骑常侍。《赵都》：《赵都赋》，今存不全，见《全三国文》卷三二。 ㉛攀：依附，引申为接近、赶上的意思。《事类》篇说："刘劭《赵都赋》云：'公子之客，叱劲楚令歃血；管库隶臣，呵强秦使鼓缶。'用事如斯，可称理得而义要矣。"能攀前修，主要就指这方面。前修：前代贤人，指前代优秀的作家。 ㉜何晏：字平叔，三国时魏国玄学家、文学家。《景福》：指何晏的《景福殿赋》，载《文选》卷一一。 33克：能。后进：后来作家。 34休琏：应璩（qú）的字，魏国文学家，应玚之弟。风情：作者的怀抱、意趣。《晋书·袁宏传》："曾为咏史诗，是其风情所寄。" 35《百一》：应璩的《百一诗》，载《文选》卷二一。 36吉甫：应贞的字，西晋文学家，应璩之子。文理：写作的道理，这里指应贞对为文之理的掌握。《宗经》："辞亦匠于文理。" 37《临丹》：应贞的《临丹赋》，见《艺文类聚》卷八。 38嵇康：字叔夜，魏末文学家，音乐家。师心：根据自己独立的思考而不拘成法。遣论：写论文。嵇康的论文较多，如《养生论》《答向子期难养生论》《声无哀乐论》《难张辽叔自然好学论》等，见《嵇康集》。 39阮籍：字嗣宗，魏末诗人，主要作品是82首《咏怀诗》。使气：任其志气。刘禹锡《效阮公体》："昔贤多使气，忧国不谋身。" 40殊声：指嵇康以论，阮籍以诗。合响：指嵇、阮都反对司马氏。 41翮（hé）：鸟翅。此句指嵇阮二人并肩斗争，和上句用意略同。

## 【原文】

张华短章[1]，奕奕清畅[2]，其《鷦鷯》寓意[3]，即韩非之《说难》也[4]。左思奇才[5]，业深覃思[6]，尽锐于《三都》[7]，拔萃于《咏史》[8]，无遗力矣。潘岳敏给[9]，辞自和畅[10]，钟美于《西征》[11]，贾余于哀诔[12]，非自外也[13]。陆机才欲窥深[14]，辞务索广[15]，故思能入巧[16]，而不制繁[17]。士龙朗

## 【译文】

张华的小赋，写得很美而清新流畅，其《鷦鷯赋》的寓意，就是韩非所写《说难》的意思。左思有出奇的文才，擅长于深入思考；但他写《三都赋》用尽了锐气，写《咏史诗》表现了才华的卓越，就再没有写其他作品的精力了。潘岳的文思敏捷，文辞畅达，意义和谐；他的才气积聚在《西征赋》中，更充分体现于哀诔之作，这是他内在的情感所决定的。陆机的才力要求深入探讨，辞藻力求繁富；所以考虑虽很工巧，却不能约束繁杂。陆云爱好明朗简练，由于他懂得控制

练[18]，以识检乱[19]，故能布采鲜净[20]，敏于短篇[21]。孙楚缀思[22]，每直置以疏通[23]；挚虞述怀[24]，必循规以温雅[25]；其品藻流别[26]，有条理焉。傅玄篇章[27]，义多规镜[28]；长虞笔奏[29]，世执刚中[30]：并桢干之实才[31]，非群华之韡萼也[32]。成公子安[33]，选赋而时美[34]；夏侯孝若[35]，具体而皆微[36]。曹摅清靡于长篇[37]，季鹰辨切于短韵[38]：各其善也。孟阳、景阳[39]，才绮而相埒[40]，可谓鲁卫之政[41]，兄弟之文也[42]。刘琨雅壮而多风[43]，卢谌情发而理昭[44]，亦遇之于时势也[45]。景纯艳逸[46]，足冠中兴[47]，《郊赋》既穆穆以大观[48]，《仙诗》亦飘飘而凌云矣[49]。庾元规之表奏[50]，靡密以闲畅[51]；温太真之笔记[52]，循理而清通：亦笔端之良工也[53]。孙盛、干宝[54]，文胜为史，准的所拟[55]，志乎《典》《训》[56]：户牖虽异[57]，而笔采略同。

繁多，所以运用文采鲜明省净，善于写短小的篇章。孙楚构思作文，往往是质直陈述而文辞通畅。挚虞抒发胸怀之作，总是遵循天命而辞义温雅，他在《文章流别论》中叙述各种文体的源流并加以品评，写得颇有条理。傅玄的作品，内容大都是规劝鉴戒；傅咸的奏议，能继承其父的刚劲正直：他们父子都是堪当重任的栋梁之材，而不是各种花朵的美丽花托。成公绥的赋大都写得不错；夏侯湛的作品，虽具有《尚书》《诗经》的形式，但成就都很微小。曹摅的长诗写得比较清丽，张翰的小诗写得明辨而切实：这是他们各不相同的优点。张载、张协兄弟，才华秀丽而不相上下，正像鲁国和卫国的兄弟之政，他俩的文学成就也在兄弟之间。刘琨的作品雅正雄壮而富有风力，卢谌的作品情志明显而道理清晰：这都是由当时的政治形势造成的。郭璞的诗赋华艳俊逸，可称东晋之冠；他的《南郊赋》既是庄严美好的壮观，《游仙诗》也能使读者有如飘浮在云端。庾亮的章表，写得细密而闲熟畅通；温峤的笔札书记，遵循事理而清新通达：他们也是笔札方面的高手了。孙盛和干宝，都长于文辞而成为历史家，他们学习的标准，是《尚书》中的《典》《训》：两人的途径虽然不同，但文笔辞采是相近的。袁宏写文章立意甚高，所以虽卓越出袁宏发轸以高骧[58]，故卓出而多偏；孙绰规旋以矩步[59]，故伦序而寡状[60]。殷仲文之孤兴[61]，谢叔源之闲情[62]，并解散辞体[63]，缥渺浮音[64]；虽滔滔风流[65]，而大浇文意[66]。

宋代逸才[67]，辞翰鳞萃[68]，世近易明，无劳甄序[69]。

众却常有偏差；孙绰的诗赋过分拘守玄理，所以虽有条理却缺乏形象。殷仲文的《南州桓公九井作》，谢混的《游西池》，都冲散了长期来讲玄理的文辞，使虚浮的玄音渐趋淡薄；像滔滔洪水的玄风虽已消失，残存在诗文中的玄理，仍使文意大为浇薄。

宋代才高的作家，作品如鳞片大量积聚；因为时代很近，容易了解，就没有加以评述的必要了。

## 注释

❶张华：字茂先，西晋文学家。短章：范文澜注引陆云《与兄平原书》："张公（即张华）文无他异，正自情省无烦长，作文正尔自复佳。"（《全晋文》卷一〇二）陆云此书是论赋，则所称张华"无烦长"，也当指赋。张华今存《永怀赋》《归田赋》等，都较短（见《全晋文》卷五八）。 ❷奕奕（yì）：盛美。 ❸《鹪鹩（jiāoliáo）》：指张华的《鹪鹩赋》，载《文选》卷一三。 ❹韩非：战国末年思想家，所著《韩非子》中有《说难》一篇。《鹪鹩赋》序云："鹪鹩，小鸟也。生于蒿莱之间，长于藩篱之下，翔集寻常之内，而生生之理足矣。色浅体陋，不为人用，形微处卑，物莫之害，繁滋族类，乘居匹游，翩翩然有以自乐也。彼鹫鹗鹍鸿，孔雀翡翠，或凌赤霄之际，或托绝垠之外，翰举足以冲天，觜距足以自卫，然皆负矰（箭）婴缴，羽毛入贡。何者？有用于人也。"这就是全赋的主旨，说明"形微处卑"者自足而远害，才高力强者"无罪而皆毙"。《说难》陈说君主之难。篇末借春秋时卫灵公的嬖臣弥子瑕的故事，总结全文主旨："故弥子之行未变于初也，而（以）前之所以见贤而后获罪者，爱憎之变也。故有爱于主，则智当而加亲；有憎于主，则智不当，见罪而加疏。故谏说谈论之士，不可不察爱憎之主而后说焉。"陈奇猷《集释》引旧注："夫说者有逆顺之机，顺以招福，逆而制祸，失之毫厘，差之千里，以此说之所以难

也。”所以，二者都有全身避害的寓意。 ❺左思：字太冲，西晋文学家。 ❻业深：专擅。《杂文》篇：“扬雄覃思文阔（阁），业深综述。”这里也是“业深”和“覃思”并用。覃（tán）：深。 ❼《三都》：左思的《三都赋》（《蜀都赋》《吴都赋》《魏都赋》），载《文选》卷四至卷六。 ❽拔萃：《孟子·公孙丑上》：“出乎其类，拔乎其萃。”萃：草木丛生貌。《咏史》：左思有《咏史诗》八首，载《文选》卷二一。 ❾潘岳：字安仁，西晋文学家。敏给：敏捷。《庄子·徐无鬼》：“有一狙（弥猴）焉，委蛇（从容）攫搔（腾掷）。见巧乎王，王射之，敏给搏捷矢。”成玄英疏：“敏给，犹速也。……搏，接也；捷，速也；矢，箭也。箭往虽速，狙皆接之，其敏捷也如此。” ❿自：黄叔琳注：“疑作旨。”译文从“旨”字。 ⓫钟：集聚。《西征》：潘岳的《西征赋》，载《文选》卷一〇。 ⓬贾（gǔ）余：出售多余的才力，指才力丰富。 ⓭非自外：指潘岳擅写哀诔，是由其内心的情感决定的。陈祚明《采菽堂古诗选》：“安仁情深之子，每一涉笔，淋漓倾注，宛转侧折，旁写曲诉，刺刺不能自休。夫诗以道情，未有情深而语不佳者。”（卷一一） ⓮陆机：字士衡，西晋文学家。窥：探求。 ⓯务：追求。索：搜寻。《镕裁》：“士衡才优，而缀辞尤繁。” ⓰入巧：《书记》云“陆机自理，情周而巧”。 ⓱制：制约，控制。繁：《哀吊》云“陆机之《吊魏武》，序巧而文繁”。 ⓲士龙：西晋文学家陆云的字，陆机之弟。朗练：指陆云文风明朗简练。《镕裁》：“士龙思劣，而雅好清省。” ⓳检：约束，限制。乱：繁乱。陆云在《与兄平原书》（现存30多篇，见《全晋文》卷一〇二）中，一再强调文章的“清省”“清约”“无烦长”等，所以刘勰说他“识检乱”。 ⓴布采鲜净：指陆云的作品运用文采鲜明省净。《与兄平原书》中自称：“云今意视文，乃好清省。” ㉑敏：这里指慧。短篇：《与兄平原书》中说自己“才不便作大文……大文难作”。 ㉒孙楚：字子荆，西晋文学家，玄言诗的早期作者。缀（zhuì）思：即构思。缀：连结。 ㉓直置：直陈、直述，和《诗品序》中所讲写即目所见的“直寻”意近。《文镜秘府论·十体》之一有“直置体”：“直置体者，谓直书其事置之于句者是。”沈约《宋书·谢灵运传论》：“子荆‘零雨’之章，正长（王瓒）‘朔风’之句，并直举胸情，非傍诗史。”“零雨”之章，指孙楚的《西征官属送于陟阳候作诗》，其首二句是：“晨风飘歧路，零雨被秋草。”钟嵘《诗品》列孙楚、王瓒为中品，也主要是根据这两句，所以说：“子荆‘零雨’之外，正长‘朔风’之后，虽有累札，良亦无闻。”即因这种写法和钟嵘主张的“直寻”相近。所以，直举、直寻、直置诸说，都大致意近。疏通：通畅。《奏启》：“辨析疏通为首。” ㉔挚虞：字仲洽，西晋文学家。述怀：《晋书·挚虞传》载他的《思游赋》，末二句是：“乐自然兮识穷达，澹无思兮心恒娱。”正是其述怀之作。 ㉕循规以温雅：指遵循天命而辞义温和雅正。《思游赋》的序说：“虞尝以死生有命，富贵在天。天之所佑者，义也；人之所助者，信也。履信思顺，所以延福；违此而行，所以速祸。……推神明之应于视听之表，崇否泰之运于智力之外，以明信天任命之不可违，故作《思游赋》。” ㉖品藻流别：挚虞有《文章流别论》，其书早佚，《全晋文》卷七七辑得部分残文。品藻：指评论。流别：流派，指不同文体的源流演变。就现存《文章流别论》残文看，和刘勰文体论相近似。 ㉗傅玄：字休奕，西晋文学家。 ㉘规镜：规诫鉴戒。 ㉙长虞：傅咸的字，西晋文学家，傅玄之子。笔奏：傅咸以奏议称著。《议对》篇说：“晋代能议，则傅咸为宗。”《奏启》篇说：“若夫傅咸劲直，而按辞坚深。” ㉚世执刚中：世代坚持刚强正直。《晋书·傅玄传》说傅玄“性刚劲亮直”“陈事切直”。又说傅咸“刚简有大节，风格峻整，识性明悟，疾恶如仇，推贤乐善。常慕季文子、仲山甫之志。好属文论，虽绮丽不足，而言成规鉴”。 ㉛桢干：骨干，国家的栋梁之材。 ㉜韡萼（wěiè）：美丽的花托。 ㉝成公子安：成公绥，字子安，西晋文学家。

㉞选赋：撰赋。成公绥的《啸赋》较突出，载《文选》卷一八。《全晋文》卷五九辑其《天地赋》《云赋》等20余篇。 ㉟夏侯孝若：夏侯湛（zhàn），字孝若，西晋文学家。 ㊱具体皆微：指形式具备，成就不大。这是借用孟子的话。《孟子·公孙丑》：“子夏、子游、子张，皆有圣人之一体；冉牛、闵子、颜渊，则具体而微。”赵岐注：“体者，四枝股肱也。……具体者，四枝皆具。微，小也，比圣人之体微小耳。体以喻德也。”刘勰是借“体”以喻儒家经典的形式。夏侯湛有《昆弟诰》，开头说“惟正月才生魄，湛若曰，咨尔昆弟……”，全仿《尚书》而作。又有《周诗》一首，其序云：“《周诗》者，《南陔》《白华》《华黍》《由庚》《崇丘》《由仪》（皆《诗经·小雅》篇名）六篇，有其义而亡

其辞（各篇篇名及其序尚存，故知其义）。湛续其亡，故曰《周诗》也。”全诗八句：“既殷斯虔，仰说洪恩。夕定晨省，奉朝侍昏，宵中告退，鸡鸣在门。孳孳恭诲，夙夜是敦。”（见《夏侯常侍集》）张溥《夏侯常诗集题辞》：“《昆弟诰》总训群子……但规模帝典，仅能形似，刻鹄画虎，不无讥焉。” ㊲曹摅（shū）：字颜远，西晋良吏，工诗赋。丁福保《全晋诗》卷四辑其《赠韩德真》等9首，多是长篇。 ㊳季鹰：张翰的字，西晋文学家。辨切：辨明切实。短韵：指小诗。《文选》卷二八录其《杂诗》一首。钟嵘《诗品》称许：“季鹰‘黄华’之唱……得虬龙片甲，凤皇一毛。”即指《杂诗》中的“黄华如散金”句。 ㊴孟阳：张载的字；景阳：张协的字。张载、张协兄弟二人，都是西晋文学家。 ㊵相埒（liè）：相等。钟嵘《诗品》列张协为上品，张载为下品，是仅就二人的五言诗而论。张溥《张孟阳景阳集题辞》：“景阳文稍让兄，而诗独劲出。盖二张齐驱，诗文之间，互有短长。若论才家庭，则伯难为兄，仲难为弟矣。” ㊶鲁卫之政：《论语·子路》：“鲁卫之政，兄弟也。” ㊷兄弟：此二字意义双关，既说张载、张协二人是兄弟，又表示二人文学成就大小相近。 ㊸刘琨：字越石，西晋诗人，爱国将领。多风：风力强盛。陈沆《诗比兴笺》：“元遗山《论诗绝句》曰：‘曹刘坐啸虎生风，万古无人角两雄。可惜并州刘越石，不教横槊建安中。’谓刘桢浅狭阒寥之作，未能以敌三曹，惟越石气盖一世，始足与曹公苍茫相敌也。”（卷二） ㊹卢谌（chén）：字子谅，东西晋之交的作家。发：明显。 ㊺遇之于时势：指刘琨、卢谌均遭西晋末年的动乱。刘琨《答卢谌书》说：“昔在少壮，未尝检括（约束），远慕老庄之齐物，近嘉阮生（阮籍）之放旷……自顷辀（zhōu）张（惊惧），困于逆乱，国破家亡，亲友凋残。负杖行吟，则百忧俱至；块然独坐，则哀愤两集。”（《文选》卷二五） ㊻景纯：郭璞的字，东西晋之间的文学家、训诂学家。艳逸：钟嵘《诗品》说郭璞的诗“文体相辉，彪炳可玩；始变永嘉平淡之体，故称中兴第一”。本书《明诗》篇也说：“袁（宏）、孙（绰）已下，虽各有雕采，而辞趣一揆（指倾向玄理），莫与争雄。所以景纯《仙篇》，挺拔而为俊矣。”这里说郭璞的作品艳丽超逸，正指当时玄言诗盛行之下，在平淡的诗风中挺拔为俊。 ㊼中兴：晋室南迁，于317年建立东晋政权，是为“中兴”。《晋书·郭璞传》说郭璞“词赋为中兴之冠”。 ㊽《郊赋》：郭璞有《南郊赋》，今不全，见《初学记》卷一三。穆穆：庄严美好。 ㊾《仙诗》：郭璞有《游仙诗》14首（见《郭弘农集》），《文选》卷二一录7首。飘飘而凌云：《史记·司马相如传》：“相如既奏《大人》之颂，天子大说（悦），飘飘有凌云之气，似游天地之间意。”司马相如的《大人赋》中，描写了大量神仙活动，汉武帝听后似觉自己也飘飘然飞升入云了。刘勰借以说明《游仙诗》写得有仙味，能动人。 ㊿庾元规：庾亮，字元规，东晋成帝时任中书令，进号征西将军。庾亮是东晋玄言诗的主要作者之一，但其表奏刘勰评价较高。《章表》篇说：“庾公之《让中书》，信美于往载。” 51靡密：细密。闲畅：熟练畅达。 52温太真：温峤，字太真，东晋成帝时任江州刺史，迁骠骑将军。 53笔端：笔札方面。 54孙盛：字安国，东晋史学家，著《魏氏春秋》《晋阳秋》等史书（均不存），也有部分诗赋。干宝：字令升，东晋史学家，著有《晋纪》（今不全）和志怪小说《搜神记》。 55准的：标准。拟：仿效，学习。 56《典》《训》：指《尚书》中的《尧典》《伊训》之类。 57户牖（yǒu）：门户，指不同的道路。虽异：《史传》篇讲到干宝和孙盛史书的不同特点：“干宝述《纪》，以审正得序；孙盛《阳秋》，以约举为能。” 58袁宏：字彦伯，东晋文学家、史学家。发轸（zhěn）：发车，喻指出发点。《南齐书·顾欢传》：“孔老治世为本，释氏出世为宗，发轸既殊，其归亦异。”骧（xiāng）：举。发轸高骧，指为文立意甚高。《诗品》评袁宏说：“彦伯《咏史》，虽文体未遒，而鲜明紧健，去凡俗远矣。” 59孙绰：字兴公，东晋玄言诗的代表作家之一。规旋以矩步：指遵循玄理写诗文。《世说新语·文学》注引《续晋阳秋》：“正始中，王弼、何晏好庄老玄胜之谈，而世遂贵焉。至过江，佛理尤胜，故郭璞五言，始会合道家之言而韵之。（许）询及太原孙绰，转相祖尚，又加以三世之辞（佛教的佛理），而诗骚之体尽矣。” 60伦序：有次序，有条理。寡状：缺乏形象描绘。《诗品序》说：“孙绰、许询、桓、庾诸公诗，皆平典似《道德论》。”范文澜注：“孙兴公《游天台山赋》，多用佛老之语，不甚状貌山水，与汉赋穷形尽貌者颇异。” 61殷仲文：字仲文，晋末诗人。孤兴：黄叔琳注：孤，“疑作秋”。秋兴，《文选》卷二二载殷仲文《南州桓公九井作》，中有“独有清秋日，能使高兴尽”二句，或指此。按，“孤兴”即谓孤高之兴，不必改“孤”为“秋”。 ⑫谢叔源：谢混，字叔源，小字益寿，晋末诗人。闲情：杨明照注：“按《文选》载有叔源《游西池》诗，‘本思与友朋相与为乐’之作（李善注引沈约《宋书》语。‘本’，原作‘混’）。殆舍人所谓‘闲情’者欤?”其说可从。按《才略》全篇举到的作品，除桓谭《集灵》一例，特用以指他在文学创作上“偏浅无才”外，其余都是能代表作者文才的优秀篇章。《文选》只录谢混《游西池》一诗（上句“孤兴”亦同），可为补证。⑬解散辞体：《明诗》篇说：“江左篇制，溺乎玄风……袁、孙以下，虽各有雕采，而辞趣一揆，莫与争雄。”这里所说“解散”，即指玄风而言；“辞体”，即“辞趣一揆”的玄现文辞。解散：分散，冲淡。《论说》篇：“若夫注释为词，解散论体，杂文虽异，总会是同。” ⑭缥渺：若有若无的样子。浮音：指玄理。《明诗》：“正始明道，诗杂仙心，何晏之徒，率多浮浅。”殷仲文和谢混是晋宋之际革除玄风的过渡诗人。《南齐书·文学传论》：“仲文玄气，犹不尽除；谢混情新，得名未盛。”《宋书·谢灵运传论》：“仲文始革孙、许之风，叔源大变太元之气。”《明诗》篇所说：“宋初文咏，体有因革，庄老告退，而山水方滋。”也是讲这时有因有革的过渡情况。正因殷、谢二人开始革除玄风，故云“解散”，又因他们玄气未尽，便谓“缥缈”。 ⑮滔滔：盛大的样子，指“莫与争雄”的玄风。风流：和《诏策》篇的“风流”意近：“晋室中兴，唯明帝崇才，以温峤文清，故引入中书。自斯以后，体宪风流矣。”意为消失，指玄风的大势已去，如风之流失。 ⑯浇：浇薄。 ⑰逸才：高才。宋代作者，本书只《时序》篇简单提到“王、袁联宗”“颜、谢重叶”等。 ⑱辞翰：指文学作品。翰：笔。鳞萃：如鱼龙之鳞聚，形容很多。 ⑲甄（zhēn）序：评述。甄，鉴别。

【原 文】

观乎后汉才林，可参西京①；晋世文苑，足俪邺都②。然而魏时话言，必以

【译 文】

查看东汉的作家，和西汉作家也相差无几；晋代的文坛，几乎可以和建安文学媲美。但曹魏时期的议论，必然以汉武帝

元封为称首[3]；宋来美谈，亦以建安为口实[4]。何也？岂非崇文之盛世，招才之嘉会哉！嗟夫，此古人所以贵乎时也[5]！

时期为最高理想；刘宋以后的高论，又总是以建安时期为话题。这是为什么呢？岂不是因为这两个时期是崇尚文学的盛世，广招才士的最好时机！唉！这就是古人不得不重视时机的原因了。

## 注释

❶参：参与，指能比上。西京：西汉，也称前汉。西汉都长安，在西；东汉都洛阳，在东。 ❷俪：并，偶。邺（yè）都：指三国的魏。魏都邺（今河北省临漳县）。 ❸元封：西汉武帝年号（前110—前105）。这里用以代表汉武帝时期。《时序》篇说："逮孝武崇儒，润色鸿业，礼乐争辉，辞藻竞骛……遗风余采，莫与比盛。" ❹建安：东汉末献帝年号（196—220）。口实：谈话资料，指经常谈到建安文学的成就。 ❺贵乎时：指文人的兴废与成就，贵在时机。这种时机的具体含义，即上面所说"崇文之盛世，招才之嘉会"。《时序》篇充分反映了刘勰的这一思想，除上举武帝崇儒而辞采竞骛外，建安时期曹氏父子"雅爱诗章"，并能"体貌英逸，故俊才云蒸"，也是刘勰所推重的极好时机。古人贵时的很多，如祢衡《吊张衡文》："伊尹值汤，吕望遇旦，嗟矣君生，而独值汉。"刘勰称此为"有志而无时"（《哀吊》）。

【原文】

赞曰：才难然乎[1]，性各异禀[2]。一朝综文[3]，千载凝锦[4]。余采徘徊[5]，遗风籍甚[6]。无曰纷杂，皎然可品[7]。

【译文】

总之，人才难得，确是如此；每个人的禀性是各不相同的。一旦写成文章，就凝结成千古不朽的锦绣。丰富的文采长期流传，良好的风尚更加盛大。九代的作家作品虽然纷杂，仍可清清楚楚地予以品评。

## 注释

❶才难然乎：《论语·泰伯》："才难，不其然乎！"意为人才难得，不是这样吗？ ❷禀：禀赋，生来就具有的。 ❸综文：指写成文章。 ❹凝：聚，结。❺徘徊：反复回旋，指作品长期流传。 ❻风：风尚。籍甚：盛大。《汉书·陆贾传》："贾以此游汉廷公卿间，名声籍甚。"王先谦补注引周寿昌曰："籍甚，《史记》作'藉盛'，盖籍即藉，用白茅之藉，言声名得所藉，而益盛也。"❼皎然：明亮，清楚。品：评论。

# 四八、知音

## 解题

《知音》是《文心雕龙》的第四十八篇，论述如何进行文学批评，是刘勰批评论方面比较集中的一个专篇。

全篇分四个部分。第一部分讲“知实难逢”。刘勰举秦始皇、汉武帝、班固、曹植和楼护等人为例，说明古来文学批评存在着“贵古贱今”“崇己抑人”“信伪迷真”等不良倾向，而正确的文学评论者是很难遇见的。第二部分讲“音实难知”。要做好文学批评，的确存在着一定的困难。因为从客观上看，文学作品本身比较抽象而复杂多变；从主观上看，评论家又见识有限而各有偏好，所以难于做得恰当。根据这种特点和困难，第三部分提出了做好文学批评的方法：主要是批评者应博见广闻，以增强其鉴赏文学作品的能力；排除私见偏爱，以求客观公正地评价作品；并提出“六观”，即从体裁的安排、辞句的运用、继承与革新、表达的奇正、典故的运用、音节的处理等六个方面着手，考察其表达的思想内容和这六个方面能否恰当地为内容服务。第四部分提出文学批评的基本原理：“缀文者情动而辞发，观文者披文以入情。”说明文学批评虽有一定困难，但正确地理解作品和评价作品是完全可能的。最后强调批评者必须深入仔细地玩味作品，才能领会作品的微妙，欣赏作品的芬芳。

《知音》是我国古代第一篇比较系统的文学批评论，相当全面地论述了文学批评的态度、特点、方法和文学批评的基本原理，并涉及文学批评与创作的关系和文学欣赏等问题。但这些问题本篇都讲得比较简略，还需联系全书有关论述，才能全面理解刘勰的文学批评观点。刘勰的批评实践，基本上是贯彻了他在本篇提出的主张的。因此，根据本篇所论，也有助于我们认识刘勰是怎样评论古代作家作品的。

【原 文】

知音其难哉[1]！音实难知，知实难逢[2]；逢其知音，千载其一乎！夫古来知音[3]，多贱同而思古[4]；所谓“日进前而不御[5]，遥闻声而相思”也[6]。昔《储说》始出[7]，《子虚》初成[8]，秦皇、汉武，恨不同时[9]；既同时矣，则韩囚而马轻[10]，岂不明鉴同时之贱哉[11]？至于班固、傅毅[12]，文在伯仲[13]，而固嗤毅云[14]“下笔不能自休[15]”。及陈思论才[16]，亦深排孔璋[17]；敬礼请润色[18]，叹以为美谈[19]；季绪好诋诃[20]，方之于田巴[21]：意亦见矣。故魏文称“文人相轻”[22]，非虚谈也。至如君卿唇舌[23]，而谬欲论文，乃称史迁著书[24]，咨东方朔[25]；于是桓谭之徒[26]，相顾嗤笑。彼实博徒[27]，轻言负诮[28]；况乎文士，可妄谈哉？故鉴照洞明[29]，而贵古贱今者，二主

【译 文】

正确的评论多么困难！评论固然难于正确，正确的评论家也不易遇见；要碰上正确的评论家，一千年也不过一两人吧！从古以来的评论家，常常轻视同时人而仰慕前代人，真像《鬼谷子》中所说的：“天天在眼前的并不任用，老远听到声名却不胜思慕。”从前韩非子的《储说》刚传出来，司马相如的《子虚赋》刚写成，秦始皇和汉武帝深恨不能和他们相见；但是后来相见了，结果却是韩非下狱，司马相如被冷落：这不显然可以看出是对同时人的轻视吗？至于班固和傅毅，作品成就本来差不多，但班固却讥笑傅毅说：“傅毅写起文章来就没个停止的时候。”曹植评论作家时，也贬低陈琳；丁廙请他修改文章，他就称赞丁廙说话得体；刘修喜欢批评别人，他就把刘修比作古代的田巴：那么，曹植的偏见就很明显了。所以曹丕说“文人互相轻视”，这不是一句空话。还有楼护因有口才，便居然荒唐得要评论文章，说什么司马迁曾请教于东方朔，于是桓谭等人都来嘲笑楼护。楼护本来没有什么地位，信口乱说就被人讥笑，何况作为一个文人学者，怎能随便乱发议论呢？由此看来，有见识高超而不免崇古非今

是也[30]；才实鸿懿[31]，而崇己抑人者[32]，班、曹是也[33]；学不逮文[34]，而信伪迷真者[35]，楼护是也。酱瓿之议[36]，岂多叹哉？

的人，那就是秦始皇和汉武帝；有才华卓越而抬高自己、压低别人的人，那就是班固和曹植；有毫无文才而误信传说、不明真相的人，那就是楼护。刘歆担心扬雄的著作会被后人用来做酱坛盖子，这难道是多余的概叹吗？

## 注释

❶知音：本意是指懂得音乐，对音乐能作正确的理解和评论，这里是借指对文学作品的正确理解和批评。 ❷知：指知音者，即对文学作品能作正确理解和评论的人。 ❸知音：这里泛指一般的评论家或欣赏者，而不管正确与否。 ❹同：指同时代的人。古：古人。 ❺御：用。 ❻声：名声。这两句是《鬼谷子·内楗（jiàn）篇》中的话。 ❼《储说》：战国时期杰出的思想家韩非所著《韩非子》中，有《内储说》《外储说》等篇。 ❽《子虚》：指西汉作家司马相如的《子虚赋》。 ❾恨不同时：《史记·老庄申韩列传》中说，秦始皇读了韩非的《孤愤》等篇后曾说："寡人得见此人，与之游，死不恨矣。"《汉书·司马相如传》中说，汉武帝读了司马相如的《子虚赋》后曾说："朕独不得与此人同时哉！" ❿韩：指韩非，他入秦后，被谗入狱而死。马：指司马相如，他始终只是汉武帝视若倡优的人。 ⓫鉴：察看。《抱朴子·广譬》："贵远而贱近者，常人之用情也；信耳而疑目者，古今之所患也。是以秦王叹息于韩非之书，而想其为人；汉武慷慨于相如之文，而恨不同时。及既得之，终不能拔，或纳谗而诛之，或放之乎冗散。"此即刘勰以上论述所本。 ⓬班固：字孟坚，东汉初年历史家、文学家。傅毅：字武仲，和班固大致同时的文学家。 ⓭伯仲：兄弟。这里指班固和傅毅作品的成就差不多。 ⓮嗤（chī）：讥笑。 ⓯休：停止。全句意指傅毅写作不会剪裁。以上几句见曹丕的《典论·论文》："傅毅之于班固，伯仲之间耳，而固小之。与弟超书曰：'武仲以能属文为兰台令史，下笔不能自休。'" ⓰陈思：即曹植，他封陈王，谥号"思"。 ⓱排：排斥。

孔璋：陈琳的字，“建安七子”之一。曹植《与杨德祖书》说：“以孔璋之才，不闲于辞赋。” ⑱敬礼：丁廙（yì）的字，汉末作家。丁廙是曹植的好友，常请曹植修改他的文章。润色：修改加工。 ⑲美谈：恰当的说法。指曹植在《与杨德祖书》中所引丁廙的话：“文之佳恶，吾自得之，后世谁相知定吾文者耶？”曹植接着说：“吾常叹此达言，以为美谈。” ⑳季绪：刘修的字，汉末作家。诋诃（dǐhē）：诽谤。 ㉑方：比。田巴：战国时齐国善辩的人，曾被鲁仲连所驳倒。曹植《与杨德祖书》：“刘季绪才不能逮于作者，而好诋诃文章，掎摭利病。昔田巴毁五帝、罪三王，呰五霸于稷下，一旦而服千人；鲁连一说，使终身杜口。刘生之辩，未若田氏；今之仲连，求之不难，可无叹息乎？” ㉒魏文：即魏文帝曹丕。曹丕在《典论·论文》中说：“文人相轻，自古而然。” ㉓君卿：楼护的字，他是西汉末年的辩士。唇舌：指有口才。《论说》篇曾说：“楼护唇舌。” ㉔史迁：即司马迁。 ㉕咨（zī）：询问。东方朔：西汉作家。楼护说司马迁著书曾咨询东方朔的话今不存。《史记·太史公自序》司马贞索隐：“案桓谭云：‘迁所著书成，以示东方朔，朔皆署曰‘太史公’。’则谓‘太史公’是朔称也。” ㉖桓谭：东汉初年著名学者，著有《新论》。 ㉗博徒：指贱者。 ㉘诮（qiào）：责怪。 ㉙照：察看、理解。洞：深。 ㉚二主：指秦始皇与汉武帝。 ㉛鸿：大。懿（yì）：美。 ㉜崇：高。 ㉝班：指班固。曹：指曹植。 ㉞逮（dài）：及。 ㉟信伪：指关于司马迁请教东方朔的错误传说。 ㊱瓿（bù）：小瓮。《汉书·扬雄传赞》中说，扬雄著《太玄经》时，“刘歆亦尝观之，谓雄曰：空自苦！今学者有禄利，然尚不能明《易》，又如《玄》何？吾恐后人用覆酱瓿也”。这里是借以喻指在以上种种不正的批评风气之下，真正有价值的作品只能被人用来盖酱坛子，难以得到正确的评价。

【原 文】

夫麟凤与麏雉悬绝①，珠玉与砾石超殊②，白日垂其照，青眸写其形③。然鲁

【译 文】

麒麟和獐，凤凰和野鸡，都有极大的差别；珠玉和碎石块也完全不同，阳光之下显得很清楚，肉眼能够辨别它们的形态。

臣以麟为麏[4]，楚人以雉为凤[5]，魏氏以夜光为怪石[6]，宋客以燕砾为宝珠[7]。形器易征[8]，谬乃若是，文情难鉴，谁曰易分？夫篇章杂沓[9]，质文交加[10]；知多偏好[11]，人莫圆该[12]。慷慨者逆声而击节[13]，酝藉者见密而高蹈[14]，浮慧者观绮而跃心[15]，爱奇者闻诡而惊听[16]。会己则嗟讽[17]，异我则沮弃[18]；各执一隅之解[19]，欲拟万端之变[20]：所谓“东向而望，不见西墙”也[21]。

但是鲁国官吏竟把麒麟当作獐，楚国人竟把野鸡当作凤凰，魏国老百姓把美玉当作怪异的石头，宋国人把燕国的碎石块当作宝珠。这些具体的东西本不难查考，居然错误到这样地步，何况文章中的思想情感本来不易看清楚，谁能说易于分辨优劣呢？文学作品十分复杂，内容与形式交织而多样化，欣赏评论者又常常各有偏爱，认识能力也不全面。例如性情慷慨的人遇见激昂的声调就打起拍子来，喜欢含蓄的人读到细密的作品就会跟着走，有点小聪明的人看见靡丽的文章就动心，爱好新奇的人对于不平常的事物就觉得爱听。凡是合于自己脾胃的作品就称赏，不合的就不理会；各人拿自己片面的理解，来衡量多种多样的文章：这真像一个人只知道向东方望去，自然永远看不到西边的墙一样。

## 注释

❶麏（jūn）：獐，似鹿而小。雉（zhì）：野鸡。悬绝：相差极远。 ❷砾（lì）石：碎石块。 ❸青眸（móu）：即青眼，指正视。正目而视，眼多青处。眸：眼的瞳仁。 ❹麟为麏：《公羊传·哀公十四年》中说：“春，西狩获麟……有以告者曰：有麏而角者。” ❺雉为凤：《尹文子·大道上》中说：“楚人担山雉者，路人问：‘何鸟也？’担雉者欺之曰：‘凤凰也。’路人曰：‘我闻有凤凰，今直见之。’” ❻氏：一作“民”。夜光：夜间发光，美玉或明珠都如此。这里指玉。《尹文子·大道上》：“魏田父有耕于野者，得宝玉径尺，弗知其玉也，以告邻人。邻人阴欲图之，谓之曰：‘怪石也。’……于是遽而弃于远

野。” ❼燕砾：即燕石。《艺文类聚》卷六录《阚（kàn）子》：“宋之愚人得燕石于梧台之东，归而藏之，以为大宝。周客闻而观焉，……掩口而笑曰：‘此特燕石也，其与瓦甓（pì）不殊。’” ❽征：证验。 ❾杂沓（tà）：纷乱，复杂。 ❿质：指作品的思想内容。文：指艺术形式。交加：不同的事物一齐来临。 ⓫知：这里是“知音”的知，指对作品的欣赏评论者。 ⓬圆该：全面具备。这里指评论一切作品的能力。 ⓭慷慨：指性情激昂的人。逆：迎。击节：打拍节，表示欣赏。节：乐器。 ⓮酝藉：指性情含蓄的人。高蹈：远行。 ⓯浮：浅。绮（qǐ）：一种有花纹的丝织品，这里借指文辞华丽的作品。 ⓰诡（guǐ）：不平常的，怪异的。 ⓱会：合。嗟：称，称叹。讽：诵读。 ⓲沮（jǔ）：阻止。 ⓳隅：边，角。 ⓴拟：度量，衡量。 ㉑东向而望，不见西墙：《淮南子·氾论训》：“故东面而望，不见西墙；南面而视，不睹北方。”

## 【原 文】

凡操千曲而后晓声①，观千剑而后识器②；故圆照之象③，务先博观④。阅乔岳以形培塿⑤，酌沧波以喻畎浍⑥。无私于轻重，不偏于憎爱；然后能平理若衡⑦，照辞如镜矣。是以将阅文情，先标六观：一观位体⑧，二观置辞⑨，三观通变⑩，四观奇正⑪，五观事义⑫，六观宫商⑬，斯术既形⑭，则优劣见矣。

## 【译 文】

只有弹过千百个曲调的人才能懂得音乐，看过千百口剑的人才能懂得武器；所以全面评价作品的方法，就是必须广泛地观察。看了高峰就更明白小山，到过大海就更知道小沟。在或轻或重上没有私心，在或爱或憎上没有偏见：这样就能和秤一样公平，和镜子一样清楚了。因此，要查考作品中的思想情感，先从六个方面去观察：第一是看作品采用什么体裁，第二是看作品的遣词造句，第三是看作品对前人的继承与自己的创新，第四是看作品中表现的不同手法，第五是看作品用典的意义，第六是看作品的音节。这种观察的方法如能实行，那么，作品的好坏就可以看出来了。

## 注释

❶操：持，即操作、实践的意思。晓：明白。桓谭《新论·琴道》：“成少伯工吹竽，见安昌侯张子夏鼓瑟，谓曰：‘音不通千曲以上，不足以为知音。’”（《全后汉文》卷一五） ❷观千剑：桓谭《新论·道赋》：“扬子云工于赋，王君大习兵器，余欲从二子学，子云曰：‘能读千赋则善赋。’君大曰：‘能观千剑则晓剑。’”（《全后汉文》卷一五） ❸圆：周遍，全面。照：察看，理解。象：方法。 ❹务：必须。博观：《事类》：“将赡才力，务在博见。”《奏启》：“博见足以穷理。” ❺乔岳：高山。形：显著，这里指看清。培塿（pǒulǒu）：小土山。 ❻酌：斟酌。沧：沧海。畎浍（quǎnkuài）：田间小沟。 ❼衡：秤。❽位：安排，处理。体：体裁。 ❾置：安放。 ❿通：指继承方面。变：指创新方面。 ⓫奇：指不正常的表现方式。正：指正常的表现方式。 ⓬事：主要指作品中所用的典故。 ⓭宫商：指平仄，古人常以五音配四声。 ⓮术：方法。

【原文】

夫缀文者情动而辞发①，观文者披文以入情②；沿波讨源③，虽幽必显④。世远莫见其面，觇文辄见其心⑤。岂成篇之足深？患识照之自浅耳。夫志在山水，琴表其情⑥，况形之笔端，理降焉匿⑦？故心之照理，譬目之照形：目瞭则形无不分⑧，心敏则

【译文】

文学创作是作家的内心有所活动，然后才表现在作品之中；文学批评却是先看作品的文辞，然后再深入到作家的内心。从末流追溯到根源，即使隐微的也可以变得显豁。对年代久远的作者，固然不能见面，但读了他的作品，也就可以看到作者的心情了。难道担心作品太深奥吗？只恐怕自己见解太浅薄罢了。弹琴的人如果内心想到山和水，尚可在琴声中表达出自己的心情，何况文章既用笔写出来，其中的道理怎能隐藏？所以读者内心对作品中道理的理解，就像眼睛能看清事物的外形一样：眼睛清楚的话，就没有什么形态不能辨别；内心聪

理无不达⑨。然而俗监之迷者⑩，深废浅售⑪。此庄周所以笑《折杨》⑫，宋玉所以伤《白雪》也⑬。昔屈平有言⑭：“文质疏内⑮，众不知余之异采⑯。”见异，唯知音耳。扬雄自称⑰“心好沉博绝丽之文⑱”，其事浮浅⑲，亦可知矣。夫唯深识鉴奥⑳，必欢然内怿㉑；譬春台之熙众人㉒，乐饵之止过客㉓。盖闻兰为国香㉔，服媚弥芬㉕；书亦国华㉖，玩泽方美㉗。知音君子，其垂意焉㉘。

慧的话，就没有什么道理不能明白。然而世俗上认识不清楚的人，深刻的作品常被抛弃，浅薄的作品反而有市场。因此，庄周就讥笑人们只爱听庸俗的《折杨》，而宋玉也慨叹高雅的《白雪》不被人重视。从前屈原说过：“我内心诚朴，而不善于表达，所以人们都不知道我的才华出众。”能认识出众才能的，只有正确的评论家。扬雄曾说他自己“内心喜欢深刻的、博洽的、绝顶华丽的文章”，那么他不喜欢浅薄的作品，也就由此可知了。只要是见解深刻，能看到作品深意的人，就必能在欣赏杰作时获得内心的享受；好像春天登台所见美景可以使众人心情舒畅，音乐与美味可以留住过客一样。据说兰花是全国最香的花，人们喜爱而佩在身上，就可发出更多的芬芳；文学书籍则是国家的精华，要细细体味才懂得其中的妙处。一切愿意正确评论作品的人，应该特别注意这些。

## 注释

❶缀文：指写作。缀：联结。情动而辞发：《物色》：“情以物迁，辞以情发。” ❷披文：《辨骚》：“言节候，则披文而见时。”披：翻阅。 ❸讨：寻究。 ❹幽：隐微。 ❺觇（chān）：窥视。 ❻琴表其情：《吕氏春秋·本味》：“伯牙鼓琴，钟子期听之。方鼓琴而志在太山，钟子期曰：‘善哉乎鼓琴，巍巍乎若太山。’少选（须臾）之间，而志在流水。钟子期又曰：‘善哉乎鼓琴，汤汤（大水疾流的样子）乎若流水。’”伯牙、钟子期：传为春秋时楚人。 ❼匿（nì）：隐藏。 ❽目瞭：目明。 ❾达：通晓。 ❿监：察看。 ⓫售：指

作品有许多人欣赏。 ⑫庄周：即庄子，战国时思想家。《折杨》：一种庸俗的歌曲。《庄子·天地》中说："大声不入于里耳，《折杨》《皇华》则嗑（xiā）然而笑。"嗑：笑声。 ⑬宋玉：战国时楚国著名作家。《白雪》：一种高妙的乐曲。传为宋玉所作的《对楚王问》中说："客有歌于郢中者，其始曰《下里巴人》，国中属而和者数千人……其为《阳春白雪》，国中属而和者不过数十人。"（《文选》卷八） ⑭屈原：名平，战国时楚国人，古代伟大诗人之一。这里所引的话，见于《楚辞·九章·怀沙》。 ⑮文：指外表。质：指本性。疏：粗，这里指不注意装饰。内：即讷，迟钝，这里引申为朴实的意思。 ⑯异采：指与众不同的才华。 ⑰扬雄：字子云，西汉末年著名作家。他的话见于《答刘歆书》（《古文苑》卷一〇）。 ⑱沉：深。绝：独一无二。 ⑲其：当作"不"。事：从事于。 ⑳鉴奥：看得深。 ㉑内：指内心。怿（yì）：喜悦。 ㉒熙：乐。春台：《老子·二十章》说："众人熙熙……如春登台。"河上公本作"如登春台"。《总术》篇"落落之玉"，也是取河上公本，可见刘勰这里说"春台"是据河上公本《老子》。 ㉓乐：音乐。饵（ěr）：食物。《老子·三十五章》说："乐与饵，止过客。" ㉔兰为国香：《左传·宣公三年》中说："以兰有国香，人服媚之如是。"国香：全国最香的花，后以"国香"专指兰花。 ㉕服：佩带。媚：喜爱。弥：更加。 ㉖华：精华。 ㉗泽：当作"绎"。玩绎：细细体会玩味。 ㉘其：表示希望。垂意：留心，注意。

【原文】

赞曰：洪钟万钧①，夔、旷所定②。良书盈箧③，妙鉴乃订④。流郑淫人⑤，无或失听⑥。独有此律⑦，不谬蹊径⑧。

【译文】

总之，三十万斤重的大钟，只有古时乐师夔和师旷才能制定。满箱子的好书，要依靠卓越的评论家来判断。郑国流荡的音乐会使人走入歧途，千万不要为它迷惑听觉。惟有遵守评论的规则，才不致走错道路。

## 注释

❶洪：大。钧：30 斤。 ❷夔（kuí）：舜时的乐官。旷：师旷，春秋时晋国的乐师。 ❸箧（qiè）：箱。 ❹鉴：这里指评论家。订：校定。 ❺流：流荡。郑：郑声。儒家认为郑国的音乐淫邪。淫人：使人走到过分的境地。淫：过分。 ❻失听：听错了。 ❼律：规则。 ❽蹊：路。

# 四九、程器

## 解题

《程器》是《文心雕龙》的第四十九篇，主要是论述作家的道德品质问题，反对“有文无质”而主张德才兼备。

本篇有四个部分。第一部分论作家注意品德的必要。刘勰以木工制器为喻，说明不应只顾外表的美观而“务华弃实”；对文人无行的偏见，刘勰深表不满。第二部分历举司马相如等16个作家在品德上的缺点，批评了他们的道德败坏、贪婪无耻；同时又举出屈原等6个作家忠君爱国、机敏警觉的优良品质，一以说明并不是所有作家都有毛病，一以暗示后代作者应该向他们学习。此外，还附带谈到管仲等7个古代将相，其品德上的毛病也不小，不过因为他们的地位较高而为人们所原谅罢了。第三部分进一步提出，作者不但应注意道德品质，还要通晓军政大事。不过关于政治修养和文学创作的关系，这里未从理论上加以论述，而着重强调文人要兼通文武政事，不要只做“有文无质”的空头文人。第四部分提出刘勰认为理想的作家，是要有文有质、德才并茂，能够进可堪当军国重任，退可保持独善而垂文后世。

《程器》篇从品德方面来评论作家，是刘勰作家论的一个重要组成部分。反对“务华弃实”，是贯穿全书的基本思想之一，本篇则是从正面来论述“实”的必要性。刘勰虽然是以封建道德观念来评论作家、要求作家的，但从本篇所褒所贬的具体内容来看，在上层社会道德败坏的齐、梁时期，大都是有益于时的。在文学创作上，针对“近代词人，务华弃实”的实际情况，强调“有懿文德”，要求“摛文必在纬军国”等，对挽救当时颓废的创作风气，就更有必要。

纪昀说：“观此一篇，彦和发愤而著书者。……彦和入梁乃仕，故郁郁乃尔耶?”这是有道理的。刘勰写此书时尚未出仕，正值“待时而动”之际，他主张作家要能“纬军国”“任栋梁”等，显然和他自己对当时现实抱有一定幻想而跃跃欲试有关。正因如此，本篇所论，透露了刘勰自己的一些重要思想，是研究刘勰思想的一篇重要资料。

【原 文】

《周书》论士①，方之“梓材”②，盖贵器用而兼文采也。是以朴斫成而丹雘施③，垣墉立而雕杇附④。而近代词人⑤，务华弃实⑥。故魏文⑦以为“古今文人之类不护细行”⑧。韦诞所评⑨，又历诋群才⑩。后人雷同⑪，混之一贯⑫，吁可悲矣⑬！

【译 文】

《尚书·梓材》中讲到人才，比之于工匠把木料做成器具，是要兼有实用和美观两个方面。所以，木材经过砍削制成器具之后，还要涂上红漆，筑成墙垣之后还要加以涂饰。可是后来的作家们，常常只讲求外表，不顾实际。所以曹丕认为“历代文人常常不注意小节”。韦诞评论作家，也对文人多有指责。后人随声附和，以为文人都不注意细节。唉！这真太可悲叹了。

注 释

❶《周书》：指《尚书·周书》中的《梓材》篇。士：能任事的人，这里泛指一般人材。 ❷方：比。梓（zǐ）材：木匠把木料做成器具。梓：木匠。 ❸朴：治木材。斫：砍削。丹雘（huò）：红色涂漆。《尚书·梓材》：“若作梓材，既勤朴斫，惟其涂丹雘。”传曰：“为政之术，如梓人治材为器，已劳力朴治斫削，惟其当涂以漆、丹以朱而后成，以言教化亦须礼义然后治。” ❹垣：低墙。墉（yōng）：高墙。杇（wū）：涂抹。 ❺近代：本书常以“近代”指晋、宋以后，这里范围稍广。 ❻务：专力。华：藻饰。 ❼魏文：魏文帝曹丕。 ❽“古今”句：见曹丕《与吴质书》，原文是：“古今文人，类不护细行，

鲜能以名节自立。”“之”字可能是衍文。类：大多。护：维护。细行：品行的细节。 ❾韦诞：字仲将，三国著名书法家。 ❿诋（dǐ）：诽谤。群才：指建安文人王粲等。鱼豢《魏略》载韦诞的话：“仲宣（王粲）伤于肥戆（gàng），休伯（繁钦）都无格检，元瑜（阮瑀）病于体弱，孔璋（陈琳）实自粗疏，文蔚（路粹）性颇忿鸷。”（《三国志·魏书·王粲传》注引） ⓫雷同：雷发声而应同，以喻人云亦云。 ⓬一贯：相同，都一样。 ⓭吁（xū）：叹词。

【原 文】

略观文士之疵[1]：相如窃妻而受金[2]，扬雄嗜酒而少算[3]；敬通之不循廉隅[4]，杜笃之请求无厌[5]；班固谄窦以作威[6]，马融党梁而黩货[7]；文举傲诞以速诛[8]，正平狂憨以致戮[9]；仲宣轻脆以躁竞[10]，孔璋偬侗以粗疏[11]，丁仪贪婪以乞货[12]，路粹餔啜而无耻[13]；潘岳诡祷于愍怀[14]，陆机倾仄于贾、郭[15]；傅玄刚隘而詈台[16]，孙楚狠愎而讼府[17]。诸有此类，并文士之瑕累[18]。文既有之，武亦宜然[19]。古之将相，疵咎实多[20]：至如管仲之盗窃[21]，吴起之贪淫[22]，陈平之污点[23]，绛、灌之谗嫉[24]；

【译 文】

现在大略地考察一下作家的毛病：司马相如曾偷情又受贿，扬雄贪酒又失算；冯衍为人不够正派，杜笃向官府求索没有个完；班固献媚窦宪而作威作福，马融做梁冀的爪牙而又有贪污行为；孔融因过于傲慢招致杀头，祢衡也由于态度狂放而丧命；王粲不庄严却急于做官，陈琳无知而过于粗疏；丁仪贪财爱货，路粹厚着脸皮讨吃喝；潘岳参与对愍怀太子的谋害，陆机逢迎贾谧、郭彰等权贵；傅玄刚愎狭隘而谩骂官府，孙楚险恶执拗而爱打官司。诸如此类，都是文人作家存在的缺点。文人有过失，武夫也如此。古代的将军、宰相们，毛病同样不少：如管仲的偷盗，吴起的贪财好色，陈平的家庭生活有污点，周勃、灌婴都曾挑拨妒忌他人等。由此以后，例子多得数不完。如孔光身为西汉宰相，尚且献媚于董贤，何况班沿兹以下，不可胜数。孔光负衡据鼎[25]，而仄媚董贤[26]；况班、马之贱职[27]，潘岳之下位哉[28]？王戎开国上秩[29]，而鬻官嚣俗[30]，况马、杜之磬悬[31]，丁、路之贫薄哉[32]？然子夏无亏于名儒[33]，浚冲不尘乎竹林者[34]，名崇而讥减也。若夫屈、贾之忠贞[35]，邹、枚之机觉[36]，黄香之淳孝[37]，徐幹之沉默[38]：岂曰文士，必其玷欤[39]？

固、马融和潘岳等低微的官吏呢？王戎是西晋的开国大臣，尚且卖官鬻爵，不少人对他议论纷纷，何况司马相如、杜笃这种穷困的文人，丁仪、路粹之类卑微的小人呢？但孔光虽有毛病，却无损他仍是有名的儒者；王戎虽有丑闻，也影响不了他仍是竹林之“贤”：这就由于他们名位较高，减少了人们的讥讽。至于屈原、贾谊的忠君爱国，邹阳、枚乘的机敏警觉，黄香的至孝，徐幹的安于贫贱等，品德高尚的文人作家也不少，怎能说一切文人都必有过失呢？

## 注释

❶疵（cī）：病，指文人的缺点。 ❷相如：司马相如，西汉著名文学家。窃妻：指他引诱卓文君私奔。《汉书·司马相如传》：“卓王孙有女文君，新寡，好音。故相如缪（诈）与令（县令）相重，而以琴心挑之。相如时从车骑，雍容闲雅，甚都（闲美）。及饮卓氏，弄琴，文君窃从户窥，心说（悦）而好之，恐不得当（对偶）也。既罢，相如乃使人，重赐文君侍者，通殷勤。文君夜亡奔相如。”受金：司马相如做官曾受贿赂。《司马相如传》：他使蜀回来后，“人有上书言相如使（蜀）时受金，失官”。 ❸扬雄：西汉著名作家。嗜酒：《汉书·扬雄传赞》说扬雄“家素贫，耆（嗜）酒。人希至其门，时有好事者载酒肴从游学”。少算：《文选·剧秦美新》注引李充《翰林论》：“扬子论秦之剧，称新（王莽篡汉建‘新’）之美，此乃计其胜负，比其优劣之义。”少算即讽其美新之失。李善注评扬雄说：“王莽潜移龟鼎，子云进不能辟戟丹墀，亢辞鲠议；退不能草玄虚室，颐性全真，而反露才以耽宠，诡情以怀禄，‘素餐’所刺，何以加焉！” ❹敬通：冯衍的字，东汉初年作家。不循廉隅：不遵循端正

的品德，冯衍因妻不许娶妾而把妻赶走。廉隅：棱角，以其方正喻人品行。《后汉书·冯衍传》："衍娶北地女任氏为妻，悍忌不得畜媵（yìng）妾，儿女常自操井臼，老竟逐之，遂埳壈（逆困）于时。" ❺杜笃：东汉作家。厌：满足。《后汉书·杜笃传》：杜笃"居美阳，与美阳令游，数从请托不谐，颇相恨。令怨，收笃送京师"。 ❻班固：东汉著名历史家、文学家。谄（chǎn）：逢迎巴结。窦：指当时大将军窦宪。《后汉书·班固传》："大将军窦宪出征匈奴，以固为中护军，与参议。……及窦宪败，固先坐免官。固不教学诸子，诸子多不遵法度，吏人苦之。初，洛阳令种兢尝行，固奴干其车骑，吏推呼之，奴醉骂。兢大怒，畏宪不敢发，心衔之。" ❼马融：东汉著名学者、文学家。党：偏倚。梁：指当时大将军梁冀。《后汉书·马融传》：马融写《广成颂》曾"忤邓氏，滞于东观，十年不得调"，因而"不敢复违忤势家，遂为梁冀草奏李固，又作《大将军西第颂》，以此颇为正直所羞"。黩（dú）货：指马融做官时曾受贿赂。《马融传》又说："桓帝时（马融）为南郡太守。先是融有事忤大将军梁冀旨，冀讽有司奏融在郡贪浊，免官。" ❽文举：孔融的字，"建安七子"之一。诞：放诞。速：召。诛：指被曹操杀害。《后汉书·孔融传》："时年饥兵兴，操表制酒禁，融频书争之，多侮慢之辞。既见操雄诈渐著，数不能堪；故发辞偏宕，多致乖忤。……曹操既积嫌忌，而郗虑复构成其罪，遂令丞相军谋祭酒路粹枉状奏融……书奏，下狱弃市。" ❾正平：祢衡的字，建安时作家。憨（hān）：狂痴。戮（lù）：杀。《后汉书·祢衡传》：衡"少有才辩，而气尚刚傲，好矫时慢物。……后（江夏太守）黄祖在蒙冲船上，大会宾客，而衡言不逊顺。祖惭，乃诃之。衡更熟视曰：'死公云等道。'（李贤注：'死公，骂言也。等道，犹今言何勿语也。'）祖大怒，令五百将出，欲加箠。衡方大骂，祖恚（huì），遂令杀之"。 ❿仲宣：王粲的字，"建安七子"中的杰出作家。轻脆（cuì）：杨明照注引《三国志·魏书·王粲传》："表（刘表）以粲貌寝而体弱通悦，不甚重也。疑此处'脆'字为'脱'之形误。'脱'与'侻'通。"轻脱：简易，不严肃。《后汉书·列女传》载班昭《女诫》："动静轻脱……此谓不能专心正色矣。"躁进：急于仕进。《三国志·魏书·杜袭传》："粲性躁进。" ⓫孔璋：陈琳的字，也是"建安七子"之一。偬侗（zǒngdòng）：无知。粗疏：见本篇第一段注⑩。《三国志·魏书·王粲传》载：陈琳初为何进主簿，后又事袁绍，为袁绍移书大骂曹操；袁绍败，又谢罪事曹。 ⑫丁仪：建安时文人。婪（lán）：贪。丁仪贪婪乞货，所指未详。《三国志·魏书·曹爽传》注引《魏略》中讲到丁谧（mì）之父丁斐的故事："斐性好货，数请求犯法，辄得原宥。……建安末，从太祖征吴。斐随行，自以家牛羸困，乃私易官牛，为人所白，被收送狱，夺官。其后太祖问斐曰：'文侯（丁斐的字），印绶所在？'斐亦知见戏，对曰：'以易饼耳。'" ⑬路粹：建安时文人。餔：食。啜（chuò）：饮。《三国志·魏书·王粲传》注引《典略》："及孔融有过，太祖使粹为奏，承指数致融罪……融诛之后，人睹粹所作，无不嘉其才而畏其笔也。至（建安）十九年，粹转为秘书令，从大军至汉中，坐违禁贱请（求）驴伏法。" ⑭潘岳：西晋文学家。诡（guǐ）：不正常。诪（zhōu）：通"筹"，计谋。愍（mǐn）怀：愍怀太子，晋惠帝子，被贾后和潘岳合谋陷害。《晋书·愍怀太子传》："贾后将废太子，诈称上（惠帝）不和，呼太子入朝。既至，后不见，置于别室，遣婢陈舞赐以酒枣，逼饮醉之。使黄门侍郎潘岳作书草，若祷神之文，有如太子素意，因醉而书之。令小婢承福以纸笔及书草使太子书之。文曰：'陛下宜自了；不自了，吾当入了之。……'太子醉迷不觉，遂依而写之，其字半不成。既而补成之，后以呈帝。……乃表免太子为庶人，诏许之。" ⑮陆机：西晋文学家。倾仄：偏倚。仄，侧。贾：指贾谧；郭：指郭彰，都是贾后的亲信。《晋书·陆机传》："好游权门，与贾谧亲善，以进趣获讥。" ⑯傅玄：西晋文学家。隘（ài）：狭仄。詈（lì）台：指傅玄因位次过低而责骂尚书台。《晋书·傅玄传》：傅玄为司隶校尉时，"献皇后崩于弘训宫，设丧位。旧制，司隶于端门外坐，在诸卿上，绝席。其入殿，按本品秩在诸卿下，以次坐，不绝席。而谒者以弘训宫为殿内，制玄位在卿下。玄恚怒，厉声色而责谒者。谒者妄称尚书所处，玄对百僚而骂尚书以下"。台：和下句"府"字意近。 ⑰孙楚：西晋文学家。狠：险恶。愎（bì）：执拗，刚愎。讼府：指他和骠骑将军石苞互相攻击。《晋书·孙楚传》："楚后迁佐著作郎，复参石苞骠骑军事。楚既负其材气，颇侮易于苞，初至，长揖曰：'天子命我参卿军事。'因此而嫌隙遂构。苞奏楚与吴人孙世山共讪毁时政，楚亦抗表自理，纷纭经年；事未判，又与乡人郭奕忿争。"

⑱瑕：玉的斑点，比喻人的过失。 ⑲然：如此。 ⑳咎（jiù）：过失。 ㉑管仲：春秋时期著名政治家，相传他曾为盗。《说苑·尊贤》："邹子说梁王曰：……管仲，故成阴之狗盗也，天下之庸夫也，齐桓公得之以为仲父。" ㉒吴起：春秋时著名军事家。《史记·孙子吴起列传》："（魏）文侯问李克曰：'吴起何如人哉？'李克曰：'起贪而好色，然用兵，司马穰苴不能过也。'" ㉓陈平：西汉开国功臣，相传他和嫂子有不正当关系。《史记·陈丞相世家》："绛侯、灌婴等，咸谗陈平曰：'平虽美丈夫，如冠玉耳，其中未必有也。臣闻平居家时，盗其嫂。事魏不容，亡归楚；归楚不中，又亡归汉。今日大王尊官之，令护军，臣闻平受诸将金，金多者得善处，金少者得恶处。平，反覆乱臣也，愿王察之。'" ㉔绛（jiàng）：指绛侯周勃；灌：指灌婴。都是汉文帝时的丞相。谗嫉：周勃、灌婴曾排挤陈平、贾谊等人。谗：毁害好人的话。嫉：妒忌。㉕孔光：西汉成帝、哀帝时的丞相。衡：阿衡；鼎：鼎辅。都指宰相。 ㉖仄媚：即侧媚，以不正当的方式向人献媚讨好。《尚书·冏命》："无以巧言令色，便辟侧媚。"董贤：汉哀帝宠爱的美男子。《汉书·佞幸传》："初，丞相孔光为御史大夫，时贤父恭为御史，事光。及贤为大司马，与光并为三公，上故令贤过光。光雅恭谨，知上欲尊宠贤。及闻贤当来也，光警戒衣冠，出门待望，见贤车，乃却入。贤至中门，光入阁。既下车，乃出拜谒，送迎甚谨，不敢以宾客均敌之礼。贤归，上闻之喜。" ㉗班：指班固。马：指马融。贱职：职位低下。班固为兰台令史，位终窦宪的中护军，被杀。马融官至武都太守，拜议郎。比之陈平、孔光等，官位都很低微。 ㉘潘岳之下位：潘岳虽热衷名位，官至太傅主簿，即被杀。 ㉙王戎：魏末"竹林七贤"之一。西晋初因灭吴有功而封侯。秩：官位。王戎在晋惠帝时，官至司徒、尚书令。 ㉚鬻（yù）官：卖官。《晋书·王戎传》：渡江之后，"南郡太守刘肇赂戎筒中细布五十端，为司隶所纠，以知而未纳，故得不坐，然议者尤之……由是损名"。嚣（áo）俗：为世人所怨尤。嚣：众怨声。《王戎传》又说：王戎"性好兴利，广收八方园田水碓（duì），周遍天下。积实聚钱，不知纪极。每自执牙筹，昼夜算计，恒若不足。而又俭啬，不自奉养，天下人谓之膏肓之疾。……家有好李，常出货之，恐人得种，恒钻其核。以此获讥于世"。 ㉛马：指司马相如。杜：指杜笃。磬

(qìng)悬：形容家徒四壁，生活贫穷。《汉书·司马相如传》："文君夜亡奔相如。相如与驰归成都，家徒四壁立。"师古注："徒，空也，但有四壁，更无资产。" ㉜丁：指丁仪。路：指路粹。贫薄：指丁、路二人卑贱，鄙薄。《三国志·魏书·陈思王植传》注引《魏略》："及太子立，欲治（丁）仪罪，转仪为右刺奸掾，欲仪自裁，而仪不能。乃对中领军夏侯尚叩头求哀，尚为涕泣而不能救。后遂因职事，收付狱，杀之。" ㉝子夏：指孔光。《汉书·孔光传》："孔光，字子夏，孔子十四世之孙也。"亏：损。名儒：《奏启》篇曾说："孔光之奏董贤，则实其奸回；路粹之奏孔融，则诬其衅恶：名儒之与险士，固殊心焉。" ㉞浚（jùn）冲：王戎的字。尘：污染。竹林：魏末嵇康、阮籍、王戎等七人游息于竹林之间，世称"竹林七贤"。 ㉟屈：指屈原。贾：指贾谊。㊱邹：指邹阳。枚：指枚乘。邹、枚都是西汉作家。机觉：机警，指他们及时察觉吴王将要造反而离去。《汉书·邹阳传》："吴王濞（bì）招致四方游士，阳与吴严忌、枚乘等俱仕吴，皆以文辩著名。久之，吴王以太子事怨望，称疾不朝，阴有邪谋。阳奏书谏……吴王不内（纳）其言。是时，景帝少弟梁孝王贵盛，亦待士，于是邹阳、枚乘、严忌，知吴王不可说，皆去之梁，从孝王游。"㊲黄香：东汉文人。淳（chún）孝：至孝。《后汉书·黄香传》："黄香，字文强，江夏安陆人也。年九岁失母，思慕憔悴，殆不免丧（终丧），乡人称其至孝。" ㊳徐幹："建安七子"之一。沉默：指他不求富贵。曹丕《与吴质书》："而伟长（徐幹的字）独怀文抱质，恬淡寡欲，有箕山之志，可谓彬彬君子矣。"㊴玷（diàn）：玉的瑕疵，引申为人的过失。

【原文】

盖人禀五材①，修短殊用②，自非上哲③，难以求备。然将相以位隆特达④，文士以职卑多诮⑤：此江河所以腾

【译文】

人具有各种才性，各有不同的优缺点，除非圣贤，很难责备求全。但是将军、宰相因地位高而被原谅，作家则因地位低而常被指责：正如大江大河能汹涌奔腾而畅通无阻，小沟小

涌[6]，涓流所以寸折者也[7]。名之抑扬[8]，既其然矣；位之通塞[9]，亦有以焉[10]。盖士之登庸[11]，以成务为用[12]。鲁之敬姜[13]，妇人之聪明耳；然推其机综[14]，以方治国。安有丈夫学文，而不达于政事哉[15]？彼扬、马之徒[16]，有文无质[17]，所以终乎下位也。昔庾元规才华清英[18]，勋庸有声[19]，故文艺不称[20]；若非台岳[21]，则正以文才也[22]。文武之术，左左惟宜[23]。郤縠敦书[24]，故举为元帅，岂以好文而不练武哉？孙武《兵经》[25]，辞如珠玉[26]，岂以习武而不晓文也[27]？

水则千曲百折而障碍重重。人的名誉大小，固然如此；职位的高低，也是有原因的。人才是否被重用，要看能不能治事。鲁国的敬姜，不过是个聪明的妇女，却能推论织机的道理，来比喻国家大事。哪有大丈夫专心于文艺，就可不懂得政治呢？像扬雄、司马相如这类人，只会写作而没有政治上的实际才能，所以始终不能做大事。从前庾亮很有才华，由于功勋卓著而有声望，因而他的写作才能反不为人所称扬；如果他不是做了高官，也会因文才而得名。文才武艺，是可以兼备的。春秋时的郤縠就爱读古书，所以用为将帅；难道爱好文墨就不能熟习武艺吗？孙武的《孙子兵法》，文笔也很美好，怎能说学习武艺就可不通文墨呢？

## 注释

❶五材：就是五行，指金、木、水、火、土，古人认为这些物质的配合和人的性情有关。《原道》篇说人“为五行之秀”。 ❷修：长。殊：不同。 ❸哲：明智的人。 ❹位隆：地位高，官位大。特达：超出侪辈之上。这里和下句“多诮”对举，指受到特别原谅。王褒《四子讲德论》：“夫特达而相知者，千载之一遇也。”这是指文人受朝廷的特殊知遇。从这个意义看，刘勰的“将相以位隆特达”，更有深刻的讽意。《史传》篇所说“勋荣之家，虽庸夫而尽饰；迍败之士，虽令德而常嗤”，与此是同一思想。 ❺诮（qiào）：责怪。 ❻腾涌：水势奔腾，喻豪贵之家的声势。 ❼涓（juān）：小水。寸折：喻职卑的文士在发展

道路上困难曲折极多。 ❽抑扬：高低。抑：压下。 ❾通：畅通，仕途顺利。塞：阻塞，仕途艰难。 ❿以：原因。这个原因，既包括上述“将相以位隆特达”的一面，也指下述文人是否达于政事的一面，反映了刘勰既不满于现实而又存有一定幻想的思想。 ⓫登庸：升用。 ⓬务：事。用：指对人的任用。⓭敬姜：春秋时鲁相文伯的母亲，古代著名的贤母。 ⓮推：推沦。机：织（丝）布机。综：经线纬线相交织。《列女传·母仪》：“文伯相鲁，敬姜谓之曰：‘吾语汝，治国之要，尽在经矣。夫幅者，所以正曲枉也，不可不强，故幅可以为将。画者所以均不均、服不服也，故画可以为正。……推而往引而来者综也，综可以为关（‘关’字据《四部备要》本）内之师。’” ⓯达：通晓。⓰扬：指扬雄。马：指司马相如。 ⓱文、质：这卫指文学才能和政治才能。⓲庾元规：名亮，东晋著名政治家。才华清英：《晋书·庾亮传》：“亮美姿容，善谈论，性好《庄》《老》，风格峻整，……元帝为镇东时，闻其名，辟西曹掾。及引见，风情都雅，过于所望，甚器重之。” ⓳勋庸：功。 ⓴艺：技能。㉑台岳：指高级官吏。 ㉒文才：房玄龄等“史臣”认为，庾亮的文才比他的治才更高，所以说：“然其笔敷华藻，吻纵涛波，方驾搢绅，足为翘楚（意指在士大夫中是才高出众者）。而智小谋大，昧经邦之远图；才高识寡，阙安国之长算。”（《晋书·庾亮传论》）刘勰则多称其“笔”才：“庾以笔才逾亲”（《时序》）、“庾元规之表奏，靡密以闲畅”（《才略》）、“庾公之《让中书》，信美于往载”（《章表》）等。 ㉓左右惟宜：指文武兼备。《诗经·小雅·裳裳者华》：“左之右之，君子宜之；左之右之，君子有之。” ㉔郤縠（hú）：春秋时晋将。敦书：努力读书。敦：勉。《左传·僖公二十七年》：“（晋）作三军，谋元帅。赵衰曰：‘郤縠可。臣亟闻其言矣，说（悦）礼乐而敦《诗》《书》。’”㉕孙武：春秋时著名军事家。《兵经》：指《孙子兵法》。 ㉖珠玉：比喻文章写得好。 ㉗晓：通晓。

【原 文】

是以君子藏器①，待时

【译 文】

所以一个理想的作家，应该具备良好

而动[2]，发挥事业；固宜蓄素以弸中[3]，散采以彪外[4]，楩楠其质[5]，豫章其干[6]。摛文必在纬军国[7]，负重必在任栋梁[8]；穷则独善以垂文[9]，达则奉时以骋绩[10]。若此文人，应《梓材》之士矣。

的才德，等待适当的时机而行动，干出一番事业。因此，必须注意修养，以求充实其才德于内，散发其华采于外；要像楩木、楠木的坚实，像枕木、樟木的高大。写作必须有助于军政大事，出仕就要成为国家的栋梁；仕途不利则保全自己的品德而从事写作，仕途顺利便驰骋其才力以建立功业。这样的作家，就算是《尚书·梓材》中所说的人才了。

## 注释

❶君子：指理想的作家。器：指人的才德。　❷待时而动：《周易·系辞下》："君子藏器于身，待时而动。"　❸素：本，指人的才德。弸（péng）：满。　❹彪：虎纹，这里指外表的文饰。《法言·君子》："或问：君子言则成文，动则成德，何以也？曰：以其弸中而彪外也。"　❺楩（pián）：黄楩木。楠：常绿乔木。　❻豫：枕树。章：樟树。干：树干。　❼摛（chī）：发布。纬：组织，谋划。　❽栋梁：房屋的大梁，比喻国家的骨干。　❾穷：政治上不得意。垂：留下。　❿达：政治上得意。奉：进献。绩：功。《孟子·尽心上》："穷则独善其身，达则兼善天下。"

【原文】

赞曰：瞻彼前修[1]，有懿文德[2]：声昭楚南[3]，采动梁北[4]。雕而不器[5]，贞干谁则[6]？岂无华身，亦有光国。

【译文】

总之，看看过去的优秀作家，有美好的文才和品德：如屈原和贾谊的名声传遍楚地，邹阳和枚乘的文采震动了梁国。如果只有外表而无才德，怎能从根本上给人树立榜样？优秀的作家不仅有利于己，也有光于国。

## 注释

❶瞻：看。修：贤人，这里指优秀的作家。 ❷懿（yì 意）：美。文德：指文才和德行。 ❸昭：明。楚南：南方的楚国，指屈原、贾谊活动的地区。贾谊曾为长沙王太傅。 ❹采：文采。梁北：北方（和楚相对而言）的梁国（在今河南商丘一带），邹阳、枚乘曾由吴投梁孝王。 ❺雕：修饰，这里指华美的外表。 ❻贞干：即桢干，根本的意思。《才略》："并桢干之实才，非群华之韡萼也。"

# 五〇、序志

## 解题

《序志》是《文心雕龙》的最后一篇，也就是本书的序言。本篇对作者写《文心雕龙》一书的目的、意图、方法、态度，特别是它的指导思想和内容安排等，都分别作了说明，因此，是研究《文心雕龙》全书和作者思想的重要篇章。

全篇分五个部分：第一部分说明命名《文心雕龙》的用意，以及所谓“君子处世，树德建言”的必要；第二部分讲刘勰为什么要写这本书，主要是企图阐发儒家经典来纠正当时文坛上追逐浮华新奇的不良风气；第三部分评论魏、晋以来的文论著作，认为各家共同的缺点是没有抓住文学评论的“根”“源”；第四部分介绍全书基本内容的安排；第五部分表明自己评论作家作品和阐述文学理论的态度。

本篇所论说明，刘勰对儒家思想是十分尊崇的。他认为“文章之用，实经典枝条”；说魏、晋以来各家的文论，“并未能振叶以寻根，观澜而索源”，这个“根”“源”，就是符合“先哲之诰”的思想内容。这种观点，一方面对他在全书中进行的评论带来了严重的局限，刘勰正是常常把文章当作“经典枝条”，用“先哲之诰”来衡量作家作品的；另一方面，在“辞人爱奇，言贵浮诡”的风气下，大力强调儒家思想以纠其偏，这又是当时比较可取的途径，刘勰正是以儒家思想为武器，对晋、宋以来的不良文风展开猛烈斗争的。此外，本篇对《文心雕龙》书名的解释，对安排全书内容的说明，为我们理解和研究《文心雕龙》的理论体系，提供了重要的线索。

【原 文】

夫“文心”者①，言为文之用心也。昔涓子《琴心》②、王孙《巧心》③，“心”哉美矣④，故用之焉。古来文章，以雕缛成体⑤，岂取驺奭之群言“雕龙”也⑥？夫宇宙绵邈⑦，黎献纷杂⑧；拔萃出类⑨，智术而已。岁月飘忽，性灵不居⑩；腾声飞实⑪，制作而已。夫有肖貌天地⑫，禀性五才⑬，拟耳目于日月⑭，方声气乎风雷⑮；其超出万物，亦已灵矣。形同草木之脆，名逾金石之坚⑯，是以君子处世，树德建言⑰。岂好辩哉？不得已也⑱。

【译 文】

这部书称为“文心”，是说明在写作文章时需要用心。从前涓子曾写过一部《琴心》，王孙子也曾写过一部《巧心》，可见“心”这个词好得很，所以用作这部书的书名。自古以来的文章都是用繁丽的文采写成的；现在用“雕龙”二字来称这部书，并不仅仅是由于前人曾用以称赞过驺奭富有文采的缘故。宇宙是无穷无尽的，人才则代代都有；他们所以能超出别人，也无非由于具有过人的才智罢了。但是时光是一闪即逝的，人的智慧却不能永远存在；如果要把声名和事业留传下来，主要就依靠写作了。人类的形貌象征着天地，又从五行里取得自己的天性；耳目好比日月，声气好比风雷。他们能超过一切生物，可算是灵异不过的了。但是人的肉体同草木一样的脆弱，而流传久远的声名却比金石还要坚固，所以一个有理想的人活在世上，应该做到树立功德，进行著作。我难道是喜欢发议论吗？实在是不得已呀！

注 释

❶“文心”：陆机《文赋》：“余每观才士之所作，窃有以得其用心。” ❷涓(juān)子：即环渊，《史记·孟子荀卿列传》说他是楚国人，著书上下两篇，阐述道家的学说；《汉书·艺文志》称他的著作为《蜎(yuān)子》，也就是这里所说的《琴心》。 ❸王孙：此是姓，名不传，《汉书·艺文志》称他的著作

为《王孙子》，一名《巧心》，属儒家。清人严可均、马国翰都有辑本。❹“心”哉美矣：可能有双关的意思：一方面说“心”这个词适宜于用作书名；一方面也暗示“心”这个器官在写文章时有很大作用。❺缛（rù）：繁盛，这里是指文采的丰富。❻驺奭（zōushì）：战国时齐国学者，《史记·孟子荀卿列传》说，齐人称颂他为“雕龙奭”，意思是说他的文采好像雕刻龙的花纹一样。但刘勰用“雕龙”二字做书名，主要因为文章的写作从来都注重文采，不一定用驺奭的典故。❼绵、邈（miǎo）：都是长远的意思。❽黎献：众人中之贤者。黎，众人。献，贤者。❾拔萃：才能特出。《孟子·公孙丑上》：“出乎其类，拔乎其萃。”❿性灵：指人的智慧。不居：很快就过去。居：停留。⓫腾声：名声的流传。腾，跃起。实：指造成其名声的事业。⓬肖貌天地：《汉书·刑法志》：“夫人宵天地之貌，怀五常之性。”师古注：“宵，义与肖同。”肖：相似，这里有象征的意思，如下面所说耳目象征日月之类。有：当作“人”。《梁书·刘勰传》无“人”字。⓭禀：接受，引申为赋性。五才：即五行，指金、木、水、火、土、古代某些朴素的唯物主义思想家，用这五种物质的配合来说明各种事物的产生，有时也联系到人的喜、怒、哀、乐等性情的变化。《程器》篇说：“人禀五材。”⓮拟耳目：《淮南子·精神训》中说：“是故耳目者，日月也；血气者，风雨也。”⓯方：比。⓰逾：超过。⓱树德建言：《左传·襄公二十四年》载穆叔的话：“太上有立德，其次有立功，其次有立言，虽久不废，此之谓不朽。”刘勰只说到德和言，也包含功，但重点则是强调立言的不朽。⓲“岂好辩”二句：这是借用孟子的话：“予岂好辩哉，予不得已也。”（《孟子·滕文公》）

【原 文】

予生七龄[①]，乃梦彩云若锦，则攀而采之。齿在逾立[②]，则尝夜梦执丹漆之

【译 文】

我在七岁的时候，曾经梦见一片像织锦似的云彩，就攀上去采取它。到了三十多岁的时候，又梦见自己捧着红漆的祭器，跟着孔子向南方走；早上醒来，心里感到

礼器[3]，随仲尼而南行[4]；旦而寤[5]，乃怡然而喜[6]。大哉，圣人之难见也，乃小子之垂梦欤！自生人以来，未有如夫子者也。敷赞圣旨[7]，莫若注经，而马、郑诸儒[8]，弘之已精[9]，就有深解，未足立家。唯文章之用，实经典枝条[10]；五礼资之以成[11]，六典因之致用[12]，君臣所以炳焕[13]，军国所以昭明；详其本源，莫非经典。而去圣久远，文体解散[14]；辞人爱奇[15]，言贵浮诡[16]；饰羽尚画[17]，文绣鞶帨[18]；离本弥甚，将遂讹滥[19]。盖《周书》论辞[20]，贵乎体要[21]；尼父陈训[22]，恶乎异端[23]；辞训之异[24]，宜体于要[25]。于是搦笔和墨[26]，乃始论文。

非常高兴。伟大的圣人是多么不容易见到，他居然托梦给我这个无名小卒！自从有人类以来，从没有像孔子这样的圣人。因此我想到，要阐明圣人的思想，最好是给经书作注解，但是马融、郑玄这些前代学者，在这方面的发挥已很精当，即使我再有什么深入的见解，也不足以自成一家。不过想到文章的作用这点，确实是经书的辅佐。各种礼仪要靠它来完成，一切政务也要用它来实施；乃至君臣之业也赖以焕发光彩，军事国政也借以发扬光大。仔细追溯一下它们的根源，没有一件不是从经书上发展而来的。可是后世距离圣人太远了，文章体制逐渐败坏。有些作家只是喜欢新奇，一味追求浮浅怪异的文辞，就像在已经华丽的羽毛上再加文饰，在巾带上再绣以花纹一样，使文章越来越离开根本，最后就会走向错误而漫无节制的道路。《尚书·毕命》中讲到文辞问题，曾经说过应该抓住要点；孔子教育学生，也曾说过不要去搞不正确的学说。《尚书》和孔子的说法有所不同，但应该注意领会其主要精神。于是我就提笔和墨，本着这种精神来论文。

## 注释

❶七龄：刘勰大约生于 456 年左右，他七岁就是 471 年左右。 ❷逾立：过了三十岁，即 494 年以后。立：三十岁。《论语·为政》：“三十而立。”立，有

所成就。❸丹：红。礼器：祭器，指笾（biān）豆。笾是竹制的，豆是木制的。❹仲尼：孔子的字。南行：捧着祭器随孔子向南走，表示成了孔子的学生，协助老师完成某种典礼。❺寤（wù）：醒。❻怡（yí）：快乐。❼敷（fū）：陈述。赞：明。❽马：指马融，东汉中年的学者，曾为《周易》《诗经》《尚书》《论语》等经书作注解。郑：郑玄，马融的学生，也曾为《周易》《诗经》等作注解。他们二人成为后代注经的典范。❾弘：大，指发扬光大。❿条：小枝。枝条是对根而言，刘勰认为经典是文章的根本，这个观点在《征圣》《宗经》篇已作具体阐述。⓫五礼：指吉礼（祭祀等）、凶礼（丧吊等）、宾礼（朝觐等）、军礼（阅车徒、正封疆等）、嘉礼（婚、冠等），见《礼记·祭统》郑玄注。⓬六典：见《周礼·大宰》，包含治典（近于后代吏部的工作）、教典（近于后代户部的工作），礼典（近于后代礼部的工作）、政典（近于后代兵部的工作）、刑典（近于后代刑部的工作）、事典（近于后代工部的工作）。典：法度，这里指国家的政法制度等。⓭炳焕：和下句“昭明”意同，都有明辨清楚的意思，这里指君臣的作用和军国大事都更上轨道。⓮文体解散：和《定势》篇的“文体遂弊”意近，指文章体制败坏。⓯辞人：辞赋家。本书常以“诗人”和“辞人”并举，用“辞人”泛指走入歧途的作家。⓰诡（guǐ）：反常。⓱饰羽尚画：《庄子·列御寇》记颜阖（hé）批评孔子说：“方且饰羽而画，从事华辞。”郭象注：“凡言‘方且’，皆谓后世将然。饰画，非任真也。”这里借喻文辞的过于华丽。⓲鞶（pán）：束衣的大带。帨（shuì）：佩巾。《法言·寡见》：“今之学也，非独为之华藻也，又从而绣其鞶帨。”⓳讹（é）：伪。⓴《周书》：指《尚书》中的《周书》。㉑体要：《周书·毕命》：“辞尚体要，不惟好异。”体：体现。要：要点。异：指奇异的文辞。㉒尼父：指孔子。㉓异端：《论语·为政》：“攻乎异端，斯害也已。”攻：钻研。异端：指违反儒家思想的观点学说。㉔辞：指上引《尚书·毕命》的说法。训：指上引孔子的说法。㉕体：指体会、体察。㉖搦（nuò）：持，握。

【原文】

详观近代之论文者多矣：至于魏文述《典》①、陈思序《书》②、应玚《文论》③、陆机《文赋》④、仲洽《流别》⑤、宏范《翰林》⑥，各照隅隙⑦，鲜观衢路⑧：或臧否当时之才⑨，或铨品前修之文⑩，或泛举雅俗之旨，或撮题篇章之意⑪。魏《典》密而不周⑫，陈《书》辩而无当，应《论》华而疏略，陆《赋》巧而碎乱，《流别》精而少巧⑬，《翰林》浅而寡要。又君山、公幹之徒⑭，吉甫、士龙之辈⑮，泛议文意，往往间出⑯，并未能振叶以寻根，观澜而索源⑰。不述先哲之诰⑱，无益后生之虑。

【译文】

细读近来讨论文章的著作，那是很不少的：如曹丕的《典论·论文》，曹植的《与杨德祖书》，应玚的《文论》，陆机的《文赋》，挚虞的《文章流别论》，李充的《翰林论》等，大都只接触到文章的某些方面，而很少能从大处着眼。他们有的赞美或指责当代的作家，有的评论前人的作品，有的泛泛指出文章意旨的雅正和庸俗，有的对某些作品的内容作了简括的叙述。曹丕的《论文》比较细密，但不完备；曹植的《与杨德祖书》颇见辩才，不过不一定恰当；应玚的《文论》是华丽的，可是比较空疏简略；陆机的《文赋》讲得虽巧妙，却又嫌它琐碎杂乱；《文章流别论》的内容是精湛的，可惜用处不大；《翰林论》比较浅薄，不得要领。此外像桓谭、刘桢、应贞、陆云等人，也泛论过文章的意义，有时或许有较好的意见提出来。但他们都没有能从树木的枝叶寻找到根本，从水的波澜追溯到发源的地方。由于他们未能很好地继承过去圣贤的教导，因此对后代的人也不能给予太多帮助。

注释

❶魏文：魏文帝曹丕。《典》：他著有《典论》一书，今仅存《论文》《自序》等篇。在《论文》中，他对“建安七子”作了评价，对文体、文气等作了

论述，是我国文学理论史上最早的专论之一。❷陈思：陈思王曹植。《书》：指他的《与杨德祖书》，其中除评论当时作家外，还表达了他对文章修改工作的重视等。杨德祖：名修，当时的作家之一，曹植的好友。❸应玚（chàng）："建安七子"之一，他的《文论》今不存。现在尚存的《文质论》，和文学没有什么关系，不是刘勰这里所说的《文论》。❹陆机：西晋文学家。《文赋》：是继《典论·论文》之后的又一文学理论专著，不过《论文》的内容偏重于批评论方面，《文赋》则偏重于创作论方面。❺仲洽（qià）：挚虞的字，西晋学者。《流别》：挚虞曾选文为《文章流别集》，对所选文体各为之论，辑为《文章流别论》，这里是指《文章流别论》。全书今不传，张溥（pǔ）、严可均、张鹏一等人均有辑本。❻宏范：李充的字，东晋学者。《翰林》：指他的《翰林论》，今不全，严可均《全晋文》卷五三中辑录了部分残文。❼隅隙（xì）：指次要的地方。隙，孔穴。❽衢：大路。❾臧否（pǐ）：褒贬。❿铨（quán）：衡量。品：品评。⓫撮（cuō）：聚集而取，这里指内容的摘要。⓬周：全。⓭巧：《梁书·刘勰传》作"功"，指功用。译文据"功"字。⓮君山：桓谭的字，东汉初年学者，他所著《新论》中偶然有关于文学方面的论点。公幹：刘桢的字，"建安七子"之一，他论文的著作今不传，但在《文心雕龙》中有两处（《风骨》《定势》）引有他对于文学的意见。⓯吉甫：应贞的字，西晋学者，他的有关文学论著今不传。士龙：陆云的字，西晋文学家，他对文学的一些主张大都表达在给其兄陆机的信里（见《陆士龙集》）。⓰间出：偶然出现，这里是说桓、刘等人偶然有论文的话，也偶然有中肯的话。⓱"并未"二句：这里是拿枝叶和波澜比喻作品的辞藻，拿根和源比喻作品所应依据的儒家学说。⓲诰（gào）：教训。

## 【原文】

盖《文心》之作也，本乎道[①]，师乎圣[②]，体乎经[③]，酌乎

## 【译文】

这部《文心雕龙》的写作，是从自然之道出发，以圣人为师，根据经典，参考纬书，并且寻究《楚辞》以下的变化。这样对于文章的

纬[4]，变乎骚[5]；文之枢纽[6]，亦云极矣[7]。若乃论文叙笔[8]，则囿别区分[9]；原始以表末，释名以章义[10]，选文以定篇，敷理以举统[11]。上篇以上，纲领明矣。至于割情析采[12]，笼圈条贯[13]：摛神、性[14]，图风、势[15]，苞会、通[16]，阅声、字[17]；崇替于《时序》[18]，褒贬于《才略》[19]，怊怅于《知音》[20]，耿介于《程器》[21]；长怀《序志》[22]，以驭群篇。下篇以下，毛目显矣[23]。位理定名，彰乎"大易"之数[24]；其为文用，四十九篇而已。

主要关键，是可以搞透彻的。至于各种文章的体裁，有属于"文"的，有属于"笔"的，都分别指出它们的异同。对于每种文体，都追溯它的起源，叙述它的演变，说明体裁名称的意义，并举几篇代表作品加以评论，从阐述写作道理中总结各种文体的基本特点。按照这样，在本书的上篇里边已经把文章的主要类别都说清楚了。下面再从分析作品的内容和形式方面，概括出理论的体系：陈述了"神思"和"体性"问题，说明了"风骨"和"定势"问题，包括了"附会"以上、"通变"以下的一系列问题，还考察了从"声律"到"炼字"等具体问题；此外，又以《时序》篇论述了不同时代文章的盛衰，以《才略》篇指出历代作家文学才华的高低，在《知音》篇十分感慨地说明正确的文学评论之不易，在《程器》篇提出道德品质和政治修养对作家的重要；最后，用《序志》篇叙述自己的志趣，作为全书的总结。这样，就在本书下篇里边，把文学创作和评论的种种具体问题都大致讲到了。安排内容，确定篇名，一共写了50篇，恰好符合"大衍"的数目；其中讨论文章本身的，只有49篇。

## 注释

❶本乎道：本书第一篇《原道》，说明文本于道。道：指自然之道，也就是客观事物的规律或原则。 ❷师乎圣：本书第二篇《征圣》，说明圣人和文章的关系。刘勰认为圣人是能认识自然之道的先知先觉，因此，文学创作要向这些

圣人学习。 ❸体乎经：本书第三篇《宗经》，说明文学创作应该根据儒家经典，因为这些经典是圣人阐述自然之道的著作。 ❹酌乎纬：本书第四篇《正纬》，说明纬书的不可信，但其文辞也有可参考之处。纬书是汉人伪造的关于符箓瑞应的著作，曾一度和经书并列。 ❺变乎骚：本书第五篇《辨骚》，是专门评论《楚辞》的。自此以下的21篇，是就各种文体分别进行论述。《辨骚》的性质和前四篇不同，而与后20篇相近。 ❻枢纽：关键。 ❼极：追究到底。 ❽文：指讲究音节韵律的作品。笔：指不讲音节韵律的作品。从本书第五篇《辨骚》到第十三篇《哀吊》中所论文体是"文"类，第十四篇《杂文》和第十五篇《谐隐》介于"文""笔"之间，第十六篇《史传》到第二十五篇《书记》是"笔"类。晋宋以后渐渐兴起"文""笔"之分，刘勰在《总术》篇曾论述到这个问题。 ❾囿（yòu）：园林，这里和"区"字同指写作的领域。 ❿章：明。 ⓫统：总的、根本的，引申指体裁的基本特征。 ⓬割情析采：本书第三十一篇《情采》，论述作品的内容和形式的关系。情是感情，采是文采，分别指内容和形式。此外，如《风骨》《熔裁》《附会》等篇，也是从内容和形式两个方面来进行论述；因此，这里以"割情析采"来概括下篇的主要内容。 ⓭笼圈：包举的意思。条贯：条理。这两句是指从内容和形式的分析中归纳出理论来。 ⓮摛（chī）：发布，引申为陈述。神：本书第二十六篇《神思》论述创作的构思问题。性：本书第二十七篇《体性》论述作品的风格和作者个性的关系。 ⓯图：描绘，引申为说明。风：本书第二十八篇《风骨》论述对文意和文辞的要求。势：本书第三十篇《定势》论述作品的体裁和体势的关系。 ⓰苞：通包。会：本书第四十三篇《附会》论述对作品内容和文辞的规划整理问题。通：本书第二十九篇《通变》论述文学的继承和革新问题。 ⓱阅：检查。声：本书第三十三篇《声律》论述作品的音节韵律问题。字：本书第三十九篇《练字》论述运用文字问题。 ⓲崇替：盛衰，指论述文学的盛衰。《时序》：本书第四十五篇《时序》论述文学发展的盛衰和时代的关系。 ⓳褒贬：赞扬与指责，这里指评论。《才略》：本书第四十七篇《才略》论述历代主要作家的创作才华。 ⓴怊怅（chāochàng）：悲恨、慨叹。《知音》：本书第四十八篇《知音》慨叹知音的难得，说明怎样才能正确地进行文学批评和欣赏。

㉑耿（gěng）介：正大光明的意思。《程器》：本书第四十九篇《程器》论述作家的品质问题。 ㉒长怀：申述作者的情怀。《序志》：说明作者写这部书的用意和全书的安排。 ㉓毛目：指概貌，和上文“纲领”略同。毛：粗略。 ㉔大易：范文澜注：“大易，疑当作大衍。”《周易·系辞上》说：“大衍之数五十，其用四十有九。”意为推演天地之数，共有五十。京房认为五十包括十日、十二辰、二十八宿；马融认为指太极、两仪、日月、四时、五行、十二月、二十四气（均见孔颖达《周易正义》卷七）。《文心雕龙》全书50篇，除《序志》外，论文的共49篇。

【原 文】

夫铨序一文为易，弥纶群言为难[①]。虽复轻采毛发[②]，深极骨髓[③]，或有曲意密源[④]，似近而远，辞所不载，亦不胜数矣。及其品列成文，有同乎旧谈者，非雷同也[⑤]，势自不可异也。有异乎前论者，非苟异也，理自不可同也。同之与异，不屑古今[⑥]；擘肌分理[⑦]，唯务折衷[⑧]。按辔文雅之场[⑨]，环络藻绘之府，亦几乎备矣。但言不尽意[⑩]，圣人所难；识在

【译 文】

评论一篇作品，那是比较容易的，但要综合评论许多作品，就比较困难了。虽然这本书中对文章的表面细节讲得很少，而对重要的问题进行了深入的探讨，但是仍有某些曲折细微的地方，好像就在眼前，却又溜到远处去了；因而论述中未能表达出来的，也就很多了。至于已经写到书中的意见，有些和前人的说法差不多，并不是有意的随声附和，而是事理本身不可能有别的说法；有些和前人的说法不同，这也不是随便提出异说，因为按照道理是无法赞同旧说的。所以，无论与前人相同或不同，并不在于这些说法是古人的还是今人的，主要是通过具体分析之后，力求找出不偏不倚的正确主张来。作者驰骋在文坛之上，挥洒于艺苑之中，有关问题这里差不多都谈到了。不过语言不易把意思完全表达出来，这是圣人也感到困难的；

瓶管[11]，何能矩矱[12]？茫茫往代，既沉予闻[13]，眇眇来世[14]，倘尘彼观也[15]。

何况我的见识这样浅短，哪能给别人立起什么法度呢？从历代的著作中，我已深受教益；对于未来的读者，这部书也许能供他们参考。

## 注释

❶弥纶：这个词全书曾用到6次，如《原道》篇说“弥纶彝（yí宜）宪”、《附会》篇说“弥纶一篇”等。这是由《周易·系辞上》中所说“故能弥纶天地之道”来的。弥：弥缝补合。纶：经纶牵引。两字连用有综合组织、整理阐明的意思。 ❷毛发：比喻创作中的枝节，即词藻方面的问题。 ❸骨髓：比喻创作上的根本问题，如文原于道、征圣、宗经等。 ❹曲意密源：指深微隐曲的道理。曲：曲折隐微。密：深密隐曲。 ❺雷同：《礼记·曲礼上》：“毋雷同。”郑注：“雷之发声，物无不同时应者，人之言当各由己，不当然也。” ❻不屑：不顾、不问的意思。 ❼擘肌分理：张衡《西京赋》中曾说：“剖析毫厘，擘肌分理。”（《文选》卷二）指剖析的精细。擘：剖。理：肌理，指肌肉的纹理。这里是比喻对文学理论的分析。 ❽折衷：即折中，折是判断，中是恰当。 ❾文雅之场：和下句的“藻绘之府”都指创作领域。按辔（pèi）：和下句的“环络”都指在文坛上活动。辔：马缰绳。络：马笼头。 ❿言不尽意：《周易·系辞上》：“书不尽言，言不尽意。” ⓫瓶：指小的容器。《左传·昭公七年》：“虽有挈瓶之知，守不假器，礼也。”杜注：“挈瓶，汲者，喻小知。为人守器，犹知不以借人。”挈，提，用小瓶提水，喻智力短小。管：《庄子·秋水》：“是直用管窥天，用锥指地也，不亦小乎！”窥，看。从竹管中看天，喻见识极狭窄。⓬矩矱（yuē）：指文学的法则。矩：匠人的曲尺。矱：度量用的尺子。屈原《离骚》：“曰勉升降以上下兮，求矩矱之所同。” ⓭沉：深入，指自己学识的加深。 ⓮眇眇（miǎo）：遥远。 ⓯倘：或许。尘：污。这是刘勰自谦之词。

【原 文】

赞曰：生也有涯[①]，无涯惟智。逐物实难[②]，凭性良易[③]。傲岸泉石[④]，咀嚼文义[⑤]。文果载心[⑥]，余心有寄。

【译 文】

总之，人生有限，学问却无边无际。要理解事物的真相，的确是有困难的；凭着自然的天性去客观地接触事物，那就比较容易了。因此，要如无拘无束的隐居者那样，才能细细体会文章的意义。如果这部书能够表达自己的心意，我的思想也就有所寄托了。

## 注 释

❶涯（yá）：边际。《庄子·养生主》："吾生也有涯，而知（智）也无涯。" ❷逐物：指理解、掌握事物。 ❸性：指自然的天性。《荀子·正名》："生之所以然者，谓之性。性之和所生，精合感应，不事而自然，谓之性。"杨倞注："和，阴阳冲和，气也。事，任使也；言人之性，和气所生，精合感应，不使而自然，言其天性如此也。精合，谓若耳目之精灵与见闻之物合也。感应，谓外物感心而来应也。"刘勰在这里强调"凭性良易"，和他在本篇前面所讲"亦已灵矣"的"禀性"有关，也和其自然之道的基本文学观点有联系。 ❹傲岸：不随和世俗，即任性；这里也有无所拘束的意思。鲍照《代挽歌》："傲岸平生中，不为物所裁。"（《鲍参军集》卷二）泉石：指隐居山林生活。 ❺咀（jǔ）嚼：细细品味。 ❻载心：表达其心意。

# 参考书目

一、黄叔琳：《文心雕龙辑注》，中华书局 1957 年版。

二、范文澜：《文心雕龙注》，人民文学出版社 1978 年版。

三、杨明照：《文心雕龙校注》，古典文学出版社 1958 年版。

四、刘永济：《文心雕龙校释》，中华书局 1962 年版。

五、王利器：《文心雕龙校证》，上海古籍出版社 1980 年版。

六、周振甫：《文心雕龙注释》，人民文学出版社 1981 年版。

七、赵仲邑：《文心雕龙译注》，漓江出版社 1982 年版。

八、陆侃如、牟世金：《文心雕龙选译》，山东人民出版社 1962 年上册，1963 年下册。

九、周振甫：《文心雕龙选译》，中华书局 1980 年版。

十、郭晋稀：《文心雕龙译注十八篇》，甘肃人民出版社 1963 年版。

十一、黄侃：《文心雕龙札记》，中华书局 1962 年版。

十二、王元化：《文心雕龙创作论》，上海古籍出版社 1980 年版。

十三、陆侃如、牟世金：《刘勰论创作》，安徽人民出版社 1982 年再版。

十四、詹锳：《刘勰和文心雕龙》，中华书局 1980 年版。

十五、陆侃如、牟世金：《刘勰和文心雕龙》，上海古籍出版社1978年版。

十六、张文勋、杜东枝：《文心雕龙简论》，人民文学出版社1980年版。

十七、詹锳：《文心雕龙的风格学》，人民文学出版社1982年版。

十八、杜黎均：《文心雕龙文学理论研究和译释》，北京出版社1981年版。

十九、马宏山：《文心雕龙散论》，新疆人民出版社1982年版。

二十、牟世金：《雕龙集》，中国社会科学出版社1982年版。